中华现代学术名著丛书

中国文学批评史

上册

罗根泽 著

商務印書館
创于1897 The Commercial Press

2015年·北京

图书在版编目(CIP)数据

中国文学批评史:全2册/罗根泽著.—北京:商务印书馆,2015
(中华现代学术名著丛书)
ISBN 978-7-100-11588-9

Ⅰ.①中… Ⅱ.①罗… Ⅲ:①中国文学—文学批评史 Ⅳ.①I206.09

中国版本图书馆CIP数据核字(2015)第223108号

本书第一至五篇据商务印书馆1943—1945年版排印,第六篇据中华书局1961年版排印

中华现代学术名著丛书
中国文学批评史
(全二册)
罗根泽 著

商 务 印 书 馆 出 版
(北京王府井大街36号 邮政编码 100710)
商 务 印 书 馆 发 行
北 京 冠 中 印 刷 厂 印 刷
ISBN 978-7-100-11588-9

2015年12月第1版 开本880×1240 1/32
2015年12月北京第1次印刷 印张33¼ 插页1
定价:99.00元

罗 根 泽

(1900—1960)

《周秦两汉文学批评史》
商务印书馆 1944 年版封面

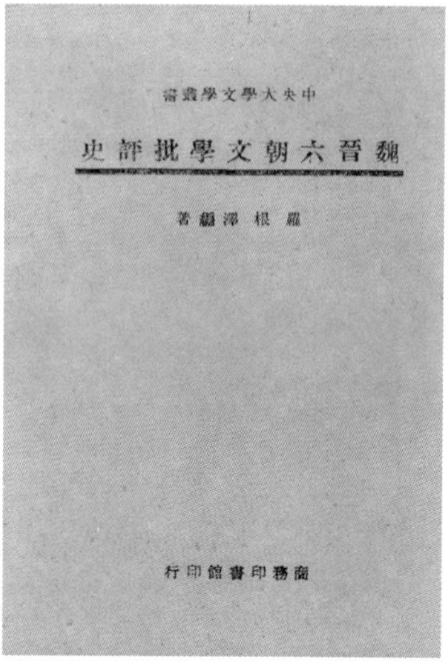

《魏晋六朝文学批评史》
商务印书馆 1943 年版封面

《隋唐文学批评史》
商务印书馆 1943 年版封面

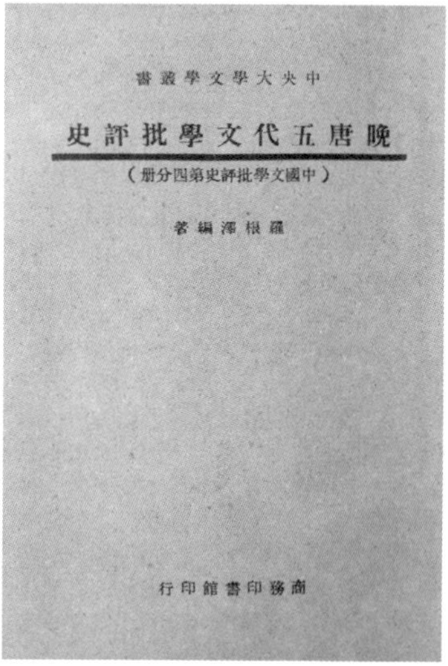

《晚唐五代文学批评史》
商务印书馆 1943 年版封面

出版说明

百年前，张之洞尝劝学曰："世运之明晦，人才之盛衰，其表在政，其里在学。"是时，国势颓危，列强环伺，传统频遭质疑，西学新知亟亟而入。一时间，中西学并立，文史哲分家，经济、政治、社会等新学科勃兴，令国人乱花迷眼。然而，淆乱之中，自有元气淋漓之象。中华现代学术之转型正是完成于这一混沌时期，于切磋琢磨、交锋碰撞中不断前行，涌现了一大批学术名家与经典之作。而学术与思想之新变，亦带动了社会各领域的全面转型，为中华复兴奠定了坚实基础。

时至今日，中华现代学术已走过百余年，其间百家林立、论辩蜂起，沉浮消长瞬息万变，情势之复杂自不待言。温故而知新，述往事而思来者。"中华现代学术名著丛书"之编纂，其意正在于此，冀辨章学术，考镜源流，收纳各学科学派名家名作，以展现中华传统文化之新变，探求中华现代学术之根基。

"中华现代学术名著丛书"收录上自晚清下至20世纪80年代末中国大陆及港澳台地区、海外华人学者的原创学术名著（包括外文著作），以人文社会科学为主体兼及其他，涵盖文学、历史、哲学、政治、经济、法律和社会学等众多学科。

出版“中华现代学术名著丛书”，为本馆一大夙愿。自1897年始创起，本馆以“昌明教育，开启民智”为己任，有幸首刊了中华现代学术史上诸多开山之著、扛鼎之作；于中华现代学术之建立与变迁而言，既为参与者，也是见证者。作为对前人出版成绩与文化理念的承续，本馆倾力谋划，经学界通人擘画，并得国家出版基金支持，终以此丛书呈现于读者面前。唯望无论多少年，皆能傲立于书架，并希冀其能与“汉译世界学术名著丛书”共相辉映。如此宏愿，难免汲深绠短之忧，诚盼专家学者和广大读者共襄助之。

商务印书馆编辑部

2010年12月

凡　例

一、“中华现代学术名著丛书”收录晚清以迄20世纪80年代末，为中华学人所著，成就斐然、泽被学林之学术著作。入选著作以名著为主，酌量选录名篇合集。

二、入选著作内容、编次一仍其旧，唯各书卷首冠以作者照片、手迹等。卷末附作者学术年表和题解文章，诚邀专家学者撰写而成，意在介绍作者学术成就，著作成书背景、学术价值及版本流变等情况。

三、入选著作率以原刊或作者修订、校阅本为底本，参校他本，正其讹误。前人引书，时有省略更改，倘不失原意，则不以原书文字改动引文；如确需校改，则出脚注说明版本依据，以“编者注”或“校者注”形式说明。

四、作者自有其文字风格，各时代均有其语言习惯，故不按现行用法、写法及表现手法改动原文；原书专名（人名、地名、术语）及译名与今不统一者，亦不作改动。如确系作者笔误、排印舛误、数据计算与外文拼写错误等，则予径改。

五、原书为直（横）排繁体者，除个别特殊情况，均改作横排简体。其中原书无标点或仅有简单断句者，一律改为新式标点，专名号从略。

六、除特殊情况外，原书篇后注移作脚注，双行夹注改为单行夹注。文献著录则从其原貌，稍加统一。

七、原书因年代久远而字迹模糊或纸页残缺者，据所缺字数用“□”表示；字数难以确定者，则用“（下缺）”表示。

上册目录

第二篇 两汉文学批评史

第三篇 魏晋六朝文学批评史

自序

余少好子集之学，长有述作之志。诸子百家，则作“探源”以辨正伪，作“集注”以明训诂，作“传论”以考行实，作“学案”以阐义理。历代文学，则先录“文学家传记集”，再作“文学家列传”，以述文人生平；先作各类“文学史”，再作“文学史类编”，以疏文学源流；先辑“文学批评论集”，再作“文学批评史”，以探批评奥蕴。资赋驽钝，人事俶扰，年至不惑，学无一成。“探源”“传论”，成书不全（“传论”止成《孟子》一种，商务印书馆出版；“探源”较多，单印者有中华书局出版之《管子探源》，余则收入开明书店出版之《古史辨》第四、六两册）；“集注”“学案”，汗青无期；“文学家传记集”则旧录已佚，新录未终；各类“文学史”，则《乐府》悔其少作（北平文化学社出版），他亦不欲问世；“批评论集”则充溢箧笥，徒自赏玩；“批评史”亦止此五代以上五篇，差敢写付梓人耳。

盖庄周论道，蕲察“古人之全”；荀卿劝学，必解“一曲”之蔽。况乎史之为书，职司载述，不该不遍，不足语于实录；予取予夺，何得称为直笔？至《春秋》立褒贬之义，《史记》成一家之言，斯则以孔子悯道不行，笔削以垂训，马迁受辱发愤，纂著以自明。后人无孔子之圣，马迁之贤，而妄以支离卑痹之说，谬附笔削一家之言，未有不如王通《续经》，见诋通人者也。故今兹所作，不敢以一家言自诡；搜览务全，铨叙务公，祛阴阳偏私之见，存历史事实之真，庶不致厚蔑古人，贻误来者。

建国十六年秋，负笈清华大学研究院。越明年，至开封，任河南大学教授。又明年，移保定河北大学。二十年春，即返故都。从此迄二十六年卢沟事变，惟二十三年秋，至二十四年夏，赴安庆，任教安徽大学，馀皆寄居北京，前后七年有半。故都多公私藏书，余亦量力购求，止诗话一类，已积得四五百种，手稿秘笈，络绎缥缃，闲窗籀读，以为快乐。最珍贵者，有明刊本宋人蔡传《吟窗杂录》，明人胡文焕《诗法统宗》。二书皆诗学丛书，收有晚唐、五代以至宋初诗格诗句图甚多，得以分述于五篇二、三、四各章，由是五代前后之文学批评，顿然炳蔚。其有公私珍藏，不能割让，或割让而索价太昂，则佣人缮写，亦积得数十册。闻傅沅叔先生藏有《永乐大典》本诗话数种，未及借钞，变起仓皇，至今犹於邑于怀也。又以诗话盛于宋，而宋人诗话，泰半亡佚，与内子曼漪，从《苕溪渔隐丛话》、《诗话总龟》、《诗林广记》及诸家笔记中，辑出数十种，颜曰《两宋诗话辑校》。事变后，浮海南来，道出徐、济，南至京师，北返开封，然后西走长安，又随西北联合大学，播迁汉上，虽续有所得，而博考无从。闻中央大学自京移渝，载书颇富，遂于二十九年一月，由陕入川，重理丛残，际千载复兴之运，述先哲不朽之言，曾曾小子，诚不胜欢忭鼓舞矣！

窃尝以谓古昔贤俊，学贵博综，运思含毫，吐纳万象，举凡天地之大，虫鱼之微，幽明之情状，古今之嬗变，以至六府三事，众技百家，莫不随意陈辞，即事为篇。摛金振玉者，最为文集；布实达旨者，汇为笔记；文集笔记者，儒先绩业之总萃，而文学批评亦寓藏其中。此外则群经子史，总集诗集，品藻之言，亦往往间出。余性鲁戆，不敢自信记诵，不得不一一细绎。清顾炎武谓著书譬犹铸币，宜开采山铜，不宜充铸旧钱。文学批评史之山铜为诗话文论，而文集笔记则为沙金；因彼开卷已得，此必排简始见也。

日月遄迈，呆拙濡滞，肇造迄今，忽将十稔。始以讲授清华大学，策蹇疾书，草成一至三篇；秋间增删复讲，翌年笔削付印（北平人文书店出版，事变后书店停业，印出之书，付之一炬）。而四、五两篇，又在师范大学，讲习编著，亦陆续脱稿。六篇以下，属写未竟，抗战军兴，故都沦为异域，已梓三篇，亦全数焚毁，故裒集董理，重托剞劂。陈钟凡、郭绍虞两先生《中国文学批评史》，方宗岳先生《中国文学批评》，日人铃木虎雄《中国古代文艺论史》，皆曾参阅；朱自清、朱东润、伍叔傥、汪辟疆、李翊灼、李长之、胡小石、吴世昌、楼光来、黎锦熙、刘盼遂、刘汝霖、储皖峰诸先生，皆曾商正；匡启之谊，所不敢忘。汉班彪论司马迁《史记》，“采获今古，贯穿经传，一人之力，文重思烦，故刊落不尽，多不齐一”。矧余不材，宁免疵累？世有君子，可览教焉。三十一年双十节自序于中央大学。

付印时，以篇辞繁重，分为《周秦两汉文学批评史》、《魏晋六朝文学批评史》、《隋唐文学批评史》、《晚唐五代文学批评史》四册，宋以后亦陆续刊布焉。三十二年元月二十六日，根泽又记。

第一篇　周秦文学批评史

第一章　绪言

一　文学界说

欲研究“中国文学批评史”，必先确定“文学批评界说”；欲确定“文学批评界说”，必先确定“文学界说”。“文学界说”，各家纷纭，莫衷一是，这是由于取义的广狭不同。

（一）广义的文学——包括一切的文学。主张此说者，如章太炎先生《国故论衡·文学论略》云：“文学者，以有文字著于竹帛，故谓之文；论其法式，谓之文学。”

（二）狭义的文学——包括诗、小说、戏剧及美文。主张此说者，如萧子显《南齐书·文学传论》云：“文章者，盖情性之风标，神明之律吕也。”梁元帝《金楼子·立言》篇下云：“今之儒博穷子史，但能识其事，不能通其理者谓之学；至如不便为诗如阎纂，善为章奏如伯松，若是之流，泛谓之笔；吟咏风谣，流连哀思者，谓之文。”合乎这个定义的，现在止有诗、小说、戏剧及美文。

（三）折中义的文学——包括诗、小说、戏剧及传记、书札、游记、史论等散文。主张此说者，如宋祁《新唐书·文艺传序》首称：“唐有天下三百年，文章无虑三变。”所谓三变，指王勃、杨炯一变，张说、苏颋一变，韩愈、柳宗元一变。王杨所作是骈文，张苏所作是制诰文，韩柳所作是古文。又云："今但取以文自名者，为'文艺篇'。"而文章家和诗人，都拉来入传。则所谓文章、文艺，包括骈文（制诰文也大半是骈文）、散文（古文）和诗。

惟过去的传统观念，以为词曲小说，不得与诗文辞赋并列，实则诗文辞赋有诗文辞赋的价值，词曲小说有词曲小说的价值。所以我在《中国文学史类编》里，分中国文学为诗歌、乐府、词、戏曲、小说、辞赋、骈散文七种，统予叙述，无所轩轾。

自然这是采取的折中义，所以不把凡著于竹帛的文字都请入文坛，也不把骈散文推出文坛。不过西洋文学的折中义，只包括诗、小说、戏剧和散文；中国则诗以外的韵语文学，还有乐府、词和辞赋，散文以外的非韵语文学还有骈文（也有人把骈文归入韵文，理由是骈文有韵律），也当然不能屏弃，也当然可以包括在折中义的文学领域。至佛典的翻译文学，因为占据的时期很短，所以在《中国文学史类编》里分述于骈散文和戏曲，没有特辟一类；而那时的讨论翻译的文章，在文学批评上，占有重要位置，在这里也应当采入。

采取广义、狭义或折中义，是个人的自由。我虽采取折中义，并不反对别人采取广义或狭义。不过我之采取折中义也有三种原因：第一，中国文学史上，十之八九的时期是采取折中义的，我们如采取广义，便不免把不相干的东西，装入文学的口袋；如采取狭义，则历史上所谓文学及文学批评，要去掉好多，便不是真的"中国文学"、真的"中国文学批评"了。第二，就文学批评而言，最有名的《文心雕龙》，就是折中义的文学批评书，无论如何，似乎不能捐弃。所以事实上不能采取狭义，必需采取折中义。第三，有许多的文学批评论文是在分析诗与文的体用与关联，如采取狭义，则录之不合，去之亦不合，进退失据，无所适从；而采取折中义，则一切没有困难了。

二　文学批评界说

近来的谈文学批评者，大半依据英人森次巴力（Saintsbury）的《文学批评史》（*The History of Criticism*）的说法，分为：主观的、客观的、归纳的、演绎的、科学的、判断的、历史的、考证的、比较的、道德的、印象的、赏鉴的、审美的十三种。依我看是不够的。按"文学批评"是英文 Literary Criticism 的译语。Criticism 的原来意思是裁判，后来冠以 Literary 为文学裁判，又由文学裁判引申到文学裁判的理论及文学的理论。文学裁判的理论就是批评原理，或者说是批评理论。所以狭义的文学批评就是文学裁判；广义的文学批评，则文学裁判以外，还有批评理论及文学理论。

由文学裁判到批评理论及文学理论的过程，约如下表：

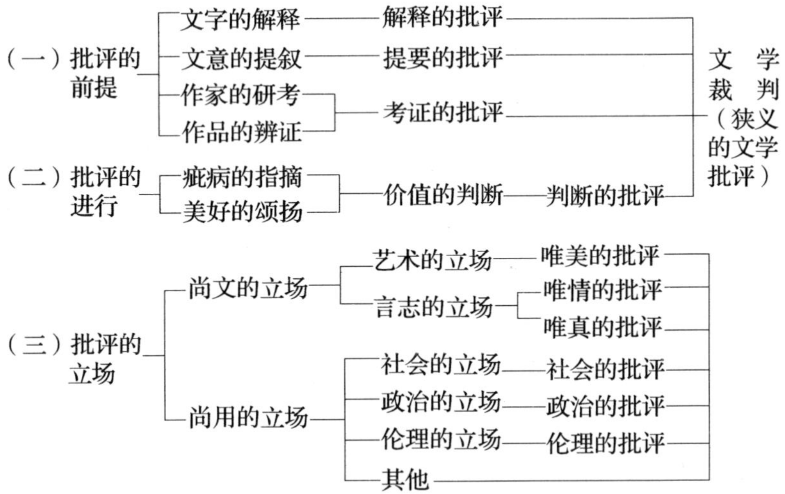

- （四）批评的方法
  - 主观的方法——主观的批评
  - 客观的方法——客观的批评
  - 演绎的方法——演绎的批评
  - 归纳的方法——归纳的批评
  - 印象的方法——印象的批评
  - 赏鉴的方法——赏鉴的批评
  - 科学的方法——科学的批评
  - 历史的方法——历史的批评
  - 比较的方法——比较的批评
  - 象征的方法——象征的批评
  - 心理的方法——心理的批评
  - 其他
- （五）批评的错误
  - 能力欠缺
  - 是己非人
  - 爱同憎异
  - 贵古贱今
  - 贵今贱古
  - 贵远贱近
  - 贵近贱远
- （六）批评的批评
  - 错误的驳正
  - 允当的称述
  - ——价值的判断

——批评理论（批评论）

- （七）批评的建设
  - 内容方面——文学观念
  - 形式方面——文学方法
  - ——文学理论（文学论）

这是自文学裁判至批评理论及文学理论的过程，同时也就是狭义的文学批评与广义的文学批评的分别界说。狭义的文学批评只包括文学裁判，也就是只包括（一）批评的前提，和（二）批评的进行两段过程。广义的文学批评，不只包括文学裁判，而且包括批评理论及文学理论，也就是包括（一）批评的前提，（二）批评的进行，（三）批评的立场，（四）批评的方法，（五）批评的错误，（六）批评的批评，（七）批评的建设七段过程。我对文学界说，采取折中义，但对文学批评界说，则采取广义。这是因为：

（一）狭义的文学批评只是对于过去的或者说是已成的作家或作品的裁判，被裁判的作者如或是未死的今人，也许可以因了批评者的裁判而有所转变；被裁判者如或是已死的古人，则盖棺已定的作品，决不能因了批评的裁判而划然改观。固然批评的职责不只在指导作者，还在指导读者；但既不能指导作者，则批评的职责已失去一半，批评的价值也失去一半。所以从批评的职责与价值而言，需要采取广义的文学批评界说。

（二）批评者对任何作家与作品的裁判，大都是见仁见智，人各不同，这是由于各人的批评立场与批评方法不同。有的批评者，在进行批评之前，首先说明自己的立场与方法，有的并不说明。不过虽不说明，而他的如何裁判，仍然决定于他的立场如何与方法如何。譬如赞成尚用的人，不会颂扬尚文的文学家；采用客观的批评方法者，不会下主观的武断批评。所以欲深切的了解批评者的批评，必先探求批评者的立场与方法。批评的立场与方法都属于批评理论，都属于广义的文学批评。所以事实上也非采取广义的文学批评界说不可。

（三）我们研究文学批评的目的，就批评而言，固在了解批评者的批评，而尤在获得批评的原理；就文学而言，固在藉批评者的批评，以透视过去文学，而尤在获得批评原理与文学原理，以指导未来文学。所以我们不能只着眼于狭义的文学批评的文学裁判，而必需着眼于广义的文学批评的文学裁判及批评理论与文学理论。

（四）中国的文学批评本来就是广义的，侧重文学理论，不侧重文学裁判（详五节）。所以研究"中国文学批评"，必需采取广义，否则不是真的"中国文学批评"。

不过广义的文学批评，虽然包括文学裁判、批评理论及文学理论三部分，但从事文学批评者，却不妨只从事于任何一部分或任何一部分中之一部分。从事任何一部分或任何一部分中之一部分，皆在文学批评上占一位置。惟文字的解释、文意的提叙、作家的研考、作品的辨证四种，虽是批评的前提，但都自成一种专门之业，所以非遇必要时，概不涉及。其余则不分轩轾，一律提叙。

另外有须附带说明的，中文的"批评"一词，既不概括，又不雅驯，所以应当改名"评论"。批，《说文》作攙，"反手击也"。《左传·庄十二年》"宋万遇仇牧于门，批而杀之"，《庄子·养生主》篇"批大隙，导大窾"都是批击之意。到唐代便引申为批示批答。《新唐书》卷一六九《李藩传》："迁给事中，制有不便，就敕尾批却之。"徐师曾《文体明辨》云："至唐始有批答之名，以为天子手批而答之也。其后学士入院，试制诏批答共三篇，则求代言之人，而词华渐繁矣。"到宋代的场屋陋习，便有所谓批注。《古文关键》载佚名旧跋云："余家旧藏《古文关键》一册，乃前贤所集古今文字之可为人法者，东莱先生批注详明。"张云章《古文关键序》云："观其标抹评释，亦偶以是教学者，乃举一反三之意。且后卷论策为多，又取便于科举。"可见《古文关键》

的批注评释是为的“取便于科举”，而科举场屋的批注评释，也由此可以窥其涯略。后来的科场墨卷，都有眉批总评，也可以证明眉批总评的批评，源于场屋。这种批评就文抉剔，当然只是文学裁判，不能兼括批评理论及文学理论，所以不概括；其来源是场屋陋习，所以不雅驯。

西洋所谓 Criticism，中国古代名之曰“论”。《说文》“论，议也”。汉时的王充作有《论衡》、《政务》等书，有人推许为“可谓作者”，王充云：“非作也，亦非述也，论也。论者，述之次也。《五经》之典，可谓作矣；太史公书，刘子政序，班叔皮传，可谓述矣；桓君山《新论》，邹伯奇《检论》，可谓论矣。今观《论衡》、《政务》，桓邹之二论也，非所谓作也。造端更为，前始未有，若仓颉作书，奚仲作车是也。《易》言伏羲作八卦，前是未有八卦，伏羲造之，故曰作也；文王图八，自演为六十四，故曰衍。谓《论衡》之成，犹六十四卦，而又非也。六十四卦以状衍增益，其卦益，其数多；今《论衡》就世俗之书，订其真伪，辨其实虚，非造始更为，无本于前也。”（《论衡·对作》篇）由此知“论”是“就世俗之书，订其真伪，辨其实虚”，正是西洋的 Criticism。自然《论衡》所谓“订其真伪，辨其实虚”的“世俗之书”，不限于文学书，但文学书也包括在内。稍后的曹丕所作的《典论》中的《论文》篇，是中国的最早的 Literary Criticism 的专文，也是取名曰“论”。所以以中文翻译 Criticism，无论如何不能不用“论”字。

段玉裁《说文解字注》云：“论从仑，会意。亼部曰：‘仑，思也。’龠部曰：‘仑，理也。’此非两义。‘思’如玉部‘鰓理自外，可以知中’之‘鰓’。《灵台》‘于论鼓钟’，毛曰：‘论，思也。’此正许所本。《诗》‘于论’，正‘仑’之假借。凡言语循其理、得其宜谓之论，故孔门师弟子之言谓之《论语》。”所以“论”虽是“就世俗之书，订其真伪，辨其实虚”，但比较偏于理论方面。至偏于裁判方面的则曰“评”。评，《说文》作平，“语平舒也”。朱骏声《通训定声》云：“《淮南·时则》‘上帝以为物平’，注‘读评议之评’。”《论衡·非韩》篇云：“举王良之法，与宋人之操，使韩子平之，韩子必是王良而非宋人矣。”《后汉书·许劭传》云：“劭好核论乡党人物，每月更其品题，故汝南俗有月旦平焉。”这是对于人物的裁判。陈寿《三国志》，传后有“评”，虽也是对于人物的裁判，但意义较广。所以刘勰《文心雕龙·论说》篇云：“评者，平理。”稍后遂用指对于文学的裁判。如锺嵘所作的裁判一百二十多位诗人的《诗品》，就是原名《诗评》。

至“评论”二字的连为一词，在汉末魏晋便已屡见不鲜。如王符《潜夫论·交际》篇云：“平议无埻的。”李康《家诫》引司马昭云：“天下之至慎者，其惟阮嗣宗乎！每与之言，言及玄远，而未尝评论时事，臧否人物。”（引见《世说新语·德行》篇注）王隐《晋书》称刘毅“亮直清方，见有不善，必评论之”（同上），都是指的人物评论。至指文书评论者，如范晔《狱中与诸甥侄书》云：“详观古今著述及评论，殆少可意者。”颜之推《家训·文章》篇云：“学为文章，先谋亲友，得其评论，然后出手。”①后来说到文学评论的更多，不一一列举。所以似应名为“文学评论”，以“评”字括示文学裁判，以“论”字括示批评理论及文学理论。但“约定俗成”，一般人既大体都名为“文学批评”，现在也就无从“正名”，只好仍名为“文学批评”了。

① 此依《四部丛刊》影明辽阳傅氏刊本，卢文弨校宋本作“评裁”。

三 文学与文学批评

文学批评包括文学裁判、批评理论及文学理论三大部分，文学裁判的职责是批评过去文学，文学理论的职责是指导未来文学，批评理论的职责是指导文学裁判。所以文学裁判和文学理论对文学的关系是直接的，批评理论对文学的关系是间接的。

文学裁判的职责既是批评过去文学，所以他的产生必在文学之后。英人高斯（Gosse）云："从前的批评家每认定一种规律，衡量一切文学，由是创造的想象所完成的作品，如勃莱克、基慈、弥尔敦的诗，常常因为不合乎他们的规律，为他们所指摘。"是的，批评家所根据的是旧规律，作家所创造的是新风格，新风格当然不合旧规律，由是为他们指摘。殊不知他们所根据的旧规律，是过去的新风格；现在的新风格，也可成为将来的旧规律。因此作家诋批评家为作家的尾巴，永远跟在作家后面。至就体裁而言，更当然是创作在前，批评在后，没有小说何有小说批评，没有戏剧何有戏剧批评：所以文学批评中的文学裁判部分，确是在创作之后。

文学裁判部分在创作之后，文学理论部分则在创作之前。沈约首创四声八病的诗学方法，他的诗却往往触犯声病（详三篇四章六节），一直等到唐初才完成究极声病的律诗。最有趣的是李谔的反对"竞骋文华""寻虚逐微"的《上文帝论文体轻薄书》，正是用的"竞骋文华""寻虚逐微"的文体（详四篇六章二节）；胡适之先生提倡白话的《改良文体刍议》，正是用的文言。* 这是因为理论可以紧

---

* 1957年版删去胡适之名，此句改为："早期的提倡白话文的文章，正大都是用的文言。"——校者注

随社会文化为转移，创作则需有积日累月的文学修养。正同于缠足的妇女可以提倡天足，但天足的出现却要相当时期：所以文学裁判虽跟在创作之后以批评创作，文学理论却跑在创作之前而领导创作。

四　文学史与文学批评史

文学批评中的文学裁判既尾随创作，文学理论又领导创作，所以欲彻底地了解文学创作，必借助于文学批评；欲彻底地了解文学史，必借助于文学批评史。但文学批评不即是文学创作，文学批评史不即是文学史，所以文学史上的问题，文学批评史上非遇必要时，不必越俎代庖。叙述一个人的文学批评，不必批评他的文学创作，更不必胪举别人对他的文学创作的批评（自然如批评他的批评，可以举他的文学创作为证，也可以举他人的批评为证）。苏轼称韩愈"文起八代之衰"，文学史上叙到韩愈不妨征引，文学批评史叙到韩愈则不必征引；要征引也只能等到叙述苏轼的时候。

文学史的目的之一是探述文学真象，文学批评史的目的之一是探述文学批评真象，文学批评真象不即是文学真象，所以文学史上不必采取甚或必需驳正的解说，文学批评史上却必需提叙，且不必驳正。例如文学史上叙到《诗》三百篇，不必且不可采取经古文家说，谓"《关雎》，后妃之德也"；也不必且不可采取经今文家说，谓"《关雎》，刺康王也"。因为文学史要探述文学真象，就《关雎》的本身看来，找不到美后妃的赞言，也找不到刺康王的讽语，当然无庸采取；采取也要据“经”驳“传”，指明纯出附会。但文学批评史上却不能忽略美刺说：一则美刺说是一种解释的批评，既有这种批评，文学批评史为探述文学批评真象，便不能不叙。二则解释的错误，虽似不可饶恕，创说的价值究竟不可泯灭；《关雎》的作者，自然不见得是在美后妃或刺康王，白居易的作新乐府则确是采取美刺方法（详二篇三章七节），所以也不应不叙。

解释的批评应当叙述，批评的解释也应当叙述。例如赋比兴也是一种解释的批评，《诗》三百篇的作者未必预先自己拟定这样的三种义例。所以经今文家说是比的，经古文家未必也说是比，就是今文家的齐、鲁、韩也不一致（详二篇一章三节）。可见这种分析也是附会，文学史上可以从略，文学批评史却应当叙述。不惟最早的赋比兴的分析应当叙述，后来的赋比兴的种种解释，也应当分别叙述。刘勰《文心雕龙》特立《比兴》篇，言“比者附也，兴者起也。附理者切类以指事，起情者依微以拟义”。又分析比云：“比类不常，或喻于声，或方于貌，或拟于心，或譬于事。”（详三篇八章五节）锺嵘《诗品序》则云：“文已尽而意有余，兴也；因物喻志，比也；直书其事，寓言写物，赋也。宏斯三义，酌而用之，干之以风力，润之以丹彩，使味之者无极，闻之者动心，是诗之至也。若专用比兴，则患在意深，意深则词踬；若专用赋体，则患在意浮，意浮则文散，嬉成流移，文无止泊，有芜漫之累矣。”（详三篇九章四节）赋比兴的分析，不见得合乎作诗人的意旨，刘、锺的解说也不见得合乎创说人的意旨。就文学史而言，应当采用合乎作诗人的意旨的言论；就文学批评史而言，合乎作诗人或创说人的意旨的言论，只有解释的价值，取旧说赋新义的不合作诗人或创说人的意旨的言论，才有创造的价值。所以经学家的注释赋比兴还可以不必叙述，文论家的阐发赋比兴却必需叙述：总之，文学批评史虽与文学史有关，但文学批评史的去取褒贬，不能纯以文学史为标准。

五　中国文学批评的特点

西洋的文学批评偏于文学裁判及批评理论，中国的文学批评偏于文学理论。所以他们以原训"文学裁判"的 Literary Criticism 统括批评理论及文学理论，我们的文学批评，则依鄙见，应名为"文学评论"。他们自罗马的鼎盛时代，以至十八世纪以前，盛行着"判官式的批评"，有一班人专门以批评为业，自己不创作，却根据几条文学公式，挑剔别人的作品。由是为作家憎恶，结下不解的冤仇。十九世纪以后，才逐渐客气，由判官的交椅，降为作家与读者的介绍人。后来法朗士诸人的印象派批评家起来，更老实说真正的批评，只是叙述他的魂灵的在杰作中的冒险。不过无论如何谦逊，批评与创作，究竟是对立的两件事情，直到近代才逐渐融合。譬如英国近代诗人爱理阿德（T. S. Eliat）主张"创作必寓批评"，意大利美学家克罗齐（B. Croce）主张"批评必寓创作"（自"罗马的鼎盛时代"至此，依据朱光潜先生的《创作的批评》，见《大公报 · 文艺副刊》第一四七期）。但在中国，则从来不把批评视为一种专门事业。刘勰的《文心雕龙》是一部体大思精的文学批评书，但其目的不在裁判他人的作品，而是"论文叙笔"，讲明"文之枢纽"（《序志》篇）。其他的文学批评书，也大半侧重指导未来文学，不侧重裁判过去文学。只有锺嵘的《诗品》,品评了一百二十位诗人,而他自己并不是作家。但一则他对于作家的褒多于贬,并不似西洋之判官式的批评家,专门的吹毛求疵。二则他的目的似乎也是在借以建立一种诗论,不是依凭几条公式来挑剔他人的作品。所以似乎也不可与西洋的批评专家同日而语。就算他是批评专家吧,但这种批评专家,在中国也实在太少了。后来讲古文的,如唐宋的八大家,清代的方苞、姚姬传、曾国藩;讲诗的,如唐代的李、杜、元、白,清代的王士祯、赵执信、袁枚;讲词的如宋代的张炎;讲曲者如清初的李渔,都是划时代的作家。惟其是划时代的作家,所以各有一套新的文学理论。自然发表新的文学理论,不免批评旧的文学作品;但其目的在建设文学理论,不在批评文学作品。建设文学理论,不是用为批评的工具(自然也有时不免用以批评),而是用为创作的南针。这种南针不只用以渡人,而且用以自励。所以假使说这些人所讲的是批评,则批评不是创作的裁判,而是创作的领导;批评者不是作家的仇人,而是作家的师友。所以中国的批评,大都是作家的反串,并没有多少批评专家。作家的反串,当然要侧重理论的建设不侧重文学的批评。

唯其如此,所以西洋的文学裁判(狭义的文学批评)特别发达,批评理论也特别丰富。如批评莎士比亚的书籍和论文,便真是汗牛充栋,不计其数。同时所谓主观的批评(Subjective Criticism),客观的批评(Objective Criticism),鉴赏的批评(Apprevitive Criticism),科学的批评(Sientific Criticism),演绎的批评(Deductive Criticism),归纳的批评(Inductive Criticism),性格的批评(Personal Criticism),形式的批评(Formal Criticism)以及其他各式各样的批评理论,诚如雨后春笋,随地而生。返观中国,不惟对这些批评理论不感觉兴趣；对文学作家及作品的批评也很冷淡。如最古的文学家是屈原，最大的诗人是杜甫，注解《楚辞》和杜诗的专书虽很多，批评《楚辞》和杜诗的专书则很少。不只对《楚辞》和杜诗不愿以全力作批评，对其他的作品也不愿以全力作批评。所以以“评”名书或文者已经不多，以“批评”名书或文者，更绝对没有；有之如无聊选家——特别是制艺选家的眉批总评，又毫无价值，没有特别提叙的必要。但对于文学裁判虽比较冷淡，对于文学理论则比较热烈。中国人喜欢论列的不是批评问题，而是文学问题，如文学观、创作论、言志说、载道说、缘情说、音律说、对偶说、神韵说、性灵说以及什么格律、什么义法之类，五光十色，先后映耀于各时代的文学论坛。在西洋也不是没有，但其比较冷淡，正同中国之对于批评的冷淡一样。

此中原因甚多，最重要的当然是自然条件，这是因为人是地面产物，受地面养育，同时也受地面限制。亚里士多德在他的《政治学》中，以地理风土解释人民的偏于勇敢或智慧。孟德斯鸠也说寒冷的国度注重道德，温和的国度情欲活跃。魏徵等的《隋书·文学传》和李延寿的《北史·文苑传》也都从地理方面说明江左的文学“宫商发越，贵于清绮”，河朔的文学“词义贞刚，重乎气质”（详四篇五章四节）。可见自然能以左右文化。欧洲的文化，发源于温和的地中海沿岸，经济的供给较丰富，海洋的性质较活泼，由是胎育的文化，尚知重于尚用，求真重于求好。中国的文化，发源于寒冷的黄河上游，经济的供给较俭啬，平原的性质较凝重，由是胎育的文化，尚用重于尚知，求好重于求真。《左传·襄二十四年》载有后人艳称的所谓“三不朽”，是“太上有立德，其次有立功，其次有立言”。立言由于不能立德立功，则所立之言，当然以“德”与“功”为依归。德不苛于责人,功必先求自立。过去的是非,何必琐琐计较,未来的好坏,必需明定准绳。整个的民性如此,整个的文化如此,对文学也当然不斤斤于批评过去,而努力于建设未来:所以中国的文学批评偏于文学理论,与西洋之偏于文学裁判及批评理论者不同。

六　文学批评与时代意识

文学批评的对象是文学,演奏者是文学批评家,演奏的舞台是空间和时间。所以可随空间时间而异,也可随文学批评家而异,也可随文学体类而异。

横的各国文学批评异同,大半基于空间关系;纵的一国文学批评流别,大半基于时间关系。所以中国文学批评的特点,我们归之地理的自然条件;中国文学批评的演变,我们则归之历史的时代意识。

时代意识的形成,由于社会、经济、政治、学艺及其所背负的历史。譬如初唐的诗论,偏重对偶方法的提供(详四篇一、二两章),盛、中唐的诗论,偏重“上以补察时政,下以泄导人情”的功能(详四篇三、四两章)。用现在的术语说来,前者是艺术文学的方法,后者是人生文学的理论,绝对的相反不同。盛中唐继初唐之后,本可以“率由旧章”,何以偏要不惮烦的改革,这是由于社会、经济、政治、学艺及其所背负的历史的“实逼处此”。

盛中唐的人生文学理论,自以元稹和白居易为集其大成,而序幕的揭开,则始于元白以前的陈子昂。陈子昂《与东方左虬修竹篇序》云:“文章道弊五百年矣!汉魏风骨,晋宋莫传,然而文献有可征者。仆尝暇时观齐梁间诗,彩丽竞繁,而兴寄都绝,每以永叹,窃思古人,常恐逶迤颓靡,风雅不作,以耿耿也。”(《全唐诗》二函三册陈子昂卷一)又《喜马参军相遇醉歌序》云:“吾无用久矣!进不能以义补国,退不能以道隐身。……日月云迈,蟋蟀谓何?夫诗可以比兴也,不言曷著?”(同上)诋斥彩丽的齐梁诗,就是反对艺术文学,鼓吹比兴的风雅诗,就是提倡人生文学。

人生文学的目的是“以义补国”。何以要“以义补国”?因为陈子昂正当高宗末年以至武后的时代,唐朝的国家,已不似贞观、永徽之盛,急需各方面的补救。这不用繁征博引,止就陈子昂的文章已得到充分的证明。如《谏灵驾入京书》云:“顷遭荒馑,人被荐饥。自河而西,无非赤地;循陇以北,罕逢青草。莫不父兄转徙,妻子流离,委家丧业,膏原润莽。”(《全唐文》卷二一二)“膏原润莽”的是弱者,至强者则依附豪族,聚群劫杀。《上蜀川安危三条》云:“今诸州逃走有三万余,在蓬、渠、果、合、遂等州山林中,不属州县;土豪大族,阿隐相容,征敛驱役,皆入国用。其中游手惰业亡命之徒,结为光火大贼,依凭林险,巢穴其中,……攻城劫县,徒众日多。”(同上卷二一一)人民流亡,愈促豪族兼并;豪族兼并,也愈促人民流亡,互为因果,成为大乱。息内乱赖于政,而当时的政治又非常的腐败。同上文云:“蜀中诸州百姓所以逃亡者,实缘官人贪暴,不奉国法,典吏游容,因此侵渔;剥夺既深,人不堪命,百姓失业,因即逃亡。”内乱既起,外患也乘机侵入。《为乔补阙论突厥表》云:“陛下统先帝之业,履至尊之位,丑虏狂悖,大乱边陲。”(同上卷二〇九)北方的突厥扰边,西方的吐蕃也内犯。《上军国机要事》云:“臣闻吐蕃近日将兵围瓜州。……国家比来勍敌,在此两蕃。至于契丹小丑，未足以比类。”（同上卷二一一）御外侮赖于军，而当时的军事，也非常的腐败。同上文云：“近者辽军张立遇等丧律，实由内外不同心，宰相或卖国树恩，近臣或附势私谒，禄重者以拱默为智，任权者以倾巧为贤，群居雷同，以徇私为能，媚妻保子，以奉国为愚。陛下又宽刑漏网，不循名实，遂令纲纪日废，奸宄滋多。”

国家社会这样的岌岌可危，有知之士，不能不思“以义补国”。“以义补国”是多方面的，诗歌也应负点责任，所以欲其放弃彩丽的艺术诗，改作比兴的风雅诗，而人生文学的理论生焉。由此知人生文学的理论是时代产物。同样艺术文学的理论也是时代产物，不过时代不同，产生的理论亦异而已。

七　文学批评与文学批评家

文学批评是时代产物，但同一时代所产生的文学批评，和同一父母所产生的儿女一样，没有两个是完全相同的。譬如李白和杜甫，同是盛唐时人，同是诗作家，又是很要好的朋友。李白提倡古风，说：“大雅久不作，吾衰竟谁陈！王风委蔓草，战国多荆榛。”又说：“圣代复元古，垂衣贵清真。”（详四篇三章二节）杜甫则兼取古律，而尤耽律诗。就诗人而言，“不薄今人爱古人”。就时代而言，“后贤兼旧列，历代各清规”。就诗而言，一面说“大雅何寥阔”，一面又说“觅句新知律”，“晚节渐于诗律细”（详四篇三章三节）。又如韩愈和柳宗元，同是中唐时人，同是古文家，又是很要好的朋友。韩愈说：“愈之志在古道，又甚好其言辞。”（详四篇七章二节）柳宗元则说：“凡人好辞工书者，皆病癖也。”（详四篇七章五节）

这固然由于任何时代的社会关系都是复杂的，所以反映出来的文学也不能一致，但最大的原因由于批评家的个性不同。小泉八云（Lafcadio Hearn）说：最下等的人间里面，所有的人之习惯、思想、感情等等，非常相似，各人的差别不强。人间逐渐高等，各人的差异也逐渐显著。至成为知识阶级的人，其个性特别发达，我们决不能看到两位教授对一个问题抱同样见解（见 *Interpretation of Literature*）。因此，假使将文学批评分为一般的批评与专家的批评两种，则一般的批评差别较少，专家的批评差别更大。

专家的批评差别虽大，也并不能遗世独立，与时代无关。不过不是时代的应声虫；大约非领导时代，则反抗时代。我在《古史辨》第四册自序云："无论何人之学说或文艺，虽不能不归功于作者之创造力，而自己之立场，前此之历史，并时之社会，皆与之有极强之关系。此其影响虽千端万绪，难以缕述；然约而言之，不外因自己之立场，观察社会之急需，而对历史上之学说或文艺，予以积极的演进，或消极的改造而已。"（开明书店出版）积极的演进与消极的改造是相互为用的，对此一部分尽管极力改造，对彼一部分不妨极力演进。譬如倡导缘情的文学者，对历史上的缘情说，当然为之发挥光大；对历史上的载道说，则只有诋谋改革。但一般说来，总有所偏。譬如王充的文学批评偏于消极的改造，是反抗时代（详二篇四章）；韩愈的文学批评偏于积极的演进，是领导时代（详四篇七章一至四节）*。

至一般的文学批评则真是时代的应声虫，既不敢反抗时代，也

* 此处 1957 年版改为："杜甫的文学批评偏于积极的演进，是发展时代（详四篇三章三节）。"——校者注

不能领导时代，不前不后的跟着时代走，论理没有多大价值。但一则惟其不前不后的跟着时代走，所以可借窥时代的真象。二则专家的批评，产生于一般的批评，没有一般的批评，造不成专家的批评。三则文学与哲学不同，哲学是比较专家的事业，文学是多数人的事业，所以一般人之对于文学，也比较喜欢表示意见。有此三种原因，所以不能只述专家的批评，不述一般的批评。

八　文学批评与文学体类

文学批评不但随人而异，也随文体而异。譬如古文大家韩愈的私淑老师独孤及，在"文"一方面，自然提倡简易载道，反对繁缛缘情。所以于《唐故殿中侍御史赠考功郎中萧府君文章集录序》里，力主"修其词，立其诚"。于《检校尚书吏部员外赵郡李公中集序》里，力主"本乎王道，以五经为泉源"。排斥"饰其词而遗其意者"，说"润色愈工"，"其实愈丧"。而以"俪偶章句，使枝对叶比"，为"大坏"的文章（详四篇六章六节）。但在"诗"一方面，则反而提倡绮靡缘情，反对质朴无文。于《唐左补阙安定皇甫公集序》云：

> 五言诗之源，生于《国风》，广于《离骚》，著于李苏，盛于曹刘，其所自远矣。当汉魏之间，虽以朴散为器，作者犹质有余而文不足。以今揆昔，则有朱弦疏越太羹遗味之叹。历千余岁，而沈詹事（佺期）、宋考功（之问），始裁成六律，彰施五色，使言之而中伦，歌之而成声；缘情绮靡之功，至是乃备。

这似乎是时代的或个人的矛盾，实则是因为文学的体类不同，所以文学的批评亦异。从历史上看来："文"一方面，由魏晋六朝的骈俪文的反响，激起古文运动，自北周的苏绰、北齐的颜之推、隋代的李谔，即逐渐提倡，至唐代而集其大成。"诗"一方面，则由汉魏六朝的古诗的反响，自沈约一班人即讲究声病，至唐代而格律益密，完成所谓绝律诗。从社会政治上看来，初盛唐是以"文"治天下，以"诗"饰太平的。唯其以文治天下，所以文须简易载道；唯其以诗饰太平，所谓诗须绮靡缘情。从心理上看来：心理有理智，亦有情感；理智的建设是"道"，情感的需要是"情"；"道"的形式要简易，"情"的形式要绮靡；所以一方面提倡简易载道之文，一方面提倡绮靡缘情之诗。

其实诗与文的分道扬镳，周秦已经如此。就以孔子的话作例吧。他说："诗可以兴，可以观，可以群，可以怨。"自有"情"的倾向（详二章四节）。文呢，他释为"敏而好学，不耻下问"（详三章三节*），显然与"诗"不同。至后世词曲既兴，与诗文更迥然殊异。如沈义父《乐府指迷》云：

> 作词与诗不同，纵是用花卉之类，亦须略用情意，或要入闺房之意；如只直咏花卉，不着些艳语，又不似词家之体例。

词与诗尚且不同，与文更不必谈。因此，有的批评，固是为一般的文学而设；有的批评，则是专为某类文学而设。如唐初的对偶说只用于诗，不用于文；桐城派的"义法"，又只用于文，不用于诗。

---

* 原文作"详三章四节"。——校者注

九　史家的责任

如第四节所言，欲彻底的了解文学创作，必借助于文学批评；欲彻底的了解文学史，必借助于文学批评史。可惜叙述“中国文学史”的书，已有相当部帙，叙述“中国文学批评史”的书，则尚不多见，这诚然是莫大的遗憾。

叙述“中国文学批评史”的书，虽尚不多见，但中国文学批评自有其历史。本来所谓历史有两种意义，一指“事实的历史”，一指“编著的历史”。“编著的历史”之无，并不妨害“事实的历史”之有。不过无“编著的历史”，则一般人之对于“事实的历史”，难以认识，难以理解。所以需要有人就“事实的历史”，写成“编著的历史”。

“事实的历史”，无所谓责任；有之也不由任何一人担负。“编著的历史”，其责任有两种说法：一是纯粹的史学家说，谓历史的责任是记述过去。一是功利主义的史学家说，谓历史不仅在记述过去，还要指导未来，就是所谓“以古为鉴”。惟其独重记述过去，所以偏于“求真”。惟其兼重指导未来，所以偏于“求好”。这是一般的分别。实则“求好”亦须植基于“求真”，否则所求之“好”，不是“真好”。孔子云：“殷因于夏礼，所损益可知也。周因于殷礼，所损益可知也。其或继周者，虽百世可知也。”（《论语·为政》篇）章学诚云：“所谓好古者，非谓古之必胜于今也；正以今不殊古，而于因革异同，求其折衷也。”（《文史通义·说林》篇）“以古为鉴”的意思，并不是重演古事，而是以古事为今事的借镜。古人在某种历史阶段、某种社会环境下，所演唱的种种古事，其成败利钝，胥可按往推来，为今后的准绳。换言之，就是根据过去的变革事实，指导未来的变革路向。未来的变革路向，既根据过去的变革事实，则根据的变革如不是事实，则指导的变革也必定错误。所以不惟站在纯粹的史学家的立场，必须"求真"；就是站在功利主义的史学家的立场，也必须"求真"。"求真"以后，才能进而"求好"。

这是就普通史而言，至学艺专史，则编著者，除史学家外，还有学艺家。即如文学批评史，便可由史学家编著，亦可由文学批评家编著。史学家所编著的文学批评史，或独重过去文学批评的记述，或兼重未来文学批评的指导；前者是纯粹的史学家，后者是功利主义的史学家。文学批评家所编著的文学批评史，也可分为两类：一是根据过去的文学批评，创立新的文学批评。这与功利主义的史学家有点相近。一是为自己的文学批评寻找历史的根据。这类的文学批评史，虽尚乏例证，但如各家的唯物史观的文学史或哲学史，大半是为的唯物论之得到历史证据（唯物论之是非，乃另一问题），则文学批评史也总有被人为寻找学说的证据而编著的一日，但并不限于唯物的文学批评家。*

为寻找学说证据而作史，其目的本不在史，我们也无需以史看待。为创立新学说而作史，其创立新学说既要根据旧学说，则对于旧学说，必先明了真象。否则根据的旧学说既不"真"，创立的新学说也难"好"，所以学艺家的编著学艺史，也应先求"真"，然后再由"真"求"好"。

---

* "但如各家……批评家"，1957 年版作："但如胡适的《白话文学史》，其编著的目的很明显的是为的白话文学得到历史的证据。拿文学史推测文学批评史，将来也总有被人为寻求学说的历史证据而编著的一日。"——校者注

十 历史的隐藏

史家的责任是求“事实的历史”之真，但“事实的历史”之真却往往隐藏不见。隐藏的方式很多，大体可归纳为“原始的隐藏”和“意识的隐藏”两种。

“原始的隐藏”由于史料的缺陷。编著历史不能不根据史料，特别是古代的历史，没有史料便无从着手。但史料有三种缺陷：(一)史料对于事实有相当的距离，所以《易·系辞》上说：“书不尽言，言不尽意。”(二)史料对于事实不能尽言尽意，却有时扩大其辞，王充《论衡·艺增》篇云：“俗人好奇；不奇，言不用也。故誉人不增其美，则闻者不快其意；毁人不益其恶，则听者不惬于心。闻一增以为十，见百益以为千。故夫纯朴之事，十剖百判；审然之语，千反万畔。”孟子也因“以至仁伐至不仁”，不当“血流漂杵”，而说“尽信书，则不如无书”(《孟子·尽心下》)。(三)史料很容易散失，“文久而灭，节族久而绝”(《荀子·非相》篇)。所以孔子云：“夏礼，吾能言之，杞不足征也。殷礼，吾能言之，宋不足征也。文献不足故也。”(《论语·八佾》篇)

基于上述的三种原因，使真的历史事实，早已部分的隐藏，作史者虽有时可运用历史方法，施以相当的探讨。如自《左传》之终，以至周显王三十五年的一百三十三年之间，史无记载，而顾炎武能以意推其变(《日知录》卷十三《周末风俗》)。但大体是无可如何的。既是无如何，则史家也无甚责任可负。

“意识的隐藏”由于编著者的成见。哲学家不妨有成见，有成见往往可以创造独特的哲学。历史家最怕有成见，有成见则“事实的历史”便被摈于你的成见以外，使你不能发现。成见的养成是多方面的，而最重要的是时代意识。譬如“五四”以前的文学观念是载道的，由是《关雎》便是“后妃之德也”（《毛诗序》）。“五四”以后的文学观念是缘情的，由是《汉广》便是孔子调戏处女的证据（郑宾于《中国文学流变史》卷一第一章第二节）。刘勰的《文心雕龙》，第一篇是《原道》，第二篇是《征圣》，第三篇是《宗经》，其主张载道无疑。但在“五四”的眼光看来，这是他的托古改制的一种诡计，事实上他是不主载道的（梁绳纬《文学批评家刘彦和评传》，见《中国文学研究》）。“五四”的学者，因为时移事改，知道了古人之以传统的载道观念曲解历史，却不知自己也正作曲解历史的工作；不过不依据传统的载道观念，而改依“五四”的缘情观念而已。“后之视今，亦犹今之视昔。”（王羲之《兰亭集序》）果然，时移事改，“五四”的曲解历史，又被我们知道了。

因此编著历史者，应当有一种超然的态度。否则虽立志“求真”，而“真”却无法接近。譬如编著中国文学史或文学批评史者，如沾沾于载道的观念，则对于六朝、五代、晚明、“五四”的文学或文学批评，无法认识，无法理解。如沾沾于缘情的观念，则对于周、秦、汉、唐、宋、元、明、清的文学或文学批评，无法认识，无法理解。

十一　材料的搜求

超然就是客观。绝对的客观是没有的。如法朗士所说，吾人永远不肯舍弃自己，永远锁在自己的躯壳及环境，所以没有真正的客观（The adventures of the soul，见 *A Modern Book of Criticisms*）。但因时代意识所造成的主观成见，则以我们得时独厚，可以祛除。我们亲自看见"五四"以前的载道文学观,亲自看见"五四"的对载道文学观的革命,又亲自看见"五四"的缘情文学观的被人革命。使我们的主观成见,由时代意识造成,又由时代意识祛除。这并不是我们比古人聪明,是古人没有见过像我们这多的时代意识。假使见过这多的时代意识的我们,仍然自锁于一种胶固的时代意识以编著史书,致使历史的真象,无法显露,不惟对不起历史及读者,也对不起时代及自己。

作史之需要客观有四个阶段,一是搜求史料,二是叙述史料,三是解释史料,四是处理史料。搜求史料之最好的客观方法,莫妙于荀子所谓"虚壹而静"。《荀子·解蔽》篇云:"心未尝不臧也,然而有所谓虚;心未尝不满也,然而有所谓一;心未尝不动也,然而有所谓静。人生而有知,知而有志,志也者,臧也,然而有所谓虚;不以所已臧害所将受谓之虚。心生而有知,知而有异,异也者同时兼知之,同时兼知之两也,然而有所谓一;不以夫一害此一谓之壹。心卧则梦,偷则自行,使之则谋,故心未尝不动也,然而有所谓静;不以梦剧乱知谓之静。"特别是"虚"字,尤为重要。不然,"私其所积,唯恐闻其恶也;倚其所私以观异术,唯恐闻其美也。"(亦《荀子·解蔽》篇语)则合于自己意见的史料能以发现,异于自己意见的史料容易忽略,而历史真象,便隐藏不见了。

十二 选叙的标准

求真也不能不对史料有所选择,客观也不能不对史料有所叙述。选择叙述的标准有二:

（一）述要——述要不止是胪举大纲，且需探寻要领。黄宗羲《明儒学案》凡例云："大凡学有宗旨，是其人之得力处，亦是学者之入门处。天下之义理无穷，苟非定以一二字，如何约之，使其在我？故讲学而无宗旨，即有嘉言，是无头绪之乱丝也；学者而不能得其人之宗旨，即读其书，亦犹张骞初至大夏，不能得月氏要领也。是编分别宗旨，如灯取影。杜牧之曰：'丸之走盘，横斜圆直，不可尽知，其必可知者，是知丸不能出于盘也。'夫宗旨亦若是而已矣。"他所谓宗旨，就是现在所谓根本观念。哲学家的一切见解，以他的根本观念为出发点；批评家的一切批评，也以他的根本观念为出发点。譬如白居易对于诗的根本观念是"上以补察时政，下以泄导人情"，由是不满意晋、宋、梁、陈的诗人，说："晋、宋已还，得者盖寡。以康乐之奥博，多溺于山水；以渊明之高古，偏放于田园；江、鲍之流，又狭于此；如梁鸿《五噫》之例者，百无一二。于时六义寖微矣！陵夷至于梁、陈间，率不过嘲风雪、弄花草而已！……于时六义尽去矣！"（详四篇四章二、三两节）苏轼对于诗的根本观念是"超然""自得"的风格，由是称赞魏晋作风，说："苏李之天成，曹刘之自得，陶谢之超然，盖亦至矣！而李太白、杜子美以英玮绝世之姿，凌跨百代，古今诗人尽废；然魏晋以来高风绝尘，亦少衰矣！"（详六篇六章三节）由此知根本观念是因，对于作家作品的批评是果；由因可以知果，由果可以证因。故根本观念必需阐述，对作家作品的批评，则取足证明根本观念而止，不必一一胪列，因为那是可以推知的。曾国藩《复陈右铭书》论作文之法云："一篇之内，端绪不宜繁多。譬如万山旁薄，必有主峰；龙衮九章，但挈一领。否则首尾衡决，陈义芜杂。"（《曾文正公全集·书札》卷三十二）作文如此，修史亦复如此。这就是述要，也就是黄宗羲所谓："分别宗旨，如灯取影。”否如不“分别宗旨”，而只一一胪列批评，不惟如黄宗羲所谓“学者而不能得其人之宗旨，即读其书，亦犹张骞初至大夏，不能得月氏要领”，曾国藩所谓“首尾衡决，陈义芜杂”。而且既一一胪列批评，又必一一加以解释，这部书的繁冗庞大，真要不可想象，恐怕天地虽宽，也无法容留这样“巨著”！

不过学者虽都有自己的宗旨——就是根本观念，却不一定自己说出。孔子说“吾道一以贯之”，就没有说出贯之之一是什么。编著各种学艺史的目的之一，就是探寻这种没有自己说出的宗旨，使读者能以得其要领。就以南朝的两位大批评家作例吧：刘勰于《文心雕龙·序志》篇云“盖《文心》之作也，本乎道”，知他对于文学的根本观念是“道”（详三篇八章三节）。锺嵘《诗品》批评了一百二十位诗人，必有他的批评标准，也就是他对于诗的根本观念，但就没有像刘勰般的自己说出。依据我的探寻结果，他的根本观念似是“自然”。知者，固然因为他有“自然英旨，罕值其人”之叹；又由他驳斥用事用典，宫商声病、繁密巧似，也可以反证“自然”是他的诗学宗旨（详三篇九章二节）。所以我们固然可以由根本观念，推知批评；但有时却要归纳批评，探寻根本观念。

一个学者有一个学者的根本观念，一个时代也有一个时代的根本观念，就是所谓“时代意识”。因此我们的述要，不止要提举各位批评家的要领，还要提举各个时代的要领。概括的说，对于伟大的批评家，要探寻他自己的根本观念；对于一般的批评家，则只探寻时代的根本观念。因为独特的根本观念，只有伟大的批评家才能以创造；一般的批评家，只是以时代的根本观念，为自己的根本观念而已。

（二）述创——一种学说的产生之后，必有承用，这是无需举例的。如需要举例，在古代，我举《虞书》以来，人人都会说“诗言志”；在现代，我举“五四”以来，人人都会说“文学是感情的产物”。创造“诗言志”和“文学是感情的产物”者，应当大书而特书：承用“诗言志”和“文学是感情的产物”者，则势须从略。否则又要成为大至无法容留的“巨著”。所以我们只述创造，不述因袭。不过创造离不开因袭，“千古文章一大抄”，确有部分的真理。顾炎武《日知录》云：“子书自孟荀以外，如老、庄、管、商、申、韩，皆自成一家言；至《吕氏春秋》《淮南子》，则不能自成，故取诸子言，汇而为书。此子书之一变也。今人书集，一一尽出其手，必不能多，大抵如《吕览》《淮南》之类耳。其必古人之所未及就，后世之所不可无，而后为之，庶乎其传也与！”（卷十九“著书之难”条）但《吕览》《淮南》，以至“如《吕览》《淮南》之类”的书集，竟流传不废，这是因为“取诸子之言”，固是因袭；“汇而为书”，则是创造。所以创造有四种：

（1）纯粹的创造——就是顾炎武所谓：“古人之所不及就，后世之所不可无”者。实则也是比较纯粹，天地间哪有绝无因袭的创造？假使有的话，则书家不必临帖，画家不必看谱，文学家也不必读文学作品了。

（2）综合的创造——顾炎武诋毁《吕览》《淮南》的“取诸子之言，汇而为书”。是的，这有很多的因袭成分。但或则诸人之言，零碎散乱，隐霾不彰，汇而总述，形成学说；或则诸人之言，各照一隅，罕观通衢，左右采获，蔚为宏议；或则诸人之言，互有短长，取长弃短，别构体系。第一种的例证，《日知录》中就俯拾即是。如卷十九的“文人求古之病”一条，就是汇集的柳虬、《唐书》、陆游、陶宗仪、何孟春的言论；卷二十一的“次韵”一条，就是汇集的严羽、元稹、欧阳修、朱子的言论。但求古之病与次韵之病，即由此显豁。第二种的例证，如刘勰以批评者的立场，往往蔽于贵古贱今，崇己抑人，信伪迷真，证明“音实难知，知实难逢”。贵古贱今，崇己抑人和信伪迷真，都是刘勰以前的旧说，不是刘勰的创造；而“音实难知，知实难逢”，则是刘勰据旧说归纳的新义（详三篇八章七节）。第三种的例证，就是《吕览》《淮南》的“取诸子之言，汇而为书”。近代的研究哲学者，有的推为系统哲学家，因为虽无发明，却能“兼儒墨，合名法”，构一新体系，也便是“以述为创”了。

（3）演绎的创造——古人创造了一种学说，但没有应用到某一方面，或虽已应用，还没有发挥尽致，后人据以移用或据以阐发，便是演绎的创造。如发明唯物史观法则者是马克思，但他没有广泛的应用到各种学艺；广泛的应用到各种学艺，是后人的陆续移植。《诗》毛传云“涟，风行水成文也”，苏洵据以创造自然文说，苏轼又据苏洵的自然文说，创造“行于所当行，止于所不可不止”的作文方法（详六篇六章三节）。《庄子·天下》篇论到各家道术的产生，一律说是“古之道术有在于是者”，某某“闻其风而说之”，由是如何如何以造成一家之言。从“古之道术有在于是者”而言，是因袭；从如何如何以造成一家之言而言，是创造。所以不能因为有因袭的成分，遂抹杀其演绎的创造价值。

（4）因革的创造——“旧瓶装新酒”是有人反对的，但只要还容得下，总有人在那里装，特别是中国，自儒术定于一尊以后，各种新酒，都是装在儒家的旧瓶。因此望瓶却步者，要说几千年来没有进步；饮酒知味者，才可以发现随时有改革。譬如《虞书》云：“诗言志。”荀子谓：“圣人也者，道之管也，……诗言是其志也。”（详二章六节）是以“道”释“志”。后来的袁枚，又以情释志（详《随园诗话》及《小仓山房文集》）。就《虞书》而言，释为“道”或“情”，都是曲解；就荀子、袁枚而言，则曲解正是他们的因革的创造。假使注释

《虞书》,二说都应废弃,但编著文学批评史,则必需提叙。

总之,有创造意味者则予以提叙,只是因袭承用者则概皆从略。这样,则一方面不致遗漏有价值的学说,一方面也不会成为大而无当的"巨著"。

十三　解释的方法

选叙之后,当然要继以解释。这里所谓解释有两种,一是意义的解释,一是因果的解释。意义的解释是解释"是什么",因果的解释是解释"为什么"。依六至八节的说明,文学批评随时代意识而异,随文学体类而异,随文学批评家而异,则因果解释的释因部分,当然求之于时代意识、文学体类、文学批评家。由时代意识、文学体类、文学批评家,产生文学批评;文学批评既经产生之后,则又影响稍后以至很远的后世的时代意识、各种文学体类及文学批评家。所以释果部分,也要求之于时代意识、文学体类及文学批评家。

至意义的解释,又可分为三种:

(一)明训——训者顺也,就是顺释其义。不过作史与注书不同,注书不妨逐字逐句的详细解释,作史则只能解释学艺词语。譬如韩愈主"文以载道",而作《原道》云:"仁与义为定名,道与德为虚位。"又云:"道有君子,有小人。"那么文章应载的道是什么道?必须加以解释。考《原道》又云:"博爱之谓仁,行而宜之之谓义,由是而之焉之谓道,足乎已无待于外之谓德。"又云:"吾所谓道德云者,合仁与义言之也。"又云:"斯道也,何道也?曰,斯吾所谓道也,非向所谓老与佛之道也。尧以是传之舜,舜以是传之禹,禹以是传之汤，汤以是传之文、武、周公，文、武、周公传之孔子，孔子传之孟轲，轲之死，不得其传焉。”据此我们可以解释他所提倡的“文以载道”之道，就意义言是仁义之道，就派别言是儒家之道。

（二）析疑——如前节所言，哲学家的一切见解以他的根本观念为出发点，批评家的一切批评也以他的根本观念为出发点。但从表面看来，他们的言论往往和他们的根本观念不很融洽。如锺嵘以“自然”为根本观念，但反对自然主义的黄老，强调的说：“永嘉时，贵黄老，稍尚虚谈。于时篇什，理过其辞，淡乎寡味。爰及江表，微波尚传，孙绰、许询、桓、庾诸公，诗皆平典似《道德论》，建安风力尽矣！”这我们不能不替他加以解释，就是：锺嵘的自然主义是文学的，黄老的自然主义是哲学的，根本不能混为一谈。锺嵘所反对的不是黄老的自然哲学，而是“理过其辞，淡乎寡味”的文学（详三篇九章二节）。

（三）辨似——凡是有价值的学说，必有与众不同的异点；但创造离不开因袭，所以也有与众不殊的同点。不幸研究学艺者，往往狃同忽异；大抵“五四”以前则谓后世的学说上同于上古，“五四”以后则谓中国的学说远同于欧美。实则后世的学说如真是全同于上古，则后世的学说应当取消；中国的学说如真是全同于欧美，则中国的学说应当废弃。所以我们不应当糅合异同，应当辨别同异。辨别同异就是辨似。譬如讲文气说的很多：孟子说，“我善养吾浩然之气”，是就身心的修养而言，不过结果与文学有相当的关系（详三章四节）。曹丕说，“气之清浊有体，不可力强而致”，是说的先天的体气（详三篇四章一节）。苏辙说，“文不可以学而能，气可以养而致”，是说的后天的气势（详六篇六章六节*）。其他上自刘桢、刘勰，下至姚鼐、

* 原文作“详六篇三章八节”。——校者注

曾国藩，都有文气说，都有与众不同的异点，都待我们替他们析辨，替他们指出与他家的同异。学术没有国界，所以不惟可取本国的学说互相析辨，还可与别国的学说互相析辨。不过与别国的学说互相析辨，不惟不当妄事糅合，而且不当以别国的学说为裁判官，以中国的学说为阶下囚。糅合势必流于附会，只足以混乱学术，不足以清理学术。以别国学说为裁判官，以中国学说为阶下囚，简直是使死去的祖先作人家的奴隶，影响所及，岂只是文化的自卑而已。

无论明训、析疑或辨似，都须用直解法，不必胪举许多后人的曲解附会。因为释义与述创不同，述创必述因革的创造，释义必弃后人的曲解，彼是"以传还传"，此是"以经解经"。荀子的以"道"释"志"，和袁枚的以"情"释"志"，都不能用来解释《虞书》的"诗言志"。同样孔子所谓"行有余力，则以学文"之文，也只能根据孔子说"敏而好学，不耻下问，是以谓之文"和说"博学于文"，推解文为一切应知之学问（详三章三节）；不能根据阮元的《文言说》，谓"为文章者，不务协音以成韵，修辞以达远，使人易诵易记，而惟以单行之语，纵横恣肆，动辄千言万字，不知此乃古人所谓直言之言，论难之语，非言之有文也，非孔子之所谓文也。"韩愈《赠玉川子》诗云："《春秋》三传束高阁，独抱遗经穷终始。"研究经书者不可"以传解经"，研究文学批评者也不可以后人曲解，视作古人本意。

十四　编著的体例

处理史料就是编著。编著之最好的客观方法，莫妙于章学诚所谓"尽其天而不益以人"。他的《文史通义·史德》篇云："欲为良史者，当慎辨于天人之际，尽其天而不益以人也。”“尽其天”，是尽依“事实的历史”之真；“益以人”，是编著者之任意的去取褒贬。任意的去取褒贬的原因有二：一为狃于自己的成见。《史德》篇又云：“史之义出于天，而史之文不能不借人力以成之；人有阴阳之患，而史文即忤于大道之公。”譬如狃于缘情的文学观念，则对载道的评论，不是削删，就是诋毁，再不就是曲解；而对于缘情的评论，则过分的推奖。狃于缘情是“阴阳之患”，推奖缘情，诋毁载道便是“忤于大道之公”，也便是益以人而不尽其天。一为拘于自己的体例。体例有定，事变无方，以定例之史，述无方之变，势必削足适履，以事徇例。削足便不能尽其天，适履便益之以人。所以作史者不能拘于自己的体例。这也是章学诚说过的，《文史通义·书教下》云：“史为记事之书，事万变而不齐，史文屈曲而适如其事，则必因事命篇，不为常例所拘，而后能起讫自如，无一言之或遗而或溢也。”

祛除成见之可能的方法，已详前节，兹不再赘。欲求不拘体例，必先明白体例。史书的体例，大别有三：

（一）编年体——以年代为纲。如《左传》、《通鉴》等书。近人所编著的学术史、文学史，虽不按年编次，但依时代叙述，也属于此类。

（二）纪传体——以人物为纲。如《史记》、《汉书》等书。《宋元学案》、《明儒学案》及近人所编著的学术家评传、文学家评传，也属于此类。

（三）纪事本末体——以事类为纲。如《宋史纪事本末》、《明史纪事本末》等书。近人所编著的分类文学史及各种学术、各种文学的专题论文，也属于此类。

就说文学批评史吧：依六至八节所述，文学批评随时代而异，随人物而异，也随文体而异。假设依照编年体，则随时代而异的批评可以弄得清清楚楚;而随人物而异及随文体而异的批评,不免割裂。假设依照纪传体,则随人物而异的批评,可以弄得清清楚楚,而随时代而异及随文体而异的批评,不免揉乱。假设依照纪事本末体,则随文体而异的批评,可以弄得清清楚楚,而随时代而异及随人物而异的批评,不免淆混。总之,各有所长,亦各有所短,无论依照哪类体例,都不能"尽其天",而结果要"益以人"。

所以,我们不能拘泥于一种体例,我们要兼揽众长,创立一种"综合体":先依编年体的方法,分全部中国文学批评史为若干时期。如周秦为一期,两汉为一期,魏晋南北朝为一期,隋唐为一期,晚唐五代为一期,两宋为一期。再依纪事本末体的方法,就各期中之文学批评,照事实的随文体而异及随文学上的各种问题而异,分为若干章。前者如两宋的古文论为一章,四六文论为一章,辞赋论为一章,诗论为一章,词论为一章。* 后者如魏晋南北朝的文体论为一章,文笔之辨为一章,音律说为一章。然后再依纪传体的方法,将各期中之随人而异的伟大批评家的批评,各设专章叙述。如东汉的王充自为一章,南朝的刘勰与锺嵘各为一章。遇有特殊的情形,则这种综合体的体例,也不必拘泥。如就一般的文学批评而言,隋唐显与魏晋南北朝不同,所以分为两期。但唐初的音律说,则传南北朝衣钵,便附叙于南北朝的音律说后。这样,固然也不敢说是完全的"尽其天而不益以人",但总可说是"庶几近之"了。

---

* 此句1957年版改为"前者如隋唐的诗论分为两章,古文论分为两章,史传文论及史学家的批评合为一章"。——校者注

第二章　诗说

一　诗人的意见

批评家的意见，可以引导创作，创作家的意见，也可以引导批评。所以在叙述诸家的诗说以前，应先述诗人的意见。

一般的学者都说原始的人民已有诗歌，但就流传至今者而论，* 中国方面，莫早于周初编辑的商代歌谣集——《周易卦爻辞》（详拙编《中国诗歌史》第一章）。这些歌谣都是一种天籁，都是很自然的唱出来的。至于歌唱的意义，他们不惟没有说过，而且没有想过。

到《诗经》时代的《南》与《风》的作者，便逐渐的透露了作歌的意义。《魏风·葛屦》云："维是褊心，是以为刺。"《园有桃》云："心之忧矣，我歌且谣。"这虽然没有明说歌谣的目的是表达忧乐美刺，但亦暗示"心之忧"或有所刺，是可以借歌谣表现的。

---

* 此句 1957 年版改为"在《门外文谈》，鲁迅先生指出：原始人民'为了共同劳动，必需发表意见'创作了'杭育杭育'的诗歌。便有音无义。有意的诗歌，流传到现在的"。——校者注

到作“雅”、“颂”的诗人，对作诗的意义，便不但有暗示，且有明言了。析而言之，可分为五类：（一）想借诗歌以吐露胸中的愁闷。如《小雅·何人斯》云：“作此好歌，以极反侧。”《四月》云：“君子作歌，维以告哀。”（二）想借诗歌把自己的意志诉诸公众。如《小雅·巷伯》云：“寺人孟子，作为此诗；凡百君子，敬而听之。”《大雅·桑柔》云：“虽曰匪予，既作尔歌。”（三）想借诗歌以赞颂别人的美德而即赠诸其人。如《小雅·崧高》云：“吉甫作诵，其诗孔硕，其风肆好，以赠申伯。”《烝民》云：“吉甫作诵，穆如清风。仲山甫永怀，以慰其心。”（四）想借诗歌以谏讽君王。如《小雅·节南山》云：“家父作诵，以究王讻；式讹尔心，以畜万邦。”（上四类，略本青木正儿之《中国文学思想史纲》，汪馥泉译本页十五、十六。）（五）想借诗歌以勖勉万民。如《鲁颂·閟宫》云：“奚斯所作，孔曼且硕，万民是若。”

由（一）（二）两类意义的演进，便是所谓“诗言志”。由（三）（四）（五）三类意义的演进，便是所谓“美刺”及染有功用主义的诗说。

《尚书》中的《虞书》云：“诗言志，歌永言，声依永，律和声。”声律的起源很晚，自然不能认为是尧舜时代之说，即“诗言志，歌永言”，也不能信其出于大舜。因为《虞书》的编辑，已被古史大家顾颉刚先生推定在西汉之时了。但“诗言志”，我们可以断定是较早的说话，大约周代已经有了。证据是：一，《雅》《颂》的作者，虽然没有明言“诗言志”，但已显示“诗言志”的意义，读诗者自然可以归纳出这一句考语。二，《左传·襄二十七年》，文子告叔向已云：“诗以言志。”《庄子·天下》篇亦谓：“诗以道志。”《荀子·儒效》亦谓：“诗言是其志也。”可见此说的产生很早了。

二 古诗的编辑

这是在绪言里说过的："中国的文化，发源于寒冷的黄河上游，经济的供给较俭啬，平原的性质亦较凝重，由是胎育的文化，尚用重于尚知，求好重于求真。"（详一章五节）文学批评也不是例外。诗人的意见可以分为五类，言志主义止有两类，功用主义倒有三类。志不仅包括性情，也包括理智，理智的发展偏于事功，所以严格的说，言志之中还有一半的功用成分。最早的批评家更偏重"功用"一方面。

商代歌谣之被编为《周易·卦爻辞》，并不同于近人采辑歌谣之因它有文学的价值，乃是用以占断吉凶祸福。这与周秦诸子从功用的观点以说诗者虽不同，但周秦诸子的说诗却受他许多提示；就是不从文学本身立论，而从功用价值立论。

本来《诗经》的采辑与编著也是基于功用主义。《礼记·王制》云：

> 天子五年一巡守。岁二月，东巡守，……命太师陈诗以观民风。

《汉书·艺文志》云：

> 古者有采诗之官，王者所以观风俗，知得失。

刘歆《与扬雄从求方言书》、《汉书·食货志》，皆有类此的记载。虽见非于崔述（见《读风偶识》卷二），但商代歌谣（《周易·卦爻辞》)的辑著有功用的背景,则《诗经》的辑著似亦不会绝无作用。而且这种采诗以观民风的传说,究竟是“事出有因”的。

三　春秋士大夫的赋诗

我们知道了商周两代诗歌的编辑是有功用的背景的,则春秋士大夫的赋诗,战国诸子的诗说,都容易了解了。

春秋士大夫的赋诗,是借以表达赋诗人自己的情意或对人的情意,并不是要体察作诗人的情意,更不是欣赏诗的文学之美。这在《左传》中所载的赋诗,都是如此;我且将最有名的襄公二十七年的赋诗录下为例:

> 郑伯享赵孟于垂陇;子展、伯有、子西、子产、子大叔、二子石从。赵孟曰:“七子从君,以宠武也,请皆赋以卒君贶;武亦以观七子之志。”子展赋《草虫》。赵孟曰:“善哉,民之主也!抑武也不足以当之。”伯有赋《鹑之贲贲》。赵孟曰:“床笫之言不逾阈,况在野乎?非使臣之所得闻也!”子西赋《黍苗》之四章。赵孟曰:“寡君在,武何能焉?”子产赋《隰桑》。赵孟曰:“武请受其卒章。”子大叔赋《野有蔓草》。赵孟曰:“吾子之惠也。”印段赋《蟋蟀》。赵孟曰:“善哉,保家之主也;吾有望矣。”公孙段赋《桑扈》。赵孟曰:“‘匪交匪敖’,福将焉往!若保是言也,欲辞福禄得乎!”

诸人所赋之诗,固有的借作诗者之情意以暗示自己之情意,如《黍苗》的作者是在赞美召伯之功，子西赋此，亦借以赞美赵孟之功，意谓赵孟可比召伯。但大半是“断章取义”，亦不顾及作者的情意，只是借以表达自己的情意。如《野有蔓草》是一首私情诗，所以诗词云：“有美一人，清扬婉兮。邂逅相遇，适我愿兮。”子大叔赋此，是表示得遇赵孟为荣（邂逅相遇），或赞美赵孟是“一表非凡”（清扬婉兮）的人物，虽不可知，但决不是适用原来的诗意。

赋诗之“断章取义”，并不是我们的妄测，春秋时人已自己说过了。《左传·襄二十八年》：

> 庆舍之士谓卢蒲癸曰：“男女辨姓，子不辟（避）宗何也？”曰：“宗不余辟，余独焉辟之？赋诗断章，余取所求焉，恶识宗？”

“赋诗断章，余取所求焉”，说尽了春秋士大夫的赋诗作用；而其对诗的态度，也便可以于此略窥一二（此段采录顾颉刚先生说，见《古史辨》第三册卷下《诗经在春秋战国的位置》）。我们知道了春秋人对诗的态度是“断章取义”的，则诸子的以功用的观点论诗，也可以得到解释了。

四　孔子的诗说

先秦诸子之称论诗者，只有儒墨两家。——道家的庄子，在《天下》篇说过“诗以道志”，但此外并无论诗之言。《管子》中偶有论诗的话，但《管子》不是管仲之作，而是一部很芜杂的书（参拙撰《管子探源》，中华书局出版），因之偶有的几句论诗的话，也不成系统。——儒家先于墨家，故先述儒家的意见。儒家的创立宗派者是孔子，他对于诗，不似春秋士大夫般的只是“断章取义”，他有一种新的见解。《论语·阳货》篇载：

子曰：“小子何莫学乎《诗》？《诗》可以兴，可以观，可以群，可以怨；迩之事父，远之事君；多识于鸟兽草木之名。”

“事父”、“事君”、“多识于鸟兽草木之名”，自然是全以功用的观点立论；“兴”“观”“群”“怨”虽然也可以说是就读者所得到的功用而言，而亦实在是论到诗的本身了。并且他对于诗的本身的观点，是有抒写性情的倾向了。

但孔子究竟是志切救民的哲学家，不是抒写性情的文学家，所以他虽然知道诗是抒写性情的，但他却要于抒写性情之外，令其披上一件道貌岸然的外衣，就是要抒写正当的性情，而不抒写邪淫的性情。所以说：

《诗三百》，一言以蔽之，曰“思无邪”。（《论语·为政》篇）

《关雎》明明是一首男子思慕女子的情诗，孔子偏要给它一个他所谓“思无邪”的解释，说是“乐而不淫，哀而不伤”（《八佾》篇）。而于“淫”的郑声，只有主张“放”了（《卫灵公》篇，子曰：“放郑声……郑声淫。”）。这与《诗三百》全是“思无邪”之说，显然矛盾。但我们应知“思无邪”是孔子的企向，也就是孔子对于诗（不是专指《诗》三百篇）的主张，而淫的郑诗之在《诗经》，是孔子所不愿也。

孔子生在春秋时人的"断章取义"以赋诗之后,自己又是一个志切救民的哲学家,所以他虽然知道诗是抒写性情的,却要加上"正""邪"的限制,这是因为他也是以功用的观点而重视诗,不是以文学的观点而重视诗的缘故。

前面已经引过,他说学诗可以"事父"、"事君"、"多识于鸟兽草木之名"。此外他又说:

> 诵《诗三百》,授之以政,不达;使于四方,不能专对:虽多,亦奚以为?(《子路》篇)

又告诉他的儿子伯鱼说:

> 不学诗,无以言。(《季氏》篇)
>
> 人而不为《周南》、《召南》,其犹正墙面而立也与!(《阳货》篇)

都是很鲜明的以功用的观点说诗。以故其对于诗,欣赏的情趣,胜不过利用的思想。子夏问:"'巧笑倩兮,美目盼兮',何谓也?"孔子并不告以字句的含义或诗词的解释,而说是"绘事后素"。子夏也聪明,立刻说:"礼后乎?"由是博得孔子的称赞说:"起予者商也,始可与言诗已矣。"(《八佾》篇)子贡因为以"贫而无谄,富而无骄","未若贫而乐,富而好礼",附会《诗》云"如切如磋,如琢如磨",谓"其斯之谓与",也可使孔子称赞他说:"可与言诗已矣,告诸往而知来者。"(《学而》篇)更可见是利用诗而不是欣赏诗了。

五　孟子所谓"以意逆志"与"知人论世"

孔子以后的儒家两大师是孟子、荀子。孟子说诗，提出两种方法：

一是"以意逆志"。《孟子·万章》篇载孟子与咸丘蒙有此下一段谈话：

> 咸丘蒙曰："……《诗》云，'普天之下，莫非王土；率土之滨，莫非王臣'。而舜既为天子矣，敢问瞽瞍之非臣，如何？"曰："是诗也，非是之谓也；劳于王事而不得养父母也。曰：'此莫非王事，我独贤劳也！'故说诗者不以文害辞，不以辞害志；以意逆志，是为得之。如以辞而已矣，《云汉》之诗曰'周余黎民，靡有孑遗'；信斯言也，是周无遗民也。"

这种"以意逆志"的方法，虽然不甚科学，虽然只是主观的探索，然诗人由热烈的感情之火所迸出来的诗句，是很容易言过其实的，"以意逆志"，确是刺探作者深心的好方法，同时也是认识诗的必需条件。《告子》篇载有孟子"以意逆志"以释诗的例证：

> 公孙丑曰："高子曰：'《小弁》，小人之诗也。'"孟子曰："何以言之？"曰："怨。"曰："固哉，高叟之为诗也！有人于此，越人关弓而射之，则己谈笑而道之；无他，疏之也。其兄关弓而射之，则己垂泣而道之；无他，戚之也。《小弁》之怨，亲亲也；亲亲，仁也。固哉，夫高叟之为诗也！"曰："《凯风》何以不

> 怨?”曰:“《凯风》,亲之过小者也;《小弁》,亲之过大者也。亲之过大而不怨,是愈疏也;亲之过小而怨,是不可矶也。愈疏,不孝也;不可矶,亦不孝也。”

孟子虽然能提出“以意逆志”的好方法,但以自己是“讲道德,说仁义”的哲学家,而不是文学家,由是其意是道德仁义之意;以道德仁义之意,刺探诗人之志,由是诗人及其诗,皆是道德仁义了。以怨不怨解释《小弁》、《凯风》,是否真合诗人之志不可知,但确是站在情感的观点,以刺探诗人的情感,我们可以无异议。而最后说到孝不孝的问题,便离开情感的观点,涂上儒家的色彩了。

对《小弁》《凯风》的解释,还是很客气的“以意逆志”;对其他各诗的解释,则完全走到“断章取义”的道上;假使硬说是“以意逆志”,那我们只有说是太不客气的“以意逆志”了。齐宣王说:“寡人有疾,寡人好货。”孟子便举《诗》云“乃积乃仓,乃裹糇粮,于橐于囊,思戢用光,弓矢斯张,干戈戚扬,爰方启行”为证,说:“昔者公刘好货。”并且说:“故居者有积仓,行者有裹粮也,然后可以爰方启行。王如好货,与百姓同之,于王何有?”齐宣王又说:“寡人有疾,寡人好色。”孟子便举《诗》云“古公亶父,来朝走马,率西水浒,至于岐下;爰及姜女,聿来胥宇”为证,说:“昔者大王好色,爱厥妃。”并且说:“当是时也,内无怨女,外无旷夫。王如好色,与百姓同之,于王何有?”(《梁惠王》篇)假设这不是“断章取义”,而是“以意逆志”,则其所逆之志,去诗人之志,恐怕有十万八千里呢!

孟子提出的另一方法是“知人论世”。《万章》篇云:

以友天下之善士为未足，又尚论古之人。颂其诗，读其书，不知其人，可乎？是以论其世也，是尚友也。

这是对作品探求其个人的、历史的、社会的诸种关系，我们也是无异议的；但此说的目的是在尚友，不是对文学的欣赏与批评，所以仍是功用为出发点。

不过，无论如何，孟子提出“以意逆志”与“知人论世”的两种方法，确是文学批评上的一大进步；而且在后来的批评界也有很大的影响。

六　荀子所谓“诗言志”

《虞书》所谓“诗言志”是很含混的；承其说者，则有“圣道之志”与“性情之志”的水火不同。如创立性灵说的袁枚，也常说到“诗言志”；其所谓志当然是“性情之志”。儒家的荀子也说“诗言是其志也”；其所谓志则是“圣道之志”。《儒效》篇云：

圣人也者，道之管也。天下之道管是矣，百王之道一是矣，故《诗》《书》《礼》《乐》之归是矣。《诗》言是其志也。……故《风》之所以为不逐者，取是以节之也；《小雅》之所以为《小雅》者，取是而文之也；《大雅》之所以为《大雅》者，取是而光之也；《颂》之所以为至者，取是而通之也。

这不惟是“文以载道”，简直是“诗以载道”了。

七　墨子的用诗

墨家尚质不尚文，其对于诗，只是"断章取义"，以为自己立说的一种帮助而已。如《墨子·天志》中引《皇矣》道之曰：

帝谓文王，予怀明德，不大声以色，不长夏以革，不识不知，顺帝之则。

说这是："圣王……书于竹帛，镂之金石，琢之槃盂，传遗后世子孙，……将以识夫爱人利人顺天之意得天之赏者也。"我们细味诗意，说是"顺天之意"还可；在"顺天之意"上又加以"爱人利人"的冠词，这是墨家之义，诗中并无这种意思。其余引诗的地方还很多（详《古史辨》第四册拙撰《由墨子引经推测儒墨两家与经书之关系》），差不多都是如此。这虽不足以窥探其对诗的见解如何，但可以窥探其对诗的态度亦只是一种利用而已。

八　诗与乐

两周诗乐未分，《诗经》所载之诗，都是乐歌。因此，诗与乐的关系，说诗者亦兼说之，我们的文学批评史上也不能不兼述之。

本来《虞书》说"诗言志，歌永言，声依永，律和声"，就是站在音乐的观点以说诗的。此后，《论语·泰伯》篇载[孔]子曰：

师挚之始，《关雎》之乱，洋洋乎盈耳哉。

《子罕》篇又载[孔]子曰：

吾自卫反鲁，然后乐正，《雅》、《颂》各得其所。

《荀子·儒效》篇亦云：

诗者，中声之所止也。

更显明的是站在音乐的观点以论乐歌，非站在徒诗的观点以论徒诗。至于批评，则以吴季札的论乐最为精详。《左传·襄二十九年》载：

吴公子季札来聘，……请观于周乐，使工为之歌《周南》、《召南》。曰："美哉！始基之矣。犹未也，然勤而不怨矣。"

为之歌《邶》、《鄘》、《卫》。曰："美哉！渊乎！忧而不困者也。吾闻卫康叔武公之德如是，是其卫风乎？"

为之歌《王》。曰："美哉！思而不惧，其周之东乎？"

为之歌《郑》。曰："美哉！其细已甚，民弗堪也，是其先亡乎？"

为之歌《齐》。曰："美哉！泱泱乎大风也哉！表东海者其大公乎！国未可量也！"

为之歌《豳》。曰："美哉！荡乎！乐而不淫，其周公之东乎？"

为之歌《秦》。曰："此之谓夏声。夫能夏则大，大之至也，其周之旧乎？"

为之歌《魏》。曰:“美哉!沨沨乎!大而婉,险而易行,以德辅此,则明主也。”

为之歌《唐》。曰:“思深哉!其陶唐氏之遗民乎?不然,何忧之远也?非令德之后,谁能若是?”

为之歌《陈》。曰:“国无主,其能久乎?”

自《郐》以下,无讥焉。

为之歌《小雅》。曰:“思而不贰,怨而不言,其周德之衰乎?犹有先王之遗民焉。”

为之歌《大雅》。曰:“广哉!熙熙乎!曲而有直体,其文王之德乎?”

为之歌《颂》。曰:“至矣哉!直而不倨,曲而不屈,迩而不逼,远而不携,迁而不淫,复而不厌,哀而不愁,乐而不荒,用而不匮,广而不宣,施而不费,取而不贪,处而不底,行而不流,五声和,八风平,节有度,守有序,盛德之所同也。”

见舞《象箾》、《南籥》者,曰:“美哉!犹有憾。”

见舞《大武》者,曰:“美哉!周之盛也,其若此乎?”

见舞《韶濩》者,曰:“圣人之宏也,而犹有惭德,圣人之难也。”

见舞《大夏》者,曰:“美哉!勤而不德,非禹其谁能修之?”

见舞《韶》、《箾》者,曰:“德至矣哉!大矣!如天之无不帱也,如地之无不载也,虽甚盛德,其蔑以加于此矣!观止矣,若有他乐,吾不敢请矣!”

这当然是诗、声、容三方面的综合的批评,而三方面的相互关系,也于此可见了。

第三章 “文”与“文学”

一 古经中的辞令论

有文字的诗，源于无文字的歌谣，有文字的文章，源于无文字的语言，因此古经中的语言批评，每被后世引申为文学批评。《周易·家人》象云：

> 君子以言有物。

《艮》六五云：

> 言有序。

物是语言的内容，言是语言的形式，语言进为文学，“言有物”与“言有序”也便进为文学批评：称赞文章有内容，便誉为“言之有物”，形式整饬，便誉为“言之有序”，相反的便斥为“无物”“无序”，差不多已形成批评术语，用不着举例说明了。

最考究的语言是行人（外交官）的辞令，因为辞令的善恶，可以影响邦交，影响国运，不能不特别注意。* 《仪礼·聘礼记》云：

> 辞无常，孙（通逊）而说。辞多则史，少则不达。辞苟足以达，义之至也。①

语言进为文章，辞令便进为文辞，同时“尚达”也便进为文学理论、文学批评了。

二 最广义的文学

周秦诸子，是哲学家而不是文学家。固然哲学赖着文学表现，但究竟“以立意为宗，不以能文为本”（萧统《文选序》）。唯其如此，所以他们虽有时言及“文”与“文学”，但他们所谓“文”与“文学”，与我们所谓“文”与“文学”大异；他们所谓“文”与“文学”是

* 此下 1957 年版补：“如《左传·襄三十一年》载：

> 子产之从政也，择能而使之。……公孙挥能知四国之为，而辨于其大夫之族姓、班位贵贱、能否，而又善为辞令。裨谌能谋，谋于野则获，谋于邑则否。郑国将有诸侯之事，子产乃问四国之为于子羽（即公孙挥），且使多为辞令；与裨谌乘以适野，使谋可否；而告冯简子使断之。事成，乃授子大叔使行之，以应对宾客。是以鲜有败事。

他们这种反复的讨论修饰的办法，很得到孔子的称赞。《论语·宪问》篇载孔子以赞美的口吻说：‘为命，裨谌草创之，世叔（即子大叔）讨论之，行人子羽修饰之，东里子产润色之。’

此外，《国语·楚语下》载王孙圉论宝，也强调指出：

> 楚之所宝者曰观射父，能作训辞，以行事于诸侯，使无以寡君为口实。

训辞也就是替行人准备的辞令。

那么辞令的考究究竟要到什么程度、什么样子呢？”——校者注

① 《伪尚书·毕命》亦云：“辞尚体要，晚出不列。”

最广义的，几乎等于现在所谓学术学问或文物制度。

如此广泛的讨论学术，文学批评史上似不应惠予篇幅。惟一则因为古代的学艺，本来混而不分，所以讨论的虽是学术，而文学“亦在其中矣”。二则因为时居古代，所以后世的一切思想和文艺，都直接间接受其影响，文理批评也不例外，所以他们所谓“文”与“文学”，及对所谓“文”与“文学”的评价，遂在文学批评史上有了地位了。

三　孔子及孔门诸子所谓“文”与“文学”及“文章”

《论语》中言及“文”者如下：

子曰：“行有余力，则以学文。”（《学而》篇）

子曰：“周监于二代，郁郁乎文哉，吾从周。”（《八佾》篇）

子贡问曰：“孔文子何以谓之文也？”子曰：“敏而好学，不耻下问，是以谓之文也。”（《公冶长》篇）

子以四教：文、行、忠、信。（《述而》篇）

子畏于匡，曰：“文王既没，文不在兹乎？天之将丧斯文也，后死者不得与于斯文也；天之未丧斯文也，匡人其如予何？”（《子罕》篇）

子曰：“博学于文，约之以礼，亦可以弗畔矣夫。”（《雍也》篇）

公叔文子之臣大夫僎，与文子同升诸公，子闻之曰：“可以为文矣。”（《宪问》篇）

由此知道孔子很重视文，列为四教之一，又以斯文自任。但其所谓文绝不同于现今所谓文。固然只就“行有余力，则以学文”之“文”而言，可以附会为狭义之文；但由“博学于文”，“敏而好学，不耻下问……谓之文”而言，可以推知“文”实包括一切应知的学问。至所谓“斯文”之“文”与“郁郁乎文哉”之“文”，则其义更广，差不离指一切文物制度了。

孔门弟子所谓“文”，亦全同于孔子。如颜渊称孔子“循循然善诱人，博我以文，约我以礼”(《子罕》篇)。与孔子所说“博学于文，约之以礼”，辞义全同。棘子成说：“君子质而已矣，何以文为？”子贡便急忙说：“惜乎夫子之说，君子也，驷不及舌！文犹质也，质犹文也。虎豹之鞟，犹犬羊之鞟！”(《颜渊》篇)也同于孔子所谓“质胜文则野，文胜质则史；文质彬彬，然后君子”(《雍也》篇)。

至“文学”一个名词，始见《论语》，以前的书是没有的。《论语·先进》篇说：“德行，颜渊、闵子骞、冉伯牛、仲弓；言语，宰我、子贡；政事，冉有、季路；文学，子游、子夏。”子游、子夏都是偏于读书知礼一方面，所以孔子以“绘事后素”警戒子夏(引见二章四节)，而晚出各种儒家书如《毛诗序》、《丧服大传》，后人往往附会为子夏之作。至子游，则其故事之见于《礼记》中《檀弓》、《玉藻》诸篇者，亦泰半为讲礼由礼之言；以子夏、子游之列于“文学”一科而言，则所谓“文学”，亦是广义的，不是狭义的。

《论语》言及“文章”者有两处：一为孔子之言，谓：“大哉尧之为君也！巍巍乎唯天为大，唯尧则之；荡荡乎民无能名为；巍巍乎其有成功也，焕乎其有文章。”(《泰伯》篇)一是子贡称孔子之言，谓：“夫子之文章可得而闻也；夫子之言性与天道，不可得而闻也。”(《公冶长》篇)前者谓尧有文章，当然是最广义的，不同后世所谓

“文章”；后者称孔子之文章，容或指威仪礼法之见于语言文字者而言。但与“文学”相较，“文”而缀一“学”字，自偏重内容；“文”而缀一“章”字，则较重形式。所以到汉代便以“文学”括示现在所谓“学术”，以“文章”括示现在所谓“文学”（详二篇二章三节）。

孔子的文学概念之所以如此者，最大的原因就是他是博学的哲学家，不唯不是文学批评家，也不是文学作家。哲学家之于文，只是用以说明其学术思想。所以孔子虽曾说：“质胜文则野，文胜质则史；文质彬彬，然后君子。”但谓文为质之自然的表现。如云：

> 有德者必有言，有言者不必有德。（《宪问》篇）

又云：

> 辞，达而已矣。（《卫灵公》篇）

固然《易·系辞下》引孔子云：“其旨远，其辞文。”《左传·襄二十五年》亦引孔子云：“志有之，‘言以足志，文以足言。’不言，谁知其志？言之无文，行而不远。”似乎孔子很注重文辞。但《系辞》不是孔子所作，已经近人的研究而渐成定谳；《左传》所引孔子语，也不能一律信任。我们知“辞，达而已矣”是孔子的话，则“言之无文，行而不远”之不出于孔子可知。《礼记·经解》云：“属辞比事，《春秋》教也。”《文心雕龙·宗经》篇亦云：“《春秋》辨理，一字见义。”假使《春秋》真出于孔子之手，而且如《史记·孔子世家》所说，“笔则笔，削则削，游夏之徒不能赞一辞”，则孔子对于文章的修辞，似很注重。但他的目的不在修辞，而在正名；不过因为要正名，所以摛词特别郑重，由是对后世的文学批评发生很大的影响而已。

四　孟子所谓“养气”与“知言”

孟子从未言及文学，更未言及文学批评，而在文学批评史上则有相当的地位，就是因为他的提出“养气说”。他说：

> 我善养吾浩然之气。……其为气也，至大至刚；以直养而无害，则塞于天地之间。其为气也，配义与道；无是馁也。是集义所生者，非义袭而取之也。行有不慊于心，则馁矣。（《公孙丑》篇）

此虽是就修养而言，却与文学批评很有关系。第一，他说：

> 我知言，我善养吾浩然之气。

“养气”与“知言”连举，而所谓“知言”又是“诐辞知其所蔽，淫辞知其所陷，邪辞知其所离，遁辞知其所穷”。虽其目的超乎鉴赏文辞，但也就是鉴赏文辞的方法。第二，孟子的文章之所以磅礴骏伟者，与养气有相当的关系。所以苏辙《上枢密韩太尉书》云：“文者气之所形。……孟子曰：‘我善养吾浩然之气。’今观其文章，宽厚宏博……称其气之小大。”（详六篇六章六节*）

至后世的“文气说”，渊源自然出于孟子，但与孟子不同：第一，孟子养气虽与他的文章有关，而其目的不似后来文气说之只在文章。第二，孟子所谓气是“集义所生者”，义为本，气为末，故曰：“志至焉，气次焉。”后来的文气说之所谓气，则只是行文的气势而已。

---

* 原文作“详六篇三章八节”。——校者注

五 荀子的立言论准

孔子所谓文学指一切学问文献，荀子所谓文学也指一切学问文献。《荀子·性恶》篇云：

> 今之人化师法，积文学，道礼义者为君子。

《王制》篇云：

> 虽庶人之子孙也，积文学，正身行，能属于礼义，则归之卿相士大夫。

《大略》篇云：

> 人之于文学也，犹玉之于琢磨也。《诗》曰“如切如磋，如琢如磨”，谓学问也。和之璧，井里之厥也，玉人琢之为天下宝。子赣、季路故鄙人也，被文学，服礼义，为天下列士。

孔子的文学概念，虽然有指一切学问的意思，但未明言指一切学问；荀子则彰明较著的以“学问”解释“文学”了。

孔子因主张正名主义，由是影响于文学方法者为严词主义，就是遣词造句要恰如其分。此义，荀子更能明白言之。《正名》篇云：

君子之言,涉然而精,俯然而类,差差然而齐。

何以要如此呢?并不是要文章美化:

彼正其名,当其辞,以务白其志义者也。(亦《正名》篇)

用此以解释孔子的“辞,达而已矣”,可以说是再好不过的注脚了。

唯其因正名而主张严词,由是谓:

多言而类,圣人也;少言而法,君子也;多少无法而流湎然,虽辩,小人也。(《非十二子》篇)

不过,(一)虽然因孔子尝称尧舜,由是后人谓儒家的道统始于尧舜,实则儒家的道统创始于孔子,所谓“祖述尧舜,宪章文武”者,固有“以述为作”的成分在内,而大体还是“托古改制”。以故孔子的正名主义提不出具体的方案。荀子是儒家的后学,遂有具体的以圣人为准的方法。(二)虽然自孔子“以述为作”以后,遂开始了私家著作的风气,但孔子究竟不是著作家,无庸提出立言的论准。荀子则生在著作盛行的时代,自己又是正名主义的著作家,自然有建立论准的需要。所以他说:“凡议、必将立隆正然后可也;无隆正则是非不分,而辨讼不决。”(《正论》篇)由是他不得不定出立言的论准了。

故所闻曰:“天下之大隆,是非之封界,分职名象之所起,王制是也。”故凡言议期命是非以圣王为师。(《正论》篇)

传曰"天下有二,非察是,是察非",谓合王制与不合王制也。天下有不以是为隆正也,然而犹能分是非曲直者耶。(《解蔽》篇)

以此论准而著论为文,自然不应离开圣道王功:

名闻而实喻,名之用也。累而成文,名之丽也。……名也者,所以期累实也。辞也者,兼异实之名以论一意也。辨说也者,不异实名以喻动静之道也。期命也者,辨说之用也。辨说也者,心之象道也。心也者,道之工宰也。……心合于道,说合于心,辞合于说,正名而期,质情(原作请,依王念孙校改)而喻,辨异而不过,推类而不悖,听则合文,辨则尽故,以正道而辨奸,犹引绳以持曲直。是故邪说不能乱,百家无所窜。(《正名》篇)

以此论准而说经,由是经书也都是为圣道王功而著了:

圣人也者,道之管也。天下之道管是矣,百王之道一是矣。故《诗》、《书》、《礼》、《乐》之归是矣:《诗》言是其志也,《书》言是其事也,《礼》言是其行也,《乐》言是其和也,《春秋》言是其微也。(《儒效》篇)

由前之说,启示了后来古文家及道学家的文学观;由后之说,启示了后来注疏家的经书观。

六 《易传》对于文学的点点滴滴

《易传》的著作年代，虽然现在仍是议论纷纭，莫衷一是，但在道家有相当的成立以后是很显然的。

所谓《易传》，指《彖》上下、《象》上下、《系辞》上下、《文言》、《说卦》、《序卦》、《杂卦》，就是所谓十翼。十翼里边《彖》、《象》与《序卦》、《杂卦》，从没有论到文学。《说卦》也没有论到文学，但有的地方，却予后来的论文学者以相当提示。如云：

> 立天之道，曰阴与阳；立地之道，曰柔与刚；立人之道，曰仁与义。兼三才而两之。故易六画而成卦，分阴分阳，迭用柔刚。故易六位而成章。

这自然不是就文学而言，但后来桐城派的刚柔说，尤其是曾国藩的“古文四象”，确与此有相当的渊源关系，虽然那只是桐城派的一种“托古立说”。

《文言》与《系辞》上下便有很多的关于文学理论的言论了。依近来学者的考订，《文言》与《系辞》的关系很密切，以故我们不妨合而述之。

《文言》、《系辞》的文学观，有四种特点：

(一)文学是模拟自然的——《系辞下》云：

> 古者包牺氏之王天下也，仰则观象于天，俯则观法于地，观鸟兽之文，与地之宜，近取诸身，远取诸物，于是始作八卦，

以通神明之德，以类万物之情。

这是对八卦的一种解释，似与文学无关；但我们应知八卦为最古的文字，而文学却是寄托于文字的（自然不是说不著于竹帛的不算文学）。《系辞上》云："卦有大小，辞有险易。辞也者，各指其所之。"而于后紧接以：

《易》与天地准，故能弥纶天地之道，仰以观于天文，俯以察于地理。

《易》如此，《易辞》更不必说了，这也有模拟自然的倾向。《系辞上》又云：

圣人有以见天下之赜，而拟其形容，象其物宜，是故谓之象。

这虽是就《易象》而言，但其影响于文学观念者，当然也是模拟自然了。

八卦以至稍后的文字画，无疑的是模拟自然，以故谓文学为模拟自然之意响，应当是很古的。但很古的人虽有谓为模拟自然的意向，却没有模拟自然之说；模拟自然之说，多少是受道家影响，而《易传》始有鲜明主张的。

（二）怀疑的批评——《系辞上》云：

书不尽言，言不尽意。

这很显然的与道家所谓"美言不信，信言不美"，是肸蚃相通的。但

又接云:

> 然则圣人之意,其不可见乎?曰:圣人立象以尽意,设卦以尽情伪,系辞以尽其言,变而通之以尽利,鼓之舞之以尽神。

又由怀疑之下而找到办法,所以仍是儒家的文学观,不是道家的文学观。此处谓“设卦以尽情伪,系辞以尽其言”,而《系辞下》则云:“圣人之情见乎辞。”又云:“将叛者其辞惭,中心疑者其辞枝,吉人之辞寡,躁人之辞多,诬善之人其辞游,失其守者其辞屈。”盖“尽言”者,乃尽欲言之情伪,所以也就是尽情。情既是见乎辞,所以可由辞以知情。

(三)道与诚——《文言》云:

> 君子进德修业:忠信所以进德也;修辞立其诚,所以居业也。

这可以说是十足的儒家学说。虽则只是短短的几句话,却影响了后来的载道派的文学观。我们应当注意者,是它所谓“立诚”是以“居业”的,而“居业”又是与“进德”并举的。《系辞下》云:“《易》之为书也,广大悉备,有天道焉,有人道焉,有地道焉。……道有变动,故曰爻;爻有等,故曰物;物相杂,故曰文。”与此合而观之,其与后世载道派的文学观之关系更显然了。

(四)文学形式论——《文言》、《系辞》的作者,虽则主立诚,主载道,但不似后世一部分古文家之重质轻文。骈文家尝以“物相杂故曰文”一语,做自己的护身符,自然不免有许多曲解与附会;不过既能举之而加以曲解附会,则其本身多少有近于骈文家的文学观的质素。《系辞上》云：

> 参伍以变，错综其数，通其变，遂成天下之文。

《系辞下》云：

> 夫易……其旨远，其辞文，其言曲而中。

更很明显的重视文的形式。惟作者究竟是儒家，不是骈体派的文学理论家，所以于“其旨远”前云：

> 夫《易》彰往而察来，而显微阐幽。开而当名，辨品正言，断辞则备矣；其称名也小，其取类也大。

仍是正名主义的文学方法了。

七　墨子的“三表法”及其重质的文学观

分派叙述，儒家应在墨家之前，由是荀子亦在墨子之前。但依时代先后，则墨子在荀子之前。荀子之提倡立言的论准，一方面固受孔子的影响，一方面也受墨子的影响。《墨子·非命中》云：

> 凡出言谈，由文学之为道也，则不可不先立义法。若言而无义，譬犹立朝夕于员钧之上也，则虽有巧工，必不能得正焉。

不过，墨子的“义法”与荀子的“隆正”不同：荀子的隆正是“圣王”，墨子的义法是所谓“三表”（中、下篇作“三法”）。《非命上》云：

> 故言必有三表。何谓三表？子墨子曰：有本（下作考）之者，有原之者，有用之者。于何本之？上本之于古者圣王之事。于何原之？下原察百姓耳目之实。于何用之？发（原作废，据中、下篇改）以为刑政，观其中国家百姓人民之利：此所谓言有三表也。

这里所谓三表法，固是他的哲学方法，同时也是他的文学方法，故谓此为“文学之为道”。不过他所谓文学，亦与其他晚周人所谓文学一样的近于学术，与现在所谓文学不同。

于此有应附带说明者，就是“上本之于古者圣王之事”，似为荀子以圣王为“隆正”之所从出。实则荀子所承受的墨子的影响，只是立言论准的提倡；至他的具体的论准，则与其说是积极的受墨子的影响，无宁说是消极的反墨子之说。荀子之所以有论准者，因为别家有论准，自己不能不有论准以资对抗。他所谓圣王与墨子所谓圣王，名同而实异。所以《韩非子·显学》篇云：“孔子、墨子俱道尧舜，而取舍不同。”儒墨两家，各圣其圣，各王其王，压根儿就是分道扬镳的。

唯其所谓文学近于学术而不同于现在所谓文学，所以他注重实质的功用，反对形式的优美。《韩非子·外储说左上》有此下的一个巧譬善喻的关于墨家的故事：

> 楚王谓田鸠曰：“墨子者，显学也。其身体（王先谦谓当作

体身)则可,其言多不辩何也?"曰:"昔秦伯嫁其女于晋公子,令晋为之饰装,从文衣之媵七十人。至晋,晋人爱其妾而贱公女:此可谓善嫁妾,而未可谓善嫁女也。楚人有卖其珠于郑者,为木兰之柜,薰以桂椒,缀以珠玉,饰以玫瑰,辑以羽翠。郑人买其椟,而还其珠,此可谓善卖椟矣,而未可谓善鬻珠也。今世之谈也,皆道辩说文辞之言,人主览其文而忘其用。墨子之言,传先王之道,论圣人之言,以宣告人;若辩其辞,则恐人怀其文,忘其用,直以文害用也:此与楚人鬻珠,秦伯嫁女同类,故其言多不辩。"(依王先慎《韩非子集解》本)

以此与孔子的"文质彬彬,然后君子"之说,比而观之,知儒家虽谓"有德者必有言","言"不过"德"之表现,而究竟用"言";虽然谓"辞,达而已矣",究竟用"辞"。墨家则对纯美的文学,不惟不提倡,且极力反对,《解蔽》篇无怪荀子说他"蔽于用而不知文"了。

八　晚出谈辨*墨家的论辨文方法

《墨子》书中的《经》上下、《经说》上下、《大取》、《小取》六篇,是晚出的谈辨墨家所作(详拙撰《墨子探源》,见中央大学《文史哲季刊》第一卷第一期)。谈辨墨家继承墨子的三表法,特别注重论辨。《经上》云:

辨,争彼也;辨胜,当也。

* "辨",《墨子间诂》中通作"辩"。——校者注

《小取》篇云：

> 夫辨者，将以明是非之分，审治乱之纪，明同异之处，察名实之理，处利害，决嫌疑，焉（乃也）摹略万物之然，论求群言之比。

这是论辨的作用。至论辨的方法，《小取》篇云：

> 以名举实，以辞抒意，以说出故，以类取，以类予。

论辨的对象是“实”，但“实”不能举之于口；举之于口的是“名”，所以说：“以名举实。”《经上》亦云：“举，拟实也。”《经说上》释云：“告以之名，举彼实也。”

“名”是举“实”的工具，但只是“名”不能发抒论辨者的意见；能以发抒论辨者的意见的是“辞”。“辞”就是论理学上所谓“命题”。《荀子·正名》篇云：“辞也者，兼异实之名以论一意也。”譬如说：“鸟，飞禽也。”“鸟”是一实之名，“飞禽”又是一实之名，“鸟，飞禽也”，则是论辨者的意见，所以说：“以辞抒意。”

“辞”所抒的是意见，意见的构成必有原故。《经上》云：“故，所得而后成也。”“故”的表出赖于“说”，所以说“以说出故”。《经上》云：“说所以明故。”明故的具体方法有“或”、“假”、“辟”、“效”、“侔”、“援”、“推”、“同”、“异”九种。《小取》篇云：

> 或也者，不尽也。假也者，今不然也。效也者，为之法也；所效者，所以为法也；故中效则是也，不中效则非也：此效也。

辟也者，举也（同他）物而以明之也。侔也者，比辞而俱行也。援也者，曰，子然，我奚犹*不可以然也？推也者，以其所不取之，同于其所取之者予之也。是犹谓也者，同也。吾岂谓也者，异也。

"或"就是论理学上所谓"特称命题"。《经上》云："尽，莫不然也。"如说"人皆有死"，是"尽"；"人或黑或白"，则是"或"（此条采取梁任公先生说，见《墨子学案》第七章）。

"假"就是论理学上所谓"假言命题"。《经下》云："假必悖，说在不然。"《经说下》释云："假，必非也而后假。"例如孔子说："如有周公之才之美，使悭且吝，其余不足观矣。""如有周公之才之美"，是假设之辞，实则并无周公之才之美，所以说"假，今不然也"，"必非也而后假"。

立论的目的之一，是寻求事物之"法"。事物之"法"的获得由于"效"。所以说："效也者，为之法也；所效者，所以为法也。"《经上》亦云："法，所若而然也。"《经说上》释云："法：意、规、圆，三也，俱可以为法。""若"也就是"效"。譬如欲求圆之法，则意象之圆，规写之圆，圆物之圆，都可据效以为法。《经上》云："圜，一中同长也。"圜就是圆，"一中同长"就是圆之法。此法即由效而得，所以《经说上》释云："圜，规写交也。"规写交，中间有一中心点，由此中心点量至周围边线，其长相等，由是效之而立圆法为"一中同长"。法之获得既由于效，法之是非也就以中效与否而定。所以说"故中效则是也，不中效则非也"。然则"效"是效事物以求事物之法的方

* "犹"，当作"独"。——校者注

法,“法”是求得的事物之法,即今所谓定律。

“辟”就是譬喻。孙诒让《墨子间诂》引《潜夫论·释难》篇云:“夫譬喻也者,生于直告之不明,故假物之然否以彰之。”胡适之先生《小取篇新诂》引《说苑·善说》篇云:“梁王谓惠子曰:‘愿先生言事则直言耳,无譬也。’惠子曰:‘今有人于此而不知弹者,曰:“弹之状何若?”应之曰:“弹之状如弹。”则谕乎?’王曰:‘未谕也。’‘于是更应之曰:“弹之状如弓,而以竹为弦。”则知乎?’王曰:‘可知也。’惠子曰:‘夫说者,固以其所知谕所不知,而使人知之;今王曰无譬,则不可也。’”

“辟”的作用是借彼物以说明此物,“侔”的作用是借彼辞以证成此辞(胡适之先生说)。孙诒让云:“《说文》人部云:‘侔,齐也。’辞义齐等,比而同之。”胡适之先生引《公孙龙子·迹府》篇云:“龙闻楚王……丧其弓,左右请求之,王曰:‘止。楚人遗弓,楚人得之,又何求乎?’仲尼闻之曰:‘……亦曰人得之而已,何必楚?’若此,仲尼异‘楚人’于所谓‘人’。夫是仲尼异‘楚人’于所谓‘人’,而非龙异‘白马’于所谓‘马’,悖。”惠施以弓说明弹,是“辟”;公孙龙以孔子异“楚人”于所谓“人”,证成异“白马”于所谓“马”,是“侔”。

“援”就是援例。如《墨子·尚贤中》云:“且以尚贤为政之本者,亦岂独子墨子之言哉?此先王之道,先王之书,《距年》之言也。传曰:‘求圣君哲人,以裨辅而身。’《汤誓》曰:‘聿求元圣,与之戮力同心,以治天下。’则此言圣王之不失以尚贤使能为政也。”援圣王以尚贤使能为政之例,墨子也当然可以尚贤使能为政。

“推”就是推理。此云:“以其所不取之,同于其所取之者予之也。”《经说下》亦云:“在(察也)其所然者于未然者,说在推之。”所以“推”的作用,是以已知推未知。如《论语·为政》篇载孔子云:

“殷因于夏礼，所损益可知也。周因于殷礼，所损益可知也。其或继周者，虽百世可知也。”就是以已知的殷之损益夏礼，周之损益殷礼，推知继周者之损益周礼。

“同”就是求同，“异”就是求异。“是犹谓也者，同也。”彼有一说，此亦犹其说，一说相同，所以叫做“同”。“吾岂谓也者，异也。”你这样说，我岂这样说，二说不同，所以叫做“异”。

此九种都是明故的方法，但“辟”、“侔”、“援”、“推”四种的适用却要有相当的限制。《小取》篇云：

> 夫物有以同，而不率遂同。辞之侔也，有所至而止。其然也，有所以然也；其然也同，其所以然不必同。其取之也，有所以取之（原无所字，据王引之校增）；其取之也同，其所以取之不必同。是故“辟”、“侔”、“援”、“推”之辞，行而异，转而危，远而失，流而离本，则不可不审也，不可常用也。

“辟”、“侔”、“援”、“推”的成立，是根据于物的同点。但有同点，也有异点，所以说“夫物有以同，而不率遂同”。既“不率遂同”，则“辟”、“侔”、“援”、“推”的效能，便不能过分的信赖。所以惠施说“弹之状如弓”后，还须添上一句“而以竹为弦”。异“白马”于所谓“马”，确与异“楚人”于所谓“人”的命题相同。但孔子说：“亦曰人亡之，人得之而已，何必楚？”并不是说“楚人非人”，而公孙龙的异“白马”于所谓“马”，则是说“白马非马”。“其然也同，其所以然不必同。”“其取之也同，其所以取之不必同。”至“援”与“推”的不十分正确，更为明显，所以很早就有人对形式逻辑提出异议。

“名”、“辞”及“说”，特别是“辞”、“说”二种，其取予须以类而行，所以《小取》篇云：“以类取，以类予。”《大取》篇亦云：

夫辞，以类行者也；立辞而不明其类，则必困矣。

如《经说下》云：“木与夜孰长？智与粟孰多？爵、亲、行、贾四者孰贵？”就是“不明其类”，而不以类取。不以类取，必不能“抒意”，不能“出故”。如《孟子·告子》篇载孟子说：“人性之善也，犹水之就下也；人无有不善，水无有不下。”欲以水之就下，说明人之性善，实则水与人不同类，所以水之就下虽是事实，而人并不因水之就下而性善。这就是“不明其类”，而不以类予。不以类予，常陷于论理的错误。

上述虽都是论辨的方法，但：一则论辨文的内容就是论辨，所以论辨的方法，也就是论辨文的方法。二则后来的论辨文本出于先秦诸子，而晚出墨家之在诸子之中，独言及论辨的方法，在文学批评史，自占有重要地位。

九 老子的反对“美言”与提倡“正言若反”

老子是怀疑派的哲学家，他怀疑一切，诅咒一切，力言“绝圣弃智”，“绝巧弃利”，“绝学无忧”（十九章）。反对美的观念，说：

天下皆知美之为美，斯恶矣。（二章）

美言不信，信言不美。（八十一章）

反对言与辩，说：

> 知者不言，言者不知。（五十六章）
> 善者不辩，辩者不善。（八十一章）

而主张“不言之教”（四十五章）。既然反对美，反对言，则借助于美与言的文学，更不必说了。所以老子之在文学批评史上，只是一个消极的破坏者。但他对后世却有积极的影响，就是他的“正言若反”（七十八章）之说。他所谓“正言若反”，并不是就文学而言，但后来的“微词派”的文学家与文学理论家，却以“正言若反”一语做他们的口头禅，而他们的“微词”之说，亦多少受老子的提示。

十　庄子书中的艺术创造论、写作方法论及书文糟粕论

《庄子》一书，只有内七篇及《天下》篇是姓庄名周的庄子所作；其余是晚出道家的总集（详拙撰《庄子外杂篇探源》，见《燕京学报》第十九期）。但言及文艺评论的几篇，却大半受了庄子的影响，所以不妨合并论述：

（一）艺术创造论——庄子是自然主义的哲学家，对于“道”的意见是“任自然”，对于“艺”的意思也是“任自然”。内篇的《养生主》篇载庖丁自述他的解牛云：

> 臣以神遇，而不以目视；官知止，而神欲行。依乎天理，批

大隙,道*大窾,技经肯綮之未然,而况大軱乎?良庖岁更刀,割也;族庖月更刀,折也。今臣之刀,十九年矣,所解数千牛矣,而刀刃若新发于硎。彼节者有间,而刀刃者无厚;以无厚入有间,恢恢乎其于游刃必有余地矣。是以十九年而刀刃若新发于硎。虽然,每至于族,吾见其难为,怵然为戒,视为止,行为迟,动刀甚微,謋然已解,如土委地,提刀而立,为之四顾,为之踌躇满志,善刀而藏之。

庄子之提叙这种"妙造自然"的技术,是借以说明养生的方法,不惟不是为文学而发,也不是为艺术而发。但后来的自然文艺论——如苏轼的《文说》云"行于所当行,止于所不可不止"(详六篇六章三节**),多少总受此说的影响。

既要"妙造自然",当然不要人为的方法。外篇的《天道》篇载《轮扁》云:

斫轮,徐则甘而不固,疾则苦而不入;不徐不疾,得之于手而应之于心,口不能言,有数存焉于其间;臣不能以喻臣之子,臣之子亦不能受之于臣。

又《达生》篇称"工倕旋而盖(过也)规矩,指与物化,而不以心稽",也是在说明技巧不需要规矩,也无方法可言。此种论调,也不是为文学或艺术而言。但曹丕的《典论·论文》云:"文以气为主。气之

* "道",原文作"导"。——校者注

** 原文作"详六篇三章四节"。——校者注

清浊有体,不可力强而致。譬诸音乐,曲度虽均,节奏同检。至于引气不齐,巧拙有素,虽在父兄,不能以移子弟。”(详三篇四章一节)其受了此说的影响,毫无疑义。

不要方法,必有代替方法的方法,所以反对方法的本身也就是方法。庄子的代替方法的方法有二:一是“真积力久”,一是“用志不分”。

庄子在《大宗师》篇借着孔子的口气说:“鱼相忘乎江湖,人相忘乎道术。”虽是就道术而言,不是就艺术而言,说“人相造乎道”,正同“鱼相造乎水”一样,生于江湖,长于江湖,并且“忘乎江湖”,自然习于水,善于水居。同样人若生于道,长于道,并且“忘乎道”,自然习于道,善于道了。艺术也是如此,所以庖丁解牛之能到“妙造自然”的境地者,因为他有“十九年”的历史与“解数千牛”的经验,也经过“始臣之解牛之时,所见无非全牛者”,必要到“三年之后”,才“未尝见全牛也”。

这种“真积力久”的非方法的方法,到了晚出的道家便益发具体化了。《达生》篇托为仲尼、颜渊的问答云:

> 颜渊问仲尼曰:“吾尝济乎觞深之渊,津人操舟若神,吾问焉,曰:‘操舟可学邪?’曰:‘可。善游者数能;若乃夫没人,则未尝见舟而便操之也。’吾问焉而不吾告。敢问何谓也?”仲尼曰:“善游者数能,忘水也:若乃夫没人之未尝见舟而便操之也,彼视渊若陵,视舟之覆,犹其车却也。……”

又述孔子问吕梁丈人“蹈水有道乎”? 吕梁丈人云:

> 吾无道。吾始乎故,长乎性,成乎命,与齐(回水)俱入,与汩

(涌波)偕出,从水之道,而不为私焉。此吾所以蹈之也。……吾生于陵而安于陵,故也;长于水而安于水,性也;不知吾所以然而然,命也。

此种言论也不是为文学或艺术而发,但苏轼的《日喻赠吴彦律》云:“南方多没人,日与水居,七岁而能涉,十岁而能浮,十五而能没矣。夫没者岂苟然哉?必将有得于水之道者。日与水居,则十五而得其道;生不识水,则虽壮见舟而畏之。”其受了此说的影响,也毫无疑义。

至“用志不分”的最好说明,莫妙于《达生》篇,在那里假设了两个故事。一个是:

仲尼适楚,出于林中,见佝偻者承蜩,犹掇之也。仲尼曰:“子巧乎?有道邪?”曰:“我有道也:五六月,累丸二而不坠,则失者锱铢;累三不而坠,则失者十一;累五而不坠,犹掇之也。吾处身也,若厥株枸;吾执臂也,若槁木之枝。虽天地之大,万物之多,而唯蜩翼之知。吾不反不侧,不以万物易蜩之翼,何为而不得?”孔子顾谓弟子曰:“用志不分,乃凝于神,其佝偻丈人之谓乎!”

另一个是:

梓庆削木为鐻,鐻成,见者惊犹鬼神。鲁侯见而问焉,曰:“子何术以为焉?”对曰:“臣工人,何术之有?虽然,有一焉:臣将为鐻,未尝敢以耗气也,必齐(通斋,下同)以静心。齐三日而不敢怀庆赏爵禄，齐五日不敢怀非誉巧拙，齐七日辄然忘吾有四枝形体也。当是时也，无公朝，其巧专而外骨消；然后入山林，观天性；形躯至矣，然后成见镰，然后加手焉。不然，则已。则以天合天，器之所以疑神者其是欤！"

综上各种言论，都不是为文学而发，但后世言文学者，每斟酌其意趣，挹取其论旨，由是在文学理论上，遂有了不可磨灭的价值。

（二）写作方法论——创造艺术既不要方法，写作文章自也不循方法，庄子在《天下》篇自述他的写作说：

以谬悠之说，荒唐之言，无端崖之辞，时恣纵而不傥，不以觭见之也。以天下为沈浊，不可与庄语。以卮言为曼衍，以重言为真，以寓言为广。

晚出的道家在《寓言》篇为之演绎其义云：

寓言十九，重言十七，卮言日出，和以天倪。寓言十九，借外论之。亲父不为其子媒，亲父誉之，不若非其父者也；非吾罪也，人之罪也。与己同则应，不与己同则反，同于己为是之，异于己为非之。重言十七，所以已言也，是为耆艾。年先矣，而无经纬本末以期年耆者，是非先也；人而无以先人，无人道也；人而无人道，是之谓陈人。卮言日出，和以天倪，因以曼衍，所以穷年。

这纯是一种虚构的写作方法，同时也就是不循方法的方法。《淮南子·修务训》云:"世俗之人,多尊古而贱今,故为道者必托之神农、黄帝而后能入说。"(参康有为《孔子改制考》及《古史辨》第六册拙撰《晚周诸子反古考》)既是托之神农、黄帝,就不是真出于神农、黄帝,所以其他诸子的写作方法,也往往是虚构的;不过不及庄子的故意使用,因之其文章也不及庄子的更为诙诡曼衍。庄子以外,使用得最妙的是屈原,因之屈原的作品也充满了寓言、重言和卮言;与庄子不同者,止是庄子用以说理,屈原用以言情。可惜自汉代崇儒以后,征实主义打倒这种虚构方法,除写作小说外,无人再来使用,只有苏轼作《刑赏忠厚之至论》,引皋陶曰杀之三,尧曰宥之三,梅圣俞问出何书,答云"想当然耳"(见龚颐正《芥隐笔记》),还是这种方法的仅存硕果。

(三)书文糟粕论——《庄子》书中没有提到"文学",只提到"书籍"之"书"。本来先秦所谓"文学"是最广义的,包括一切学问文献,书籍亦当然在内。外篇的《天道》篇云:

> 世之所贵道者,书也。书不过语,语有贵也;语之所贵者意也。意有所随;意之所随者,不可以言传也。而世因贵言传书。世虽贵之,我犹不足贵也,为其贵非其贵也。故视而可见者,形与色也;听而可见者,名与声也。悲夫!世人以形色名声为足以得彼之情:夫形色名声果不足以得彼之情,则知者不言,言者不知,而世岂识之哉?桓公读书于堂上,轮扁斫轮于堂下,释椎凿而上,问桓公曰:"敢问公之所读者何言邪?"公曰:"圣人之言也。"曰:"圣人在乎?"公曰:"已死矣。""然则君之所读者,糟粕已夫!……古之人与其不可传也死矣;然则君之所读者,古人之糟粕已夫!"

《秋水》篇亦云：

> 可以言论者，物之粗也；可以意致者，物之精也；言之所不能论，意之所不能察致者，不期精粗焉。

通常以为文学是自然及人生的写实，实则文学与自然及人生之间，有一道无法填平的鸿沟，就是所谓“文学与实在的距离”。这是因为一则“书不过语”，语不过意，语言文字不能像照像机般的将客观的人物摄成影片。二是自然及人生之写成文学，要通过作者的观察与炮制，而观察与炮制都有主观的成分在内。从文学而言，文学作品是美化了的自然，美化了的人生，其价值就在此。从自然及人生而言，自然及人生之“不期精粗”者，“言不能论，意不能察致”，所以书籍文学，都是“糟粕已夫”！

十一　韩非的反对文学及《解老》篇的重质轻文

韩非也同于一般的见解，以一切学问为文学。《六反》篇云：

> 学道立方，离法之民，而世尊之曰文学之士。

《八说》篇云：

> 息文学而明法度，塞私便而一功劳，此公利也。错法以道民也，而又贵文学，则民之所师法也疑。……夫贵文学以

疑法……索国之富强，不可得也。

在这句话的前面说：“博习辩智如孔墨，孔墨不耕耨，则国何得焉？”知所谓文学者就是指的“传习辩智如孔墨”的人物，所以《五蠹》篇也说：“儒以文乱法。”这也足以证明其所谓文学是指一切学问。

再者，就此言观之，他对文学是反对的。不但此言为然，篇中反对文学的地方，实举不胜举。如《五蠹》篇云：

工文学者非所用，用之则乱法。

富国以农，距敌恃卒，而贵文学之士，……是世之所以乱也。

今修文学，习言谈，则无耕之劳，而有富之实，无战之危，而有贵之尊，则人孰不为也？是以百人事智而一人用力；事智者众则法败，用力者寡则国贫。此世之所以乱也。

《显学》篇也反对：

藏书策，习谈论，聚徒役，服文学，而议说世主。

《亡征》篇亦云：

好辩说而不求其用，滥于文丽而不顾其功者，可亡也。

《外储说左上》篇亦云：

夫不谋治强之功，而艳乎辩说文丽之声，是却有术之士，

> 而任坏屋折弓也。

儒墨与韩非同样以文学包括一切学问,但儒墨对其所谓文学积极提倡,韩非对其所谓文学则极力反对。此其原因,由于韩非与儒墨之政治哲学不同:儒墨之政治哲学皆着眼于积极的劝导,韩非则着眼于消极的限制;劝导须用学问,限制则只恃国家的成文法典,民众愈有学问,则异说愈多,而限制之力亦因之愈减。所以他的理想国是:"无书简之文,以法为教;无先王之语,以吏为师。"(《五蠹》篇)自然反对学问。至于纯文学,因为那时还不发达,假使发达,更在"辞而辟之"或"法以制之"之例了。

《韩非子》中有《解老》、《喻老》两篇,不见得是韩非所作。在《解老》篇里面有此下崇质卑文的言论:

> 文为质饰者也。夫君子取情去貌,好质而恶饰。夫恃貌而论情者,其情恶也;须饰而论质者,其质衰也。何以论之?和氏之璧,不饰以五采;隋侯之珠,不饰以银黄;其质至美,物不足以饰之。夫物之待饰而后行者,其质不美也。

所谓文质,当然不同于文论家所谓文质,而是政论家所谓文质,但此种崇质卑文的论调,却予后来文论家以相当的影响。

第二篇　两汉文学批评史

第一章 诗的崇高与汩没

一 诗的崇高

两汉是功用主义的黄金时代，没有奇迹而只是优美的纯文学书，似不能逃出被淘汰的厄运，然而《诗经》却很荣耀的享受那时的朝野上下的供奉，这不能不归功于儒家的送给了它一件功用主义的外套，做了他的护身符。

这件外套，不但不是一人所作，亦且不成于一个时代；我们于此喊句顾颉刚先生治古史的口号吧，是“层累而上的”。

自从有人受着功用主义的驱使，将各不相谋的三百首诗凑成一团，这功用主义的外套便有了图样；从此你添一针，他缀一线，由是诗的地位逐渐崇高了，诗的真义逐渐汩没了。

在第一篇第二章里，我们已经说过周秦诸子的诗说是染有浓厚的功用主义的色彩的。但那仅是站在功用的观点，使诗有了文学以外的价值；或者是“断章取义，予取所求”。汉代便不同了，它使《诗经》的每一首诗有了圣道王功的奇迹，使《诗经》每一句话有了裁判一切礼俗政教的职责与功能。

陆贾《新语·慎微》篇云：

故隐之则为道，布之则为文诗，在心为志，出口为辞，矫以雅（当为邪）僻，砥砺钝才，雕琢文邪（当为雅），抑定狐疑，通塞理顺，分别然否，而情得以利，而性得以治。

贾谊《新书·道德说》云：

诗者，志德之理而明其指，令人缘之以自成也。故曰，诗者，此之志者也。

董仲舒《春秋繁露·玉杯》篇云：

君子知在位者之不能以恶服人也，是故简六艺以赡养之。《诗》《书》序其志，《礼》《乐》纯其养，《易》《春秋》明其知。六学皆大，而各有所长。《诗》道志，故长于质。……

这自是上承了荀子的诗说，然鲜明的主张诗为道德的表现，而且为君子在位者所以服人的工具，则谓诗有圣道王功的奇迹，诗为一切的裁判者，都有了根据了。

孔孟述诗，虽有尊重诗句的意向，但究竟只是一种引证的作用，到荀子便逐渐有引作论准的倾向了。他在一段文章的末尾，喜欢引几句诗作他的结论。这种倾向到《孝经》、《说苑》、《新序》、《列女传》、《韩诗外传》（此乃离经之传，故介于著论与注疏之间）而极矣。《说苑》、《新序》还不厉害；《孝经》、《烈女传》、《韩诗外传》，差不多每一章的结论都是《诗经》。近人尝骂古人的文章总是"《诗》云""子曰"，以"子曰"作论准的风尚较晚，在秦汉，则"子曰"的势力，绝不敢与"《诗》云"的势力对抗。

二 诗的汩没

在汩没诗义的记功牌上，我们只得使著论家屈居第二位，因为第一位已被注疏家（就是经学家）占去了，他们不似著论家之仅仅崇高了《诗经》的地位，他们更能予《诗经》的每一首诗以圣道王功及其他的奇迹。

《汉书·儒林传》云："汉兴……言《诗》，于鲁则申培公，于齐则辕固生，燕则韩太傅。"这些人虽在训诂注释，但未必不可成功解释的批评。可惜他们一方面继承儒家的功用观念，一方面又受了阴阳家的影响，由是他们的解释，上者不出于圣道王功，下者且流于五行谶纬。如《关雎》明明是一首平淡的民间情歌，他们却要使之有"美""刺"的大道理。据马国翰《玉函山房辑佚书》所辑，申培《鲁诗故》云：

> 后夫人鸡鸣佩玉去君所，周康后不然，诗人叹而伤之。

后苍《齐诗传》云：

> 周室将衰，康王晏起，毕公喟然，深思古道，感彼关雎，德不双侣，愿得周公妃，以窈窕防微渐，讽谕君父。孔氏大之，列冠篇首。

薛汉《韩诗章句》云：

> 诗人言关雎贞洁慎匹，以声相求，必于河之洲，隐蔽于无人处之。故人君退朝，入于私宫，后妃御见，去留有度，应门击柝，鼓人上堂，退反宴处，体安志明。今时大人内倾于色，贤人见其萌，故咏《关雎》，说淑女，正容仪，以刺时也。

差不多每一首都有了作者，都有了微言大义的美刺，圣道王功的奇迹。而最奇的奇迹要算《齐诗》，《汉书》卷七十五《翼奉传》云：

> 察其所由，省其进退，参之六合五行，则可以见人性，知人情，难用外察，从中甚明，故诗之为学，性情而已。五性不相害，六情更兴废。观性以历，观情以律。

“诗之为学，性情而已”，这是如何正确的见解；但其所谓性情因于历律，真是奇之又奇了。叙述至此，应当与千古诗人，同声一哭。

今文家如此，古文家亦何独不然。如《关雎》，《毛诗序》说是“后妃之德也”，虽异于齐鲁韩的说是刺康后，然究竟逃不出“美”“刺”的故套，仍然不给予它以诗的位置，仍然给予它以圣道王功的奇迹。

自然啦，《诗经》中是有刺诗的，如《魏风》的《葛屦》云：“维是褊心，是以为刺。”（引见一篇二章一节）所以以美刺说诗，也不是完全无根据，也不是完全错误。但每一首都替它加上美刺的作用，而加上的美刺又以圣道王功为准绳，则《诗经》中的诗，得到了“不虞之誉”，同时也背上了“不白之冤”。

读者不要说我“下笔千言，离题万里”吧？须知因了这种观念，不惟崇高了《诗经》的地位，汩没了《诗经》的真义，以美人香草解

《楚辞》,以忠君爱国释《古诗十九首》,以至以一切礼教的道德的观念曲解古往今来的诗文词曲,都是此义的适用与演绎,在鉴赏文学上虽是障碍物,在鉴赏的历史上则有非常的地位!

三　卫宏《毛诗序》

握有诗学权威的《毛诗序》便是在这种空气之下产生的。《毛诗序》的作者,后世虽是言人人殊,然《后汉书·儒林传》已云:"谢曼卿善《毛诗》,乃为其训。卫宏从曼卿受学,因作《毛诗序》,善得风雅之旨,于今传于世。"

前一节引的"《关雎》,后妃之德也"是《关雎》诗的序,全文很长,总论《诗经》一书,人称之为《大序》;其余每篇都有数言以至数十言的短序,人称之为《小序》。《小序》仅是美刺与作者的附会;《大序》说诗可分此下三点:

(一)诗言志——《毛诗序》云:

> 诗者,志之所之也;在心为志,发言为诗。情动于中,而形于言;言之不足,故嗟叹之;嗟叹之不足,故永歌之;永歌之不足,不知手之舞之,足之蹈之也。

这自然是《虞书》说诗的演绎。不过此种演绎,不始于《毛诗序》,而始于《礼记》中的《乐记》。《乐记》云:

> 诗,言其志也;歌,咏其声也;舞,动其容也。三者本于心,

然后乐器从之。

又云：

故歌之为言也，长言也；说之故言之，言之不足故长言之，长言之不足故嗟叹之，嗟叹之不足故不知手之舞之，足之蹈之也。

不过《乐记》的侧重点在乐，《毛诗序》的侧重点在诗，所以略有不同。有的人以为《乐记》本之《毛诗序》，实则《毛诗序》出于东汉，《乐记》既编入《礼记》，不能晚于西汉，所以是《毛诗序》本之《乐记》。至后世的研究诗的产生的论文，则本之《毛诗序》者很多，俟后分叙，兹不预述。班固的《白虎通义·礼乐》篇云："乐所以必歌者何？夫歌者，口言之也。中心有乐，口欲言之，手欲舞之，足欲蹈之。"也是在讨论乐舞与诗之不能分离的关系。

麦更西（A. S. Mackezie）在《文学的进化》一书中，说跳舞、音乐、诗歌，是原始艺术的三位一体。《毛诗序》所谓"永歌之"的歌词是诗歌，"永歌之"的声调是音乐，手舞足蹈便是跳舞。不过依麦更西的意见，这种三位一体的艺术，产生于人类的走进团体生活，遂因为不能安静，由是自然歌舞。依《毛诗序》的意见，则不必等待团体生活，个人的情动于中，也自然要口歌、手舞、足蹈。当然啦，团体的歌舞更来得热烈，但在没有走进团体生活以前的个人生活中，也可有独奏的歌舞。所以麦更西之说，自然是论证详明，但《毛诗序》之说，恐更合原始的实际情形。

（二）诗与政教的关系——《毛诗序》云：

情发声，声成文谓之音。治世之音安以乐，其政和；乱世之音怨以怒，其政乖；亡国之音哀以思，其民困。是故正得失，动天地，感鬼神，莫近于诗。先王以是经夫妇，成孝敬，厚人伦，美教化，移风俗。……至于王道衰，礼义废，政教失，国异政，家异俗，而变风、变雅作矣。

这种说法，亦本于《乐记》。《乐记》云：

情动于中，故形于声，声成文谓之音。是故治世之音安以乐，其政和；乱世之音怨以怒，其政乖；亡国之音哀以思，其民困。

与此如出一口；不过彼以论乐，此则由乐渡之于诗而已。此种社会的历史的批解，自是上本于孟子所谓“论世”。但孟子所谓“世”如何，未加申说，其范围极广漠而游移，此则鲜明的指出世教王化。既然诗与世教王化有关，当然先王要“以是经夫妇，成孝敬，厚人伦，美教化，移风俗”，而诗便纯为圣道王功而作了。

（三）诗的六义四始——《毛诗序》云：

故诗有六义焉：一曰风，二曰赋，三曰比，四曰兴，五曰雅，六曰颂。上以风化下，下以风刺上，主文而谲谏，言之者无罪，闻之者足以戒，故曰风。……国史明乎得失之迹，伤人伦之废，哀刑政之苛，吟咏性情以风其上，达于事变而怀其旧俗者也。故变风发乎情，止乎礼义。发乎情，民之性也；止乎礼义，先王之泽也。是以一国之事，系一人之本，谓之风；言天下之事，形四方之风，谓之雅。雅者，正也，言王政之所由废兴也。政有大小，故有《小雅》焉，有《大雅》焉。颂者，美盛德之形容，以其成功告于神明者也：是谓四始，《诗》之至也。

六义之说，也并不始于《毛诗序》，《周礼·春官》已云：

大师掌……教六诗：曰风，曰赋，曰比，曰兴，曰雅，曰颂。

虽然《周礼》不是"周公致太平之书"，但决不会在《毛诗序》之后。风、雅、颂是诗的分类，赋、比、兴是诗的作法。风、雅、颂的区分是很古的；不过古代好像不止风、雅、颂三种，还有一种叫"南"的。所以《小雅·鼓钟》云，"以雅以南"；孔子也尝说："人而不为《周南》、《召南》，其犹正墙面而立也与?"但到荀子时代似乎便已经将《南》忘掉了，已经将《南》附在《风》里了，所以他提到《诗》时，只说《风》、《雅》、《颂》，没有说《南》。

《南》、《风》、《雅》、《颂》之先后次序，有没有意义在内，我们无从知道；释诗者总以为是有很大的道理吧？汉代有所谓"四始"之说，论理应当是《南》、《风》、《雅》、《颂》四诗的各类首篇。但是不然，他们已经不知道有《南》了，所以他们的"四始"没有《南》，而分大小《雅》为二。由此知古代似乎亦有"四始"之说，以故汉代虽因忘了《南》而只剩了、《风》、《雅》、《颂》三种，仍要凑成四种。《史记·孔子世家》云：

《关雎》之乱，以为《风》始，《鹿鸣》为《小雅》始，《文王》

为《大雅》始，《清庙》为《颂》始。

《毛诗序》所谓"四始"，大概也就是这样了？

至于赋、比、兴的说法，大概起于汉初的经师。汉初有三家诗，《齐诗》亡于魏，《鲁诗》亡于晋，只有《韩诗》尚存其半。《韩诗》是采用赋、比、兴的说法的。解为兴者，如《芣苢》，《韩诗序》云：

> 伤夫有恶疾也。

薛君《韩诗章句》云：

> 芣苢，泽舄也。芣苢，恶臭之草。诗人伤其君子有恶疾，人道不通，求已不得，发愤而作。以是兴芣苢虽臭恶乎，我犹采采而不已者，以兴君子虽有恶疾，我犹守而不离去也。

解为比者，如《鸡鸣》，《韩诗序》云：

> 谗人也。

薛君《章句》云：

> 鸡远鸣，蝇声相似也。

解为赋者，如《伐木》，《韩诗序》云：

> 伐木废，明友之道缺，劳者歌其事。诗人伐木自苦，故以为文。

以《韩诗》推齐、鲁二家，大概也有此种解说。不过各家的解说不见得一致，尤其《毛诗》与《韩诗》更显然不同。如《芣苢》，《韩》认为是兴；《毛》认为是赋；《鸡鸣》，《韩》认为是比，《毛》也认为是赋；《伐檀》，《韩》认为是赋，《毛》却认为是兴。但赋比兴的说法，总是各家所同的。可见不始于卫宏，也不始于毛公。至再早的渊源，我们不大知道。孔子曾说，"诗可以兴"。但那只是泛论诗对读者感发兴起的力量，与赋比兴之就方法而分者，实大相径庭。

《毛诗序》只解释风、雅、颂，未解释赋、比、兴，齐、鲁、韩有无解释不可考。郑玄注《周礼》云："赋之言铺，直铺陈今之政教善恶；比见今之失，不敢斥言，取比类以言之；兴见今之美，嫌于媚谀，取善事以劝喻之。"又引郑司农云："比者，比方于物也；兴者，托事于物。"这是否合《毛诗》的意思不可知，是否合齐、鲁、韩三家更不可知，可知者这是汉人的说法而已。依郑司农的说法，比是比方，兴是托事；依郑玄的说法，则比用于刺恶，兴用于劝善，二郑已经不同。至后世的解说，无价值的不必谈，有价值的大抵都是一种"以述为作"，换言之，就是一种文学新说，都当各还作主，所以俟后分述，兹不征论。

四　郑玄《诗谱序》

郑玄的《诗谱》，也是这种空气下的产物。《诗谱》的本书只见谱《南》、《风》、《雅》、《颂》的古地理。如《周南召南谱》云:“周、召者,《禹贡》雍州岐山之阳地名。”《鲁颂谱》云:“鲁者,少昊挚之墟也。国中有大庭氏之库,则大庭氏亦居兹乎。”至对于诗的意见,都表现于序:

(一)诗的起源——《诗谱序》云:

> 诗之兴也,谅不于上皇之世。大庭轩辕,逮于高辛,其时有亡,载籍亦蔑云焉。《虞书》曰:“诗言志,歌永言,声依永,律和声。”然则诗之道,放于此乎?

这自是错的,但注意到这个问题的,要算郑玄为最早,则他的功绩亦不可磨灭了。

(二)诗的功能——《诗谱序》云:

> 迄及商王,不风不雅。何者?论功颂德,所以将顺其美;刺过讥失,所以匡救其恶:各于其党,则为法者彰显,为戒者著明。

郑玄的这种论调,又见于他的《六艺论》:

> 诗者,弦歌讽谕之声也。自书契之兴,朴略尚质,面称不为谄,目谏不为谤,君臣之接如朋友然,在于恳诚而已。斯道稍衰,奸伪以生,上下相犯。及其制礼,尊君卑臣,君道刚严,臣道柔顺。于是箴谏者稀,情志不通,故作诗者以诵其美而讥其恶。(引见孔颖达《毛诗谱序正义》)。

汉初的美刺说，已经使诗有了文学以外的美刺作用，郑玄更进而说："论功颂德，所以将顺共美；刺过讥失，所以匡救其恶。"则美刺的作用，不仅在美刺过去的事实，而要顺匡未来的行动，诗之功用的价值更崇高，诗之文学的旨趣更汩没了。

（三）诗的正变——《毛诗序》已说到诗的正变，《诗谱序》说的更为详明：

> 周自后稷播种百谷，黎民阻饥，兹时乃粒，自传于此名也。陶唐之末中叶，公刘亦世修其业以明民共财；至于太王、王季，克堪顾天；文武之德，光熙前绪，以集大命于厥身，遂为天下父母，使民有政、有居、有时。《诗·风》有《周南》、《召南》，《雅》有《鹿鸣》、《文王》之属。及成王、周公致太平，制礼作乐，而有颂声兴焉，盛之至也。本之繇此风雅而来，故皆录之，谓之诗之"正经"。后王稍更陵迟，懿王始受谮亨齐哀公，夷身失礼之后，《邶》不尊贤。自是而下，厉也，幽也，政教尤衰，周室大坏。《十月之交》、《民劳》、《板》、《荡》，勃尔俱作，众国纷然，刺怨相寻。五霸之末，上无天子，下无方伯，善者谁赏，恶者谁罚，纪纲绝矣。故孔子录懿王、夷王时诗，讫于陈灵公淫乱之事，谓之"变风""变雅"。以为勤民恤功，昭事上帝，则受颂声，弘福如彼；若违而勿用，则被劫杀大祸如此。知吉凶之所由，忧娱之渐萌，昭昭在斯，足作后王之鉴，于是止矣。

这也是说的诗与政教的关系。不过《毛诗序》侧重诗的产生，谓政有治乱及亡国之别，由是诗亦有安乐怨怒及哀思之分。此侧重诗的作用，谓为上者"勤民恤政，昭事上帝"，则有正风、正雅及颂声的赞美;“若违而勿用”,则有变风、变雅的讥刺。所以仍是美刺的另一说法。这是文学鉴赏上的一个强有力的障碍物,但这个障碍物便遮住了数千年来的一部分的创作家与批评家,由此你不能不颂扬它在文学批评史上的伟力了!

第二章　“文”与“文章”及其批评

一　文学文的兴起

文学批评——狭义的文学批评——的“下层建筑”是文学，以故必先有某种文学，然后才有某种文学的批评。在孔墨孟荀的时代，只有文献之文和学术之文，所以他们的批评也便只限于文献与学术。到晚周秦汉才有了文章之文（现在可以叫做文学之文），所以汉代的文学批评便不只限于文献和学问，而渐及于文章。当时的文章有两种，一是散文，一是辞赋。文献和学术的散文虽起源很早，而文学的散文（所谓文献、学术、文学，乃比较言之），则产于战国的晚年。章学诚《文史通义·诗教上》云：

> 纵横之学，本于古者行人之官。观春秋之辞命，列国大夫聘问诸侯，出使专对，盖欲文其言以达旨而已。至战国而抵掌揣摩腾说以取富贵，其辞敷张而扬厉，变其本而加恢奇焉，不可谓非行人辞命之极也。……子史衰而文集之体盛，著作衰而辞章之学兴。

除谓“纵横本于行人之官”以外，其论文学散文的兴起，是很合实在情形的。至于辞赋的兴起,无疑的源于屈宋,而盛于西汉的辞赋家如司马相如、扬雄之流。

二 所谓“文”

著作界既于学术文外有了文学文,批评界不能不为之“作新名”。其所作新名,一为用周秦旧名之“文”,以名当时的文学文,而以“学”名周秦所谓“文”。一为袭周秦之旧,以“文学”名学术文,而另以“文章”名文学文。

“学”字之在先秦,大率用作动词。《论语·学而》篇所说“学而时习之”,是不用说的了。即同篇所说“贤贤易色,事父母能竭其力,事君能致其身,与朋友交言而有信;虽曰未学,吾必谓之学矣”,也是动词。此外若荀子,是很重学的了,其书发端首篇就是“劝学”。但其所谓“学”,亦泰半为“学习”之意,也是动词。《儒效》篇谓:“纵性情而不足问学,则为小人矣。”“问学”似为名词,但其上文为“知谨注错,慎习俗,大积靡,则为君子矣”。两者正相对为文,知仍为动词。《韩非子》所谓“显学”之“学”,当然是名词了;但是指的“学者”,不是指的“学术”或“学问”。至《中庸》说“尊德性而道问学”,自然是名词,但此段并非先秦之书(冯友兰先生说,见《中国哲学史》页四四六—四四八及拙编《古史辨》第四册页一八三、一八四)。

至两汉,以用“文”括示文学文的缘故,由是“学”遂用作名词,以名周秦所谓“文”,就是现在所谓“学术”或“学问”。如扬雄《法言·学行》篇云:“有学术业。”《史记·儒林传》云:“劝学修礼。”其所谓“学”与“学术”，自然就略同于现在所谓“学”与“学术”，也就相当先秦所谓“文”与“文学”了。

至于所谓“文”之不同于先秦所谓“文”，而指文学之文，刘天惠已经说过了：

《汉书·贾生传》云：“以能诵诗书属文闻于郡中。”《终军传》云：“以博辨能属文闻于郡中。”《司马相如叙传》云：“文艳用寡，‘子虚’‘乌有’。”《扬雄叙传》云：“渊哉若人，实好斯文，初拟相如，献赋黄门。”至若董子工于对策，而《叙传》但称其属书；马迁长于叙事，而《传赞》但称其史才：皆不得掍能文之誉焉。盖汉尚辞赋，所称能文，必工于赋颂者也。《艺文志》先六经，次诸子，次诗赋，次兵书，次术数，次方技。六经谓之六艺，兵书、术数、方技亦子也。班氏序诸子曰：“今异家者各推所长，穷知究虑，以明其指，虽有蔽短，合其要归，亦六经支与流裔。”据此则西京以经与子为艺，诗赋为文矣。（诗赋家有《隐书》十八篇，盖隐其名而赋其状，为射覆之类。至于设问，亦赋之流：故皆谓之文。《东方朔传》载《答客难》、《非有先生论》二篇，结之云“朔文辞此二篇最善”，是其证。）

然非独西京为然也，《后汉书》创立《文苑传》，所列凡二十二人，类皆载其诗赋于传中。盖文至东京而弥盛，有毕力为文章而他无可表见者，故特立此传。必载诗赋者，于以见一时之习尚，而文苑非虚名也。其传赞曰：“情志既动，篇辞为贵；抽心呈貌，非雕非蔚；殊状共体，同声异气：言观丽则，永监辞费。”章怀注：“扬雄曰：‘诗人之赋丽以则’。”是《文苑》所由称文，以其工诗赋可知矣。然又不特《文苑》为然也，《班固传》称能属文,而但载其《两都赋》;《崔骃传》称善属文,而但载其《达旨》(拟《解嘲》)及《慰志赋》。班之赞曰:“二班怀文。”崔之赞曰:“崔氏文宗。”由是言之,东京亦以诗赋为文矣。(《文笔考》,见《学海堂初集》卷七)

刘氏谓汉代不以经子为文,这是很对的;但谓文专指赋颂,则不尽然。汉代所谓文,自然包括赋颂,但赋颂不是所谓文的全体。谓《汉书·贾生传》所说的文专指颂赋,还有根据,就是《汉书·艺文志·诗赋略》载有贾谊赋七篇;谓《终军传》所说的文也专指赋颂,则苦于无法证明,因为《汉志》没有著录终军的赋颂。至《后汉书·文苑传》所列二十二人,固然“类皆载其诗赋于传中”,但也载其诗赋以外之文。如《杜笃传》称:“所著赋诔吊书赞七言女诫及杂文,凡十八篇,又著《明世论》十五篇。”《王隆传》称:“所著诗赋铭书,凡二十六篇。”又称“沛国史岑子孝亦以文章显,……著颂诔《复神说疾》,凡四篇。”《黄香传》称:“所著赋笺奏书令,凡五篇。”《李尤传》称:“尤同郡李胜亦有文才,……著诗诔颂论数十篇。”《苏顺传》称:“所著赋论诔哀辞杂文,凡十六篇。”《葛龚传》称:“著文赋诔碑书记十二篇。”《王逸传》称:“其赋诔书论及杂文,凡二十一篇。”《崔琦传》称:“所著赋颂铭诔箴吊论九咨七言,凡十五篇。”《边韶传》称:“著诗颂碑铭书策,凡十五篇。”(以上《文苑传》上)《张升传》称:“著赋诔颂碑书,凡六十篇。”《赵壹传》称:“著赋颂箴诔书论及杂文,十六篇。”《张超传》称:“著赋颂碑文荐檄笺书谒文嘲,凡十九篇。”所谓书论笺策杂文,都不能纳于赋颂之内。至《侯瑾传》称:“覃思著述,以莫知于世,故作《应宾难》以自寄。又案《汉记》,撰中兴以后行事,为《皇德传》三十篇,行于世。余所作杂文数十篇，多亡。”（以上《文苑传下》）固然以其文久佚，无由证明是否为赋颂，但《皇德传》，决非赋颂：所以汉代所谓文固包括赋颂，而亦包括赋颂以外的文学作品。

括示辞赋及文学的散文之“文”，当然含有美的意味。所以《说文·文部》云：“文，错画也，象交文。”《释名·释言》篇云：“文者，会集众彩以成锦绣，会集众义以成辞义，如文绣然也。”周秦没有传下来的文字学书，所以无从比较，但由孔子释“敏而好学，不耻下问”为“文”看来，也可以知周秦所谓“文”重实质，两汉所谓“文”重形式了。

三　所谓“文章”

先秦所谓“文章”是最广义的，盖指一切表现于外的文彩而言。如孔子称尧：“焕乎其有文章。”（详一篇三章三节）《韩非子·解老》篇云：“礼者所以貌情也，群义之文章也。”然也有含义较狭的。如子贡称孔子之文章，“可得而闻也”。《荀子·非十二子》篇云：“若夫总方略，齐言行，壹统类，而群天下之英杰而告之以大古，教之以至顺，奥窔之间，簟席之上，敛然圣王之文章具焉，佛然平世之俗起焉。……是圣人之不得势者也，仲尼、子弓是也。”其所谓“文章”，皆有指现于语言文字者之意。但先秦无文学之文，故其狭义的“文章”，与其所谓“文学”无大异，不过较重形式而已。

基于这种原因，汉代遂用“文章”称文学之文。如扬雄的《法言·渊骞》篇云：“七十子之于仲尼也，日闻所不闻，见所不见，文章亦不足为矣。”《史记·儒林传》载“博士等议曰：‘……臣谨案诏书律令下者……文章尔雅，训辞深厚。’”《汉书·公孙弘卜式兒宽传赞》云：“汉之得人，于兹为胜；儒雅则公孙弘、董仲舒、兒宽，……文章则司马迁、相如。……孝宣承统，纂修洪业，亦讲论六艺，招选茂异，萧望之、梁丘贺、夏侯胜、韦玄成、严彭祖、尹更始以儒术进；刘向、王褒以文章显。”《后汉书·班彪传》载彪上言选置东宫及诸王国官属云：“及至中宗，亦令刘向、王褒、萧望之、周堪之徒，以文章儒术，保训东宫。”班固《两都赋序》亦云：“至于武宣之世，乃崇礼官，考文章。”又云：“故言语侍从之臣，若司马相如、虞丘寿王、东方朔、枚皋、王褒、刘向之属，朝夕论思，日月献纳；而公卿大臣，御史大夫倪宽、太常孔臧、大中大夫董仲舒、宗正刘德、太子太傅萧望之等，时时间作。或以抒下情而通讽谕，或以宣上德而尽忠孝，雍容揄扬，著于后嗣，抑亦雅颂之亚也。故孝成之世，论而录之，盖奏御者千有余篇，而后大汉之文章，炳焉与三代同风。”崔瑗《河间相张平子碑》亦云：“道德漫流，文章云浮。”至《后汉书·文苑传》里，“文章”一字，更举不胜举。固然作者范晔为刘宋时人，而所称论者则皆是东汉之文人与其作品。总观上述所谓“文章”，形式方面是“训辞深厚”，内容方面是“或以抒下情而通讽谕，或以宣上德而尽忠孝”，已略同于后世所谓“文章式”的“文学”了。

至于广义的文章，就是指一切表现于外的文彩而言的文章，在汉人的著作中也时常见到。如陆贾《新语·资质》篇云：“夫楩楠豫章……在高柔软，入地坚强，无膏泽而光润生，不克画而文章成。”《淮南子·原道训》云：“是故圣人之治也，掩其聪明，灭其文章。”《白虎通义·天地》篇云“道德生文章”之类，皆是。但以与文学无关，与文学批评更无关，故兹从略。惟《周礼·考工记》“画缋”：“青与赤谓之文，赤与白谓之章，白与黑谓之黼，黑与青谓之黻，五采备谓之绣”，文章与黼黻绣并言，当然指文彩的文章，但后世论文学的文章者，每喜引用。《周礼》传出周公，但依近人考订，知作于汉人，故叙述于此。

先秦所谓“文学”本不同于我们所谓文学，而是指广义的学术，但以其为后世文学所从出，故不能不论；两汉既已有了文学文，又有了“文章”一名以括示文学文，则其括示学术的所谓“文学”，在文学批评史上似乎没有它的地位了，故亦从略。

四　扬雄的意见

汉代虽有了文学之文，也有了括示文学之文的“文”与“文章”的名词，但以于时尚用的关系，所以那时的批评家，对文学之文的“文”与“文章”是反对的。关于这，在西汉可以扬雄为代表，在东汉可以王符与荀悦为代表。（至于王充，则另有专章论述。）

扬雄在《法言》卷二《吾子》篇设或曰：“君子尚辞乎？”他的答复是：

> 君子事之为尚。事胜辞则伉，辞胜事则赋，事辞称则经，足言足容，德之藻矣。

所谓“事之为尚”，就是因为事是有用的。在这几句话里虽似不极端排弃文辞，但同篇或曰：“女有色，书亦有色乎？”扬雄的答复则毫不客气的说是：

> 女恶华丹之乱窈窕也，书恶淫辞之淈法度也。

又或曰:“有人焉,自姓孔而字仲尼,入其门,升其堂,伏其几,袭其裳,则可谓仲尼乎?”扬雄云:

其文是也,其质非也。……羊质而虎皮,见草而说,见豺而战,忘其皮之虎也。

此外于卷十二《君子》篇批评淮南、太史公、司马相如云:

淮南说之用,不如太史公之用也,太史公圣人将有取焉,淮南鲜取焉尔。必也儒乎!乍出乍入,淮南也;文丽用寡,长卿也;多爱不忍,子长也。仲尼多爱,爱义也;子长多爱,爱奇也。

又卷六《问明》篇“或曰:‘亦有疾乎?’曰:‘摭我华而不食我实。’”卷七《寡见》篇痛斥“今之学也,非独为之华藻也,又从而绣其鞶帨”,则其反对重形式之“文”可知。所以于《太玄》卷四云:

大文弥朴,质有余也。

又云:

雕鐖之文,徒费日也。

既反对重形式之“文”,当然即提倡重内容之“学”,而且是儒家之“学”。所以主宗经、征圣、尊孔:

舍舟航而济乎渎者末矣，舍五经而济乎道者末矣。弃常珍而嗜乎异馔者，恶睹其识味也？委大圣而好乎诸子者，恶睹其识道也？（《法言》卷二《吾子》篇）

好书而不要诸仲尼，书肆也；好说而不要诸仲尼，说铃也。（同上）

万物纷错则县诸天，众言淆乱则折诸圣。（同上）

大哉天地之为万物郭，《五经》之为众说郛。（卷五《问神》篇）

惟圣人得言之解，得书之体，白日以照之，江河以涤之，浩浩乎其莫之御也。（同上）

言心声也，书心画也。声画形，君子小人见矣。声画者，君子小人之所以动情乎？圣人之辞，浑浑若川，顺则便，逆则否，其惟川乎！（同上）

或曰："淮南、太史公者，其多知欤？曷其杂也？"曰："杂乎杂，人病以多知为杂，惟圣人为不杂，书不经，非书也；言不经，非言也；言书不经，多多赘矣。"（同上）

而他所提倡之经，虽然"浑浑如川"，虽然"虞夏之书浑浑尔，商书灏灏尔，周书噩噩尔"（《问神》篇），但不是华文的，而是简易的。所以《法言》卷八《五百》篇或问："天地简易，而圣人法之，何五经之支离？"扬雄云："支离？盖其所以为简易也。已简已易，焉支焉离？"

五　王符荀悦的意见

就著作界的情形而论，东汉较西汉尚文，所以《史记》、《汉书》

都只有《儒林传》,《后汉书》始于《儒林传》外,别立《文苑传》。但评论者却仍走着西汉尚用的故道。王符《潜夫论·务本》篇云:

> 教训者以道义为本,以巧辩为末;辞语者以信顺为本,以诡丽为末。……今学问之士,好语虚无之事,争著雕丽之文,以求见异于世,品人(汪继培云“品人犹言众人”)鲜识,从而高之,此伤道德之实,而或(通惑)矇夫之大者也。诗赋者,所以颂善丑之德,泄哀乐之情,故温雅以广文,兴喻以尽意。今赋颂之徒,苟为饶辩屈蹇之辞,竞陈诬罔无然之事,以索见怪于世,愚夫戆士,从而奇之,此悖孩童之思,而长不诚之言者也。

《释难》篇亦云:

> 夫譬也者,生于直告之不明,故假物之然否以彰之。物之有然否也,非以其文也,必以其质也。

《交际》篇亦云:

> 情实薄而辞厚,念实忽而文想忧(汪继培谓想忧当作相爱),……此俗士可厌之甚者也。……士贵有辞,亦憎多口。故曰:文质彬彬,然后君子。与其不忠,刚毅木纳(《论语》作讷),尚近于仁。

《释难》篇与《交际》篇所言,自非对表现于文字的文章而言,但反对巧言,当然亦反对巧文。谓“物之有然否也,非以其文也,必以其质也”，重质轻文，其意甚显。至《务本》篇所言，更是彰明较著的反“雕丽之文”，倡道义之教了。

荀悦《申鉴·杂言下》云：

> 辩为美矣，其理不若绌；文为显矣，其中不若朴；博为盛矣，其正不若约。

又云：

> 或曰：辞达而已矣，圣人以文其隩也有五，曰玄、曰妙、曰包、曰要、曰文。幽深谓之玄，理微谓之妙，数博谓之包，辞约谓之要，章成谓之文。圣人之文成此五者，故曰不得已。

虽要文，却须“辞约”，“文为显矣，其中不若朴”，也是尚用不尚文了。

第三章　对于辞赋及辞赋作家的评论

一　辞人的意见

诗人自言作诗的动机与目的，一是言志，一是美刺的功用（详言一篇二章一节）。辞人自言作辞的动机与目的，则在发愤抒情。就以屈原作例吧。他的《离骚》云：

> 怀朕情而不发兮，余焉能忍与此终古？

又《抽思》云：

> 结微情以陈词兮，矫以遗夫美人。
> 道思作颂，聊以自求兮；忧心不遂，斯言谁告兮？

《惜诵》云：

> 惜诵以致愍兮，发愤以抒情。
> 恐情质之不信兮，故垂著以自明。

《思美人》云：

> 申旦以舒中情兮，志沈菀而莫达。

类此的话，在屈原的作品里举不胜举，与诗人的自述比而观之，主志主情的区别，便益发显然。《诗经》中的诗并不是没有文学之美，但我们不能名之为唯美的文学。辞赋则的确是唯美的文学。屈原云：

> 纷吾既有此内美兮，又重之以修能。（《离骚》）
>
> 民生各有所乐兮，余独好修以为常。（同上）
>
> 文质疏内兮，众不知余之异采。（《怀沙》）
>
> 芳与泽其杂糅兮，羌芳华自中出；纷郁郁其远承兮，满内而外扬；情与质信可保兮，羌居蔽而闻章。（《思美人》）
>
> 青黄杂糅，文章烂兮；精色内白，类可任兮；纷缊宜修，姱而不丑兮。（《橘颂》）

这本来不是指文学而言，我们似不应据此谓其文学为唯美的文学；但事实是这样：唯美的文学，大半产生于唯美论的作家。屈原既如此的提倡唯美，对文学亦自然主张唯美，其作品亦自然走入唯美的路上了。

我们知道了辞赋作家有抒情与唯美的倾向，则后来的辞赋评论容易了解了。

二 刘安司马迁的批评

在汉文帝时候已有贾谊作《吊屈原赋》，不过仅是伤悼他的身世，并没有批评他的作品。对屈原的作品加以批评者，以今所知，莫早于刘安。班固《离骚序》云：

> 淮南王安叙《离骚传》，以《国风》好色而不淫，《小雅》怨诽而不乱；若《离骚》者，可谓兼之矣。蝉蜕浊秽之中，浮游尘埃之外，皭然泥而不滓。推此志，虽与日月争光可也。

《楚辞》——原始的《楚辞》——是楚越民族的创作文学，与《诗经》的渊源关系，并没有后人所想象的深切具体。屈原是爱好文学的，他的《离骚》和《天问》，征引了很多的古代神话故事，但见不到《诗经》的踪迹。《惜往日》云："惜往日之曾信兮，受命诏以昭诗。"《悲回风》云："介眇志之所感兮，窃赋诗之为明。"不知是否指《诗经》而言。宋玉的《九辩》云："窃慕诗人之遗风兮，愿托志乎素餐。"当然是引用的《诗经·魏风》所谓"彼君子兮，不素餐兮"。但较北方学者，如孔、墨、孟、荀的服膺《诗经》，相差远甚。但汉代的评论家，偏要说《楚辞》完全源出《诗经》。刘安以《国风》的"好色而不淫"，和《小雅》的"怨诽而不乱"，解赞《离骚》，虽是就性质而言，不是就渊源而言，但总是将对于《诗经》的观点，移用于《楚辞》，而后来的《楚辞》源于《诗经》之说，当然受其影响。

司马迁的《史记》有《屈原贾生列传》，将刘安此言，完全载入，并且说：

> 其文约，其辞微，其志洁，其行廉，其称文小而其旨大，举类迩而见义远。其志洁，故其称物芳；其行廉，故死而不容。

以《国风》、《小雅》释《离骚》，仍是继承刘安之说；至于这种称赞其芳洁的批评，一方面固然是读了《离骚》所得到的印象，一方面也是受了屈原的唯美论的提示。这虽然是几句抽象的赞语，而后来的批评《楚辞》者，差不多皆未能越此范围，不过更加邃密或具体而已。

在屈原的自述里，除有唯美的倾向以外，便是发愤抒情。关于这一层，到了司马迁的评赞，特别的偏重发愤一点。他说楚怀王因了上官大夫的谗毁而疏远屈原，由是屈原：

> 疾王听之不聪也，谗谄之蔽明也，邪曲之害公也，方正之不容也，故忧愁幽思而作《离骚》。“离骚”者，犹离忧也。夫天者，人之始也；父母者，人之本也。人穷则反本，故劳苦倦极未尝不呼天也，疾病惨怛未尝不呼父母也。屈平正道直行，竭忠尽智，以事其君；谗人间之，可谓穷矣。信而见疑，忠而被谤，能无怨乎？屈平之作《离骚》，盖自怨生也。

此种论调，固是受了屈原所说“发愤以抒情”的影响，而所以特别的偏重“发愤”一点者，大概缘于司马迁的发愤著书，“借他人酒杯，浇自家块垒。”所以不惟以“离忧”释《离骚》，对于古今的一切著作，皆释以“抒其愤思”。《报任安书》云：“西伯拘而演《周易》；仲尼厄而作《春秋》；屈原放逐，乃赋《离骚》；左丘失明，厥有《国语》；孙子膑脚，兵法修明；不韦迁蜀，世传《吕览》；韩非囚秦，《说难》、《孤愤》；《诗》三百篇，大抵圣贤发愤之所为也。”（《太史公自序》亦云）其实，屈原的赋《离骚》，固确在放逐之后；其他诸人的著书，则与司马迁所言未必尽合。《周易》是否文王所演，《春秋》是否孔子所作，姑置不论。有人说《国语》与《左氏春秋》原为一书。司马迁于

《史记·十二诸侯年表序》云:"惧弟子(孔子弟子)人人异端,各安其意,失其真,故因孔子《史记》,具论其语,成《左氏春秋》。"则左丘明之作《春秋》、《国语》,并不是"抒其愤思"。《吕览》的编著,司马迁于《吕不韦传》云:"是时诸侯多辩士,如荀卿之徒,著书布天下,吕不韦乃使其客人人著所闻,集论以为八览六论十二纪。"《孤愤》的著作,司马迁于《老庄申韩列传》系于入秦之前,说"人或传其书至秦,秦王见《孤愤》、《五蠹》之书"云云。凡此皆司马迁自己之说,而《报任安书》全与相反。实因他的著作《史记》,确是在"舒其愤思",思所以张大其军,由是对古人的著作,亦遂予以"抒其愤思"的解释。至屈原,其自述已谓在"发愤以抒情",则对其所作之《离骚》,更可以说是"抒其愤思"了。"离骚"的意义是不是"犹离忧也",苦于没有屈原自己的话作证。王应麟《困学纪闻》卷六云:"伍举所谓'骚离',屈平所谓'离骚',皆楚言也。"(案《国语·楚语》:"伍举曰:德义不行,则迩者骚离,而远者距违。")虽亦无确证,而据此知解为"离忧",不无司马迁的主观成分在内。其《太史公自序》云:"作辞以风谏,连类以争义,《离骚》有之。"则屈原作《离骚》的动机,似乎又不全在"忧愁幽思"。盖"忧愁幽思而作《离骚》",和"'离骚'者,犹离忧也",固未必不对,但司马迁所以必要如此说者,其自己之发愤著书,实为主因;恰好屈原又有"发愤以抒情"的话,更触动了他的内心的悲哀,故益发引为同调了。

但这种的文学产生说,便演为桓谭的"贾谊不左迁失志,则文彩不发"(详下章三节)及韩愈的"不平则鸣"(详四篇七章四节)的学说。就是现在的一部分人所说的"文学是苦闷的象征",其详略的程度,自然相差远甚,但究其极至的结核的意义,也实是"小异"而"大同"了。

三　司马相如的“赋心”与扬雄的“赋神”

《西京杂记》卷二载盛览向司马相如问作赋的方法，相如云：

> 合纂组以成文，列锦绣而为质，一经一纬，一宫一商，此赋之迹也。赋家之心，苞括宇宙，总览人物，斯乃得之于内，不可得而传。

由此知道司马相如之赋的方法论，是特别注重“赋心”。固然《西京杂记》乃小说家者流，未必可信，但司马相如之提倡“赋心”，并非不可能。司马迁谓屈原“其志洁，故其称物芳”，已有一点略迹重心的倾向。西汉本来是道家有相当势力的时代，道家的文论本来有神秘的味道，而“赋心”更是极鲜明的神秘主义的文论。

我们相信司马相如可能有“赋心”的提倡，还有一个证据，就是司马相如以后的扬雄有“赋神”的方法论。《西京杂记》卷三云：

> 司马长卿赋，时人皆称其典而丽，虽诗人之作不能加也。扬子云曰：“长卿赋不似从人间来，其神化所至邪！”子云学相如为赋而弗逮，故雅服焉。

读者或许要说这是以《西京杂记》证《西京杂记》，根本不能成立。还有桓谭《新论》云：

> 杨子云工于赋，……余欲从……学，子云曰：“能读千赋则

善赋。”(《指海》本页十、十一)

这固然有所谓“熟”的理由在内,但也是神秘主义的方法论了。他的《法言》里特辟《问神》一篇,发端便混合“神”与“心”云:

神心惚恍,经纬万方。

又云:

或问神,曰“心”。……昔仲尼潜心于文王矣,达之;颜渊亦潜心于仲尼矣,未达一间耳。神在所潜而已矣。天神天明,照知四方;天精天粹,万物作类;人心其神矣乎!(《法言》卷五)

这虽不是对赋而言,然若以适用于赋,亦当然是“赋神”了。

“神”的方法论之视“心”的方法论,从一方面讲更神秘一些,从另一方面讲却又较具体一些,就是“心”是不传之秘,“神”则“潜心”可得,能“潜心”“读千赋则善赋”了。

四　《汉书·艺文志》的辞赋分类

扬雄谓“诗人之赋丽以则,辞人之赋丽以淫”(引见下节),已隐分辞赋为诗人之赋与辞人之赋两类。至班固取刘歆《七略》为《汉书·艺文志》,其《诗赋》一略,分为五类;诗一类,辞赋四类。

诗一类今可不论；辞赋四类是屈原赋、陆贾赋、孙卿赋和杂赋。章学诚云：

> 《汉志》分艺文为六略。……每略各有总叙，论辨流别，义至善也。惟《诗赋》一略，区为五种，而每种之后，更无叙论，不知刘班之所遗耶？抑流传之脱简耶？今观屈原赋二十五篇以下，共二十一家为一种；孙卿赋十篇以下，共二十五家为一种；各类相同，而区种有别，当日必有其义例。今诸家之赋，十逸八九，而叙论之说，阙焉无闻，非著录之遗憾欤！（《校雠通义》卷三《汉志·诗赋》第十三之十）

又云：

> 《诗赋》前三种之分家，不可考矣；其与后二种之别类，则晓然也。三种之赋，人自为篇，后世别集之体也；杂赋一种，不列专名，而类叙为篇，后世总集之体也。歌诗一种，则诗之与赋，固当分体者也。（同上第十五之四）

杂赋为赋总集，余三种为赋别集，自无疑义。至三种的区别如何，章氏谓无法考索。刘师培《论文杂记》谓屈原赋为述怀之赋，陆贾赋为骋词之赋，孙卿赋为阐理之赋，似乎合理，而并无根据，所以只可算为刘氏的意见，不能认作刘、班的义例。刘、班的义例，现已无法知道；所可知道的，他们分辞赋为三类，为辞赋分类之祖而已。

五　“爱美”“尚用”的冲突与融合

《楚辞》和《诗经》的关系较浅，赋则是“受命于诗人，而拓宇于《楚辞》”的文学。《楚辞》的作者，意欲以美好的形式，表达内心的情愤。《诗经》的作者，则对形式不十分考究，只是很质实的“言志”，或者还有“美刺”的企图。由战国至汉代，“言志”已成了“志德之理而明其指”，“美刺”更涂上了浓厚的道德色彩。赋秉承了这两种不同的遗志，造成“爱美”与“尚用”的内在矛盾。加上汉代所演唱的本来就是一幕“南北合”的滑稽剧，而滑稽剧的急须演唱，就是在调解南北不合。因此批评辞赋者，有的站在北方的“尚用”的立场，有的站在南方的“爱美”的立场。这种矛盾现象，竟会显现于西汉殿军之扬雄的一人意识。他的《法言·吾子》篇云：

> 或曰：“吾子少而好赋。”曰：“然。童子雕虫篆刻。”俄而曰：“壮夫不为也。”
>
> 或曰，“雾縠之组丽。”曰：“女工之蠹矣。”
>
> 或问：“景差、唐勒、宋玉、枚乘之赋也，益乎？”曰：“必也淫。”“淫则奈何？”曰：“诗人之赋丽以则，辞人之赋丽以淫。如孔氏之门用赋也，则贾谊升堂，相如入室矣；如其不用何？”
>
> 或曰：“君子尚辞乎？”曰：“君子事之为尚。事胜辞则伉，辞胜事则赋，事辞称则经。足言足经，德之藻矣。”（《法言》卷二）

很显然的在以“尚用”的观点，非斥辞赋。“尚辞”之“辞”当然指

“辞藻”,非指“辞赋”,然谓“辞胜事则赋,事辞称则经”,显见是重“经”,轻“赋”。又谓“诗人之赋丽以则,辞人之赋丽以淫”,则就赋而言,又显见是更轻视“辞人之赋”。但《汉书·扬雄传》云:

> 尝好辞赋。先是时,蜀有司马相如作赋,甚弘丽温雅,雄心壮之,每作赋尝拟之以为式。又怪屈原文过相如,至不容,作《离骚》,自投江而死,悲其文,读之未尝不流涕也。

《法言·吾子》篇亦云:

> 或曰:“屈原智乎?”曰:“如玉如莹,爰变丹青,如其智,如其智!”

则又以“爱美”的观点,赞羡辞赋。他斥赋为“童子雕虫篆刻”,说是“壮夫不为也”,似童年好赋,壮年卑赋。但他所作的赋姑不一一详考,最有名的《甘泉》、《羽猎》、《长杨》三赋,宋祁谓前二赋奏于元延元年(引见《汉书》本传注);刘歆谓《羽猎》奏于永始三年,《长杨》奏于绥和元年(引见《文选·羽猎赋注》及《长杨赋注》);班固谓校猎长杨在元始二年(《汉书·成帝纪》)。扬雄生于甘露元年,至永始三年四十岁,元延元年四十二岁,元延二年四十三岁,绥和元年四十六岁,已经是壮年,不是童年了。就算他的好赋卑赋由于年岁关系,而好卑的矛盾心理,也不能不说是由于当时的“爱美”与“尚用”的冲突使然。

根据辩证法则,矛盾的对立,可以产生统一的融合。“爱美”与“尚用”的冲突,既交战于扬雄意识,则扬雄不能不设法调解。调解的方法就是使赋同于诗；诗有“美刺”之用，赋亦有“讽谏”之功。《法言·吾子》篇云：

> 或曰：“赋可以讽乎？”曰：“讽乎。讽则已；不已，吾恐不免于劝也。”

这样，则辞赋不止是美丽，且有功用，“爱美”与“尚用”的矛盾，可以得到融合了。

六　讽谏说

不过理论上虽得到融合，事实上仍是失败。《汉书·扬雄传》云：

> 雄以赋者将以风（同讽）之，必推类而言，极丽靡之辞，闳侈巨衍，竞于使人不能加也，既乃归之于正，然览者已过矣。往时武帝好神仙，相如上《大人赋》，欲以风，帝反缥缥有凌云之志。由是言之，赋劝而不止，明矣。又颇似俳优淳于髡、优孟之徒，非法度所存贤人君子诗赋之正也，于是辍不复为。

观此，知扬雄自己也认为是一败涂地。王充《论衡·谴告》篇云：“孝武皇帝好仙，司马长卿献《大人赋》，上乃仙仙有凌云之气；孝成皇帝好广宫室，扬子云上《甘泉颂》，妙称神怪，若曰非人力所能为，鬼神力乃可成，皇帝不觉，为之不止。”由此知不但司马相如的赋欲讽反谀，扬雄的赋也一样的欲讽反谀。本来辞赋是一种唯美的文艺,无奈汉人虽赏识它的优美,而又薄弃它的无用,所以不得不承受“美刺”的领导,装上“讽谏”的作用。但唯美文艺装上“讽谏”,很容易使人“览其文而忘其用”,所以“相如上《大人赋》,欲以风,帝反缥缥有凌云之志”。扬雄“上《甘泉颂》”,“若曰非人力所能为”,“皇帝不觉,为之不止”。既“览其文而忘其用”,则一班人的观感,仍然是美而无用。汉宣帝云:“辞赋,大者与古诗同义,小者辩丽可喜。譬如女工有绮縠,音乐有郑卫,今世俗犹皆以此虞娱耳目;辞赋比之,为有仁义风谕鸟兽草木多闻之观,贤倡优博弈多矣。”(《汉书·王褒传》)以之与绮縠郑卫倡优博弈相比,其爱玩而轻贱的态度,可以代表一代的辞赋观念。无怪汉武帝对东方朔、枚皋,都“俳优畜之”(《汉书·严助传》),东方朔、枚皋也便止有“诙啁而已”(同上《东方朔传》),而枚乘更很悲愤的“自悔类倡”(同上《枚乘传》)了。

不过失败尽管失败,“讽谏”政策却仍然为后人承用,这是因为除了使有“讽谏”作用以外,则辞赋更无法满足时人的“尚用”的要求。所以班固《离骚赞序》云:

> 《离骚》者,屈原之所作也。……屈原以忠信见疑,忧愁幽思,而作《离骚》。离犹遭也,骚忧也,明已遭忧作辞也。是时周室已灭,七国竞争,屈原痛君不明,信用群小,国将危亡,忠诚之情怀不能已,故作《离骚》,上陈尧舜禹汤文王之法,下言羿浇桀纣之失,以风(同讽)怀王。终不觉寤,信反间之说,西朝于秦,秦人拘之,客死不还。至于襄王,复用谗言,逐屈原在野,又作《九章赋》以风谏;卒不见纳,不忍浊世,自投汨罗。

又于《汉书·司马相如传赞》云：

相如虽多虚辞滥说，然要其归引之于节俭，此与诗之风谏何异？扬雄以为靡丽之赋，劝百而讽一，犹骋郑卫之声。曲终而奏雅，不已戏乎？

同书《艺文志·诗赋略》亦云：

传曰："不歌而诵谓之赋。登高能赋，可以为大夫也。"言感物造端，材知深美，可与图事，故可以为列大夫也。……周道寖坏，聘问歌咏不行于列国，学诗之士逸在布衣，而贤人失志之赋作矣。大儒孙卿及楚臣屈原，离谗忧国，皆作赋以风，咸有恻隐古诗之意。其后宋玉、唐勒、枚乘、司马相如，下及扬雄，竞为侈丽闳衍之词，没其风谕之义。

东汉初年的班固持此论调，东汉末年的王逸仍然持此论调。他的《楚辞章句叙》，首先抬出孔子的"定经术，删《诗》、《书》，正《礼》、《乐》，制作《春秋》，以为后王法"。又慨叹"战国并争，道德陵迟，谲诈萌生"。然后才说到"屈原履忠被谗，忧悲愁思，独依诗人之义而作《离骚》，上以风谏，下以自慰"。又云：

夫《离骚》之文，依托五经以立义焉："帝高阳之苗裔"，则"厥初生民，时惟姜嫄"也；"纫秋兰以为佩"，则"将翱将翔，佩玉琼琚"也；"夕揽洲之宿莽"，则《易》"潜龙勿用"也；"驷玉虬而乘鹥"，则"时乘六龙以御天"也；"就重华而陈词"，则《尚书》咎繇之谋谟也；"登昆仑而涉流沙"，则《禹贡》之敷土也。

又谓《离骚》"独依道德，以讽谏君也"（《离骚经序》）；《九歌》"上陈事神之敬，下见己之冤结，托之以风谏"（《九歌序》）；《九章》"风谏怀王，明己所言与天地合度，可履而行也"（《九辩序》）；《招魂》"外陈四方之恶，内崇楚国之美，以风谏怀王，冀其觉悟而还之也"（《招魂序》）。总之是合乎经义的风谏。

七　讽谏说的作用及价值

扬雄的调解方法，只是取法诗之美刺，使辞赋从讽谏着笔。班固却说"讽谏"是诗已有的，辞赋的未可厚非，就在"要其归引之于节俭，此与诗之风谏何异"。王逸也说屈原"依诗人之义而作《离骚》，上以风谏，下以自慰"。我们知道《楚辞》是楚越民族的创作，赋是诗辞的混合体。班固却说辞赋的产生是："学诗之士逸在布衣，而贤人失志之赋作矣。"在《两都赋序》更干脆说，"赋者，古诗之流也"。春秋时，各国士大夫聘问诸侯，往往赋诗以见意（详一篇二章三节）。但"赋诗"之"赋"，是动词，不是名词，是赋诵之赋，不是辞赋之赋。班固却用来解赞辞赋。以今视之，全出附会。但我们应知一时有一时的学艺权威。学艺权威就是学艺天秤，其他学艺的有无价值，都以此为权衡。因此其他学艺如欲在当时的学艺界占一位置，必由自己的招认或他人的缘附使其做了学艺权威者的产儿。汉初的学艺界，初以南北合一，哲学方面，儒道并重，文学方面，诗辞兼收。但不久便遭了汉武帝与董仲舒的"罢黜百家，独尊儒术"，由是儒学成了当时的学艺权威，而其他学艺遂不能不设法托庇于儒学之下。《诗》三百篇是一部古代诗歌总集，和儒学的性质并不相近，但竟能列为经典，成了儒学的中坚，自然不能不感激晚周学者，特别是儒家，送给它的功用主义的外套，但汉代经生之在这件外套上绣上道德的花纹，确是使它得居儒学首席的最大原因（详一章各节）。

文学的《诗》三百篇既列为儒学经典，蔚为学艺权威，文学的辞赋自然也要设法与之接近。所从渊源上言，则说辞赋是古诗之流；从性质上言，则说辞赋的归于节俭，同于诗的讽谏；从作用上言，则说赋就是古代赋诗；无非是以诗的观点批评辞赋，使辞赋不殊于诗而已。以今观之，辞赋的独特价值就是在不同于诗；但他们的称赞辞赋，却要说与诗相同。这犹之中国学艺的独特价值本在不同于西洋学艺，但论述中国学艺者，非比附西洋学艺不可。因为诗是那时的学艺权威，西洋学艺是现在的学艺权威。

这样一来，辞赋的本身品性，当然被他们埋没不少，辞赋的当时地位，却赖他们提高好多。——自然它不能高于《诗经》，因为《诗经》是那时的学艺权威，辞赋不过是依赖《诗经》的提拔而在学艺界站一位置而已。

辞赋的本身品性由他们埋没，可也由他们开拓。《诗》三百篇是有刺诗的，但美刺之成为诗的一种作风，——如白乐天作《新乐府》五十篇，自序说其中的《七德舞》是“美拨乱，陈王业也”；《太行路》是“借夫妇以讽君臣之不终也”；《西凉使》是“刺封疆之臣也”——则不能不归功于汉儒以降的以美刺说诗。屈原和司马相如的辞赋是否意在“讽谏”不可知，扬雄和班固的辞赋则确寓“讽谏”之意；而讽谏之成为辞赋的一种作风，自然要归功于他们的以“讽谏”解说辞赋了。

八　讽谏说下的作家批评

既注重"讽谏"之义,则对屈原之浪漫式的作风,自然不甚赞同。班固《离骚序》云:

今若屈原,露才扬己,竞乎危国群小之间,以离谗贼。然责数怀王,怨恶椒兰,愁神苦思,强非其人,忿怼不容,沈江而死,亦贬絜狂狷景行之士。多称昆仑冥婚、宓妃虚无之语,皆非法度之政,经义所载,谓之兼《诗》风雅,而与日月争光,过矣。然其文弘博丽雅,为辞赋宗,后世莫不斟酌其英华,则象其从容,自宋玉、唐勒、景差之徒,汉兴枚乘、司马相如、刘向、扬雄,骋极文辞,好而悲之,自谓不能及也。虽非明智之器,可谓妙才者也。

一方面斥其"非法度之政,经义所在";一方面又称其"弘博丽雅,为辞赋宗";前者由于"尚用",后者基于"爱美",两者的冲突,究竟未能十分融合。

班固谓司马迁对于屈原的颂扬过高,王逸又谓班固的贬抑过甚。《楚辞章句叙》云:

今若屈原,膺忠贞之质,体清洁之性,直若砥矢,言若丹青,进不隐其谋,退不顾其命,此诚绝世之行,俊彦之英也。而班固谓之"露才扬己,竞于群小之间,怨恨怀王,讥刺椒兰,苟欲求进,强非其人,不见容纳,忿恚自沈",是亏其高明,而损其清洁者也。昔伯夷、叔齐让国守分，不食周粟，遂饿而死，岂可复谓有求于世而怨望哉？且诗人怨主刺上曰："呜呼小子，未知臧否，匪面命之，言提其耳。"风谏之语，于斯为切，然仲尼论之以为《大雅》。引此比彼，屈原之词，优游婉顺，宁以其君不智之故，欲提携其耳乎？而论者以为"露才扬已，怨刺其上，强非其人"，殆失厥中矣。

班固的贬抑是诋其不合经义，不合诗之风雅；王逸的辩护是称其合乎经义，较诗人的怨刺婉顺，抑扬不同，但同是站在儒家的"尚用"的立场，以诗人的观点，衡论辞人。至一抑一扬，则恐与"爱美"的程度差别有关。班固不过称"弘博丽雅，为辞赋宗"；王逸《楚辞章句叙》更谓：

屈原之词，诚博远矣。自终没以来，名儒博达之士，著造词赋，莫不拟则其仪表，祖式其模范，取其要妙，窃其华藻，所谓金相玉质，百世无匹，名垂罔极，永不刊灭者矣。

这一则由于班固虽亦好辞赋，究以史学名家，王逸则是纯粹的辞人。二则"尚用"的观念，与两汉相终始，王逸居东汉之末，"尚用"观念已逐渐薄弱，"爱美"观念又逐渐孳长。惟其如此，所以王逸虽亦以"尚用"的观点评论屈原，而更以"爱美"的观点赞颂屈原的作品。

这是真确的，"尚用"的观念，恰与两汉相终始，所以两汉的评论辞赋，自刘安至王逸，都以之附会儒家化了的《诗经》，至魏文帝曹丕才摆脱了这种羁绊。《北堂书钞》卷一百引或问"屈原、相如之赋孰愈”，曹丕云：“优游案衍，屈原之尚也；穷侈极丽，相如之长也。然原据托设譬，其意周旋，绰有余矣；长卿子云，意未及也。”只以“爱美”的观点评论技术工拙，不管“尚用”的“讽谏”问题了。

第四章　王充的文学批评

一　王充在中国文学批评史上的地位

王充，字仲任，上虞人。《后汉书》卷四十九与王符、仲长统合传。他在汉代，不惟是思想界的重镇，亦是文学批评界的重镇。所谓周秦诸子，固然也有时说一些近似文学批评的话，但他们的目的绝对不在文学，更不在文学批评。到汉代，扬雄《法言》中的《吾子》篇和《问神》篇，勉强可以说是为文学而批评文学。不过第一，他的具体方法是"宗经""要圣"，哲学的意味更浓于文学意味，不能算是纯粹的文学的批评。第二，就算是文学的批评吧，也不能算是"文学批评"，因为他只批评了近似文学的东西，至批评的义界和价值，则根本没有注意。王充则不惟写了许多文学的批评的文章，而且提出并确定了"文学批评"的义界和价值。这是在《绪言》第二节曾经引过的，有人说他的《论衡》和《政务》，"可谓作者"，他答云：

非作也，亦非述也；论也。论者，述之次也。《五经》之典，可谓作矣；太史公书、刘子政序、班叔皮传，可谓述矣；桓君山《新论》、邹伯奇《检论》，可谓论矣。今观《论衡》、《政务》，桓、邹之二论也，非所谓作也。造端更为，前始未有，若仓颉作书，奚仲作车是也。《易》言伏羲作八卦，前是未有八卦，伏羲造之，故曰作也。文王图八，自演为六十四，故曰衍。谓《论衡》之成，犹六十四卦，而又非也。六十四卦，以状衍增益，其卦溢，其数多；今《论衡》就世俗之书，订其真伪，辨其实虚，非造始更为，无本于前也。

他所谓“论”，就是现在所谓“批评”，不是“作”，也不是“述”，是就“世俗之书，订其真伪，辨其实虚”的批评。自然《论衡》是批评专书，而不是文学批评专书；但其中许多批评文学的话，不能不说文学的批评，而这里所提出的批评的义界和价值，虽不只是为“文学批评”而作，而“文学批评”亦当然在内了。现在看来固不是新奇可喜之论，在中国文学批评史上却当大书而特书，因为他创造了“文学批评”的新纪元。

二　王充的精神及其背景

自然批评不专在挑剔或故意的反抗时代，但只是颂扬休美，决不能对文学及文学批评有新的贡献。王充的确是一个敢于反抗时代的健者，他的一生精力；都放置在反抗时代的事业上。《论衡·自纪》篇云：

充既疾俗情，作《讥俗》之书。又闵人君之政，徒欲治人，不得其宜，不晓其务，愁精苦思，不睹所趋，故作《政务》之书。

又伤伪书俗文，多不实诚，故为《论衡》之书。夫贤圣没而大义分，蹉跎殊趋，各自开门，通人观览，不能钉铨，遥闻传授，笔写耳取，在百岁之前，历日弥久，以为古昔之事，所言近是，信之入骨，不可自解，故作《实论》（实论或非书名）。

《佚文》篇亦云：

《诗》三百，一言以蔽之，曰“思无邪”；《论衡》篇以十数，亦一言也，曰“疾虚妄”。

《对作》篇亦云：

是故《论衡》之造也，起众书并失实，虚妄之言胜真美也。

在这几段话里，可以看出王充是一个袒裼肉搏的战士，他执着一枝秃笔，在时代之网的层层包围压迫之下，与世俗抗战，与政教抗战，与著作界抗战，竟能以一人之力，扫荡一切，杀出一条血路，“铨轻重之言，立真伪之平”（《对作》篇自述《论衡》语）。

这种反抗的成功，自有多方面的因素：

第一，我们已经说过，王充是一个健者。据《论衡·自纪》篇，他的远祖就是“从军有功”的。“世祖勇任气，卒咸不揆于人，岁凶，横道伤杀，怨仇众多。会世扰乱，恐为怨仇所擒，祖父泛举家担载，就安会稽，留钱唐县，以贾贩为事。生子二人，长曰蒙，少曰诵。诵即充父。祖世任气，至蒙、诵滋甚，故蒙、诵在钱唐，勇势凌人，末复与豪家丁伯等结怨，举家移处上虞。”由此知道王充的祖若父都是雄赳赳的勇士。王充秉了这种遗传,受了这种家庭教育的熏陶,成功一个使气凌人的健者,是可以想见的。但以废商业儒,这种使气凌人的气概,遂不表现于行为,而表现于著作。

第二,他的世祖的"横道伤杀"是否就是"绿林英雄",不好武断;他的祖若父仅仅是小贩商人,出身猥贱,这是他自己有记载的。他所处的时代是一个封建势力极为膨涨的时代。他若自甘猥贱,不废商业儒,也便罢了,偏偏他还要读书,还要著书——著批评时代的书,自然使整个的封建集团由嫉妒而益加卑视。他们这样的不客气的骂他说:"宗祖无淑懿之基,文墨无篇籍之遗,虽著鸿丽之论,无所禀阶,终不为高。夫气无渐而卒至曰变,物无类而妄生曰异,不常有而忽见曰妖,诡于众而突出曰怪。吾子何祖,其先不载,况未尝履墨涂,出儒门,吐论数千万言,宜为妖变,安得宝斯文而多贤?"(《自纪》篇)压迫愈甚,自然使他的反抗也愈甚。

第三,便是有他的反抗对象。他为什么能作《讥俗》之书?因为"俗性贪进忽退,收成弃败。充升擢在位之时,众人蚁附;废退穷居,旧故叛去"(《自纪》篇)。为什么能作《政务》之书?因为"人君之政,徒欲治人,不得其宜,不晓其务,愁精苦思,不睹所趋。"为什么能作《论衡》之书?因为"伪书俗文,多不实诚"。

第二项与第三项是客观的条件,第一项是主观的条件。只有客观的条件,也许由世人的卑夷而自暴自弃,也许由世人的泄泄沓沓与著作的"多不实诚",而随人俯仰,俗伪(伪文伪书)是尚。只有主观的条件,也许从另一方面发展,或者竟如他的世祖的"横道伤杀",亦未可知。惟其主观的及客观的条件备具,所以造成了他的反抗的志趣,完成了他的批评的盛业。

三　王充所最崇拜的桓谭

在《绪言》的第七节，我曾说“王充的文学批评，偏于消极的改造”。但也不是绝对的没有由于积极的演进。他“问孔”、“刺孟”、“非韩”，对历史的有权威的人物，都有所薄斥，独对于东汉的桓谭，则推崇不遗余力。他的《论衡》有《定贤》一篇，说古往今来各式各样的人物都不得称为贤者，止有桓谭才是贤者：

> 口谈之实语，笔墨之余迹，陈在简策之上，乃可得知。故孔子不王，作《春秋》以明意。案《春秋》虚文业，以知孔子能王之德。孔子圣人也，有若孔子之业者，虽非孔子之才，斯亦贤者之实验也。……周道弊，孔子起而作之，文义褒贬是非，得道理之实，无非僻之误，以故见孔子之贤，实也。……世间为文者众矣，是非不分，然否不定，桓君山（谭字）论之，可谓得实矣。论文以察实，则君山汉之贤人也。陈平未仕，割肉闾里，分均若一，能为丞相之验也。夫割肉与割文，同一实也。如君山得执汉平，用心与为论不殊指矣。孔子不王，素王之业在于《春秋》，然则君山素丞相之迹存于《新论》者也。

又《佚文》篇云：“挟君山之书，富于积猗顿之财。”《案书》篇云：“（董）仲舒之言道德政治，可嘉美也。质定世事，论说世疑，桓君山莫上也。故仲舒之文可及，而君山之论难追也。”又云：“《新论》之义，与《春秋》会一也。”王充是好“骂”人而不好“捧”人的，独对于桓谭，这样的“捧”，“捧”的什么？《论衡·超奇》篇云：

王公子问于桓君山以扬子云，君山对曰："汉兴以来，未有此人。"君山差才，可谓得高下之实矣。采玉者心羡于玉，钻龟者知神于龟，能差众儒之才，累其高下，贤于所累。又作《新论》，论世间事，辩昭然否，虚妄之言，伪饰之辞，莫不证定。

可见王充的捧桓谭，因为桓谭是一个伟大的批评家，"能差众儒之才"，"作《新论》，论世间事，辩昭然否"，而"虚妄之言，伪饰之辞"，因之"莫不证定"。

《后汉书》卷五十八上《桓谭传》云："谭著书言当世行事二十九篇，号曰《新论》。"唐章怀太子贤注："《新论》一曰《本造》，二《王霸》，三《求辅》，四《言体》，五《见征》，六《谴非》，七《启寤》，八《祛蔽》，九《正经》，十《识通》，十一《离事》，十二《道赋》，十三《辨惑》，十四《述策》，十五《闵友》，十六《琴道》。《本造》、《述策》、《闵友》、《琴道》各一篇，余并有上下。"按名思义，当然是一部批评书；《言体》、《道赋》几篇，当然是文学批评。全书已亡，据严可均（《全后汉文》）、孙冯翼（《问经堂丛书》）、钱熙祚（《指海》）所辑，其有关文学批评者如下：

贾谊不左迁失志，则文彩不发；淮南不贵盛富饶，则不能广聘骏士，使著文作书；太史公不典掌书记，则不能条悉古今；扬雄不贫，则不能作《元言》。（《指海》本页七）

秦吕不韦请迎高妙作《吕氏春秋》，汉之淮南聘天下辨通以著篇章，书成皆布之都市，悬置千金，以延示众士，而莫能有变易者，乃其事约艳，体具而言微也。（页二十九）

诸儒睹《春秋》之文，录政治之得失，以为圣人复起，当复

作《春秋》也。余谓之否，何则？前圣后圣，未必相袭也。（页三十）

予见新进丽文，美而无采；及见刘、扬言辞，常辄有得。（页四十四）

文家各有所慕，或好浮华而不知实核，或美众多而不见要约。（页四十四）

在这里虽看不见十分激烈的批评，但在举世崇奉《春秋》的时代，敢说圣人复起，不复作《春秋》，也可借知他的反抗时代的精神。据《后汉书》本传，谭之死，就是死于反抗时代。那时的皇帝信谶，尝因一事，"帝谓谭曰：'吾欲谶决之如何？'谭默然良久曰：'臣不读谶。'帝问其故，谭复极言谶之非经。帝大怒曰：'谭非圣无法。'将下斩之，谭叩头流血，良久乃得解"。但究竟因此，"出为六安郡丞，意忽忽不乐，道病卒"。设其全书具在，必有很激烈的反时代的批评。

王充没有赞成的人，独对桓谭极力推崇，其推崇点又在桓谭的"辩昭然否"，则王充的反时代的批评，当然受桓谭的影响，王充的思想当然有许多是由桓谭思想的积极演进，不过较桓谭更为完美而已。

四　"尚文"与"尚用"

从经学一方面看，汉代是尚用的时代；从辞赋一方面看，汉代又似是尚文的时代，因为无论如何解释，辞赋究竟是唯美的文学。我们的批评家王充，是时代的反抗者，他受了经学家尚用的激动，使他反而尚文；但他所尚之文，不似辞赋家的唯美之文。他受了辞赋家尚文的激动，使他又反而尚用；但他所尚之用，也不似经学家的迂阔之用。《超奇》篇云：

> 繁文之人，人之杰也。

《书解》篇载或曰："士之论高，何必以文？"他答云：

> 夫人有文，质乃成。物有华而不实，有实而不华者。《易》曰："圣人之情见乎辞。"出口为言，集札为文；文辞施设，实情敷烈。夫文德世服也，空书为文，实行为德，著之于衣为服。故曰，德弥盛者文弥缛，德弥彰者文弥明；大人德扩，其文炳，小人德炽，其文斑；官尊而文繁，德高而文积，华而睆者大夫之簀。

同篇又说，"人无文则为朴人"，"人无文德不为圣贤"。可见他很重视文。惟其重视文，所以也重视文人。《佚文》篇云：

> 蹂蹈文锦于泥涂之中，闻见之者莫不痛心；知文锦之可惜，不知文人之当尊，不通类也。

又云：

> 韩非之书，传在秦庭，始皇叹曰："独不得与此人同时！"陆贾《新语》每奏一篇，高祖左右称曰万岁。夫叹思其人与喜称

万岁，岂可空为哉，诚见其美，欢气发于内也。

韩非之书和陆贾《新语》都不是文学书，始皇和汉高左右的称赞，也不是称赞他们的文学之美，而王充却要说是，“诚见其美，欢气发于内也”。愈是曲解，愈见其对于文学的重视。他接着说：

侯气变者，于天不于地，天文明也。衣裳在身，文著于衣，不在于裳，衣法天也。察掌理者左不观右，左文明也。占在右不观左，右文明也。《易》曰：“大人虎变，其文炳；君子豹变，其文蔚。”又曰：“观乎天文，观乎人文。”此言天人以文为观，大人君子以文为操也。

这不惟集曲解之大成，而且拉入了许多毫无道理的候气占察之说，真正“岂有此理”！但在这岂有此理的话里，更充分的认识了他的尚文。所以他在《佚文》篇云：

文人之休，国之符也。望丰屋知名家，睹乔木知旧都，鸿文在国，圣世之验也。

不过，他所尚之文，不是辞赋家的唯美之文。他在《超奇》篇极力的推崇，“谷永之陈说，唐林之宜言，刘向之切议”，因为这三人的作品，不是“徒雕文饰辞，苟为华叶之言”，而是“精诚由中，故其文语感动人深”。所以他的《论衡》，便是不“纯美”的；不是不能“纯美”，是不要“纯美”。《自纪》篇载或者以为“文必丽以好，言必辩以巧。言了于耳，则事昧于心；文察于目，则篇留于手。故辩言无不听，丽文无不写”。因此对《论衡》的“不美好”，说是“于观不快”。这足以证明当时所尚之文，是“文必丽以好”的。王充则颇不谓然，答云：

夫养实者不育华，调行者不饰辞，丰草多华英，茂林多枯（泽案，此字疑误）枝。为文欲显白其为，安能令文而无谴毁？……言奸辞简，指趋妙远；语甘文峭，务意浅小。……然则辩言必有所屈，通文犹有所黜。

为什么尚文而不尚“雕文饰辞”呢？为什么“为文欲显白其为”呢？因为他于尚文之外，还有尚用的意向。《佚文》篇云：

文岂徒调墨弄笔为美丽之观哉？载人之行，传人之名也。善人愿载，思勉为善；邪人恶载，力自禁裁；然则文人之笔，劝善惩恶也。

《自纪》篇云：

为世用者百篇无害，不为用者一章无补；如皆为用，则多者为上，少者为下。

《对作》篇云：

周道不弊，则民不文薄，民不文薄，《春秋》不作；杨墨之学不乱传义，则孟子之传不造；韩国不小弱，法度不坏废，则韩非

> 之书不为；高祖不辨得天下，马上之计未转，则陆贾之语不奏；众事不失实，凡论不坏乱，则桓谭之论不起。故夫贤圣之兴文也，起事不空为，因因不妄作；作有益于化，化有补于正。

这里所尚之用，是"作有益于化，化有补于正"，不同于经学家所尚之用。因为经学家所尚之用，是在以经书适用于一切的一切，是一成不变的，是按之百世而皆准的；王充所尚之用，是适用于一种情况之下的，是因时制宜的，是时用不同而文书亦异的。

五　"作"与"述"

汉代是尚述不尚作的时代，随处都有我们的证据，王充书里也可以看出这种倾向。如《书解》篇云："著作者为文儒，说经者为世儒。"引或曰：

> 文儒不若世儒：世儒说圣人之经，解贤者之传，义理广博，无不实见，故在官常位，位最尊者为博士，门徒聚众，招会千里，身虽死亡，学传于后。文儒为华淫之说，于世无补，故无常官，弟子门徒不见一人，身死之后，莫有绍传，此其所以不如世儒也。

这确可以代表汉代之一般的见解。可是富有反抗精神、批评精神的王充，与此恰恰相反。他答云：

> 夫世儒说圣情，……事殊而务同，言异而义钧。何以谓之

> 文儒之说无补于世？世儒业易为，故世人学之多；非事可析第，故官廷设其位。文儒之业，卓绝不循，人寡其书，业虽不讲，门虽无人，书文奇伟，世人亦传。彼虚说，此实篇，折累二者，孰者为贤？案古俊乂，著作辞说，自用其义，自明于世。世儒当时虽尊，不遭文儒之书，其迹不传。

他卑视世儒的纂述，说他们“事殊而务同，言异而义钧”；他尊崇文儒的创作，说他们“卓绝不循”，“书文奇伟”。

他又就文而言，分文为五种，而独重“造论著说之文”。《佚文》篇云：

> 文人宜遵五经六艺为文，诸子传书为文，造论著说为文，上书奏记为文，文德之操为文。立五文在世，皆当贤也；造论著说之文，尤宜劳焉。何则？发胸中之思，论世俗之事，非徒讽古经、续故文也。论发胸臆，文成手中，非说经艺之人所能为也。

又就人而言，分人为六等，而独重“能精思著文，连结篇章”的鸿儒。《超奇》篇云：

> 能说一经者为儒生，博览古今者为通人，采掇传书以上书奏记者为文人，能精思著文连结篇章者为鸿儒。故儒生过俗人，通人胜儒生，文人逾通人，鸿儒超文人。

又就述作而言，在《超奇》篇说儒生“或不能说一经”；“或不能成牍,治一说”;“或能陈得失,奏便宜……其高第若谷子云、唐子高者,说书于牍奏之上,不能连结篇章,或抽列古今,记著行事”。史学家较好一些,“若司马子长、刘子政之徒,累积篇第,文以万数,其过子云、子高远矣;然而因成纪前,无胸中之造”。传记家更好一些,“若夫陆贾、董仲舒,论说世事,由意而出,不假取于外;然而浅露易见,观读者犹曰传记”。最好的是著论家,“阳成子长作《乐经》,扬子云作《太玄经》,造于助思,极窅冥之深,非庶几之才,不能成也。孔子作《春秋》,二子作两经,所谓卓尔蹈孔子之迹,鸿茂参贰圣之才者也”。又云:“孔子得史记以作《春秋》,及其立义创意,褒贬赏诛,不复因史记者,眇思自出于胸中也。”“造于眇思,极窅冥之深”和“立义创意”,“眇思自出于胸中”,都是“作”,不是“述”。

唯其重“作”卑“述”,所以他的文学方法,要自我的表现,不要因袭的摹拟。据《自纪》篇,他的《论衡》成书以后,有人说:“稽合于古,不类前人。”有人说:“谐于经不验,集于传不合,稽之子长不当,内(纳)之子云不入;文不与前相似,安得名佳好,称工巧?”他答云:

饰貌以强类者失形,调辞以务似者失情。百夫之子,不同父母,殊类而生,不必相似,各以所禀,自为佳好。文必有与合,然后称善,是则代匠斫不伤手,然后称巧也。文士之务,各有所从,或调辞以巧文,或辩伪以实事。必谋虑有合,文辞相袭,是则五帝不异事,三王不殊业也。美色不同面,皆佳于目;悲音不共声,皆快于耳;酒醴异气,饮之皆醉;百谷殊味,食之皆饱。谓文当与前合,是谓舜眉当复八采,禹目当复重瞳。

此言极其明晰，无庸再来诠释。惟有须待说明者，王充反对因袭，却并不是要如韩愈所谓"戛戛独造"，乃是提倡自然之美，"各以所禀，自为佳好"。所以在《超奇》篇亦云："文由胸中而出，心以文为表。"

六　"实诚"与"虚妄"

自然之美，当然要"实诚"的，不要"虚妄"的。《超奇》篇云：

> 有根株于下，有荣叶于上；有实核于内，有皮壳于外。文墨辞说，士之荣叶皮壳也。实诚在胸臆，文墨著竹帛，外内表里，自相副称，意奋而笔纵，故文见而实露也。人之有文也，犹禽之有毛也，毛有五色，皆生于体；苟有文无实，则是五色之禽毛妄生也。

此所谓"实诚"有两层意义，一就文学本身立论，一就文学功用立论。就文学本身立论者，略同于现在一部分人所提倡的真诚的文学。有根株自然有荣叶，有实核自然有皮壳；同样有实诚的情志，自然有实诚的文学。所以《佚文》篇云："贤圣定意于笔，笔集成文，文具情显。"《书解》篇云："《易》曰，'圣人之情见乎辞。'出口为言，集扎为文；文辞施设，实情敷烈。"《超奇》篇云："心思为谋，集扎为文，情见于辞，意验于言。"文既是情志的表现，所以《超奇》篇云："精诚由中，故其文语感动人深。"

但王充所提倡的文学上的"实诚"，与现在一部分人所提倡的文学上的"真诚"有不同者。现在所提倡的文学上的"真诚"，只就"情"而言，不就"事"而言；文学里所载的事情尽管"荒乎其唐"，假使有真诚的情感，仍不失为真诚的文学。王充所提倡的"实诚"，于"精诚由中"以外，还要计及所载的事物的真伪，这便是就功用而言了。

前边已经引过他说："《论衡》篇以十数，亦一言也，曰疾虚妄。"又说："《论衡》之造也，起众书并失实，虚妄之言胜真美也。"此外又于《对作》篇云：

> 才能之士，好谈论者，增益实事为美盛（一作盛溢）之说；用笔墨者，造生空文为虚妄之传。听者以为真然，说而不舍；览者以为实事，传而不绝。不绝则文载竹帛之上，不舍则误入贤者之耳。至或南面称师，赋奸伪之说；典城佩紫，读虚妄之书。明辨然否，疾心伤之，安能不论？……虚妄显于真，实诚乱于伪，世人不悟，是非不定，紫朱杂厕，瓦玉集糅，以情言之，岂吾心所能忍哉？

这是因他的重视文学，本是因为文学有功用。在第四节我们曾引《对作》篇云："作有益于化，化有补于正。"下文续云："圣人作经艺传记，匡济薄俗，驱民使之归实诚也。"既然要"作有益于化，化有益于正"，既然"作经艺传记"，是在"匡济薄俗，驱民使之归实诚"，则作品的本身更要"实诚"，不要"虚妄"。所以《佚文》篇谓文在使"后人观之，见以正伪，安宜妄记？"

世俗为文，为什么"妄记"？为什么"增益"？为什么"虚妄"？他以为由于作者的迎合一般人的错误心理。《对作》篇云："世俗之性，好奇怪之语，说虚妄之文。何则？实事不能快意，而华虚惊耳动心也。”《艺增》篇云：“俗人好奇，不奇言不用也。故誉人不增其美，则闻者不快其意，毁人不益其恶，则听者不惬于心。闻一增以为十，见百益以为千。使夫纯朴之事，十剖百判；审言之语，千反万畔。”但他认为这种现象，最坏不过。《艺增》篇云：“世俗所患，患言事增其实；著文垂辞，辞出溢其真。”所以他提倡“实诚”的文学，反对“虚妄”的文学。这种提倡“实诚”的文学，反对“虚妄”的文学，就王充言，是对时代的一种反抗；就这种主张的来源而言，则也可以说是食当时著作虚妄之赐了。

七 “言文一致”与“文无古今”

王充对于创作文学，内容方面主张“实诚”的表现，形式方面主张“言文一致”。据《论衡·自纪》篇，因为“充书形露易观”，颇见诋于当时的人物，说“经艺之文，贤圣之言，鸿重优雅，难卒晓睹，世读之者，训古乃下。盖贤圣之材鸿，故其文语与俗不通。……《讥俗》之书，欲悟俗人，故形露其指，为分别之文；《论衡》之书，何为复然？”王充给他以下的答复：

> 口则务在明言，笔则务在露文。高士之文雅，言无不可晓，指无不可睹，观读之者，晓然若盲之开目，聆然若聋之通耳。……夫文由语也，或浅露分别，或深迂优雅，孰为辩者？故口言以明志；言恐灭遗，故著之文字。文字与言同趋，何为犹当隐闭指意？……夫口论以分明为公，笔辩以荴露为通，吏

文以昭察为良。深覆典雅,指意难睹,唯赋颂耳。

"文犹语也"云云,还不就是现在所谓"言文一致"吗?既然主张"言文一致",由是对于圣经贤传之所以难读的缘故,在《自纪》篇释为:

经传之文,圣贤之语,古今言殊,四方谈异也。当言事时非务难知,使指闭隐也。后人不晓,世相离远,此名曰语异,不名曰材鸿。浅文读之难晓,名曰不巧,不名曰知明。秦始皇读韩非之书,叹曰:"朕独不得与此人同时!"其文可晓,故其事可思;如深鸿优雅,须师乃学,投之于地,何叹之有?

既然谓"文犹语也",既然谓"经传之文,贤圣之语"之所以"训古乃下",是由于"古今言殊,四方谈异",不是因为"圣贤之材鸿,故其文语与俗不通"。由是相随而至的,主张"文无古今",而对一班人的崇古卑今的见解,力加诋諆。《超奇》篇云:

俗好高古而称所闻,前人之业,菜果甘甜;后人新造,密(泽案,当为蜜)酪辛苦。……天禀元气,人受元精,岂为古今者差杀哉?优者为高,明者为上。

《齐世》篇云:

述事者好高古而下今,贵所闻而贱所见,辨士则谈其久者,文人则著其远者,近有奇而辨不称,今有异而笔不记。

《须颂》篇云：

俗儒好长古而短今，……汉有实事，儒者不称，古有虚美，诚心然之，信久远之伪，忽近今之实，斯盖三增九虚所以成也。

《案书》篇云：

夫俗好珍古，不贵今，谓今之文不如古书。夫古今一也，才有高下，言有是非，不论善恶而徒贵古，是谓古人贤今人也。……善才有浅深，无有古今；文有伪真，无有故新。

这种见解，大概来自桓谭。王充称道桓谭的评赞扬雄（详三节）。桓谭的评赞扬雄见他的《新论·闵友》篇：

王公子问："扬子云何人耶？"答曰："扬子云才智开通，能入圣道，卓绝于众，汉兴以来，未有此人也。"国师子骏曰："何以言之？"答曰："通才著书以百数，惟太史公广大，其余皆丛残小论，不能比子云所造《法言》、《太玄经》也。《玄经》数百年，其书必传。世咸尊古卑今，贵所闻贱所见也，故轻易之。《老子》其心玄远而与道合。若遇上好事，必以《太玄》次《五经》也。"①

① 班固引此入《汉书·扬雄传》，文字略有异同，列下以资参证："大司空王邑、纳言严尤，闻雄死，谓桓谭曰：'子尝称扬雄书，岂能传于后世乎？'谭曰：'必传，顾君与谭不及见也。凡人贱近而贵远，亲见扬子云禄位容貌不能动人，故轻其书。昔老聃著虚无之言两篇，薄仁义，非礼乐，然后世好之者，尚以为过于《五经》；自汉文景之君及司马迁，皆有是言。今扬子云之书，文义至深，而论不诡于圣人，若使遭时君，更阅贤知，为所称善，则必度越诸子矣。'"

本来“发思古之幽情”，是人类的通性，而在我们这个国度里更来得浓厚有力。周秦诸子是“托古”，两汉儒生更进而“泥古”；在这“托古”“泥古”的层层压迫之下，由是借了反动的大力，产生了反动的桓谭，指出贵古贱今的错误观念；又产生了反动的王充，进而完成“文无古今”的见解。这种见解，现在看来还是历久弥新，因为“泥古”的势力还在继续着进行哩。

第三篇　魏晋六朝文学批评史

第一章 文学概念

一 文学含义的净化

周秦所谓“文学”，指学术而言，但对现在所谓“文学”，也包括在内。两汉继周秦之后，仍以“文学”括示学术，而另以“文章”括示现在所谓“文学”。这种分别，直至曹魏犹然。如夏侯惠云：“文学之士，嘉其推步详密；……文章之士，爱其著论属辞。”（《三国志·魏志》卷二十一《刘劭传》）但也有觉得不应当以“文学”括示学术的，由是易以“儒学”。如刘劭《人物志·流业》篇云：“人流之业，十有二焉。”“有文章，有儒学。”“能属文著述，是谓文章，司马迁、班固是也。能传圣人之业，而不能干事施政，是谓儒学，毛公、贯公是也。”“儒学之材，安民之任也；文章之材，国史之任也。”其所谓“儒学”虽不能说是全同于两汉所谓“文学”，但两汉所谓“文学”确大半是“儒学”。刘劭不名为“文学”而名为“儒学”，大概因为那时的“文学”二字，已逐渐不是指学术而言了。

“文学”之不用指学术而言，在东汉已开其端绪。张衡《南阳文学儒林书赞》云：“南阳太守上党鲍君，愍文学之弛废，怀儒林之陵迟，乃命匠修而新之。”“文学”与“儒林”连举，可见“文学”不即是儒林之学。不过止是连举，而不是对举，所以不能说其所谓“文学”，即同于刘劭的与“儒学”对举的“文章”，更不能说即同于现在所谓“文学”。魏邯郸淳作《汉鸿胪陈纪碑》云：“研几道艺，涉览文学。”其所谓“文学”，也大概略同于张衡所谓“文学”；既非指学术而言，亦非指“文章”而言，实介于学术与文章之间，纯是一种过渡的用法。

曹丕（186—226）作《典论·论文》，称“文章经国之大业”，还没有言及“文学”二字。至宋范晔（396—445）作《后汉书·文苑传》，始时称“文章”，时称“文学”。称“文章”者，如《王隆传》、《黄香传》皆云：“能文章。”《傅毅传》云：“宪府文章之盛，冠于当世。”《李尤传》云：“少以文章显。”《崔琦传》云：“以文章博通称。”《祢衡传》云：“文章言议，非衡不定。”又云：“其文章多亡云。”称“文学”者，如《傅毅传》云：“肃宗博召文学之士，以毅为兰台令史。”《边韶传》云：“以文学知名。”玩其意蕴，“文章”、“文学”似没有多大的区别。至何谓“文章”“文学”？范晔于《文苑传赞》云：

> 情志既动，篇辞为贵；抽心呈貌，非雕非蔚；殊状共体，同声异气；言观丽则，永监淫费。

实质缘于“情志既动”，形式则是“篇辞为贵”，与我们所谓“文学”已无大异，不过未鲜明的谓此为文学定义而已。

至梁萧子显作《南齐书》，特立《文学传》，而篇中则称为“文章”，言：

> 文章者，盖情性之风标，神明之律吕也。蕴思含毫，游心

内运，放言落纸，气韵天成；莫不禀以生灵，迁乎爱嗜。

实质方面是“情性之风标”，“蕴思含毫，游心内运”，“禀以生灵，迁乎爱嗜”。形式方面是“神明之律吕”，“放言落纸，气韵天成”。与现在所谓“文学”，实在没有多少区别，与周秦两汉所谓“文学”，则迥然不同了。

此外若宋文帝立四学，“文学”与“儒学”、“玄学”、“史学”对立，其所谓“文学”，不惟不包括“儒学”、“玄学”，亦且不包括“史学”。刘义庆《世说新语》有《文学》篇，所述亦只限于诗人文士。《梁书·简文帝纪》称“引纳文学之士，赏接无倦，恒讨论篇籍，继以文章”。《文学传》中的《刘苞传》云：“自高祖即位，引后进文学之士，苞及从兄孝绰、从弟孺、同郡刘溉，溉弟洽，从弟沆，吴郡陆倕、张率，并以文藻见知，多预宴坐。”同上《刘勰传》云：“昭明太子爱文学，深爱接之。”其所谓“文学”，也很显然的略同于现在所谓“文学”，大异于周秦两汉所谓“文学”。

二　文学概念的转变

文学含义的净化，基于文学概念的转变。本来宇宙万象，永远在变化。但变化的过程，有“渐变”、“突变”之别。古代文学概念的突变时期在魏晋。沈约《宋书·谢灵运传论》云：

至于建安（汉献帝年号，196—220）曹氏基命，二祖陈王，咸畜盛藻，甫乃以情纬文，以文被质。

又云：

> 降及元康(晋惠帝年号,291—299),潘陆特秀,律异班马,体变曹王,缛旨星稠,繁文绮合,缀平台之逸响,采南皮之高韵。遗风余烈,事极江左。

以前也不是没有文,但一则比较崇实尚质,二则偏于纪事载言。至建安,"甫乃以情纬文,以文被质",才造成文学的自觉时代。"遗风余烈,事极江左",才造成文学的灿烂时代。

这是就创作风气而言。创作风气随文学理论为转移。东汉末年的王逸作《楚辞章句叙》云"战国并争,道德陵迟,……屈原……独依诗人之义而作《离骚》"(引见二篇三章六节),还有载道的观念。曹丕作《典论·论文》,既未言道,亦未言情。陆机(261—303)作《文赋》云：

> 要辞达而理举,故无取乎冗长。(《文选》卷十七)

《文赋序》又云：

> 夫放言遣辞,良多变矣。妍蚩好恶,可得而言。每自属文,尤见其情(情形,非情感)。恒患意不称物,文不逮意。

"理"已不似"道"的严酷,"意"更较"理"为游移;可以包括严酷之"道",也可以包括微温之"情"。

吴时的陆机还兼取"理""意",宋时的范晔则弃"理"取"意"。

他的《狱中与诸甥侄书》云：

文患其事尽于形，情急于藻，义牵其旨，韵移其意。虽时有能者，大较都不免此累；政可类工巧图缋，竟无得也。常谓情志所托，故当以意为主，以文传意。以意为主，则其旨必见；以文传意，则其词不流。然后抽其芬芳，振其金石耳。此中情性旨趣，千条百品，屈曲有成理，自谓颇识其数。尝为人言，多不能赏，意或异故也。（《宋书》卷六十九《范晔传》）

文中虽谓"以意为主"，但又谓"情志所托"，可见其所谓"意"偏于"情"，与陆机所谓"意"之偏于"理"者不同。总之，"道"是最严酷的，"情"是最微温的，"理"与"意"则是由"道"至"情"的桥梁；两汉的载道文学观便借了这架桥梁，渡到魏晋六朝的缘情文学观。

三　文学价值的提举

伴着文学概念转变而来的问题是文学价值。周秦两汉的时候，文学的价值不在文学的本身，而在文学的纪事载言。曹丕《典论·论文》云：

盖文章，经国之大业，不朽之盛事。年寿有时而尽，荣乐止乎其身，二者必至之常期，未若文章之无穷。是以古之作者，寄身于翰墨，见意于篇籍，不假良史之辞，不托飞驰之势，而声名自传于后。故西伯幽而演《易》,周旦显而制《礼》;不以隐约而弗务,不以康乐而加思。夫然则古人贱尺璧而重寸阴,惧乎时之过已。(《文选》卷五十二)

曹丕是提出文学价值的第一人,称文章为“不朽之盛事”当然期许甚高。但一则于“不朽之盛事”以前,先誉为“经国之大业”,则其价值仍然不全在文学本身,而在文学之有“经国”的功能。二则作者寄身翰墨,见意篇籍,是为的“声名自传于后”,则其重文是缘于“名”而非缘于“实”。

曹丕誉文章为“经国之大业”,曹植(192—232)则诋辞赋为“小道”。《与杨德祖书》云:

辞赋小道,固未足以揄扬大义,彰示来兹也。昔杨子云先朝执戟之臣耳,犹称壮夫不为也;吾虽德薄,位为藩侯,……岂徒以翰墨为勋绩,辞赋为君子哉?(《文选》卷四十二)

这在曹植或者是愤激之言。此书又云:“仆少好为文章(他本作辞赋),迄至于今,二十有五年。”又前录序亦云:“余少而好赋,其所尚也,雅好慷慨,所著繁多。”但因文受累,所以诋为小道。且自己“位为藩侯”,因为乃兄妒弃,不得“建永世之业,流金石之功”,由是止以辞赋名家,当然由愤懑不平,而妒恨辞赋。杨德祖(173—217)的复书——《答临淄侯笺》,便极力为辞赋辩护云:

今之赋颂,古诗之流,不更孔公,风雅无别耳。脩(德祖名)家子云,老不晓事,强著一书,悔其少作。若此仲山周旦之俦，为皆有僭邪？君侯忘圣贤之显迹，述鄙宗之过言，窃以为未之思也。若乃不忘经国之大美，流千载之英声，铭功景钟，书名竹帛，斯自雅量，素所畜也，岂与文章相妨害哉？（《文选》卷四十）

观此，知辞赋文章的价值，已为时人所公认，所以曹植以藩侯之尊，诋毁辞赋，便招杨脩的公然辩诘。而曹植的诋毁辞赋，是由于不得经国立功的愤激心理，也益可了然。

阻止文学独立，压抑文学价值的，是道德观念与事功观念。曹植的不甘"以翰墨为勋绩"，便是重事功，而轻文学。曹丕的称文章为"经国之大业"，则是提拔文学，使与事功抗衡。至于道德，就是曹丕也觉得高于文学。《与王朗书》云："惟立德扬名，可以不朽；其次莫如著篇籍。"直至晋代的葛洪，始使文学驾乎道德之上。他的《抱朴子》外篇有《文行》一篇，称"或曰：德行者本也，文章者末也，故四科之序，文不居上。然则著纸者糟粕之余事，可传者祭毕之刍狗，卑高之格，是可讥矣。"他的答辩云：

筌可弃而鱼未获，则不得无筌；文可废而道未行，则不得无文。若夫翰迹韵略之广逼，属辞比义之妍媸，源流至到之修短，韫藉汲引之深浅，其悬绝也，虽天外毫内，不足以喻其辽邈；其相倾也，虽三光熠耀，不足以方其巨细；龙渊铅铤，未足以譬其锐钝；鸿羽积金，不足以方其轻重。而俗士唯见能染毫画纸，概以一例，斯伯氏所以永思锺子，郢人所以格斤不运也。……且文章之与德行，犹十尺之与一丈，谓之余事，未之前闻也。（《平津馆丛书》本卷四十五）

此言不只见于《文行》篇，亦见于《尚博》篇，可见是葛洪批评道德文学的重要言论。在《尚博》篇又假为或曰："著述虽繁，适可以骋辞耀藻，无补救于得失，未若德行不言之训。故颜闵为上，而游夏乃次，四科之格，行本而学末。然则缀文固为余事，而吾子不褒崇其源，而独贵其流，可乎？"他的答辩云：

> 德行为有事，优劣易见；文章微妙，其体难识。夫易见者粗也，难议者精也。夫唯粗也，故铨衡有定焉；夫唯精也，故品藻难一焉。吾故舍易见之粗，而论难识之精，不亦可乎？（卷三十二）

前者还等视道德文章，此更谓道德为粗，文章为精。

由曹丕的提拔，文章已与事功抗衡；由葛洪的评赞，文章又驾道德之上。这样至于梁朝，遂有简文帝萧纲的文学高于一切说，《答张赞谢示集书》云：

> 窃常论之，日月参辰，火龙黼黻，尚且著于玄象，章乎人事，而况文辞可止，咏歌可辍乎？不为壮夫，杨雄实小言破道；非谓君子，曹植亦小辩破言：论之科刑，罪在不赦。

假使他是魏文帝，只"辞赋小道"一语，也可置曹植于死罪了。又作《昭明太子集序》云：

> 窃以文之为义，大哉远矣。……故《易》曰："观乎天文，以察时变；观乎人文，以化成天下。"是以含精吐景，六卫九光之度，方珠喻龙，南枢北陵之采，此之谓天文。文籍生，书契作，

> 咏歌起，赋颂兴，成孝敬于人伦，移风俗于王政，道绵乎八极，理浃乎九垓，赞动神明，雍熙钟石，此之谓人文。若夫体天经而总文纬，揭日月而谐律吕者，其在兹乎。

六朝文盛的缘故，这种文学高于一切的观念，也是重要的原因之一吧？

四　社会学术的因素

这样一个巨烈的转变，当然有多方面的因素，最要者为下述四种：

（一）由于社会的转捩。本来人是有理智同时又有情感的动物，发于理智的文学偏于纪事载言，发于情感的文学偏于吟咏情性。汉魏的社会，一般的说来，是由治而乱。治世有光明的前途，理智得到发展的机会；政教有常轨，情感遭受相当的限制。乱世的前途暗淡，理智的计划无用；政教无标准，感情可以任意发展。所以自建安的文学，“甫乃以情纬文”。纪事载言的文章宜于质，吟咏情性的作品需要文，所以自建安的文学“甫乃以文被质”。

这只是就治乱的分野，探求文学的动态。更具体的分析，汉末魏晋，由混战及其他原因，促成都市及庄园的发展。也是“遗风余烈，事极江左”。如北方的许都、洛下，南方的金陵、会稽，都极繁荣，同时也都是文人荟萃之所。都市的文学当然要绮丽华美。至庄园则以两种的姿态出现：一为国家庄园。如邓艾的以军屯田于陈蔡（《三国志·魏志》卷二十八《邓艾传》），徐邈的以民屯田于凉州（同上卷二十七《徐邈传》）。一为大族庄园。如《三国志·魏志·仓慈传》云：“旧大族田地有余，小民无立锥之土。”所谓庄园，有供给经济的庄田，还有供给游居的园林。当时的园林很发达，最有名者，北为石崇的洛阳金谷园，南为王羲之的会稽兰亭。一时的文人，不是自有庄园，就是做有庄园者的清客，由是表现为"怜风月，狎池苑"(《文心雕龙·明诗》篇)的文学。园林中的点缀不能只有花草还须有美人。同时小民既无立锥之地，生活困难，也只有将自己的子女，卖给大族为奴婢。《世说新语·汰侈》篇载"石崇每要客宴集，常令美人行酒。饮客酒不尽者，使黄门交斩美人"。可见美人在园林中的地位。而在这里的文人作品，自然又表现为"醇酒妇人"。前者是自然文学，后者是浪漫文学，两者都是"以情纬文"，同时也都需要"以文被质"。

(二)由于政治的倡导。这是刘勰、锺嵘已经说过的。刘勰《文心雕龙·时序》篇云："自献帝播迁，文学蓬转。建安之末，区宇方辑，魏武以相王之尊，雅爱诗章；文帝以副君之重，妙善辞赋；陈思以公子之豪，下笔琳琅；并体貌英逸，故俊才云蒸。"锺嵘《诗品序》云："降及建安，曹公父子，笃好斯文；平原兄弟，郁为文栋；刘桢、王粲，为其羽翼；次有攀龙托凤，自致于属车者，盖将百计；彬彬之盛，大备于时矣。"可见建安时代的文学特盛，与曹公父子的以政治的力量提倡有关。建安十五年，曹操令举"盗嫂受金而未遇无知者"(《三国志·魏志》卷一《武帝纪》)。二十二年，又令举"被污辱之名，见笑之行，或不仁不孝，而有治国用兵之术者"(同上)。影响于文学的，当然是弃道缘情。

(三)由于经学的衰微。经书所载，虽未必都是圣人之道，但后世却谓圣人之道载之于经，由是经书成了道德之府，而宗经为文者遂偏于"道"，反经为文者则偏于"情"。裴子野反对自宋讫梁的雕虫之文，谓当时的"闾阎年少，贵游总角，罔不摈落六艺，吟咏情性"(详七节)。可见"吟咏情性"，便"摈落六艺"；而"摈落六艺"，也便

“吟咏情性”。创造宫体诗的萧纲，反对宗经，《与湘东王书》云：“未闻吟咏情性，反拟《内则》之篇；操笔写志，更摹《酒诰》之作；迟迟春日，翻学归藏，湛湛江水，遂同大传。”（详八节）更可见“缘情”与“宗经”的势不两立。《颜氏家训·序致》篇云“虽读《礼》传，微爱属文”（卷一），也认属文与读《礼》冲突。两汉是经术独尊的时代，所以载道尚用的色彩，特别浓厚，就是唯美的辞赋，也要给予“讽”“谏”的功能（详二篇三章五至八节）。盛极而敝，至东汉末年的桓灵时代，酿成党锢之患，有名的三君、八俊、八顾、八及、八厨，率皆身首异处，亲友株连。作史者溯厥原始，推于“自武帝以后，崇尚儒术，怀经协术，所在雾会”（《后汉书·党锢传》）。由是士子视经学为畏途。《南史·儒林传》称：“魏正始以后，更尚玄虚，公卿士庶，罕通经学。”顾炎武《日知录》云：“东汉之末，节义衰而文章盛。”（卷十三《两汉风俗》）唯其经术节义衰，所以文章才盛；唯其经术节义衰，所以文章才转于“缘情”。

（四）由于佛经的东渐。佛经的传译，确如僧祐所言：“迩及桓灵，经来稍广。”（《出三藏记集》卷一《名录序》）而文学观念的转变，恰在稍后的魏晋，其中机缘，可以推知。鸠摩罗什云：“天竺国俗，甚重文制，其宫商体韵，以入弦为善。凡觐国王，必有赞德，见佛之仪，以歌叹为贵，经中偈颂，皆其式也。但改梵为秦，失其藻蔚。”（详三篇十一章三节*）恐怕“失其藻蔚”，正是求传其藻蔚。由是由译经的求传藻蔚，使创作的风尚也趋向藻蔚。如再分析证明，则文学的讲求音律，由于“转读”“梵音”；文学的注重辞藻，由于“唱导”“说法”。释慧皎《高僧传·经师论》称佛经的音律：“咸

---

* 原文作“详四篇八章三节”。——校者注

池韶武，无以匹其工，激楚梁尘，无以较其妙。”又言：“天竺方俗，凡是歌咏法言，皆称为‘呗’，至于此土咏经则称为‘转读’，歌赞则号为‘梵音’。”中国之“转读”“梵音”始于曹植。所以《经师论》又云：“自大教东流，乃译文者众，而传声盖寡。……始有魏陈思王曹植，深爱声律，属意经音，既通般遮之瑞响，又感渔山之神制，于是删治瑞应本起，以为学者之宗。传声则三千有余，在契则四十有二。”（《大藏经》本卷十三）首先传梵声的是曹植，首先讲文气的是曹植的哥哥曹丕；文气是自然的音律，与梵声应有相当关系。至人为的音律的四声之由“转读”“梵音”而来，陈寅恪先生有详细的考证（详四章四节）；由彼例此，益知也有关梵声了。

《高僧传》卷十三《唱导论》云：“唱导者，盖所以宣唱法理，开导众心也。昔佛法初传，于时齐集，只宣唱佛名，依文致礼。至中宵疲极，事资启悟，乃别请宿德，升座说法；或杂序因缘，或旁引譬喻。其后庐山释慧远，道业贞华，风才秀发，每至齐集，辄自升高座，躬为导首，先明三世因果，却辩一斋大意。后世传受，遂成永则。”知“唱导”“说法”，略同于耶稣教的“讲道”，目的在宣传教义。宣传教义者须声辩才博。《唱导论》又云：“夫宣导所贵，其事四焉，谓声辩才博。非声无以警众，非辩无以适时，非才则言无可采，非博则语无依据。至若响韵钟鼓，则四众惊心，声之为用也；辞吐俊发，适会无差，辩之为用也；绮制雕华，文采横逸，才之为用也；商榷经论，采撮书史，博之为用也。若能善兹四事，而适以人时，如为出家五众，则须切语无常，苦陈忏悔；若为君王长者，则须兼引俗典，绮综成辞；若为悠悠凡庶，则须指事造形，直谈闻见；若为山民野处，则须近局言辞，陈斥罪目；凡此变态，与事而兴，可谓知时知众，又能善说。”本来宣传的事业，立意甚简，端重词藻，所以古代的文学散文出于纵横家的游说之辞（详二篇二章一节），魏晋文学的重视词华，当然与佛家的“唱导”“说法”有关。

五　葛洪的反古与提倡博富艰深的文学

由两汉的重道轻艺，重情轻文，重述轻作，重经轻子，转到魏晋六朝的重艺轻道，重文轻质，重作轻述，重子轻经，自然要胎育出一些大胆的反传统观念的人物。这种人物的代表者，在汉末的为王充，在魏晋的为葛洪。葛洪最崇拜王充，他的《抱朴子》外篇特立《喻蔽》一篇，为王充鼓吹辨护，说“王仲任（充字）作《论衡》八十篇，为冠儒大才”。王充提倡作，卑视述，葛洪亦云：

> 夫作者之谓圣，述者之谓贤。（《平津馆丛书》本《抱朴子》外篇卷四十三《喻蔽》篇）

王充因为尚作卑述，所以瞧不起说经的“世儒”，揄扬著作的“文儒”，葛洪也便进而鼓吹子书：

> 正经为道义之渊海，子书为增深之川流。仰而比之，则景星之佐三辰也；俯而方之，则林薄之裨嵩岳也。虽津涂殊辟，而进德同归；虽离于举趾，而合于兴化。故通人总原本以括流末，操纲领而得一致焉。……拘系之徒，桎梏浅溢之中，挈瓶训诂之间，轻奇贱异，谓为不急。或云小道不足观，或云广博乱人思，而不识合锱铢可以齐重于山陵，聚百十可以致数于亿

> 兆，群色会而衮藻丽，众音杂而《韶》、《濩》和也。或贵爱诗赋浅近之细文，忽薄深美富博之子书，以磋切之至言为骙拙，以虚华之小辩为妍巧，真伪颠倒，玉石混淆，同广乐于桑间，钧龙章于卉服，悠悠皆然，可叹可慨者也。（同上卷三十二《尚博》篇）

王充反对世俗的"好珍古，不贵今"，葛洪更进而谓今胜于古：

> 《尚书》者，政事之集也，然未若近代之优文诏策军书奏议之清富赡丽也；《毛诗》者，华彩之词也，然不及《上林》、《羽猎》、《二京》、《三都》之汪涉博富也。……若夫俱论宫室，而奚斯"路寝"之颂，何如王生之赋"灵光"乎？同说游猎，而叔畋"卢铃"之诗，何如相如之言"上林"乎？并美祭祀，而《清庙》、《云汉》之辞，何如郭氏"南郊"之艳乎？等称征伐，而《出军》（孙星衍云，当作车）《六月》之作，何如陈琳"武军"之壮乎？则条举可以觉焉。近者夏侯湛、潘安仁并作补亡诗《白华》、《由庚》、《南陔》、《华黍》之篇，诸硕儒高才之赏文者，咸以古诗三百，未有足以偶二贤之所作也。（同上卷三十《钧世》篇）

痛骂崇古卑今的人，说他们是"守株之徒"，说他们是"有耳无目"（亦见《钧世》篇）。

王充只是卑薄经生，还没有大胆的论到经书的本身；葛洪不惟大胆的论到经书的本身，而且说《尚书》、《毛诗》都不及汉魏的文章；不用说在两汉尊经之后，就是在废经倒孔的"五四"时代，这种言论也要使大部分的人舌矫而不敢下的。这是如何大胆的批评！固然经书的巨手不能伸展在魏晋六朝是有许多原因的，而葛洪这种大胆的批评,也确是抵制经书的生力军。

不过葛洪虽在继承王充反抗时代的盛业,却有与王充绝对不同者一点,就是王充虽也尚文,而反对“雕文饰辞”之文,葛洪则提倡“雕文饰辞”之文。所以王充是两汉文学观的结束者,葛洪则是魏晋六朝文学观的开国功臣。王充不赞成“好珍古,不贵今”,理由是“善才有浅深,无有古今;文有真伪,无有故新”。葛洪以为今胜于古的,是“清富赡丽”与“汪涉博富”。又云:

> 古者事事醇素,今则莫不雕饰,时移世改,理自然也。至于罽锦丽而且坚,未可谓之减于蓑衣;辎軿妍而又牢,未可谓之不及椎车也。(《钧世》篇)

王充说“文由语也”。葛洪却云:

> 书犹言也,若入谈语,故为知音(原作有,据孙星衍校改),胡越之接,终不相解,以此教戒,人岂知之哉?若言以易晓为辨,则书何故以难知为好哉?(《钧世》篇)

这一主赡丽,二主艰深的意见,便铸成了六朝的文学观,领导了六朝的文学。

六　萧统的摈除子史与提倡翰藻的文学

刘劭称司马迁、班固为文章家,谓“文章之材,国史之任也”,是认为史书也是在文学之内。葛洪反对“贵爱诗赋浅近之细文，忽薄深美富博之子书”，诋其“真伪颠倒，玉石混淆”，是认为子书还优于诗赋。至萧统（501—531）编《文选》，则谓子史都不是文学。《文选序》云：

若夫姬公之籍，孔父之书，与日月俱悬，鬼神争奥，孝敬之准式，人伦之师友，岂可重以芟夷，加之剪截？老庄之作，管孟之流，盖以立意为宗，不以能文为本，今之所撰，又以略诸。若贤人之美辞，忠臣之抗直，谋夫之话，辨士之端，冰释泉涌，金相玉振，所谓坐狙丘，议稷下，仲连之却秦军，食其之下齐国，留侯之发八难，曲逆之吐六奇，盖乃事美一时，语流千载，概见坟籍，旁出子史；若斯之流，又亦繁博，虽传之简牍，而事异篇章，今之所集，亦所不取。至于记事之史，系年之书，所以褒贬是非，纪别异同，方之篇翰，亦已不同。若其赞论之综缉辞采，序述之错比文华，事出于沈思，义归乎翰藻，故与夫篇什，杂而集之。

则他所谓文学，不包括子史。就是经书，虽蒙其尊崇，但也不予选录。他所选录的，必须“事出于沈思，义归乎翰藻”，纯是从美术的观点，定文学的范畴。

美的文章，必生于真的情志，所以《文选序》又说：“诗者，志之所之也；情动于中，而形于言。”但真的情志，却不必是男女性爱。专写男女性爱之文，萧统甚表菲薄。所以《文选序》又云：

《关雎》、《麟趾》，正始之道著；《桑间》、《濮上》，亡国之音表。

萧统还作有《陶渊明集序》，称渊明"文章不群，辞采精拔，跌宕昭彰，独超众类，抑扬爽朗，莫之与京，横素波而傍流，干青云而直上，语时事则指而可想，论怀抱则旷而且真"。但谓：

白璧微瑕，惟在《闲情》一赋。扬雄所谓"劝百而讽一"者，卒无讽谏，何足摇其笔端？惜哉！亡是可也！

至他所理想的文学，则见于《答湘东王求文集及〈诗苑英华〉》书云：

夫文，典则累野，丽亦伤浮；能丽而不浮，典而不野，文质彬彬，有君子之致。吾尝欲为之，但恨未逮耳。

萧统的这种主张，颇能引起替他作集序的刘孝绰（481—539）的同调：

窃以属文之体，鲜能周备：长卿徒善，既累为迟，少孺虽疾，俳优而已；子渊淫靡，若女工之蠹；子云侈靡，异诗人之则；孔璋词赋，曹祖劝其修今，伯喈答赠，挚虞知其颇古；孟坚之颂，尚有似赞之讥；士衡之碑，犹闻类赋之贬。深乎文者，兼而善之，能使典而不野，远而不放，丽而不淫，约而不俭，独擅众美，斯文在斯。（《昭明太子集序》）

与萧统的主张，可谓同出一辙。

七 裴子野《雕虫论》

有提倡辞藻的,就有反对辞藻的;反对辞藻的要以裴子野(468—530)①为最激烈,他以为当时的文学不过是“雕虫”而已,特作《雕虫论》云:

> 宋明帝博好文章,……于是天下向风,人自藻饰,雕虫之艺,盛于时矣。梁鸿胪卿裴子野论曰:古者四始六艺,总而为诗,既形四方之气,且彰君子之志,劝美惩恶,王化本焉。后之作者,思存枝叶,繁华蕴藻,用以自通,若悱恻芳芬,楚骚为之祖,靡漫容与,相如和其音。由是随声逐影之俦,弃指归而无执,赋诗歌颂,百帙五车,蔡应(《通典》作邕)等之俳优,扬雄悔为童子,圣人不作,雅郑谁分!其五言为(《通典》此下有诗学)家,则苏李自出,曹刘伟其风力,潘陆固其枝叶(《通典》作柯)。爰及江左,称彼颜谢,箴绣鞶帨,无取庙堂。宋初迄于元嘉,多为经史,大明之代*,实好斯文,高才逸韵,颇谢前哲,波流相尚,滋有笃焉。自是闾阎年少,贵游总角,罔不摈落六艺,吟咏情性。学者以博依为急务,谓章句为专鲁,淫文破典,斐尔为功(《通典》作曹),无被于管弦,非止乎礼义,深心主卉木,远致极风云。其兴浮,其志弱,巧而不要,隐而不

① 裴子野生卒皆先于萧统。但《雕虫论》自称梁鸿胪卿,其为鸿胪卿,在元通元年,即其卒之前一年,而其卒之后一年,萧统亦卒,则此文之作,或在萧统撰《文选》后也。

* “大明之代”,据1957年版补。——校者注

深，讨其宗途，亦有宋之(《通典》此下有遗字)风也。若季子聆音，则非兴国；鲤也趋室，必有不敢(《通典》作敦)。荀卿有言，“乱代之征，文章匿而采”。斯岂近之乎！(《全梁文》卷五十三《通典》卷十六)

自然这是从崇尚辞藻后的当然反响，但不出于旁人，而独出于裴子野，恐与他是史学家而非文学家有关。他“因宋之新史，为《宋略》二十卷”。自言：“剪截繁文，删撮事要，即其简寡，志以为名。夫黜恶章善，臧否与夺，则以先达格言，不有私也。”(《宋略》总论，见《全梁文》卷五十三)如萧统所言，史“所以褒贬是非，纪别同异，方之篇翰，亦已不同”，所以崇尚简要，菲薄辞藻。《梁书》卷三十本传云：“子野为文典而速，不尚丽靡之词。其制作多法古，与今文体异。当时或有诋诃者，及其末皆翕然重之。”既“不尚丽靡之词”，当然反对“雕虫之艺”了。

八　萧纲的鼓吹“郑邦”文学

六朝究竟是崇尚辞藻的时代，所以裴子野的作风与论调，虽有一部分人“翕然重之”，然马上又惹起反响。梁简文帝萧纲(503—551)《与湘东王书》云：

比见京师文体，懦钝殊常，竞学浮疏，争为阐缓，玄冬修夜，思所不得，既殊比兴，正背风骚。若夫六典三礼，所施则有地；吉凶嘉宾，用之则有所。未闻吟咏情性，反拟《内则》之篇，操笔写志，更摹《酒诰》之作；迟迟春日，翻学《归藏》；湛湛江水，遂同《大传》。吾既拙于为文，不敢轻有掎摭。但以当世之作，历方古之才人，远则扬、马、曹、王，近则潘、陆、颜、谢，而观其遣辞用心，了不相似。若以今文为是，则古文为非；若昔贤可称，则今体宜弃；俱为盍各，则未之敢许。又时有效谢康乐、裴鸿胪文者，亦颇有惑焉。何者？谢客吐言天挺，出于自然，时有不拘，是其糟粕。裴氏乃良史之才，了无篇什之美。是为学谢则不届其精华，但得其冗长；师裴则蔑绝其所长，惟得其所短。谢故巧不可阶，裴亦质不宜慕。故胸驰臆断之侣，好名忘实之类，方分肉于仁兽，逞郤克于邯郸，入鲍忘臭，效尤致祸。决羽谢生，岂三千之可及？伏膺裴氏，惧两唐之不传。故玉徽金铣，反为拙目所嗤；巴人下里，更合郢中之听；阳春高而不合，妙声绝而不寻，竟不精讨锱铢，核量文质。有异巧心，终愧妍手。是以握瑜怀玉之士，瞻郑邦而知退；章甫翠履之人，望闽乡而叹息。诗既若此，笔又如之。徒以烟墨不言，受其驱染；纸札无情，任其摇襞。甚矣哉！文之横流，一至于此！（《梁书》卷四十九《文学》上《庾肩吾传》）

裴子野慨叹“闾阎少年，贵游总角”的“罔不摈落六艺，吟咏情性”；萧纲则谓“未闻吟咏性情，反拟《内则》之篇，操笔写志，更摹《酒诰》之作”。裴子野诋当时的诗文，“淫文破典，斐尔为功，无被于管弦，非止乎礼义”；萧纲则慨叹“握瑜怀玉之士，瞻郑邦而知退，章甫翠履之人，望闽乡而叹息”。裴子野“不尚丽靡之词”；萧纲则薄其“无篇什之美”，“质不宜慕”。逐处与裴氏相反，虽不能遽谓是针对《雕虫论》而发，但确是在驳斥裴氏一派的理论。萧纲虽未明白反对经传,但谓文学不应效法经传;虽未明白提倡淫丽,但谓不应轻视郑邦闽乡。又《诫当阳公大心书》云:“立身须谨慎,文章须放荡。”无怪乎章太炎先生说“简文变古,志在桑中”(《国故论衡·文学总略·论式》)了。

九 徐陵的编辑“丽人”艳歌

萧纲只是慨叹文人的“瞻郑邦而知退,望闽乡而叹息”,徐陵(507—583)更进而提倡艳歌——提倡丽人的艳歌。他编了一部千古传诵的绝顶香艳的《玉台新咏》。《玉台新咏》的编辑,不惟显示了徐陵的文学观,而且显示了当时的文学观,因为伟大的总集的编辑,每是时代的结晶。况说《玉台新咏》所收又大半是魏晋以迄齐梁的作品,则香艳文学的创作,是当时的普遍现象了。

徐陵在《玉台新咏序》里,不谈诗的问题,而先用了二百多字形容“丽人”的“倾城倾国,无对无双”。然后说到丽人的“妙解文章,尤工诗赋,……九日登高,时有缘情之作,万年公主,无非累德之辞。其佳丽也如彼,其才情也如此”。然后才说到“往世名篇,当今巧制,分诸麟阁,散在鸿都,不借篇章,无由披览。于是然脂暝写,弄笔晨书,撰录艳歌,凡为十卷”。自称:“曾无忝于雅颂,亦靡滥于风人。”这在徐陵看来,或者是一点不错,但在两汉或唐宋的载道文人看来,恐不胜风雅沦亡之叹。

不错,《玉台新咏》十卷全是“艳歌”,但大半是“丑男”之作,出于“丽人”者很少。而大主选徐陵先生却全系在“丽人”之下,——全系在“倾城倾国,无对无双”的“丽人”之下。既是“无对无双”,就是“唯一无二”，那么，十卷艳歌，都是一位“丽人”所作，何来的“往世名篇，当今巧制”？本来是一位“丽人”的专集，何劳徐陵先生的“撰录”？所以若从逻辑上言，根本不通；而从心理上言，则是徐陵的一种企向：“艳歌”出于“丽人”，才更香艳；“丽人”而“倾城倾国，无对无双”，才更美满。至于阅读，本是人人有份，而徐陵却云：

至如青牛帐里，余曲既终，朱鸟窗前，新妆已竟；方当开兹缥帙，散此绍绳，永对玩于书帷，长循环于纤手。……娈彼诸姬，聊同弃日；猗与彤管，丽矣香奁（一作无或讥焉）。

这也是不合逻辑的香艳心理。由香艳心理，表现为香艳文学观。刘肃《大唐新语》云：“梁简文为太子，好作艳诗，境内化之，晚年欲改作，追之不及，乃令徐陵为《玉台新咏》以大其体。”也是一种不合逻辑的记载。但徐陵本是简文帝的僚友，授意于简文，非不可能。果然，这种香艳的文学观，徐陵真是不能独占了。

十　萧绎的兼重华实

萧纲《与湘东王书》，提倡“郑邦”文学，末谓：“文章未坠，必有英绝领袖之者，非弟而谁！”但萧绎（507—554）——就是湘东王，也就是梁元帝——却反对“轻侧”之文，所作《金楼子·立言》篇下云：

今之俗，搢绅稚齿，闾巷小生，学以浮动为贵。用百家则多尚轻侧，涉经记则不通大旨，苟取成章，贵在悦目。龙首豕足，随时之义；牛头马髀，强相附会。事等张君之弧，徒观外泽；亦如南阳之里，难就穷检矣。……夫挹酌道德，宪章前言者，君子所以行也。是故言顾行，行顾言。原宪云："无财谓之贫，学不行谓之病。"末俗学徒，颇或异此。或假兹以为伎术，或狎之以为戏笑。若谓为伎术者，犁靬眩人，皆伎术也；若以为戏笑者，少府斗获，皆戏笑也。未闻强学自立，和乐慎礼若此者也。(《知不足斋丛书》本卷四)

这直然是载道的文学观，与乃兄异趣。但《广弘明集》卷二十载有他所作的《内典碑铭集林序》，则又放下了道学的牌子。在那里说：

夫世代亟改，论文之理非一；时事推移，属词之体或异。但繁则伤弱，率则恨省；存华则失体，从实则无味。或引事虽博，其意犹同；或新意虽奇，无所倚约；或首尾伦帖，事似牵课；或翻复博涉，体制不工。能使艳而不华，质而不野，博而不繁，省而不率，文而有质，约而能润，事随意转，理逐言深，所谓菁华，无以间也。

自然这也不同于乃兄的提倡"郑邦"文学，而与别一乃兄萧统的意见略相近，比《金楼子·立言》篇的话和平多了。盖因他之作《金楼子》，本"念臧文仲既没，其言立于世。曹子桓云：'立德著书，可以不朽。'杜元凯言：'德者非所企及，立言或可庶几。'故户牖悬刀笔，而有述作之志矣"(《金楼子序》)。所以不能不板着面孔说道学话。实则他"幼好雕虫，长而弥笃，游心释典，寓目词林"(《内典碑铭集林序》)，所以仍然不能忘怀美辞。但美辞渐为世厌倦，也可于此略窥一二。论文专家的刘勰,对藻缋艳丽的文学,也极力排斥,别为专章论次,这里恕不复叙,然批评理论的转变,却由彼更得到了充分的证明。

第二章　文笔之辨

一　文笔分别历史

因为文学观念的渐趋于狭义的文学，由是不能列于狭义文学的作品，别名为“笔”，而有“文”“笔”之分。其起源，梁光钊云：

> 昉于六朝，流衍于唐，而实则本于古。孔子赞《易》有《文言》，其为言也比偶而有韵，错杂而成章，灿然有文，故文之。孔子作《春秋》，笔则笔，其为书也，以纪事为褒贬，振笔直书，故笔之。文笔之分，当自此始。（《文笔考》，见《文选楼丛书》，又《学海堂初集》卷七）

刘天惠则云：

> 汉魏导始，体制未繁，虽奋其斧藻，健于为文：而苟非史官，无烦载事。……载考《晋书·蔡谟传》，文笔肇端，自兹以降，厥名用彰矣。请略言之：《乐广传》，“广善清言，而不长于笔。将让尹，请潘岳为表。岳曰：‘当得君意。’乃作二百句语，

述已之意。岳因取次比，便成名笔。"《成公绥传》，"所著诗赋杂笔十余卷行于世。"《张翰传》，"其文笔数十篇。"《曹毗传》，"所著文笔十五卷。"《袁宏传》，"桓温重其文笔，专综书记。"（《文笔考》，同前）

两说相较，当以刘说为是，因刘说确凿有据，梁说则全为一种推测。所谓"孔子之作《春秋》也，笔则笔，削则削"，"笔"字对"削"字而言，就是记录的意思，和后来文笔之"笔"的意思不同。而且这种说法出于汉人（见《史记·孔子世家》），并不出于孔子。至《文言》，第一，并非孔子所作；第二，所以名为"文言"者，并不是因其言文，我们说它是篇文学文，不如说它是篇哲学文为比较恰当。

至"文""笔"分别所占据的时代，当以南北朝为中心。其衰落时期，刘天惠以为在赵宋，证据是："柳穆而后，佶屈聱牙为古，散野拙质为高，卑视建安七子何足算，规摹韩柳八代起其衰。……观《宋史》以下之史，称笔者惟杨欧二公，吾见罕已，非其验乎？"（前文）梁国珍亦云："宋以后，若杨忆、刘筠，犹袭唐人声律之体。自欧阳修出，倡以单行为古文，王安石、眉山父子、曾巩起而和之（见《宋史·文苑传》序），而文笔之称遂混。《元史》谓'欧阳元以文章冠世，多所撰述，海内名山大川释老之宫，王公贵人墓隧之碑，得其文笔以为荣焉'，则又袭六朝旧语，不复能辨别矣。"（《文笔考》，同前。）

按《元史》偶尔称文笔，不过是"袭六朝旧语"，并不是元代也有文笔之分。刘、梁皆以为衰于宋，其实唐代虽有时文笔连举或对举（详刘天惠《文笔考》），而文笔之分，则至唐已衰。因为唐代所谓"古文"，律以"文""笔"之分，是"笔"不是"文"，而唐代则以为

“文”而提倡之。所以刘光钊说：“韩柳欧苏散行之笔，奥衍灏瀚，好古之士，靡然从之，论者乃薄选（指《文选》）体为衰，以散行为古。既尊之为古，且专名之为文，故文笔不复分别矣。”（《文笔考》）刘师培亦云：“唐宋以降，此谊弗明，散体之作，亦入文集。若从孔子正名之谊，则言无藻韵，弗得名文，以笔冒文，误孰甚焉！”（北京大学印本《中国中古文学史讲义》第二课《文学辨体》）刘氏以“非偶语韵语，弗足言文”（同上第一课《概论》）。所以说唐宋“以笔冒文”，实则唐宋古文亦自有其文学价值与地位，但六朝文笔的分辨确因唐代的提倡古文而衰歇了。

二　文笔分别三说

至什么是“文”，什么是“笔”，则当时有三种不同之说：

（一）刘勰《文心雕龙·总术》篇云：

> 颜延之以为笔之为体，言之文也。经典则言而非笔，传记则笔而非言。

黄侃先生《文心雕龙札记》云：“颜延年之说，今不知所出，宜在所著之庭诰中。……颜氏之分言笔，盖与文笔不同，故云：‘笔之为体，言之文也。’此文谓有文采。经典质实，故云非笔；传记广博，故云非言。”案此虽以“言”“笔”对举，未以“文”“笔”对举，然谓“笔之为体，言之文也”，则“笔”亦须有文采，和梁元帝说（详下）自显然抵牾，和范晔说也不十分融洽。

（二）范晔《狱中与诸甥侄书》云：

性别宫商，识清浊，斯自然也。观古今文人，多不全了此处；纵有会此者，不必从根本中来。言之皆有实证，非为空谈。年少中，谢庄最有其分。手笔差易，文不拘韵故也。（《宋书》卷六十九《范晔传》）

刘勰《文心雕龙·总术》篇亦云：

今之常言，有“文”有“笔”；以为无韵者“笔”也，有韵者“文”也。

刘勰所引“常言”，明谓有韵为“文”，无韵为“笔”；范晔谓“手笔”不拘韵，则与“手笔”相对之“文”，当然拘韵。黄侃先生《札记》云：“笔札之语，始见《汉书·楼护传》，‘长安号曰谷子云笔札’，或曰笔牍（《论衡·超奇》），或曰笔疏（同上），皆指上书奏记施于世事者而言。然《论衡》谓‘采掇传书以上书奏记者为文人’是固以笔为文；文笔之分，尔时所未有也。今考六朝人当时言语所谓‘笔’者，如《晋书·王珣传》（珣梦人以大笔如椽与之，既觉语人曰：‘此当有大手笔事。’俄而帝崩，哀册谥议，皆珣所草），《南史·颜延之传》（宋文帝问延之诸子才能，延之曰：‘竣得臣笔，测得臣文。’），《沈庆之传》（庆之谓颜竣曰：‘君但知笔札之笔。’），《任昉传》（时人又云：‘任笔沈诗。’），《刘孝绰传》（三笔六诗：三，孝仪；六，孝威也）。诸‘笔’字皆指公家之文，殊不见有韵无韵之别。今案‘文’‘笔’以有韵无韵为分，盖始于声律论既兴之后，滥觞于范晔、谢庄

(《诗品》引王元长之言‘惟见范晔、谢庄颇识之耳’),而王融、谢朓、沈约扬其波。以公家之言,不须安排声韵,而当时又通谓公家之言为笔,因立无韵为笔之说;其实笔之名非从无韵得也。然则属辞为‘笔’,自汉以来之通言;无韵为笔,自宋以后之新说。要之声律之说不起,文笔之别不明。故梁元帝谓‘古之文笔,今之文笔,其源又异也’。”此说非常的通达。“文”“笔”对称,虽源于晋代,而以有韵为“文”无韵为“笔”则确是“自宋以后之新说”。此新说只是一部分人的主张,并不是举世无异词的,颜延之、梁元帝便不如此解释。但后儒之研究文笔问题者,则往往拘于声韵。如梁国珍云:“韵语比偶者为文,单行散体者为笔。”(《文笔考》)刘师培云:“偶语韵词谓之文,凡非偶语韵词,概谓之笔。”(《中国中古文学史讲义》第二课《文学辨体》)实在是一隅之见。

(三)萧绎(梁元帝)《金楼子·立言》篇下云:

古人之学者有二,今人之学者有四。夫子门徒,转相师受,通圣人之经者谓之儒。屈原、宋玉、枚乘、长卿之徒,止于辞赋,则谓之文。今之儒,博穷子史,但能识其事,不能通其理者,谓之学。至如不便为诗如阎纂,善为章奏如柏松,若此之流,泛谓之笔。吟咏风谣,流连哀思者,谓之文。

又云:

笔退则非谓成篇,进则不云取义,神其巧惠(刘师培云“惠慧古通”),笔端而已。至如文者,惟须绮縠纷披,宫徵靡曼,唇吻遒会,情灵摇荡。而古之文笔,今之文笔,其源又异。(《知不

足斋丛书》本卷四）

此与范晔说不同者，“其于声律以外，又增情采二者；合而定之，则曰有情采韵者为文，无情采韵者为事”（黄侃先生说）。

颜延之不轻视“笔”，说：“笔之为体，言之文也。”范晔则已比较的对“笔”轻视，说：“手笔差易，文不拘韵故也。”至萧绎则视“笔”为无足轻重的东西，“退则非谓成篇，进则不云取义，神其巧惠，笔端而已”，几乎要屏出于文学园地以外了。至就“文”“笔”的领域而言，颜延之虽只论“笔”，未论“文”，而“笔之为体”，既为“言之文也”，则“笔”所包甚多，而“文”之所包无几。至范晔，则“文”包括一切韵文，“笔”包括一切散文。至萧绎，则凡“有情采韵者为文”，而“笔”则仅是“退则非谓成篇，进则不云取义”的鸡头鱼刺而已。

三　辞笔之分

因为“文”“笔”之不一定限于有韵无韵的区分，由是拘于分别有韵无韵者，则有“辞”“笔”与“诗”“笔”之说。据阮福《文笔对》所考，《南史·孔珪传》：“高祖取［珪］为记室参军，与江淹对掌辞笔。”《陈书·岑之敬传》：“之敬始以经业，而博涉文史，雅有辞笔。”阮福云：“按辞亦文类。《周易·系辞》，汉儒皆谓‘系辞’为‘卦爻辞’，至今从之。《系辞》上下篇云：‘圣人设卦观象，系辞焉以明吉凶。’又云：‘圣人有以见天下之动，而观其会通，以行其典礼，系辞焉以断其吉凶，是以谓之爻。’又云：‘《系辞》焉而命之，动在其中矣。’又云：‘《系辞》焉以尽言。’据此诸文，则明指‘卦爻辞’

谓之'系辞'。……其谓之'系辞'者,系属也,系辞即属辞,犹世所称属文焉尔。然则辞与文同乎?曰否。孟子曰:'说诗者不以文害辞。'赵岐注云:'文,诗之文章,所引以兴事也;辞,诗人所咏歌之辞。'是文者音韵铿锵,藻采振发之称,辞特其句之近于文而异乎直言者耳。"又云:"楚国之辞称楚辞,皆有韵,楚辞乃诗之流,《诗》三百篇乃言语有文辞之至者也。"(《学海堂》初集卷七,又《文选楼丛书》本《文笔考》*)阮氏主文须有韵,所以谓"文者音韵铿锵,藻采振发之称;辞特其句之近于文而异乎直言者耳。"实则"辞"必有韵,而"文"则不必有韵(有韵亦可);惟其不必有韵,所以必需有韵以别于"笔"之无韵者,遂名"辞"名"诗",而有了"辞""笔"之分与"诗""笔"之分。

四　诗笔之分

诗笔之分,以梁国珍所考订为最详。他的《文笔考》云:

> 文笔而外,又有以诗与笔对言者。《南史·沈约传》:"谢元晖善为诗,任彦升工于笔,约兼而有之。"《庾肩吾传》:"梁简文《与湘东王书》曰:'诗既如此,笔又如之。'又曰:'谢朓、沈约之诗,任昉、陆倕之笔。'"《任昉传》:"昉以文才见知时人,谓任昉笔沈约诗。"又刘孝绰称弟仪与威云:"三笔六诗。"(三,孝仪;六,孝威)是又以诗笔对言。

* 《文笔考》,疑为《文笔对》。——校者注

此外《南齐书·晋安王子懋传》"文章诗笔,乃是佳事",也是"诗""笔"对言。"文""笔"之分,衰于唐代;"诗""笔"之分,则至唐犹盛。侯康《文笔考》云:

> 至唐则多以诗笔对举。如"贾笔论孤愤,严诗读几篇",少陵句也。"王笔活龙凤,谢诗生芙蓉",飞卿句也。"杜诗韩笔愁来读",牧之句也。"朝廷左相笔,天下右丞诗,时人目王缙",王维语也。"孟诗韩笔,时人目退之",东野语也。* "历代词人,诗笔双美者鲜",殷璠语也。(《学海堂初集》卷七,又《文选楼丛书》本《文笔考》)

大概因为唐代既以古文为文,则与"笔"对者只是诗,不是文。这也足以证明"文""笔"之分,的确衰于唐代。

---

* 此句应断为:"朝廷左相笔,天下右丞诗",时人目王缙、王维语也。"孟诗韩笔",时人目退之、东野语也。——校者注

第三章　文体类

一　文体二义

中国所谓文体，有两种不同的意义：一是体派之体，指文学的作风（Style）而言，如元和体、西昆体、李长吉体、李义山体……皆是也。一是体类之体，指文学的类别（Literary kinds）而言，如诗体、赋体、论体、序体……皆是也。曹丕《典论·论文》云：

> 文以气为主。气之清浊有体，不可力强而致。

是指体派而言。又云：

> 文非一体，鲜能备善。（《文选》卷五十二）

所谓"非一体"者何？《论文》又云：

> 夫文本同而末异：盖奏议宜雅，书论宜理，铭诔尚实，诗赋欲丽；此四科不同，故能之者偏也。

则又指体类而言。在曹丕看来,四科的体类不同,所以"能之者偏也"。但"能之者偏"的缘故,不由于学习各异,而由于体气有别。所以体类与作风,在习作上,有密切的联带关系。

曹丕以后的文体论,群趋于体类的研究,研究体派者很少。惟张融《门律自序》云:

> 吾文章之体,为世人所惊,汝可师耳以心,不可使耳为心师也。夫文岂有常体,但以有体为常,政当使常有其体。……吾之文章,体亦何异,何尝颠温凉而错寒暑,综哀乐而横歌哭哉?政以属辞多出,比事不羁,不阡不陌,非途非路耳。然其传音振逸,鸣节竦韵,或当未极,亦已极其所矣。汝若复别得体者,吾不拘也。

又戒子云:

> 吾文体英绝,变而屡奇,既不能远至汉魏,故无取嗟晋宋。

其所谓文体,当然是就体派而言。此外,如梁武帝萧衍《手敕答沈众》云:"卿文体翩翩,可谓无忝尔祖。"(《陈书》卷十八《沈众传》,众祖为沈约)梁简文帝萧纲《与湘东王书》云:"比见京师文体,懦钝殊常。"(详一章八节)萧子显《自序》云:"鸿序一作,体兼众制。"(《梁书》卷三十五《萧子显传》)江淹《杂体诗序》云:"魏制晋造,固亦二体。"(《文选》卷三十一《杂体诗注》)其所谓文体,也都是就体派而言。梁武帝、简文帝、萧子显和江淹,都只提到体派的文体,没有对体派的文体加以分析。张融好像略加分析,但也不过是说文章没有固定的常体，所以劝他的儿子（《门律自序》也是在戒子），不要"使耳为心师"，效法他的文体："汝若复别得体者，吾不拘也。"对体派的文体加以精密的分析者，还要推论文专家的刘勰。他的《文心雕龙·体性》篇云：

若总其归涂，则数穷八体：一曰典雅、二曰远奥、三曰精约、四曰显附、五曰繁缛、六曰壮丽、七曰新奇、八曰轻靡。典雅者，熔式经诰，方轨儒门者也。远奥者，馥采典文，经理玄宗者也。精约者，核字省句，剖析毫厘者也。显附者，辞直义畅，切理厌心者也。繁缛者，博喻酿采，炜烨枝派者也。壮丽者，高论宏裁，卓烁异采者也。新奇者，摈古竞今，危侧趋诡者也。轻靡者，浮文弱植，缥缈附俗者也。故典与奇反，奥与显殊，繁与约舛，壮与轻乖，文辞根叶，苑囿其中矣。

至所以铸成不同的八体者，他的意见和曹丕相仿，也以为由于体气的关系。《体性》篇续云：

若夫八体屡迁，功以学成，才力居中，肇自血气，气以实志，志以定言，吐纳英华，莫非情性。是以贾生俊发，故文洁而体清；长卿傲诞，故理侈而辞溢；子云沈寂，故志隐而味深；子政简易，故趣昭而事博；孟坚雅懿，故裁密而思靡；平子淹通，故虑周而藻密；仲宣躁锐，故颖出而才果；公幹气褊，故言壮而情骇；嗣宗俶傥，故响逸而调远；叔夜俊侠，故兴高而采烈；安仁轻敏，故锋发而韵流；士衡矜重，故情繁而辞隐。触类以推，表里必符，岂非自然之恒资，才气之大略哉？

实则文学的体派——就是作风——的完成，有主观的原因，也有客观的原因。主观的原因之最大者，就是作者的体气；由不同的体气，铸成不同的性格，由不同的性格，表现为不同的作风。但体气以外，还与习作有关。如一时有一时的作风，一派有一派的作风，就是由于各时各派的习作不同。这都是主观的原因。主观的表现，往往由于客观的感召与需求。感召就是社会的刺激；由社会刺激可以使文学作风，得到一种启示。需求就是时代风尚；由时代风尚，可以使文学作风得到一种助力。如前几年的幽默文学的盛行，就是由于社会的刺激使然，而一时读者的爱好，也是助成作家的大量生产的原因。所以曹丕和刘勰的解说并不错误，止是未免太重主观的体气罢了。

二　魏晋以前的文体论

魏晋六朝的体派的文体论，略如上述；此下述体类的文体论。体类的文体论，后汉已有人论述。以今所知，安帝永宁（120）中，有陈忠《论诏令文》云：

> 古者帝王有所号令，言必弘雅，辞必温丽，垂于后世，列于典经。故仲尼嘉唐虞之文章，从周室之郁郁。（《后汉书·周荣传》）

至汉末的蔡邕，在他的《独断》里，分天子令群臣之文为四类：一曰策书、二曰制书、三曰诏书、四曰戒书：

策书，策者简也。《礼》曰："不满百文，不书于策。"其制长二尺，短者半之，其次一长一短，两编下附篆书，起年月日，称"皇帝曰"，以命诸侯王三公。其诸侯王三公之薨于位者，亦以策书诔谥其行而赐之，如诸侯之策。三公以罪免，亦赐策，文体如上策，而隶书以尺一木两行，唯此为异者也。

制书者，帝者*制度之命也。其文曰"制"，诏三公，赦令，赎令之属是也。刺史太守相劾奏申，下土迁书，文亦如之。其征为九卿，若迁京师近官，则言官具，言姓名；其免若得罪，无姓。凡制书有印，使符下，远近皆玺封；尚书令印重封；惟赦令赎令，召三公诣朝堂受制书，司徒印封，露布下州郡。

诏书者，诏诰也，有三品，其文曰："告某官，官如故事"，是为诏书。群臣有所奏请，尚书令奏之，下有"制曰天子答之曰可，若下某官"云云，亦曰诏书。群臣有所奏请，无尚书令奏"制"字，则答曰"已奏如书，本官下所当至"，亦曰诏。

戒书，戒敕刺史、太守及三边营官，被敕文曰"有诏敕某官"，是为戒敕也。世皆名此为策书，失之远矣。

群臣上天子之文也分为四类：一曰章、二曰奏、三曰表、四曰驳议：

章者，需头，称"稽首上书"，谢恩，陈事，诣阙通者也。

奏者，亦需头，其京师官但云"稽首下言"，"稽首以闻"；其中有所请若罪法劾案，公府送御史台，公卿校尉送谒者台也。

表者不需头，上言"臣某言"；下言"臣某诚惶诚恐，顿首顿

* "帝者"，据1957年版补。——校者注

首，死罪死罪”；左方下附曰“某官臣某甲上”。文多用编竹两行，文少以五行。诣尚书通者也。公卿校尉诸将不言姓，大夫以下有同姓官者言姓，章曰报闻，公卿使谒者将大夫以下，至吏民，尚书左丞奏闻报可，表文报已奏如书。

凡章表皆启封；其言密事，得皂囊盛。其有疑事，公卿百官会议，若台阁有所正处而独执异议者曰驳议。驳议曰“某官某议以为如是”，下言“臣愚戆议异”，其非驳议，不言“议异”，其合于上意者，文报曰“某官某甲议可”。（《四部备要》本《蔡中郎集》外集卷四）

陈忠所提示的是诏令文的文章，蔡邕所提示的是诏令文及奏议文的规程，也就是方法。章学诚谓文章出于纵横家（引见二篇二章一节）。纵横家的游说之辞，和后世的奏议书牍的性质相近。所以早期的文章，除了史传文以外，要以互相告语的诏令、奏议和书牍为最多（此就成篇幅的文章而言，至未成篇幅的散文，则最早者为占卜文字）。王充《论衡·超奇》篇云：“采掇传书以上书奏记者为文人。”文人如此，所作的文章可知。因此东汉的文体论只论及诏令文和奏议文。

至韵文方面，除了诗颂辞赋以外，要以铭诔为最早，所以论铭诔的论文，也较论其他韵文的论文在先。蔡邕作有《铭论》一篇云：

《春秋》之论铭也，曰：“天子令德，诸侯言时计功，大夫称伐。”昔肃慎纳贡，铭之楛矢：所谓“天子令德”者也。黄帝有巾几之法，孔甲有盘杅之诫，殷汤有甘誓之勒，毚鼎有丕显之铭。武王践祚，咨于大师，而作席机楹杖杂铭十有八章。周庙金人,缄口书背,铭之以慎言,亦所以劝进人主,勖于令德者也。昔召公作诰,先王赐朕鼎,出于武当曾水。吕尚作周大师,而封于齐,其功铭于昆吾之冶。汉获齐侯宝樽于槐里,获美鼎于美阳。仲山甫有补衮阙式百辟之功。《周礼》大司勋,凡有大功者铭之太常:所谓"诸侯言时计功"者也。宋大夫正考父三命兹益恭,而莫侮其国;卫孔悝之父庄叔,随难汉阳,左右献公,卫国赖之,皆铭于鼎。晋魏颗获秦杜回于辅氏,铭功于景钟:所谓"大夫称伐"者也。钟鼎礼乐之器,昭德纪功,以示子孙。物不朽者,莫不朽于金石,故碑在宗庙两阶之间。近世以来,咸铭于碑。德非此族,不在铭典。

蔡邕的论铭,和他的述诏令奏议相仿,彼述诏令奏议的规程,此论铭的制度。创作方法及文章价值,都未遑论及,虽然规程制度,也有关于创作方法。

三　桓范的各体文学方法论

至魏晋六朝的文体论,始进到多方面的研究讨论。最早的当然是曹丕的四科说。他不惟檃括古今文学,分为奏议、书论、铭诔、诗赋四科,而且论及四科的体性。曹丕以后的桓范,更很详明的阐说各体的文学方法。《隋书·经籍志·法家》载所作《世要论》十二卷,今存于《群书治要》卷四十七者十有四篇(避唐太宗讳作"政要论"),关于论文体的有《序作》、《赞象》、《铭诔》三篇。《序作》篇云:

夫著作书论者，乃欲阐弘大道，述明圣教，推演事义，尽极情类，记是贬非，以为法式，当时可行，后世可修。且古者富贵而名贱（原校：贱疑姓）废灭，不可胜记，惟篇（原校：篇疑笃）论俶傥之人，为不朽耳。夫奋名于百代之前，而流誉于千载之后，以其览之者益，闻之者有觉故也。岂徒转相放效，各作书论，浮辞谈说，而无损益哉？而世俗之人，不解作体，而务泛溢之言，不存有益之义，非也。故作者不尚其辞丽，而贵其存道也；不好其巧慧，而恶其伤义也。故夫小辩破道，狂简之徒，斐然成文，皆圣人之所疾矣。

《赞象》篇云：

夫赞象之所作，所以昭述勋德，思咏政惠，此盖《诗》颂之末流矣。……若言不足纪，事不足述，虚而为盈，亡而为有，此圣人之所疾，庶几之所耻也。

《铭诔》篇云：

夫渝世富贵，乘时要世，爵以赂至，官以贿成。……此乃绳墨之所加，流放之所弃。而门生故吏，合集财货，刊石纪功，称述勋德，高邈伊周，下陵管晏，远追豹产，近逾黄邵，势重者称美，财富者文丽。后人相踵，称以为义。外若赞善，内为己发，上下相效，竞以为荣，其流之弊，乃至于此，欺曜当时，疑误后世，罪莫大焉。（《连筠簃丛书》本）

所言确是曹丕文体说的最好的注脚。彼简此详,合而观之,可以看出文体说之历史的演进。不惟此也,观此,也可借以窥察曹丕的文体说的历史的渊源。这里所言著作书论的旨趣与方法,显然是曹丕"书论宜理"的扩大,而其所谓"阐弘大道,述明圣教"云云,又显然是承受了汉代的所谓"学"与"文学"的观念。那么曹丕所谓"书论宜理",也是受了汉代的"学"与"文学"观念的影响;而所谓"诗赋欲丽",则是受了汉代的"文"与"文章""辞赋"观念的影响。

此外,桓范说还有一个特点,就是文体的历史因素。譬如他说赞象不当"虚而为盈,亡而为有"是因为赞象"昭述勋德,思咏政惠,此盖《诗》颂之末流"。稍后的挚虞《文章流别志论》,专从文体的历史立论,未必没有受了桓范的影响。

四　傅玄的"七"论及连珠论

傅玄(217—278)对"七"及连珠,有所探讨,虽非总论文体,但是论一种文体。萧统的《文选》,以"七"为一体,后之论者,每不谓然。本来枚乘的《七发》是"说七事以启发太子"(《文选注》),"七"是"发"的限制词,不是文体的名称;其所用的文体是辞赋。但后来仿效的作品很多,也都冠一"七"字,由是附庸蔚为大国,居然成了赋体的一种;无以名之,也止好名为"七"了。傅玄的《七谟序》云:

> 昔枚乘作《七发》,而属文之士,若傅毅、刘广世、崔骃、李尤、桓麟、崔琦、刘梁、桓彬之徒,承其流而作之者纷焉,《七

激》、《七兴》、《七依》、《七款》、《七说》、《七蠲》、《七举》、《七设》之篇。于是通儒大才，马季长、张平子，亦引其源而广之。马作《七厉》，张造《七辨》，或以恢大道而导幽滞，或以黜瑰奓而托风咏，扬辉播烈垂于后世者，凡十有余篇。自大魏英贤迭作，有陈王《七启》、王氏《七释》、杨氏《七训》、刘氏《七华》、从父侍中《七诲》，并陵前而邈后，扬清风于儒林，亦数篇焉。世之贤明，多称《七激》工，余以为未尽善也。《七辨》似也，非张氏至思，比之《七激》，未为劣也。《七释》佥曰妙哉，吾无间矣。若《七依》之卓轹一致，《七辨》之缠绵精巧，《七启》之奔逸壮丽，《七释》之精密闲理，亦近代之所希也。（《全晋文》卷四十六）

前于傅玄者，曹植有《七启序》云："昔枚乘作《七发》，傅毅作《七激》，张衡作《七辨》，崔骃作《七依》，辞各美丽，余有慕之焉。"（《文选》卷三十四）但不及傅玄的详赡。傅玄也没有论到"七"的体制——本来"七"的体制也不值一论——然对历代的作品，总算有概括的批评了。

"七"是赋体之一，"连珠"是独立的文体。傅玄的《连珠序》云：

所谓连珠者，兴于汉章帝之世，班固、贾逵、傅毅三子，受诏作之，而蔡邕、张华之徒又广焉。其文体辞丽而言约，不指说事情，必假喻以达其旨，而贤者微悟，合于古诗劝兴之义。欲使历历如贯珠，易睹而可悦，故谓之连珠也。班固喻美辞壮，文章弘丽，最得其体。蔡邕似论，言质而辞碎，然其旨笃矣。贾逵儒而不艳，傅毅文而不典。（《全晋文》卷四十六）

傅玄后论连珠者有沈约作《注制旨连珠表》云：

> 窃闻连珠之作，始自子云，放易象论，动模经诰，班固谓之命世，桓谭以为绝伦。"连珠"者，盖谓辞句连续，互相发明，若珠之结排也。(《全梁文》卷二十七)

连珠的起源，傅玄以为"兴于汉章帝之世"，沈约以为"始自子云"，按刘勰《文心雕龙·杂文》篇云"扬雄肇为连珠"，任昉《文章缘起》亦称连珠扬雄作，现在还存有扬雄连珠二篇，知沈说是，傅说误。《北史·李先传》云："魏帝召先读韩子连珠二十二篇。"由是杨慎《丹铅总录》云："连珠之体，兆于韩非。"但《韩非子》中并没有连珠二十二篇。日人儿岛献吉郎谓指内、外《储说》(孙俍工译《中国韵文通论》中卷页十一)，但内、外《储说》并没有连珠的异名。所以连珠的起源，大概是"始自子云"。至连珠的名称及体制，则傅、沈所说辞异旨同，无庸诠释了。

五　陆机的十分法

曹丕只将文学分为奏议、书论、铭诔、诗赋四科，桓范也只论到序作、赞象、铭诔三种(或者不只此三种，但现在看不见了)。到陆机(261—303)的《文赋》，便进而分为十类，而且论到了十类文学的性质。他说：

> 诗缘情而绮靡，赋体物而浏亮，碑披文以相质，诔缠绵而

凄怆，铭博约而温润，箴顿挫而清壮，颂优游以彬蔚，论精微而朗畅，奏平彻以闲雅，说炜晔而谲诳。(《文选》卷十七)

《虞书》说“诗言志”，其所谓志并未说明为道之志抑情之志，晚周两汉则予以道的解释。赋本来是晚周南方民族的缘情的唯美的文学，到汉朝也给它涂上一层“讽”或“劝”的功用色彩。曹丕说“诗赋欲丽”，已经逐渐转变了；这里更干脆说“诗缘情而绮靡，赋体物而浏亮”，完全恢复到缘情的唯美的道上了。曹丕说“铭诔尚实”，桓范更极言尚实的论证；这里却是说“诔缠绵而凄怆，铭博约而温润”。桓范说赞象是“《诗》颂之末流”，所以不应当“虚而为盈，亡而为有”；这里却不管虚盈有亡的问题，而只就文论文，谓“颂优游以彬蔚”：凡此皆足以看出文学观念的转变，皆足以证明两汉不是文学的时代，魏晋以至六朝才是文学的时代呢。

六　挚虞《文章流别志论》

《晋书·挚虞传》：“虞撰《文章志》四卷，又撰古文章，类聚区分为三十卷，名曰《流别集》，各为之论。辞理惬当，为世所重。”《隋书·经籍志》著《文章流别集》四十一卷，又著《文章流别志论》二卷。既然说“类聚区分”，必然是区分文章的体类；既然说“各为之论”，必然对文章的体类，各有评论。所以锺嵘《诗品序》说：“挚虞文志，详而博赡，颇曰知言。”可惜全书已亡，现在能见到的很少了。据严可均《全晋文》卷七十七所辑录，他总论文章云：

文章者，所以宣上下之象，明人伦之叙，穷理尽性，以究万物之宜者也。

论诗颂云：

王泽流而诗作，成功臻而颂兴，德勋立而铭著，嘉美终而诔集，祝史陈辞，官箴王阙。周礼太师掌教六诗，曰风、曰赋、曰比、曰兴、曰雅、曰颂。言一国之事，系一人之本，谓之风；言天下之事，形四方之风，谓之雅；颂者，美盛德之形容；赋者，敷陈之称也；比者，喻类之言也；兴者，有感之辞也。后世之为诗者多矣，其称功德者谓之颂；其余则总谓之诗。颂，诗之美者也。古者圣帝明王，功成治定，而颂声兴；于是史录其篇，工歌其章，以奉于宗庙，告于鬼神。故颂之所美者，圣王之德也。则以为律吕，或以颂形，或以颂声，其细已甚，非古颂之意。昔班固为《安丰戴侯颂》，史岑为《出师颂》、《和熹邓后颂》，与鲁颂体意相类，而文辞之异，古今之变也。扬雄《赵充国颂》，颂而似雅，傅毅《宪宗颂》，文与《周颂》相似，而杂以风雅之意；若马融《广成》、《上林》之属，纯为今赋之体，而谓之颂，失之远矣。

论赋云：

赋者，敷陈之称，古诗之流也。古之作诗者，发乎情，止乎礼义。情之发，因辞以形之；礼义之旨，须事以明之，故有赋焉。所以假象尽辞，敷陈其志。前此为赋者，有孙卿、屈原，尚颇有古诗之意，至宋玉则多淫浮之病矣。楚辞之赋，赋之善者也。故扬子云称赋莫深于《离骚》,贾谊之作,则屈原俦也。古诗之赋,以情义为主,以事类为佐;今之赋,以事形为本,以义正为助。情义为主,则言省而文有例矣;事形为本,则言当而辞无常矣。文之烦省,辞之险易,盖由于此。夫假象过大,则与类相远;逸辞过壮,则与事相违;辩言过理,则与义相失;丽靡过美,则与情相悖:此四过者,所以背大体而害政教,是以司马迁割相如之浮说,扬雄疾辞人之赋丽以淫。

这显然有返古之意,可惜全书已佚,不然也许有非毁陆机一班人的文论之言。社会上的一切转变,往往不是直线的,而是曲线的。但所谓曲线,并不是说一返上古,乃是说有的调合今古。挚虞赞同扬雄的“疾辞人之赋丽以淫”,反对“逸辞过壮”,“辩言过理”,是返古的;说“古诗之赋,以情义为主”,“义”也是返古的;但“情”则是承受了陆机所谓“诗缘情”之说了。

挚虞为书,以“流别”命名,因为他特别注重各体文学的流别;以今语释之,就是历史的演变。他论颂提出颂的流别,论赋提出赋的流别,不用说他所提出的流别很切实际,只重流别的观念,已是文学批评的一大进步了。

就现在所知者而言,挚虞还论诗体诗乐云:

《书》云,“诗言志,歌永言”,言其志谓之诗。古有采诗之官,王者所以知得失。古之诗有三言,四言,五言,六言,七言,九言。古诗率以四言为体,而时有一句二句杂在四言之间,后世演之,遂以为篇。古诗之三言者,“振振鹭,鹭于飞”之属是也,汉郊庙歌多用之。五言者,“谁谓雀无角,何以穿我屋”之

> 属是也，于俳谐倡乐多用之。六言者，“我姑酌彼金罍”之属是也，乐府亦用之。七言者，“交交黄鸟止于桑”之属是也，于俳谐倡乐多用之。古诗之九言者，“泂酌彼行潦挹彼注兹”之属是也，不入歌谣之章，故世希为之。夫诗虽以情态为本，而以成声为节，然则雅音之韵，四言为正，其余虽备曲折之体，而非音之正也。

此所言错误实多，尤以所指为七言与九言者，明明是一读一句，却硬说只是一句。但我们须知道，这种研究，恐怕始于挚虞，椎轮为大辂之始，固不嫌其粗糙，因为精美的大辂不过只是一种演进，粗糙的椎轮才是创造。

此外他论到了枚乘的《七发》与其流别，论到了扬雄依《虞箴》所作的十二州、十二官《箴》，论到了古铭今铭，论到了诗颂箴铭与诔，论到了哀辞，论到了《解嘲》之类，论到了碑志，论到了图谶，可以类推，不一一征论了。

七　李充《翰林论》

与《文章流别志论》为姊妹书的，有李充的《翰林论》。虽以其书散亡，不得窥见其全，但就古人所称论及严可均《全晋文》所辑录而言，知道也是一部辨析文体的书。其与《文章流别志论》不同的地方，《文章流别志论》与其《文章流别集》为花开并蒂，《流别集》分流别派以罗列文章，《流别志论》论述各体文章的流别与得失。《翰林论》则是一个独生子，然而它却依照各体而“褒贬古今，斟酌利病”(《文镜秘府论》语)。又喜于每体之中,选举几首以为此体之代表作。似乎《文章流别志论》较近于历史的探讨,《翰林论》较近于美恶的批判:

或问曰:“何如斯可谓之文?”答曰:“孔文举之书,陆士衡之议,斯可谓成文矣。”

潘安仁之为文也,犹翔禽之羽毛,衣被之绡縠。

容象图而赞立,宜使辞简而义正,孔融之赞杨公,亦其义也。

表宜以远大为本,不以华藻为先,若曹子建之表,可谓成文矣;诸葛亮之表刘主,裴公之辞侍中,羊公之让开府,可谓德音矣。

驳不以华藻为先,世以傅长虞每奏驳事,为邦之司直矣。

研求名理而论难生焉,论贵于允理,不求支离,若嵇康之论文矣。

在朝辨政而议奏出,宜以远大为本。陆机议晋断(机有《晋书限断议》),亦名其美矣。

盟檄发于师旅,相如喻蜀父老,可谓德音矣。(上九条见《全晋文》卷五十三)

应休琏五言诗百数十篇,以风规治道,盖有诗人之旨焉。(见《文选》百一诗注)

扬子论秦之剧,称新之美,此乃计胜负,比其优劣之义。(见《文选·剧秦美新》注)

所谓“论贵允理”,仍是曹丕“书论宜理”之义。所谓表与驳“不以华藻为先”,仍是周秦两汉尚用之义。但提倡美,提倡文,则是魏晋尚文的新义了。

《翰林论》的另一特点,在说明各种文体的产生。如说“研求名理而论难生焉”,“在朝辨政而议奏出”。固然《毛诗序》已注意到诗的产生(详二篇一章三节),但注意到各种文体的产生,却不能不说李充是第一个;这也是文学体类研究上的一件应当特书的事。

八　左思及皇甫谧的赋论

左思作《三都赋》,除了自序以外,还有皇甫谧、挚虞、刘逵、卫权诸人的序注。挚虞的序已亡,刘逵的《注左思蜀都吴都赋序》和卫权的《左思三都赋略解序》,都没有好多意见;左思和皇甫谧的序,则是两篇很好的赋论。左序云:

> 盖诗有六义焉,其二曰赋。扬雄曰:“诗人之赋丽以则。”班固曰:“赋者,古诗之流也。”先王采焉,以观土风:见“绿竹猗猗”,则知卫地淇澳之产;见“在其版屋”,则知秦野西戎之宅;故能居屋而辨八方。然相如赋《上林》而引“卢橘夏熟”,扬雄赋《甘泉》而陈“玉树青葱”,班固赋《西都》而叹以“出比目”,张衡赋《西京》而述以“游海若”,假称珍怪,以为润色。若斯之类,匪啻于兹,考之果木,则生非其壤,校之神物,则出非其所,于辞则易为藻饰,于义则虚而无征。且夫玉卮无当,虽宝非用;侈言无验,虽丽非经。而论者莫不诋讦其研

精,作者大氐举为宪章,积习生常,有自来矣。余既思摹《二京》而赋《三都》,其山川城邑,则稽之地图;其鸟兽草木,则验之方志;风谣歌舞,各附其俗;魁梧长者,莫非其旧。(《文选》卷四)

自有辞赋以至左思,世人对于辞赋的观念,可以分为三个阶段:一、抒情唯美,二、讽谕劝戒,三、征实无虚。第一阶段的代表为西汉两司马,他们这种观念,是直接得之于辞赋与辞赋作家。第二阶段的代表为班固、王逸。由第一阶段到第二阶段的过渡人物为扬雄(详二篇三章各节)。第三阶段的代表为左思。由第二阶段到第三阶段的过渡人物为挚虞。挚虞反对"假象过大","逸辞过壮","辩言过理","丽靡过美",业已略具此种倾向了。

皇甫序也同意于左序之说:

若夫土有常产,俗有旧风,方以类聚,物以群分。而长卿之俦,过以非方之物,寄以中域,虚张异类,托有于无;祖构之士,雷同影附,流宕忘反,非一时也。

但他对于这种"虚张异类,托有于无",却给以文学的解释与原宥:

逮汉贾谊,颇节之以礼。自时厥后,缀文之士,不率典言,并务恢张,其文博诞空类。……至如相如《上林》,扬雄《甘泉》,班固《两都》,张衡《二京》,马融《广成》,王生《灵光》,初极宏侈之辞,终以约简之制,焕乎其文,蔚尔鳞集,皆近代辞赋之伟也。

在皇甫谧看来，固然不应"虚张异类，托有于无"，但辞赋原为美文，因求美的缘故，自然容易流于"虚张异类，托有于无"：

> 古人称"不歌而颂谓之赋"，然则赋也者，所以因物造端，敷宏体理，欲人不能加也。引而申之，故文必极美；触类而长之，故辞必尽丽。然则美丽之文，赋之作也。（《文选》卷四十五）

黑格尔的辩证法，其公式为一正，一反，一合。假使说过去的赋的观念是正，则左思是反，皇甫谧是合了。

《世说新语·文学》篇注引《左思别传》云："皇甫谧西州高士，挚仲治宿儒知名，非思伦匹，刘渊林、卫伯舆并早终，皆不为思赋序注也。凡诸注解皆思自为，欲重其文，故假时人姓名也。"这大概是出于忌嫉者有意的毁谤，假使真是如此，皇甫谧、挚仲治诸人，能不申辩吗？

九 颜延之所谓"咏歌之书"与"褒贬之书"

周秦两汉，诗与文不同道，到魏晋六朝，则文渐美化，和诗的性质接近，由是由诗文之分，变为文笔之分（详二章各节）。但也不是绝对的不谈诗文之分，如颜延之（384—456）的《庭诰》云：

> 观书贵要，观要贵博，博而知要，万流可一。咏歌之书，取其连类合章，比物集句，采风谣以达民志，《诗》为之祖。褒贬

之书，取其正言晦义。转制衰王，微辞岂旨（一本作气责），贻意盛圣，《春秋》为上。《易》首体备能事之渊，马陆得其象数，而失其成理；荀王举其正宗，而略其象数。四家之见，虽各为所志，总而论之，……马陆取之于物，其无恶迄可知矣。夫象数穷则太极著，人心极而神功彰。若荀王之言《易》，可谓极人心之数者也。（《全宋文》卷三十六）

又云：

荀爽云："《诗》者古之歌章，然则雅颂之乐篇全矣。"以是后之言诗者，率以歌为名。及秦勒望岱，汉祀郊宫，辞著前史者，文变之高制也。虽雅声未至，弘丽难追矣。逮李陵众作，总杂不类，元是假托。非尽陵制，至其善写，有足悲者。挚虞《文论》，足称优洽。《柏梁》以来，继作非一，所纂至七言而已，九言不见者，将由声度阐诞，不协金石。至于五言流靡，则刘桢、张华；四言侧密，则张衡、王粲；若夫陈思王，可谓兼之矣。（同上）

前者谈褒贬之书，而及于马陆荀王的言《易》，盖认为《易》也是褒贬之书；后者叙《诗》之源流，而引荀爽云，"《诗》者，古之歌章"，盖认为凡诗都是咏歌之书。然则咏歌之书，就是《诗》，褒贬之书率为文。在颜延之看来，二者的性质不同，功用亦异，未可混为一谈。而当时的文笔之辨，正是粿合诗文，颜延之当不赞同（参二章二节），可惜《庭诰》原书已佚，未由考证了。

十　萧统《文选》的分类

挚虞的《文章流别志论》和李充的《翰林论》都已散失，他们分文学为若干类，我们无从知道；但我想一定不少，不然萧统的《文选》不会毫无承袭的分为三十八类：

一赋，二诗，三骚，四七，五诏，六册，七令，八教，九文，十表，十一上书，十二启，十三弹事，十四笺，十五奏记，十六书，十七移，十八檄，十九对问，二十设论，二十一辞，二十二序，二十三颂，二十四赞，二十五符命，二十六史论，二十七史述赞，二十八论，二十九连珠，三十箴，三十一铭，三十二诔，三十三哀，三十四碑文，三十五墓志，三十六行状，三十七吊文，三十八祭文。

赋又分子类十五：

一京都，二郊祀，三耕籍，四畋猎，五纪行，六游览，七宫殿，八江海，九物色，十鸟兽，十一志，十二哀伤，十三论文，十四音乐，十五情。

诗又分子类二十三：

一补亡，二述德，三劝励，四献诗，五公宴，六祖饯，七咏史，八百一，九游仙，十招隐，十一反招隐，十二游览，十三咏怀，十四哀伤，十五赠答，十六行旅，十七军戎，十八郊庙，十九乐府，二十挽歌，二十一杂歌，二十二杂诗，二十三杂拟。

他说："凡次文之体，各以汇聚；诗赋体既不一，又以类分；类分之中，各以时代相次。"（《文选序》）不过此种划分，实在伤于琐碎，所以苏轼病其"编次无法"（《题〈文选〉》），姚鼐讥其"分体碎杂"（《古文辞类纂序目》），至章学诚更说"淆乱芜秽，不可殚诘"。但分类原是一种方便。《庄子·德充符》篇云："自其异者视之，肝胆楚越也；自其同者视之，万物皆一也。"虽似诡辩，确合事理。惟我人若因其有同点，遂混合万事万物而一之，是一种极大的不方便；因其有异点，遂将万事万物分之于无分而后止，也是一种极大的不方便。所以应当斟酌同异，区分体类。固然"《封禅》、《美新》、《典引》，皆颂也"，但"称符命以颂功德"，和其他颂功德之文不尽同，则"别类其体为符命"，有何不可！固然"汉武诏策贤良"，和"策问"有同点，但以"出于帝制，遂于策问之外，别名曰诏"（引号内皆章氏《文史通义·诗教下》语），又何不可？一种新文体的产生，有的出于创造，有的出于演变。出于创造者，突然而来，与过去的文体，显然不同；出于演变者，潜变默转，所以与过去的文体，迹象相似。就中国文学史上的文体而论，大部分是产生于演变，不是产生于创造。唯其如此，所以探索本源，则与过去的文体不分；穷究末流，则与过去的文体迥异。站在探源的立场，则无庸细分，站在穷流的立场，则不能混同，各有各的理由，各有各的利弊。所以章学诚的批评并不错误，而萧统的分类，也不当忽视。

萧统于分别体类以外，对各种文体的各别问题，也论到了一些。《文选序》云：

诗者，盖志之所之也。……颂者，所以游扬德业，褒赞成功。……次则箴兴于补阙，戒出于弼匡，论则析理精微，铭则序事清润，美终则诔发，图象则赞兴。又诏诰教令之流，表奏笺记之列，书誓符檄之品，吊祭悲哀之作，答客指事之制，三言八字之文，篇辞引序，碑碣志状，众制蜂起，源流间出。譬陶匏异器，并为入耳之娱；黼黻不同，俱为悦目之玩。作者之致，盖云备矣。

这种言论，仍然是桓范、挚虞、李充的老调。不过桓范、挚虞、李充三人的书大半亡了，他们论到的文体有多少，不得而知，就现在可以见到者而论，萧统比他三人较多点而已。

十一　旧题任昉《文章缘起》

传世有题梁任昉（460—508）撰的《文章缘起》一书，也是研究文体的。前边有类似序文的几句话云：

《六经》素有歌诗诔箴铭之类。《尚书》帝庸作歌，《毛诗》三百篇，《左传》叔向贻子产书，鲁哀公孔子诔，孔悝鼎铭，虞人箴；此等自秦汉以来，圣君贤士，沿著为文章名之始，故因暇录之，凡八十四题，以新好事者之目云尔。

八十四题如下：

> 三言诗，四言诗，五言诗，六言诗，七言诗，九言诗，赋，歌，离骚，诏，策文，表，让表，上书，书，对策，上疏，启，奏记，笺，谢恩，令，奏，驳，论，议，反骚，弹文，荐，教，封事，白事，移书，铭，箴，封禅书，赞，颂，序，引，志录，记，碑，碣，诰，誓，露布，檄，明文，乐府，对问，传，上章，解嘲，训，辞，旨，劝进，喻难，诫，吊文，告，传赞，谒文，祈文，祝文，行状，哀策，哀颂，墓志，诔，悲文，祭文，哀词，挽词，七发，离合诗，连珠，篇，歌诗，遗命，图，势，约。

每题下举出他所认为原始的作者，如说："三言诗，晋散骑常侍夏侯湛所作。四言诗，前汉楚王傅韦孟《谏楚夷王戊》诗。"《四库提要》卷一九五《诗文评类》一云：

> 今检其所列，引据颇疏。如以表与让表分为二类，骚与反骚别立两体；挽歌云起缪袭，不知《薤露》之在前；玉篇云起《凡将》，不知《苍颉》之更古；崔骃之《达旨》，即扬雄《解嘲》，而别立旨之一名；崔瑗《草书》，乃论草书之笔势，而强标势之一目：皆不足据为典要。至于谢恩曰章，《文心雕龙》载有明释，乃直以谢恩两字为文章之名，尤属未协。

其实三言也不始于夏侯湛，汉郊祀歌十九章中之《练时日》、《天马》、《华烨烨》、《五神》、《朝陇首》等章，皆通体三言。作者虽不可确考，然据《汉书·礼乐志》："至武帝定郊祀之礼，……以李延年为协律都府，多举司马相如等数十人，造为诗赋，略论律吕，以合八音之调，作十九章之歌”，知出司马相如等数十人，其时代较夏侯湛早的多得多了。《诗经》里边四言诗最多，韦孟的《谏楚夷王戊》诗就是学《诗经》的，当然不始于韦孟了。其他错误甚多，不一一列举。

《四库提要》因其“引据颇疏”，谓“疑为依托”。其实这样繁琐的分类，任昉也不是不可能的。挚虞《文章流别志论》与李充《翰林论》已亡，其分类如何不可考；萧统《文选》的分类是很繁琐的，而且也颇多可议（详上节），则同时的任昉作出繁琐可议的研究文体的书，也不算奇怪。但《隋书·经籍志》无任昉《文章缘起》，有任昉《文章始》一卷，注一“亡”字，则今本当然不是任昉之书了。《唐书·艺文志》载任昉《文章始》一卷，注曰“张绩补”。《四库提要》据宋嘉祐中人王得臣所作《麈史》，已论及《文章缘起》，与今本合，谓今本“殆张绩所补，后人误以为昉本书欤”？然陈振孙《直斋书录解题》、马端临《文献通考·经籍考》，俱载《文章缘起》一卷，陈氏云：“梁太常卿乐安任昉撰，但取秦汉以来，不及《六经》。”则首叙《六经》的序文，宋人未见，而书中所谓“赋，楚大夫宋玉所作”，“歌，荆卿作《易水》歌”，“《离骚》，楚屈原所作”，“《对问》，宋玉对楚王问”，似亦有相当问题（若以秦代表时代，以秦时各国皆属于秦时之下，则称及荆卿屈宋，亦无问题）。然则今本又不尽为张绩之旧了。

第四章　音律说(上)

一　音律说的前驱——文气说

音律的前驱是文气说。文气说的渊源,虽然可以上溯于孟子的所谓"我善养吾浩然之气",但孟子并未鲜明地以之适用于文学。以气为文学方法,似始于曹丕。他的《典论·论文》云:

> 文以气为主。气之清浊有体,不可力强而致。譬诸音乐,曲度虽均,节奏同检。至于引气不齐,巧拙有素,虽在父兄,不能以移子弟。

又云:

> 徐幹时有齐气。
> 孔融体气高妙,有过人者。

又《与吴质书》云:

> 公幹有逸气,但未道耳。(《文选》卷四十二)

此所谓气,合则为一,分则为二。“文以气为主”之“气”,及“徐幹有齐气”,“公幹有逸气”之“气”,皆指文章的气势声调而言。“气之清浊有体”,及“孔融体气高妙”之“气”则指先天的才气及体气而言。不过依曹丕的观点,文章的气势声调原于先天的才气及体气,所以说“气之清浊有体,不可力强而致”,所以仍是一而已矣。

曹丕的提倡文气,似受多方面的影响;“气”字当然来自孟子,而气用于文,文须重气,则大概由于译读佛经。本来文气说是音律说的前驱,文气也就是自然的音律(详下节)。我在一章四节曾经说:文学的讲求音律,基于“转读”“梵音”,首传经音的是曹丕的弟弟曹植,这与曹丕的首创文气说,不会绝无关系。至谓“引气不齐,巧拙有素,虽在父兄,不能以移子弟”,显然出于《庄子·天道》篇所谓“不徐不疾,得之于手而应之于心,有数存焉于其间,臣不能以喻臣之子,臣之子亦不能受之于臣”(详一篇三章十节)。

曹丕同时的刘桢,提倡“气势”,《文心雕龙·风骨》篇引他的话云:

> 孔氏卓卓,信含异气,笔墨之性,殆不可胜。

《定势》篇亦引云:

> 文之体指实强弱,使其辞已尽而势有余,天下一人耳,不可得也。

此与曹丕不同者有两点:一、曹丕重在天才,所以说“气之清浊有体,不可力强而致”。刘桢重在功力,所以说“孔氏卓卓,信含异气”，而“笔墨之性”，则“殆不可胜”。二、曹丕重在天才，故其所谓气虽然兼括文章的声调而言，但他谓文章的气势声调由于先天的才气及体气，所以重气而略于势。刘桢重在功力，故其所谓气虽兼括才气、体气而言，但他注重文章本身的气势声调，所以重气而更重势。刘勰云“公幹所谈，颇亦兼气”（《文心雕龙·定势》篇），谓之兼气，则有更重于气者。陆厥云：“刘桢奏书，大明体势之致”（详七节），则其所“大明”者，是“体势”，不是“气”。“气”最神秘，“势”便逐渐具体了。

二　文气与音律的关系

音律与文气的关系，是由于和孙人和先生的闲谈，而才引起我的注意研究的。一天同他谈到文学上的音律问题，他说音律与文气有关。这在他或者是“言者无意”，但在我却是“听者有心”。的确文气是最自然的音律，音律是最具体的文气，所以曹丕论文气，而斤斤于“气之清浊”。稍具体的音律，是“体势”，所以“刘桢奏书，大明体势之致”。不过“文气”与“体势”，虽然暗示文学上的音律，但那是最自然的，不可捉摸的音律，不是有规矩可循的音律。有规矩可循的音律说的创始者是沈约。沈约之创造音律说，固仰赖于四声的发明（详四节），但只就文学上的作用而言，则确在谋所以使有具体的文气。他的《宋书·谢灵运传论》云：

> 王褒、刘向、扬、班、崔、蔡之徒，异轨同奔，递相祖师，虽清辞丽曲，时发乎篇，而芜音累气，固亦多矣。

可见“累气”由于“芜音”，而沈约等所以提倡音律，是在谋解“累气”之弊了。惟其如此，所以沈约谓古人未睹音律之秘，陆厥便驳他说：

自魏文属论，深以清浊为言；刘桢奏书，大明体势之致。岨峿妥帖之谈，操末续颠之说，兴玄黄于律吕，比五色之相宣。苟此秘未睹，兹论为何所指耶？（引详七节）

自然沈约的音律说，不即同于曹丕的文气说与刘桢的气势说，但文气是最自然的音律，音律是最具体的文气，于此可得到证明了。

三　范晔的自然音律说

由曹丕、刘桢的文气说与气势说，到沈约、周颙等的人为的音律说，中间有一过渡的学说，就是范晔的自然音律说。二章二节曾引他的《狱中与诸甥侄书》云：

性别宫商，识清浊，斯自然也。观古今文人，多不全了此处；纵有会此者，不必从根本中来。言之皆有实证，非为空谈。

他谓“言之皆有实证，非为空谈”，似有创立具体的音律之意，但他究竟没有创立具体的音律，究竟还以为“性别宫商，识清浊，斯自然也”。又云：

> 吾于音乐，听功不及自挥。……其中体趣，言之不尽，弦外之意，虚响之音，不知所从来。（同上）

这是指的演奏的音乐，不是指的文学上的音律，但文学上的音律，实与音乐有关；音乐既是“弦外之意，虚响之音，不知所从来”，音律也不问可知了。

四 四声的发明

音律说的目的虽在使文不“累气”，但音律说的兴起则有待于四声的发明。古代是不分四声的，所以锺嵘《诗品序》云：“昔曹刘殆文章之圣，陆谢为体贰之才，锐精研思，千百年中而不闻宫商之辨，四声之论。”四声的发明，大概始于齐永明（483—493）年间。顾炎武《音论》云：

> 《南史·陆厥传》云：“永明末，盛为文章，吴兴沈约、陈郡谢朓、琅玡王融，以气类相推。汝南周颙善识声韵，沈等文皆用宫商，将平上去入为四声。以此制韵，有平头，上尾，蜂腰，鹤膝。五字之中，音韵悉异，两句之内，角徵不同，不可增减。世呼为永明体。”《周颙传》曰：“颙始著四声切韵，行于时。”《沈约传》曰：“约撰《四声谱》，以为在昔词人，累千载而不悟，而独得胸衿，穷其妙旨，自谓入神之作。武帝雅不好焉。尝问周舍曰：‘何谓四声？’舍曰：‘天子圣哲是也。’然帝竟不遵用也。”《庾肩吾传》曰：“齐永明中，王融、谢朓、沈约，文章始用

四声,以为新变;至是转拘声韵。"《陆厥传》又曰:"时有王斌者,不知何许人,著《四声论》行于时。"今考江左之文,自梁天监以前,多以去入二声同用;以后则若有界限,绝不相通:是知四声之论,起于永明,而定于梁陈之间也。(钱大昕《十驾斋养新录》卷四"四声始于齐梁"条略同)

至何以必至永明年间才能发明四声,则由于永明时的造梵呗新声,又由梵呗而推及中文。陈寅恪先生《四声三问》云:

初问曰:中国何以成立一四声之说?即何以适定为四声,而不定为五声或七声,抑或其他数之声乎?答曰:所以适定为四声,而不定为其他数之声者,以除去本易分别,自为一类之入声,复分别其余之声,为平上去三声。综合通计之,适为四声也。但其所以分别其余之声为三声者,实依据及摹拟中国当日转读佛经之三声,而中国当日转读佛经之三声,又出于印度古时声明论之三声也。据天竺围陀之《声明论》,其所谓声 Svara 者,适与中国四声之所谓声者相类似,即指声之高低言,英语所谓 Pitch Accent 者是也。围陀《声明论》依其声之高低,分别为三:一曰 Udatta,二曰 Svarita,三曰 Anuoátta。佛教输入中国,其教徒转读经典时,此三声之分别当亦随之输入。至当日佛教徒转读其经典所分别之三声,是否即与中国之平上去三声切合,今日固难详知,然二者俱依声之高下分为三阶,则相同无疑也。中国语之入声皆附有 K、P、T 等辅音之缀尾,可视为一特殊种类,而最易与其他之声分别;平上去则其声响高低相互距离之间虽有分别,但应分别之为若干数之声,殊不易定。故中国文士依据及摹拟当日转读佛经之声，分别定为平上去之三声。合入声共计之，适成四声。于是创为四声之说，并撰作声谱，借转读佛经之声调，应用于中国之美化文。此四声之说所由成立，及其所以适为四声，而不为其他数声之故也。

再问曰：四声说之成立由于中国文士依据及摹拟转读佛经之声既闻命矣。果如所言，天竺经声流行中土，历时甚久，上起魏晋，下迄隋唐，六七百年间审音文士善声沙门亦已众矣，然则无论何代何人皆可以发明四声之说，何以其说之成立，不后不先，适值南齐永明之世？而创其说者非甲非乙，又适为周颙、沈约之徒乎？

答曰：南齐武帝永明七年二月二十日，竟陵王子良大集善声沙门于京邸，造经呗新声。实为当时考文审音之一大事。在此略前之时，建康之审音文士及善声沙门讨论研究必已甚众而且精。永明七年竟陵京邸之结集，不过此新学说研究成绩之发表耳。此四声说之成立所以适值南齐永明之世，而周颙、沈约之徒又适为此新学说代表人之故也。（《清华学报》第九卷第二期）

此说极是。宋沈括《梦溪笔谈》卷十四云："音韵之学，自沈约为四声，及天竺梵学入中国，其术渐密。"虽没有详明的考订，但已感觉到四声与梵呗有关了。

五　音律在文学上的功用

文学上既因为有了文气说，希望不因"芜音"，以致"累气"；文

字上又借了转读佛经,发明了四声的区别;由是沈约等遂以四声适用于文学,发明了人为的音律说。沈约《宋书·谢灵运传论》云:

> 夫五色相宣,八音协畅,由乎玄黄律吕,各适物宜。欲使宫羽相变,低昂互节,若前有浮声,则后须切响;一简之内,音韵尽殊;两句之中,轻重悉异。妙达此旨,始可言文。

由此知四声和音律虽是周、沈诸人的共同发明,但周所致力的偏于文字上的四声,沈所致力偏于文学上的音律。所以《文镜秘府论》天卷《四声论》云:"宋末以来,始有四声之目,沈氏乃著其谱论,云起自周颙。"(实为刘善经《四声指归》,详九节)而文学上的音律,则沈约毫不推让的谓"独得胸衿"。沈约以外,要推王融。锺嵘《诗品·序》云:"齐有王元长(融字)者,尝谓余云:'宫商与二仪俱生,自古词人不知之;惟颜宪子乃云律吕音律,而其实乃大谬;惟见范晔、谢庄颇识之耳。尝欲进《知音论》,未就。'王元长创其首,谢朓、沈约扬其波。"似王融的发明音律还在沈约之前;不过他的《知音论》既未就,则沈约自然可以说是"独得胸衿"了。

沈约所谓"玄黄律吕","宫羽相变",都是以旧名名新义,我们应当研求新义,不必曲解旧名。他的新义有三:

(一)"若前有浮声,则后须切响"——大概同于《文心雕龙·声律》篇所谓"声有飞沈"。黄侃《札记》云:"飞则平清,沈则仄浊。一句纯用仄浊,或一句纯用平清,则读时亦不便,所谓'沈则响发而断,飞则声扬不还'也。"的确,平声飞而浮,仄声沈而切,所以这种解释,似合沈刘之意。

(二)"一简之内,音韵尽殊"——音指字的发声,韵指字的收声。邹汉勋《五韵论》云:"音目同纽,韵谓同类。言五字诗一句之中,非正用重言连语,不得复用同韵同音之字。"故亦即同于《文心雕龙·声律》篇所谓"双声隔字而每舛,叠韵杂句而必暌"。

(三)"十字之文,轻重悉异"——案日僧遍照金刚《文镜秘府论》南卷"论文意"类引王昌龄《诗格》以"轻清"与"重浊"对举,知轻重就是清浊(详四篇二章六节)。然则沈约的"相变""互节"的方法,不止分平仄,且分清浊。

六　甄琛沈约的讨论四声

惟其四声是从转读佛经而来,不是于古有之的,所以甄琛诋其不依古典。日僧遍照金刚的《文镜秘府论·四声论》云:

> 魏定州刺史甄思伯(琛字),一代伟人,以为沈氏《四声谱》,不依古典,妄自穿凿,乃取沈君少时文咏犯声处以诘难之。又云:"计四声为纽,则天下众声无不入纽,万声万纽,不可止为四也。"(实为刘善经《四声指归》,详九节)

又引沈约《答甄公论》云:

> 昔神农重八卦,无不纯(旁注"由"字)立四象,象无不象,但能作诗。无(?)[①]四声之患,则同诸四象。四象既立,万象生

① 原文残坏可疑,故注一"?"号。后同。

焉；四声既周，群声类焉。经典史籍，唯有五声，而无四声。然则四声之用，何伤五声也？五声者，宫商角徵羽，上下相应，则为乐声四矣；君臣民事物，五者相得，则国家治矣。作五言诗者，善用四声，则讽咏而流靡；能达八体，则陆离而华洁。明各有所施，不相妨废。昔周孔所以不论四声者，正以春为阳中，德泽不偏，即平声之象；夏(原作忧，疑误)草木茂盛，炎炽如火，即上声之象；秋霜凝木落，去根离本，即去声之象；冬天地闭藏，万物尽收，即入声之象。以其四时之中合有其义(?)，故不标出之耳。是以《中庸》云："圣人亦有所不知(原文"亦"在"所"下，据《中庸》校改)，匹夫匹妇犹有所知焉。"斯之谓也。(同上)

甄琛诋沈约的《四声谱》"不依古典"，的确如遍照金刚所说："甄公此论，恐未成变通矣。"(实为刘善经语，详九节)然沈约既自以为"独得胸衿，穷其妙旨"，"骚人以来，此秘未睹"，则对于甄琛的诋毁，不妨逆来顺受，引以为荣，而反以与古代的四时五声相附会，以现在的眼光看来，真是大可不必，而且如此便自陷于矛盾。但我们要知道，"不依古典"便犯了那时的学术道德的禁律，所以不得不与古说相附会了。

七　陆厥沈约的讨论音律

甄琛诋沈约"不依古典"，相反的陆厥又诋沈约不得谓"独得胸衿"。《与沈约书》云：

范詹事自序："性别宫商，识清浊，特能适轻重，济艰难。古今文人多不全了此处；纵有会此者，不必从根本中来。"尚书(《南齐书》作沈尚书)亦云："自灵均以来，此秘未睹；或暗与理合，匪由思至。张蔡曹王，曾无先觉；潘陆颜谢，去之弥远。大旨钧使(二字《南史》作欲)宫羽相变，低昂舛节，若前有浮声，则后须切响。一简之内，音韵尽殊，两句之中，轻重悉异。"辞既美矣，理又善焉。但观历代众贤，似不都闇此，而云"此秘未睹"，近于诬乎？案范云"不从根本中来"，尚书云"匪由思至"，斯可谓揣情谬于玄黄，擿句差其音律也。范又云"时有会此者"，尚书云"或暗与理合"，则美咏清讴，有辞章调韵者，虽有差谬，亦有会合。推此以往，可得而言。夫思有合离，前哲同所不免；文有开塞，即事不得无之。子建所以好人讥弹，士衡所以遗恨终篇。既曰遗恨，非尽美之作。理可诋诃，君子执其诋诃，便谓合理为闇，岂如指其合理，而寄诋诃为遗恨邪？自魏文属论，深以清浊为言；刘桢奏书，大明体势之致。岨峿(《南史》作龃龉)妥帖之谈，操末续颠之说，兴玄黄于律吕，比五色之相宣，苟此秘未睹，兹论为何所指耶？故愚谓前英已识宫徵，但未屈曲指的，若今论所申；至掩瑕藏疾，合少谬多，则临淄所云"人之著述，不能无病"者也。非知之而不改，谓不改则不知，斯曹陆又称"竭情多悔"，"不可力强"者也。今许以有病有悔为言，则必自知无悔无病之地；引其不了不合为闇，何独诬其一合一了之明乎？意者，亦质文时异，古今(《南史》作今古)好殊，将急其情物，而缓于章句，情物文之所急，美恶犹且相半；章句意之所缓，故合少而谬多。义兼于斯，必非不知，明矣。(**《南齐书》卷五十二《陆厥传》，《南史》卷四十八《陆厥传》**)

沈约《答书驳辩》云：

宫商之声有五，文字之别累万；以累万之繁，配五声之约，高下低昂，非思力所学(《南齐书》作举)。又非止若斯而已也(《南史》无也字)，十字之文，颠倒相配；字不过十，巧历已不能尽，何况复过于此者乎？灵均以来，未经用之于怀抱，固无从得其仿佛矣。若斯之妙，而圣人不尚何邪？此盖曲折声韵之巧，无当于训义，非圣哲立言之所急也。是以子云譬之“雕虫篆刻”，云“壮夫不为”。自古辞人，岂不知宫羽之殊，商徵之别？虽知五音之异，而其中差参变动，所昧实多，故鄙意所谓“此秘未睹”者也。以此而推，则知前世文士，便未悟此处。若以文章之音韵，同弦管之声曲，则美恶妍蚩(《南史》作媸)，不得顿相乖反。譬如子野操曲，安得忽有阐缓失调之声？以《洛神》比陈思他赋，有似异手之作。故知天机启则律吕自调，六情滞则音律顿舛也。士衡虽云：“炳若缛锦，宁有濯色，江波其中，复有一片，是卫文之服。”* 此则陆生之言，即复不尽者矣。韵与不韵，复有精粗，轮扁不能言之，老夫亦不尽辨此。(同上)

二书比而观之，陆所言者为自然的音律，所以历举曹丕的文气说和刘桢的体势说，谓：“苟此秘未睹，兹论为何所指耶？”沈所言为人为的音律，所以谓“十字之文，颠倒相配；字不过十，巧历已不

* 此句应断为：士衡虽云：“炳若缛锦，宁有濯色江波，其中复有一片是卫文之服。”——校者注

能尽，何况复过于此者乎？灵均以来，未经用于怀抱，固无从得其仿佛矣”。在一种新说的产生以前，必先有一种引子，或是暗示新说的途路，或是急切的企求新说的兴起，四声的区别，虽至永明的时候才能发明，而文学之急切的求助声韵，则为时已久，尤其是文气说兴起以后。所以陆厥谓曹刘已睹音律之秘，也不是绝无理由。但那只是自然的音律，没有“十字之文，颠倒相配”的人为的条律；而此人为的条律之创始者则确是沈约。所以沈约谓“骚人以来，此秘未睹”，“而独得胸衿，穷其妙旨”，也是对的。不过沈约虽规定“十字之文，颠倒相配”的条律，然也要不违背自然的音律，或者竟是以之切合自然的音律。所以说：“天机启则律吕自调，六情滞则音律顿舛也。”

八　一般的音律研究

音律说既兴起以后，当然有一班人来研究。《文镜秘府论》论病云：“颙、约已降，兢、融以往，声谱之论郁起，病犯之名争兴，家制格式，人谈疾累。”可见那时一班人的声病热了。可惜书阙有间，不能尽知其详。《隋书·经籍志》载：《声韵》四十一卷，周研撰；《声类》十卷，李登撰；《韵集》十卷，未注作者；《韵集》六卷，吕静撰：都是四声未发明以前的著作，当然不是研究文学上的音律之书。又载：《四声韵林》二十八卷，张谅撰；《韵集》八卷，段弘撰；《群玉典韵》七卷，注“梁有《文章音韵》二卷，王该撰，又《五音韵》五卷，亡”；《韵略》一卷，阳林之撰（《文镜秘府论》作阳休之）；《修续音韵决疑》十四卷，李槩撰；《纂韵钞》十卷，未注作者；《四声指归》一卷,刘善经撰;《四声》一卷,沈约撰;《四声韵略》十三卷,夏侯咏撰;《音谱》四卷,李槩撰;《韵英》三卷,释静洪撰。这些著作都在四声兴起以后,也在音律说兴起以后,但那几部是研究文字上的声调的,那几部是研究文学上的音律的,也不能确考,惟《文镜秘府论·四声论》称及阳休之的《韵略》,李槩的《音谱决疑》及刘善经的《四声指归》,则此三书是研究文学上的音律无疑①。刘善经的《四声指归》,俟下节详论。《秘府论》称阳休之《韵略》云:

齐仆射阳休之,当世之文匠也,乃以音有楚夏,韵有讹切,辞人代用,今古不同,遂辨其尤相涉者五十六韵,科以四声,名曰《韵略》。制作之士,咸取则焉,后生晚学,所赖多矣。

称李槩《音谱决疑》云:

齐太子舍人李节(泽案,疑为槩,否则李为季,槩字季节),知音之士,撰《音谱决疑》。其序云:"案《周礼》,凡乐圜钟为宫,黄钟为角,大簇为徵,沽(当为姑)洗为羽,商不合律,盖与宫同声也。五行则火土同位,五音则宫商同律,暗与理合,不其然乎?吕静之撰《韵集》,分取无方;王征(泽案,应作徵)之制《鸿宝》,咏歌少验。平上去入,出行间里,沈约取以和(原作咊)声之律吕相合。窃谓宫商徵羽角,即四声也,羽读如括羽

① 文学上的音律,基于文字上的声调,所以研究文学上的音律,不能不研究文字上的声调。颜之推《颜氏家训·音辞》篇云:"李季节著《音韵决疑》,时有错失;阳休之造《切韵》,殊为疏略。"可见二书也研究文字上的声调。但《秘府论》既引入《四声论》,则必也研究文学上的音律,最低必研究与文学上的音律有密切关系的四声。

> 之羽，亦之和同，以拉群音，无所不尽，岂其藏埋万古，而未改于先悟者乎？"经每见当此（疑为世）文人论四声者众矣，然以其五音配偶，多不能谐，李氏忽以《周礼》证羽商不合律，与四声相配，便恰然悬同，愚谓锺、蔡以还，斯人而已。

称阳休之《韵略》的话不过寥寥数句，不能借窥《韵略》的真相。至李槩的《音谱决疑》，就所引序文而言，其目的在证明古已有四声，与沈约《答甄公》同；不过沈约以四声附会五声，李槩则似谓羽为群音之合，不代表一音，而以宫商角徵附会四声。然又谓"商不合律，盖与宫同声，"又似以商并于宫，以缩成四音。全书已佚，未悉究竟。宫商角徵羽是古代原有的音乐上的五音，平上去入是宋齐间新发明的文字上的四声，根本没有关系。沈约论声韵，言及宫商角徵羽，是用古名，名新说。这是中国古代的通习，不惟沈约一人为然。惟以于时尊重古典，所以提倡新学术者，不能不附古以自重。《文镜秘府论》（实为《四声指归》，详九节）说："当世文人论四声者众矣，然以五音配偶，多不能谐。"知以四声附会五音，不只李槩一人了。

《文镜秘府论》所称述的论声韵之书，除上述二种及刘善经的《四声指归》以外，还有王斌的《五格四声论》，常景的《四声赞》。称王斌的《五格四声论》云：

> 略阳（泽案，眉端注一洛字，故或为洛阳）王斌撰《五格四声论》，文辞郑重，体例繁多，剖析推研，忽不能别矣。

称常景的《四声赞》云：

魏秘书常景为《四声赞》曰:"龙图写象,鸟迹摛光,辞溢流徵,气靡轻商。四声发彩,八体含章。浮景玉苑,妙响金锵。"虽章句短局,而气调清远,故知变风俗下,岂虚也哉?

此外又于《调四声谱》引元氏云:

声有五声,角徵宫商羽也;分于文字四声,平上去入也。宫商为平声,徵为上声,羽为云声,角为入声。

于此可见当时一班人之热烈的研究文学上的音律了。元氏以文字上的平上去入四声,附会音乐上的宫商角徵羽五声,其失同于沈约、李槩,论证详前,不再词费。

九　刘善经《四声指归》

刘善经是隋时人,如只重时代观念,则应俟述于隋唐的文学批评一篇。不惟刘善经,其他讲病犯的如元兢、崔融(详下章七、八两节)也应俟述于隋唐的文学批评一篇。但如此便将声病论一问题截为两橛,叙次披阅,皆不方便。这是《绪言》里说过的:就一般的文学批评而言,隋唐显与魏晋六朝不同,所以分为两期。但唐初的音律说,则传六朝衣钵,便附叙六朝的音律说后。(一篇一章十四节)

日人铃木虎雄《文镜秘府论校勘记》(储皖峰先生译本,见《文二十八种病》附录二)谓《秘府论》曾引刘善经的《四声指归》。但检读论音韵几部分未见。惟于《文笔十病得失》引："文人刘善经云：'笔之"鹤膝"，平声犯者，盖文体有力。'"虽为刘善经语，但是否出于《四声指归》不可知。函问对《秘府论》有特殊研究的储皖峰先生，复书谓："西卷（泽案，《秘府论》分天地东西南北六卷）中所引刘氏语甚多，当是刘善经语。又《文镜秘府论》之《四声论》，似是刘善经《四声指归》原文。"西卷中所引刘氏语，为研讨病犯之言，俟下章叙述。《四声论》在天卷，发端即谓"论曰"、"经案"云云；论李槩《音谱决疑》又云："经每见当世文人论四声者众矣。"审其文义，纯为作者自言，不曰刚案（《文镜秘府论》作者为遍照金刚），而曰经案，不曰刚见，而曰经见，其为刘善经原文无疑，储先生说极是（所以上节所引《秘府论·四声论》，实皆刘善经《四声指归》）。

《四声指归》所论，不外四声的历史与价值。首引陆士衡《文赋》云："其为物也多姿，其为体也屡迁，其会意也尚巧，其遣言也贵妍，暨音声之迭代，若五色之相宣。"又引云："丰约之裁，俯仰之形，因宜适变，曲有微情，或言拙而喻巧，或理朴而辞轻，或袭故而弥新，或沿浊而更清（泽案，《文赋》原文下有'或览之而必察，或研之而后精'二句），譬犹儛（泽案，《文赋》作舞）者赴节以投袂，歌者应弦而遣声。"说是："文体周流，备于兹赋矣。陆公才高价重，绝世孤出，实辞人之龟镜，固难得文名焉。至于四声条贯，无闻焉尔。"其意盖谓《文赋》"实辞人之龟镜"。但所谓"音声之迭代"，与"歌者应弦而遣声"，并不即是后来的"四声条贯"。永明以前的所谓音声，率指音乐上的宫商角徵羽，不是文字上的平上去入，所以刘氏此说是对的。但刘氏又赞成李槩《音谱决疑》的以《周礼》证羽商不合律，以五音与四声相配，说是"便恰然悬同，愚谓锺、蔡以还，斯人而已"（引详前节），便未免因附古而自相抵牾了。

刘氏的自相抵牾,正同于沈约的一方面谓四声的发明为独得之奇,一方面又以四声缘附古所谓四时,不是自身的知识上的错误,而是迫于社会的崇古,不能不托古以自重。至真正谈到四声的起源,刘氏以为不惟陆机无闻,李充《翰林论》、挚虞《文章志》,也“未曾开口”。自屈宋马扬,以至平子、敬通、武仲、孟坚、曹植、王粲、孔璋、公干、潘岳、左思、士龙、景阳之辈,也都因为不明四声,所以“其声词高下,未会当今,唇吻之间,何其滞软”?“虽师旷调律,京房改姓,伯喈之出变音,公明之察鸟语,至于此声,竟无先悟。且《诗》、《书》、《礼》、《乐》,圣人遗旨,探赜索隐,亦未之前闻。宋末以来,始有四声之目,沈氏乃著其谱论,云起自周颙。”至沈约、周颙以前,刘氏认范晔、谢庄为知声的前驱,他说:“[锺]嵘又称:‘齐有王元长者,尝谓余曰:宫商与二仪俱生,行(《诗品序》作自)古诗人不知用之,唯范晔、谢公(《诗品序》作谢庄)颇识之耳。’今读范侯赞论,谢公赋表,辞气流靡,罕有挂碍,斯盖独悟于一时,为知声之创首也。”这是如何清楚而正确的四声历史观!而既以《诗》、《书》、《礼》、《乐》,“亦未之前闻”,何能又赞成李槩的引《周礼》证羽商不合律,以附会五音?可怜亦复可笑!

论到四声的价值,他说:“夫四声者无响不到,无言不摄,总括三才,苞笼万象。”又说:“四声者,譬之轨辙,谁能行不由轨乎?纵出涉九州,巡游四海,谁能入不由户也?四声总括,义在于此。”又引刘滔云:“虽复雷霆疾响,虫鸟殊鸣,万籁争吹,八音递奏,出口入耳,触身动物,固无能越也。”这虽只是笼统的抬高四声的价值,但借此知四声在当时的地位。其实不惟在当时,后来的绝句诗、律诗、四六文、联语,都由此而生,中国文学所异于其他各国文学者,以此为最,其价值可想而知了。

第五章　音律说(下)

一　沈约八病说蠡测

沈约等所定的文学上的音律,分积极建设与消极避忌两方面。积极建设的是四声,消极避忌的是八病。四声说已述之于上,此下再述八病说。宋王应麟《困学纪闻》引《诗苑类格》载沈约云:

> 诗病有八:平头,上尾,蜂腰(泽案,《南史·陆厥传》作蠭腰),鹤膝,大韵,小韵,旁纽,正纽。惟上尾、鹤膝最忌,余病亦通。

但八病是否出于沈约,颇有人怀疑。王通《中说·天地》篇说李伯药"上陈应刘,下述沈谢,四声八病,刚柔清浊,各有端序"。阮逸注云:"四声韵起自沈约,八病未详。"纪昀《沈氏四声考》卷下云:"按齐梁诸史,休文但言四声五音,不言八病;言八病自唐人始。所列名目,惟《诗品》载蜂腰、鹤膝二名,《南史》载平头、上尾、蜂腰、鹤膝四名,其大韵、小韵、正纽、旁纽之说,王伯厚但据李淑《诗苑类格》,不知淑又何本,似乎辗转附益者。"(《畿辅丛书》本)

今案沈约《答甄公》云:“作五言诗者,善用四声,则讽咏而流靡;能达八体,则陆离而华洁。”(详上章六节)《秘府论》西卷《论病序》述及病犯的名称,有“八体,十病,六犯,三疾”,知八体即八病,沈约既言及八体,当然不是后人的“辗转附益”。不过八病虽确乎创始沈约,而沈约所谓八病究竟如何,则无从知道。《秘府论》论病类共举二十八种病,于第四“鹤膝”病下引沈约《东阳著辞》曰:“若得其会者,则唇吻流易;失其要者,则喉舌蹇难。事同暗抚失调之琴,夜行坎壈之地。”并未举出具体的条律。其他各病亦时引沈氏说(详五节),但似非沈约。知者,“鹤膝”病下引沈氏云:“人或谓鹤膝为蜂腰,蜂腰为鹤膝,疑未辨。”沈约是八病的创始者,不会有这种疑问。

沈约的八病说既无从稽考,则研究八病不能不祈灵于后人的解释。后人的解释,言人人殊,极不一致,由此知八病说虽创始于沈约,而后来之繁琐严密的格式,大概不是沈约所厘定。所以纪昀《沈氏四声考》卷下云:“宋人所说八病,微有不同,然皆不详所本,大抵以意造之也。”考《秘府论·文二十八种病》下,对八病亦有解释。作者遍照金刚,生于日本宝龟五年,当唐大历九年,公历774年,卒于日本承和二年,当唐太和九年,公历835年(据储皖峰先生校印《文二十八种病》)。离沈约比较近些,因之所言也许比较合沈约之意。据列如下:

(一)平头——“平头诗者,五言诗第一字不得与第六字同声,第二字不得与第七字同声。同声者,不得同平上去入四声。犯者名为犯平头。”(引号内为《秘府论》原文,下同)

(二)上尾——“或名土崩病。”“上尾诗者,五言诗中第五字不得与第十字同声,名为上尾。”

（三）蜂腰——“蜂腰诗者，五言诗中一句之中，第二字不得与第五字同声；言两头粗，中央细，似蜂腰也。”

（四）鹤膝——“鹤膝诗者，五言诗中第五字不得与第十五字同声；言两头细，中央粗，似鹤膝也。”

（五）大韵——“或名触绝病。”“大韵诗者，五言诗若以‘新’为韵，上九字中更不得安‘人’‘津’‘邻’‘身’‘陈’等字，既同其类，名犯大韵。”

（六）小韵——“或名伤音病。”“小韵诗者，除韵以外，而迭有相犯者，名为小韵病也。”

（七）傍纽——“亦名大纽，或名爽绝病。”“傍纽诗者，五言诗一句之中有‘月’字，更不得安‘鱼’‘元’‘阮’‘愿’等之字。此即双声，双声即犯傍纽。”

（八）正纽——“亦名小纽，或名爽切病。”“正纽者，五言诗‘壬’‘衽’‘任’‘入’四字为一纽，一句之中已有‘壬’字，更不得安‘衽’‘任’‘入’等字。如此之类，名为犯正纽之病也。”

声病说的目的，原不过欲使“宫羽相变，低昂互节”，以求声调之变化错综，俾自然的音律，益发具体而已。而此严密繁琐的格式，则有时反斫丧自然的音律。沈约固是始作俑者，但末流之弊，也不能一骨脑儿记在沈约名下；因为这种严密繁琐的格式，不见得出于沈约。

最后有须申明者，虽然沈约《答甄公》只说到“作五言诗者”，但所谓声病的适用，则不限于诗，而兼及于文，他的《宋书·谢灵运传论》，便是最好的例证。他以声病之说，批评了古往今来的文学家。批评王褒、刘向、扬、班、崔、蔡之徒的“芜音累气”，我们已征引在前（前章第二节），此外他批评魏晋作家云：

至于先士茂制，讽高历赏，子建“函京”之作，仲宣“霸岸”之篇，子荆“零雨”之章，正长“朔风”之句，并直抒胸情，非傍诗史，正以音律调韵，取高前式。

这也是以音律的观点，批评古今的作品。此所言虽率为五言诗，前所言王褒、刘向之徒，则决不限于诗，更不限于五言诗，又谓音律之说，“自骚人以来，此秘未睹”，则音律固可适用于一切文学了。所以《秘府论》所举例证，不只限于诗，而并及于辞赋铭诔以至散文。如于第一“平头”病下云：“四言、七言及诸赋颂，以第一句首字，第二句首字，不得同声，不复拘以字数次第也。如曹植《洛神赋》云‘荣曜秋菊，华茂春松’，是也。铭诔之病，一同此式。”第二“上尾病”下云：“凡诗赋之体，悉以第二句末，与第四句末以为韵。若诸杂笔不束以韵者，其第二句末即不得与第四句同声，俗呼为‘隔句上尾’，必不得犯之。如魏文帝《与吴质书》曰‘同乘共载，北游后园，舆轮徐动，宾从无声，清风夜起，悲笳微吟’，是也。”《秘府论》中又有《文笔十病得失》，按名思义，知笔亦有声病。十病的前八病就是沈约所谓八病(详九节)，益知声病之说，不专是就诗而言了。

二　《文镜秘府论》所列文二十八病

自沈约创立四声八病以后，研究声病者，真如雨后春笋般的层出不穷。《秘府论序》云：

沈侯、刘善之后，王、皎、崔、元之前，盛谈四声，争吐病犯，黄卷溢箧，缃帙满车。

又前章八节曾引论病类云：

> 颙、约已降，兢、融以往，声谱之论郁起，病犯之名争兴，家制格式，人谈疾累。

序所称王、皎、崔、元，乃举其姓，论病所称颙、约、兢、融，则举其名。王盖指著《诗格》的王昌龄（详四篇二章五至七节），皎盖指著《诗式》、《诗议》的皎然（同上八至九节，皎非姓），颙指周颐，约指沈约，崔、元与兢、融合观，知盖指著《诗格》的元兢（详七节）、著《唐朝新定诗格》的崔融（详八节）。至沈侯当然亦即沈约，刘善则为刘善经。

《秘府论·论病序》谓病犯的研究有八体十病六犯三疾诸称，《秘府论》总为"文二十八种病"。"文二十八种病"下所引的解说甚多，标明为某人之说者，俟下分述；其余大概也是齐梁至隋唐时人之说。八病已详前节，兹列九至二十八病于下：

（九）水浑——"谓第一与第六之犯也。"

（十）火灭——"谓第二与第七之犯也。"案《秘府论·病目》"平头"下注云："或一六之犯名水浑病，二七之犯名火灭病。"是二病仍即平头病。又遍照金刚尝以《秘府论》"虽要而又玄，而披诵稍难记"，"更抄其要合口上者"，为《文笔眼心抄》。《眼心抄》不列二病，以木枯为第九病，金缺为第十病，大概也是因为二病仍即平头病，故不复列。

（十一）木枯——"谓第三与第八之犯也。"

（十二）金缺——"谓第四与第九之犯也。"

（十三）阙偶——"谓八对皆无，言靡配属由言匹偶，因以名焉。"《眼心抄》作"谓八对皆无言靡配是"。《秘府论》、《眼心抄》

皆引或曰:“诗上引事,下引事以对之;若一缺偶对者,是名缺偶。”案王昌龄《诗中密旨》云:“缺偶病,诗中上句引事,下句空言也。”与或说合。

(十四)繁说——“谓一文再论,繁词寡义。或名相类,或曰疣赘。”《病目》“繁说”下注云:“或名疣赘,崔名相类。”崔即崔融。

(十五)龃龉——“一句之内,除第一字及第五字,其中三字,有二字相连同上去入是。若犯上声,其病重于鹤膝。此例文人以为秘密,莫肯传授。”《病目》注云:“或名不调。”

(十六)丛聚——“如上句有云,下句有霞,抑是常;次句复有风,下句复有月(原无月字,据下文校增),云霞风月,俱是气象,相次丛聚,是为病也。”《病目》注云:“或名丛木。”《密旨》云:“丛木病,诗句皆有木物也。”

(十七)忌讳——“其中意义有涉于国家之忌是也。”《病目》注云:“或名避忌之例。”

(十八)形迹——“于其义相形嫌疑而成。”

(十九)傍突——“句中意旨傍有所突触。”

(二十)翻语——“正(正字原无,据《眼心抄》增)言是佳词,反语则深累是也。”

(二十一)长撷腰——“每句第三字撷上下两字之腰,故曰撷腰;若无解镫相间,则是长撷腰病也。”《病目》注:“或名束。”

(二十二)长解镫——“第一第二字意相连,第三第四字意相连,第五单一字成其意,是解镫;不与长撷腰病相间,是长解镫病。”《病目》注:“或名散。”

(二十三)支离——《秘府论》、《眼心抄》皆无释,《密旨》云:“支离病,五字之法(泽案,疑为诗)切须对也,不可遍枯。”

（二十四）相滥——“谓一首诗中再度用事，一对之内反复重论，文繁意叠，故曰相滥。”注云：“或名繁说。”

（二十五）落节——“凡诗咏春即取春之物色，咏秋即序秋之事情，或咏今人，或赋古帝；至于杂篇咏古，皆须得其深趣，不可失意义。假令黄花未吐，已咏芬芳；青叶未抽，逆言蓊郁；或专心咏月，翻寄琴声；或一（原无一字，以意增）意论秋，杂陈春事；或无酒而言有酒，无音而言有音；并是落节。”

（二十六）杂乱——“凡诗发首诚难，落句不易，或有制者，应作诗头，勒为诗尾，应可施后，翻使居前，故曰杂乱。”

（二十七）文赘——注云：“或名涉俗病。”

（二十八）相反——“谓词理别举是也。”《密旨》云：“诗中两句相反失其理也。”

（二十九）相重——“谓意义重叠是也。”《密旨》云：“诗意并物色重叠也。”

（三十）骈拇——“所谓两句中道物无差，名曰骈拇。”

题为文二十八种病，所论述的却是三十种病。案《病目》题九曰水浑，十曰火灭，九曰木枯，十曰金缺，《眼心抄》又无水浑、木枯二病，大概因为水浑、火灭本是合为平头病，全列就成为三十病，核实则只是二十八种病。又相滥下注云“或名繁说”，则如依或说相滥就是繁说，二十八种病又剩了二十七种病了。

三　王斌的病犯说

二十八种病之鲜明的引标为某人之说者有王斌，刘滔，沈氏，刘善经,元兢,崔融六人。

王斌盖即作《五格四声论》的洛阳王斌。《南史》卷四十八《陆厥传》云:“时有王斌者,不知何许人,著《四声论》行于时。”可见与陆厥、沈约同时。《南史》卷二十二有王彬,仕齐梁,与此盖非一人。《秘府论》引王斌说二则:

(一)蜂腰及鹤膝——“王斌五字制鹤膝,十五字制蜂腰,并随执用。”案蜂腰病的普通说法是第二字不得与第五字同声,鹤膝病的普通说法是第五字不得与十五字同声。王斌之意,盖亦同此。

(二)傍纽——王斌云:“若能回转,即应言‘奇琴’‘精酒’‘风表’‘月外’,此即可得免纽之病也。”盖谓“奇琴”“精酒”“风表”“月外”虽是双声,但以二字连为一词,所以得免纽病。正如《秘府论》所谓:“凡安双声,惟不得隔字,若‘踟蹰’‘踯躅’‘萧瑟’‘流连’之辈,两字一处,于理即通,不在病限。”

四　刘滔的病犯说

刘滔不知何许人;刘善经《四声指归》曾引其说(见前章九节),当在刘善经前。梁有刘绍,《梁书》卷四十九《刘昭传》云:“子绍,字言明,亦好学,通三《礼》。大同中为尚书祠部郎,寻去职,不复仕。”不知是否一人?(此与前节王彬,皆刘盼遂先生告知。)《秘府论》引刘滔说三则:

(一)上尾——刘滔云:“下句之末,文章之韵,手笔之枢要,在文不可夺韵,在笔不可夺声。且笔之两句,比文之一句,文事三句之内,笔事六句之中。第二,第四,第六,此六句之末,不宜相犯,此即是也。”案此指“隔句上尾”。《秘府论》于引刘滔说前谓:“凡诗赋之体,悉以第二句末与第四句末以为韵端;若诸杂笔不束以韵者,其第二句末即不得与第四句同声,俗呼为‘隔句上尾’,必不得犯之。”

(二)蜂腰——刘滔云:“为其同分句之末也。”案意谓五言诗之前二字为一短句,后三字为一短句,故第二字与第五字“同分句之末”,不宜同声。

刘滔又云:“四声之中,入声最少,余声有两,总归一入。如征整政只,遮者柘只,是也。平声赊缓,有用处最多,参彼三声,殆为大半。且五言之内,非两则三。如班婕妤诗云,‘常恐秋节至,凉风集炎热’,此其常也。亦得用一用四,若四,平声无居第四,如古诗云‘连城高且长’,是也。用一多在第二(原作四,据《文笔十病得失》引改),如古诗云‘九州不足步’,谓居其要也。然用全句平上可为上句,取固无全用(泽案,疑有误),如古诗云‘迢迢牵牛星’。亦并不用,如古诗云,‘脉脉不得语’。此则不相废也。犹如丹素成章,盐梅致味,宫羽调节,炎凉御节,相参而和矣。”由此知刘滔虽谓第二字、第五字“同分句之末”,不宜同声,但也可以不拘此限。

(三)傍纽及正纽——“刘滔以双声为正纽;其傍纽者若五字中已有‘任’字,其四字不得复用‘锦’‘禁’‘急’‘饮’‘荫’‘邑’等字,以其一纽之中有‘金’‘音’等字,与‘任’同韵故也。”刘滔云:“重字之有关关,叠韵之有窈窕,双声之有参差,并兴于《风》,如《诗》矣。”案,刘滔说与众不同者有二点:一,傍纽、正纽相反。二,正纽病——即他所谓傍纽病,众率释为一句中不得用一组四声各字,他则谓不但不得用一组四声各字,而且不得用同韵的他组四声各字,真是严酷极了。

五　沈氏的病犯说

此所称沈氏，盖非沈约，前已言之(详一节)。《秘府论》引沈氏说六则：

(一)平头——或曰："沈氏云，'第一第二字不宜与第六第七同声；若参差用之，则可以矣。'谓第一与第七，第二与第六同声，如'秋月''白云'之类。即高晏诗曰：'秋月照绿波，白云隐星汉。'此即于理无嫌也。"

(二)上尾——沈氏亦云："上尾者，文章之尤病，自开辟迄今，多惧不免，悲夫。若第五与第十故为韵者，不拘此限。即古诗云：'四座具莫喧，愿听歌一言。'此其常也，不为病累。其手笔第一句末，犯第二句末，最须避之。如孔文举《与族弟书》云'同源派流，人易世疏，越在异域，情爱分隔'，是也。"

(三)蜂腰——沈氏云："五言诗之中，分为两句，上二下三，凡至句末，并须要杀，即其义也。"案《秘府论》于引沈氏说前，引刘氏云："蜂腰者，五言诗第二字不得与第五字同声。古诗曰'闻君爱我甘，窃独自雕饰'，是也。"谓"此是一句之中上尾"。则沈氏盖略同于刘滔，谓五言诗之前二字为一短句，后三字为一短句，"并须要杀"，所以不得同声。

(四)鹤膝及蜂腰——沈氏云："人或谓鹤膝为蜂腰，蜂腰为鹤膝，疑未辨。"

(五)小纽——"凡安双声(声字原脱)，唯不得隔字，若'踟蹰''踯躅''萧瑟''流连'之辈，两字一处，于理即通，不在病限。沈氏谓此为小纽。"又引刘氏说傍纽云："沈氏所谓'风表''月外''奇琴'

‘精酒’是也。”（详下节）小纽本是正纽异名，但沈氏同于刘滔，正傍相反，所以他所谓小纽，却就是普通所谓傍纽。至他的解说，大概同于王斌，主张一句中的隔字双声是病，不隔字双声不是病。如“风表”“月外”“奇琴”“精酒”是双声，但两字一处，所以“不在病限”。

（六）大纽——“如王彪之《登治城楼》诗云：‘俯观陋室，宇宙六合，譬如四壁。’即譬（此字原脱）与壁是也。沈氏亦云（云疑衍）以此条谓之大纽。”大纽本是傍纽异名，但他所谓大纽，却即是普通所谓正纽。

六　刘善经的病犯说

储皖峰先生谓《秘府论·论病类》所引刘氏盖即刘善经（见前章九节）。考《秘府论》所引诸人的病犯说，自王斌，刘滔，沈氏以至刘氏，都不出于沈约所谓八病；元兢固亦讨论八病，而亦讨论八病以外的其他病犯；至崔融则仅论其他病犯，无一字论及八病。八病原出沈约，其他病犯乃后儒所陆续增添；八病都是“声”病，其他病犯则有的是“形”病“义”病。沈氏的年代不可知，王斌、刘滔皆是隋以前人，元兢及崔融则是唐人，就病犯的历史转变而言，刘氏当是唐以前人，谓为刘善经，极为合理。又《秘府论序》提到刘善经，也可为刘氏即指刘善经的证明。《秘府论》引其病犯说六则：

（一）蜂腰——刘氏曰：“蜂腰者，五言诗第二字不得与第五字同声。古诗云‘闻君爱我甘，窃独自雕饰’，是也。”

（二）鹤膝——刘氏曰：“鹤膝者，五言诗第五字不得与第十五字同声。即古诗曰‘客从远方来，遗我一书札，上言长相思，下言久离别’,是也。”

(三)大韵——刘氏曰:“大韵者,五言诗若以‘新’为韵,即一韵内不得复用‘人’‘津’‘邻’‘亲’等字。若一句内犯者,曹植诗云,‘泾渭扬浊清’,即‘泾’‘清’是也。十字内犯者,古诗云‘良无磐石固,虚名复可益’,即‘石’‘益’是也。”

(四)小韵——刘氏曰:“小韵者,五言诗十字中,除本韵以外,自相犯者,若已有‘梅’,更不得复用‘开’‘来’‘才’‘台’等字。五字内犯者,曹植诗云,‘皇佐扬天惠’,即‘皇’‘扬’是也。十字内犯者,陆士衡拟古歌云‘嘉树生朝阳,凝霜封其条’,即‘阳’‘霜’是也。若故为叠韵,两字一处,于理得通,如‘飘飖’‘窈窕’‘徘徊’‘固流’之等,不是病限。若相隔越,即不得耳。”

(五)傍纽——刘氏曰:“傍纽者,即双声是也。譬(原作避,误)如一韵中已有‘任’字,即不得复用‘忍’‘辱’‘柔’‘蠕’‘仁’‘让’‘尒’‘日’之类,沈氏所谓‘风表’‘月外’‘奇(原脱)琴’‘精酒’是也。”

(六)正纽——刘氏曰:“正纽者,凡四声为一纽,如‘任’‘荏’‘衽’‘入’,五言诗一韵中已有‘任’字,即九字中不得复有‘荏’‘衽’‘入’等字。古诗云‘旷野莽茫茫’,即‘莽’与‘茫’是也。凡诸文笔,皆须避之。若犯此声,即龃龉不可读耳。”

七　元兢的病犯说

《秘府论》尝于引元氏说后,接着又引元兢说,似非一人?但审其旨趣,颇相类似,又似是一人?元兢就是元思敬。知者,《新唐书·艺文志》“文史类”著元兢《古今诗人秀句》二卷，“总集类”著元思敬《诗人秀句》二卷，似一书重见，元兢、元思敬亦即是一人。《旧唐书·文苑传上》：“元思敬者，总章中为协律郎，预修《芳林要览》，又撰《诗人秀句》两卷传于世。”益知元兢、元思敬是一人（此系储皖峰先生告知）。大概兢是名，思敬是字。《新唐志》“文史类”又载所作《宋约诗格》一卷，《宋志》“文史类”只作《诗格》，《秘府论》及《日本见在书目》又载所作《诗髓脑》（《见在书目》谓一卷，《秘府论》未载卷数），不知是否一书？《秘府论·论病类》引元兢说十则：

（一）大韵——元氏曰：“此病不足累，文如能避者弥佳；若五字要切，于文调畅不可移者，不须避之。”

（二）小韵——元氏曰：“此病轻于大韵，近代咸不以为累文。”

（三）傍纽病——元氏曰：“傍纽者，一韵之内有隔字双声也。”元兢曰：“此病更轻于小韵，文人无以为意者。又若不隔字而是双声，非病也，如‘清切’‘从就’之类是也。”

（四）正纽——元氏曰：“正纽者，一韵之内，有一字四声，分为两处是也。如梁简文帝诗云：‘轻霞落暮锦，流火散秋金。’‘金’‘锦’‘禁’‘急’是一字之四声，今分为两处，是犯正纽也。”元兢曰：“此病轻重与傍纽相类，近代咸不以为累，但知之而已。”

（五）龃龉——元兢曰：“平声不成病，上去入是重病。文人悟之者少，故此病无其名。兢案《文赋》云‘或龃龉而不安’，因以此病名为龃龉之病焉。”

（六）丛聚——元兢曰：“盖略举气象为例，触类而长，庶物则同。上十字已有‘鸾’对‘凤’，下十字不宜更有‘凫’对‘鹤’，上十字已有‘桂’对‘松’，下十字不宜更有用‘桐’对‘柳’，俱是丛聚之病。此又悟之者鲜矣。”

(七)忌讳——元兢云:"此病或犯,虽有周公之才,不足观也。又如咏雨诗称'乱声',沂水诗云'逆流',此类者是也。"

(八)形迹——元兢曰:"文中例极多,不可轻下语也。"案《秘府论》:"形迹病者,于其义相形嫌疑而成。如曹子建诗云:'壮哉帝王居,佳丽殊百城。'即如近代诗人,惟得云'丽城',亦云'佳丽城',若单用'佳城',即如滕公'佳城',为形迹病也。"

(九)傍突——元兢曰:"此与忌讳同,执笔者咸宜戒之,不可辄犯也。"案《秘府论》引周彦伦诗云:'二亩不足情,三冬我已毕。'谓"'二亩'涉其亲,宁可云不足情也?"

(十)长撷腰及长解镫——元兢曰:"撷腰、解镫并非病,文中自宜有之;不间则为病。然解镫须与撷腰相间,则屡迁其体,不可得句相间,但时然之。近文人篇中有然,相间者偶然耳。然悟之而为诗者,不亦尽善者乎!"案《秘府论》于"长撷腰"病下引上官仪诗曰:"曙色随行漏,早吹入繁笳。旗文萦桂叶,骑景拂桃华。碧潭写春照,青山笼雪花。"谓:"上句'随',次句'入',次句'萦',次句'拂',次句'写',次句'笼',皆单字撷其腰,于中无有解镫者,故曰长撷腰也。"又于"长解镫"病下引上官仪诗曰:"池牖风月清,闲居游客情,兰泛樽中色,松吟弦上声。"谓:"'池''牖'二字意相连,'风''月'二字意相连,'清'一字成四字之意,以下三句皆无有撷腰相间,故曰长解镫之病也。"

八　崔融的病犯说

《秘府论·论病类》引及崔氏之说。崔氏疑为崔融。《论对类》

又引及崔氏《唐朝新定诗格》（详四篇一章六节），也疑即崔融所著。《新唐书》卷一百十四本传云："融为文华婉，当时未有辈者，朝廷大手笔，多敕委之。其《洛出宝图颂》尤工。撰《武后哀册》最高丽，绝笔而死，时谓思苦神竭云。"是崔融为华婉典丽的文人，所以作《唐朝新定诗格》，研讨病犯。《论病类》共引六则：

（一）繁说——崔氏曰："'从风似飞絮，照日类繁英，拂岩如写镜，封林若耀琼。'此四句相次一体，不异似、类、如、若，是其病。"案《病目》"繁说"下注云："崔名相类。"

（二）不调——崔氏曰："是名不调。不调者，谓五字内除第一字第五字，余三字用上去入声相次者，平声非病限。此是巨病（原作废，误），古今才子多不晓。如'晨风惊叠树，晓月落危峰'（原注，"月"次"落"同入声）。如'雾生极野碧，日下远山红'（原注，"下"次"远"同上声）。如'定惑关门吏，终悲塞上翁'（原注，'塞'次'上'同去声）。"按不调即龃龉，《病目》"龃龉"下注云："或名不调。"

（三）丛木——"崔氏名丛木病。即引诗云：'庭梢桂林树，檐度苍梧云，棹唱喧难辨，樵歌近易闻。''桂''梧''棹''樵'俱是木，即是病也。"案丛木即丛聚，《病目》"丛聚"下注云："或名丛木。"

（四）形迹——崔氏曰："'佳山''佳城'非（泽案，非疑为皆）为形迹坟埏，不可用。又如'侵天''干天'是谓天与树木等，犯者为形迹。他皆效此。"案《病目》"形迹"下注云，"崔同"，则《秘府论》的释形迹病为"于其义相形嫌疑而成"，盖采用崔氏说。

（五）翻语——崔氏曰："'伐鼓'反语'腐骨'，是病。"案《病目》"翻语"下注云"崔同"，则《秘府论》的释翻语病为"正言是佳语，反语则深累是也"，盖采用崔氏说。其所列例诗为鲍明远"鸡鸣关吏起,伐鼓早通晨",当亦引自崔氏。又案"伐鼓"反为"腐","鼓伐"反为"骨",所以"伐鼓"翻语是"腐骨"。

(六)相滥病——崔氏云:"相滥者,谓'形体''途道''沟淖''淖泥''巷陌''树木''枝条''山河''水石''冠帽''裯衣',如此之等,名曰相滥。上句用'山',下句用'河',上句有'形',下句安'体',上句有'木',下句安'条',如此参差,乃为善焉。若两字一处,自是犯焉,非关诗处。"案《病目》"相滥"下注云,"崔同",则《秘府论》的释相滥为"一首诗中再度用事,一对之内反复重论,文繁意叠,故名相滥",盖采用崔氏说。

王斌、崔融等六人以外,还引有上官仪、皎然的病犯说。"龃龉病"下引上官仪云:"犯上声是斩刑,去入亦绞刑。如曹子建诗云'公子敬爱客','敬'与'爱'是其中三字,其二字相连同去声是也。"忌讳病下云:"皎公名曰避忌之例。诗云:'何况双飞龙,羽翼纵当乖。'又'吾兄既凤翔,王子亦龙飞。'"只言片语,不值特叙。此外引或云或曰者甚多,不惟其人无考,而且不能确定出于几人,故皆从略。

九　佚名的《文笔式》——《文笔十病得失》

《秘府论》西卷《论病类》除了《文二十八种病》以外,还有《文笔十病得失》,疑出作者姓名已佚的《文笔式》。"蜂腰"下引《文笔式》云:"制作之道,惟笔与文。文者,诗赋铭颂箴赞吊(原误作即)诔是也;笔者,诏策移檄章奏书启是也。即而言之,韵者为文,非韵者为笔。文以两句而会(原作而以两句文会),笔以四句而成。文系于韵，两句而会，取于谐合也；笔不取韵，四句而成，主于变通也（原作住也变通）。故笔之四句，比（原作此）文之二句，验之文笔，率皆如此也。体即不同，病时有异。其文之犯避，皆准于前，假令文有四言、六言、七言等，亦随其句字，准前勘其声病，足悟（原作睽）之矣。”显然是《文笔十病》的总纲，也就是《文笔式》的小序，而《文笔十病得失》，当然原出《文笔式》无疑了。

所谓十病就是沈约八病外，益以“隔句上尾”和“沓发”二病。八病的解说，和前据《秘府论》所列者（详二节）全同，兹不复赘，止述隔句上尾和沓发于下：

（一）隔句上尾——《文二十八种病》“上尾”下曾提到隔句上尾（详四节），似隔句上尾是上尾的一种，不能独为一病，就是《文笔十病得失》中也没有将隔句上尾特列为一病。但一则去此只余九病。二则“傍纽”下云：“笔有上尾，鹤膝，隔句上尾，沓发四病，词人所常避也（中坏十余字）*。束皙表云：‘薄冰凝池，非登庙之珍。’‘池’与‘珍’同平声，是其上尾也。左思《三都赋序》云：‘魁梧长者，莫非其旧，风谣歌舞，各附其俗。’‘者’与‘舞’同上声，是隔句上尾者，第二句末与第四句末同声也。如鲍昭《鹤□**河清颂序》云：‘善谈天者，必征象于人，工言古者，必考绩于今。’‘人’与‘今’同声是也。但笔之四句，比（原作此）文之二句，故虽隔句，犹称上尾，亦以次避，第四句不得与第六句同声，第六句不得与第八句同声也。”知所谓十病，实以隔句上尾独为一病。同时何谓隔句上尾，也由此得到解释了。

---

* 此处1957年版补入“其上尾鹤膝与前不殊”。——校者注

** 1957年版删去“鹤□”二字。——校者注

(二)沓发——“沓发者,第四句与第八句末同声是也。”“上尾”下称为踏发,言“又有踏发声,第四句末与第八句末,不得同声。”《文二十八种病》亦曾言及,称为蹹发声。其“鹤膝”下云:“又今世笔体,第四句末不得与第八句末同声,俗呼为蹹发声(蹹原作逾,而眉端注蹹字)。譬如机关,蹹尾而头发,以其轩轾不平故也。若不犯此病,谓之鹿卢声,即是不朽之成式耳。”

《文笔十病得失》与《文二十八种病》的异点,就是彼虽亦论及笔,但以文为主,此则文笔并重。但如前所引,谓“笔有上尾,鹤膝,隔句上尾,沓发四声”,似四病最为重要,其余六病,或者较为轻微,亦未可知。

又《秘府论》地卷《八阶类》下注云“《文笔式》略同”,知《文笔式》除论十病外,还论八阶,即一咏物阶,二赠物阶,三述志阶,四写心阶,五返训阶,六赞毁阶,七援寡阶,八和诗阶,据名可以知义,无庸述释。虽与病犯无涉,以其亦出《文笔式》,姑附于此。

第六章 创作论

一 自庄子至曹丕的天才说

在第一篇第三章第十节,我们曾引《庄子·天道》篇载轮扁自述斫轮的甘苦说:“臣之斫轮,徐则甘而不固,疾则苦而不入,不徐不疾,得之于手而应之于心……有数存焉于其间;臣不能喻臣之子,臣之子亦不能受之于臣。”这自然是重视天才,藐视方法。儒家的孟子,对方法似乎比较重视,他说:“大匠诲人必以规矩,学者亦必以规矩。”(《告子》篇)不过他又说:“梓匠轮舆,能与人规矩,不能使人巧。”“大匠不为拙工改废绳墨,羿不为拙射变其彀率;君子引而不发,跃如也,中道而立,能者从之。”(《尽心》篇)则道艺的成败利钝,孟子也是侧重天才的。

到了汉朝,对于创作辞赋,司马相如的方法是“赋心”,扬雄的方法是“赋神”(详二篇三章三节)。“赋心”和“赋神”都是玄之又玄的神秘的方法,一个人之能否领略与应用,仍要存乎其人,所以仍是尊重天才的。

汉末魏初的首屈一指的文学批评家曹丕,关于这,似乎是承受了道家的影响。他说“文以气为主”。只就“气”字而言,当然是由孟子的“养气”而来。但孟子的“气”是由养得来，曹丕的“气”则是“清浊有体，不可力强而致”的。他设了一个最妙的比喻说：“譬诸音乐，曲度虽均，节度同检。至于引气不齐，巧拙有素，虽在父兄，不能以移子弟。”（详四章一节）这便与《庄子·天道》篇的说法相近了。在《庄子·天道》篇还没有明说道艺的创造，全靠天才；这里便显言“清浊有体，不可力强而致”。又说文可分为奏议、书论、铭诔、诗赋四科，“此四科不同，故能之者偏也；惟通才能备其体”（详三章一节）。可以说是旗帜鲜明的“天才创造说”了。

二　陆机的文学方法论与文学应感说

由曹丕的“文气说”，到刘桢的“体势说”，大概是比较的走向文学方法的路上了。可惜其说已佚，不能详考（详四章一节）。就现在所知者而论，陆机实在是提出较周详的方法的第一人。他的《文赋》，说的概括一点，便是专为提示文学方法而作。他自序作《文赋》的动机与目的云：

余每观才士之所作，窃有以得其用心。夫放言遣辞，良多变矣，妍蚩好恶，可得而言。每自属文，尤见其情。恒患意不称物，文不逮意。盖非知之难，能之难也。故作《文赋》，以述先士之盛藻。因论作文之利害所由，他日殆可谓曲尽其妙。至于操斧伐柯，虽取则不远，若夫随手之变，良难以辞逮，盖所能言者，具于此云。

他先论构思云：

其始也，皆收视反听，耽思傍讯，精骛八极，心游万仞。其致也，情曈昽而弥鲜，物昭晰而互进，倾群言之沥液，漱六艺之芳润，浮天渊以安流，濯下泉而潜浸。于是沈辞怫悦，若游鱼衔钩而出重渊之深；浮藻联翩，若翰鸟缨缴而坠曾云之峻。收百世之阙文，采千载之遗韵；谢朝华于已披，启夕秀于未振；观古今于须臾，抚四海于一瞬。

再论修辞云：

然后选义按部，考辞就班，抱景者咸叩，怀响者毕弹。或因枝以振叶，或沿波而讨源，或本隐以之显，或求易而得难，或虎变而兽扰，或龙见而鸟澜，或妥帖而易施，或岨峿而不安。罄澄心以凝思，眇众虑而为言，笼天地于形内，挫万物于笔端，始踯躅于燥吻，终流离于濡翰。理扶质以立干，文垂条而结繁。信情貌之不差，故每变而在颜，思涉乐其必笑，方言哀而已叹。或操觚以率尔，或含毫而邈然。

他以为文学方法之最重要者，自然是构思与修辞，而“其为物也多姿，其为体也屡迁”，所以也不能不“达变而识次”，所以于普通的构思与修辞以外，又提出许许多多的“达变而识次”的方法：

或仰逼于先条，或俯侵于后章，或辞害而理比，或言顺而义妨，离之则双美，合之则两伤。考殿最于锱铢，定去留于毫芒，苟诠衡之所裁，固应绳其必当。

或文繁理富，而意不指适，极无两致，尽不可益。立片言而居要，乃一篇之警策。虽众辞之有条，必待兹而效绩。亮功多而累寡，故取足而不易。

或藻思绮合，清丽芊眠；炳若缛绣，凄若繁弦；必所拟之不殊，乃暗合乎曩篇；虽杼轴于予怀，怵他人之我先；苟伤廉而愆义，亦虽爱而必捐。

或苕发颖竖，离众绝致；形不可逐，响难为系；块孤立而特峙，非常音之所纬；心牢落而无偶，意徘徊而不能揥；石韫玉而山辉，水怀珠而川媚，彼榛楛之勿剪，亦蒙荣于集翠；缀下里于白雪，吾亦济夫所伟。

或托言于短韵，对穷迹而孤兴；俯寂寞而无友，仰寥廓而莫承；譬偏弦之独张，含清唱而靡应。

或寄辞于瘁音，言徒靡而弗华；混妍蚩而成体，累良质而为瑕；象下管之偏疾，故虽应而不和。

或遗理以存异，徒寻虚以逐微；言寡情而鲜爱，辞浮漂而不归；犹弦么而徽急，故虽和而不悲。

或奔放以谐合，务嘈囋而妖冶；徒悦目而偶俗，固高声而曲下；寤防露与桑间，又虽悲而不雅。

或清虚以婉约，每除烦而去滥；阙大羹之遗味，同朱弦之清汜；虽一唱而三叹，固既雅而不艳。

不过陆机虽然讲了这样多的文学方法，而一篇文学之能以成功最好的作品，他仍然承认有方法以上的妙谛：

若夫丰约之裁，俯仰之形，因宜适变，曲有微情，或言拙而喻巧，或理朴而辞轻，或袭故而弥新，或沿浊而更清，或览之而必察，或研之而后精。譬犹舞者赴节以投袂，歌者应弦而遣声。是盖轮扁所不得言，故亦非华说之所能精。

不惟此也，他以为只恃文学方法是不够的，还要利用文学应感。有了文学应感才可以创作好的文学；没有文学应感，尽管绞尽脑浆，也没有好的作品产生：

若夫应感之会，通塞之纪，来不可遏，去不可止，藏若景灭，行犹响起，方天机之骏利，夫何纷而不理？思风发于胸臆，言泉流于唇齿，纷葳蕤以馺遝，唯毫素之所拟，文徽徽以溢目，音泠泠而盈耳。及其六情底滞，志往神留，兀若枯木，豁若涸流，揽营魂以探赜，顿精爽于自求，理翳翳而愈伏，思乙乙其若抽。是以或竭情而多悔，或率意而寡尤，虽兹物之在我，非余力之所戮。故时抚空怀而自惋，吾未识夫开塞之所由。（《文选》卷十七）

我在《中国文学史类编》里曾说：中国文学到建安才至自觉时代。建安以前，杂文学一方面，不是“以立意为宗，不以能文为本”的哲理文，就是“方之篇翰，亦已不同”的史传文（引号内《文选序》语）。至于纯文学呢，小说、戏剧尚在胎育时期，还没有呱呱坠地，当然谈不到自觉。诗歌一方面，完全在天籁的时期，是人生的呼声，不是为诗歌而作。只有辞赋，比较有点自觉的倾向。唯其如此，所以才产生了司马相如的“赋心”与扬雄的“赋神”的方法论。而其他文学，既没有自觉的树立了独立地位，自然也没有产生方法论的可能与需要(以前也有近似文学方法的言论,但那不是为文学而设的)。至建安时代,由文学的自觉而树立了文学的地位,使它成功一种独立的事业,所以稍后的陆机遂能感觉到创作方法的重要,而提出了文学方法与文学应感说。

三　葛洪的天才与方法并重说

陆机只是感觉到创作方法的重要,到葛洪便反对无方法的天然说。《抱朴子》外篇《辞义》篇引或曰:"乾坤方圆,非规矩之功;三辰摛景,非莹磨之力;春华粲焕,非渐染之采;茝蕙芬馥,非容气所假;知夫至真贵乎天然也。"葛洪答云:

> 清音贵于雅韵克谐,著作珍乎判微析理。故八音形器异而钟律同,黼黻文物殊而五色均。徒以闲涩有主宾,妍蚩有步骤,是则总章无常曲,大庖无定味。(《平津馆丛书》本卷四十)

不过葛洪虽然反对无方法的天然说,但也不承认任何人都会运用方法;运用方法仍须天才:

> 夫梓豫山积,非班匠不能成机巧;众书无限,非英才不能收膏腴。
>
> 夫才有清浊,思有修短,虽并属文,参差万品,或浩瀁而不渊潭,或得事情而辞钝,违物理而言功,盖偏长之一致,非兼通之才也。

曹丕虽然奠定了文学的地位,但对于创作,采取天才说,所以创作方法的提出,实是陆机的功绩。但创作之需要天才也需要方法,正如车之两轮,缺一不可,以故在曹丕、陆机以后的葛洪遂惩于曹丕与陆机的偏而不全,而尊重天才,也重视方法。

唯其"才有清浊,思有修短",所以葛洪在《辞义》篇又云:

> 属笔之家,亦各有病:其深者,则患乎譬烦言冗,申诫广喻,欲弃而惜,不觉成烦也。其浅者,则患乎妍而无据,证援不给,皮肤鲜泽,而骨鲠迥弱也。

重方法大概是受了陆机的影响,重天才,且谓"属笔之家,亦各有病",则大概是受了曹丕的影响。但他调和二者之间,而采一种并重的办法,亦遂成功自己的学说了。

四　颜延年及其他雕章琢句的学说

此后创作的趋势,率皆雕琢章句,调弄音律。调弄音律之说,已另章论述(四、五两章);雕琢章句,是六朝作家的共同趋向,至鲜明的主张此种学说者,是张眎、颜延年和王微。萧子显《南齐书·文学传论》云:

> 张眎摛句褒贬,颜延图写情兴。

锺嵘《诗品序》云:

王微鸿宝,密而无裁;颜延论文,精而难晓。

不过王微鸿宝,早已亡佚,张眎的学说,也无从考见。鸿宝的“密而无裁”,是不是对字句下工夫,我们不敢妄断;张眎的“擿句褒贬”,自然没有问题的在齗齗的考究字句。颜延年的《庭诰》,今存六则,时有论文之言。萧子显所谓“颜延图写情兴”是否指此,我们也不敢妄断;但总是指的颜延年,而颜延年便是注意章句的。他在《庭诰》里虽然说:“选言务一,不尚烦繁。”但又云:

咏歌之书,取其连类合章,比物集句。

而他自己的诗歌,又是“尚巧似,体裁绮密,情喻渊深,动无虚散,一句一字,皆致意焉。”(《诗品》语)汤惠休说他的诗“如错采镂金”(引见《诗品》)。鲍照也说“如铺锦列绣,雕缋满眼”(引见《南史》卷三十四《颜延之传》)。则所谓“选言务一,不尚烦繁”者,不是就章句而言,是就一篇的主旨而言。他又说:“观书贵要,观要贵博;博而知要,万流可一。”其所谓“一”,盖略同于曾国藩《复陈右铭书》所谓“一篇之内,端绪不宜繁多”(《曾文正公全集·书札》卷三十二)。而“连类合章,比物集句”,才是他对章句的主张呢。

五 萧子显的变化说

这种寻虚逐微的文学与文学方法占据了几十年的创作界与批评界,物极而返,到了梁朝的萧子显遂提出变化说。他于《南齐书·文学传论》云：

> 属文之道，事出神思，感召无象，变化不穷。俱五声之音响，而出言异句；等万物之情状，而下笔殊形。

又云：

> 习玩为理，事久则渎。在乎文章，弥患凡旧；若无新变，不能代雄。

变化从何而来，他以为不外“才”与“学”：

> 若夫委自天机，参之史传，应思悱来，勿先构聚，言尚易了，文憎过意，吐石含金，滋润婉切，杂以风谣，轻唇利吻，不雅不俗，独中胸怀。轮扁斫轮，言之未尽；文人谈士，罕或兼工。非惟识有不周，道实相妨。谈家所习，理胜其辞，就此求文，终然翳夺，故兼之者鲜矣。

的确，只是因袭，不能有独特的文学，所以必须变化。这是极平常的道理，但每被人忽略的原因，由于文学标准有二：一是时代标准，一是历史标准。时代标准取决于当时的一般人的眼光，一般人的眼光每偏于因袭，因此产生一种摹仿说，以为只要会摹仿，就可以成功文学家。历史标准取决于有无独特价值，有独特价值的历史不能泯灭，只是摹仿的则每被淘汰。所以从历史看来，“若无新变，不能代雄”。萧子显是历史家，所以提出变化说。

第七章 鉴赏论

一 魏晋以前的鉴赏论

战国时候，庄子曾在《人间世》篇托为仲尼告颜渊云：

> 一若志，无听之以耳，而听之以心；无听之以心，而听之以气。耳止于听（原作“听止于耳”，依俞樾校改），心止于符，气也者虚而待物者也。唯道集虚，虚者心齐（古斋字）也。

自然庄子是就接待人物而言，不是就鉴赏文艺而言，但接待人物既要“心齐”，则假若鉴赏文艺也当然要“心齐”。“心齐”是“虚而待物”，也就是普通所谓“虚心”，所以说“虚者心齐也”。

“虚心”的反面是“师心”。庄子在同篇托为颜渊向孔子陈述，谓拟以“与天为徒”，“与人为徒”，及“与古为徒”的三种方法，接待人物。孔子说：“止是耳矣，夫胡可以及化？犹师心者也。”实则心本来是虚的，本来无可“师”，由虚而至于有可“师”，那不多全由于客观的陶铸。客观的陶铸不同，所以一时代有一时代的“师心”的鉴赏，一个人有一个人的“师心”的鉴赏，一切的鉴赏错误，大半都由此而生。

庄子所主张的“心齐”，和所反对的“师心”，都是鉴赏的态度，不是鉴赏的方法（如说是方法的话，便是反方法的方法），这是因为庄子是反对方法的（详一篇三章十节），所以不谈方法。谈方法的有如孟子云：“诐辞知其所蔽，淫辞知其所陷，邪辞知其所离，遁辞知其所穷。”（详一篇三章四节）《易·系辞下》云：“将叛者其辞惭，中心疑者其辞枝，吉人之辞寡，躁人之辞多，诬善之人其辞游，失其守者其辞屈。”（同上六节）虽是就言辞而言，不是就文学而言，但文学本来出于言辞，所以鉴赏言辞的方法，后来便每用以鉴赏文学。

到西汉初年的陆贾，在《新语·术事》篇云：

> 俗以为自古而传之者为重，以今之作者为轻，淡于所见，甘于所闻。

指出一般人的鉴赏批评，每宥于重古轻今的观念。这种观念的陶铸，大半基于战国的托古和汉代的泥古（详二篇四章七节）。依据这种观念的鉴赏批评，便是一种“师心”的鉴赏批评；“师心”的鉴赏批评，当然容易陷于误谬。陆贾的指出这种错误观念，还不是专对鉴赏批评文学而发，可是到了桓谭、王充，便特别指出鉴赏文学、批评文学的不当“崇古卑今”、“贵远贱近”（同上）。到了魏晋六朝的讨论鉴赏文学、批评文学的，更对此推阐尽致。

二 曹丕所言鉴赏之蔽与曹植所言鉴赏之难

汉末魏初的文学批评，要以曹氏兄弟的成功为最大，因之关于鉴赏论亦以曹氏兄弟之言论为最有价值。以创作言，植胜于丕；以批评言，则丕胜于植。曹丕的《典论·论文》，开始了文气说、文体论及文学方法之多方面的研究；对于鉴赏，也论到了。他说：

常人贵远贱近，向声背实；又患暗于自见，谓己为贤。

“贵远贱近”的错误观念之指出，仍是继承了陆贾、桓谭、王充的见解；至“暗于自见，谓己为贤”的错误之指出，则是曹丕的创获了。关于这，他又详细的申说道：

夫文人相轻，自古而然。傅毅之于班固，伯仲之间耳，而固小之，《与弟超书》曰：“武仲以能属文为兰台令史，下笔不能自休。”夫人善于自见，而文非一体，鲜能备善；是以各以所长，相轻所短。里语曰：“家有敝帚，享之千金。”不自见之患也。（《文选》卷五十二）

彼言“暗于自见”，此又言“善于自见”；彼谓暗于自见其短，此谓善于自见其长。至于补救的方法，曹丕以为“君子审己以度人，故能免于斯累”。

曹丕的弟弟曹植，在文学批评方面自逊兄一筹；但只就鉴赏论而言，则弟亦不弱。《与杨德祖书》云：

世人之著述，不能无病。仆常好人讥弹其文，有不善者应时改定。昔丁敬礼尝作小文，使仆润饰之。仆自以才不能过若人，辞不为也。敬礼云：“卿何所疑难乎？文之佳恶，吾自得

> 之,后世谁相知定吾文者邪?”吾尝叹此达言,以为美谈。昔尼父之文辞,与人通流;至于制《春秋》,游夏之徒不能错一辞;过此而言不病者,吾未之见也。盖有南威之容,乃可以论于淑媛;有龙渊之利,乃可以议于割断。刘季绪才不能逮于作者,而好诋诃文章,掎摭利病。昔田巴毁五帝,罪三王,呰五伯于稷下,一旦而服千人;鲁连一说,使终身杜口。刘生之辩,未若田氏;今之仲连,求之不难,可无叹息乎!人各有所好尚。兰茝荪蕙之芳,众人之所好,而海畔有逐臭之夫;咸池六英之发,众所共乐,而墨翟有非之之论,岂可同哉?(《文选》卷四十二)

又《与吴季重书》云:

> 夫文章之难,非独今也,古之君子,犹亦病诸。家有千里骥而不珍焉;人怀盈尺,和氏无贵矣。(同上)

曹植以一代文宗,而反以“文章憎命”,郁郁不得志,所以一方面叹无知音者的鉴赏,一方面又厌恶浅薄者的妄肆批评,而鉴赏的资格与鉴赏的意义,却借此吐露了。

三　葛洪的鉴赏论

曹氏兄弟的鉴赏论,还是很零碎的见解,到葛洪便有了系统的知识了。葛洪的鉴赏论,可分为三部分:

(一)鉴赏的能力——曹植所谓“有南威之容,乃可以论于淑媛;有龙渊之利,乃可以议于割断”,已开始鉴赏能力的研讨。葛洪对于这个问题,更有详赡的论列。《抱朴子》外篇卷三十二《尚博》篇云:

> 百家之言,虽有步起,皆出硕儒之思,成才士之手;方之古人,不必悉减也。或有汪涉玄旷,合契作者,内辟不测之深源,外播不匮之远流,其所祖宗也高,其所紬绎也妙,变化不系滞于规矩之方圆,旁通不凝阂于一涂之逼促。是以偏嗜酸咸者,莫能知其味;用思有限者,不能得其神也。夫应龙徐举,顾眄凌云,汗血缓步,呼吸千里;而蝼蚁怪其无阶而高致,驽蹇患其过己之不渐也。若夫驰骤于诗论之中,周旋于传记之间,而以常情览巨异,以褊量测无涯,以至粗求至精,以甚浅揣甚深,虽始自髫龀,讫于振素,犹不得也。夫赏其快者,必誉之以好;而不得晓者,必毁之以恶,自然之理也。于是以其所不解者为虚诞,慺(原注:力侯切教敬也)诚以为尔,未必违情以伤物也。

一种道理或一件艺术之能使你感觉兴趣,必要你对他有相当的了解能力。假使丝毫不能了解,必不会感觉兴趣;因之由淡漠而厌弃,由厌弃而“毁之以恶”了。所谓“世有伯乐然后有千里马”,不是没有伯乐而千里马不能有时空的存在,乃是没有伯乐而千里马不能有意识的存在。所以我们要批评一种道理或一件艺术,了解是先决问题(参一篇一章二节)。假使不能了解,自然无从鉴赏好恶,更谈不到批评了。

(二)主观的爱憎——《尚博》篇所说的“偏嗜酸咸者,莫能知其味”,已透露主观爱憎之与鉴赏的关系。此义,又于卷四十《辞义》篇云：

> 五味舛而并甘，众色乖而皆丽。近人之情，爱同憎异，贵乎合己，贱于殊途。夫文章之体，尤难详赏。苟以入耳为佳适心为快，鲜知忘味之九成，雅颂之风流也。所谓考盐梅之酸咸，不知大羹之丕致；明飘飘之细巧，蔽于沉深之弘邃也。其英异宏逸者，则网罗乎玄黄之表；其拘束龌龊者，则羁绁于笼罩之内。振翅有利钝，则翔集有高卑；骋迹有迟迅，则进趋有远近。驽锐不可（孙星衍云：此下有脱文）胶柱调也。文贵丰赡，何必称善如一口乎？

这是说文学的美好，正在各有各的文辞，各有各的风格，鉴赏者不应当以各人的爱憎为好坏，应当以超然的态度等视的眼光，来鉴赏各种文学，批评各种文学。

（三）客观的宥蔽——陆贾说的"重古轻今"，桓谭说的"凡人贱近而贵远"，王充说的"俗好珍古，不贵今"，曹丕说的"常人贵远贱近"，都是指因时间的宥蔽而生的鉴赏错误（曹说比较有空间意味）。葛洪继之，不惟更详明的指出这因时间的宥蔽而生的鉴赏错误，且又指出因空间的宥蔽而生的鉴赏错误。关于前者，于《尚博》篇云：

> 世俗率神贵古昔，而黩贱同时。虽有追风之骏，犹谓之不及造父之所御也；虽有连城之珍，犹谓之不及楚人之所泣也；虽有疑断之剑，犹谓之不及欧冶之所铸也；虽有起死之药，犹谓之不及和鹊之所合也；虽有超群之人，犹谓之不及竹帛之所

载也；虽有益世之书，犹谓之不及前代之遗文也。是以仲尼不见重于当时，太玄见蚩薄于比肩也。俗士多云：今山不及古山之高，今海不及古海之广，今日不及古日之热，今月不及古月之朗，何肯许今之才士，不减古之枯骨？重所闻，轻所见，非一世之患矣。昔之破琴剿弦者，谅有以而然乎？

关于后者，于卷三十九《广譬》篇云：

贵远而贱近者，常人之用情也；信耳而疑目者，古今之所患也。是以秦王叹息于韩非之书，而想其为人；汉武慷慨于相如之文，而恨不同时。及既得之，终不能拔，或纳谗而诛之，或放之乎冗散：此盖叶公之好伪形，见真龙而失色也。

桓谭所谓“凡人贱近而贵远”，无疑的是就时间而言；曹丕所谓“常人贵远贱近”与“向声背实”并言，似乎有兼就空间而言的味道；葛洪此说，举秦王之对韩非，汉武之对相如为例，显见是就空间而言了。

第八章　论文专家之刘勰

一　刘勰以前的文学批评家

汉代的扬雄的《法言·吾子》篇，桓谭的《新论·道赋》篇，王充的《论衡·超奇》、《书解》、《对作》等篇，都可以算做文学批评的专篇论文。但《道赋》篇已佚，究竟如何，我们无从知道；《吾子》篇和《超奇》、《书解》、《对作》等篇，虽然是文学批评，但也含有哲学批评。这与汉代的文学概念的广泛，有极深的相互关系。

《宋书·大且渠蒙逊传》载"茂虔撰《文检》六卷"，侯康于《补后汉书艺文志》卷四说"似是后汉人撰"。钱大昭的《补续汉书艺文志》又载有崔瑗的《南阳文学官志》。但这两部书现在也都散亡了，是不是文学批评书，无从判断；按名思义，或者是文章总集吧。

《文检》与《南阳文学官志》既不是文学批评书，《吾子》、《超奇》等篇又含有哲学批评，以故汉代不惟没有文学批评的专书，也没有纯粹的文学批评的专篇论文。纯粹的文学批评的专篇论文始于魏而盛于晋，文学批评的专书则始于晋而盛于梁。萧子显《南齐书·文学传论》云：

若子桓之品藻人才，仲治之区判文体，陆机辨于《文赋》，李充论于《翰林》，张眎擿句褒贬，颜延图写情兴：各任怀抱，共为权衡。

刘勰《文心雕龙·序志》篇云：

详观近代之论文者多矣：至如魏文述《典》，陈思序《书》（按指《与杨德祖书》），应场《文论》（按指《文质论》），陆机《文赋》，仲治《流别》，弘范《翰林》，各照隅隙，鲜观衢路。或臧否当时之才，或诠品前修之文，或泛举雅俗之旨，或撮题篇章之意，魏《典》密而不周，陈《书》辩而无当，应《论》华而疏略，陆《赋》巧而碎乱，《流别》精而少巧（《梁书》作功），《翰林》浅而寡要。又君山、公幹之徒，吉甫、士龙之辈，泛议文意，往往间出，并未能振业以寻根，观澜而索源，不述先哲之诰，无益后生之虑（**《三味堂》黄注纪评本卷十，又《梁书》卷五十《文学》下《刘勰传》**）。

锺嵘《诗品序》云：

陆机《文赋》，通而无贬，李充《翰林》，疏而不切，王微《鸿宝》，密而无裁；颜延《论文》，精而难晓；挚虞《文志》，详而博赡，颇曰知言。观斯数家，皆就谈文体，而不显优劣。至于谢客集诗，逢诗辄取；张骘《文士》，逢文即书；诸英志录，并义在文，曾无品第。

不过在这些作品中，如曹丕的《典论·论文》，曹植的《与杨德祖书》，应玚的《文质论》，陆机的《文赋》，可以算是单篇论文，不能算是文学批评的专书。《典论·论文》和《文赋》之在文学批评史上自有不可泯灭的价值，但曹丕和陆机之在创作方面的成就更远过于他俩的批评，因之我们与其称他俩为文学批评家，无宁称他俩为文学作家。自然文学批评与文学创作有关，但伟大的文学批评家却不必是文学作家。陆机的《文赋》只是述说自己的作文经验，完全是文学家的口吻，不是文学批评家的口吻。曹丕的《典论·论文》在使文学家"审己以度人"，庶几可以"相服"，不致"相轻"，也和以文学批评为职志者不同。

曹植更是公认的文学作家，不是文学批评家。他的《与杨德祖书》云："世人之著述，不能无病。仆尝好人讥弹其文，有不善者应时改定。"似乎很有尊重批评的精神。但又叹美丁敬礼的谓"文之佳恶，吾自得之"。其自言亦曰："有南威之容，乃可以论于淑媛；有龙渊之利，乃可以议于割断。"（详七章二节）固是讨论鉴赏批评的资格，同时也是否认鉴赏批评的独立，更当然是作家的口吻，不是批评家的口吻。

应玚的《文质论》（见《艺文类聚》卷二十一），是政治的（或者说是文化的），不是文学的，刘勰说"华而疏略"，或者就是指其疏略于文学吧。

张眎的言论，今已只字无存，其"擿句褒贬"，是否文学批评专著不可知；王微《鸿宝》已佚，颜延之《庭诰》是家训，不过其中也有文学批评罢了。

《谢客集诗》，显然是诗总集，《隋志》总集类正著谢灵运的《诗英》九卷。

张骘《文士》，是一部文学家传，隋、唐《志》都有著录（《隋志》误作张隐）。魏晋六朝时代的文学家很多，因之文学家传记书也很发达。隋、唐《志》俱著有挚虞《文章志》四卷，傅亮《续文章志》二卷，宋明帝《晋江左文章志》二卷，沈约《宋世文章志》二卷，《玉海》著有邱渊之《文章录》及《别集录》，丘灵鞠《江左文章录序》。文学家传中虽也许有文学批评，但不能视为文学批评专书。

至"君山、公幹之徒，吉甫、士龙之辈"既是"泛议文意"，更当然不是文学批评专家，没有文学批评专书。君山是桓谭字，他的《新论》往往"泛议文意"，详二篇四章三节。公幹是刘桢字，他的"泛议文意"，详本篇四章一节。吉甫是应贞字，他的"泛议文意"不可考。士龙是陆云字，他的《与兄平原书》，往往"泛议文意"。如云："往日论文，先辞而后情，尚絜（据《文心雕龙·定势》篇引当作势）而不取悦泽。尝忆兄道张公父子论文实欲自得，今日便欲宗其言也。兄文章之高远绝异，不可复称言。然犹皆欲微多，但清新相接，不以此为病耳。若复令小省，恐其妙欲不见可复称极，不审兄由以为尔不？"零零碎碎，无关宏旨。

《诗品》卷下评陆厥云："观厥文纬，具识丈夫之情状，自制未优，非文之失也。"似陆厥作有《文纬》一书，但久已亡佚，是否文学批评专书不可考。唐释皎然《诗式》中序云："早岁曾见沈约《品藻》，惠休《翰林》，庾信《诗箴》。"（又见福琳《唐湖州杼山皎然传》）但不见三人本传及《隋书·经籍志》，又不见南北朝人征述，疑出唐人伪托。

由此看来，除了后人伪托的书籍以外，没有一部可以称为文学批评专书；可以称为文学批评专书的只有挚虞的《文章流别志论》和李充的《翰林论》。不过这两部书的重点似乎都只在辨析文体

(详三章六,七两节),没有论到文学的各方面,不能算是成功的、伟大的文学批评专书;因之作者挚虞和李充也不能算是成功的、伟大的文学批评专家。成功的、伟大的文学批评专家只有刘勰和锺嵘。章学诚《文史通义·诗话》篇云:

> 《诗品》之于论诗,视《文心雕龙》之于论文,皆专门名家,勒为专书之初祖也。《文心》体大而虑周,《诗品》思深而意远;盖《文心》笼罩群言,而《诗品》深从六艺溯流别也。论诗论文而知溯流别,则可以探源经籍而进窥天地之纯,古人之大体矣。此意非后世诗话家流所能喻也。

论诗论文似乎不一定要"从六艺溯流别",更不必"进窥天地之纯",但谓《文心》、《诗品》"皆专门名家,勒为专书之初祖",则并非过誉,虽然他俩的"勒为专书",受以前的论诗论文的许多提示。

二　作《文心雕龙》的动机

刘勰字彦和,东莞莒人。《梁书》和《南史》都入《文学传》。他的仕宦大都在梁朝,但作《文心雕龙》的时候,则在齐朝,所以《时序》篇称"皇齐驭宝"。齐朝的文坛情形,萧子显《南齐书·文学传论》云:

> 今之文学,作者虽众,总而为论,略有三体:一则启心闲绎,托辞华旷,虽存巧绮,终致迂回,宜登公宴,本非准的,而

疏慢阐缓，膏肓之病，典正可采，酷不入情。……次则缉事比类，非对不发，博物可嘉，职成拘制；或全借古语，用申今情，崎岖牵引，直为偶说，唯睹事例，顿失精采。……次则发唱惊挺，操调险急，雕藻淫艳，倾炫心魂，亦犹五色之有红紫，八音之有郑卫。

锺嵘《诗品序》亦云：

颜延、谢庄，尤为繁密，于时化之，故大明泰始中，文章殆同书抄。近任昉、王元长等，词不贵奇，竞须新事，尔来作者，寖以成俗。遂乃句无虚语，语无虚字，拘挛补衲，蠹文已甚。

又云：

齐有王元长者，尝谓余云："宫商与二仪俱生，自古词人不知之；惟颜宪子乃云律吕音调，而其实大谬；唯见范晔、谢庄颇识之耳。尝欲进《知音论》，未就。"王元长创其首，谢朓、沈约扬其波。三贤或贵公子孙，幼有文辩，于是士流景慕，务为精密；襞积细微，专相陵架，故使文多拘忌，伤其真美。

这时的文学，讲辞藻，讲事类，讲对偶，讲声病，……可以说是最无内容，最不自然的时代。所以隋朝的李谔说，"江左齐梁……遂复遗理存异，寻虚逐微，竞一韵之奇，争一字之巧。连篇累牍，不出月露之形；积案盈箱，惟是风云之状。"（详四篇六章二节）这种情形，刘勰深致不满。《定势》篇云：

> 自近代辞人,率好诡巧。(卷六)

《物色》篇云:

> 自近代以来,文贵形似,窥情风景之上,钻貌草木之中,吟咏所发,志惟深远;体物为妙,功在密附。(卷十)

创作界的创作既这样的令人不满,批评界的批评又"未能振业以寻根,观澜而索源,不述先哲之诰,无益后生之虑"。所以刘勰要作《文心雕龙》。《序志》篇云:

> 唯文章之用,实经典枝条。五礼资之以成,六典因之致用,君臣所以炳焕,军国所以昭明,详其本源,莫非经典。而去圣久远,文体解散;辞人爱奇,言贵浮诡;饰羽尚画,文绣鞶帨;离本弥甚,将遂讹滥。盖《周书》论辞,贵乎体要;尼父陈训,恶乎异端。辞训之异,宜体于要。于是搦笔和墨,乃始论文。(卷十)

梁绳祎先生作《文学批评家刘彦和评传》,谓:刘勰作《文心雕龙》的动机,由于"名山事业"一念的驱使(见郑振铎先生编《中国文学研究》下册)。是的,刘勰于《序志》篇云:"宇宙绵邈,黎献纷杂;拔萃出类,智术而已。岁月飘忽,性灵不居;腾声飞实,制作而已。"但可以"制作"的方面很多,何必独作"论文"。所以"名山事业"的动念,只可以说是他努力"制作"的原因,不能说是制作《文心雕龙》的动机;制作《文心雕龙》的动机,实是因为不满意于当时的创作与批评。

三　几个主要的文学观

刘勰既因为不满意于当时的创作而制作《文心雕龙》，所以他的文学观都是反时代的：

（一）原道的文学——他为矫正当时的“淫艳”的风气，所以提倡原道的文学。《文心雕龙》起始三篇是《原道》、《征圣》、《宗经》。梁绳祎先生《文学批评家刘彦和评传》云：“这是他托古改制的一种诡计。”又云：“本来刘彦和很可以自由发表他的主张，不必借什么圣什么经来做招牌；但他因为增加他言论的效力，所以取了这种陈仓暗渡的办法。”这话我有点不敢苟同。刘勰所提倡的抒情的文学，并不是指的性爱之情，但那时的文学却已偏向性爱一方面。圣经上的道是矫正偏于性爱的淫艳文的利器，反时代的文学批评家刘勰之在那时提倡“征圣”“宗经”的原道文学，是当然的，无所用其对他回护曲解，而说是“托古改制的一种诡计”。《原道》篇云：

> 爰自风姓，暨于孔氏，玄圣创典，素王述训，莫不原道心以敷章，研神理而设教。……故知道沿圣以垂文，圣因文而明道。（卷一）

道不可见，可见者惟明道之圣，所以欲求见道，必需征圣，所以又作《征圣》篇云：

> 征之周孔，则文有师矣。（卷一）

又云：

是以子政论文，必征于圣；稚圭劝学，必宗于经。……征圣立言，则文其庶矣。

圣人往矣，其人不可征，惟有征沿圣以垂之文，所以又作《宗经》篇云：

三极彝训，其书言经。经也者，恒久之至道，不刊之鸿教也。故象天地，效鬼神，参物序，制人纪，洞性灵之奥区，极文章之骨髓者也。（卷一）

欲使宗经说有更好的根据，所以谓各体的文学都源出于经：

论说辞序，则《易》统其首；诏策章奏，则《书》发其源；赋颂歌赞，则《诗》立其本；铭诔箴祝，则《礼》发其端；纪传盟（原作铭，依唐写本改）檄，则《春秋》为根，并穷高以树表，极远以启疆，所以百家腾跃，终入环内者也。（同上）

又谓宗经对于文学有“六义”的好处：

文能宗经，体有六义：一则情深而不诡，二则风清而不杂，三则事信而不诞，四则义直而不回，五则体约而不华，六则文丽而不淫。（同上）

宗经真能如此吗？这我不敢说，不过刘勰所以“原道”“征圣”“宗经”的原因，是在矫正当时文学的艳侈流弊，谓：“建言修辞，鲜克宗经，是以楚艳汉侈，流弊不还，正末归本，不其懿欤？”（同上）艳侈是否应当矫正，是另一问题；假使要矫正的话，“原道”“征圣”“宗经”确是很好的方法。所以刘勰之主张原道的文学，是无庸奇异的，刘勰以后，创作方面虽仍走着艳侈淫靡的故道；批评方面，若裴子野、梁元帝之流，都已趋向原道学说了。

（二）抒情的文学——他为矫正当时的“窥情风景之上，钻貌草木之中”的风气，提倡抒情的文学。《情采》篇云：

> 夫铅黛所以饰容，而盼倩生于淑姿；文采所以饰言，而辩丽本于情性。故情者文之经，辞者理之纬；经正而后纬成，理定而后辞畅：此立文之源也。（卷七）

又云：

> 昔诗人什篇，为情而造文；辞人赋颂，为文而造情。何以明其然？盖风雅之兴，志思蓄愤，而吟咏情性，以讽其上，此为情而造文也。诸子之徒，心非郁陶，苟驰夸饰，鬻声钓世，此为文而造情者也。故为情者要约而写真，为文者淫丽而烦滥。而后之作者，采滥忽真，远弃风雅，近师辞赋，故体情之制日疏，逐文之篇愈盛。故有志深轩冕，而泛咏皋壤；心缠几务，而虚述人外；真宰弗存，翩其反矣。夫桃李不言而成蹊，有实存也；男子树兰而不芳，无其情也。夫以草木之微，依情待实；况乎文章，述志为本，言与志反，文岂足征？

在文学史上，晋末宋齐，是以隐逸遁世的态度描写自然的景物的时期（详拙撰《中国诗歌史》第七章《宋齐之自然诗歌》）。这种风气的盛行，自有许多原因；而陶潜的田园诗，谢灵运的山水诗的成功，自亦有很大的关系。他俩本有田园山水的情趣与环境，所以反映出来的田园山水诗是真实的，抒情的。而此风一开，人思染指，由是"志深轩冕"者，也要"泛咏皋壤"；"心缠几务"者，也要"虚述人外"。由是自真实变为不实，自抒情变为造情，"真宰弗存，翩其反矣"。所以刘勰思矫其弊，而提倡抒情写实的文学。

（三）自然的文学——他为矫正当时的雕琢藻缋的风气，所以提倡自然的文学。《原道》篇云：

> 傍及万品，动植皆文；龙凤以藻绘呈瑞，虎豹以炳蔚凝姿；云霞雕色，有逾画工之妙；草木贲华，无待锦匠之奇。夫岂外饰，盖自然耳。（卷一）

《明诗》篇云：

> 人禀七情，应物斯感；感物吟志，莫非自然。（卷二）

他以为美是自然的，不是人为的。文学如没有自然美，而只是"错采镂金"，"藻缋满眼"，犹之陋质的无盐，披锦衣绣，涂脂傅粉，益令人望而呕吐。《情采》篇云：

> 圣贤书辞，总称文章，非采而何？夫水性虚而沦漪结，木

质实而花萼振，文附质也。虎豹无文，则鞹同犬羊；犀兕有皮，而色资丹漆，质待文也。（卷七）

文学当然要辞采，不过必水性虚而后沦漪结，必木质实而后花萼振；犀兕有皮只是色资丹漆，并不是无色而有色，无丹而有丹。有自然美而再饰以辞采，其美益增；只是修饰辞采，不能算好文学。

（四）创造的文学——他为矫正当时的“文贵形似”的风气，提倡创造的文学。特作《通变》一篇，说明通变革创的价值。发端云：

夫设文之体有常，变文之数无方。何以明其然耶？凡诗赋书记，名理相因，此有常之体也。文辞气力，通变则久，此无方之数也。名理有常，体必资于故实；通变无方，数必酌于新声。（卷六）

又云：

夫青生于蓝，绛生于茜，虽逾本色，不能复化。桓君山云：“予见新进丽文，美而无采；及见刘扬言辞，常辄有得。”此其验也。故练青濯绛，必归蓝茜；矫讹翻浅，还宗经诰。

又赞云：

文律运周，日新其业；变则可（原作其，注云“疑作可”）久，通则不乏。趋时必果，乘机无怯。望今奇制，参古定法。

但所谓创造,所谓变革,并不是将前人的文章“丢在毛厕里”,自己搜索枯肠,闭户创造;是要广蓄博贮,融会贯通,而后变革改创。所以谓“望今奇制,参古定法”。又云:

> 是以规略文统,宜宏大体,先博览以精阅,总纲纪而摄契。然后拓衢路,置关键,长辔远驭,从容按节。凭情以会通,负气以适变;采如宛虹之奋鬐,光若长离之振翼,乃颖脱之文矣。

《物色》篇亦云:“古来辞人,异代接武,莫不参伍以相变,因革以为功。”本来摹仿与创造,虽是极端相反的名词;但创作决离不开摹仿,所以所谓创造者,只不过是“参伍以相变”而已。而那时的“贵似形”的文学,则字摹句拟,“参伍”而不“变”也(上三条,颇采取梁绳祎先生之说)。

原道和抒情,用于文学的内容,自然和创造,用于文学的形式;形式决定于内容,所以原道和抒情,重于自然和创造。《原道》篇云:

> 文之为德也大矣,与天地并生者何哉?夫玄黄色杂,方圆体分,日月叠璧,以垂丽天之象,山川焕绮,以铺理地之形;此盖道之文也。仰观吐曜,俯察含章,高卑定位,故两仪既生矣。惟人参之,性灵所钟,是为三才,为五行之秀,实天地之心。心生而言立,言立而文明,自然之道也。(卷一)

文学原于人的心灵性情,人的心灵性情原于天地自然之道,所以原道又重于抒情。《序志》篇云："盖《文心》之作也，本乎道，师乎圣，体乎经，酌乎纬，变乎骚。"（卷十）同时《文心雕龙》的篇第也就首为《原道》，次为《征圣》，次为《宗经》，次为《正纬》，次为《辩骚》。据知原道是刘勰的根本文学观，梁绳袆先生说什么圣，什么经，是刘勰的托古改制的一种诡计，实在错误。

四　文体论

刘勰不主张文笔之分，故于《总术》篇云："今之常言，有文有笔，以为无韵者笔也，有韵者文也。夫文以足言，理兼《诗》、《书》，别曰两名，自近代耳。颜延年以为笔之为体，言之文也；经典则言而非笔，传记则笔而非言。请夺彼矛，还攻其盾矣。何者？《易》之《文言》，岂非言文？若笔不言文，不得云经典非笔矣。"（卷九）但《文心雕龙》的论述文体，却是分为文笔两类。《序志》篇云："若乃论文叙笔，则囿别区分，原始以表末，释名以章义，选文以定篇，敷理以举统；上篇以上，纲领明矣。"（卷十）上篇共二十五篇，《原道》是"本乎道"，《征圣》是"师乎圣"，《宗经》是"体乎经"，《正纬》是"酌乎纬"，《辩骚》是"变乎骚"，《明诗》、《乐府》、《诠赋》、《颂赞》、《祝盟》、《铭箴》、《诔碑》、《哀吊》、《杂文》、《谐隐》十篇是"论文"，《史传》、《诸子》、《论说》、《诏策》、《檄移》、《封禅》、《章表》、《奏启》、《议对》、《书记》十篇是"叙笔"。"论文叙笔"，都"原始以表末"，所以论叙的虽只二十体，但每体之中，又往往条举纲目。兹据列表于下：

- 文
  - 诗（四言，五言，三六杂言，离合，回文，联句）
  - 乐府（三调，鼓吹，铙歌，挽歌）
  - 赋
  - 颂，赞（风，雅，诵，序，引，纪传后评）
  - 祝，盟（祝邪，骂鬼，谴，咒，诰咎，祭文，哀策，诅，誓，契）
  - 铭，箴
  - 诔，碑（碣）
  - 哀，吊
  - 杂文（对问，七发，连珠，典，诰，誓，问，览，略，篇，章，曲，操，弄，引，吟，讽，谣，咏）
  - 谐，隐（谜语）
- 笔
  - 史传（尚书，春秋，策，纪，传，书，表，志，略，录）
  - 诸子
  - 论，说（议，传，注，赞，评，序，引）
  - 诏，策（命，诰，誓，令，制，策书，制书，诏书，戒敕，戒，教）
  - 檄，移（戒，誓，令，辞，露布，文移，武移）
  - 封禅
  - 章，表（上书，章，奏，表，议）
  - 奏，启（上疏，弹事，表奏，封事）
  - 议，对（驳议，对策，射策）
  - 书，记（表奏，奏书，奏记，奏笺，谱，籍，簿，录，方，术，占，式，律，令，法，制，符，契，券，疏，关，刺，解，牒，签，状，列，辞，谚）

（此表据郭绍虞先生《中国文学批评史》，而又加以补充改正）

他的文体论，第一，论各种文体的定义，就是"释名以章义"。如《明诗》篇说诗的定义是：

大舜云："诗言志，歌咏言。"圣谟所析，义已明矣。是以在

心为志，发言为诗；舒文载实，其在兹乎？诗者，持也，持人情性；三百之蔽，义归“无邪”，持之为训，有符焉尔。（卷二）

再如《乐府》篇说乐府定义是：

乐府者，声依永，律和声也。（卷二）

第二，论各种文体的区别。如《颂赞》篇于说明颂的定义以外，又分析颂与风、雅的区别云：

夫化偃一国谓之风，风正四方谓之雅，容告神明谓之颂。风雅序人，事兼变正；颂主告神，义必纯美。（卷二）

第三，论各种文体的相互关系。如《乐府》篇说乐与诗的关系是：

凡乐辞曰诗，诗声曰歌。（卷二）

《诠赋》篇说赋与诗及楚辞的关系是：

昔邵公称“公卿献诗，师箴，瞽赋”。传曰：“登高能赋，可为大夫。”《诗序》则同义，传说则异体，总其归涂，实相枝干。刘向云：“明不歌而诵”，班固称“古诗之流也”。至如郑庄之赋“大隧”，士蒍之赋“狐裘”，结言短韵，词自己作，虽合赋体，明而未融。及灵均唱《骚》，始广声貌。然则赋也者，受命于诗人，拓宇于《楚辞》也。于是荀况《礼》、《智》，宋玉《风》、《钓》，爰锡名号，与诗画境，六义附庸，蔚为大国，遂客主以守引，极声貌以穷文，斯盖别诗之原始，命赋之厥初也。（卷二）

第四，论各种文体的产生。上引《诠赋》篇说明赋与诗及楚辞的关系一段，就有讨论赋体产生的意味，再如《祝盟》篇说祝的产生是：

天地定位，祝遍群神；六宗既禋，三圣咸秩。甘雨和风，是生稷黍；兆民所仰，美报兴焉。牺盛惟馨，本于明德；祝史陈信，资乎文辞。（卷二）

《檄移》篇说檄的产生是：

古有威让（明钞本御览作仪）之令，令有文告之辞，即檄之本源也。及春秋，征伐自诸侯出，惧敌弗服，故兵出须名，振此威风，暴彼昏乱，刘献公之所谓“告之以文辞，董之以武师”者也。齐桓征楚，诘苞茅之阙；晋厉伐秦，责箕郜之焚；管仲、吕相，奉辞先行；详其意义，即今之檄文。暨乎战国，始称为檄。檄者，皦也，宣露于外，皦然明白也。（卷四）

第五，论各种文体的沿革，就是“原始以表末”。上引《檄移》篇所说檄的产生，就含有沿革的意味，再如《诏策》篇说策的沿革是：

昔轩辕、唐虞，同称为命。命之为义，制性之本也。其在三代，事兼诰誓；誓以训戎，诰以敷政。命喻自天，故授官锡胤，《易》之《姤》象，后以施命诰四方。诰命动民，若天下之有风矣。降及七国，并称曰令。令者，使也。秦并天下，改名曰制。汉初定仪，则命有四品：一曰策书，二曰制书，三曰诏书，四曰戒敕。敕戒州部，诏诰百官，制施赦命，策封王侯。策者，简也；制者，裁也；诏者，告也；敕者，正也。（卷四）

第六，论各种文体的类别。如《论说》篇说论的类别是：

详观论体，条流多品：陈政则与议说合契，释经则与传注参体，辨史则与赞评齐行，诠文则与叙引共纪。故议者宜言，说者说语，传者转师，注者主解，赞者明意，评者平理，序者次事，引者胤辞：八名区分，一揆宗论。（卷四）

第七，论各种文体的作家及作品，就是“选文以定篇”。如《哀吊》篇说吊的作品是：

自贾谊浮湘，发愤吊屈，体同而事核，辞清而理哀，盖首出之作也。及相如之吊二世，全为赋体，桓谭以为其言恻怆，读者叹息，及平章要切，断而能悲也。扬雄吊屈，思积功寡，意深文略，故辞韵沈膇。班彪、蔡邕，并敏于致语；然影附贾氏，难为并驱耳。胡阮之吊夷齐，褒而无闻；仲宣所制，讥呵实工；然则胡阮嘉其清，王子伤其隘，各其志也。祢衡之吊平

子，绮丽而轻清；陆机之吊魏武，序巧而文繁。降斯以下，未可称者矣。（卷三）

第八，论各种文体的体用及方法，就是“敷理以举统”。如《哀吊》篇说哀的体用及方法是：

原夫哀辞大体，情主于痛伤，而辞穷乎爱惜。幼未成德，故誉止于察惠；弱不胜务，故悼加乎肤色。隐心而结文则事惬，观文而属心则体奢。奢体为辞，则虽丽不哀；必使情往会悲，文来引泣，乃其贵耳。

第九，论各种文体的共同的渊源。这在前，已经引过了：

故论说辞序，则《易》统其首；诏策奏章，则《书》发其源；赋颂歌赞，则《诗》立其本；铭诔箴祝，则《礼》总其端；纪传盟檄，则《春秋》为根。

由此知依刘勰的意思，各种文体，都源于经。《宗经》篇没有提到的文体，在其他各篇里也有明言或暗示是源于经的。如《正纬》篇云：“夫六经彪炳，而纬候稠叠。”可见纬源经。《辩骚》篇说《离骚》“同于《风》、《雅》”，又说“取熔经意”。可见《骚》源于《诗经》。《哀吊》篇云：“《黄鸟》赋哀，抑亦诗人之哀辞乎？”又说“《诗》云，‘神之吊矣’，言神至也”。可见哀吊也源于《诗经》。又有《杂文》篇，以对问、七发，连珠及典、诰、誓、问、览、略、篇、章、曲、操、弄、引、吟、讽、谣、咏、总为杂文，说：“宋玉含才，颇亦负俗，始造对问，以申其志。……及枚乘摛艳，首制《七发》，腴辞云构。……扬雄覃思文阔，业深综述，碎文璅语，肇为连珠。”可见连珠出于七发，七发出于对问，而对问固出于骚辞，骚辞则出于《诗经》。至于典诰誓问，览略篇章，则出于《书》经，曲操弄引，吟讽谣咏，则出于《诗经》；他虽未明言，我们总观全书，亦可以得到暗示了。又有《谐隐》篇，包括谐、谣、谜语三种韵语，所举为宋玉、东方朔等的文章，自亦直接源于骚辞，间接源于《诗经》。又有《诔碑》篇云：“周世盛德，有铭诔之文。”诔用铭辞，可见源于《礼》经。又云：“诔述祖宗，盖诗人之则也。”可见与《诗经》也有关系。这是说的诔。至于碑，他说：“其序则传，其文则铭。”传源于《春秋》，铭源于《礼》经。又有《封禅》篇云：“大舜巡岳，显乎虞典；成康封禅，闻之乐纬。”又云：“光武巡封于梁父，诵德铭勋。”又云：“光武勒碑，则文自张纯，首胤典谟，末同祝辞。”则封禅一方面源于《书》经，一方面源于《礼》经，一方面又源于纬书。又有《书记》篇云：“圣贤言辞，总为《尚书》：书之为体，主言者也。”可见书记也源于《书》经。惟《诸子》篇没有说诸子源于某经，而说：“夫自六国以前，去圣未远，故能越世高谈，自开户牖。”则亦《六经》之支与流裔焉耳。《宗经》篇云：“自夫子删述，而大宝咸耀。”可见《六经》出于孔圣，所以又有《征圣》篇云：“征之周孔，则文有师矣。”周孔二圣的著书垂文，他以为为的明道，所以又有《原道》篇云：“爰自风姓，暨于孔氏，玄圣创典，素王述训，莫不原道心以敷章，研神理而设教，……故知道沿圣以垂文，圣因文而明道。”此可以知刘勰的意思以为所有的文辞都源于经，经又出于圣，圣人垂文又是为的明道。我们可为他制系统表于下：

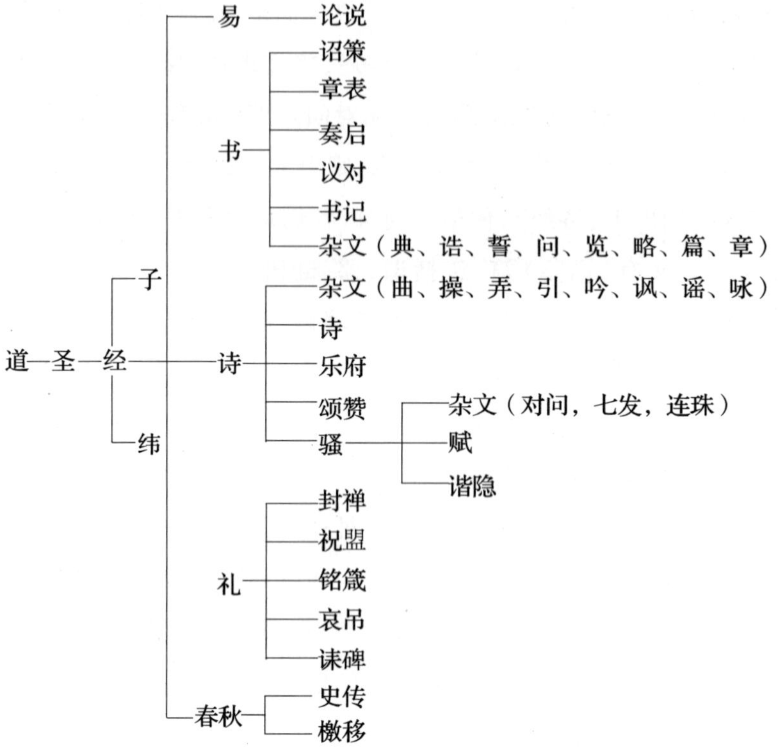

刘勰以前的研究文体的书，如《文章流别志论》、《翰林论》之类，自然都有相当的贡献，但决不及刘勰的贡献更为伟大。自然《文章流别志论》、《翰林论》一类的研究文体的书，无论直接，间接，正面，反面，必给予刘勰以相当的帮助，但刘勰这种集大成之作，是值得我们钦仰的。固然他的话不一定皆是不刊之论，如说风、雅、颂的区别为："化偃一国谓之风，风正四方谓之雅，容告神明谓之颂。"完全承袭《毛诗序》的旧说（详二篇一章三节）。颂的解释还算不错；风、雅的解释便不对了。但"智者千虑，必有一失"，我们不能以"一眚掩大德"。所以只就文体论而论，亦可当得起章实斋的"体大而虑周"的赞颂了。

五　创作论

《文心雕龙》的上篇二十五篇，可以说是文体论；《原道》、《征圣》、《宗经》、《正纬》四篇虽近于文学本原论（梁绳袆先生谓《征圣》、《宗经》两篇为刘勰对于文学正本归原论），但既是各种文体之所从出，则与其说是文学本原论，无宁说是文体总论。下篇二十五篇，则除了《时序》、《知音》、《程器》、《序志》四篇，都可以算是创作论。《总术》篇云：

> 夫不截盘根，无以验利器，不剖文奥，无以辨通才。才之能通，必资晓术。……是以执术驭篇，似善弈之穷数；弃术任心，如博塞之邀遇。故博塞之文，借巧傥来；虽前驱有功，而后援难继，少既无以相接，多亦不知所删，乃多少之并惑，何妍蚩之能制乎？若夫善弈之人，则术有恒数，按部整伍，以待情会，因时顺机，动不失正，数逢其极，机入其巧，则义味腾跃而生，辞气从杂而至。（卷九）

这可见他对于创作文学，才性固不忽略，方法尤所重视。

他的讨论创作论的文章计有《神思》、《体性》、《风骨》、《通变》、《定势》、《情采》、《镕裁》、《声律》、《章句》、《丽辞》、《比兴》、《夸饰》、《事类》、《练字》、《隐秀》、《指瑕》、《养气》、《附会》、《总术》、《色物》、《才略》二十一篇。约而言之，不外才性、文思、文质、文法、修辞、文气、音律、比兴、风格九方面。

（一）才性——《才略》篇固然是在批评历代的作家，但按名思义,知道他的批评历代作家很注重他们的才性。以故评贾谊,则云:"贾谊才颖,陵轶飞兔。"评扬雄,则云:"竭才以钻思,故能理赡而辞坚矣。"此外,评桓谭、杜笃、贾逵、李尤、潘勖、曹丕、曹植……也莫不以才为说(卷十)。可见他认为才性之对于创作是极关重要的。此外《事类》篇亦云:

夫姜桂同地,辛在本性;文章由学,能在天资。才自内发,学以外成。有学饱而才馁,有才富而学贫。学贫者迍邅于事意,才馁者劬劳于辞情。此内外之殊分也。是以属意立文,心与笔谋,才为盟主,学为辅佐。主佐合德,文采必霸;才学褊狭,虽美少功。(卷八)

可见他认为先天之才与后天之学,缺一不可。但才虽是先天的,非可学而能,却不可不随时培养,所以同篇又云:

夫经典沉深,载籍浩瀚,实群言之奥区,而才思之神皋也。扬班以下,莫不取资,任力耕耨,纵意渔猎,操刀能剖,必列膏腴。是以将赡群才,务在博见,狐腋非一皮能温,鸡蹠必数千而饱矣。

(二)文思——文思是一篇作品的魂灵,所以最为重要。刘勰以为文思的成立,须"心"与"物"两方面的条件具备。关于心一方面,《神思》篇云:

是以陶钧文思,贵在虚静,疏瀹五藏,澡雪精神,积学以储宝,酌理以富才,研阅以穷照,驯致以绎辞。然后使玄解之宰,

寻声律而定墨，独照之匠，窥意象而运斤。此盖驭文之首术，谋篇之大端。（卷六）

关于物一方面，《神思》篇云：

夫神思方运，万涂竞萌，规矩虚位，刻镂无形，登山则情满于山，观海则意溢于海，我才之多少，将与风云而并驱矣。

又《物色》篇云：

春秋代序，阴阳惨舒，物色之动，心亦摇焉。……是以献岁发春，悦豫之情畅；滔滔孟夏，郁陶之心凝；天高气清，阴沈之志远；霰雪无垠，矜肃之虑深。岁有其物，物有其容；情以物迁，辞以情发。一叶且或迎意，虫声有足引心，况清风与明月同夜，白日与春林共朝哉？（卷十）

刘勰注重自然，对于文思，当然注重客观的外物的感应。但所谓感应，感属于外物，应属于内心，所以一方面要内心的积学，酌理，研阅，驯致；一方面又要内心的虚静，俾能随时应物。

（三）文质——应玚有《文质论》（见《艺文类聚》卷二十二），是讨论文化上的文质问题，不是讨论文学上的文质问题。不过文学为文化之一部分，故虽论文化，而对于文学亦发生很大的影响。他的结论谓“质者之不足，文者之有余”。这与六朝的重文轻质，实有相当的关系。自他以后，研究“文”的问题者很多，研究“质”的问题者很少。“质”的问题之被人注意，被人研究，始于刘勰。

刘勰谓一切的文章都须征圣宗经,而圣人的经又是原道的。这在现在一部分主情的文学家看来,自是陈腐的;但在六朝确是一种伟大的反抗时代的论调。惟其有趋于“道”的倾向,当然比较的重“质”。他承认文学的形式上的“夸饰”,特立《夸饰》篇,言:“自天地以降,豫入声貌,文辞所被,恒有夸饰。”但过甚的夸饰,他是反对的,说“饰穷其要,则心声锋起;夸过其理,则名实两乖。”(卷八)

不过他既不否认文学的形式上的夸饰,所以并不因为重质而轻文,他实是文质并重。《通变》篇云:

> 斟酌乎质文之间,而檃括乎雅俗之际,可与言通变矣。(卷六)

《情采》篇云:

> 夫水性虚而沦漪结,木体实而花萼振,文附质也。虎豹无文,则鞹同犬羊,犀兕有皮,而色资丹漆,质待文也。(卷七)

这种文说,不只有永久的价值,且是当时的良药。因为当时的文学只是“奖气挟声”(《夸饰》篇),只是“饰羽尚画,文绣鞶帨”(引见二节),重文轻质,夸饰过甚,所以他力主质文并重:“酌诗书之旷旨,剪扬马之甚泰,使夸而有节,饰而不诬。”(《夸饰》篇)

(四)文法——他在论文思,已经提出“谋篇之大端”。又有《附会》篇,特提出谋篇的附会法云:

> 何谓附会?谓总文理,统首尾,定与夺,合涯际,弥纶一

篇，使杂而不越者也。（卷九）

又云：

凡大体文章，类多枝派，整派者依源，理枝者循干。是以附辞会意，务总纲领，驱万涂于同归，贞百虑于一致。使众理虽繁，而无倒置之乖；群言虽多，而无棼丝之乱。扶阳而出条，顺阴而藏迹，首尾周密，表里一体：此附会之术也。

谋篇之后就是章句问题，于是他又有《章句》篇云：

夫设情有宅，置言有位；宅情曰章，位言曰句。故章者明也，句者局也。……夫人之立言，因字而生句，积句而成章，积章而成篇。篇之彪炳，章无疵也；章之明靡，句无玷也；句之清英，字不妄也；振本而末从，知一而万毕矣。（卷七）

关于章，他以为应当：

启行之辞，逆萌中篇之意；绝笔之言，追媵前句之旨；故能外文绮交，内义脉注，附萼相衔，首尾一体。

关于句，他分“文”“笔”两种，谓：

笔句无常，而字有条数；四字密而不促，六字格而非缓，或变以三五，盖应机之权节也。至于诗颂大体，以四言为正，唯

> 《祈父》、《肇禋》，以二言为句。寻二言肇于黄世，《竹弹》之谣是也，三言兴于虞时，《元首》之诗是也；四言广于夏年，《洛汭》之歌是也；五言见于周代，《行露》之章是也：六言、七言，杂出《诗》、《骚》，而两体之篇，成于两汉，情数运周，随时代用矣。

唯其“章句明靡，句无玷也；句之清英，字不妄也”。所以于讲明章句之外，又注重练字，有《练字》篇云：

> 是以缀字属篇，必须练择，一避诡异，二省联边，三权重出，四调单复。诡异者，字体瑰怪者也。曹摅诗称“岂不愿斯游，褊心忍呦呶”；两字诡异，大疵美篇，况乃过此，其可观乎！联边者，半字同文者也。状貌山川，古今咸用；施于常文，则龃龉为瑕。如不获免，可至三接；三接以外，其字林乎？重出者，同字相犯者也。《诗》、《骚》适会，而近世忌同。若两字俱要，则宁在相犯。故善为文者，富于万篇，贫于一字；一字非少，相避为难也。单复者，字形肥瘠者也。瘠字累句，则纤巧而行劣；肥字积文，则黯黕而篇暗；善酌字者，参伍单复，磊落如珠矣。（卷八）

（五）修辞——六朝是古典文学的时代，骈丽文学的时代。刘勰自然是时代的反抗者，所以他在那时提出文学上的自然主义。但竖的历史与横的社会，是一个整个的有机体，以故尽管你是一个伟大的反抗时代者，而时代的轮子仍然要压在你的身上。所以反抗时代的盛业，也是要有历史的；就是最初的反抗者，每不能十分彻底，必须有后起者的继续努力，才可以完成彻底的反抗的盛业。刘勰反对“饰羽尚画，文绣鞶帨”，却提倡典丽。《附会》篇云：

> 夫才量学文，宜正体制：必以情志为神明，事义为骨髓，辞采为肌肤，宫商为声气，然后品藻玄黄，摛振金玉，献可替否，以裁厥中：斯缀思之恒数也。（卷九）

欲将文章修饰的“品藻玄黄，摛振金玉”，必须以“事义为骨髓，辞采为肌肤，宫商为声气”。（至“以情志为神明”，其效在“献可替否，以裁厥中”，乃文思问题，非修辞问题。）宫商指文学的音律，已经蔚为大国，俟下文特述；兹只述事义与辞采。《事类》篇云：

> 事类者，盖文章之外，据事以类义，援古以证今者。（卷八）

事义的具体方法是：

> 综学在博，取事贵约，校练务精，捃摭须核，众美辐辏，表里发挥。

典基于事义，丽基于辞采。《丽辞》篇云：

> 造化赋形，支体必双；神理为用，事不孤立。夫心生文辞，运裁百虑，高下相循，自然成对。（卷七）

丽辞的具体的方法是：

丽辞之体，凡有四对：言对为易，事对为难，反对为优，正对为劣。言对者，双比空辞者也；事对者，并举人验者也；反对者，理殊趣合者也；正对者，事异义同者也。

不过刘勰虽然谓“事义为骨髓，辞采为肌肤”，提倡用事用典，提倡骈辞俪语，但仍以不违反他所谓自然为标准。所以对于“丽辞”谓“契机者入巧，浮假者无功”。谓“高下相须，自然成对”（《丽辞》篇）。对于“事类”，虽没有说何者合乎自然，但谓：“姜桂同地，辛在本性；文章由学，能在天资，才自内发，学以外成。……是以属意立文，心与笔谋，才为盟主，学为辅佐。”（《事类》篇）则“学以外成”的事类，要附丽于“才自内发”的天资，仍含有趣向自然的意味。依刘勰的观点：“丽辞”也正是自然；在我们看来，这只是一种饰词。但这不能归罪于刘勰，应当归罪于时代；就是上文所说，尽管你是时代的反抗者，而时代的轮子仍然要压在你的身上。必久而久之，始能使轮子逐渐的转换方向。所以刘勰虽有的地方被时代的轮子压住了，但仍是伟大的。他以后的锺嵘便反对用事了（详九章二节）。

自篇章字句，以至事类丽辞，自然都希望“恰到好处”；求所以“恰到好处”的方法是镕裁，所以又有《镕裁》篇云：

凡思绪初发，辞采苦杂，心非权衡，势必轻重。是以草创鸿笔，先标三准：履端于始，则设情以位体；举正于中，则酌事以取类；归余于终，则撮辞以举要。然后舒华布实，献替（疑作质，元作赞）节文，绳墨以外，美材既斫。故能首尾圆合，条贯统序。若术不素定，而委心逐辞，异端丛至，骈赘必多。故三准既定，次讨字句。句有可削，足见其疏；字不得减，乃知其密。精论要语，极略之体；游心窜句，极繁之体；谓繁与略，随分所好。引而申之，则两句敷为一章；约以贯之，则一章删成两句。思赡者善敷，才核者善删。善删者字去而意留；善敷者辞殊而意（注本作义）显。字删而意阙，则短乏而非核；辞敷而言重，则芜秽而非赡。（卷七）

以上是修辞总论。《文心雕龙》的上篇二十五篇，差不多都是讲文体的，在那里，刘勰常指出各种文体的性质不同，因之方法亦异，可以算做修辞各论，我们已在第四节举例说明了。他又在下篇特立《定势》一篇，说各种文体的特别修辞是：

章表奏议，则准的乎典雅；赋颂歌诗，则羽仪乎清丽；符檄书移，则楷式于明断；史论序注，则师范于核要；箴铭碑诔，则体制于宏深；连珠七辞，则从事于巧艳：此循体而成势，随变而立功者也。（卷六）

（六）气势——在第四章第二节，我曾说："文气是最自然的音律，音律是最具体的文气。"关于这，刘勰更能给我们作强有力的证明。《章句》篇云：

若乃改韵从调，所以节文辞气。（卷九）

《附会》篇云：

宫商为声气。（卷九）

但音律说虽然出于文气说，却不完全同于文气说，以故刘勰对于文气与音律仍分别论列。

曹丕的文气说注重先天的才气，刘桢的体势说注重文章的气势（详四章二节），刘勰则注重后天的养气。《养气》篇云：

若夫器分有限，智用无涯，或惭凫企鹤，沥辞镌思，于是精气内销，有似尾闾之波，神志外伤，同乎牛山之木，怛惕以成疾，亦可推矣。……是以曹公惧为文之伤命，陆云叹用思之困神，非虚谈也。……是以吐纳文艺，务在节宣，清和其心，调畅其气，烦而即舍，勿使壅滞，意得则舒怀以命笔，理伏则投笔以卷怀，逍遥以针劳，谈笑以药倦，常弄闲于才锋，贾余于文勇，使刃发如新，凑理无滞，虽非胎息之迈术，斯亦卫气之一方也。（卷九）

这好像只是说不可为文而伤气，与创作文学无关。但刘勰是很注重文章上的所谓气的。《风骨》篇云："魏文称文以气为主，……公幹亦云：'孔氏卓卓，信含异气。'……并重气之旨也。"（卷六）则其意似乎谓作品之气源于作者之气，所以欲作品有气，必须作者养气。

至贯注在文学作品上的气势，则他以不违背自然为原则。《定势》篇云：

夫情致异区，文变殊术，莫不因情立体，即体成势。势者，乘利而为制也，如机发矢直，涧曲湍回，自然之趣。圆者规体，其势也自转；方者矩形，其势也自安。文章体势，如斯而已。（卷六）

(七)音律——至于音律,他虽时袭沈约的人为的音律说(详四章五节),但提倡自然的音律*。《声律》篇云:

> 夫音律所始,本于人声者也。……故言语者,文章神明,枢机吐纳,律吕唇吻而已。(卷七)

固然《声律》篇曾说:"凡声有飞沈,响有双叠,双声隔字而每舛,叠韵杂句而必睽;沈则响发而断,飞则声扬不远,并辘轳交往,逆鳞相比,迕其际会,则往蹇来连,其为疾病,亦文家之吃也。"但希望如"辘轳交往,逆鳞相比",仍是自然的音律。篇中又云:"吃文为患,生于好诡,逐新趣异,故喉唇纠纷。将欲解结,务在刚断;左碍而寻右,末滞而讨前,则声转于吻,玲玲如振玉,辞靡于耳,累累如贯珠矣。"则在刘勰看来,"吃"的毛病生于不循自然而"好诡",不循自然而"逐新趣异"。

刘勰于"吃"之外,又提出所谓"和韵"。《声律》篇云:

> 声画妍蚩,寄在吟咏;吟咏滋味,流于字句;字句(二字原无,依孙蜀丞先生校增)气力,穷于和韵。异音相从谓之和,同声相应谓之韵。韵气一定,则余声易遣;和体抑扬,故遗响难契。属笔易巧,选和至难,缀文难精,而作韵甚易。

后人之研究《文心雕龙》者好以此与"四声""八病"之说相缘附。其实刘勰所谓"韵"就是韵文的韵脚,所谓"和"就是文章的声调。

* 此句1957年版改为"但注重不违反自然的音律"。——校者注

"韵"有规律,譬如用东韵,则任意选择东韵之字,所以说"韵气一定,故余声易遣"。"和"是自然的,并没有一定的规律,所以说"和体抑扬,故遗响难契"。这也足以证明刘勰的音律说,是一种自然的音律说,和沈约等的人为的音律说,并不全同(自然也有相同的地方,详四章五节)。

(八)比兴——汉代经学家所谓比兴,含有美刺的意义(详二篇一章三节),六朝文论家所谓比兴,则是一种文学方法。《文心雕龙》有《比兴》篇,解释二者的区别云:

> 比者附也,兴者起也,附理者切类以指事,起情者依微以拟义。起情故兴体以立,附理故比例以生。比则畜愤以斥言,兴则环譬以记讽。盖随时之义不一,故诗人之志有二也。(卷八)

是比用于事理,兴用于情义。自刘勰看来,古时是比兴并用的,到汉代因为"辞人夸毗,诗刺道丧,故兴义销亡,……比体云构"。所以他也只得详比略兴。他谓比有四种,《比兴》篇云:

> 夫比之为义,取类不常,或喻于声,或方于貌,或拟于心,或譬于事。宋玉《高唐》云:"纤条悲鸣,声似竽籁。"此比声之类也。枚乘《菟园》云:"焱焱纷纷,若尘埃之间白云。"此则比貌之类也。贾生《鹏赋》云:"祸之与福,何异纠缪。"此以物比理者也。王褒《洞箫》云:"优柔温润,如慈父之畜子也。"此以声比心者也。马融《长笛》云:"繁缛络绎,范、蔡之说也。"此以响比辩者也。张衡《南都》云:"起郑舞,玺曳绪。"此以容比物

者也。若斯之类，辞赋所先，日用乎比，月忘乎兴，习小而弃大，所以文谢于周人也。

是知刘勰盖兼重比兴，所以诋斥辞人的用比忘兴。

（九）风格——《文心雕龙》有《风骨》篇云：

怊怅述情，必始乎风；沉吟铺辞，莫先于骨。故辞之待骨，如体之树骸；情之含风，犹形之包气。（卷六）

怎样才可以有风骨？《风骨》篇云：

结言端直，则文骨成焉；意气骏爽，则文风生（一作清）焉。

又云：

捶字坚而难移，结响凝而不滞，此风骨之力也。

盖风骨虽非字句，而所以表现风骨的仍是字句，所以欲求风骨之好，须赖“捶字坚而难移，结响凝而不滞”。

风骨是文字以内的风格，至文字以外的风格，刘勰特别提倡“隐秀”，特设《隐秀》篇云：

夫心术之动远矣，文情之变深矣，源奥而派生，根盛而颖峻；是以文之英蕤，有秀有隐。隐也者，文外之重旨者也；秀也者，篇中之独拔者也。（卷八）

又云：

夫隐之为体，义生（一作主）文外，秘响旁通，伏采潜发，譬爻象之变互体，川渎之韫珠玉也。

由此知“隐秀”，尤其是“隐”，是基于文字而却在文字以外的一种风格。

六　文学与时代

晚周的孟子，曾说诵诗读书，应求“知人论世”；到汉代便有《毛诗序》的作者，说诗的产生与世教有关。《孟子》是就读者立论，谓诵读一篇作品，应当要充分地认识那篇作品的作者和作者的时代（详一篇二章五节）；《毛诗序》是就作者立论，谓文学的“正”或“变”，源于时代的“治”或“乱”（详二篇一章三节）。

不过《孟子》与《毛诗序》，都只是提出了一些简单而且模糊的印象。到六朝，文学批评大放光明，如《文章流别志论》一类侧重历史的批评者，论理应当有比较翔实的论证，可惜其书已亡，无从稽考。文论专家刘勰对此确有一种进步的见解。《时序》篇发端即云：

时运交移，质文代变，古今情理，如可言乎？（卷九）

不过他不是经济定命论，而是政治定命论，所以叙唐虞夏商周的文学，则云：

故知歌谣文理，与世推移，风动于上，而波震于下者。

叙建安文学，虽然说："观其时文，雅好慷慨，良由世积乱离，风哀俗怨，并志深而笔长，故梗概而多气也。"似乎是以时代风俗决定文学的命运。但他以为建安时代的诗文之盛由于"魏武以相王之尊，雅好诗章；文帝以副君之重，好善辞赋；陈思以公子之豪，下笔琳琅"；所以才能使"俊才云蒸：仲宣委质于汉南，孔璋归命于河北，伟长从宦于青土，公幹徇质于海隅，德琏综其蔚然之思，元瑜展其翩翩之乐，文蔚、休伯之俦，于叔、德祖之侣，傲雅觞豆之前，雍容衽席之上，洒笔以成酣歌，和墨以藉谈笑"。则文学的命运仍然是操之于政治之手。

对于宋代玄谈一派的诗歌，他也以为由于政治的关系。固然他对那时的"诗必柱下之旨归，赋乃漆园之义疏"，说是"文变染乎世情，兴废系乎时序"。但这种"世情""时序"，他说是因为"自中朝贵玄，江左称盛，因谈余气，流成文体"，则仍然是随政治为转移。

此外《才略》篇详述历代文人，结云：

观夫后汉才林，可参西京，晋世文苑，足俪邺都；然而魏时话言，必以元封为称首，宋来美谈，亦以建安为口实，何也？岂非崇文之盛世，招才之嘉会哉？嗟夫！此古人所以贵乎时也！（卷十）

也是归之于政治，可见对于文学与时代的关系，是政治定命论，是政治史观。

七　批评及其原理

《文心雕龙》全书五十篇，都是文学理论，只有《指瑕》、《才略》、《程器》、《知音》四篇是文学批评；《指瑕》批评作品，《才略》、《程器》批评作家，《知音》阐明批评原理。

他认为“古来文才”，“鲜无瑕病”，所以曹植、左思、潘岳、崔瑗、向秀的作品，都有瑕可指。“繁例难载，故略举四条”：

（一）“若夫立文之道，惟字与义；字以训正，义以理宣（泽案，应校乙）。而晋末篇章，依希其旨，始有赏际奇至之言，终无抚扣酬即（谢云，当作酢）之语。每单举一字，指之为情。……悬领似如可辩，课文了不成义，斯实情讹之所变，文浇之致弊。而宋来才英，未之或改，旧染成俗，非一朝也。”

（二）“近代辞人，率多猜忌，至乃比语求蚩，反音取瑕，虽不屑于古，而有择于今焉。”

（三）“又制同他文，理宜删革，若掠人美辞，以为己力，宝玉大弓，终非其有，全写则揭箧，旁采则探囊。然世远者太轻，时同者为尤矣。”

（四）“若夫注解为书，所以明正事理。然谬于研究，或率意而断。《西京赋》称中黄育获之畴，而薛综谬注谓之‘阉尹’，是不闻执雕虎之人也。……”（卷九《指瑕》）

这四条中的第二条是文忌，第三条是掠美，第四条是注解，一望可知，无劳诠释。纪昀谓第四条“无与文章，殊为汗漫”，但刘勰以为“注释为词，解散论体，杂文虽异，总会是同”（《论说》篇）。这是由于他俩的文学定义不同。刘勰既以注释为“解散论体”，当然可以认为是文学而加以批评。第一条谓不可“单举一字，指以为情”。这是因为字只可以训正，不可以宣理。可以宣理的他说是“义”。什么是“义”？以古代的名词来说就是“辞”，以现在名词来说就是“命题”。《墨子·小取》篇云：“以辞抒意。”《荀子·正名》篇云：“辞也者，兼异实之名以论一意也。”异实之名就是刘勰所谓“字”，一字之名，不足以表示情意，表示情意需要兼异实之名。譬如单言“我”单言“你”或单言“陪”皆不足以表示情意；必合言“我陪你”，始足以表示情意。

至对于作家，刘勰不似西洋的“判官式的批评”，倒是“律师式的辩护”。《序志》篇云：“褒贬于才略……耿介于程器。”所以《才略》篇对历代文人，自然有所褒贬；《程器》篇则对一班人的指斥文人无行痛加驳斥：

> 魏文以为古今文人，类不护细行；韦诞所评，又历诋群才；后人雷同，混之一贯，吁可悲矣！（卷十）

他承认有许多文人无行，如“相如窃妻而受金，扬雄嗜酒而少算，敬通之不循廉隅，杜笃之请求无厌，班固谄窦以作威，马融党梁而黩货，文举傲诞以速诛，正平狂憨以致戮，仲宣轻脆以躁竞，孔璋惚恫以粗疏，丁仪贪婪以乞货，路粹餔啜而无耻，潘岳诡祷于愍怀，陆机倾仄于贾郭，傅玄刚隘而詈台，孙楚狠愎而讼府；诸有此类，并文士之瑕累”。但一则“文既有之，武亦宜然。古之将相，疵咎实多：至如管仲之盗窃，吴起之贪淫，陈平之污点，绛灌之谗嫉。沿兹以下，不可胜数。孔光负衡据鼎，而仄媚董贤，况班马之贱职，潘岳之下位哉？王戎开国上秩，而鬻官嚣俗，况马杜之磬悬，丁路之贫贱哉?”二则文人也非全是无行,如:“子夏无亏于名儒,浚冲不尘乎竹林者,名崇讥减也。若夫屈贾之忠贞,邹枚之机觉,黄香之淳孝,徐幹之沉默,岂曰文士,必其玷欤?”所以不应龂龂的指摘文人无行,而文人也应“贵举用而兼文采也”。

谈到批评原理,《知音》篇首先指出批评的错误,由于:

(一)贵古贱今——“夫古来知音,多贱同而思古,所谓日进前而不御,遥闻声而相思也。昔《储说》始出,《子虚》初成,秦皇汉武,恨不同时;既同时矣,则韩囚而马轻,岂不鉴同时之贱哉?”

(二)崇己抑人——“至于班固、傅毅,文在伯仲,而固嗤毅云:‘下笔不能自休。’及陈思论才,亦深排孔璋;敬礼请润色,叹为美谈;季绪好诋诃,方之田巴,意亦见矣。故魏文称文人相轻,非虚谈也。”

(三)信伪迷真——“至如君卿唇舌,而谬欲论文,乃称史迁著书,谘东方朔,于是桓谭之徒,相顾嗤笑。彼实博徒,轻言负诮,况乎文士,可妄谈哉?”(卷十)

前二种基于批评宥蔽,后一种基于能力不足。贵古贱今的指出始于陆贾,崇己抑人的指出始于曹丕,信伪迷真的指出始于曹植,但刘勰能予以综合,以完成他的“音实难知,知实难逢”的学说。“音实难知,知实难逢”的原因,除上述三种以外,他认为因主观的见解不同,也可以使批评殊异。《知音》篇云:

> 篇章杂沓,质文交加,知多偏好,人莫圆该。慷慨者逆声而击节,酝藉者见密而高蹈,浮慧者观绮而跃心,爱奇者闻诡而惊听。会已则嗟讽,异我则沮弃,各执一隅之解,欲拟万端之变,所谓东向而望,不见西墙也。

此种论调好像同于法朗士的“天下无所谓客观的批评”，但刘勰却要设法屏除主观的偏见，建立一种客观的批评标准，就是他的六观法。《知音》篇云：

> 将阅文情，先标六观：一观位体，二观置辞，三观通变，四观奇正，五观事义，六观宫商；斯术既形，则优劣见矣。

六观的造成，他以为在博览。《知音》篇云：

> 凡操千曲而后晓声，视千剑而后识器；故圆照之象，务先博观。阅乔岳以形培塿，酌沧波以喻畎浍，无私于轻重，不偏于憎爱，然后能平理若衡，照辞如镜矣。

至鉴赏批评与创作家所走的道路亦截然不同。《知音》篇云：“缀文者情动而辞发，观文者披文以入情。”刘勰以为批评者如有“博观”的学力，又能应用“六观”的方法，循“披文以入情”的道路，“沿波讨源，虽幽必显，世远莫见其面，觇文辄见其心，岂成篇之足深，患识照之自浅耳”。

第九章　论诗专家之锺嵘

一　作《诗品》的时代及动机

锺嵘字仲伟，颍川长社人。《梁书》和《南史》都列《文学传》。刘勰的著作《文心雕龙》在齐代，锺嵘的著作《诗品》在梁代。知者，《诗品序》云："今所寓言，不录存者。"而中卷品及梁卫将军范云、梁中书郎丘迟、梁太常任昉、梁左光禄沈约，下卷品及梁中书令范缜、梁秀才陆厥、梁常侍虞羲、梁建阳令江洪、梁步兵鲍行卿、梁晋阳令孙察。诸人中的卒年可知而最晚者为沈约，当武帝天监十二年(513)，则《诗品》的写定，当在天监十二年以后。叶长青先生《诗品集释》，据《梁书》本传云："迁西中郎将晋安王记室。尝品古今五言诗，论其优劣，名为《诗评》。顷之卒官。"而《南史·敬帝本纪》"承圣元年，封晋安郡王。二年，出为江州刺史"，谓"则记室之死，实方智迁王之年，而《诗品》一书，又其绝笔之作"。然序云"方今皇帝……昔在贵游，已为称首，况八纮既奄，风靡云蒸"，当然指梁武帝，叶先生亦谓指梁武帝，则其著作当然在武帝时代，非敬帝时代。尝者曾也，谓曾作诗评，非谓迁晋安王记室后始作诗评。《梁书》名为"诗评"，《隋书·经籍志》亦以《诗评》著录，称"或曰《诗品》"。现在《诗品》的名称很通行，《诗评》的名称却废掉了。

至著作的动机，和刘勰一样的基于不满意当时的创作与批评。对于创作的不满意是用典用事、宫商声病及繁密巧似，俟下节叙次。对于批评的不满意，一是批评专书的"不显优劣"，"曾无品第"，已引见第八章第一节。一是口头批评的毫无标准。序云："观王公搢绅之士，每博论之余，何尝不以诗为口实，随其嗜欲，商榷不同，淄渑相泛，朱紫相夺，喧议竞起，准的无依。"因此锺嵘要建立一种创作与批评的标准，恰巧有"彭城刘士章（绘），俊赏之士，疾其淆乱，欲为当世诗品，口陈标榜，其文未就"，由是"感而作焉"（《诗品序》）。

二　文学上的自然主义

自锺嵘看来，用事用典，宫商声病，繁密巧似，都违反自然，矫正的方法，当然也就要提倡自然。刘勰也提倡自然，但不以自然为根本观念，锺嵘《诗品序》里深深的慨叹"自然英旨，罕值其人"，可见他所标榜的准的——即根本观念——是自然。驳用事用典的，如序云：

> 至吟咏情性，亦何贵于用事？"思君如流水"，既是即目；"高台多悲风"，亦惟所见；"清晨登陇首"，羌无故实；"明月照积雪"，讵出经史？观古今胜语，多非补假，皆由直寻。颜延、谢庄，尤为繁密。于时化之，大明泰始中，文章殆同书抄。近任昉、王元长（融）等，辞不贵奇。竞须新事，尔来作者，寖以成俗，遂乃句无虚语，语无虚字，拘挛补衲，蠹文已甚。

卷中亦批评颜延之云：

又喜用古事，弥见拘束。

驳宫商声病的，如序云：

昔曹刘殆文章之圣，陆谢为体贰之才，锐思精研，千百年中而不闻宫商之辨，四声之论。或谓前达偶然不见，岂其然乎？……齐有王元长者，尝谓余曰："宫商与二仪俱生，自古词人不知之，惟颜宪子(延之)乃云'律吕音调'，而其实大谬；唯范晔、谢庄颇识之耳。尝欲进《知音论》，未就。"王元长创其首，谢朓、沈约扬其波。三贤或贵公子弟，幼有文辩，于是士流景慕，务为精密，襞积细微，专相陵架，故使文多拘忌，伤其真美。……至平上去入，则余病未能；蜂腰鹤膝，闾里已具。

"文多拘忌"就是违反自然，"伤其真美"就是损伤自然之美。他驳斥宫商声病是因为宫商声病违反自然；不违反自然的音律，他则极力提倡。序云：

尝试言之，古曰诗颂，皆被之丝竹，故非调五音，无以谐会。若"置酒高堂上"，"明月照高楼"，为韵之首，故三祖之词，文或不工，而韵入歌唱，此重音韵之义，与世之言宫商者异矣。……余谓文制本须讽读，不可蹇碍，但令清浊通流，口吻调利，斯为足矣。

"清浊通流，口吻调利"是最自然的音律；自然的音律是要的，因为"文制本须讽读，不可蹇碍"。可见究极声病是他所反对的，蹇碍口吻也是他所反对的，因为二者皆违反自然故也。

序中只驳斥颜延之、谢庄的繁密，未反对巧似；但繁密的形成，固由于用事用典，也由于崇尚巧似，所以卷中不只批评颜延之的"喜用古事"，更批评他的"尚巧似，体裁绮密，情喻渊深，动无虚散，一句一字，皆致意焉"。同卷批评张华云：

> 巧用文字，务为妍合。……谢康乐云，"张公虽复千篇，一体耳"。

卷下批评宋孝武帝云：

> 孝武诗雕文织采，过为精密，为二藩（南平王铄、建平王宏）希慕，见称轻巧矣。

都是在驳斥繁密巧似。

也许有人说锺嵘不只驳斥用事用典，宫商声病及繁密巧似，还驳斥黄老玄谈。如序云，"永嘉时，贵黄老，稍尚虚谈；于时篇什，理过其辞，淡乎寡味。爰及江表，微波尚传，孙绰、许询、桓、庾诸公，诗皆平典似道德论"。黄老就是自然主义者，既反对黄老玄谈，何能说他倡导自然主义？不错，黄老是自然主义者，但是哲学上的自然主义，不是文学上的自然主义，不能混为一谈。锺嵘的反对黄老，不是反对黄老的自然哲学，而是反对因为"贵黄老，尚虚谈"所形成的"理过其辞，淡乎寡味"的文学。"理过其辞，淡乎寡味"，便要"伤其真美"，便是一种不自然的文学。所以反对黄老，正是他提倡自然文学的应有之义。

从锺嵘的自然主义本身一方面看他的反对用典用事，反对宫商声病,反对繁密巧似,反对黄老玄理,是因为它们违反自然。从他的自然主义的产生一方面看,——就是从历史转换一方面看,当时以及稍前的用事用典,穷极声病,贵玄谈,尚巧似的文学及文学理论,正是促成他的自然主义的反面原因。只就自然主义的本身定优劣,锺嵘自优于刘勰;若就自然主义的历史而论,则刘勰是创始者,锺嵘是完成者。刘勰在齐代提出自然的文学以后,在文学界当然发生很大的影响,到锺嵘作《诗品》的时候已经过了好几十年的酝酿,自可以产生硕大的果子了。

三　诗之理论的起源与历史的起源

诗的起源问题有二:一、诗是怎么来的?二、什么时代才有诗。前者是理论的,后者是历史的。关于理论的起源,《毛诗序》说是:"诗者,志之所之也。"(详二篇一章三节),那么,有志便可以有诗,我们可称之为唯心的起源说。锺嵘则倡唯物的起源说。《诗品序》发端即云:

> 气之动物,物之感人,故摇荡性情,形诸舞咏。

可见"形诸舞咏"要等待"物之感人",而使之"摇荡性情"。又云:

> 若乃春风春鸟,秋日秋蝉,夏云暑雨,冬月祁寒,斯四候之感诸诗者也。嘉会寄诗以亲,离群托诗以怨。至于楚臣去境,汉妾辞宫;或骨横朔野,或魂逐飞蓬;或负戈外戍,杀气雄边,塞客衣单,孀闺泪尽;或士有解佩出朝,一去忘返;女有扬娥入

宠，再盼倾国：凡斯种种，感荡心灵，非陈诗何以展其义，非长歌何以骋其情？

写景诗必有外界的景物的感召，写情诗必有亲身的事实的荡触；否则因无感应，不能"摇荡性情"，自然更无从"形诸舞咏"了。

此种唯物的感应说，亦倡自刘勰，而成于锺嵘。刘勰云："春秋代序，阴阳惨舒，物色之动，心亦摇焉。"已经指明"心摇"有待"物动"。但刘勰还注重心的条件，谓"陶钧文思，贵在虚静，疏瀹五藏，澡雪精神"。所以是心物二元说（详八章五节）。锺嵘则固不忽略作者的才学，而谓诗的冲动，完全仰赖客观的感召，所以是唯物一元说。

至于历史的起源，因为锺嵘所"品"者只是"古今五言诗"，所以没有泛论诗的起源，而仅论五言诗的起源。序云：

昔《南风》之词，《卿云》之颂，厥义夐矣。夏歌曰"郁陶乎予心"，楚谣曰"名余曰正则"，虽诗体未全，然是五言之滥觞也。逮汉李陵，始著五言之目矣。古诗渺邈，人世难详，推其文体，固是炎汉之制，非衰周之倡也。自王扬枚马之徒，词赋竞秀，而吟咏靡闻。从李都尉迄班婕妤，将百年间，有妇人焉，一人而已。诗人之风，顿已缺丧。东京二百载中，惟有班固咏史，质木无文。降及建安，曹公父子，笃好斯文；平原兄弟，郁为文栋；刘桢、王粲，为其羽翼；次有攀龙托凤，自致于属车者，盖将百计：彬彬之盛，大备于时矣。

以夏歌（见《尚书·五子之歌》，系伪古文）及《离骚》的单句为五言之滥觞，已经近于滑稽，至以李都尉为"始著五言之目"，更是错误，因为所谓李陵与苏武的河梁赠答诗，根本不可靠的（详《河南大学文学院季刊》第一期拙撰《五言诗起源说评录》）。但论次五言诗的起源及其历史者，锺嵘以前，虽有刘勰的《文心雕龙·明诗》篇，而远不如此详尽，后世研究此问题者，又率以此为蓝本，则其在历史上的价值，可以想知了。

四　诗的滋味

锺嵘对于诗，提倡自然主义，而自然主义的诗，则他以为需要有"滋味"。他卑薄永嘉的诗，因为：

> 于时篇什，理过其辞，淡乎寡味。（已详二节）

他爱好五言诗，因为：

> 五言居文词之要，是众作之有"滋味"者也。（《诗品序》）

怎样才能有"滋味"？他说五言诗的所以有滋味，"岂不以指事造形，穷情写物，最为详切者邪？"又云：

> 故诗有三义焉：一曰兴，二曰比，三曰赋。文已尽而意有余，兴也；因物喻志，比也；直书其事，寓言写物，赋也。宏斯三义，酌而用之，干之以风力，润之以丹彩，使味之者无极，闻之者动心，是诗之至也。若专用比兴，则患在意深，意深则词踬；若但用赋体，则患在意浮，意浮则文散，嬉成流移，文无止泊，

有芜漫之累矣。(同上)

以"文已尽而意有余"释"兴",知他所谓"滋味",也是要"文已尽而意有余"的。赋本来是直接铺叙的意思,他却要说是"寓言写物",寓言便已不是直叙了。由是知他所谓"滋味",虽然近于神秘,但也不过是用一种曲笔寓言,使有文字以外的意味而已。

五　诗人的品第及流派

至对于诗人的批评,他先分为上中下三品。序云:

网罗古今,词文殆集,轻欲辨彰清浊,掎摭利病,凡百二十人,预此宗流者,便称才子。至斯三品升降,差非定制,方申变裁,请寄知者耳。

兹将上中下三品的诗人,列下表(见306页)。

这种分别品第的方法,锺嵘自谓取之刘歆、班固。序云:"昔九品论人,七略裁士,校以宾实,诚多未值;至若诗之为技,较尔可知。"据我所知,这也是当时的一种风气。庾肩吾有《书品》,分为上上,上中,上下,中上,中中,中下,下上,下中,下下九品。谢赫有《古画品》,分为六品。沈约有《棋品》,现在只存序文,分为若干品不可考(俱见《全梁文》)。对于诗的分品,在锺嵘作《诗品》以前,也有刘士章的"欲为当世诗品"。

将诗人区分三品,颇可予人以清晰的印象,但"诗之为技",固"较尔可知”,而上下之间,也颇有困难。如对于张华,虽列之中品,但谓“今置之中品疑弱,处之下科恨少,在季孟之间矣”。因之“权以宾实”也还是“诚多未值”。如陶潜的居于中品,《兰庄诗话》便为之代鸣不平。

上品古诗外十一人	李陵,班姬,曹植(魏陈思王),刘桢,王粲,阮籍,陆机,潘岳,张协,左思,谢灵运
中　　品三十九人	秦嘉,徐淑、曹丕(魏文帝)、嵇康、张华、何晏,孙楚,王赞,张翰,潘尼、应璩、陆云,石崇,曹摅,何劭、刘琨,卢谌、郭璞、袁宏、郭泰机,顾恺之,谢世基、顾迈,戴凯、陶潜①、颜延之、谢瞻,谢混,袁淑,王微,王僧达、谢惠连、鲍照、谢朓、江淹、范云,丘迟、任昉、沈约
下　　品七十二人	班固,郦炎,赵壹、曹操(魏武帝),曹睿(魏明帝)、曹彪(魏白马王),徐幹、阮瑀,欧阳建,应璩(或疑为璩子贞),嵇含,阮侃,嵇绍,枣据、张载,傅玄,傅咸,缪袭,夏侯湛、王济,杜预,孙绰,许询、戴逵、殷仲文②、傅亮、何长瑜,曜璠,范晔、刘骏(宋孝武帝),刘铄(宋南平王),刘宏(宋建平王)、谢庄、苏宝生,陵修之,任云绪,戴法兴、区惠恭、惠休,道猷,宝月、萧道成(齐高帝),张永,王文宪、谢超宗,丘灵鞠,刘祥,檀超,锺宪,颜则,顾则心、毛伯成,吴迈远,许瑶之、鲍令晖,韩兰英、张融,孔稚珪、王融,刘绘、江祐、王巾,卞彬,卞录、袁嘏、张欣泰,范缜、陆厥,虞羲,江洪、鲍行卿,孙察

表例:《诗品》品人,或分或合,其数人合论者,兹亦连列而以“、”点断。

“迈、凯、昉、约滥居中品,至魏文不列乎上,三公屈居乎下”,也遭王世贞《艺苑卮言》的诋其“尤为不公”。王士祯《渔洋诗话》也说是“黑白淆混”。自然确如《四库提要》所言,“梁代迄今,邈逾千祀,遗篇旧制,什九不存,未可缀拾残文,定当日全集之优劣”。但“古直甚有悲凉之句”的曹操,无论如何,不宜抑居下品。

① 通行本《太平御览》卷五八六引列上品,但宋本仍列中品。

② 《对雨楼丛书》本于殷仲文上列谢混,疑误。

锺嵘论到诗人，还有一种特点，就是好推求诗人之诗的渊源。如谓古诗“其体原出于《国风》”；李陵“其原出于《楚辞》”；王粲“其原出于李陵”；沈约“宪章鲍明远”。有的虽未确定他的渊源，而亦指出与以前的诗人的关系。如谓嵇康“颇似魏文”；江淹“觔力于王微，成就于谢朓”。

至其远源，则不出《国风》、《小雅》、《楚辞》三种。源于《小雅》的只有阮籍，无庸制表；其源于《国风》及《楚辞》者，为制表如下：

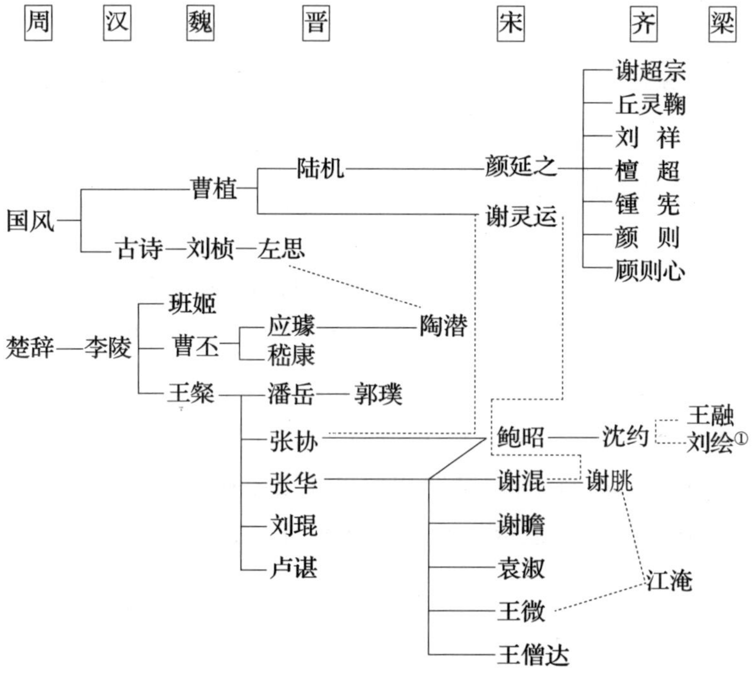

（表例）凡言源出，祖袭，宪章某者，表以——线；只言部分关系，表以……线。

① 中卷沈约下云：“王元长等皆宗附之。”元长为王融字，下卷以王融、刘绘并论，故知所谓王元长等者，刘绘在内也。

论诗而顾及诗的源流派别，是我们同意的，但一个诗人的完成，虽有他的渊源，而其渊源决不限于某一诗人或某一诗集。叶梦得《石林诗话》卷下说得好：

> 梁锺嵘《诗品》论陶渊明，以为出于应璩，此说不知其所据。应璩不多见，惟《文选》载其《百一诗》一篇，所谓"下流不可处，君子慎厥初"者，与陶诗远不相类。《五臣注》引《文章录》云："曹爽用事多违法度，璩作此诗，以刺在位，若百分有补于一者。"渊明正以脱略世故，超然物外为适，顾区区在位者，何足累其心哉？且此老何尝有意欲以诗自名，而追取一人而摹仿之？此乃当世文人与世进取，竟进而争长者所为，何期此老之浅？盖嵘之陋也！

毛缙《诗品跋》一方面说："靖节先生诗，自写其胸中之妙，不屑屑于比拟，乃谓其出于应璩。"一方面又推测锺嵘所以说其"源出于应璩"者，"岂以靖节述酒诗篇，悼国伤时，仿佛《百一诗》，托刺在位遗意耶"？其实从一方面看，陶诗与应诗"了不相类"；从另一方面看，自有"仿佛《百一诗》者"，由此可知道锺嵘的确定某一诗人源于以前的某一诗人或诗集者，真如王世贞《艺苑卮言》所说，"恐未必然"？

第十章　北朝的文学论

一　北朝的风土习性

在绪言的第五节,我们提到亚里士多德尝以地理风土解释人民的偏于勇敢或智慧,孟德斯鸠尝以气候寒暖解释国俗的注重道德,或情欲活跃。又提到魏徵的《隋书·文学传序》和李延寿的《北史·文苑传序》,也都从土地习俗说明南北文学的差异。《北史·文苑传序》是钞录《隋书·文学传序》的,《隋书·文学传序》云:

> 江左宫商发越,贵于清绮;河朔词义贞刚,重乎气质。气质则理胜其词,清绮则文过其意。理深者便于时用,文华者宜于咏歌:此南北词人得失之大较也。

刘师培《南北文学不同论》亦云:

> 大抵北方之地,土厚水深,民生其间,多尚实际。南方之地,水势浩洋,民生其际,多尚虚无。民崇实际,故所著之文,

> 不外记事、析理二端。民尚虚无,故所著之文,或为言志抒情之体。

是的,中国南北的地理风土不同,因之人民的习俗和学艺亦异。《中庸》说北方之强者,是"衽金革,死而不厌";南方之强者,是"宽柔以教,不报无道"。北方的诗人,自述作诗的目的是"言志"和"美刺";南方的辞人,则谓作辞是在"发愤抒情"。诗人没有提到美的问题;辞人则一再说"纷吾既有此内美兮,又重之以修能","文质疏内兮,众不知余之异采"(详一篇二章一节及二篇三章一节)。到南北朝的对立时代,其差异更不仅有地理因素,而且有民族因素、阶级因素和学术因素。南朝的文人大体都是自中原移来的道地华人;北朝的文人,虽则未必渗入了胡人之血,但胡人的质俚朴素,总会使他们的观感改变,而汉制于胡,又会使他们发生报仇的意志。晋室南渡,"过江名士多于鲫",可见故家大族率迁于南朝;而留在北朝的当然大半是乡闾平民。《颜氏家训·音辞》篇云"冠冕君子,南方为优,闾里小人,北方为愈",虽是就言语的音辞而言,但南方多"冠冕君子",北方多"闾里小人",也是那时的事实情况。"冠冕君子"需要繁缛华美,"闾里小人"需要简质实用。北朝的文学虽不及南朝,但经学则驾于南朝之上。赵翼《二十二史劄记》云:"六朝人虽以词藻相尚,然北朝治经者尚多。"(卷十五"北朝经学"条)又云:"南朝经学本不如北,兼以上之人不以此为重,故习业益少。"(同上"南朝经学"条)在本篇第一章第四节,我们曾说魏晋六朝的时代,"唯其经术节义衰,所以文章才转于缘情"。反之,北朝的经学既优于南朝,所以缘情的文学观念不易在北朝滋长。总之,北朝的文学观念与南朝迥然不同,而不同的因素则是多方面的。

二　苏绰及魏收邢劭的尊古崇理文学观

《周书·苏绰传》云:“自有晋之季,文章竞为浮华,遂成风俗。太祖欲革其弊,因魏帝祭庙,群臣毕至,乃命绰为《大诰》,奏行之。……自是之后,文笔皆依此体。”《大诰》的文章,几于全仿《尚书》。文云:

> 惟天地之道,一阴一阳,礼俗之变,一文一质。……惟我有魏,承乎周之末流,接秦汉遗弊,袭魏晋之华诞,五代浇风,因而未革;将以穆俗兴化,庸可暨乎?

由是勖勉在位百官:“克捐厥华,即厥实;背厥伪,崇厥诚;勿愆勿忘,一乎三代之彝典,归于道德仁义。”自然这不是专为文学而发,但对文学的影响却甚大。《周书·柳虬传》云:“时人论文体者,有古今之异;虬以为时有古今,非文有古今,乃为《文质论》。”所谓古,指苏绰及其附合者,所谓今,指王褒、庾信及其附合者。《文质论》已佚,不能尽知其详,但返古的文学及其观念之已形成相当的势力,可以借知梗概。以故就是号称“惊蛱蝶”的魏收,也在《魏书·文苑传序》云:

> 夫文之为用,其来日久,自昔圣达之作,贤哲之书,莫不统理成章,蕴气标致。其流广变,诸非一贯,文质推移,与时俱化。

同时邢劭在《萧仁祖集序》亦云:

> 昔潘陆齐轨，不袭建安之风；颜谢同声，遂革太原之气。自汉逮晋，情赏犹自不谐；江北江南，意制本应相诡。

魏收主“统理成章”，与南朝的“以情纬文”，显然背道而驰；邢劭虽没有非毁南朝文学，但谓北朝应当自标意制，更当然与南朝的观念不同。

三　颜之推的地位及其兼采古今的文学论

北朝的文学理论，在当时最有权威的恐怕是苏绰，到现在最值论述的却是颜之推。颜之推（531—?）字介，琅邪临沂人。《北齐书》和《北史》都叙在《文苑传》。他的《颜氏家训》有《文章》篇，是一篇极重要的文学论文，他篇亦有时论及文学。

苏绰是很严厉的，对当时的文体，力主改革，决不妥协。颜之推比较温和。《文章》篇云：

> 凡为文章，犹人乘骐骥，虽有逸气，当以衔勒制之，勿使流乱轨躅，放意填坑岸也。文章当以理致为心胸，气调为筋骨，事义为皮肤，华丽为冠冕。今世相承，趋末弃本，率多浮艳。辞与理竞，辞胜而理伏，事与才争，事繁而才损；放逸者流宕而忘归，穿凿者补缀而不足。时俗如此，安能独违，但务去泰去甚耳。必有盛才重誉改革体裁者，实吾所希。古人之文，宏材逸气，体度风格，去今实远；但缉缀疏朴，未为密致耳。今世音律谐靡，章句偶对，讳避精详，贤于往昔多矣。宜以古之制裁为本，今之辞

调为末,并须两存,不可偏弃也。(《四部丛刊》本卷上)

可见他也不满意浮艳的文学,也希望"改革体裁";不过他的"改革体裁",不似苏绰的崇古卑今,而是兼采古今——"以古之制裁为本,今之辞调为末。"本指文学的内容,就是他所谓心胸筋骨;末指文学的形式,就是他所谓皮肤冠冕。所以兼采古今的方法,仍然是"以理致为心胸,气调为筋骨,事义为皮肤,华丽为冠冕"。《文章》篇引辛毗、刘逖的论辩云:

齐世有辛毗者,清干之士,官至行台尚书,嗤鄙文学,嘲刘逖云:"君辈辞藻,譬若荣华,须臾之玩,非宏材也;岂比吾徒十丈松树,常有风霜,不可凋悴矣。"刘应之曰:"既有寒木,又发青华,何如也?"辛笑曰:"可矣。"

寒木确是宏才,但"又发青华",弥可宝爱。文章自然应当注重理致气调,但事义华丽也不可少。

四　文人轻薄的指摘

不过我们要知道他的兼采古今,是以今之辞调,修饰古之制裁;所以虽采取今之辞调,却反对今之浮艳,所以希望"改革体裁",所以指摘文人轻薄。《文章》篇云:

自古文人,多陷轻薄:屈原露才扬己,显暴君过,宋玉体貌容冶，见遇俳优，东方曼倩滑稽不雅，司马长卿窃资无操，王褒过章《童约》，扬雄德败《美新》，李陵降辱夷虏，刘歆反覆莽世，傅毅党附权门，班固盗窃父史，赵元叔抗竦过度，冯敬通浮华摈压，马季长佞媚获诮，蔡伯喈同恶受诛，吴质诋诃乡里，曹植悖慢犯法，杜笃乞假无厌，路粹隘狭已甚，陈琳实号粗疏，繁钦性无检格，刘桢屈强输作，王粲率躁见嫌，孔融、祢衡诞傲致殒，杨修、丁虞扇动取毙，阮籍无礼败俗，嵇康凌物凶终，傅玄忿斗免官，孙楚矜夸凌上，陆机犯顺履险，潘岳乾没取危，颜延年负气摧黜，谢灵运空疏乱纪，王元长凶贼自贻，谢玄晖诲慢见及：凡此诸人，皆其翘秀者，不能悉纪，大较如此。至于帝王，亦或不免。自昔天子而有才华者，唯汉武、魏太祖、文帝、明帝、宋孝武帝，皆负世议，非懿德之君也。自子游、子夏、荀况、孟轲、枚乘、贾谊、苏武、张衡、左思之俦，有盛名而免过患者，时复闻之，但其损败居多耳。……今世文士，此患弥切，一事惬当，一句清巧，神厉九霄，志凌千载，自吟自赏，不觉更有傍人。加以砂砾所伤，惨于矛戟，讽刺之祸，速乎风尘，深宜防虑，以保元吉。

《涉务》篇亦云：

吾见世中文学之士，品藻古今，若指诸掌；及有试用，多无所堪。居承平之世，不知有丧乱之祸；处庙堂之下，不知有战阵之急；保俸禄之资，不知有耕稼之苦；肆吏民之上，不知有劳役之勤：故难可以应世经务也。晋朝南渡，优借士族，故江南冠带有才干者，擢为令仆以下，尚书郎、中书舍人以上，典掌机

要，其余文义之士，多迂诞浮华，不涉世务，纤微过失，又惜行捶楚，所以处于清名，盖护其短也。（卷下）

前者指摘文人轻薄，后者诋斥文人无用，目的都是希望“深宜防虑”，不再蹈于“迂诞浮华”。“深宜防虑”的方法，他并没有鲜明条举，但在《文章》篇说“多陷轻薄”的原因：

每尝思之，原其所积文章之体，标举兴会，发引性灵，使人矜伐，故忽于持操，果于进取。

则防虑的方法，当然要改革文体的“标举兴会，发引性灵”；而代之“以理致为心胸，气调为筋骨”。

再者文行的指摘，自然并非始于颜之推。曹丕《与吴质书》已云：“观古今文人，类不护细行，鲜能以名节自立。”《文章叙录》亦载韦诞云：“仲宣伤于肥戆，休伯都无格检，元瑜病于体弱，孔璋实自粗疏，文蔚性颇忿鸷。”宋袁淑《吊古》文亦云：“贾谊发愤于湘江，长卿愁悉于园邑，彦真因文以悲出，伯喈炫史而求人，文举疏诞以殃速，德祖精密而祸及。夫然，不患思之贫，无苦识之浅，士以伐能见斥，女以骄色贻遣。以往古为镜鉴，以未来为针艾，书予言于子绅，亦何劳乎蓍蔡？”（《全宋文》卷四十三）但曹丕的话很简单，韦诞的话侧重体性，袁淑的话是在伤悼文行贾祸，所以真正指摘文行的还是颜之推和杨遵彦。《魏书·文苑传》云：“杨遵彦作《文德论》，以为古今辞人，皆负才遗行，浇薄险忌；惟邢子才、王元美、温子昇，彬彬有德素。”旗帜鲜明的提倡文德，排斥文人无行；可惜其文已佚，不然也许有比颜之推更严厉的论调，而就现在可以看到的文献而言，当然要算颜之推的言论为最详明郑重了。颜之推与杨遵彦同出北朝，也可见这种论调是北朝的特产。在南朝就是力主原道征圣的刘勰，也反诘曹丕、韦诞的指摘，说："后人雷同，混之一贯，吁可悲矣。"又云："若夫屈贾之忠贞，邹枚之机觉，黄香之淳孝，徐幹之沉默，岂曰文士，必其玷欤?"（详八章七节）南朝袒护文行，北朝指摘文行，两朝的分道扬镳，于此可见矣。

五　各体文学的缓急

南朝的文学观念是反经的，所以萧纲指斥"吟咏情性，反拟《内则》之篇，操笔写志，更摹《酒诰》之作。"（详一章八节）北朝的文学观念是宗经的，所以苏绰仿《尚书》作大诰，颜之推谓文章原出《五经》。《文章》篇云：

> 夫文章者，原出《五经》：诏命策檄，生于《书》者也；序述论议，生于《易》者也；歌咏赋颂，生于《诗》者也；祭祀哀诔，生于《礼》者也；奏议箴铭，生于《春秋》者也。朝廷宪章，军旅誓诰，敷显仁义，发明功德，牧民建国，施用多途。

自然我没有忘记刘勰也说各体文学皆源出于经（详本篇第八章四节），但刘勰是矫俗的训诫，颜之推是顺时的提举，理论虽同，背景则异。文章是否全出于经，当然有问题，但经是载道的——最低依据经学家的解释是载道的，则谓文章原出《五经》，可以使"以理致为心胸”的文说，更有历史的根据；同时既谓“文章当以理致为心胸”，也便容易感觉文章是原出《五经》的。

习作文学当然应侧重“施用多途”的文章，但对“陶冶性灵”的诗赋也不主张尽废。《文章》篇云：

> 至于陶冶性灵，从容讽谏，入其滋味，亦乐事也；行有余力，则可习之。

又云：

> 或问扬雄曰：“吾子少而好赋。”雄曰：“然，童子雕虫篆刻，壮夫不为也。”余窃非之曰：“虞舜歌《南风》之诗，周公作《鸱鸮》之咏，吉甫、史克，雅颂之美者，未闻皆在幼年累德也。孔子曰：‘不学诗无以言。’‘自卫返鲁，乐正，雅颂各得其所。’大明孝道，引《诗》证之，扬雄安敢忽之也。若论诗人之赋丽以则，辞人之赋丽以淫，但知变之而已，又未知雄自为壮夫何如也？”

对奏议反倒诫他的子弟不作。《省事》篇云：

> 上书陈事，起自战国，逮于两汉，风流弥广。原其体度，攻人主之长短，谏诤之徒也；讦群臣之得失，讼诉之类也；陈国家之利害，对策之伍也；带私情之与夺，游说之俦也。总此四涂，贾诚以求位，鬻言以干禄，或无丝毫之益，而有不省之困，……非士君子守法度者所为也。(卷下)

前者由于颜之推本来是折中论者,所以虽重"施用多途",也不废"陶冶性灵";后者由于颜之推所作本来是家训,恐怕子孙"有不省之困",所以不欲其"上书陈事"。

六　创作与评论

至能否创作,颜之推以为第一要仰仗天才。《文章》篇云:

> 学问有利钝,文章有巧拙。钝学累功,不妨精熟;拙文研思,终归蚩鄙。但成学士,自足为人;必乏天才,勿强操笔。吾见世人,至于无才思,自谓清华,流布丑拙,亦以众矣,江南号为诊痴符。

第二要遵从三易。《文章》篇引沈隐侯云:

> 文章当从三易:易见事,一也;易识字,二也;易读诵,三也。

第三要请人评论。《文章》篇云:

> 学为文章,先谋亲友,得其评论,然后出手,慎勿师心自任,取笑旁人也。

但自己作文,固要请人评论;人家的文章,却不愿子孙轻议。《文章》篇云:

> 江南文制，欲人弹射，知有病累，随即改之，陈王得之于丁廙也。山东风俗，不通击难。吾初入邺，尝以此忤人，至今为悔，汝曹必无轻议也。

这也是由于他所作本是家训，“他山之石，可以攻错”，所以自己的文章，欲其得人评论，然后出手，“人皆暗于自见，谓己为贤”，所以他人的文章，不欲其轻议贾祸也。

第十一章　佛经翻译论

一　翻译之难

中国史上有两大翻译时代，一是清末至现在的翻译东西洋书籍，一是上起汉魏，下迄宋元的翻译印度佛经。

文学批评是后于文学的，同样翻译论也是后于翻译的，以故译事虽可上溯于东汉之末，而翻译论则到吴大帝黄武（222—229）时，方由从维祇难受《法句经》者提出，所作《法句经序》云：

诸佛典兴皆在天竺，天竺语言与汉异音，云其书为天书，语为天语，名物不同，传实不易。唯昔蓝调，安侯，世高，都尉，弗（佛）调[①]，译胡为汉（文作释梵为晋），审（文作实）得其体，斯以（文作已）难继。后之传者虽不能密（文作审），犹尚贵实，粗得大趣。始者维祇难出自天竺，以黄武三年（224）来适武昌，仆从受此五百偈本，请其同道竺将炎为译。将炎虽善天竺

① 《大藏经》本各藏经，常有通假字或讹字，而于注中出本字。如此处作“弗调”，注谓“弗”即“佛”。今仍依原文作“弗”，而注“佛”于“弗”下。后仿此。

语，未备晓汉，其所传言所得胡（文作梵）语，或以义出音，近于质直。仆初嫌其辞（文作词，上有为字）不雅，维祇难曰：“佛言依其义不用饰，取其法不以严其传，经者当（文无当字）令晓，勿失厥义，是则为善。”座中咸（文作或）曰：“老氏称‘美言不信，信言不美。’仲尼亦云：‘书不尽言，言不尽意。’明圣人意深邃无极。今传胡（文作梵）义，实宜经达。”是以自竭受译人口，因循本旨，不加文饰，译所不解，则（文作即）阙不传，故有脱失，多不出者。（《大藏经》本《出三藏记集》卷七，《全唐文》卷九八六。）

所以需要翻译者，本来就是因为语言文字的“名物不同”；而惟其“名物不同”，所以“传实不易”；惟其知道了“传实不易”，所以才能引起翻译的研究，提出翻译的方法。虽然“传实不易”，却希望“传实”，所以主张“依其义不用饰”，“因循本旨，不加文饰”。可以算是最初的直译说了。

《全唐文》的编者董诰等大概误认此文为唐人所作，所以载入《全唐文》卷九百八十六，而以黄武为吴大帝年号，由是在下边注一“疑”字。实则此文既载于梁僧祐的《出三藏记集》，其著作时代必在梁前，文中既标有黄武三年，当然是黄武时候的作品。《出三藏记集》说“未详作者”，序中称从维祇难受此五百偈本，当然与维祇难同时。《高僧传》卷一《维祇难传》“以吴黄武三年，与同伴竺律炎，来至武昌”（李证刚先生告知），与序文相合，知作者确是吴大帝时人。就翻译论言，也应当先发现翻译的困难，然后才提出翻译的方法，此文正说翻译之难，应当是最早的翻译论。放在唐代，实在不类；置之三国，极为恰当。

二　道安的五失本三不易说

吴时的作《法句经序》者，知道了翻译之难*，因此主张“因循本旨，不加文饰”的直译。到东晋时的道安（313—385），更具体的提出翻译的五失本、三不易之说，他的《摩诃钵罗若波罗蜜经抄序》云：

> 译胡为秦，有五失本也：一者，胡语尽倒，而使从秦，一失本也。二者，胡经尚质，秦人好文，传可众心，非文不合，斯二失本也。三者，胡经委悉，至于叹咏，丁宁反复，或三或四，不嫌其烦，而今裁斥，三失本也。四者，胡有义记，正似乱辞，寻说向语，文无以异，或千五百，刈而不存，四失本也。五者，事已全成，将更傍及，反腾前辞，已乃后说，而悉除之，此五失本也。
>
> 然般若经，三达之心，覆面所演，圣必因时，时俗有易，而删雅古以适今时，一不易也。愚智天隔，圣人叵阶，乃欲以千岁之上微言，传使合百王之下末俗，二不易也。阿难出经，去佛未久。尊【者】[①]大迦叶令五百六通，迭察迭书，今离千年而以近意量截（裁），彼阿罗汉乃兢兢若此，此生死人而平平若此，岂将不知法者勇乎，斯三不易也。（《出三藏记集》卷八）

因此道安虽“外涉群书，善为文章”，而对于翻译则兢兢于“不失

---

* 此句1957年版改为“三国时的支谦发现了翻译之难”。

① 者字原无，注云：“+者”（+，加号）。后遇此类情形，亦俱画【　】号以别之。

本”——就是力求合于原文原意。于十四卷本《鞞婆沙序》引《赵郎告译人》云：

昔来出经者，多嫌胡言方质，改适今俗，此政所不取也。何者，传胡为秦，以不开（闲）方言，求知辞趣耳，何嫌文质？文质是时，幸勿易之。经之巧质有自来矣；唯传事不尽，乃译人之咎耳。（《出三藏记集》卷十）

他对于“嫌胡言方质，改适今俗”者，有两个妙喻的贬刺。一见于《摩诃钵罗若波罗蜜经抄序》：

前人出经，支谶、世高，审得胡本难系者也。叉罗、支越，斫凿之巧者也。巧则巧矣，惧窍成而混沌死矣。若夫以《诗》为烦重，以《尚【书】》为质朴，而删令合今，则马郑所深恨者也。（《出三藏记集》卷八）

一见于《比丘大戒序》：

考前常世行戒，其谬多矣；或殊文旨，或粗举意。昔从武遂法潜得一部戒，其言烦直，意常恨之。而今侍（持）戒规矩与同，犹如合符出门应彻（辙）也。……而慊（嫌）其丁宁文多反复，称即命慧常令斤（斥）重去复。常乃避席谓大不宜尔。……将来学者欲审先圣雅言者，宜详览焉。诸出为秦言，便约不烦者，皆蒲陶酒之被水者也！（《出三藏记集》卷十一）

译质为文是失本，译烦为约也是失本，尽管前者有文采之美，后者有简约之功，就翻译而言，都是“译人之咎”。因此他所监译的经卷，要“案本而传，不令有损言游字；时改倒句，余尽实录”（《鞞婆沙序》）。然则道安是主张极端直译的了。

三　鸠摩罗什的“嚼饭”妙喻

翻译论的争执，集中点是直译或意译。从一方面看，直译好像是理想的翻译，但由甲国文字，译为乙国文字，文字既异，文法亦殊，以故极端直译是不可能的。道安是主张极端直译者，然也要“时改倒句”。假使不改倒句也可以，不过一定弄得必深通原文，始能读译文；而既深通原译文，又不必读译文。由是翻译的作用完全丧失了。因此初期的翻译者，每为了迁就本国的语言文字，而采取意译，清末的译东西文如此，汉晋的译佛经也是如此。固然最早的译经者，确如梁任公先生《翻译文学与梵典》所分析，“世高译业在南，其笔受者为临淮人严佛调。支谶译业在北，其笔受者为洛阳人孟福、张莲等。好文好质，隐表南北气分之殊。”（《饮冰室合集·专集》第十四册）但好文者固是意译，好质者也是意译，所以《高僧传》卷二《鸠摩罗什传》云：“既览群经，义多纰缪，皆由先译失旨，不与好本相应。”《续高僧传》卷四《玄奘传》亦云：“前代所译经教，中间增损，多坠全言。”既然初期的翻译率为好文或好质的意译，所以后人才以发现初译的错误，而提出直译的翻译论。但直译又有许多困难，许多弊端，不是“时改倒句”，就是生硬不通，由是又有意译的翻译论。职此之故，所以道安主直译，稍后的鸠摩罗什又主意译。《高僧传》本传云：

> 什每为【僧】睿论西方辞体，商略同异，云：天竺国俗，甚重文制，其宫商体韵，以入弦为善。凡觐国王，必有赞德，见佛之仪，以歌叹为贵，经中偈颂，皆其式也。但改梵为秦，失其藻蔚，虽得大意，殊隔文体，有似嚼饭与人，非徒失味，乃令呕哕也！

这是不错的，尽管你是直译能手，文字的意义可翻，文字的藻蔚翻不来，特别是诗歌偈颂，本是音律文字，音律附于文字，文字译改，音律自然不同了。因此鸠摩罗什对于翻译，"比较的偏重意译。其译《法华》则'曲从方言，趣不乖本'（慧观《法华宗要序》）。其译《智度》，则'梵文委曲，师以秦人好简，裁而略之'（僧睿《大智释论序》）。其译《中论》，则'乖阙繁重者，皆裁而裨之'（僧睿《中论序》）。其译《百论》，则'陶练覆疏，务存论旨；使质而不野，简而必诣'（僧肇《百论序》）。据此可见凡什公所译，对于原本，或增或削，务在达旨，与道安所谓'尽从实录，不令有损言游字'者，殊科矣"（梁任公先生《翻译文学与佛典》）。

不过他的意译是非常矜重的。僧睿说他所译的《般若波罗蜜经》，"胡文雅质，按本译之。于巧丽不足，朴正有余矣"（《小品经序》，见《出三藏记集》卷八）。又说他翻译《摩诃般若波罗蜜经》："手执胡本，口宣秦言，两释异音，交辩文旨……与诸宿旧义业沙门释慧恭、僧䂮、僧迁、宝度、慧精、法钦、道流、僧睿、道恢、道檦、道恒、道悰等五百余人，详其义旨，审其文中，然后书之。……胡音失者，正之以天竺，秦名谬者，定之以字义；不可变者，即而书之。是以异名斌然，胡音殆半，斯实匠者之公谨，笔受之重慎也。”（《大品经序》，见《出三藏记集》卷八）则虽主意译，然对原文，亦非常忠实。《高僧传》卷二本传载他临死的时候告别众僧说：“自以暗昧，谬充传译，凡所出经论五百余卷，惟十诵一部未及删烦，存其本旨，必无差失。愿凡所宣译，传流后世，咸共弘通。今于众前发诚实誓，若所传无谬者，当使焚身之后，舌不焦烂。”其矜慎的态度，可以想知了。

四 慧远的折中说

道安主张直译，什公较重意译，由两种相反的学说的对立，胎育出慧远的融合的折中说。他序僧伽提婆所译的《三法度》云：“虽音不曲尽，而文不害意。”又云：

> 自昔汉兴，逮及有晋，道俗名贤，并参怀圣典，其中弘通佛教者，传译甚众，或文过其意，或理胜其辞。以此考彼，殆兼先典。后来贤哲，若能参通晋胡，善译方言，幸复详其大归，以裁厥中焉。（《出三藏记集》卷十）

“文过其意”是意译之失，“理胜其辞”是直译之失，惟其意译直译都有缺点，由是他主张“详其大归，以裁厥中”。又序童寿（即鸠摩罗什）所译《大智论抄》云：

> 譬大羹不和，虽味非珍，神珠内映，虽宝非用，信言不美，

有自来矣。若遂令正典隐于荣华，玄朴亏于小成，则百家竞辨，九流争川，方将幽沦长夜，背日月而昏逝，不亦悲乎！

所指都是意译的毛病，而又续云：

于是静寻所由，以求其本，则知圣人依方设训，文质殊体，若以文应质则疑者众，以质应文则悦者寡。是以化行天竺，辞朴而义微，言近而旨远。义微则隐昧无象。旨远则幽绪莫寻。故令玩常训者牵于近俗，束名教者或（惑）于未闻。

则对直译亦认为有许多缺点。由是他斟酌二者之间，想出一个折中的办法：

简繁理秽，以详其中，令质文有体，义无所越。（《出三藏记集》卷十《大智论抄序》）

在他看来，“若开易进之路，则阶藉有由，晓渐悟之方，则始涉有津”。折中的办法，正有这种好处。

五　僧睿的研究译字

此后的翻译论，逐渐进于讨论译字。第三节引僧睿说什公的译《摩诃般若》“梵音失者，正之以天竺；秦言谬者，定之以字义；不可变者，即而书之。是以异名斌然，胡音殆半”，已开始译字的研究。至僧睿自己，对于译字的研究尤详。他的《思益经序》云：

此经天竺正音，名"毗绝沙真谛"，是他方梵天殊特妙意菩萨之号也。详听什公传译其名，幡覆展转，意似未尽，良由未备秦言名实之变故也。察其语意，会其名旨，当是"持意"，非"思益"也；直以未喻"持"义，遂用"益"耳。其言"益"者，超绝殊异妙拔之称也；"思"者，进业高胜自强不息之名也，旧名"持心"，最得其实。（《出三藏记集》卷八）

又《毗摩罗诘提经义疏序》云：

既蒙究摩罗【什】法师正玄文，摘幽指，始悟前译之伤本，谬文之乘趣耳。至如以"不来相"为"辱来"，"不见相"为"相见"，"未缘法"为"始神"，"缘合法"为"止心"，诸如此比，无品不有，无章不尔。然后知边情险（詖）诐，难可以参契真言，厕怀玄悟矣。（同上）

大抵初期的宣译事业，由梵僧宣经，汉人笔授，所以只能达旨，至字句翻译当否，当然无从推敲。什公是天竺人，娴于梵文，到中国后，又"转能汉言"，所以能发现旧译的"义多纰僻（谬），皆由先度失旨，不与梵本相应"（《高僧传》卷二本传）。所以能开始译字的讨论。奎僧睿是魏郡长乐人，是否通梵文不可知。《高僧传》卷六本传说："什所翻经，睿并参正。"又说："后出《成实论》，令睿讲之，什谕睿曰：'此诤论中有七变处，文破毗昙，而在言小隐。若能不问而解，可谓英才。'至睿启发幽微，果不谘什，而契然悬会。什叹曰：‘吾传译经论，得与子相值，真无所恨矣。’”然则即使他不通梵文，对梵文亦颇能“契然悬会”，所以对译字亦能多所指正与研讨。

六　僧祐的讨论汉梵异同

什公、僧睿只讨论旧译的文字错误，而未言错误的原因，至生于宋而卒于梁的僧祐（445—518），始于《出三藏记集》卷一《胡汉译经音义同异记》，对错误的原因，作详细的剖析云：

> 昔造书之主，凡有三人，长名曰梵，其书右行；次曰佉楼，其书左行；少者苍颉，其书下行。梵及佉楼居于天竺，黄史苍颉在于中夏。梵佉取法于净天，苍颉因华于鸟迹，文画诚异，传理则同矣。仰寻先觉所说，有六十四书，鹿轮转眼，笔制区分；龙鬼八部，字体殊式。唯梵及佉楼为世胜文，故天竺诸国，谓之天书。西方写经，虽同祖梵文，然三十六国，往往有异，譬诸中土，犹篆籀之变体乎？案苍颉古文，沿世代变，古移为籀，籀迁至篆，篆改成隶，其转易多矣。至于傍生八体，则有仙龙云芝，二十四书，则有楷奠（尊）针殳，名实虽繁，为用盖鲜。然原本定义，则体备于六文，适时为敏，则莫要于隶法，东西之书源，亦可得而略究也。至于胡音，为语单复无恒，或一字以摄众理，或数言而成一义。寻《大涅槃经》，列字五十，总释众义，十有四音，名为字本，观其发语裁音，宛转相资，或舌根唇末，以长短为异。且胡字一音，不得成语，必余言足句，然后义成。

译人传意，岂不艰哉！

梵文和汉文的字音字义，都有这样多的变迁，如不能对彼此文字都有深切的认识，翻译起来，自易发生错误。且梵文属于复音语系，“为语单复无恒，或一字以摄众理，或数言而成一义”。汉文属单音语系，一字一音，一字一义。所以译梵为汉，尤为困难。另外梵文还有一种特点，《胡汉译经音义同异记》又云：

> 梵书制文，有半字满字。所以名半字者，义未具足，故字体半偏，犹汉文“月”字亏其旁也。所以名满字者，理既究竟，故字体圆满，犹汉文“日”字盈其形也。故半字恶义，以譬烦恼；满字善义，以譬常住。又半字为体，犹汉文“言”字；满字为体，如汉文“诸”字。以“者”配“言”，方成“诸”字；“诸”字两合，即满之例也；“言”字单立，即半之类也。半字虽单，为字根本，缘有半字，得成满字，譬凡夫始于无明，得成常住，故因字制义，以譬涅槃：梵文义奥，皆此类也。

惟其梵文如此繁难，汉文又变迁极多，所以以汉译梵，最易乖刺。“自前汉之末，经法始通，译音胥讹，未能明练。故浮屠桑门，言(遗)谬汉史，字音犹然，况于义乎？”“所以新旧众经，大同小异。天竺语称‘维摩诘’，旧译解云‘无垢称’，关中译云‘净名’，‘净’即‘无垢’，‘名’即是‘称’，此言殊而义均也。旧经称‘众祐’，新经云‘世尊’，此立义之异旨也。旧经云‘乾沓和’，新经云‘乾闼婆’，此国音之不同也。略举三条，余可类推矣。”

《出三藏记集》的前五卷，本据道安的《综理众经目录》，但此文云:“罗什法师,俊神金照……故能表发挥翰(翰挥),克明经奥。”又云:“昙纤之传涅槃,跋陀之华言,辞理辨畅,明逾日月,观其为义,继轨什公矣。”则当然不能出于什公较前的道安,而是出于《出三藏记集》的作者僧祐。

七　彦琮的八备说

至研究翻译的根本方法与态度者,则慧远之后,直至隋代的彦琮(557—610),才提出具体的意见。《续高僧传》卷二本传云:“久参传译,妙体梵文。此土群师,皆宗鸟迹,至于字音诂训,罕得相符,乃著《辩正论》,以垂翻译之式。”道安、慧远的翻译论都附见于所作译经序,什公的翻译论更仅见于与僧睿的言谈,无论其见解如何,都没有翻译论的专篇文字;翻译论的专篇论文,实以彦琮的《辩正论》为最早。

《辩正论》首引道安的五失本、三不易之说,已见前,不再赘。次述名梵为胡的不当,次述译经的历史,都与翻译论的关系较浅,兹亦略不征引。次评历代译经的得失云:

佛教初流,方音鲜会,以斯译彼,仍恐难明。无废后生,已承前哲,梵书渐播,真宗稍演,其所宣出,穷(窃)谓分明,聊因此言,辄铨古译:汉纵守本,犹敢遥议;魏虽在昔,终欲悬讨。或繁或简,理容未适;时野时华,例颇不定。晋宋尚于谈说,争坏其淳;秦梁重于文才,尤从其质。非无四五高德,缉之以道;八九大经,录之以正。自兹以后,迭相祖述,旧典成法,且可宪章,展转同见,因循共写,莫问是非,谁穷始末!“僧鬘”惟“对面"之物,乃作"华鬘";"安禅"本"合掌"之名,例为"禅定"。如斯等类,固亦众矣。

次说翻译之难:

若令梵师独断,则微言罕革;笔人参制,则余辞必混。……且儒学古文,变犹纰缪;世人今语,传尚参差;况凡圣殊伦,东西隔域,难之又难,论莫能尽。

盖彦琮与什公都是主翻译不可能论者,不过什公以为不可译者是文字的藻蔚,彦琮以为不可译者是意义的忠实。既然对意译不能作忠实的翻译,所以他希望"才去俗衣,寻教梵字;亦沾僧数,先披叶典,则应五天正语,充布阎浮;三转妙音,并流震旦。人人共解,省翻译之劳;代代咸明,除疑网之失"。而现在既不能人人共解,由是不得不仍然仰赖于"宣译之业";由是不得不在不能忠实翻译之下,力求忠实,由是有所谓"八备"之说:

诚心爱法,志愿益人,不惮久时,其备一也。
将践觉场,先牢戒足,不染讥恶,其备二也。
筌晓三藏,义贯两乘,不苦暗滞,其备三也。
旁涉坟史,工缀典词,不过鲁拙,其备四也。
襟抱平恕,器量虚融,不好专执,其备五也。
沈于道术,淡于名利,不欲高炫,其备六也。
要识梵言,乃闲正译,不坠彼学,其备七也。
薄阅苍雅,粗谙篆隶,不昧此文,其备八也。

此所谓八备，与其说是翻译的方法，无宁说是翻译者的条件。本来自道安提出直译法，什公提出意译法，慧远又提出折中法，使译界有长足的进步；然犹未能进到理想的翻译，不是方法的问题，而是人的问题，所以彦琮又提出翻译者的条件。梁任公先生说："其'一'、'五'、'六'之三事，特注重翻译家人格之修养，可谓深探本源，余则常谈耳。"（《翻译文学与佛典》）但第三条也是人格的修养。人格的修养，确是翻译的深探本源，其余各条，亦有相当价值。如第三条似谓必深通各经，始能译一经，与第七条的"要识梵言"，第八条的"不昧此文"，也都是翻译者的必备条件。因为不深通各经，则对一经的认识不会正确；认识还不正确，所译不问可知。不通梵言，当然不配翻译；对"此文"的知识不好，所译也不能通达。创作文学，文字与内容可以互相救济，故运用较易，翻译文学，只能以文字显示内容，不能以内容迁就文字，故运用尤难。因此"要识梵言"，又"不昧此文"才能以胜任。至第四条虽似求之过苛，但备此更能使译文美好。总之，一、三、五、六，四条是人格修养，二、四、七、八，四条是汉梵文学修养。有汉梵文学修养，才有能力翻译，有人格修养，才肯忠实翻译，二者都是不可缺的，否则真要自误误人了。

八　玄奘的五种不翻说

唯其译字有如僧祐所说的那般困难，由是唐初的集佛经翻译大成的玄奘（602—664），遂进而具体的说有：

> 五种不翻：一秘密故，如陀罗尼。二含多义故，如薄伽，梵

具六义。三此无故，如阎浮树，中夏实无此木。四顺古故，如阿耨菩提，非不可翻，而摩腾以来，常存梵音。五生善故，如般若尊重，智慧轻浅，而七迷之作，乃谓释迦牟尼，此名能仁，能仁之义，位卑周孔。阿耨菩提，名不遍知，此土老子之教，先有无上正真之道，无以为异。菩提萨埵名大，道心众生，其名下劣，皆掩而不翻。（引见《四部丛刊》本《翻译名义集》周敦义《翻译名义序》）

这虽只是消极的办法，然实在不能翻译者，也只有采用译音一途；必牵强译意，便流于非愚则妄。然则译音虽是不翻，同时也是不翻的翻译法。这种不翻的翻译法，虽自摩腾以来，已经采用；但具体的提出，却始于玄奘。

九　道宣的批评历代译经

译经事业，始于东汉之末（约150前后），盛于南北朝，而唐初（约650前后）集其大成，止玄奘所译，即有经论七十三部一千三百三十卷之多。在这上下五百年中，直译者有之，意译者有之，朱紫杂糅，为数实在可惊。惟其译事的历史已长，译出的经典亦多，翻译的方法亦不同，由是与玄奘同年生，而稍后死的道宣（596—667），遂于所作《续高僧传》卷四《大恩寺释玄奘传论》，批评古今的翻译云：

若夫九代所传见存简录，汉魏守本，本固去华，晋宋传扬，时开义举，文质恢恢，讽味余逸。厥斯以降，轻靡一期，腾实未闻，讲悟盖寡。皆由词遂情转，义写情心，共激波澜，永成通式。充车溢藏，法宝住持，得在福流，失在讹竞。故勇猛陈请，词同世华，制本受行，不惟文绮，至圣殷鉴，深有其由。群籍所传，灭法故也；即事可委，况宏识乎？然而习俗生常，知过难改，虽欲徙辙，终陷前踪。粤自汉明，终于唐运，翻传梵本，多信译人，事语易明，义求罕见，厝情独断，惟任笔功，纵有覆疏，还遵旧绪。梵僧执叶（业），相等情乖，音语莫通，是非俱滥。至如三学盛典，惟诠行旨；八藏微言，宗开词义。前翻后出，靡坠风猷，古哲今贤，德殊恒律。岂非方言重阻，臆断是投，世转浇波，奄同浮俗。昔闻淳风雅畅，既在皇唐，绮饰讹杂，实钟季叶。不思本实，妄接词锋，竞掇刍荛，郑声难偃。原夫大觉希言，绝世特立，八音四辩，演畅无垠，安得凡怀，虚参圣虑，用为标拟，诚非立言。虽复乐说不穷，随类各解，理开情外，词逸寰中。固当斧藻标奇，文高金玉，方可声通天乐，韵过恒致。近者晋宋颜谢之文，世尚企而无比，况乖于此，安可言乎？必踵斯踪，时俗变矣。其中芜乱，安足涉言。往者，西凉法谶，世号通人，后秦童寿，时称僧杰，善披文意，妙显经心，会达言力，风骨流便，宏衍于世，不亏传述。宋有开士慧严、宝云，世系贤明，勃兴前作，传度广部，联辉绝踪，将非面奉华胥，亲承诂训，得使声流千载，故其然哉。余则事义相传，足开神府，宁得如瓶写水，不妄叨流，薄乳之喻，复存今日，终亏受诵，足定浇淳。世有奘公，独高联类，往还震动，备尽观方，百有余国，君臣竭敬，言义接对，不待译人，披析幽旨，华戎胥悦。唐朝后译，不屑古人，执本陈勘，频开前失。既阙今乖，未遑厘正，辄略陈

此,夫复何言?(《大藏经》本本书,《全唐文》卷九一一)

他独推奘公,并非阿其所好。翻译事业,确如彦琮所说,要深识梵言,又不昧此文。初期的翻译,大抵梵僧出经,汉人笔受,有名的翻译者如安世高是安息人,支娄迦谶、支谦、竺法护是月支人,虽识梵言,然昧于此文。稍后如道安,是中国人,梁任公先生称为中国佛教界第一建设者,而又不通梵言。惟鸠摩罗什,父亲是天竺人,母亲是龟兹王之妹,到中国后"转能汉言",所以他的译经能以"手执梵本,口宣秦言"。自是翻译的一大方便,也是一大进步。然僧睿说他"于秦语大格",则他汉言的程度必不甚高明。惟有玄奘,既精通汉文,又深识梵言,他不惟能译梵为汉,且能译汉为梵。《续高僧传》本传云:"奘奉敕翻《老子》五千文为梵言以遗西域。"自然他的翻译可以"不屑古人",自然他的翻译可以"意思独断,出语成章,词人随写,即可披玩"(亦《续高僧》本传语)了。

十　赞宁的六例说

文学批评史的分期,当然要依据社会及文学批评的转变。但转变是对过去的扬弃,不是划然而去旧布新,因之前后错综的情形,在所不免。我们以魏晋六朝为一期,以隋唐另为一期的原因,就社会言,因前者是封建社会的由动摇而逐渐崩溃,后者是封建社会的再建;就文学批评言,前者主繁密缘情,后者主简易载道。但就一两个问题而论,如声病说,虽盛于六朝,而亦残存于隋唐,由是我们不能不于述六朝的声病论时,兼及隋唐的声病论。至佛经的翻译论，则虽大成于隋唐，而实上起六朝，下迄赵宋。赵宋以下，固仍有零星的言论，但卑卑不足数，而宋初赞宁（918—999）所作《宋高僧传》中的论调，则确有叙次的价值。惟其如此，由是我们也不能不于述六朝的翻译论时，不止下及隋唐的翻译论，更下及宋代的翻译论。本来关于译经的翻译论，其产生的时代虽有六朝、隋唐、赵宋之别，然前言后论，息息相通，我们没有理由为之分开，硬使分开，对研究阅读，也都不方便。

赞宁论到翻译的方法，首言："逖观道安也，论五失本、三不易；彦琮也，籍其八备；明则也，撰翻经仪式；玄奘也，立五种不翻：此皆类左氏之诸凡，同史家之变例。今立新意，成六例焉。"据知明则有翻译仪式，但现在似乎看不到了。至他的六例：

谓译字译音为一例，胡言梵语为一例，重译直译为一例，粗言细语为一例，华言雅俗为一例，直语密语为一例也。

初则四句：一译字不译音，即陀罗尼是；二译音不译字，如佛胸前卐字是；三音字俱译，即诸经律中纯华言是；四音字俱不译，如经题上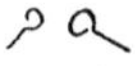二字是。

第二胡语梵言者：一，在五天竺纯梵语，二，雪山之北是胡。山之南名婆罗门，国与胡绝，书语不同。从羯霜那国，字源本二十余言，转而相生；其流漫广，其书竖读，同震旦欤。至吐货罗言音渐异，字本二十五言，其书横读。度葱岭南迦毕试国，言字同吐货罗。已上杂类为胡也。若印度言字，梵天所制，本四十七言，演而遂广，号青藏焉。有十二章，教授童蒙，大成五明论，大抵与胡不同。五印度境，弥亘既遥，安无少异乎？又以此方始从东汉传译，至于隋朝，皆指西天以为胡国，且失梵天之苗裔,遂言胡地之经书。彦琮法师独明斯致,唯征造录痛责。弥天符佛地而合阿含,得之在我;用胡名而迷梵种,失则诛谁。唐有宣公,亦同鼓唱。自此若闻弹舌,或睹黑容,印定呼为梵僧,雷同认为梵语。琮师可谓忙于执斧捕前白露之蝉,瞢在回光照后黄衣之雀。既云西土有梵有胡,何不南北区分?是非料简,致有三失:一、改胡为梵,不析胡开,胡还成梵,失也。二、不善胡梵二音,致令胡得为梵,失也。三、不知有重译,失也。当初尽呼为胡,亦犹隋朝已来,总呼为梵,所谓过犹不及也。如据宗本而谈,以梵为主;若从枝末而说,称胡可存。何耶? 自五天至岭北,累累而译也。乃疑琮公留此,以待今日,亦不敢让焉。三,亦胡亦梵。如天竺经律,传到龟兹,龟兹不解天竺语,呼天竺为印特伽国者,因而译之;若易解者,犹存梵语。如此胡梵俱有者是。四,二非句,纯华言是也。

第三重译直译者:一,直译。如五印夹牒直来东夏译者是。二,重译。如经传岭北楼兰焉耆,不解天竺言,且译为胡语,如梵云邬渡陀耶,疏勒云鹘社,于阗云和尚;又天王梵云拘均罗,胡云毗沙门是。三,亦直亦重。如三藏直赍夹牒而来,路由胡国,或带胡言,如觉明口诵昙无德律中有和尚等字者是。四,二非句,即赍经三藏,虽兼胡语,到此不翻译者是。

第四粗言细语者:声明中一苏漫多,谓泛尔平语言辞也;二彦底多,谓典正言辞也。佛说法多依苏漫多,意住于义,不依于文,又被一切故,若彦底多,非诸类所能解故,亦名全声者,则言音分明典正,此细语也。半声者,则言音不分明而讹僻,此粗语也。一,是粗非细。如五印度时俗之言是。二,唯细非粗。如法护宝云奘师义净,洞解声明音律,用中天细语典言而译者是。三，亦粗亦细，如梵本中语涉粗细者是。或注云，此音讹僻，即粗言也。四，二非句，阙。

第五华言雅俗者，亦云音有楚夏同也：且此方言语，雅即经籍之文，俗乃术巷之说，略同西域，细即典正，粗即讹僻也。一，是雅非俗。如经中用书籍言是。二，是俗非雅。如经中乞头博颊等语是。三，亦雅亦俗。非学士润文，信僧执笔，其间浑金璞玉，交杂相投者是。四，二非句，阙。

第六直语密语者：二种作句，涉俗为直，涉真为密，如婆留师是。一，是直非密。谓婆留师翻为恶口住，以恶口人人不能亲近故。二，是密非直。婆留师翻为菩萨所知彼岸也，既通达三无性理，亦不为众生所亲近故。三，两亦句。即同善恶真俗，皆不可亲近故。四，二非句。谓除前相故。又阿毗持呵娄（目数数得定），郁婆提（目生起拔根弃背），婆罗（目真实离散乱），此诸名在经论中例显直密语义也。更有胡梵文字，四句易解。（《大藏经》本《宋高僧传》卷三）

赞宁自谓此为翻译六例，而详细紬译，实是由翻译梵书，进而讨论梵文。本来翻译某种文字，必先彻底了解某种文字，所以讨论梵文，实是翻译梵书的根本，也是佛经翻译论探本求源的应有之义。初期的译经，大抵根据胡语，不是根据的梵言，是重译，而不是直译，因此弄得胡梵不分，重译直译不分，这是从事翻译者与批评翻译者最应知道的。胡语有若干种，五印度的文字也不同，这种认识尤为重要。不过分析胡梵，不始于赞宁，而始于彦琮。彦琮在他的《辩正论》里，首举道安所谓“译胡为秦，有五失本、三不易”。随后加以批评说：“天竺文体，悉昙声例，寻其推论，亦似闲明。旧唤彼方,总名胡国,安虽远识,未变常语。胡本杂戎之胤,梵惟真圣之苗,根既悬殊,理无相滥。不善谙悉,多致雷同,见有胡貌,即云梵种,实是梵人,漫云胡族,莫分真伪,良可哀哉!语梵虽讹,比胡犹别,改为梵学,知非胡者。"(引见《续高僧传》卷二本传)惟彦琮虽知梵胡不同,而未以所在地域加以区分,所以赞宁一方面说:"彦琮法师,独明斯致。"一方面又说:"既云西土有梵有胡,何不南北区分?"至赞宁的功劳,则在继承彦琮之说,又进而以地域界限,区分梵胡而已。

还有过去的翻译者,自己喜质,便说"胡经尚质";自己好文,便说"天竺国俗,甚重文制"。实在有粗言,亦有细语,亦犹华言的有雅有俗,不可一概而论。凡此所论,虽皆是梵文的分析,而可以予翻译者以正确南针,予批评者以正确认识,这是佛经翻译及翻译论有长时历史以后的综合的言论,综合的见解。

唯其如此,所以他也不偏重文,也不偏重质,也不极端主直译,也不极端主意译。一方面赞成道安的"以千岁以上之微言,传所合百王下之末俗"。一方面又说:"与其典也宁俗。"由是主张"折中适时,自有法语,斯谓得译经之旨矣"。

第四篇　隋唐文学批评史

第一章　诗的对偶及作法(上)

一　对偶说的兴起

我们知道中国的诗歌是以唐代为最盛的,又知道唐代的诗歌,其古诗只是模仿,律诗与绝句诗才是那时的创造。律诗与绝句诗的创作方法,最主要的是对偶。

唐代之讲求诗的对偶及其他方法,其历史之来源,自然出于周颙、沈约及以后的四声八病说。在第三篇第五章第一节,我曾经说:“沈约等所定的文学上的音律,分积极建设与消极避忌两方面。积极建设的是四声,消极避忌的是八病。”四声的作用,在建设“宫羽相变,低昂舛节,若前有浮声,则后须切响”的诗文;八病的作用,则在破除与此相反的毛病。惟周沈以至其后的六朝时人,对消极避忌方面,已能定出具体的方法;对积极建设方面,则始终只有“若前有浮声,则后须切响”的笼统原则。直到差不多二百年以后的唐人,才发明了具体的方法,就是对偶。自然我们没有忘记六朝也有对偶说,如《文心雕龙·丽辞》篇云:“丽辞之体,凡有四对:言对为易,事对为难,反对为优,正对为劣。”(详三篇八章五节)但对偶说与声病说各不相侔,未能打成一体(刘勰提倡自然的声律,对八病从未提及)。

至唐代才混而一之，其所谓对偶，不惟有“义”的作用，且有“声”的作用。“义”的作用是虚实自对，“声”的作用是平仄互对。

至六朝时人所以只能发明避忌的具体方法，而不能发明建设的具体方法者，以无论任何事务与学术，消极的破坏易，积极的建设难，所以在文化的转变之前，例先有破坏，随后才有建设。我们明白了这种历史演进的路程，则六朝时人的四声八病说之只能完成消极的避忌，未能完成积极的建设，是很自然而不足奇异的了。

消极避忌一方面，其属于“声”者，六朝时人已说得纤悉周备，所以唐人不用再来饶舌；假设饶舌，也大半是反面的冷嘲热讽——如皎然《诗式》诋“沈休文酷裁八病，碎用四声”。而讲求避忌者，则大半由“声”病，又推及“形”病，“义”病。关于这，已在第三篇第五章提前论述了。

不过这只是历史的指导，至唐人所以顺受而不逆攻者，自然是由于唐代的社会经济与政治制度。唐高祖、太宗两世，内而削平群雄，外而攘伐羌夷。据《新唐书·外国传赞》：“北擒颉利，西灭高昌乌耆，东破高丽百济，威制夷狄，方策未有也。”社会经济由日趋稳定，而日趋繁荣。尤以贞观、永徽之盛，史家至比之三代。朝廷之上，优游无事，天子群臣，诗酒倡和，其所产生的“阁台体”的诗歌，当然要句酌字斟地讲明对偶及其他格律。加之以诗赋取士，诗赋为士人的唯一出路，而应试的作品，又大半考究形式，不多管内容。由是六朝所传下来的声病说，遂在这种情形之下，成了时髦的学问；青胜于蓝，不仅承受了六朝的“前有浮声，后须切响”的笼统原则，又发明了虚实自对，平仄互对的具体方法。

六朝的声病说，固重在诗（那时所谓文），亦及于文（那时所谓笔）；对偶说更是诗文并重。唐人的对偶说与病犯说则大体只限于诗,鲜及于文。这是因为六朝时的诗与文,虽各有自己的途路,而文渐同于诗;唐代则诗日趋于对,文日趋于散,对偶与病犯的巨手,自然不易伸展到文的园地了。

二　对偶及其他格律说的史料

初盛唐讲对偶的格律,晚唐五代以至宋初讲体势比兴的格律,只有中唐以提倡社会诗的缘故,对格律不甚重视。以今所知,只有几种讲赋的书,如张仲素(宪宗时翰林学士)《赋枢》三卷,范传正(宪宗时光禄卿)《赋诀》一卷,浩虚舟《赋门》一卷(以上见《新唐书·艺文志》文史类),白行简《赋要》一卷(见《宋史·艺文志》文史类),纥干俞(元和中进士)《赋格》一卷(见《宋志》及《崇文总目》文史类,《通志·艺文略》文史类)。另外就是白行简《制朴》三卷(同上),刘蘧(不知是否中唐诗人)《应求类》二卷,大概是讲科举文的。至讲诗者,只有开晚唐五代诗格先声的姚合《诗例》一卷,贾岛《诗格》一卷(见《新唐志》)。以上诸书,今皆散亡。至行世有贾岛《二南密旨》一卷(详五篇三章二节),白居易《金针诗格》三卷(同上三节),《文苑诗格》一卷(同上四节),都是后人伪作。所以较之初盛唐的人谈对偶,晚唐五代的人谈诗格,相差远甚(惟《秘府论》引有佚名的调声术,详下章二节)。所以初盛唐是讲对偶的时代,中唐是讲诗的社会使命的时代,晚唐五代以至宋初是讲诗格的时代,这是我们应当首先知道的。

晚唐五代以至宋初的讲求诗格,俟后详论(详五篇二、三两章),现在只述初盛唐的讲求对偶。日僧遍照金刚《文镜秘府论》东卷《论对类》所述有二十九种对，大半都是唐人之说。序云：

> 或曰：文词妍丽，良由对属之能；笔札雄通，实（疑此下夺一字）安施之巧。若言（疑夺一而字）不对，语必徒申；韵而不切，烦词枉费。元氏云："《易》曰：'水流湿，火就燥，云从龙，风从虎。'《书》曰：'满招损，谦受益。'此皆圣作切对之例。况乎庸才凡调，而对而不求切哉？"余览沈、陆、王、元等《诗格》、《诗式》等，出没不同。今弃其同者，撰其异者，都有二十九种对，具出如后。其"赋体对"者，合彼"重字"、"双声"、"叠韵"三类，与此一名；或"叠韵"、"双声"，各开一对，略之"赋体"；或以"重字"属"联绵对"。今者开合俱举，存彼三名。搜览达人，莫嫌烦冗。

所称王盖即王昌龄，元盖即元兢（所引元氏说盖亦即元兢说），都是唐人。至沈、陆似指沈约、陆厥，惟沈约、陆厥皆无诗格诗式书。且一则那时揣研声势，不另讲对偶。二则那时以"文"名"诗"，不应以"诗格"名书。《新唐志》载元兢《宋约诗格》一卷，《宋志》文史类只题"元兢《诗格》"，无"宋约"二字。《宋秘书省四库阙书目》别集类则有沈约《诗格》一卷[①]，不列《六朝诗集》之中，而列唐人李洞集《贾岛句图》之后，似系后人谱的沈约诗的格律，不是沈约所作《诗格》。《新唐志·宋约诗格》的"宋"字如是"沈"字之误，则作者为元兢。以沈例陆，当亦后人所作。就是这种推测不对，无论如何，沈约、陆厥不会有讲对偶的诗格书；讲对偶的诗格书，大概作始于唐人吧？

---

① 文史类尚载有沈约《文苑》一卷。

此序虽言及笔札,而篇中所论,实只限于诗(偶尔及于文,但极少),固然他提到“文词”,但那是因为欲尽“对属之能”,所以不得不以“笔札雄通”,对“文词妍丽”耳。

二十九种对的目录上,“十二曰平对”右旁,注云:“右十一种,古人同出斯对。”“十八曰邻近对”右旁,注云:“右六种对出元兢《髓脑》。”“二十六曰切侧对”右旁,注云:“右八种出皎公《诗议》。”“二十九曰总不对”右旁,注云:“右三种出崔氏《唐朝新定诗格》。”合计共二十八种,其“总不对”一种,无所附丽。初疑古人同出斯对的十一种,为十二种之误。后知不然者,十二曰平对,十三曰奇对,二者相反相成,当同出元兢《髓脑》,才比较合理;若以“奇对”属元兢,以“平对”属泛指的古人,那不惟是拆散鸳鸯谱,且恐不合事实。以故还是不自作聪明,妄事推测,让“总不对”无所隶属吧!

沈约、陆厥既没有讲对偶的诗格书,则所谓“古人”大半都是唐人,而元兢、皎公、崔氏或亦在内。惟既标为“古人同出”,则元兢、皎公、崔氏,皆不得据为私有,而其产生的时代,或者比元兢、皎公、崔氏还早些,所以他们能以承用。

三　古人同出的十一种对

十一种对的名称及解释如下:

(一)的名对——“又名正名对,又名正对,又名切对。”“的名对者,正也。凡作文章,正正相对:上句安天,下句安地;上句安山,下句安谷;上句安东,下句安西;上句安南,下句安北;上句安正,下句安斜;上句安远,下句安近;上句安倾,下句安正:如此之类,名为的名对。”“或曰：天地，日月，好恶，去来，轻重，浮沈，长短，进退，方圆，大小，明暗，老少，凶佇，俯仰，壮弱，往还，清浊，南北，东西：如此之类，名正对。”（引号内为《秘府论》原文，下同。）

我于前节说同出十一种对的古人，或者也包括元兢、皎公、崔氏，于此得到一个强有力的证明，就是《秘府论》引元兢曰：“正对者，若‘尧年’‘舜日’。”且据此知名“的名对”为“正对”者，元兢就是其中的一人。

（二）隔句对——“隔句对者，第一句与第三句对，第二句与第四句对：如此之类，名为隔句对。”且看他所举的诗例：

昨夜越溪难，含悲赴上兰；今朝逾岭易，抱笑入长安。

再看他的解释：

> 第一句“昨夜”（原作昨日，疑误）与第三句“今朝”对，“越溪”与“逾岭”是对；第二句“含悲”与第四句“抱笑”是对，“上兰”与“长安”对，并是事对，不是字对：如此之类，名为隔句对。

此种对，后世又名为“扇对”，所以严羽《沧浪诗话》称“扇对”又名“隔句对”。

（三）双拟对——“双拟对者，一句之中所论，假令第一字是秋，第三字亦是秋，二秋拟第二字；下句亦然：如此之类，名为双拟对。”此亦须看他的诗例及解释：

夏暑夏不衰，秋阴秋未归，炎至炎难却，凉消凉易追。

释曰：

第一句中两“夏”字拟一“暑”字，第二句中两“秋”字拟一“阴”字，第三句中两“炎”字拟一“至”字，第四句中两“凉”字拟一“消”字：如此之法，名为双拟对。

但双拟对似乎有三种，上所述者是最普通的一种，另一种如他所举诗例：

可闻不可见，能重复能轻。

又云：

议月眉欺月，论花颊胜花。

释曰：

上陈二“月”隔以“眉欺”，下说双“花”裥诸“颊胜”，文虽再读，语必孤来，拟用双文，故生斯号。

最普通的一种是一句之中，第一第三同字，以拟第二字；此所举例，前者是第一第四同字，后者则是第二第五同字。

还有一种是他引有界说的：“或曰，春树春花，秋池秋日；琴命清琴，酒追桂酒，思君念君，千处万处：如此之类，名曰双拟对。”此所列例句皆四言，未悉只以此讲明何谓双拟对，抑双拟对亦可施用于“文”？社会是连锁的，任何一种转变，都不能自某一年代或某一时期，戛然去旧而布新。以故唐初的对偶说，当然为诗而设，但文亦不妨偶尔采用。惟吾人若据此谓唐人的对偶说，亦同于六朝的声病说，施及一切诗文，便犯了以偶概常的错误了。

（四）联绵对——“联绵对者，不相绝也。一句之中，第二字第三字是重字，即名为联绵对。但上句如此，下句亦然。”所引诗例，有：

看山山已峻，望水水乃清，听蝉蝉响急，思卿卿别情。

第二字第三字固是重字，但第二字上属，第三字下属，中间断而复续，所以说“不相绝也”。惟“或曰：朝朝，夜夜，灼灼，菁菁，赫赫，辉辉，汪汪，落落，素素（泽案，当为索索），萧萧，穆穆，堂堂，巍巍：如此之类，名联绵对。”则联绵对有两种说法：前者是“不相绝也，一句之中，第二字第三字是重字”。后者则凡重字皆曰联绵对。所以他所引诗例，还有此下一种：

霏霏敛夕雾，赫赫吐晨曦，轩轩多秀气，弈弈有光仪。

序文云，“赋体对者，合彼重字、双声、叠韵三类。”又云，“或以重字属联绵对。”（见前节）但二十九种对中，有赋体对，双声对，叠韵对，而无重字对。盖重字对或以单为一种，或以入赋体对，“或以重字属联绵对。”如“霏霏敛夕雾，赫赫吐晨曦”之类，实是重字对，惟以“或以重字属联绵对”，所以联绵对遂有了两种，而重字对遂省掉了。

（五）互成对——“互成对者，天与地对，日与月对，麟与凤对，金与银对，台与殿对，楼与榭对，两字若上下句安，名的名对；若两

字一处用之,是名互成对,言互相成也。”诗例如下:

天地心间静,日月眼中明,麟凤千年贵,金银一代荣。

则所谓“天与地对,日与月对”云云者,是天与地相连自对,日与月相连自对,而又天地与日月两句相成,所以名互成对。

(六)异类对——“异类对者,上句安天,下句安山*;上句安鸟,下句安花;上句安风,下句安树:如此之类,名异类对;非是的名对,异同比类,故言异类对。”此对意义甚明,不必选录诗例了。

“元氏云:‘异对者,若“来禽去兽,残月初霞”,此来与去,初与残,其类不同,名为异对。异对胜于同对。’”据此,元兢不名为“异类对”,而名为“异对”。名此为“异对”,与名“的名对”为“正对”,正相对也。

元兢谓此对“胜于同对”(同对详五节),《秘府论》亦云:“但解如此对,并是大才,笼罗天地,文章卓秀,才无拥滞。不问多少,所作成篇,但如此对,盖诗有巧。”而于的名对则云:“初学作文章,须作此对,然后学余对也。”的确“天”对“地”,“山”对“谷”的的名对是很容易的,同时也是很挨板的;异类对,类既不同,又须要对,所以困难,非“大才”莫办,参错成章,难能可贵,故觉别有风味了。

(七)赋体对——“赋体对者,或句首重字,或句首叠韵,或句腹叠韵,或句首双声:如此之类,名为赋体对。似赋之形体,故名赋体

* 此处1957年版补入一句:“上句安云,下句安微。”《文镜秘府论》日本京都藤井佐兵卫版行本有此句,左钞本、三宝院本、长宽写本未见。——校者注

对。”此所言虽只五种，例所示则有九种；重字、叠韵、双声各有句首、句腹、句尾三种：

（1）句首重字：袅袅树惊风，丽丽云蔽月，皎皎夜蝉鸣，胧胧晓光发。

（2）句腹重字：汉月朝朝暗，胡风夜夜寒。

（3）句尾重字：月蔽云丽丽，风惊树袅袅。

（4）句首叠韵：徘徊四顾望，怅怅独心愁。

（5）句腹叠韵：君赴燕然戍，妾坐逍遥楼。

（6）句尾叠韵：疏云雨滴沥，薄雾树朦胧。

（7）句首双声：留连千里宾，独待一年春。

（8）句腹双声：我陟崎岖岭，君行峣崅山。

（9）句尾双声：妾意逐行云，君身入暮门。

释云：“上句若有重字、双声、叠韵，下句亦然；上句偏安，下句不安，即为犯病也。但依此对，名为赋体对。”

（八）双声对

（九）叠韵对

序文云：“赋体对者，合被重字、双声、叠韵三类，与此一名。或叠韵、双声，各开一对，略之赋体；或以重字属联绵对。今者开合俱举，存彼三名。”知重字、双声、叠韵，都是赋体的一种。有的人“叠韵、双声，各开一对，略之赋体”。而《秘府论》则“开合俱举，存彼三名”。但既在赋体对里解释了何谓双声对与叠韵对，则虽仍以双声对与叠韵对各为一类，不过只是“存名”而已，不必再叠床架屋的解释。所以《秘府论》对此二类只有例诗与释例，没有界说；实则在赋体对里已经举了诗例，则这里的例诗与释例，也可以从省了。

叠韵对下引《笔札》云:"徘徊,窈窕,眷恋,彷徨,放畅,心襟,逍遥,意气,优游,陵胜,放旷,虚无,䣷酌,思惟,须臾,如此之类,名曰叠韵对。"《笔札》作者不可考。地卷六志类下注云,"《笔札》略同",亦未标作者。就论叠韵与六志(详五篇三章)而言,大概是唐初人所作。

(十)回文对——此种亦未列界说,所举诗例如下:

情亲由得意,得意遂情亲。新情终会故,会故亦经新。

释曰:

双"情"著于初、九,两"亲"继于十、二,又显头"新"尾"故",还标上下之"故""新",列字也久;施文已周,回文更用,重申文义,因以名云。

(十一)意对——此亦无界说,所举诗例云:

岁暮临空房,凉风起坐隅,寝兴日已寒,白露生庭芜。

释曰:

"岁暮"、"凉风",非是属对;"寝兴"、"白露",罕得相酬;事意相因,文理无爽,故曰意对耳。

则意对者,不必文字的虚实相对,只要"事意相因,文理无爽"就成了。

四　上官仪的六种对及八种对

《文镜秘府论》载有元兢、皎公、崔氏三人的对偶说，李淑的《诗苑类格》载有上官仪的对偶说。上官仪生于隋大业(605—617)时，卒于唐麟德元年(664)。元兢字思敬，《新唐志》总集类《芳林要览》下标注集者，有上官仪，亦有元思敬，可见与上官仪同时。但《旧唐书·文苑传》上载其总章时为协律郎(详三篇五章七节)，知年事较晚。皎公的生年不可知，其卒年在贞元六年或七年(789或790，据福琳《唐湖州杼山皎然传》)。崔氏疑即崔融(详三篇五章八节)，生于永徽四年(653)，卒于神龙二年(706)。四人的时代，以上官仪为最早，元兢次之，崔融又次之，皎公最晚。故今先叙上官仪的对偶说。

《诗苑类格》已佚，据《诗人玉屑》卷七引载上官仪说诗有六对：

> 一曰正名对，“天地”“日月”是也。
> 二曰同类对，“花叶”“草芽”是也。
> 三曰连珠对，“萧萧”“赫赫”是也。
> 四曰双声对，“黄槐”“柳绿”是也。
> 五曰叠韵对，“彷徨”“放旷”是也。
> 六曰双拟对，“春树”“秋池”是也。

又说诗有八对：

> 一曰的名对，“送酒东南去，迎琴西北来”是也。

二曰异类对,“风织池间树,虫空草上文”是也。

三曰双声对,“秋露香佳菊,春风馥丽兰”是也。

四曰叠韵对,“放荡千般意,迁延一介心”是也。

五曰联绵对,“残河若带,初月如眉”是也。

六曰双拟对,“议月眉欺月,论花颊胜花”是也。

七曰回文对,“情新因意得,意得遂情新”是也。

八曰隔句对,“相思复相忆,夜夜泪沾衣;空叹复空泣,朝朝君未归”是也。

《宋四库阙书目》文史类载上官仪《笔花九梁》二卷,六对与八对之说,当出此书,可惜亡佚已久,不然也许有更好的材料。就《诗苑类格》所迻录双声、叠韵、双拟三对重出,的名就是正名,所以实止十对。十对中的正名、双声、叠韵、双拟、异类、联绵、回文、隔句八种,与《文镜秘府论》所载古人同出的十一种对相同,其所举例证,亦往往不异。如的名对下所举“送酒东南去,迎琴西北来”,亦见于《秘府论》,且有释曰:

“迎”、“送”词翻,“去”、“来”义背,下言“西北”,上说“东南”,故曰正名也。

异类对下所举的“风织池间树,虫穿草上文”,亦见于《秘府论》,惟彼“树”字作“字”字,“草”字作“叶”字。有释曰:

“风”、“虫”非类,附对是同;“池”、“叶”殊流,而寄巧归一。或双声以酬叠韵,或双拟而对回文,别致同词,故云异类。

双声对下所举“秋露香佳菊，春风馥丽兰”，亦见于《秘府论》，有释曰：

> “佳菊”双声，系之上语之尾；“丽兰”双声，陈诸下句之末。秋朝非无白露，春日自有清风。气侧音谐，反之不得。“好花”、“精酒”之徒，“妍月”、“奇琴”之辈：如此之类，俱曰双声。

叠韵对下所举“放荡千般意，迁延一介心”，《秘府论》作：“放畅千般意，逍遥一个心。”下边还有两句：“漱流还枕石，步月复弹琴。”释曰：

> “放畅”叠韵，陈之上句之初；“逍遥”叠韵，放诸下言之首。双道二文，其音自叠；文生再字，韵必重来。“旷望”、“徘徊”、“绸缪”、“眷恋”，例同于此，何借烦论？

联绵对下所举“残河若带，初月如眉”，《秘府论》作“残河河似带，初月月如眉”，且上多“嫩荷荷似颊”一句。释曰：

> 两“荷”连读，放诸上句之中；双“月”并陈，言之下句之腹。一文再读，二字双来，意涉连言，坐兹生号。

所谓联绵对者，本来是“不相绝也，一句之中第二字第三字是重字”，《诗人玉屑》所引《诗苑类格》，大概是每句漏掉一字？

双拟对下的“议月眉欺月，论花颊胜花”，《秘府论》亦举此例，已见前节，兹不再列。

回文对所举“情新因意得，意得遂情新”，《秘府论》作“情亲由得意，得意遂情亲”，虽有小异，实是大同。至其解释，已详于前节。

隔句对下的"相思复相忆,夜夜泪沾衣;空叹复空泣,朝朝君未归"。《秘府论》同,有释曰:

> 两"相"对于二空,隔以"沾衣"之句;"朝朝"偶于"夜夜",越以"空叹"之言。从首至末,对属间来,故名隔句对。

至连珠对,虽不见于《秘府论》,然就其所举的"萧萧"、"赫赫"的例证观之,或者即同于赋体对的重字对,也就是或以重字解释的联绵对。

由此知上官仪的十种对,有九种是与古人同出的对偶说相同的。由此知这些对偶说,在唐初已形成普通知识,不是上官仪一人所创造。——九种中或者不无上官仪的创造,但决不会都是他的创造,否则《秘府论》应当标为上官仪说,不应标为古人所同出了。——上官仪的生年,远在隋文帝大业年间,则隋代是否已有对偶说,虽无从推断,而入唐之初,似即有了对偶的诗说了。

上官仪的十种对,除上述九种外,其余一种是同类对。此在《秘府论》谓为元兢之说(详五节*)。元兢晚于上官仪,所以似乎应当说是作于上官仪,述于元兢;但前九种既不一定都是上官仪的创造,则此种是否创于上官仪,也不便轻下断语了。

五　元兢的六种对

《文镜秘府论》的二十九种对,其第十二至第十七,共六种,注

---

* 原文作"详六节"。——校者注

明出“元兢《髓脑》”。中国史志只载有元兢《诗格》,无《髓脑》(详三篇五章七节)。就《秘府论》所引看来,与他家诗格书相类,似《髓脑》即《诗格》誉名。

(一)平对——“平对者,若青山绿水,此平常之对,故曰平对也。他皆放此。”

(二)奇对——“奇对者,马颊河、熊耳山,马熊是兽名,颊耳是形名,既非平常,是为奇对。他皆放此。”“又如柒沮四塞,柒与四是数名。”“又两字各是双声对。”“又如古人名,上句用曾参,下句用陈轸,参与轸者同是二十八宿名:若此者出奇而取对,故谓之奇对。他皆放此。”

唐初的一般人的意见,率以双声对独为一种,或者算为赋体对之一,元兢则认为也是奇对。的确,以“两字各是双声对”,“既非平常”,所以是奇对。则传下来的确知是元兢的对偶说,虽六种,但如依一般人的见解,以双声对别为一种,则实是七种了。

(三)同对——“同对者,若大谷广陵,薄云轻雾;此大与广、薄与轻,其类是同,故谓之同对。”“同类对者,云雾、星月、花叶、风烟、霜雪、酒觞、东西、南北、青黄、赤白、丹素、朱紫、宵夜、朝旦、山岳、江河、台殿、宫堂、车马、途路。”由此知同对就是同类对,而上官仪的“花叶、草芽”的同类对,大概也就是这样了。

(四)字对——“或曰:字对者,若桂楫、荷戈;荷是负之义,以其字草名,故与桂为对。不用对,但取字为对也。或曰:字对者,谓义别字对是。”

此既注明出“元兢《髓脑》”,而于界说又迭引或曰,自然这也不妨是元兢原引的“或曰”,但《秘府论》中的“或曰”太多,似乎有出于遍照金刚的嫌疑。且侧对的界说,发端即标明“元氏曰”

(详下),以彼之绝对出于元兢,益知此不一定出于元兢。大概注明“出元兢《髓脑》”的六种对,其名称及定义,当然采自元兢《髓脑》,而解说则未必不参考他书,尤其是皎公《诗议》,崔氏《唐朝新定诗格》。同样注明“出皎公《诗议》”的八种对,“出崔氏《唐朝新定诗格》”的三种对,其情形亦当然与此相仿,也未必没有渗入元兢及他人的解说。

我且回来说字对吧:只就两个或曰的界说,还不很明了,他举的诗例是:

山椒架寒雾,池篠韵凉飙。

释云:“山椒即山顶也,池篠傍池竹也,此字别义对。”又举例云:

何用金扉敞,终醉石崇家。

释云:“金扉石家是。”又举例云:

原风振平楚,野雪被长菅。

释云:“即菅与楚为字对。”

观此三例,参彼界说,知字对并不是平常的字与字对,而是以字的别义相等,所以说“字别义对”。

(五)声对——“或曰:声对者,若晓路秋霜,路是道路,与霜非对,以其与露同声故。或曰:声对者,谓字义俱别,声作对是。”

这还不甚明晰,再看他所举的例子及解说,便可彻底了然了:

彤驺初惊路，白简未含霜。

释云："路是途路，声即与露同，故将以对霜。"

（六）侧对——"元氏曰：侧对者，若冯翊（地名，在右辅也）、龙首（山名，在西京也），此为冯字半边有马，与龙为对；翊字半边有羽，与首为对：此为侧对。又如泉流、赤峰字，泉其上有白与赤为对。凡一字侧耳，即是侧对，不必两字皆须侧也。以前八种切对，时人把笔缀文者多矣，而莫能识其径路。于公义藏之于箧笥，不可弃，示于非才，深秘之，深秘之。或曰：字侧对者，谓字义俱别，形体半同是。"

此对不用举例，亦可明了。文云："于公义藏之于箧笥，不可弃，示于非才。"则元兢的造对偶说，似得之于公义；可惜不知其人。但据此知唐初的对偶说，甚是普遍，盖已形成一种风气，造成一种潮流，所以差不多是人谈对偶，家吐格律了。律诗的完成于唐初，与此当然有最大关系。自然这些对偶说所指示的格律，严之又严，细之又细，未免斫丧自然。不过假使承认律诗在文学上有地位的话，则这些对偶说的价值，亦未可一笔抹煞了。

《秘府论》列侧对为第十七种，所谓"以前八种切对"，假如是就《秘府论》而言，则所指除出于元兢的六种以外，须添上古人同出的回文对与意对。这似乎不很合理，因为不应无端地拉入古人同出的二种。故知此节是元兢《髓脑》的原文，而"以前八种切对"云云，是指《髓脑》所列的八种。然则元兢的对偶说，不只六种，而且也许不只八种。《秘府论》既就沈、陆、王、元的诗格，"弃其同者，撰其异者"，则元兢的对偶说，似乎出不了《秘府论》的二十九种对，而所谓古人同出的十一种对中，当然有元兢之说。不过既与其他古人同出，所以元兢不得专有。实则就是"出元兢《髓脑》"的六对，元兢也不得专有,大体是他的诗说而已。此对下注有"崔名字侧对"五字,可见"或曰:字侧对者,谓字义俱别,形体半同是",乃取之崔氏,其非元兢所专有,尤为明显。

元兢的对偶说,所进于古人同出的对偶说及上官仪的对偶说者,不惟彼较平凡,此较新奇。最不同者,从一方面言,可以说是益进于严密;从另一方面言,也可以说是转返于宽泛。如"义别字对"的字对,"字义俱别,声作对"的声对,"字义俱别,形体半同"的侧对,若故意制对,则较他对更严密,更困难;如他对不得,以此为代替的方法,则又较他对宽泛容易了。至就创对而言,古人同出的对偶说及上官仪的对偶说,都因较平凡,所以容易发现,容易创立;此则因较新奇,所以发现不易,创立亦难。就历史而言,彼是初期的对偶说,此则是中期的对偶说了。

六　崔融的三种对

我曾经疑惑作《唐朝新定诗格》的崔氏是崔融(详三篇五章二、八两节)。崔融是早于皎然的(详四节)。今《秘府论》以皎然的八对列为第十八至二十五,崔氏的三对列为第二十六至二十八,假使他是依时代先后叙次的,则崔氏又似不是崔融。惟《秘府论》是"横"的诗文方法书,对"纵"的历史先后,不甚计较。就说论对一篇吧:所列皎公八对,都是最繁琐的;崔氏三对,还比较齐整重要。且所有三对,都似对于元兢说的补充:故就对偶说的历史而言,也应先有崔氏说,后有皎公说。崔氏三对如下:

（一）切侧对——“切侧对者，谓精异粗同是”。引的诗例是：

浮钟霄响彻，飞镜晓光斜。

释云：“浮钟是钟，飞镜是月，谓理别文同是。”理既有别，本不能对，惟文既相同，所以可对；不是正面相对，所以称为切侧对。

（二）双声侧对——“双声侧对者，谓字义别，双声来对是。”举诗例云：

花明金谷树，叶暎首山薇。

释云：“金谷与首山字义别，同双声侧对。”盖切侧对，理别而文同；此则字义皆别，所以能用为对者，只侧取双声一点，故称为双声侧对。

（三）叠韵侧对——“叠韵侧对者，谓字义别，声名叠韵对是。”我们明白了双声侧对是侧取双声一点，则叠韵侧对当然是侧取叠韵一点。所举诗例云：

自得优游趣，宁知圣政隆。

释云：“优游与圣政，义非正对，字声势叠韵。”观此，更可以明了了。

崔氏的对偶说，其作用与元兢的字对、声对、侧对相仿，都是一面似严密，一面又似宽泛。但元兢只提出“字义俱别，形体半同”的侧对，而此则益以切侧对、双声侧对、叠韵侧对三种，显然较元兢益臻严密，益转宽泛，其时代当在元兢以后无疑。

七　皎然的八种对

对偶说的历史,盖源于唐初,而成于元兢、崔融。元崔以前,普通的对偶,已泰半次第完成,至他俩又创立许多较新奇的对偶,由是对偶说遂至登峰造极的地位。以故同时而稍后的沈佺期(?—741)、宋之问(?—712),便能以完成"研练精切,稳顺声势"(白居易《与元九书》)的律诗。但一方面益臻严密,另一方面亦转返宽泛,由是以后的对偶说,遂益返于宽泛。这种益返宽泛的对偶说,现在可以见到的,就是《秘府论》所引的皎公的八对:

(一)邻近对——诗曰:

> 死生今忽异,欢娱竟不同。

释云:"上是义,下乃名。此对,大体似的名;的名窄,邻近宽。"可见邻近对,是为补救的名对的太窄而设的。

(二)交络对——赋诗曰:

> 出入三代,五百余载。

释云:"或曰此中余属于载,不偶出入,古人但四字四义皆成对,故偏举以例焉。"

赋是介于诗文之间的文学,加之唐代以诗赋取士,所以诗的格律,有时移植于赋。皎然的交络对及当句对,都举赋为例,且称之为“赋诗”,可以给我们以充分的证明了。

（三）当句对——赋诗曰：

薰歇烬灭,光沈响绝。

（四）含境对——诗曰：

悠远长怀,寂寥无声。

（五）背体对——诗曰：

进德智所拙,退耕力不任。

右三种皆无解释,而观名与例,其义已明。含境对只取意境相对,真是宽泛极了。

（六）偏对——诗曰：

萧萧马鸣,悠悠旆旌。

释云:“谓非极对也。”非极对而可对,我们可以称之为解放的对偶。又举三例云：

古墓犁为田,松柏摧为薪。
日月光太清,列宿耀紫微。
亭皋木叶下,陇首秋云飞。

释云:“全其文彩,不求至切,得非作者变通之意乎!若谓今人不然,沈给事诗亦有其例。”举诗曰:

春豫过灵沼,云旗出凤城。

释云:“此例多矣,但天然语。今虽虚,亦对实,如古人以芙蓉偶杨柳。亦名声类对。”这真是“天地自然”的对偶,也可以说是反对偶的对偶。

(七)双虚实对——诗曰:

故人云雨散,空山来往疏。

释云:“此对当句义了,不同互成。”可见皎然也有互成对,不知是否与古人同出者相同?此对以“云雨”实字,对“来往”虚字,不挨挨的实对实,虚对虚,也是以天然的对偶,代替人工的对偶。

(八)假对——诗曰:

不献胸中策,空归海上山。

释云:“或有人以‘推荐’偶‘拂衣’之类是也。”此对意义不甚明晰,或者本来非对,姑且假借为对,如“推荐”那能对“拂衣”,但姑借“拂衣”为对。如此推测不错,真是最宽泛的对偶了。

八　总不对与首尾不对

总不对,不知作始何人,就其性质而言,当为皎然同时或稍后之作，因为虽名为对，而实在不对；充其量也是不对之对，纯是晚期的对偶说。他举诗云：

> 平生少年日，分手易前期；及尔同衰暮，非复别离时。勿言一樽酒，明日难共持。梦中不识路，何以慰相思？

释云："此总不对之诗，如此作者，最为佳妙。"较皎公更为解放。

又《秘府论》在叠韵侧对后，有此下一段文字，另行书写，自非叠韵对的解释，不知是否出于皎然？其文云：

> 夫为文章诗赋，皆须属对，不得令有跛眇者。跛者，谓前句双声，后句直语，或复空谈，如此之例名为跛。眇者，谓前句物色，后句人名，或前句语风空，后句山水，如此之例名为眇。何者？风与空则无形而不见，山与水则有踪而可寻，以有形对无色，如此之例名为眇。或曰：景风心色等，可以对虚，亦可以对实。今江东文人作诗，头尾多有不对，如：侠客倦艰辛，夜出小平津。马色迷关吏，鸡鸣起戍人。露鲜花剑影，月出宝刀新。问我将何去，北海就孙宾。

释云："此即首尾不对之诗，其有故不对者，若之。"此虽提倡对，而谓首尾可以不对。总不对是不对之对，此是首尾不对；彼是全诗的不甚彻底的解放，此是首尾的部分解放。唐代以至后世的律诗，本来是首尾可对可不对，而此便是首尾可对可不对的理论与方法了。

总前所述，对偶说的历史如下：

分　期		初　期	中　期	晚　期
时代	公元	600—650	651—700	701—800
	纪年	高祖武德初至太宗贞观末	高宗永徽初至武后长安末	中宗神龙初至德宗贞元末
作者及其对偶说		古人同出的十一种对 上官仪的十种对	元兢的六种对 崔融的三种对	皎然的八种对 不知名的总不对及首尾不对
特　点		最平凡	由新奇而渐趋宽泛	最宽泛

第二章　诗的对偶及作法(下)

一　元兢的调声三术

自古人同出的十一对至不知名的首尾不对,都是“义对”;“义对”之外还有“声对”。《秘府论》天卷《调声类》引有元氏的调声三术,所举各家例证都标出姓名,惟引兢《蓬洲野望》诗,名而不姓,知元氏为元兢。他说:“调声之术,其例有三:一曰换头,二曰护腰,三曰相承。”兹依次条举于下:

(一)换头——举元兢《蓬洲野望》诗云:

> 飘飖宕渠城,旷望蜀门隅(泽案,疑为隈之误)。水共三巴达,山随八阵开。桥形疑汉接,石势似烟回。欲下他乡泪,猿声几处催。

释云:“此篇第一句头两字平,次句头两字去上入,次句头两字去上入,次句头两字平,次句头两字又平,次句头句(泽案,句字疑衍)两字去上入,次句头两字又去上入,次句头两字又平。如此轮转,自初至(?)终篇,名为双换头,是最善也。若不可得如此,即如篇首第二字是平,下句第二字是用去上入,次句第二字又用去上入,次句第二字又用平。如此轮转终篇,唯换第二字,其一字与下句第一字用平不妨,此亦名为换头,然不及双换。又不得句头第一字是去上入,次句头用上去入,则声不调也,可不慎欤!”

(二)护腰——“护腰者,腰谓五字之中第三字也。护者,上句之腰不宜与下句之腰同声。然同去上入则不可用,平声无妨也。”

举庾信诗云:

谁言气盖代,晨起帐中歌。

释云:“气是第三字,上句之腰也,帐亦第三字,是下句之腰,此为不调,宜护其腰,慎勿如此也。”

(三)相承——“相承者,若上句五字之内去上入字则(泽案,疑为甚字之误)多而平声极少者,则下句用三平承之。用三平之术,向上、向下二途,其归道一也。”据知相承又有两种:

(1)向上承——举谢康乐诗云:

溪壑敛暝色,云霞收夕霏。

释云:“上句唯有溪一字是平,四字是去上入,故下句之上用云霞收三字承之,故曰上承也。”

(2)向下承——举王中书诗云:

待君竟不至,秋雁双双飞。

释云:“上句唯有一字是平,四去上入,故下句末双双飞三字承之,故云平向下承也。”

换头是两句的首二字平与上去入相对,护腰是中一字平与上去入相对,推知尾二字也应平与上去入相对,和习用的平仄谱已相差无几。但相承一术云“若上句五字之内去上入字甚多而平声极少,则下句用三平承之”,知还没有完成整齐的律谱;因依据整齐的律谱,不会一句中“去上入甚多而平声极少”也。

二　佚名的调声术

《秘府论·调声类》还引有或曰:“凡四十字诗,十字一管,即生其意,二十字一管亦得。六十七十百字诗,二十字一管,即生其意。语不用合帖,须直道天真宛媚为上。且须识一切题目义,最要立文多用其意,须令左穿右穴,不可拘检。作语不得辛苦,须整理其道格(原注“格,意也”),律调其言,言无相妨,以字轻重清浊间之,须稳。至如有轻重者,有轻中重,重中轻,当韵之即见。且庄(泽案,庄俗字)字全轻,霜字轻中重,疮字重中轻,床字全重。如清字全轻,青字全浊。诗上句第二字重中轻,不与下句第二字同声为一管,上去入声一声一管。上句平声,下句上去入;上句上去入,下句平声;以次平声,以次又上去入;以次上去入,以次又平声。如此轻(泽案,当为轮)回用之,直*至于尾,两弦管上去入相近,是诗律也。”(关于轻重清浊的解释,详六节)

---

* “直”,据1957年版补。——校者注

"管"的意义,不甚了了,平与上去入必须相对,则极为明显。他就五言、七言,列有二律:

(一)五言平头正律势尖头

(二)七言尖头律

都没有解释。"五言平头正律势尖头"下举皇甫冉诗一首、钱起诗二首。皇甫冉诗头二句为"中司龙节贵,上客虎符新"。其声律为平平平仄仄,仄仄仄平平。钱起《献岁归山》诗头二句为"欲知禺谷好,久别与春还"。其声律为仄平平仄仄,平仄仄平平。又五言绝句诗头二句为"胡风追马首,汉月送娥眉"。其声律为平平平仄仄,仄仄仄平平。三诗的头二句都正正经经的平与上去入相对。"七言尖头律"下举皇甫冉二诗。第一首的头二句为"闲看秋水心无染,高卧寒林手自栽"。其声律为平平(看亦有仄声)平仄平平仄,平仄平平仄仄平。第二首的头二句为"自哂鄙夫多野性,贫居数亩半临湍"。其声律为仄仄仄平平仄仄,平平仄仄仄平平。二诗的头二句都非正正经经的平与上去入相对。然则平头正律或者头二句就须正正经经的平与上去入相对,尖头律头二句还可模糊一点,正同于义对的可以首尾不对,也未可知。果真如此,则五言平头正律下的"势尖头"三字当是衍文或注文。大概佚名的原文,五言平头正律以外,还列有五言尖头律,七言尖头律以外,还列有七言平头正律,遍照金刚为了减省篇幅,参错的征列二种,注明还有二种,故于五言平头正律之下,填写"势尖头"三字耳(势字仍疑有误)。

二律以外,还有"齐梁调诗"一种,所举例诗为张谓《题故人别业》诗和何逊《伤徐主簿》,都是近似律诗的。

作者不可考,据引及大历十才子的钱起诗,知不能前于大历,遍照金刚卒于太和九年(835),知不能后于太和,虽姓名失传,而年代盖当中唐。

三　元兢《古今诗人秀句》

“义对”“声对”都是诗的字句方法，旨在是在追求诗句的工整秀丽，由是有“秀句”的编集。新、旧《唐书》俱载元兢《古今诗人秀句》二卷（详三篇五章七节），《宋史·艺文志》和《崇文总目》俱载僧元鉴《续古今诗人秀句》二卷。可惜二书全亡，无由稽览。皎然《诗式》云，“畴昔国朝协律郎吴兢，与僧元鉴集秀句”，知《续古今诗人秀句》系吴兢和僧元鉴合撰。《秘府论》南卷《论文意类》引有或曰的《论秀句》一文，疑是元兢的《古今诗人秀句序》。因为这一类的材料太少，全录如下：

> 晚代铨文者多矣。至如梁昭明太子萧统与刘孝绰等撰集《文选》，自谓毕乎天地，悬诸日月，然于取舍，非无舛谬。方因秀句，且以五言论之。至如王中书“霜气下孟津”，及“游禽暮知返”，前篇则使气飞动，后篇则缘情宛密，可谓五言之警策，六艺之眉目，弃而不纪，未见其得。及乎徐陵《玉台》，僻而不雅；丘迟《抄集》，略而无当。此乃详择全文，勒成一部者，比夫《秀句》，措意异焉。似《秀句》者，抑有其例。皇朝学士褚高，贞观中奉敕与诸学士撰（？）古文章巧言语，以为一卷。至如王粲“灞岸”，陆机尸卿，潘岳《悼亡》，徐幹《室思》，并有巧句，互称奇作，咸所不录。他皆效此，难以胜言。借如谢吏部冬序羁怀，褚乃选其“风草不留霜，冰池共明□”（泽案，集作“冰池共如月”），遗其“寒灯耻宵梦，清镜悲晓发”。若悟此旨，而言于文，每思“寒灯耻宵梦”，令人中夜安寝，不觉惊魂；若见“清镜

悲晓发”,每暑□郁陶,不觉霜雪入鬓。而乃舍此取彼,而(泽案,疑为亦)不通之甚哉?褚公文章之士也,虽未连衡两谢,实所结驷二虞,岂于此篇,咫尺千里?良以箕毕(泽案,疑为筚)殊好,风雨异宜者耳。余以龙朔元年,为周王府参军,与文学刘棹之,典签范履冰,书(泽案,疑为属)东阁已建,斯(泽案,疑为思)竟撰成此录。王家书既多缺,私室集更难求,所以遂历十年,未终两卷。今剪芳林要览,讨论诸集,人欲天从,果谐宿志。常与诸学士览小谢诗,见和宋记室省中,诠其秀句,诸人咸以谢“行树澄远阴,云霞成异色”为最。余曰:诸君之议非也。何则?“行树澄远阴,云霞成异色”,诚为得也,抑绝唱也。夫夕望者莫不熔想烟霞,炼情林岫,然后畅其清调,发以绮词,俯行树之远阴,瞰云霞之异色,中人以下,偶可得之;但未若“落日飞鸟还,忧来不可极”之妙者也。观夫“落日飞鸟还,忧来不可极”,谓扪心罕属,而举目增思,结意惟人,而缘情寄鸟,落日低照,即随望断,暮禽还集,则忧共飞来,美哉玄晖,何思之若是也!诸君所言,窃所未取。于是咸服,恣余所详。余于是以情绪为先,其(泽案,其疑为直之衍误)直置为本,以物色留后,绮错为末,助之以质气,润之以流华,穷之以形似,开之以振跃,或事理俱惬,词调双举,有一于此,罔或于遗。时历十代,又将四百,自古诗为始,至上官仪为定,刊定已详,缮写斯毕,实欲传之好事,冀(泽案,疑脱一字)知音,若斯若斯,而已而已矣。

所以知是元兢《古今诗人秀句序》者:元兢总章中为协律郎(详三篇五章七节),此言自龙朔元年(661),历十年未终两卷,“龙

朔”、“总章”都是高宗年号，时代恰相值，一也。《诗人秀句》二卷，此亦言两卷，二也。元书以外，集秀句者惟有僧元鉴和吴兢的《续古今诗人秀句》二卷，彼续元书，应当言及元书，今未言及，知非彼书，而为元书，三也。遍照金刚《文镜秘府论序》云：“贫道幼就表舅，颇学藻丽；长入西秦，粗听余论。……阅诸家格式等，勘彼异同，卷轴虽多，要枢则少，名异义同，繁秽尤甚。余癖难疗，即事刀笔，削其重复，存其单号。”知他只是削“复”存“单”，有“述”无“作”。并且他的“述”是不好标注来源的，天卷中的《四声论》，是刘善经的《四声指归》（详三篇四章九节）；西卷中的《文笔十病得失》，是佚名的《文笔考》（详三篇五章九节）；与此文同列南卷《论文意类》的陆机《文赋》、殷璠《河岳英灵集序》，有的还冠以“或曰”二字，有的连“或曰”二字也没有。以彼例此，当然也是抄的，不是作的；既是抄的，当然以元兢书序的可能性最大，四也。

文中言褚高曾于“贞观中，奉敕与诸学士撰古文章巧言语，以为一卷”，知“似《秀句》者”，还有这样一书，新、旧《唐志》不载，知早已亡佚。《玉海》卷五十四载《瑶山玉彩》五百卷，注云：“龙朔元年，命宾客许敬宗、右庶子许圉师、中书侍郎上官仪、中书舍人杨思俭，即文思殿，采摘古今文章英词丽句，以类相从，号《瑶山玉彩》，凡五百篇。”其采摘的标准也是“英词丽句”。不过既云“凡五百篇”，则所采摘的或者是全篇，不是零句。至《秀句集》的作用，或者如《秘府论》同卷同类下所引王昌龄的话云：“凡作诗之人，皆自抄古今诗语精妙之处，以为随身卷子，以防苦思，作文兴若不来，即须看随身卷子，以发兴也。”

四　李峤《评诗格》

"义对""声对"是字句方法，字句方法外还有篇章方法。讲篇章方法的，以今所知，有李峤的《评诗格》，王昌龄的《诗格》，皎然的《诗议》和《诗式》。自然这些书也讲及字句方法，但以篇章方法为主，不似"义对""声对"的只讲字句的对偶。

李峤(644—713)的《评诗格》，有蔡传的《吟窗杂录》、胡文焕的《诗法统宗》、顾龙振的《诗学指南》三本。《四库提要》斥为伪书(卷一九七，《诗文评类》存目《吟窗杂录》下)，但皆引见《秘府论》，知恐非伪书；就是伪书，也是唐人伪作。

首言诗有九对：一曰切对，即正名对，《秘府论》列于古人同出十一对。二曰切侧对，《秘府论》列于崔氏三对。三曰字对，四曰字侧对，《秘府论》列于元兢六对。五曰声对，释云："谓字义别，声名对也。"似为七曰双声侧对之衍误。一则"字义别，声名对"，正是双声侧对。二则所列各对都是某种对之后，继以某种侧对，不应多出声对一种。六曰双声对，八曰叠韵对，《秘府论》列于古人同出十一对。七曰双声侧对，九曰叠韵侧对，《秘府论》列于崔氏三对。

又云诗有十体，和《秘府论》地卷的十体类大致相同：

(一)形似(《秘府论》有体字，下九种同)——"谓貌其形而得其似也。"(《秘府论》尚有"可以妙求，难以粗测"二句。)

(二)质气——"谓其质骨而依其气也。"("依其"《秘府论》作"作志"。)

(三)情理——"谓叙情以入理致也。"(《秘府论》"叙"作"抒"。)

（四）直置——“谓直书可置于句也。”（《秘府论》作“谓直书其事置之于句者”。）

（五）雕藻——“谓以凡目前事而雕妍之也。”（《秘府论》作“谓以凡事理而雕藻之，成于妍丽”。）

（六）影带（《秘府论》影作映）——“谓以事意相愜而用之也。”（《秘府论》同。）

（七）宛转——“谓屈曲其词，宛转成句也。”（《秘府论》同。）

（八）飞动——释缺。（《秘府论》作“词若飞腾而动”。又《秘府论》七、八互易。）

（九）清切——释缺。（《秘府论》作“词清而切者”。）

（十）精华——释缺。（《秘府论》作“谓得其精而忘其粗者”。）

五　王昌龄《诗格》一——《十七势》

《新唐书·艺文志》文史类载王昌龄《诗格》二卷，至陈振孙《直斋书录解题》即改载为《诗格》一卷，《诗中密旨》一卷，斥为伪书。但《秘府论》地卷《论体势类》的《十七势》，南卷《论文意类》最前所引或曰四十余则，皆疑为真本王昌龄《诗格》的残存。

《十七势》发端即称“王氏论文云：‘诗有学古今势十七种，具出如后。’”知《十七势》的作者姓王。遍照金刚以前的研究诗格诗势而姓王的，只有王昌龄一人。《宋史·艺文志》载有王维《诗格》一卷，不见新、旧《唐书》，疑出后人伪作。篇中引及王维诗，也引及王昌龄诗，对王维则姓名全举，对王昌龄则名而不姓，知作者是王昌龄，不是王维。

他的《十七势》,可分为七组:

第一组——第一直把入作势,第二都商量入作势,第三直树一句第二句入作势,第四直树二句第三句入作势,第五直树三句第四句入作势,第六比兴入作势,可以归为一组,都是讲明诗之如何入作的。他所谓“入作”,就是锺嵘所谓“发端”,指一首诗之起势数语而言。他以为入作的方法有四种。一是直把入作势,二是都商量入作势,三是直树几句入作势,四是比兴入作势。直树几句入作势,又分直树一句第二句入作势,直树二句第三句入作势,直树三句第四句入作势三种。

(1)“直把入作势,若赋得一物,或自登山临水,有关情作,或送别,但以题目为定,依所定题目,入头便直把是也。”盖与赋比兴的赋体差不多,就是直接叙起的方法。

(2)“都商量入作势者,每咏一物,或赋赠答寄人,皆以入头两句平商量其道理,第三、第四、第五句入作是”,就是用泛论引起的方法。

(3)直树几句入作势,如“直树一句者,题目外直树一句景物当时者,第二句始言题目意是也”。直树两句第三句入作势,与直树三句第四句入作势,可以类推。此种方法,以今语释之,就是以写景衬起。他认为此种方法,直树一句至三句都可,再多便不好了;“亦有第四,第五句直树景物,后入其意,然恐烂不佳也。”

(4)“比兴入作势者,遇物如本立文之意,便直树两三句物,然后以本意入作比兴是也。”此所谓“物”,与直树几句入作势所谓“景物”之“物”,其作用微有不同;彼可任意的描写当时的景物,此则须“物如本立文之意”,故与赋比兴的比体相像。原始的赋比兴,是质量不同的三种作诗方法,但后人往往仅以量的差别分析比与兴，由是比与兴没有多大的区分，而王昌龄遂以比兴同为一种方法了。

第二组——第七谴比势与第九感兴势，可归为一组，都是讲明诗之含蓄的作法的。第一组所讲明的入作的方法虽不同，而最后都要鲜明的说出题意，就是比兴入作势，发端虽是“遇物如本立文之意，便直树两三句物”，而最后仍须“以本意入作”。此谴比势与感兴势，则始终仅是暗示题意，而不明言题意。

(1)“谴比势者，言今词人不悟有作者意依古势。”此释恐有脱误，意不明了。举他的《送李邕之秦》诗云：

别怨秦楚深，江中秋云起。天长梦无隔，月映在寒水。

前二句下注云：“言别怨与秦楚之深远也。别怨起自楚地，既别之后，恐长不见，或偶然而会，以此不定，如云起上腾于青冥，从风飘荡，不可复归其起处，或偶然而归尔。”后二句下注云：“虽天长(《文笔·眼心抄》作天虽长)，其梦不隔，夜中梦见，疑由相会，有如别，忽觉，乃各一方，互不相见。如月影在水，至曙，水月亦了不见矣。”则谴比势是借外物映写内心的方法；内心的意思，不肯直说，由是谴出而借外物比说。

(2)“感兴势者，人心至感，必有应说，物色万象，爽然有如感会。”则这种感兴是由内及外的心灵感兴，而不是由外及内的景物感兴。所以他举常建诗云“泠泠七弦遍，万木澄幽音；能使江月白，又令江水深”，极言感物的力量之大。

第三组——第十含思落句势与第十七心期落句势，可归为一组。第一组是讲明一首诗之如何入作的，此组则是讲明一首诗之如何落句的。

（1）“含思落句势者，每至落句，常须含蓄，不令语尽思穷。或深意堪愁，不可具说，即上句为意语，下句以一景物堪愁与深意相惬便道。仍须意出成感人始好。”前者是普通所谓含蓄不尽；后者大概是以景物的状态，象征诗主的心情。所以他举自己的送别诗云“醉后不能语，乡山雨雰雰”，便是以“乡山雨雰雰”，象征醉后的样子。

（2）“心期落句势者，心有所期也。”他举自己的诗云：

青桂花未吐，江中独鸣琴。

注云：“言青桃花吐之时期得相见；花既未吐，即未相见，所以江中独鸣琴。”合而观之，便可了然矣。

第四组——第八下句拂上句势与第十一相分明势，可以归为一组，都是讲明一联两句之相互关系的。

（1）“下句拂上句势者，上句说意不快，以下句势拂之，令意通。”例引古诗云：

夜闻不落叶，疑是洞庭秋。

则下句拂上句势，是上句故留未尽之意，以下句补足之。

（2）“相分明势者，凡作语皆须令意出，一览其文，至于景象，恍然有如目击。若上句说事未出，以下句助之，令分明出其意也。”关于前者，例引李堪诗云：

云归石壁尽，月照霜林清。

关于后者，例引崔曙诗云：

田家收已尽，苍苍为白茅。

前者一联两句虽互相关照，而语意各明；后者则非合而观之，其意不显。前者与下句拂上句势相差较远；后者则几于相同，不过下句拂上句势故意以下句拂上句，此则以下句补明上句的意思而已。

第五组——第十四生煞回薄势独为一组，是讲明诗意之前后拂救的。

"生煞回薄势者，前说意悲凉，后以推命破之，前说世路矜骋荣宠，后以至空之理破之入道，是也。"据此，知其作用与下句拂上句势有相同者，都是前后相拂相救；惟彼所以明句意，此所以见作意，彼仅求句之显豁，此则在拂救诗意不使太偏耳。

第六组——第十二一句中分势与第十三一句直比势，可归为一组，都是讲明句法的。

(1)"一句中分势者，海静月色真。"

(2)"一句直比势者，相思河水流。"

王氏对此二势，皆以例代释。就例观之，一句中分势者，大概是一句中上半与下半分写，如"海静"为一种景象，"月色真"又为一种景象；惟二者当然要有联属关系，惟其"海静"，所以"月色真"。一句直比势者，大概是句内自为比况，如以"河水流"比况"相思"。

第七组——第十五理入景势与第十六景入理势，可归为一组，都是讲明景与理的相互关系的。

(1)“理入景势者,诗不可一向把理,皆须入景,语始清味。理欲入景势,皆须引理语入地及居处所在,便论之。其景与理不相惬,理通无味。”

(2)“景入理势者,诗一向言意,则不清及无味;一向言景,亦无味;事须景与意相兼始好。凡景语入理语,皆须相惬,当收意,紧不可正言,景语势收之便论,理语无相管摄。方今人皆不作,意慎之。”

二者合而观之,知王氏的意思,大概谓只是说理,或只是写景,都不算好诗;“事须与景相兼始好。”惟引理入景,须与景相惬;写景入理,亦须与理相惬。否则“景与理不相惬,理通无味”,景好也不是佳作。

六　王昌龄《诗格》二——格律论

《秘府论》南卷《论文意类》引或曰右旁,注有“王氏论文云”五字,《十七势》中有生煞回薄势,此亦云:“夫诗有生煞回薄,以象四时。”故知作者亦为王昌龄。又云:“古人格高,一句见意,则‘股肱良哉’,是也。其次两句见意,则‘关关雎鸠,在河之洲’,是也。其次古诗四句见意,则‘青青陵上柏,磊磊涧中石,人生天地间,忽如远行客,’是也。”见《诗中密旨》,知《密旨》假中有真,而此之出于王昌龄《诗格》,也益有佐证了。

这里所讨论的主题是“意”和“声”,故云:

凡作诗之体,意是格,声是律。意高则格高,声辨则律清,格律全然后始有调。用意于古人之上,则天地之境,洞焉可观。

十七势也常说到意,但侧重意的表现方法,此则侧重意的搜求方法。如云:

> 夫作文章,但多立意,令左穿右穴,苦心竭智,必须忘身,不可拘束。思若不来,即须激情却宽之,令境生,然后以境照之,思则便来,来即作文;如其境思不来,不可作。

又云:

> 凡属文之人,常须作意,凝心天海之外,用思元气之前,巧运言词,精练意魄。所作词句,莫用古语及今烂字旧意。改他旧语,似头换尾,如此之人,终不长进,为无自性,不能专心苦思,致见不成。

又云:

> 凡诗立意皆杰起险作,旁若无人,不须怖惧。古诗云"古墓犁为田,松柏摧为薪"及"不信沙场苦,君看刀箭瘢",是也。

知其对于立意主冥搜苦探,力求新奇。至于声则主张辨析清浊。如云:

> 凡文章体例,不解清浊规矩,造次不得制作,制作不依此法,纵令合理,所作千篇,不堪适用。

调清浊的要点，一在诗句，二在诗韵。如云：

> 夫用字有数般，有轻有重，有（泽案，有字原无，依上下文义校增）重中轻，有轻中重，有虽重浊可用者，有轻清不可用者，事须细律之。若用重字，即以轻字拂之便快也。夫文章第一字与第五字须轻清，声即稳也；其中三字，纵重浊亦无妨。“高台多悲风”，“朝日照北林”。若五字并轻，则脱略无所止泊处；若五字并重，则文章暗浊；事须轻重相间，仍须以声律之。如“明月照积雪”，则“月”“雪”相拨；及“罗衣何飘飘”，则“罗”“何”相拨，亦不可不觉也。

这是诗句的调清浊法。又云：

> 今世间之人，或识清而不知浊，或识浊而不知清。若以清为韵，余尽须用清；若以浊为韵，余尽须用浊；若清浊相和，名为落韵。

这是诗韵的调清浊法。诗句的调清浊法，言及轻重，但以“轻清”与“重浊”对举，知轻重仍是清浊，轻中重为次清，重中轻为次浊。所举“明月照积雪”的“月”“雪”二字，据《广韵》，月，鱼厥切（卷五，十月），属疑纽，《韵镜》列为次浊；雪，相绝切（卷五，十七薛），属心纽，《韵镜》列为全清，确是清浊相拨。所举“罗衣何飘飘”的“罗”“何”二字，罗，鲁何切（卷二，七歌），属来纽，《韵镜》列为次浊；何，胡歌切（同上），属匣纽，《韵镜》列为全浊，并非清浊相拨，不知是否由于王的读音与《广韵》不同，或分清浊与《韵镜》不同。

第二节所述佚名的声调术,也论到轻重清浊,谓"庄字全轻,霜字轻中重,疮字重中轻,床字全重。又如清字全轻,青字全浊"。庄字注侧羊反,霜注色庄反,疮注初良反,床注土庄反,与《广韵》全同。据《韵镜》,庄照纽全清,霜审纽全清,床透纽次清,疮穿纽次清,除庄外,都不合。清,《广韵》七情切(十四清),青仓经切(十五青),《韵镜》皆清纽次清,亦不合,不知何故。

文中也论及对偶。如云:"凡文章不得不对,上句若重字双声叠韵,下句亦然。若上句偏安,下句不安,即为离支;若上句用事,下句不用事,名为缺偶。故梁朝湘东王诗评曰:'作诗不对,本是孔文,不名为诗'。"

不过虽讲清浊,但仍以意为主,故云:"诗有意好言真,光今绝古,即须书之于纸,不论对与不对,但用意方便,言语稳,即用之。若语势者有对,言复安稳,益当为善。"

七　王昌龄《诗格》三——今本《诗格》及《诗中密旨》

今本《诗格》中有起首入兴体十四,一曰感兴入兴,二曰引古入兴,三曰犯势入兴,四曰先衣带后叙事入兴,五曰先叙事后衣带入兴,六曰叙事入兴,七曰直入比兴,八曰直入兴,九曰托兴入兴,十曰把情入兴,十一曰把声入兴,十二曰景物入兴,十三曰景物兼意入兴,十四曰怨调入兴。又有常用体十四,一曰藏锋体,二曰曲存体,三曰立节体,四曰褒贬体,五曰赋体,六曰问益体,七曰象外体,八曰象外比体,九曰理入景体,十曰景入理体,十一曰紧体,十二曰因小用大体,十三曰诗辨体,十四曰一四团句体。和《十七势》颇有同者,知伪中有真。

至《密旨》的伪中有真,已详前节。又中有诗六病例,一曰龃龉病,二曰长撷腰病,三曰长解镫病,四曰丛杂病,五曰形迹病,六曰反语病,皆见《秘府论》西卷《论病类》(详三篇五章二节)。又有犯病八格,一曰支离病,二曰缺偶病,见《秘府论》南卷《论文意类》,已详前节。又见西卷《论病类》,详第三篇第五章第二节。三曰落节病,四曰丛木病,五曰相反病,六曰相重病,亦见《秘府论》西卷《论病类》,亦详第三篇第五章第二节。七曰侧对病,释云"凡诗字体全别,其义相背",知就是侧对。八曰声对病,释云"字义全别,借声类对",知就是双声侧对。皆见《秘府论》东卷《论对类》,详本篇第一章第五、六两节。不过《秘府论》引为元兢、崔融说,认为是一种对偶方法而提倡之,此认为是一种病犯而反对之罢了。

又说诗有九格,俱见《秘府论》地卷《十四例类》,惟彼多此少,恐此有残缺,兹校列于下:

一曰重叠用事格——举诗曰:"净宫连博(原作薄,据《秘府论》校改)望,香刹对承华。"《秘府论》同,释云:"上句用事,下句以事成之。"

二曰上句立兴下句是意格——举诗曰:"明月照高楼(原作台,据《秘府论》校改),流光正徘徊。"《秘府论》为第三,作"立兴以意成之例"。

三曰上句立兴下句是比格——举诗曰:"青青陵上柏,磊磊涧中石,人生天地间,忽如远行客。"《秘府论》为第四,作"立双兴以意成之例"。

四曰上句体物下句状成格——举诗曰:"朔风吹飞雪(《秘府论》作雨),萧条江上来。"《秘府论》为第七。

五曰上句体时下句状成格——举诗曰："昏旦变气候，山水含清辉。"《秘府论》为第八。

六曰上句体事下句意成格——举诗曰："虽无玄豹姿，终隐南山雾。"《秘府论》为第九。

七曰句中比物成语意格——举诗曰："余霞散成绮，澄江静如练。"《秘府论》为第十一，作"立比成之例"。

八曰句中叠语格——举诗曰："既为风所开，还为风所落。"《秘府论》为第十三，作"叠语之例"。

九曰句中轻重错缪格——举诗曰："天子忧征伐，黎民常自怡。"《秘府论》为第十四，无"句中"二字，例诗缺。

《秘府论》所多五例为：二，上句用事，下句以事成之例；五，上句古，下句以即事偶之例；六，上句意，下句以意成之例；十，当句以物色成之例；十二，复意之例。虽《秘府论》未注明引自王昌龄《诗格》，但一则《秘府论》本来大半采自中国书，又大半不注出处；二则《秘府论》在中国旧无流传，当然系彼钞此，非此钞彼；而《密旨》的伪中有真，又可得到证明了。

《诗格》中除二十八体外，还有物境、情境、意境三境；生思、感思、取思三思；言志、劝勉、引古、含思、叹美、抱比、怨调七落句体；立意、有以、兴寄三宗旨；高格、古雅、闲逸、幽深、神仙五趣向；好势、通势、烂势三语势；势对、疏对、意对、句对、偏对五对例；渊雅、不难、不辛、饱腹、用事、一管六式；杰起、直意、穿穴、挽打、出意、心意六例；用事不如用字，用字不如用形，用形不如用气，用气不如用势，用势不如用神五用。《密旨》除上述外，还有高、下二格，得趣、得理、得势三格。因为真伪莫辨，姑列其名，不举其释。

八　皎然《诗议》

《新唐志》文史类载皎然《诗式》五卷、《诗评》三卷,《诗式》俟下节论次,兹先述《诗评》。《新唐志》和《通志·艺文略》都作三卷,《宋四库阙书目》别集类和《宋志》文史类都作一卷,《陈录》文史类无《诗评》,却有《诗议》一卷,《秘府论》也引及《诗议》,评议义近,盖即一书。《吟窗杂录》、《诗法统宗》及《诗学指南》都收有《诗议》一卷,《指南》还另外有《评论》一卷。

诗议中有八种对,和《秘府论》所引符合,可知并非伪书。又"诗有三四五六七言之别"一条,也引见《秘府论》南卷《论文意类》,但只标为或曰,两相校核,此略彼详,可证《秘府论》此段系引自《诗议》,又可证今本《诗议》,已有残缺。

至评论一卷,是后人割裂《诗议》、《诗式》凑成的。第一条云:

> 或曰:今人所以不及古人者,病于丽(《秘府论》作"俪",下同)词。予曰:不然。先正诗人,时有丽词。"云从龙,风从虎",非丽邪?"昔我往矣,杨柳依依;今我来思,雨雪霏霏",非丽邪?但古人后于语,先于意。

第二条云:

> 或曰:诗不要苦思,苦思则丧于天真。此甚不然。固当绎虑于险中,采奇于象外,状飞动之趣,写真奥之思。夫希世之珍,必出骊龙之颔,况通幽含变之文哉?

第三条云：

> 古人云：具体惟子建、仲宣，偏善则太冲、公幹，平子得其雅，叔夜含其润，茂先凝其清，景阳振其丽，鲜能兼通，况当齐梁之后，正声寝微，人不逮古，振颓波者，或有贤于今论矣。

都见《秘府论》，和引自《诗议》者相连属，知原出《诗议》。后面还有几条，又都见五卷全本《诗式》。所以知评论是割裂《诗议》、《诗式》凑成的，今仍拆还《诗议》、《诗式》。

《诗议》、《诗式》都是皎然所作，相通的地方自然很多，但论其差别，则《诗议》偏于评议格律，《诗式》偏于提示品式。

诗议中的八对，已详前章第七节。此外还有六格，实即六对：一曰的名对，二曰双拟对，三曰隔句对，四曰联绵对，五曰互成对，六曰异类对（见今本《诗议》），《秘府论》列于古人同出的十一对。皎然的对偶说是一种修正论，所以一方面诠解极平常的六对，一方面创造极宽泛的八对，另一方面又反对律家的拘泥对偶云：

> 律家之流，拘而多忌，失于自然，吾常所病也。必不得已，则削其俗巧，与其一体。一体者，不明诗对（《秘府论》不上有田字，《诗议》对上有体字），未皆大通（《诗议》作“未阶大道”）。若《国风》、《雅》、《颂》之中，非一手作，或有暗同，不在此也。……夫累对成章，高手有互变之势，列篇相望，殊状更多，若句句同区，篇篇共辙，名为贯鱼之手，非变之才也（数句《诗议》缺）。俗巧者，由不辨正气，习俗师弱弊之过也

(《诗议》作"习弱师弊之道也")。……夫境象不一,虚实难明,有可睹而不可取,景也;可闻而不可见,风也;虽系乎我形,而妙用无体,心也;义贯众象,而无定质,色也。凡此等,可以对(《诗议》作偶,下同)虚,亦可以对实。(今本《诗议》,又《秘府论》)

又指摘诗对诗词的俗卑云:

至如渡头浦口,水面波心,俗对也;上句青,下句绿,上句爱,下句怜,下对也;句中多著映带傍佯等语,熟字也;制锦一同,仙府黄绶,熟名也;淡漾水堺(?),山脊山肋,俗名也。(《秘府论》)

可是旁人攻击俪词,他又不以为然,前引为俪词辩护的一条,《秘府论》所引,在"先于意"下,还有"意因成语,语不使意,偶对则对,偶散则散,若力为之,则见斤斧之迹。故有对不失浑成,纵散不关造化,此名手也"数句。提倡自然对,反对造作对的意思,尤为显明。

提倡自然对,并不是听任自然,而是追求自然,所以反对"诗不要苦思",却希望"成章以后有易,貌若不思而得也"(《秘府论》)。还有作诗的目的是抒情意,所以谓"后于语,先于意"。又云:

古今诗人,多称丽句,关意为上,反此为下。(《秘府论》)

又云:

> 夫诗工创心，以情为地，以兴为径，然后清音韵其风律，丽句增其文彩，如扬林积翠之下，翘楚幽花，时时间发，乃知斯文，味益深矣。（同上）

所以是重意而不轻词的诗论。

九　皎然《诗式》

《诗式》各本只残余一卷，惟陆心源辑《十万卷丛书》二编本还为五卷。卢文弨跋云："此书世有镌本，俱不全，今乃得此五卷完备者，从两汉及唐诗人名篇丽句摘而录之，差以五格，括以十九体，此所以谓之式也。若世间本则虚张其目而已，岂知其用意之所在乎？"

五格是反用事的：

> 不用事第一，
> 作用事第二（其有不用事而措意不高者，黜入第二格），
> 直用事第三（其中亦有不用事而格稍下，贬居第三），
> 有事无事第四（此于第三格中稍下，故入第四），
> 有事无事情格俱下第五（情格俱下，有事无事可知也）。

十九体所括示的是诗之外彰的风律及内蕴的体德：

> 高（风韵切畅曰高），
> 逸（体格闲放曰逸），

贞(放词正直曰贞),

忠(临危不变曰忠),

节(持节不改曰节),

志(立志不改曰志),

气(风情耿耿曰气),

情(缘情不尽曰情),

思(气多含蓄曰思),

德(词温而正曰德),

诫(检束防闲曰诫),

闲(性情疏野曰闲),

达(心迹旷诞曰达),

悲(伤甚曰悲),

怨(词理凄切曰怨),

意(立言曰意),

力(体裁劲健曰力),

静(非如松风不动,林狖未鸣,乃谓意中之静),

远(非谓渺渺望水,杳杳看山,乃谓意中之远)。

而皎然所最推崇者,则是"高"与"逸"两种,不惟以"高"与"逸"列十九字之首,且序言云:

夫诗人之思初发,取境偏高,则一首举体便高;取境偏逸,则一首举体便逸。

又"明势"条云:

高手述作，如登荆巫，觌三湘鄢郢之盛，萦回盘礴，千变万态；或极天高峙，崒焉不群，气胜势飞，合沓相属；或修江耿耿，万里无波，欻出高深重复之状；古今逸格，皆造其极矣！

此外他又谓诗有三格四品。跌宕格二品：

一曰越俗。其道如黄鹤临风，貌逸神王，杳不可羁。

二曰骇俗。其道如楚有接狂，鲁有原壤，外示惊俗之貌，内藏达人之度。

淈没格一品：

曰淡俗。此道如夏姬当垆，似荡而贞，采吴楚之风，虽俗而正。

调笑格一品：

曰戏俗。……此一品非雅作，足为谈笑之资矣。

最上的跌宕格的越俗品是“貌逸神王”，也是在提倡“逸”。

“高”“逸”的方法，有四不：

气高而不怒，怒则失于风流；力动而不露，露则偏于斤斧；情多而不暗，暗则蹶于拙钝；才赡而不疏，疏则损于筋脉。

有四深(《诗人玉屑》卷五引同,他本作源,下同):

气象氤氲,由深于体势;意度盘礴,由深于作用;用律不滞,由深于声对;用事不直,由深于义类。

有二要:

要力全而不苦涩,要气足而不怒张。

有二废:

虽欲废巧尚直,而思致不得置;虽欲废词尚意,而典丽不得遗。

有四离:

虽期道情,而离深僻;虽用经史,而离书生;虽尚高逸,而离迂远;虽欲飞动,而离轻浮。

有六逆:

以虚诞而为高古,以缓漫而为冲淡,以错用意而为独善,以诡怪而为新奇,以烂熟而为隐约,以气少力弱而为容易。

有七至(原作六至,据《吟窗杂录》、《诗法统宗》、《诗学指南》各本

及《诗人玉屑》引校改）：

至险而不僻，至奇而不差，至丽而自然，至苦而无迹，至近而意远，至放而不迂，至难而状易。（第七至原无，据《诗法统宗》诸书校增）

有七德（一作得）：

一议理，二高古，三典丽，四风流，五精神，六质干，七体裁。

大体都是"叩其两端"，希望"恰到好处"，也就是普通所谓"惨淡经营，出之自然。"《诗式》总序云：

夫诗者众妙之华实，六经之菁英，虽非圣功，妙均于圣。彼天地日月元化之渊奥，鬼神之微冥，精思一搜，万象不能藏其巧。其作用也，放意须险，定局须难，虽取由我里，而得若神表。至如天真挺拔之句，与造化争衡，可以意会，难以言状，非作者不能知也。……今从两汉已降，至于我唐，名篇丽句凡若干人，命曰《诗式》，使无天机者坐致天机。（兼见《全唐文》卷九一七）

可见他的教人"坐致天机"，是要"放意须险，定局须难"的。"取境"条云：

"不要苦思；苦思则丧自然之质。"此亦不然。夫不入虎穴，焉得虎子？取境之时，须至难至险，始见奇句；成篇之后，观其气貌，有似等闲，不思而得，此高手也。有时意静神至，佳句纵横，若不可遏，宛若神助；不然盖由先积精思，因神王而得乎。

此种言论，亦略见于前节所引的《诗议》，据知他的诗法是：取境时要险难，成篇后要自然。这样，诗的风格才能"高""逸"。

为什么皎然独提倡"高""逸"，最大的原因由于他是方外僧人，性耽禅阅。《诗式》中序云：

贞元初，余与二三子居东溪草堂，每相谓曰：世事喧喧，非禅者之意，……岂若孤松片云，禅坐相对，无言而道合，至静而性同哉？吾将深入杼峰，与松云为侣，所著《诗式》及诸文字，并寝而不纪。至壬申夏五月，会前御史李公洪，自河北负谴遇恩，再移为湖州长史，初与相见，未交一言，恍若神合。余素知公精于佛理，因请益焉。……他日言及《诗式》，余具陈夙昔之志。公曰不然。因命门人简出草本一览。……公欣然因请吴生相与编录，有不当者公乃点而窜之，不使琅玕与碔砆齐列，勒成五卷，粲然可观矣。(兼见《全唐文》卷九一七)

可见他的志趣在"禅者之意"，为他编录点窜的李公洪也"精于佛理"。"禅者之意"的应用于诗，当然是"高""逸"。"文章宗旨"条云：

康乐公早岁能文，性颖神澈，及通内典，心地更精，故所作诗，发皆造极，得非空王之道助耶？夫文章，天下之公器，安敢

> 私焉？曩者，尝与诸公论康乐为文，真于性情，尚于作用，不顾词彩，而风流自然。彼清景当中，天地秋色，诗之量也。庆云从风，舒卷万状，诗之变也。不然，何以得其格高，其气正，其体贞，其貌古，其词深，其才婉，其德宏，其调逸，其声谐？

更鲜明的谓诗的格高由于"通内典"，得助于"空王之道"；则"通内典"，得助于"空王之道"的皎然，当然提倡"高""逸"的诗了。

十　佚名的诗文作法

我在前章第一节云："唐人的对偶说与病犯说大体只限于诗，鲜及于文。""鲜及于文"，不是"不及于文"，皎然的对偶说已举及赋例（前章第七节）。此外，《秘府论》南卷《论文意类》云：

> 假令一对之语，四句而成，便用四言以居其平，其余二句，杂用五言、六言等。或经一对、两对已后，仍须全用四言。既用四言，又更施其杂体（杂原作谁，盖形误也），循环反复，务归通利。

显然指骈文而言，非指律诗而言。《秘府论》引于皎然《诗议》之后，殷璠《河岳英灵集叙》之前，共有三则，审其文义，似是一人所作，可惜作者姓名，已无从考证。第一则谓文章有六体云：

> 凡制作之士，祖述多门；人心不同，文体各异。较而言之，

有博雅焉,有清典焉,有绮艳焉,有宏壮焉,有要约焉,有切至焉。夫模范经诰,褒述功业,渊乎不测,洋哉有闲,博雅之体也。敷演情志,宣照德音,植义必明,结言唯正,清典之致也。体其淑姿,因其壮观,文章交映,光彩傍发,绮艳之则也。魁张奇纬,阐耀威灵,纵气凌人,扬声骇物,宏壮之道也。指事述心,断辞趣理,微而能显,少而斯洽,要约之旨也。舒陈哀愤,献纳约戒,言唯折中,情必曲尽,切至之工也。至于称博雅则颂论为其标,语清典则铭赞居其极,陈绮艳则诗赋表其华,叙宏壮则诏檄振其响,论要约则表启擅其能,言切至则箴诔得其实。凡斯六事,文章之通义焉。苟非其宜,失之远矣。博雅之失也缓,清典之失也轻,绮艳之失也淫,宏壮之失也诞,要约之失也阑,切至之失也直。体大义疏,辞引声滞,缓之致焉。理入于浮,言失于浅,轻之起焉。体貌逾方,逞欲过度,淫以兴焉。制伤迂阔,辞多诡异,诞则成焉。情不申明,事有遗(原作贵,误)漏,阑因见焉。体高专直,文好指斥,直乃行焉。故词之作也,先看文之本体(原注"谓上所陈文章六种,是其本体也"。正文本原作大),随而用心,遵其所宜,防其所失,故能辞成炼核,动合规矩。而近代作者,好尚互舛,苟见一涂,守而不易,至今摛章缀翰者罕有兼善,岂才思之不足,抑体制之未该也。

这是在讲文体,同时也是在讲作法,所以说"至今摛章缀翰者罕有兼善,岂才思之不足,抑体制之未该也"。的确必先了解文体,然后才能讲论方法,因为方法是因体制宜的,不是一成不变的。所以第三则云:

凡制于文，先布其位，犹夫行陈之有次，阶梯之有依也。先看将作之文，体有大小；又看所为之事，理或多少。体大而理多者，定制宜弘；体小而理少者，置辞必局。须以此义，用意准之，随所作文，量为定限；既已定限，次乃分位；位之所据，义别为科；众义相因，厥功乃就。故须以心揆事，以事配辞，总取一篇之理，折成众科之义。其为用也，有四术焉：一者分理务周，二者叙事以次，三者义须相接，四者势必相依。理失周则繁约互舛，事非次则先后成乱，义不相接则文体中绝，势不相依则讽读为阻。若斯者，文章所尤忌也。故自于首句，迄于终篇，科位虽分，文体终合，理贵于圆备，言资于顺序，使上下符契，先后弥缝，择言者不觉其孤，寻理者不见其隙，始其宏耳。又文之大者，藉外而申之；文之小者，在限而合之。申之则繁，合之则约。善申者虽繁不得而减；善合者虽约不可而增。合而遗其理，疏秽之起，实在于兹。皆在于义得理通，理相惬故也（此句疑有误）。

“分理务周”，“叙事以次”，“义须相接”，“势必相依”，是各体文的共同作法；“申”是长篇文的作法；“合”是小品文的作法。

第一、三两则讲的体裁与作法，第二则讲的构思。首言：“凡作文之道，构思为先，亟将用心，不可偏执。”末言：“心或蔽通，思时钝利，来不可遏，去不可留。若也情性烦劳，事由寂寞，强自催逼，徒成辛苦。不若韬翰屏笔，以须后图，待心虑更澄，方事连缉。非止作文之至术，抑亦养生之大方耳。”略同于刘勰的养气说（详三篇八章五节），并没有新的识解，故不详述。

第三章　诗与社会及政治

一　陈子昂的提倡风雅诗

初唐的诗论，侧重对偶格律的提示；中唐的诗论，侧重社会政治的作用。以现在的术语说来，前者是艺术文学的方法，后者是人生文学的理论，绝对的相反不同；而交替转变则在于盛唐。盛唐一方面有王昌龄和僧皎然等的作《诗格》、《诗式》，一方面有陈子昂和李杜的提倡风雅诗和社会诗。

我在第一篇第一章第六节曾说："盛中唐的人生文学理论，自以元稹和白居易为集其大成，而序幕的揭开，则始于元白以前的陈子昂（656—689）。"又引陈子昂《与东方左虬修竹篇序》云：

> 文章道弊五百年矣！汉魏风骨，晋宋莫传，然而文献有可征者。仆尝暇时观齐梁间诗，彩丽竞繁，而兴寄都绝，每以永叹。窃思古人，常恐逦迤（一作迤逦）颓靡，风雅不作，以耿耿也。

又引《喜马参军相遇醉歌序》云：

吾无用久矣,进不能以义补国,退不能以道隐身。……日月云迈,蟋蟀谓何?夫诗可以比兴也,不言曷著?

可见他反对"彩丽竞繁"的齐梁诗,提倡"以义补国"的比兴诗。此外又于《座右铭》云:

《诗》、《礼》固可学,郑卫不足听。(《全唐文》卷二一四,后简称"文")①

《上薛令文章启》云:

然则文章薄伎,固弃于高贤,刀笔小能,不容于先达,岂非大人君子以为道德之薄哉!某实鄙能,未窥作者,斐然狂简,虽有劳人之歌,怅尔咏怀,曾无阮籍之思,徒恨迹荒淫丽,名陷俳优,长为童子之群,无望壮夫之列。(同上)

本来初唐以天下太平,优游无事,朝廷之上,君臣倡酬(详一章一节),由是一时的诗人,都竞作韵美之词,借为媚君之资。在陈子昂看来,"迹荒淫丽,名陷俳优","文章薄伎""为道德之薄"。不过自己也是诗人,颇有同流合污之嫌,所以自恨"长为童子之群,无望壮夫之列"。实则他的目的是"论道匡君"②,"以义补国",所以虽也

① 在北平撰稿时据扬州板《全唐文》,在中央大学改稿时据广东板《全唐文》。

② 《登蓟城西北楼送崔著作融入都序》云:"以身许国,我则当仁;论道匡君,子思报主。"虽以"论道匡君"期崔融,实亦自吐胸臆耳。

学习《诗》、《礼》，但不听郑卫淫声；虽也努力作诗，但注重风雅比兴。而其对于诗的观念，当然是元白的社会诗论的先河了，所以元白都对他称赞不已（详四章一节）。

至陈子昂的所以有这种论调的原因，固由于他的志趣使然，而志趣的形成，虽与性格有关，却大半由于陈子昂时的君已须匡，国已须补，此在第一篇第一章第六节已有详论，现在无庸复述了。

二 李白的提倡古风

唐代诗歌本背有两重历史，一是南朝的绮靡缘情，一是北朝的质直言志；而唐代则由对立而逐渐融合，使北朝的素朴佳人，涂上南朝的香馥的脂粉，成功豪壮而华美的律诗。此种豪壮华美的律诗，自其产生的背景而言，是盛世元音；自诗歌的表现而言，则不免流于粉饰太平（详拙编《中国诗歌史》第十二章《唐初之糅合南北的诗歌》）。到了陈子昂和李白的时代，已不复是完美无缺的盛世，使他们逐渐厌弃粉饰太平的诗歌，而思恢复到质直言志的故道。

关于陈子昂，已详上节，兹再述李白（701—762）。李白与陈子昂不甚同，他虽厌弃粉饰太平的律诗，而一因经过开元的中兴，比较的可做太平迷梦；二因他是“兴圣皇帝九世孙”（《新唐书》本传），家世富有，养成十足的公子哥儿的生活意识，对于社会政治虽也拂光掠影的关照，但远不及陈子昂的切实，所以结果只是有意无意的冲出律诗的樊篱，提倡古风而已。他有《古风五十九首》，第一首云：

大雅久不作，吾衰竟谁陈！王风委蔓草，战国多荆榛。龙虎相啖食，兵戈逮狂秦。正声何微茫，哀怨起骚人。扬马激颓波，开流荡无垠。废兴虽万变，宪章亦已沦。自从建安来，绮丽不足珍。圣代复元古，垂衣贵清真。群才属休明，乘运共跃鳞。文质相炳焕，众星罗秋旻。我志在删述，垂晖映千春。希圣如有立，绝笔于获麟。（《全唐诗》三函四册一卷，后简称《诗》）

又第三十五首云：

丑女来效颦，还家惊四邻；寿陵失初步，笑杀邯郸人。一曲斐然子，雕虫丧天真。棘刺造沐猴，三年费精神。功成无所用，楚楚且华身。大雅思文王，颂声久崩沦。安得郢中质，一挥成风（原作斧，依《李太白集》校改）斤。（同上）

陈子昂的提倡风雅，大体怵于时代丧乱，欲“论道匡君”，“以义补国”；李白的提倡古风，虽亦由于“玄风变太古，道丧无时还”（《古风》第三十首），“颂声久崩沦”，“我志在删述”，但大半为矫正当时的句酌字斟的律诗。所以谓：“圣代复元古，垂衣贵清真。”所以谓：“丑女来效颦，还家惊四邻。寿陵失初步，笑杀邯郸人。一曲斐然子，雕虫丧天真。”所以陈子昂要使诗有比兴的功用，李门则要使诗不失元古的清真；陈子昂是为社会政治而改革诗，李白则为诗而改革诗。所以陈子昂不必提出诗的作法，而李白则为矫正讲求格律的斫丧天真，提倡“一挥成风斤”的自由抒写法。他的《草书歌行》云：

少年上人号怀素，草书天下称独步。墨池飞出北溟鱼。笔锋杀尽中山兔。八月九月天气凉，酒徒词客满高堂。笺麻素绢排数厢，宣州石砚墨色光。吾师醉后倚绳床，须臾扫尽数千张。飘风骤雨惊飒飒，落花飞雪何茫茫。起来向壁不停手，一行数字大如斗。怳怳如闻神鬼惊，时时只见龙蛇走。左盘右蹙如惊电，状同楚汉相攻战。湖南七郡凡几家，家家屏障书题遍。王逸少，张伯英，古来几许浪得名。张颠老死不足数，我师此义不师古。古来万事贵天生，何必要公孙大娘浑脱舞？（《诗》三函四册七卷）

这是讲草书，也是“一挥成风斤”的注脚。在《古风》里主张“复元古”，在这里又主张“不师古”，好像是自相矛盾，实则正是相反相成。李白的励行诗国的复古运动，和韩愈的励行文苑的复古运动一样——都是以复古为革新。李白的复古在矫正“约句准篇”的律诗，韩愈的复古在矫正“枝对叶比”的骈文。所以李白提倡复古，却力主自由抒写；韩愈提倡复古，却力主“戛戛独造”（详七章三节）。我们如只看到“古”字的表面意义，便说他们是开倒车，是文学逆流，那他们真要在地下叫冤了。

韩愈的复古运动是提倡古文，李白的复古运动是提倡古诗。古诗的产生当然在律诗之前，但“古诗”的名称则在律诗之后，古诗的提倡则在矫正律诗。这一点也不奇怪。古文的产生也前于骈文，但标名为“古文”而提倡之，也是骈文发达后的一种反响。元稹《唐故检校工部员外郎杜君墓志铭》云：“沈（佺期）、宋（之问）之流，研练精切，稳顺声势，谓之律诗。”（《全唐文》卷六五四）知沈宋时代已有“律诗”的名称。至“古诗”的名称，则李白以前，尚不多见。自然我没有忘记《文选》有古诗十九首,《玉台新咏》有古诗八首,锺嵘《诗品》首列古诗,刘勰《文心雕龙·明诗》篇说,“古诗佳丽”。但那题为“古诗”的原因,和乐府中的所谓“古辞”一样,因为它是不知作于何人的古代诗歌,并不是用以括示它的体裁。李白虽没有明确的标出“古诗”一名,但题名他自己的一部分作品为“古风”,而所谓“古风”,又恰是“古体”,不是“律体”,在那里又极力提倡复古。其他诗中,如《东武吟》亦云:“好古笑流俗,素闻贤达风”(“诗”三函四册四卷)。《翰林读书言怀呈集贤诸学士》亦云:“观书散遗帙,探古穷至妙。”(《诗》三函六册卷二十三)孟棨《本事诗》也引他的话云:“梁陈以来,艳薄斯极,将复古道,非我而谁?”可见确是在努力使诗解脱声律的羁绊,恢复古时的自由抒写,而后来的“古诗”的名称,大概源于他的所谓“古风”了。

三 杜甫的兼取古律及倡导社会诗

杜甫(712—770)与李白自是最好的诗友。但一则李白的年龄较长,其活动的时代大半当开元中兴;杜甫的年龄较晚,其活动的时代大半在天宝之乱。二则李白是翩翩公子;杜甫则“少贫不自振”,“衣不盖体,尝寄食于人,窃恐转死沟壑”(《新唐书》本传)。三则李白是天才的作家,而杜甫则特别讲求功力:因之二人对诗的主张不甚同。李白的冲出律诗,提倡古风,杜甫似不以为然。《春日暮忆李白》云:“何时一樽酒,重与细论文!”(《诗》四函二册九卷)显然有弦外余音。所以杜甫对于古律之争,主张兼收并蓄,不可偏废。集中此种言论甚多,且看他的专为论诗而作的《戏为六绝句》:

庾信文章老更成，凌云健笔意纵横；今人嗤点流传赋，不觉前贤畏后生！

杨王卢骆当时体，轻薄为文哂未休；尔曹身与名俱灭，不废江河万古流。

纵使卢王操翰墨，劣于汉魏近风骚；龙文虎脊皆君驭，历块都过见尔曹。

才力应难夸数公，凡今谁是出群雄！或看翡翠兰苕上，未掣鲸鱼碧海中。

不薄今人爱古人，清词丽句必为邻；且攀屈宋宜方驾，恐与齐梁作后尘。

未及前圣更勿疑，递相祖述复先谁？别裁伪体亲风雅，转益多师是汝师。（《诗》四函三册十二卷）

再看《解闷十二首》中的论诗几首：

沈范早知何水部，曹刘不待薛郎中（原注：水部郎中薛据），独当省署开文苑，兼泛沧浪学钓翁。

李陵苏武是吾师，孟子（原注：校书郎云卿）论文更不疑。一饭未曾留俗客，数篇今见古人诗。

复忆襄阳孟浩然，清诗句句尽堪传。即今耆旧无新语，漫钓槎头缩颈鳊。

陶冶性灵在底物，新诗改罢自长吟。孰知二谢将能事，颇学阴何苦用心。

不见高人王右丞，蓝田丘壑漫寒藤。最传秀句寰区满，未绝风流相国能。（《诗》四函四册十五卷）

再看《偶题》：

> 文章千古事，得失寸心知。作者皆殊列，名声岂浪垂？骚人嗟不见，汉道盛于斯。前辈飞腾入，余波绮丽为；后贤兼旧列，历代各清规。法自儒家有，心从弱岁疲。永怀江左逸，多病邺中奇。（《诗》四函四册十五卷）

就人言，"不薄今人爱古人"，"转益多师是汝师"。就时代言，挹取周秦汉魏，也不菲弃六朝隋唐，"后贤兼旧列，历代各清规"。就诗言，固然于《秦州见敕三十韵》慨叹"大雅何寥阔"（《诗》四函三册十卷），但又于《又示宗武》云"觅句新知律"（《诗》四函四册十六卷），《遣闷戏呈路十九曹长》云"晚节渐于诗律细"（《诗》四函四册十九卷）。知对于古律问题，他是主张并存不废的。

不过杜甫虽主张古律并存，但他的伟大成就，却尤在律诗。所以元稹给他作墓志铭——《唐故检校工部员外郎杜君墓志铭》——虽称其"尽得古今之体势，而兼昔人之所独专"，但尤赞其"铺陈终始，排比声韵，大或千言，次犹数百，词气豪迈，而风调清深，属对律切，而脱弃凡近"（引详四章一节）。这是技术方面。至实质方面，则见称于白居易《与元九书》的是"《新安吏》、《石壕吏》、《潼关吏》、《塞芦子》、《留花门》之章，'朱门酒肉臭，路有冻死骨'之句"（同上）的等等社会诗。

技术方面的有伟大成就，固基于他的天才与学力，可也基于他的作诗方法；实质方面的走向社会诗，固基于他的环境使然，可也基于他的诗学观念。

他的作诗方法，有点近于扬雄的作赋方法；扬雄的作赋方法是

"赋神"(详二篇三章三节),他的作诗方法可以说是"诗神"。所以他的《苏端薛复筵简薛华醉歌》云"文章有神交有道"(《诗》四函一册二卷),《八哀》诗中的《汝阳王琎》一首云"挥翰绮绣扬,篇什若有神"(《诗》四函二册七卷),《独酌成诗》云"醉里从为客,诗成觉有神"(《诗》四函三册十卷),《游修觉寺》云"诗应有神助"(《诗》四函三册十一卷)。

神是怎么来的?一由于素养,二由于感兴,三由于陶冶,四由于研究。《奉赠韦左丞丈二十二韵》云"读书破万卷,下笔如有神"(《诗》四函一册一卷)。可见"下笔如有神",基于"读书破万卷";"读书破万卷",就是学有根柢,文有素养。《上韦左相二十韵》云"感激时将晚,苍茫兴有神"(《诗》四函二册九卷)。可见神也靠兴而动,兴则待感而发。至感的来源多得很:坐对云山可以发兴,如《陪李北海宴历下亭》云"云山已发兴,玉佩仍当歌"(《诗》四函一册一卷)。进到隐士的幽居也可以发兴,如《与李十二白同寻范十隐居》云"入门高兴发"(《诗》四函二册九卷)。凭高望远也可以发兴,如《题郑县亭子》云"郑县亭子涧之滨,户牖凭高发兴新"("诗"四函三册十卷)。看见梅花也可以发兴,如《和裴迪登蜀州东亭见寄》云"东阁观梅动诗兴,还如何逊在扬州"(《诗》四函三册十一卷)。总之,有感就可以发兴,发兴就可以作诗。所以《至后》云"愁极本凭诗遣兴"(《诗》四函三册十三卷)。遣兴之诗,便可以"苍茫有神"。《秋日夔府咏怀》云"登临多物色,陶冶赖诗篇"(《诗》四函四册十五卷)。可见他也注重陶冶。感兴的作品偏于动趣,陶冶的作品偏于静趣。《寄张十二山人彪三十韵》云"静者心多妙,先生艺绝伦,草书何太苦,诗兴不无神"(《诗》四函三册十卷)。可见从事于静的陶冶,也可以使"诗兴不无神"。素养、感兴、陶冶三种方法是古、律一样的，研究则比较偏于律诗。这是因为律诗之所以为律诗，就在较古诗更有规律。前引《偶题》云“法自儒家有，心从弱岁疲”。《又示宗武》云“寻句新知律”。《遣闷戏呈路十九曹长》云“晚节渐于诗律细”。此外《桥陵诗三十韵》亦云“遣辞必中律”（《诗》四函一册一卷）。可见他对于诗律是很有研究的。对于诗律有研究，也可以使诗有神。所以《敬赠郑谏议十韵》云“思飘云物动，律中鬼神惊。”（《诗》四函二册九卷。上两段採自罗膺中先生《少陵诗论》，见《经世季刊》一卷二、三期合刊）

至诗学观念，虽找不到他的明确的言论，然如《求贤敷厥谠议》云：

> 顷之问孝秀，取备寻常之对，忽经济之体。考诸词学，自有文章在；策以征事，曷成凡例焉？今愚之粗征，贵切时务而已。

《进雕赋表》云：

> 臣之述作，虽不足以鼓吹《六经》，先鸣数子；至于沉郁顿挫，随时敏捷，而扬雄、枚皋之流，庶可跂及也。

前者虽谓贵切时务者是策，而以“贵切时务”的观念为诗，则当然不会作弄风月、述恩怨的个人诗歌；后者自谦谓“不足以鼓吹《六经》”，正见其以“以鼓吹《六经》”为重。《奉赠韦左丞丈二十二韵》云：

> 甫昔少年日，早充观国宾。读书破万卷，下笔如有神；赋料扬雄敌，诗看子建亲；李邕求识面，王翰愿卜邻。自谓颇挺出，立登要路津，致君尧舜上，再使风俗淳。

可见他在梦想"赋料扬雄敌，诗看子建亲"，便可"致君尧舜上，再使风俗淳"。可见他虽以自己"经济惭长策"(《偶题》)，不是政治人才，因未彰明较著的提出诗与社会政治的关系，然其诗则许多是在伤悼社会，讽咏政治，则其不主张个人诗歌，而主张社会诗歌，已隐约可见了。

四　元结的反对声律与提倡规讽诗

陈子昂、李白之对于声律，虽暗示菲薄，而未明白反对；明白反对者，是古文家而兼诗人的元结(723—772)。他的《箧中集序》云：

> 近世作者，更相沿袭，拘限声病，喜尚形似，且以流易为辞，不知丧于雅正然哉！彼则指咏时物，会谐丝竹，与歌儿舞女，生污惑之声于私室可矣；若令方直之士，大雅君子，听而诵之，则未见其可矣。(《文》三八一)

消极破坏的是声律，积极建设的是风雅。又《刘侍御月夜宴会序》云：

> 於戏！文章道丧，盖亦久矣！时之作者，烦杂过多，歌儿舞女，且相喜爱，系之风雅，谁道是邪？诸公尝欲变时俗之淫靡，为后生之规范，今夕岂不能达情性，成一时之美乎？(《诗》四函六册元结卷二)

在这里讥贬时之作者，不足“系之风雅”，在《箧中集序》也慨叹“风雅不兴，几及千岁”。可见他在企望以风雅诗代替当时的“拘限声病，喜尚形似”之诗。陈子昂的提倡风雅虽似以风雅有美时刺时的功用，然未明言用以规讽；元结则旗帜鲜明的提倡风雅，以规讽时君。《二风诗论》云：

> 客有问元子曰：“子著‘二风诗’何也？”曰：“吾欲极帝王理乱之道，系古人规讽之流。夫至理之道，先之以仁明，故颂帝尧为仁帝；安之以慈顺，故颂帝舜为慈帝；成之以劳俭，故颂夏禹为劳王；修之以敬慎，故颂殷宗为正王；守之以清一，故颂周成为理王：此理风也。夫至乱之道，先之以逸惑，故闵太康为荒王；坏之以苛纵，故闵夏桀为乱王；覆之以淫暴，故闵殷纣为虐王；危之以用乱，故闵周幽为惑王；亡之于积累，故闵周赧为伤王：此乱风也。……吾且不曰著斯诗也，将系规讽乎！”（《文》三八二）

图穷匕首见，著理风乱风的“二风诗”，原是“将系规讽乎”！则他所提倡的，固然是风雅诗，但我们不妨直截了当的说是规讽诗，更比较恰当。

《刘侍御月夜宴会序》称刘侍御诸公“尝欲变时俗之淫靡，为后生之规范”。《箧中集序》亦云：“吴兴沈千运，独挺于流俗之中，强攘于已溺之后，穷老不惑，五十余年，凡所为文，皆与时异。故朋友后生，稍见师效，能类似者，有五六人。”可见以风雅代淫靡，已形成一时的趋势，不惟元结一人，无怪稍后的元稹、白居易能成功伟大的社会诗人与社会诗论家了。

五　三位选家的意见

除了元结的《箧中集》以外，这时还有三部诗选集，也都在提倡风、雅诗。

一是芮挺章在天宝三年所选的《国秀集》三卷。据宋人曾彦和跋，"楼颖序之"，今已亡佚。自序首云：

> 昔陆平原之论文曰，"诗缘情而绮靡"，是彩色相宣，烟霞交映，风流婉丽之谓也。仲尼定《礼》、《乐》，正雅、颂，采古诗三千余什，得三百五篇，皆舞而蹈之，弦而歌之，亦取其顺泽者也。

他的选诗标准似是婉丽顺泽。然续云：

> 近秘书监陈公，国子司业苏公，尝从容谓芮侯曰："风、雅之后，数千载间，词人才子，礼乐大坏，讽者溺于所誉，志者乖其所之，务以声折为宏壮，势奔为清逸，此蒿视者之目，聒听者之耳，可为长太息者也。运属皇家，否终复泰，优游阙里，唯闻子夏之言，惆怅河梁，独见少卿之作。及源流浸广，风云极致，虽发词遣句，未协风骚，而披林撷秀，揭厉良多。自开元以来，维天宝三载，谴谪芜秽，登纳菁英，可被管弦者，都为一集。"（《四部丛刊》本《国秀集》）

可见选诗的目的，是在恢复风、雅。

二是殷璠所选河岳王维、王昌龄、储光羲等二十四人的作品的《河岳英灵集》上下二卷。自叙云：

夫文有神来、气来、情来，有雅体、野体、鄙体、俗体（《文》作“夫文友神情体雅”，疑误）。编纪者能审鉴诸体，委（《文》作定）详所来，方可定其优劣，论其取舍。至如曹刘诗多直语（《文》直下多一致字，则语字下属），少切对，或五字并侧，或十字俱平，而逸驾终存。然挈瓶庸受之流，责古人不辩宫商（《集》多征羽二字），词句质素，耻相师范。于是攻（《文》多一乎字）异端，妄（《文》多一为字）穿凿；理则不足，言常有余，都无意象，但贵轻艳，虽满箧笥，将何用之？自萧氏以还，尤增矫饰。武德初，微波尚在；贞观末，标格渐高；景云中，颇通远调；开元十五年后（《文》无后字），声律风骨始备矣。实由主上恶华好朴，去伪从真，使海内词场，翕然尊古，有周风雅（《集》作南风周雅），称阐今日。（《文》四三六，《四部丛刊》本《英灵集》，《文镜秘府论》南卷）

又《集论》云：

昔伶伦造律，盖为文章之本也。是以气因律而生，节假律而明，才得律而清焉，宁预于词场而不可不知音律焉（《秘府论》无宁字及而字）。孔圣删诗，非代议所及。自汉魏至于晋宋，高唱者千（《集》作十）有余人，然观其乐府，犹有小失。齐梁陈隋，下品实繁，专事拘忌，弥损厥道。夫能文者，匪谓四声尽要流美，八病咸须避之，纵不拈缀（《秘府论》作工），未为深缺。即“罗衣何飘飖，长裾随风还”，雅调仍在，况其他句乎？故词有刚柔，调有高下，但令词与调合，首末相称，中间不败，便是知音。而沈生虽怪曹王曾无先觉，隐侯去之更远。璠今所集，颇异诸家，既闲新声，复晓古体，文质半取，风骚两挟，言气骨则建安为俦(《集》作传，误)，论宫商则太康不逮。将来秀士，无致深憾(《秘府论》作感)。(《四部丛刊》本《英灵集》、《文镜秘府论》南卷)

虽“文质半取”，然实是卑薄声律。谓“理则不足，言常有余，都无意象，但贵轻艳”的诗歌，“虽满箧笥，将何用之”。可见他重视诗之用，不重视诗之美；重视诗的人生价值，不重视诗的艺术价值。* 所以力赞玄宗的“恶华好朴，去伪从真，使海内词场，翕然尊古，有周风雅，称阐今日”。

三是高仲武所选的“自至德元首，终于大历暮年”的《中兴间气集》二卷。自序首云：

诗人之作，本诸于心；心有所感，而形于言；言合典谟，则列于风雅。暨乎梁昭明载述已往，撰集者数家，推其风流，正声最备；其余著录，或未至焉。何者？《英华》失于浮游，《玉台》陷于淫靡，《珠英》但纪朝士，《丹阳》止录吴人，此由曲学专门，何暇兼包众善，使大雅君子所以对卷而长叹也。

---

* 此句1957年版改为：“可见他固不轻视诗之美，但太重视诗之用；固不轻视诗的艺术价值，但太重视诗的人生价值。”——校者注

末又云：

且夫微言虽绝，大制犹存，详甚否臧（《文》作臧否），当可拟议：古之作者，因事造端，敷弘体要，立义以全其制，因文以寄其心，著王政之兴衰，表（《文》无表字）国风之善否，岂其苟悦权右，取媚薄俗哉？今之所收，殆革前（《文》作斯）弊。但使体状（《文》作格）风雅，理致清新，观者易心（“观”上文多期字），听者竦耳，则朝野兼取，格律兼收；自郐以下，非所敢隶焉。（《文》作非所附丽。《文》四五六，《四部丛刊》本《中兴间气集》）

其提倡风雅的意旨，尤为显豁，无庸申说。此外还有无名氏所撰《搜玉集》一种，王士祯《十种唐诗选》本止于乔知之、张谔，知选者大概也是盛唐或中唐时人。惜不见序文，所以选集的旨趣，无由探悉。

《国秀集》对每人皆不评论，《英岳集》对每人皆有评论，《间气集》则或评论或不评论。《英岳集》首选常建诗，好像是最推崇常建诗。评云：

“高才无贵士”，诚哉是言！曩刘桢死于文学，左思终于记室，鲍昭卒于参军，今常建亦沦于一尉，悲夫！建诗似初发通庄，却寻野径，百里之外，方归大道。所以其旨远，其兴僻，佳句辄来，唯论意表。至如“松际露微月，清光犹为君”，又“山光悦鸟性，潭影空人心”，此例十数句，并可称警策。然一篇尽善者，“战余落日黄，军败鼓声死，今与山鬼邻，残兵哭辽水”，属思既苦，词亦警绝。潘岳虽云能叙悲怨，未见如此章。（卷上）

《间气集》首选钱起诗，好像是最推崇钱起诗。评云：

> 员外诗体格新奇，理致清赡，越从登第，挺冠词林。文宗右丞，许以高格；右丞没后，员外为雄。芟齐宋之浮游，削梁陈之靡嫚，迥然独立，莫之与群。且如"鸟道挂疏雨，人家残夕阳"。又"牛羊山上小，烟火隔林疏"。又"长乐钟声花外尽，龙池柳色雨中深"。皆特出意表，标雅古今。又"穷途恋明主，耕桑亦近郊"，则礼义克全，忠孝兼著，足可以弘长名流，为后楷栻。士林语曰："前有沈宋，后有钱郎。"（卷上）

《英灵集》的推崇常建，还算是就诗论诗。然此外如评崔颢云："颢少年为诗，名陷轻薄；晚节忽变常体，风骨懔然。"（卷中）评储光羲云："储公诗格高调逸，趣远情深，削尽常言，挟风雅之迹，浩然之气。"（同上）评王昌龄云："余尝睹王公《长平伏冤》，又《吊枳道赋》，仁有余也，奈何晚节不矜细行，谤议沸腾，垂历遐荒，使知音者叹息。"（同上）则又论及行事，重视诗旨。至《间气集》的论及行事，重视诗旨，则由评钱起文中，已得到充分的证明。这当然是因为他们评选诗歌的目的，本来置重诗的人生价值，不置重诗的艺术价值。

他们的评论方法，大概模仿《诗品》，特别是《间气集》尤为明显。如评韩翃云："前载'芙蓉出水'，未足多也。其比兴深于刘员外，筋节成于皇甫冉也。"（卷上）评郎士元云："古谓谢朓'工于发端'，比之于今，有惭阻矣。"（卷下）评崔峒云："亦披沙拣金，往往见宝。"（卷下）不惟故实出于《诗品》，语句亦效法《诗品》。

《间气集》的选者高仲武，恰巧和高适的字相同，而且也是渤海人，由是辛文房《唐才子传》（卷二）系于高适名下。但高适死于永泰元年，当公历765年，《间气集》“终于大历暮年”，当公元779年，高适的“墓木已拱矣”，所以自陆游跋《中兴间气集》已云：“高适字仲武，此乃名仲武，非适也。”又云：“此集所谓高仲武，乃别一人名仲武，非适也。”（《四部备要》本《陆放翁全集·渭南文集》卷二十七）

六　杨绾贾至梁肃及权德舆等的诗教论

以风雅代淫靡，真成了当时的共同目标，选家如此，著论者亦莫不然。杨绾（？—777）《条奏贡举疏》云：

> 国之选士，必藉贤良。……自叔世浇诈，兹道浸微，争尚文词，互相矜炫。马卿浮薄，竟不周于任用；赵壹虚诞，终取摈于乡闾。自是厥后，其道弥盛，不思实行，皆徇空名，败俗伤教，备载前史，古人比文章于郑卫，皆有由也。近炀帝始置进士之科，当时犹试策而已；至高宗朝，刘思立为考功员外郎，又奏进士加杂文，明经别帖经，从此积弊，浸而成俗。幼能就学，皆诵当代之诗；长而博文，不越诸家之集。递相党与，用致虚声。《六经》则未尝开卷，三史则皆同挂壁，况复征以孔孟之道，责其君子之儒者哉？……朝之公卿，以此待士，家之长老，以此垂训，欲其返淳朴，怀礼让，守忠信，识廉隅，何可得哉？（《文》三三一）

杨绾的这种言论，很快的就有人引为同调。如贾至（728—772）《议杨绾条奏贡学疏》云：

《易》曰："观乎人文以化成天下。"《关雎》之义曰："先王以是经夫妇，成孝敬，厚人伦，美教化，移风俗，盖王政之所由废兴也。"故延陵听诗，知诸侯之存亡。今试学者以帖字为精通，而不穷旨义，岂能知迁怒贰过之道乎？考文者以声病为是非，而惟择浮艳，岂能知移风易俗化天下之事乎？是以上失其源，而下袭其流，乘流波荡，不知所止，先王之道，莫能行也。(《文》三六八)

又《工部侍郎李公集序》云：

洎骚人怨靡，扬马诡丽，班张崔蔡，曹王潘陆，扬波扇飙，大变风雅；宋齐梁隋，荡而不返。昔延陵听乐，知诸侯之兴亡，览数代述作，固足骇夫理乱之源也。(同上)

梁肃(753—793)《丞相邺侯李泌文集序》云：

予尝论古者聪明睿智之君，忠肃恭懿之臣，叙六府三事，同八风七律，莫不言之成文，歌之成声。然后浃于人心，人心安以乐；播于风俗，风俗厚以顺。其有不由此者，为理则粗，在音则烦；粗之弊也悖(一作朴)，烦之甚也乱。(《文》五一八)

又《秘府监包府君集序》云：

文章之道，与政通矣。世教之污崇，人风之薄厚，与立言立事者邪正臧否皆在焉。故登高能赋，可以观者，可与图事；

诵《诗》三百，可以将命，可与专对。（同上）

武元衡（758—815）《刘商郎中集序》云：

天运地转，刚柔生焉；礼辨乐形，文章出焉。天之文莫丽于日月，地之文莫秀乎山川。圣人观象立言，用稽述作，发乎情性，形于咏歌，大则明天下政途，弥纶王化，小则舒一时幽愤，刺见国风。故子夏云"在心为志，发言为诗，声成文谓之音"也。固可动天地，感鬼神，则正始之道存焉。（《文》五三一）

杜确（代宗时人）《岑嘉州集序》云：

自古文体，变易多矣。梁简文帝及庾肩吾之属，始为轻浮绮靡之词，名曰"宫体"。自后沿袭，务于妖艳，谓之"摛锦布绣"焉。其有敦尚风格，颇存规正者，不复为当时所重。讽谏比兴，由是废缺。物极则变，理之常也。圣唐受命，斫雕为朴，开元之际，王纲复举，浅薄之风，兹焉渐革。其时作者凡十数辈，颇能以雅参丽，以古杂今，彬彬然，粲粲然，近建安之遗范矣。（《文》四五九）

稍后的李益（748—827）亦作《诗有六义赋》云：

夫圣人之理，原于始而执其中，观天文以审于王事，观人文而知其国风。故每岁孟春，采诗于道路，而献之泮宫，有以知下之化，达人之穷，发于《关雎》之首，及乎王道之终。故曰：

天视自人而明，天听自人而聪。所谓政于内，系一人之本；动于外，形四方之风。始于风，成于雅。失其道或天方荐瘥，得其宜或锡之纯嘏。是人情之大窦，未有不由于斯者尔。其德以颂宣，事以类比。陈之于学校，将可以反正辍淫；播之于丝桐，何有于剪商变徵？属辞庶因于劝戒，缘情孰多夫绮靡。《嘉鱼》作而贤者进焉，《驺虞》废而王道缺矣。……王泽竭而诗不作，周道微而兴以刺，俾乃审音之人，于以知风之自，洎夫代见更改也。（《文》四八一）

这些人的论点虽不同，然都归结于提倡风雅，反对淫靡。淫艳的流弊是行为不检，所以指摘文人无行，于重文学之外，提倡励品行。如权德舆《贞元二十一年礼部策问五道》的第五道云：

问："言，身之文也。"又曰："灼于中，必文于外。"司马相如、扬雄藉甚汉廷，其文盛矣，或奏琴心而涤器，或赞符命以投阁，其于溺情败度，又奚事于文章耶？至若孔融、祢衡，夸傲于代，祸不旋踵，何可胜言！两汉亦有质朴敦厚之科，廉清孝顺之举，皆本于行而遗其文，复何如哉？（《文》四八三）

淫靡的原因由于以声律取士，所以杨绾、贾至皆指摘科举制度，权德舆《进士策问五道》的第五道亦云：

问：育材造士，为国之本，修辞待问，贤者能之，岂促速于俪偶，牵制于声病之为耶？但程试司存，则有拘限：音韵颇叶者，或不闻于轶响；珪璋特达者，亦有累于微瑕。欲使楚无献

玉之泣，齐无吹竽之滥，取舍之际，未知其方。……鄙夫虚伫，以广未闻。（同上）

杨绾、贾至要彻底的改革科举制度，权德舆要在科举制度中谋“取舍”之方，总之是想借抡士大典，将诗改为风雅典正，代替当时的丽靡淫哇。

自然我没有忘记唐初也有阐明诗教关系的言论。如孔颖达（574—648）《毛诗正义序》云：

夫诗者，论功颂德之歌，止僻防邪之训，虽无为而自发，乃有益于生灵。……若政运醇和，则欢娱被于朝野；时当惨黩，亦怨刺形于咏歌。作之者所以畅怀舒愤，闻之者足以塞违从正。发诸情性，谐于律吕。故曰：“感天地，动鬼神，莫近于诗。”此乃诗之为用，其利大矣。

又云：

然则诗理之先，同夫开辟：诗迹所用，随运而移。上皇道质，故讽谕之情寡；中古政繁，亦讴歌之理切；唐虞乃见其初，牺轩莫测其始。其后时经五代，篇有三千，成康没而颂声寝，陈灵兴而变风息。

但这是经学家对于经学中的《诗经》之传统见解，不是诗论家对于诗的一般见解，不能据此谓初唐人之对于诗，已趋向于用以咏歌民风，规讽时政。到天宝以后，则反对个人诗，提倡社会诗，已由上述诸人的见解，证明为时的风尚了。

唐初的经学家之对于《诗经》，依经学之传统的见解，主张大胆的“畅怀舒愤”俾“闻之者足以塞违从正”。史学家之对于诗文，亦依史学之传统的见解，主张参合文质，因之对于六朝诗文的淫丽，亦曾加抨击（详五章二至四节）。但这种见解，几皆为文章家所采用，诗人则对之若从若违。唐初的诗，内容似不甚“淫”，形式则不惟“丽”，而且要对偶，要律切。唐太宗《帝京篇序》云：

> 余以万机之暇，游息艺文……追纵百王之末，驰心千载之下。慷慨怀古，想彼哲人，庶以尧舜之风，荡秦汉之弊；用咸英之曲，变烂漫之音。

自然有改正烂漫淫靡之意。但第一他所作的虽是诗序（《帝京篇》是诗），而意思则似指全文化。所以在文中反对“秦始、周穆、汉武、魏明”的“峻宇雕墙，穷侈极丽，征税殚于宇宙，辙迹遍于天下，九域无以称其求，江海不能赡其欲”。第二，他对宫体诗是很艳羡的，《唐诗纪事》卷一载：“帝（太宗）尝作宫体诗，使虞世南赓和。世南曰：‘圣作诚工，然体非雅正。上有所好，下必有甚，臣恐此诗一传，天下风靡。不敢奉诏。’帝曰：‘朕试卿尔。’”实则虞世南原为隋炀帝的宠臣，其诗歌如《旧唐书》卷七十二本传所说，是“祖述徐陵”的。不过据此知唐初确反对诗的“淫靡”。但提倡声律对偶，与天宝以后的诗论不同。天宝以后，其反对“淫靡”，似与唐初相像；但唐初的反对“淫靡”，是代以粉饰太平，天宝以后的反对“淫靡”，则代以咏歌社会，规讽政治。至形式方面，唐初提倡声律对偶，天宝以后虽仍有少数的人在提倡声律，但大数的人则皆企图以风雅诗代声律诗了。

七　刘峣的先德后艺说与尚衡的文章三等说

权德舆虽想到文人的行为问题，还没有著专文讨论；著专文讨论的，有刘峣（肃宗时人）的《取士先德行而后才艺疏》和尚衡（肃宗至德中官散骑常侍等职）的《文道元龟》。刘疏云：

> 国家以礼部为孝秀之门，考文章于甲乙，故天下响应，驱驰于才艺，不务于德行。夫德行者，可以化人成俗；才艺者，可以约法立名。致有朝登科甲，而夕陷刑辟，制法守度使之然也。陛下焉得不改而张之？至如日诵万言，何关理体？文成七步，未足化人。昔子张学干禄，仲尼曰："言寡尤，行寡悔，禄在其中矣。"又曰："行有余力，则以学文。"今舍其本而循其末！况古之作文，必谐风雅；今之末学，不近典谟，劳心于草木之间，极笔于烟云之际，以此成俗，斯大谬也。昔之采诗，以观风俗，咏《卷耳》则忠臣喜，诵《蓼莪》而孝子悲。"温良敦厚，诗教也"，岂主于淫文哉？夫人之爱名，如水之就下，上有所好，下必甚焉。陛下若以德行为先，才艺为末，必敦德励行以伫甲科。酆舒俊才，没而不齿，陈实长者，拔而用之。则多士雷奔，四方风动；风动于下，圣理于上，岂有不变者欤？（《文》四三三）

尚文的著作，乃所以解答平阳太守稷山公的叹"取士之道"，"或精文而薄于行，或敦行而浅于文"。他分文为君子之文、志士之文、词士之文三等：

> 文章之阃，大抵不出乎三等，斯乃从人而有焉，工与不工各区分而有之：君子之文为上等，其德全；志士之文为中等，其义全；词士之文为下等，其思全。其思也可以网物，义也可以动众，德也可以经化。化人之作，其惟君子乎！君子之作先乎行，行为之质；后乎言，言为之文；行不出乎言，言不出乎行，质文相半，斯乃化成之道焉。志士之作，介然以立诚，愤然有所述，言必有所讽，志必有所之，词寡而意恳，气高而调苦，斯乃感激之道焉。词士之作，学古以摅情，属词以及物；及物胜则词丽，摅情逸则气高；高者求清，丽者求婉，耻乎质，贵乎情，而忘其志，斯乃颓靡之道焉。

对于三等文，独提倡君子之文，而反对词士之文：

> 古人之贵有文者，将以饰行、表德、见情、著事，杼轴乎天人之际，道达乎性命之元，正复乎君臣之位，昭感乎鬼神之奥。苟失其道，无所措矣。君子也文成而业著，志士也文成而德丧。然今之代，其多词士乎！代由尚乎文者，以斯文而欲轨物范众，经邦叙政，其难乎化成！悲夫！敢著《元龟》，庶观文章之道，得丧之际，悔吝之所由者也。（《文》三九四）

提倡“君子之文”，是因为“可以经化”；反对“词士之文”，是因为“乃颓靡之道焉”。所以与以“风雅”代“淫靡”，正是如出一辙。

第四章　元稹白居易的社会诗论

一　原因与动机

因了社会的转变和陈子昂、杜甫以来的鼓吹，使诗由艺术之宫，逐渐的移植在人间世上，由歌咏各人的悲欢离合，逐渐的改变为歌咏社会的流离丧乱。但社会诗和社会诗论的完成者，仍然要推举元稹和白居易。

元稹(779—832)字微之，河南人。白居易(772—846)字乐天，下邽人(原籍太原)。《旧唐书》二人合传(卷一六六)，《新唐书》二人分传(元卷一七四，白卷一一九)。他俩的所以能完成社会诗和社会诗论，最大的原因有二：

(一)元白居陈杜诸人之后，社会诗和社会诗论，已由他们揭开序幕，循次而进，自然就要唱出压轴好戏。元稹《叙诗寄乐天书》云：

> 稹九岁学赋诗，长者往往惊其可教。年十五六，粗识声病。……适有人以陈子昂《感遇》诗相示者，吟玩激烈，即日为《寄思元子》诗二十首。……又久之，得杜甫诗数百首，爱其浩

荡津涯，处处臻到，始病沈宋之不存兴寄，而讶子昂之未暇旁备矣。（《文》六五三）

知他的学赋诗系从陈杜入手，就中对杜甫尤为推崇备至，作《唐故检校工部员外郎杜君墓志铭》云：

余读诗至杜子美而知大小之有所总萃焉。……至于子美，盖所谓上薄风雅，下该沈宋，言夺苏李，气吞曹刘，掩颜谢之孤高，杂徐庾之流丽，尽得古今之体势，而兼昔人之所独专矣。使仲尼考锻其旨要，尚不知贵其多乎哉？苟以其能所不能，无可无不可，则诗人以来，未有如子美者！是时山东人李白，亦以奇文取称，时人谓之李杜。余观其壮浪纵恣，摆去拘束，摸写物象，及乐府歌诗，诚亦差肩于子美矣；至若铺陈终始，排比声韵，大或千言，次犹数百，词气豪迈，而风调清深，属对律切，而脱弃凡近，则李尚不能历其藩翰，况堂奥乎？（《文》六五四）

白居易也特别推崇陈、杜，《与元九书》云：

唐兴二百年，其间诗人，不可胜数。所可举者：陈子昂有《感遇》诗二十首，鲍防有《感兴》诗十五首。又诗之豪者，世称李杜。李之作，才矣，奇矣，人不逮矣；索其风雅比兴，十无一焉。杜诗最多，可传者千余篇。至于贯穿今古，觇缕格律，尽工尽善，又过于李。然撮其《新安吏》、《石壕吏》、《潼关吏》、《塞芦子》、《留花门》之章，“朱门酒肉臭，路有冻死骨”之句，亦不过三四十首。杜尚如此，况不逮杜者乎！（《文》六七五）

又喜欢别人说他的诗似陈杜。《伤唐衢二首》之二云：

> 致吾陈杜间，赏爱非常意。（《诗》七函一册一卷）

知他的作诗也在效法陈杜。陈杜都是提倡并创作社会诗的，他们既效法并称赞陈杜，同时称赞陈杜的又恰是“激烈”、“兴寄”、“风雅比兴”的社会诗，当然也要提倡社会诗，创作社会诗了。

（二）陈子昂时不过是唐社会的初期崩坏，还不十分危急；杜甫正值天宝之乱，自然是丧乱不值，但肃宗即位灵武，郭李收复两京，正在做着中兴的好梦。至元白的时候，安史之乱已平，而中兴之梦却断，豪族与农民的悬殊益甚，一方面促成农村经济的凋敝没落，另一方面又促成朝廷士大夫的骄奢荒惰，再加以藩镇跋扈，臣庶苟且，致使天下攘攘岌岌，不可终日，这也不必旁征博引，即举元白的诗文作证吧。元稹《叙诗寄乐天书》云：

> 时贞元十年（794）已后，德宗皇帝春秋高，理务因人，最不欲文法吏生天下罪过。外阃节将，动十余年不许朝觐，死于其地不易者十八九。而又将豪卒愎之处，因丧负众，横相贼杀，告变骆驿，使者迭窥，旋以状闻天子曰：“某邑将某能遏乱，乱众宁附，愿其为帅。”名为众情，其实逼诈，因而可之者，又十八九。前置介倅，因缘交授者，亦十四五。由是诸侯敢自为旨意，有罗列儿孙以自固者，有开导蛮夷以自重者。省寺符篆，固于几阁，甚者拟诏旨，视一境如一室，刑杀其下，不啻仆畜，厚加剥夺，名为进奉，其实贡入之数百一焉。京城之中，亭第邸店以曲巷断；侯甸之内，水陆腴沃以乡里计；其余奴婢资财

生生之备称之。朝廷大臣以谨慎不言为朴雅，以时进见者不过一二亲信，直臣义士往往抑塞。禁省之间，时或缮完颓坠，豪家大帅，乘声相扇，延及老佛，土木妖炽，习俗不怪。上不欲令有司备宫闼中，小碎须求，往往持币帛以易饼饵，吏缘其端，剽夺百货，势不可禁。仆时孩呆，不惯闻见，独于书传中初习理乱萌渐，心体悸震，若不可活，思欲发之久矣。

白居易《与元九书》亦云：

自登朝来，年齿渐长，阅事渐多，每与人言，多询时务；每读书史，多求理道；始知文章合为时而著，歌诗合为事而作。是时皇帝初即位，宰府有正人，屡降玺书，访人急病。仆当此日，擢在翰林，身是谏官，月请谏纸。启奏之外，有可以救济人病，裨补时阙，而难于指言者，辄咏歌之，欲稍稍进闻于上。

又《伤唐衢二首》之二云：

忆昨元和初，忝备谏官位。是时兵革后，生民正憔悴。但伤民病痛，不识时忌讳，遂作《秦中吟》，一吟悲一事。

这都是元白自述作诗的动机，由于“伤民病痛”，或不惯闻见当时社会的怪现象；至只写社会民生的疾苦，官商富豪的剥夺百姓，而未言因以作诗者，如元稹的《和李校书新题乐府十二首》、《文稿自叙》，白居易的《秦中吟十首》、《新乐府五十首》、《策林》等诗文，更举不胜举；元白以外的书，亦颇有记载。惟以我们不是在写社会史,故不一一征引;但元白的所以成功社会诗人与社会诗论家,据此可知是当时社会的驱之使然了。

二　“补察时政”与“泄导人情”

至社会诗论,则元较简略,白更详尽。元稹《叙诗寄乐天书》自述作诗的动机是:

> 每公私感愤,道义激扬,朋友切磨,古今成败,日月迁逝,光景惨舒,山川胜势,风云景色,当花对酒,乐罢哀余,通滞屈伸,悲欢合散,至于疾恙穷身,悼怀惜逝:凡所对遇异于常者,则欲赋诗。

又《上令狐相公诗启》自述他的诗是:

> 其间感物寓意,可备矇瞽之讽达者有之,词直气粗,罪戾是惧,固不敢陈露于人;唯杯酒光景间,屡为小碎篇章以自吟畅。(《文》六五三)

知其吟诗率以社会为本位;但没有以社会为本位的理论。白居易则不同了,《与元九书》云:

> 夫文尚矣,三才各有文:天之文,三光首之;地之文,五材首之;人之文,六经首之;就六经言,《诗》又首之。何者?

圣人感人心而天下和平。感人心者，莫先乎情，莫始乎言，莫切乎声，莫深乎义。诗者，根情、苗言、华声、实义，上自贤圣，下至愚呆，微及豚鱼，幽及鬼神，群分而气同，形异而情一，未有声入而不应，情交而不感者。圣人知其然，因其言，经之以六义；缘其声，纬之以五音。音有韵，义有类。韵协则言顺，言顺则声易入；类举则情见，情见则感易交。于是乎孕大含深，贯微洞密，上下通而一气泰，忧乐合而百志熙。五帝三王所以直道而行，垂拱而理者，揭此以为大柄，决此以为大窦也。

自白居易的观点看来，天下和平基于圣人的"感人心"；"感人心者，莫先乎情，莫始乎言，莫切乎声，莫深乎义"；诗正是"根情、苗言、华声、实义"的，所以五帝三王都"揭此以为大柄，决此以为大窦"。根情、苗言、华声、实义，是诗的四要素。根情就是本之性情，苗言就是表以语言，华声就是佐以声调，都是普通的见解，不能算是白居易的新说。不过白居易以为诗之为诗，不止在"根情、苗言、华声"，还要"实义"。"实义"就是实之以义，就是以义理为实质。因为诗是"根情、苗言、华声"的，所以有"感人心"的力量，但"感人心"的力量善用之可以感人为善，不善用之也可以感人为恶，所以必须实之以义。实之以义是白居易的根本主张，同时也是他的新说，虽然陈杜的提倡风雅比兴，也就是实义。

实义的具体方法是"上以补察时政，下以泄导人情"。《与元九书》续云：

故闻"元首明，股肱良"之歌，则知虞道昌矣；闻五子、《洛汭》之歌，则知夏政荒矣。言者无罪，闻者足诫，言者闻者，莫不两尽其心焉。洎周衰秦兴，采诗官废，上不以诗补察时政，下不以歌泄导人情，乃至于谄成之风动，救失之道缺，于时六义始刓矣。

《策林》六十八亦云：

古之为文者，上以仞王教，系国风；下以存炯戒，通讽谕。故惩劝善恶之柄，执于文士褒贬之际焉；补察得失之端，操于诗人美刺之间焉。今褒贬之文无核实，则惩劝之道缺矣；美刺之诗不稽政，则补察之义废矣。（《文》六七一）

《读张籍古乐府》亦云：

为诗意如何，六义互铺陈，风雅比兴外，未尝著空文。读君学仙诗，可讽放佚君；读君董公诗，可诲贪暴臣；读君商女诗，可感悍妇仁；读君勤齐诗，可劝薄夫敦。上可裨教化，舒之济万民；下可理情性，卷之善一身。（《诗》七函一册一卷）

《寄唐生》亦云：

篇篇无空文，句句必尽规。功高虞人箴，痛甚骚人辞。非求宫律高，不务文字奇；惟歌生民病，愿得天子知。（同上）

《与元九书》和《策林》是泛论，《读张籍古乐府》是称赞张籍的作品,《寄唐生》是述说自己的诗歌,总之是要“上以补察时政,下以泄导人情”。“泄导人情”是诗人的作诗路向,“补察时政”是当权的观诗施政。当权的人何从看到诗人的诗歌,白居易以为惟有恢复古代的采诗制度。《策林》六十九云:

臣闻圣王酌人之言,补己之过,所以立理本,导化源也,将在乎选观风之使,建采诗之官,俾乎歌咏之声,讽刺之兴,日采于下,岁献于上者也。所谓言之者无罪,闻之者足以自诫。大凡人之感于事,则必动于情,然后兴于嗟叹,发于吟咏,而形于歌诗矣。故闻《蓼萧》之篇,则知泽及四海也;闻《禾黍》之咏,则知时和岁丰也;闻《北风》之诗,则知威虐及人也;闻《硕鼠》之刺,则知重敛于下也;闻“广袖高髻”之谣,则知风俗之奢荡也;闻“谁其获也妇与姑”之言,则知征役之废业也。故国风之盛衰,由斯而见也;王政之得失,由斯而闻也;人情之哀乐,由斯而知也。然后君臣亲览而斟酌焉,政之废者修之,阙者补之;人之忧者乐之,劳者逸之。所谓“善防川者,决之使导;善理人者,宣之使言”。故政有毫发之善,下必知也;教有锱铢之失,上必闻也。则上之诚明何忧乎不下达,下之利病何患乎不上知?上下交和,内外胥悦。若此而不臻至理,不致升平,自开辟以来,未之闻也。(《文》六七一)

有了采诗之官,则诗人知道“言之者无罪,闻之者足以诫”,由是乐作“泄导人情”的诗歌,敢作“泄导人情”的诗歌;当权者也得“亲览而斟酌焉,政之废者修之,阙者补之”。没有采诗官,则恰恰相反。新乐府中的《采诗官》一首云:

> 采诗官，采诗听歌导人言，言者无罪闻者诫，下流上通上下泰。周灭秦兴至隋氏，十代采诗官不置，郊庙登歌赞君美，乐府艳词悦君意；若求兴谕规刺言，万句千章无一字；不是章句无规刺，渐恐朝廷绝讽议。……君兮君兮愿听此，欲开壅蔽达人情，先向歌诗求讽刺。(《诗》七函一册四卷)

这是因为没有采诗官，则“泄导人情”的诗歌不易上达君听；而预备上达君听的诗歌只有故意的“赞君美”，“悦君意”。所以前引《与元九书》也说采诗官废，则“至于谄成之风动，救失之道缺，于时六义始刓矣。”

三　历代诗的优劣

由这个观点论诗，最好的作品，除了尧舜时的君臣赓歌以外，就是《诗》三百篇，后来则每况愈下。因为赓歌是君臣的互相劝勉，《诗》三百篇是传为采诗官采来的“泄导人情”的美刺诗。元稹《唐故检校工部员外郎杜君墓志铭》云：

> 始尧舜时，君臣以赓歌相和。是后诗人继作，历夏殷周千余年，仲尼缉拾选练，取其干预教化之尤者三百篇，其余无闻焉。骚人作而怨愤之态繁，然犹去风雅日近，尚相比拟。秦汉已还，采诗之官既废，天下俗谣民讴、歌颂讽赋、曲度嬉戏之词，亦随时间作。逮至汉武赋《柏梁》诗，而七言之体兴；苏子卿、李少卿之徒，尤工为五言。虽句读文律各异，雅郑之音亦

杂，而词意简远，指事言情，自非有为而为，则文不妄作。建安之后，天下文士，遭罹兵战，曹氏父子，鞍马间为文，往往横槊赋诗，其遒壮（广板作遒文壮节）抑扬，冤（广板作怨）哀悲离之作，尤极于古。晋世风概稍存。宋齐之间，教失根本，士子以简慢歙习舒徐相尚，文章以风容色泽放旷精清为高，盖吟写性灵，流连光景之文也；意义格力，两无取焉。陵迟至于梁陈，淫艳刻饰，佻巧小碎之词剧，又宋齐之所不取也。

批评的标准是：是否“干预教化”，是否合乎“风雅”。又指出采诗官既废以后的诗歌，便陵迟至于“淫艳刻饰，佻巧小碎”，可见恢复采诗官的提议，和“上以补察时政，下以泄导人情”的口号，虽倡自白居易，但元稹也正有同感。

前节所引白居易《与元九书》，也推崇赓歌（即“元首明，股肱良”之歌）和“洛汭”歌，也致慨于采诗官既废以后的“六义始刓矣”，则由采诗官采辑来的《诗》三百篇，当然也是他所推崇的。《与元九书》续评《诗》三百篇以后的作品云：

《国风》变为骚辞，五言始于苏李。苏李骚人皆不遇者，各系其志，发而为文。故“河梁”之句，止于伤别；“泽畔”之吟，归于怨思；彷徨抑郁，不暇及他耳。然去诗未远，梗概尚存，故兴离别，则引“双凫”“一雁”为喻；讽君子小人，则引“香草”“恶鸟”为比。虽义类不具，犹得风人之什二三焉：于时六义始缺矣。

晋宋已还，得者盖寡。以康乐之奥博，多溺于山水；以渊明之高古，偏放于田园；江鲍之流，又狭于此；如梁鸿《五噫》之例者，百无一二焉：于时六义浸微矣。

陵夷至于梁陈间，率不过嘲风雪、弄花草而已！噫！风雪花草之物，三百篇中岂舍之乎，顾所用何如耳。设如“北风其凉”，假风以刺威虐也；“雨雪霏霏”，因雪以愍征役也；“棠棣之华”，感华以讽兄弟也；“采采芣苡”，美草以乐有子也：皆兴发于此，而义归于彼。反是者，可乎哉？然则“余霞散成绮，澄江净如练”，“归花先委露，别叶乍辞风”之什，丽则丽矣，吾不知其所讽焉！故仆所谓嘲风雪、弄花草而已：于时六义尽去矣。

六义就是风、雅、颂、赋、比、兴。风、雅、颂的原始意义不可考，汉儒的解释是“上以风化下，下以风刺上，主文而谲谏，言之者无罪，闻之者足以戒”。雅也是如此，所不同者，“以一国之事，系一人之本，谓之风；言天下之事，形四方之风，谓之雅”。颂是“美盛德之形容，以其成功告于神明者也”（详二篇一章三节）。赋比兴的解释很纷歧，大抵汉代经学家偏于就意义解释（同上），六朝文论家偏于就方法解释（详三篇八章五节及九章四节）。唐人是倾向汉代经学家的解释的。如孔颖达《毛诗正义》释《诗序》“诗有六义”云：“太师上文未有诗字，不得径云六义，故言六诗，各自为文，其实一也。彼注云：‘……赋之言铺，直铺陈今之政教善恶；比见今之失，不敢斥言，取比类以言之；兴见今之美，嫌于媚谀，取善事以喻劝之。……’赋云‘铺陈今之政教善恶’，其言通正变，兼美刺也；比云‘见今之失，取比类以言之’，谓刺诗之比也；兴云‘见今之美，取善事以劝谕之’，谓美诗之兴也。其实美刺俱有比兴者也。”白居易随时吐露“美”“刺”“规”“讽”的字样，再三再四的提到“言者无罪，闻者足诫”，和他所谓六义，同于孔颖达的解释，也是承用汉人的说法，不是承用六朝人的说法。惟其“言者无罪”，所以能“泄导人情”；惟其“闻者足诫”，所以能“补察时政”。

他俩以这种观点来批评古代诗，也以这种观点批评唐诗。元稹《唐故检校工部员外郎杜君墓志铭》云：

> 唐兴，学官大振，历世之文，能者互出。而又沈宋之流，研练精切，稳顺声势，谓之律诗。由是而后，文体之变极焉。然而莫不好古者遗近，务华者去实，效齐梁则不逮于魏晋，工乐府则力屈于五言，律切则骨格不存，闲暇则纤秾莫备。

而独推崇杜甫，已引在第一节，兹不复述。白居易谓“唐兴二百年，其间诗人，不可胜数”。而可举者只有陈子昂、鲍防及杜甫，也引在第一节，也不复述。至杜甫与李白的比较评价，他俩都崇杜卑李。但白居易的卑李，是因为“索其风雅比兴，十无一焉”。元稹则卑其不及杜的“铺陈终始，排比声韵”。这是因为他俩虽是最好的朋友，又同是社会诗人，同是社会诗家论，但二人相较，则白更重诗的社会使命，元更重诗的声韵之美，所以称赞点不同。*

四　乐府论

元更重诗的声韵之美，也不是不计及诗的社会使命；白更重诗的社会使命，也不是不计及诗的声韵之美。他说“非求宫律高，不

---

* 此处1957年版补述：“但‘排比声韵’指声韵之美，‘铺陈终始’仍指社会使命也。”——校者注

务文字奇”，不是不要“宫律”与“文字”，而是不要“宫律高”与“文字奇”。所以他的诗的四要素有“苗言”与“华声”。所以他重视乐府，作《新乐府五十首》，自序云：

> 凡九千二百五十二言，断为五十篇。篇无定章，章无定句，句无定字，系于意，不系于文，首句标其目，卒章显其志，《诗》三百之义也。其辞质而径，欲见之者易喻也；其言直而切，欲闻之者深诫也；其事核而实，使采之者传信也；其体顺而肆，可播于乐章歌曲也：总而言之，为君、为臣、为民、为物、为事而作，不为文而作也。(《诗》七函一册三卷)

很坦白的说是在利用乐府的体裁，制作社会的诗歌。为什么要利用乐府体裁，因为乐府有宫律之美，感人心的力量较徒诗更大。既取其感人心的力量更大，当然也欲其感人心的范围更广，所以要“其体顺而肆”。“顺而肆”就是有“宫律”而不“高”的具体标准。

元稹更重声韵之美，当然更重视乐府，作《乐府古题》十九首，和《李校书新题乐府》十二首，及其他乐府若干首。《乐府古题》序云：

> 《诗》讫于周，《离骚》讫于楚。是后诗之流为二十四名：赋、颂、铭、赞、文、诔、箴、诗、行、咏、吟、题、怨、叹、章、篇、操、引、谣、讴、歌、曲、词、调，皆诗人六义之余，而作者之旨。由“操”而下八名，皆起于郊、祭、军、宾、吉、凶、苦、乐之际。在音声者，因声以度词，审调以节唱，句度短长之数，声韵平上之差，莫不由之准度。而又区别其在琴瑟者为操、引，采民甿者为讴、谣，备曲度者总得谓之歌、曲、词、调；斯皆由乐以定词，

非选词以配乐也。由“诗”而下九名，皆属事而作；虽题号不同，而悉谓之为诗可也。后之审乐者，往往采取其词，度为歌曲；盖选词以配乐，非由乐以定词也。而纂撰者，由“诗”而下十七名，尽编为乐府等题。除铙吹、横吹、郊祀、清商等词在乐志者，其余《木兰》、《仲卿》、《四愁》、《七哀》之辈，亦未必尽播于管弦明矣。后之文人，达乐者少，不复如是配别；但遇兴纪题，往往兼以句读长短，为歌诗之异。

刘补阙云：“乐府肇于汉魏。”按仲尼学《文王操》，伯牙作《水仙》、《流波》等操，齐犊沐作《雉朝飞》，卫女作《思归引》，则不于汉魏而后始，亦已明矣。况自风雅至于乐流，莫非讽兴当时之事，以贻后代之人。沿袭古题，唱和重复，于文或有短长，于义咸为赘剩；尚不如寓意古题，刺美见事，犹有诗人引古以讽之义焉。曹刘沈鲍之徒，时得如此，亦复稀少。近代惟诗人杜甫《悲陈陶》、《哀江头》、《兵车》、《丽人》等，凡所歌行，率皆即事名篇，无复倚傍。余少时，与友人白乐天、李公垂辈，谓是为当，遂不复拟赋古题。昨南梁州见进士刘猛、李馀，各赋古乐府诗数十首，其中一二十章，咸有新意，予因选而和之。其有虽用古题，全无古义者，若《出门行》不言离别，《将进酒》特书列女之类是也。其或颇同古义，全创新词者，则《田家》止述军输，《捉捕》词先蝼蚁之类是也。刘、李二子方将极意于斯文，因为粗明古今歌诗同异之意焉。

《和李校书新题乐府序》云：

余友李公垂贶余乐府新题二十首，雅有所谓不虚为文者，余取其病时之尤者，列而和之，盖十二而已。昔三代之盛也，士议而庶人谤。又曰："世理则词直，世忌则词隐。"余遭理世，而君盛圣，故直其词以示后，使后之人谓今日为不忌之时焉。

我们应当指出的是：元稹也同于白居易，也是在利用乐府的体裁，制作社会的诗歌。所以一则说诗流二十四名，"皆诗人六义之余，而作者之旨"。再则说，"自风雅至于乐流，莫非讽兴当时之事，以贻后代之人"。三则说沿袭古题，"不如寓意古题，刺美见事，犹有诗人引古以讽之义焉"。四则说"李公垂贶余乐府新题二十首，雅有所谓不虚为文者，余取其病时之尤者，列而和之，盖十二而已"。

其次是：元稹对于乐府确比白居易更有研究，这大概因为他的对声韵较白居易更为重视。他在《乐府古题序》里阐明了两个问题：

（一）歌诗之异。歌是"由乐以定词"的。换言之，就是先有乐谱，然后再依谱作词；操、引、谣、讴、歌、曲、词、调八种，是也。诗有两种，一是曾经入乐的，一是未曾入乐的。曾经入乐的诗是"选词以配乐"。换言之，就是先选诗词，然后再依词制谱。这一种我们可以名之为"乐诗"。未曾入乐的诗，各家诗集里多得很，无须举例，亦无须说明。这一种可以名之为"徒诗"。乐诗、徒诗都有诗、行、咏、吟、题、怨、叹、章、篇九种，编乐府者往往一律编入，由是误收许多徒诗，如"《木兰》、《仲卿》、《四愁》、《七哀》之辈"。这是就古乐府而言。至唐代乐府则可分为古题乐府与新题乐府两种。古题乐府有的沿袭古题，有的寓意古题；新题乐府则"即事名篇，无复依傍"。不过无论古题乐府或新题乐府，都是"诗"，不是"歌"。所以称寓意古题有"诗人引古以讽之意"，称杜甫作品特标明"诗人"，称刘猛、李馀乐府特加一"诗"字，称为"古乐府诗"。

（二）乐府起源。引刘补阙云，“乐府肇于汉魏”。他则据仲尼学《文王操》，伯牙作《水仙》、《流波》等操，齐牍沐作《雉朝飞》，卫女作《思归引》，说“不于汉魏而后始”。但这些作品都始见《琴操》，《琴操》乃后人伪书（详《四库全书提要》），不足为据。《汉书·礼乐志》云：“至武帝定郊祀之礼……乃立乐府，采诗夜诵。”颜师古注云：“乐府之名，盖始于此。”知刘补阙说是对的，元稹说是错的。

实则不止他的乐府起源说是错的，他的解释歌诗之异也有错的地方，如说歌是“由乐以定词”的，当然不错，但拉入谣、讴便错了；因为谣、讴的入乐和诗一样，也是“选词以配乐”的。不过元稹以前的论述乐府者，如各史的《礼乐志》、《乐志》或《音乐志》，率视为国家的典章制度；就是专门论述乐府的书，如王僧虔《技录》、释智匠（一作丘）《古今乐录》（二书已亡，郭茂倩《乐府诗集》有征引）、刘悚《乐府解题》、吴兢《乐府古题要解》，也大半重在考索制度，撮提辞意，校雠字句，很少有人当作一种文学研究；有之就是刘勰《文心雕龙》中的《乐府》篇，但也不及元稹的分析详密，立论精辟，所以允为一篇值得推崇的乐府理论文字。

五　通俗与次韵

元稹比白居易更重视声韵，所以不惟对乐府更有研究，对其他诗歌也更求韵切，由是创立次韵。白居易比元稹更重视社会使命，所以不惟作乐府更要“辞质而径”，作其他诗文，也更要“辞质而径”。彭乘《墨客挥犀》云：“白乐天每作诗，令一老妪听之，问曰：解否？曰解，则录之；不解则又复易之。”虽是未必可信的故事，但白居易的诗歌的比较通俗，是尽人皆知的。《策林》六十八云：

> 臣又闻稂莠秕稗生于谷，反害谷者也；淫辞丽藻生于文，反伤文者也。事农者耘稂莠、簸秕稗，所以养谷也；王者删淫辞、削丽藻，所以养文也。伏惟陛下诏主文之司，谕养文之旨，俾辞赋合炯戒讽谕者，虽质虽野，采而奖之；碑诔有虚美愧辞者，虽华虽丽，禁而绝之。若然，则为文者必当尚质抑淫，著诚去伪，小疵小弊，荡然无遗矣，则何虑乎皇家之文章不与三代同风者欤？

黜辞藻，奖质野，当然都是力求通俗了。

元稹的创立次韵，见他的《上令狐相公诗启》云：

> 以为律体卑痹，格力不扬，苟无姿态，则陷流俗，尝欲得思深语近，韵律调新，属对无差，而风情自远；然而病未能也。江湘间多有新进小生，不知天下文有宗主，妄相仿效，而又从而失之，遂至于支离褊浅之词，皆目为"元和诗体"。某又与同门生白居易友善，居易雅能为诗，就中爱驱驾文字，穷极声韵，或为千言，或为五百言律诗相投寄。小生自审不能有以过之，往往戏排旧韵，别创新词，名为次韵相酬，盖欲以难相挑耳。江湘间为诗者，复相仿效，力或不足，则至于颠倒语言，重复首尾，韵同意等，不异前篇，亦目为"元和诗体"。而司文者考变雅之由，往往归咎于稹。

不过通俗虽为白居易所提倡，元稹也乐于附合，所以他的改革律体的目标是“思深语近”，而末流之弊也就至于“支离褊浅”。次韵虽为元稹所创立，白居易也乐于附合，他的《和微之诗二十三首》序云：

微之又以近作四十三首寄来，命仆继和。其间瘀絮四百字，车斜二十篇者流，皆韵剧辞殚，瑰奇怪谲。又题云“奉烦只此一度，乞不见辞”。意欲定霸取威，置仆于穷地耳。大凡依次用韵，韵同而意殊；约体为文，文成而理胜：此足下素所长者，仆何有焉？今足下果用所长，过蒙见窘。然敌则气作，急则计生，四十二章麾扫并毕，不知大敌以为如何！（《诗》七函五册二十二卷）

又《因继集重序》云：

去年，微之取予《长庆集》中诗未对答者五十七首，追和之，合一百一十四首寄来，题为《因继集》卷之一。今年，予复以近诗五十首寄去，微之不逾月依韵尽和，合一百首，又寄来，题为《因继集》卷之二。卷末批云：“更拣好者来！”盖示余勇，磨砺以须我耳。予不敢退舍，即日又收拾新作格律共五十首寄去，虽不得好，且以供命。夫文犹战也，一鼓作气，再而衰，三而竭。微之，转战迨兹三矣，即不知百胜之术，多多益办耶？抑又不知鼓衰气竭，自此为迁延之役耶？进退唯命。微之，微之，走与足下和答之多，从古未有。足下虽少我六七年，然俱已白头矣，竟不能舍章句，抛笔砚，何癖习如此之甚欤！而又未忘少年时心，每因唱酬，或相侮谑，忽忽自哂，况他人乎？

《因继集》卷且止于三可也。忽恐足下懒发，不能成就至三，前言戏之者，殆为巾帼之挑耳。然此一战后，师亦老矣，宜櫜弓匣刃，彼此与心休息乎？（《文》六七五）

通俗就是"描言"，韵律就是"华声"。因为他俩的诗歌是"描言"的，不是掉弄辞藻的，所以一班人容易了解；因为他俩的诗歌是"华声"的，不是诘屈聱牙的，所以一班人爱好听唱。元稹《白氏长庆集序》云：

巴蜀江楚间，洎长安中少年，递相仿效，竞作新词，自谓"元和诗"。而乐天《秦中吟》、《讽谕》、《闲适》等篇，时人罕能知者。然而二十年间，禁省观寺邮堠墙壁之上无不书，王公、妾妇、牛童、马走之口无不道，至于缮写模勒，炫卖于市井，或持之以交酒茗者，处处皆是。其甚者有至于盗窃名姓，苟求自售，杂乱间厕，无可奈何。予尝于平水市中，见村校诸童，竞习歌咏，召而问之，皆对曰，"先生教我乐天、微之诗！"固亦不知予之为微之也。又鸡林贾人，求市颇切，自云本国宰相，每以一金换一篇，其甚伪者宰相辄能辨别之。自篇章已来，未有如是流传之广者！（《文》六五三）

白居易《与元九书》云：

日者又闻亲友间说，礼吏部举选人，多以仆私试赋判传为准的；其余诗句亦往往在人口中，仆恧然自愧，不之信也。及再来长安，又闻有军使高霞寓（广板作寓，疑误）者，欲聘倡妓，

> 妓大夸曰:“我诵得白学士《长恨歌》,岂同他妓哉!”由是增价。又足下书云:“到通州日,见江馆柱间,有题仆诗者。”复何人哉!又昨过汉南日,适遇主人集众妓乐他宾,诸妓见仆来,指而相顾曰:“此是《秦中吟》、《长恨歌》主耳!”自长安抵江西,三四千里,凡乡校、佛寺、逆旅、行舟之中,往往有题仆诗者;士庶、僧徒、孀妇、处女之口,每有咏仆诗者。

由一班人的喜爱,和巴蜀江楚间洎长安少年的仿效,可以知通俗与声韵的收效之大了。

六　触忌与转变

他俩所提倡并创作的诗歌是“实义”的,是“上以补察时政,下以泄导人情”的,当然要讽刺。自他俩看来“言者无罪,闻者足以诫”,但当政者却是“闻者不诫,言者当罪”。他俩的诗歌如不甚风行,也便罢了,偏偏的他俩又知道借用通俗与声韵——就是“描言”与“华声”的方法,使他俩的讽刺诗,“自篇章已来,未有如是流传之广者”,当然更要使当政者恨之刺骨了。白居易《与元九书》云:

> 凡闻仆《贺雨》诗,众口籍籍,已谓非宜矣;闻仆《哭孔戡》诗,众面脉脉,尽不悦矣;闻《秦中吟》,则权豪贵近者,相目而变色矣;闻《登乐游园》寄足下诗,则执政柄者扼腕矣;闻《宿紫阁村》诗,则握军要者切齿矣;大率如此,不可遍举。不相与者,号为沽誉,号为诋讦,号为讪谤;苟相与者,则如牛僧孺之

戒焉。乃至骨肉妻孥,皆以我为非也。其不我非者,举世不过两三人。有邓鲂者,见仆诗而喜;无何而鲂死。有唐衢者,见仆诗而泣;未几而衢死。其余即足下;足下又十年来困踬若此。呜呼!岂六义四始之风,天将破坏不可支持耶?抑又不知天之意不欲使下人之病苦闻于上耶?不然,何有志于诗者不利若此之甚也?

《寄唐生》亦云:

未得天子知,甘受时人嗤。药良气味苦,琴澹音声稀。不惧权家怒,亦任亲朋讥。人竟无奈何,呼作狂男儿。

《伤唐衢二首》之二亦云:

天高未及闻,荆棘生满地。

白居易因诗获谴,元稹何独不然?所以《上令狐相诗启》云:"司文者考变雅之由,往往归咎于稹。"又云:"某初不好文章,徒以仕无他歧,强由科试。及有罪谴弃之后,自以为废滞潦倒,不复以文字有闻于人矣。"至令他不敢承认爱好文章,则他饱受文章之累可知。《旧唐书》卷一六六《元稹传》,称元稹拜监察御史,劾奏了几位官员,"执政以稹少年后辈,务作威福,贬为江陵府士曹参军","量移通州司马"。同上《白居易传》称元和"十年七月,盗杀宰相武元衡,居易首上疏论其冤,急请捕贼,以雪国耻。宰相以宫官非谏职,不当先谏官言事。会有素恶居易者,掎摭居易言浮华无行,其母因看花坠井而死，而居易作《赏花》及《新井》诗，甚伤名教，不宜置彼周行。执政方恶其言事，奏贬为江表刺史。诏出，中书舍人王涯，上疏论之，言居易所犯状迹，不宜治郡，追诏江州司马”。自然他俩的贬谪，不是直接的由于倡导讽谏诗，但与倡导讽谏诗有关。一则元稹的劾奏、白居易的谏诤，和倡导讽谏诗同一出发点。二则因倡导讽谏诗所以更得罪“执政”，伺机贬斥。

无情的贬谪，使他俩认识了执政的厉害，认识了时政的不容人补察，当然不敢再倡导社会诗了。为了保全性命，只有作速转变的一个方法，由是元稹转于艳情，白居易转于闲适。白居易《和梦游春诗一百韵序》云：

> 微之既到江陵，又以《梦游春》诗七十韵寄予。……大抵悔既往而悟将来也。然予以为苟不悔不寤则已，若悔于此，则宜悟于彼也。反于彼而悟于妄，则宜归于真也。况与足下，外服儒风，内宗梵行者有日矣。而今而后，非觉路之返也，非空门之归也，将安返乎？将安归乎？今所和者，其章旨卒（一作卒章指）归于此。夫感不深则悔不熟，感不至则悔不深。故广足下七十韵为一百韵，重为足下陈梦游之中所以甚感者，叙婚仕之际所以至感者，欲使曲尽其妄，固知其非，然后返乎真，归乎实，亦犹《法华经》序火宅偈化城，《维摩经》入婬舍过酒肆之义也。（《诗》七函三册十四卷）

此最足以显示二人对社会冷淡以后的分途逃避，元则“梦游春”，白则“宗梵行”。“服儒风”是“兼济天下”，“宗梵行”是“独善其身”。白居易早年见到“人病”“时阙”，由是欲“兼济天下”，由是谓"文章合为时而著，歌诗合为事而作"。中年以后，因为为时而著的文章和为事而作的歌诗，招尤获谴，不得不设法"独善其身"，而歌诗的理论，遂转于"理世之音安以乐，闲居之诗泰以适"。《序洛诗序》云：

予历览古今歌诗，自风骚之后，苏李以还，次及鲍谢徒，迄于李杜辈，其间词人闻知者累百，诗章流传者巨万；观其所自，多因谗冤谴逐，征戍行旅，冻馁病老，存殁别离，情发于中，文形于外，故愤忧怨伤之作，通计今古，什八九焉。世所谓"文士多数奇，诗人尤命薄"，于斯见矣。又有以知理安之世少，离乱之时多，亦明矣。予不佞，喜文嗜诗，自幼及老，著诗千首，以其多也，故章句在人口，姓字落诗流，虽才不逮古，然所作不啻数千首，以其多矣，作一数奇命薄之士，亦有余矣。今寿过耳顺，幸无病苦；官至三品，免罹饥寒。此一乐也。太和二年，诏授刑部侍郎。明年，病免归洛，旋授太子宾客，分司东都。居二年，就领河南尹事。又三年，病免归履道里第，再授宾客分司。自三年春至八年夏，在洛凡五周岁，作诗四百三十二首，除《丧明》、《哭子》十数篇外，其他皆寄怀于酒，或取意于琴，闲适有余，酣乐不暇，苦词无一字，忧叹无一声，岂牵强所能致耶，盖亦发中而形外耳。斯乐也，实本之于省分知足，济之以家给身闲，文之以觞咏弦歌，饰之以山水风月，此而不适，何往而适哉？兹又以重吾乐也。予尝曰，理世之音安以乐，闲居之诗泰以适。苟非理世，安得闲居？故集洛诗，别为序引，不独记东都履道里有闲居泰适之叟，亦欲知皇唐太和岁有理世安乐之音。集而序之，以俟夫采诗者。(《文》六七五)

早年力主“选观风之使，建采诗之官”，晚年的咏歌也“集而序之，以俟夫采诗者”。惟早年的提倡采诗，目的是“俾乎歌咏之声，讽刺之兴，日采于下，岁献于上”，借使天子“酌人之言，补己之过，所以立理本，导化源也”。晚年的“俟夫采诗者”，目的是使后人“不独记东都履道里有闲居泰适之叟，亦欲知皇唐太和岁有理世安乐之音”。就当时的实在情形而论，太和的社会政治更逊于元和，但在元和时候，则谓“人病”须“救济”，“时阙”须“裨补”，由是诗歌也要“上以补察时政，下以泄导人情”；到太和时候反认为是“理世”可以“闲居”，由是谓“理世之音安以乐，闲居之诗泰以适”。白居易也未必不知这是一种“饰词”，但既不能“达则兼济天下”，只好“穷则独善其身”；讽谕诗既招尤获谴，只好作闲适诗了。

既然放弃讽谕诗，改作闲适诗，由是早年诋为“偏放于田园”的陶渊明和“多溺于山水”的谢灵运，变为最崇奉的诗人。晚年自号醉吟先生，作《醉吟先生传》云：

> 肩舁适野，舁中置一琴一枕，陶谢诗数卷。（《文》六八〇）

《题浔阳楼》云：

> 常爱陶彭泽，文思何高元。（《诗》七函二册七卷）

作《效陶潜体诗十六首》，序云：

> 余退居渭上，杜门不出，时属多雨，无以自娱。会家酝新熟，雨中独饮，往往酣醉，终日不醒，懒放之心，弥觉自得，故得

于此而有以忘于彼者，因咏陶渊明诗，适与意会，遂效其体，成十六篇。（《诗》七函一册五卷）

又作《访陶公旧宅》，序云：

余夙慕陶渊明为人，往岁渭上闲居，常有《效陶体诗十六首》。今游庐山，经柴桑，过栗里，思其人，访其宅，不能默默，又题此诗云。（《诗》七函二册七卷）

至早年所最崇奉的陈子昂、杜甫，早已弃不复道了。

元稹的转于艳情，除了前述《梦游春》诗以外，白居易还有和答诗十首，序云：

五年春，微之从东台来，不数日，又左转为江陵士曹掾。……命季弟送行，且奉新诗一轴，致于执事，凡二十章，率有兴比；淫文艳语，无一字焉。意者欲足下在途讽读，且以遣日时，消忧懑，又有以张直气而扶壮心也。（《诗》七函一册二卷）

由白居易奉诗的"淫文艳语，无一字焉"，知元稹的已转于"淫文艳语"。可惜元稹的诗文已有亡佚①，连《梦游春》诗都无从觅阅，否则关于他的转变，也许有更直接，更珍贵的材料。

---

① 宋洪适书《元氏长庆集》后云："《唐志》著录有《长庆集》一百卷，《小集》十卷。传于今者，惟闽蜀刻本为六十卷，三馆所藏，独有《小集》，其文盖已杂之六十卷中矣。"（见《四部丛刊》本《元氏长庆集》卷六十后）

在这里，应有两点补充：

一是他俩的转变基于贬谪，也基于宿缘。《旧唐书·白居易传》云："居易儒学之外，尤通释典，常以忘怀处顺为事，都不以迁谪介意。"所以他能一面"服儒风"，一面"宗梵行"。在未贬谪以前，以为可以"兼济天下"，由是偏重"服儒风"，偏重"服儒风"的诗歌自然偏重"讽谕"。既遭贬谪之后，知道不能"兼济天下"，只好"独善其身"，由是偏重"宗梵行"，偏重"宗梵行"的诗歌自然偏重"闲适"。但未贬谪以前，也于"服儒风"之外，又"宗梵行"，也于讽谕诗外，又有闲适诗，不过不似贬谪以后的偏重闲适诗，放弃讽谕诗而已。元稹有《会真记传奇》，述张君瑞、崔莺莺恋爱故事，宋人王铚《会真记辩证》谓张君瑞即元稹化身，《梦游春》诗正是这段恋爱的回忆。范摅《云溪友议》载元稹使蜀，爱恋名妓薛涛，及廉问浙东，又爱恋歌妓刘采春，都有诗歌赠贻。又载"初娶京兆韦氏，字蕙丛，官未达而苦贫。继室河东裴氏，字柔之。二夫人俱有才思，时彦以为佳偶"。可见他很早就有艳情姻缘，艳情诗歌。谪通州以后，《叙诗寄乐天书》云："通之地湿垫卑褊，人士稀少，近荒札，死亡过半。……夏多阴霪，秋为痢疟，地无医巫药石，万里病者，有百死一生之虑。……则安能保持万全，与足下必复京辇，以须他日立言事之验耶?"立言立事的志趣既已灰冷，艳情的回忆遂益复热烈，当然要放弃讽谕诗，大作艳情诗了。

二是元稹转于艳情，但也不是绝对的不转于闲适；白居易转于闲适，但也不是绝对的不转于艳情。《旧唐书·元稹传》载长庆四年，"改授越州刺史，兼御史大夫，浙东观察使。会稽山水奇秀，稹所辟幕职皆当世文士；而镜湖秦望之游，月三四焉；而讽咏诗什，动盈卷帙。副使窦巩，海内诗名，与稹酬唱最多，至今称兰亭绝唱。

稹既放意娱游，稍不修边幅，以渎货闻于时”。同上《白居易传》云：“初居易罢杭州，归洛阳，于履道里，得故散骑常侍杨冯宅，竹木池馆，有林泉之致。家妓有樊素、蛮子者，能歌善舞。”所以元稹也偶有闲适诗，白居易也偶有艳情诗；不过元稹的诗多艳情，白居易的诗多闲适罢了。

七　自我批评与自选诗集

闲适艳情是诗的内容，至诗的形式，他俩本提倡通俗与声韵；通俗与声韵便于作讽谕诗，也便于作闲适诗和艳情诗，所以无庸改变。他俩的这种以闲适艳情为内容，以通俗声韵为形式的诗，领导了大部分的作家，招来了不少的抨击。如稍后的杜牧便引李戡云：“尝痛自元和以来，有元白诗者，纤艳不逞，非庄士雅人，多为其所破坏。”（详五篇一章三节）实则他俩自己已有批评。白居易《与元九书》云：

> 今仆之诗，人所爱者，悉不过杂律诗与《长恨歌》已下耳。时之所重，仆之所轻。至于讽谕诗者意激而言质，闲适诗者思淡而辞迂，以质合迂，宜人之不爱也。

又云：

> 仆又常语足下，凡人为文，私于自是，不忍于割截，或失于繁多；其间妍媸，益又自惑，必待交友有公鉴无姑息者，讨论而

削夺之，然后繁简当否，得其中矣。况仆与足下为文，尤患其多，已尚病之，况他人乎？

又《和答诗十首序》云：

> 顷者在科试间，常与足下同笔砚，每下笔时，辄相顾共患其意太切，而理太周。故理太周则辞繁，意太切则言激。然与足下为文所长在于此，所病亦在于此。足下来序，果有词犯文繁之说。今仆所和者，犹前病也。待与足下相见时，各引所作，稍删其烦，而晦其义焉。（《诗》七函一册二卷）

二文都是白居易所作，但既云“足下来序，果有词犯文繁之说”，可见元稹也有文繁的自我批评。至于“艳”，白居易似乎也不甚赞成，所以他奉诗元稹，“淫文艳语，无一字焉”，冀以张元稹的直气，扶元稹的壮心（详六节）。“纤”则他俩似认为乃他人的仿效不善之病，所以元稹《上令狐相公诗启》，慨叹江湘新进小生的仿效他俩的作品，至于支离褊浅（详五节）。总之，他俩所矜重的并不在此，而在讽谕诗与闲适诗——元稹只矜重讽谕诗，白居易并矜重闲适诗。

元稹的只矜重讽谕诗，和白居易的并矜重闲适诗，还可以取证于他俩的自选诗集。元稹尝自选杂诗十卷，《进诗状》云：

> 臣九岁学诗，少经贫贱，十年谪宦，备极凄惶，凡所为文，多用感激。故自风诗至古今乐府，稍存寄兴，颇近讴谣，虽无作者之风，粗中遒人之采。自律诗百韵，或因友朋戏投，或因悲欢自遣，既无六义，皆出一时，词旨繁芜，倍增惭恐。（《文》六五一）

又集自十六时至元和七年的诗八百首，色类相从，共成十体，凡二十卷，《叙诗寄乐天书》云：

旨意可观，而词近古往者，为“古讽”。

意亦可观，而流在乐府者，为“乐讽”。

词虽近古，而止于吟写性情者，为“古体”。

词实乐流，而止于模象物色者，为“新题乐府”。

声势沿顺，属对稳切者，为“律诗”。仍以“七言”、“五言”为两体。

其中有稍存寄兴，与讽为流者，为“律讽”。

不幸少有伉俪之悲，抚存感往，成数十诗，取潘子“悼亡”为题。又有以干教化者，近世妇人晕淡眉目，绾约头发，衣服修广之度，及匹配色泽，尤剧怪艳，因为“艳诗”百余首。词有“古”、“今”，又两体。

可见他所矜重的只是“稍存寄兴”的古讽，乐讽，律讽诸讽谕诗，至“悲欢自遣”的悼亡和艳诗，他自己就“倍增惭恐”。

白居易自选分他的诗为四类，《与元九书》云：

自拾遗来，凡所遇所感、关于美刺兴比者；又自武德至元和，因事立题，题为新乐府者，共一百五十首，谓之“讽谕诗”。

又或退公独处，或移病闲居，知足保和，吟玩性情者一百首，谓之“闲适诗”。

又有事务牵于外，情理动于内，随感遇而形于叹咏者一百首，谓之“感伤诗”。

又有五言、七言、长句、绝句，自一百韵至两韵者四百余首，谓之“杂律诗”。

又言分类的旨趣云：

古人云：“穷则独善其身，达则兼济天下。”仆虽不肖，常师此语。大丈夫所守者道，所待者时。时之来也，为云龙，为风鹏，勃然突然，陈力以出。时之不来也，为雾豹，为冥鸿，寂兮寥兮，奉身而退。进退出处，何往而不自得哉？故仆志在兼济，行在独善。奉而始终之则为道，言而发明之则为诗。谓之“讽谕诗”，兼济之志也；谓之“闲适诗”，独善之义也。故览仆诗者，知仆之道焉。其余“杂律诗”，或诱于一时一物，发于一笑一吟，率然成章，非平生所尚。但以亲朋合散之际，取其释恨佐欢。今诠次之间，未能删去；他时有为我编集斯文者，略之可也。

可见他所矜重的是讽谕诗和闲适诗，至杂律诗“非平生所尚”，很希望后人为他编集者去掉，则仿效者的致于生出流弊，更非他所愿也。

第五章　史学家的文论及史传文的批评

一　唐初史学之盛

唐初大乎修史。《旧唐书》卷七十三《令狐德棻传》，载德棻尝从容言于高祖云：

> 窃见近代以来，多无正史。梁陈及齐，犹有文籍，至周隋，遭大业离乱，多有遗阙。当今耳目犹接，尚有可凭，如更十数年后，恐事迹湮没。陛下既受禅于隋，复承周代，历数国家二祖功业，并在周时，如文史不存，何以贻鉴今古？如臣愚见，并请修之。

高祖于是诏令："中书令萧瑀、给事中王敬业、著作郎殷闻礼，可修《魏史》；侍中陈叔达、秘书丞令狐德棻、太史令庾俭，可修《周史》；兼中书令封德彝、中书舍人颜师古，可修《隋史》；大理卿崔善为、中书舍人孔绍安、太子洗马萧德言，可修《梁史》；太子詹事裴矩、兼吏部郎中祖孝孙、前秘书丞魏徵，可修《齐史》；秘书监窦琎、给事中欧阳询、秦王文学姚思廉，可修《陈史》。"

可惜“瑀等受诏历数年，竟不能就而罢”。至“贞观三年(629)，太宗复敕修撰，乃令［令狐］德棻与秘书郎岑文本修《周史》，中书舍人李百药修《齐史》，著作郎姚思廉修《梁陈史》，秘书监魏徵修《隋史》，与尚书左仆射房玄龄总监诸代史。”(以上并据《令狐德棻传》)

唐初所修诸史，除梁、陈、齐、周、隋以外，还有《晋书》。《旧唐书》卷六十六《房玄龄传》，载玄龄于贞观十八年(644)，“与中书侍郎褚遂良受诏重撰《晋书》，于是奏取太子左庶子许敬宗、中书舍人来济、著作郎陆元仕、刘子翼、前雍州刺史令狐德棻、太子舍人李义府、薛元超、起居郎上官仪等八人，分功撰录。……至二十年，书成，凡一百三十卷”。

至私家著述，“自武德已后，有邓世隆、顾胤、李延寿、李仁实，前后修撰国史，颇为当时所称”(《令狐德棻传》)。而李延寿“又尝删补宋、齐、梁、陈及魏、齐、周、隋等八代史，谓之《南北史》，凡一百八十卷，颇行于代”(《旧唐书》卷七十三《李延寿传》)。后来也列为正史。

史书是包罗万有的，文学自也在论叙之列，而我们的文学批评史上，自然也要叙述他们对文学的意见了。

二　文学为政治工具说

史学家历览古今成败兴衰，其立论颇易侧重“致用”，对于文学亦然。作《汉书》的班固称赋的价值，是“感物造端，材知深美，可与图事”(详二篇三章六节)。作《宋略》的裴子野说宋以后的诗赋，“淫文破典，斐尔为功”(详三篇一章七节)，固有历史和社会的原因，但也与他俩是史学家有关。此外如作《梁典》的何之元（？—593），在艳丽文学盛炽的陈代，批评梁简文帝的文学云："文章妖艳，隳坠风典，诵于妇人之口，不及君子之听，斯乃文士之深病，政教之厚疵。然雕虫之技，非关政忽（疑误），壮夫不为，人君焉用？"（《梁典·总论》，《全陈文》卷五）除了因为他是史学家外，找不出别方面的原因。

至唐初的修史，高祖诏令，首谓："司典序言，史官记事，考论得失，究尽变通，所以裁成义类，惩恶劝善，多识前古，贻鉴将来。"末又云："务加详核，博采旧闻，义在不刊，书法无隐。"本此意以论文学，则文学当然是政治的工具了。魏徵《隋书》卷七十六《文学传序》云：

> 《易》曰："观乎天文，以察时变；观乎人文，以化成天下。"传曰："言，身之文也；言而不文，行之不远。"故尧曰则天，表文明之称；周云盛德，著焕乎之文。然则文之为用，其大矣哉！上所以敷德教于下，下所以达情志于上；大则经天纬地，作训垂范；次则风谣歌颂，匡主和民；或离谗放逐之臣，涂穷后门之士；道轗轲而未遇，志郁抑而不申，愤激委约之中，飞文魏阙之下，奋迅泥滓，自致青云，振沈溺于一朝，流风声于千载，往往而有。是以凡百君子，莫不用心焉。

姚思廉《梁书》卷四十九《文学传序》亦云：

> 经礼乐而纬国家，通古今而述善恶，非文莫可也。是以君临天下者，莫不敦悦其义，缙绅之学，咸贵尚其道，古往今来，未之能易。

《隋书》极力称赞文之"用",谓"上所以敷德教于下,下所以达情志于上",可见是以文为政治的工具。至《梁书》更毫不客气的谓文之功用,在"经礼乐而纬国家,通古今而述善恶"。汉末魏初,曹丕曾说"文章,经国之大业,不朽之盛事",但他的意旨,似乎重在提出文章的价值(详三篇一章三节),与此纯视为政治工具者不同;自然此纯视为政治工具的学说,未必不受曹丕说的影响。

三　艳丽之毒

文学既是政治的工具,则如不能襄助政治,而反妨害政治,当然要加以摈斥。姚思廉《陈书》卷六《后主本纪》云:

> 自魏正始晋中朝以来,贵臣虽有识治者,皆以文学相处,罕关庶务,朝章大典,方参议焉,文案簿领,咸委小吏,浸以成俗。迄至于陈后主,因循未遑改革,故施文庆、沈客卿之徒,专掌军国要务,奸黠左道,以哀刻为功,自取身荣,不存国计,是以朝经堕废,祸生邻国,斯亦运钟百六,鼎玉迁变,非唯人事不昌,盖天意然也。

又引魏徵云:

> 古人有言,"亡国之主多有才艺",考之梁陈及隋,信非虚论。然则不崇教义之本,偏尚淫丽之文,徒长浇伪之风,无救乱亡之祸矣。

《梁书》卷六《敬帝纪》亦引魏徵云：

太宗聪睿过人，神彩秀发，多闻博达，富赡词藻。然文艳用寡，华而不实，体穷淫丽，义罕疏通，哀思之音，遂移风俗，以此而贞万国，异乎周诵汉庄矣。……其笃志艺文，采浮淫而弃忠信；戎昭果毅，先骨肉而后寇仇，虽口诵六经，心通百氏，有仲尼之学，有公旦之才，适足以益其骄矜，增其祸患，何补金陵之覆没，何救江陵之灭亡哉！

魏徵谓“淫丽之文”，直接可以助促亡国；姚思廉谓淫于文学，间接可使“朝经堕废”。总之淫丽之文，是政治的蟊贼，国家的蠹虫。

这样，自然要拼命的反对“淫丽之文”了。魏徵《隋书·文学传序》云：

梁自大同之后，雅道沦缺，渐乖典则，争驰新巧：简文、湘东，启其淫放；徐陵、庾信，分路扬镳。其意浅而繁，其文匿而彩，词尚轻险，情多哀思，格以延陵之听，盖亦亡国之音乎！（李延寿《北史·文苑传序》采之）

又《群书治要序》亦云：

近古皇王，时有撰述，并皆包括天地，牢笼群有，竟采浮艳之词，争驰迂诞之说，骋末学之传闻，饰雕虫之小技，流荡忘反，殊涂同致。虽辨周万物，愈失司契之源；术总百端，弥乖得一之旨。（《文》一四一，又《连筠簃丛书》本本书）

李百药《北齐书》卷四十五《文苑传序》亦云：

> 原夫两朝叔世，俱肆淫声，而齐氏变风，属诸弦管；梁时变雅，在夫篇什，莫非易俗所致，并为亡国之音。

令狐德棻《周书》卷四十一《王褒庾信传论》亦云：

> 然则子山之文，发源于宋末，盛行于梁季；其体以淫放为本，其词以轻险为宗，故能夸目侈于红紫，荡心逾于郑卫。昔扬子云有言："诗人之赋丽以则，词人之赋丽以淫。"若以庾氏放之，斯又词赋之罪人也！

杜甫《戏为六绝句》云："庾信文章老更成，凌云健笔意纵横；今人徒嗤流传赋，不觉前贤畏后生。"王褒、庾信的作品，不一定都是"轻险"的、"淫放"的，而唐初的史学家则认为是"轻险""淫放"而反对之，唾骂之。就其批评王、庾而言，固有认识不清的错误；就其对于文学的主张而言，则由这种认识不清的错误，更可以看出他们对于"轻险""淫放"的痛下攻击了。

四　折中的文学论

不过史学家究竟是总览古今成败的，以故他们的见解，固然偏重事功，但大体说来，还算宏通。他们反对"轻险""淫放"的文学，但也不赞成质俚无文。魏徵《隋书·文学传序》云：

暨永明天监之际，太和天保之间，洛阳江左，文雅尤盛。于时作者，济阳江淹、吴郡沈约、乐安任昉、济阴温子升、河间邢子才、巨鹿魏伯起等，并学穷书圃，思极人文，缛采郁于云霞，逸响振于金石，英华秀发，波澜浩荡，笔有余力，词无竭源，方诸张蔡曹王，亦各一时之选也。闻其风者，声驰景慕。然彼此好尚，互有异同：江左宫商发越，贵于清绮；河朔词义贞刚，重乎气质。气质则理胜其词，清绮则文过其意；理深者便于时用，文华者宜于咏歌：此其南北词人得失之大较也。若能掇彼清音，简兹累句，各去所短，合其两长，则文质彬彬，尽善尽美矣。（李延寿《北史·文苑传序》采之）

这纯粹是一种折中论。令狐德棻谓庾信为“词赋之罪人”，但同时也反对苏绰等的质朴。《周书·王褒庾信传》论云：

周氏创业，运属陵夷，纂遗文于既丧，聘奇士如弗及。是以苏亮、苏绰、卢柔、唐瑾、元伟、李昶之徒，咸奋鳞翼，自致青紫。然绰建言务存质朴，遂糠秕魏晋，宪章虞夏，虽属词有师古之美，矫枉非适时之用，故莫能常行焉。（李延寿《北史·文苑传序》亦采之）

也是折中论者。那么究竟要怎样的文学呢？《周书·王褒庾信传论》云：

原夫文章之作，本乎情性，覃思则变化无方，形言则条流遂广，虽诗赋与奏议异轸，铭诔与书论殊涂，而撮其指要，举其

> 大抵，莫若以气为主，以文传意，考其殿最，定其区域，摭《六经》百氏之英华，采屈宋卿云之秘奥。其调也尚远，其旨也在深，其理也贵当，其辞也欲巧。然后莹金璧，播芝兰，文质因其宜，繁约适其变，权衡轻重，斟酌古今，和而能壮，丽而能奥，焕乎若五色之成章，纷乎犹八音之繁会。夫然则魏文所谓“通才”，足以备体矣；士衡所谓“难能”，足以逮意矣。

他们知道文学是感情的产物，不惟令狐德棻说：“文章之作，本乎情性。”李百药《北齐书·文苑传序》也说：“文之所起，情发于中。”（李延寿《北史·文苑传序》亦采之）但他们所谓情性，不是被他们认为“淫放”的性爱之情。令狐德棻的理想文学，要“旨深”“理当”，知其所谓“情”和“旨”“理”有关。李百药云：“人有六情，禀五常之秀；情感六气，顺四时之序。”则情几乎无所不包了。干脆的说，他们所谓情，就是理；不过不是死佯佯的说理，而使理感情化罢了。

五　天才与学力

不止文学观采取折中主义，同样对于创作论也采取折中主义——不忽视天才，也不忽视学力。李百药《北齐书·文苑传序》云：

> 其有帝资悬解，天纵多能，摛黼黻于生知，问珪璋于先觉，譬雕云之自成五色，犹仪凤之冥会八音，斯固感英灵以特达，非劳心所能致也。

这是推崇天才了,但接云:

> 纵其情思底滞,关键不通,但伏膺无怠,钻研斯切,驰骛胜流,周旋益友,强学广其文(疑为闻)见,专心屏于涉求,画缋饰以丹青,雕琢成其器用;是以学而知之,犹足贤乎已也。谓石为兽,射之洞开,精之至也;积岁解牛,砉然游刃,习之久也。自非浑沌无可凿之姿,穷奇怀不移之情,安有至精久习而不成功者焉?善乎魏文之著论也:"人多不强力,贫贱则慑于饥寒,富贵则流于逸乐,遂营目前之务,而遗千载之功,日月逝于上,体貌衰于下,忽然与万物迁化,斯志士大痛也!"

又谓勤能补拙,学可移质。不过审其语意,似谓才尤重于学,必有相当的才,而后学始有济;假使其笨如"浑沌无可凿之姿,穷奇怀不移之情",虽"至精久习",亦不能成功。

李百药不忽视天才,亦不忽视学力,而谓必有相当的才,学始有济。李延寿则对于天才与学力,虽未明白论列,但也似不忽视天才,亦不忽视学力,而谓纵有天才,终赖学力。于《南史·文苑传论》云:

> 畅自心灵,而宣之简素,轮扁之言,或未能尽;然纵假之天性,终资好习,是以古之贤哲,咸所用心。

这虽是平淡无奇之论,但我们还找不到可以推翻的理由,的确,一个文学家,必有相当的天才,同时也必有相当的学力。史学家纵览古今,横观各派,其见解是归纳的,平淡是其所短,宏通是其所长,对各种学术事业的批评莫不如此,文学不过是其一端而已。

六　文学史观

史学家文论之最应注意者，不在文学观及文学方法，而在文学史观。因他们不是文学家，也不是文学批评家，以故他们的文学观与文学方法虽宏通不颇，而平淡无奇。他们是史学家，以故他们的文学史观，比一班的文学家与文学批评家，较有见解。纯粹的文学家及一部分文学批评家，其对于文学的观察，是“横剖面”的，只知有好坏的价值，不知有历史的因素，是静止的批判，不是变动的探讨。史学家历览古今，则是“纵剖面”的，由古今的不同，而知前后的转变。

对文学之作历史的观察与论次者，至著《汉书》的班固，才比较可观。《汉书·艺文志》“诗赋略”云：

> 古者诸侯卿大夫，交接邻国，当揖让之时，必称诗以谕其志，盖以别贤不肖而观盛衰焉。故孔子曰“不学诗无以言也”。
>
> 春秋之后，周道浸坏，聘问歌咏，不行于列国，学诗之士，逸在布衣，而贤人失志之赋作矣。大儒孙卿及楚臣屈原，离谗忧国，皆作赋以风（同讽），咸有恻隐古诗之义。
>
> 其后宋玉、唐勒，汉兴，枚乘、司马相如，下及扬子云，竞为侈丽闳衍之词，没其风谕之义。是以扬子悔之曰：“诗人之赋丽以则，辞人之赋丽以淫，如孔氏之门人用赋也，则贾谊登堂，相如入室矣——如其不用何！”
>
> 自孝武立乐府而采歌谣，于是有代赵之讴，秦楚之风，皆感于哀乐，缘事而发，亦可以观风俗，知薄厚矣。

他谓赋源于诗，固不甚正确（详二篇三章七节），但知注重历史的转变，较过去之只作“横剖面”的评论者，实是一种极大的进步。自然历史观完成于历史，如使班固生在商周以前，无论如何，是不会有历史观的。但不出于并时的他人，而独出于班固，与他是史学家当然有绝大的关系。

班固以后，如《诗序》，虽注意文学与时代治乱的关系，但没有对文学作历史的论次（详二篇一章三节）；如《文章流别志论》，虽注意各种文体的演变，但未论全部文学的历史（详三篇三章六节）。对全部文学作历史的论次者，又恰巧出于作《宋书》的沈约，再有便是震古烁今的论文专家刘勰（论诗专家锺嵘曾论五言诗的历史）。刘勰之说，已在第三篇第八章第六节叙次，今不复述。沈约《宋书》卷六十七《谢灵运传论》云：

> 民禀天地之灵，含五常之德，刚柔迭用，喜愠分情。夫志动于中，则歌咏外发。六义所因，四始攸系，升降讴谣，纷披风什，虽虞夏以前，遗文不睹，禀气怀灵，理无或异；然则歌咏所兴，宜自生民始也。
>
> 周室既衰，风流弥著。屈平、宋玉，导清源于前；贾谊、相如，振芳尘于后。英辞润金石，高义薄云天。自兹以降，情志愈广：王褒、刘向、扬、班、崔、蔡之徒，异轨同奔，递相师祖，虽清辞丽曲，时发乎篇，而芜音累气，固亦多矣。若夫平子艳发，文以情变，绝唱高踪，久无嗣响。
>
> 至于建安，曹氏基命，二祖陈王，咸蓄盛藻，甫乃以情纬文，以文被质。自汉至魏，四百余年，辞人才子，文体三变：相如巧为形似之言，班固长于情理之说，子建、仲宣以气质为体，

并标能擅美，独映当时。是以一世之士，各相慕习。源其飙流所始，莫不同祖风骚；徒以赏好异情，故意制相诡。

降及元康，潘、陆特秀，律异班、贾，体变曹、王，缛旨星稠，繁文绮合，缀平台之逸响，采南皮之高韵。遗风余烈，事极江左。

有晋中兴，玄风独扇，为学穷于柱下，博物止乎七篇，驰骋文辞，义殚乎此。自建武暨乎义熙，历载将百，虽缀响联辞，波属云委，莫不寄言上德，托意玄珠；遒丽之辞，无闻焉尔。仲文始革孙、许之风，叔源大变太玄之气。

爰逮宋氏，颜、谢腾声，灵运之兴会标举，延年之体裁明密，并方轨前秀，垂范后昆。

叙平子云，"文以情变"；叙汉魏云，"文体三变"；元康时的潘、陆，是"律异班、贾，体变曹、王"；晋末文学，是"仲文始革孙、许之风，叔源大变太玄之气"。逐处都是占在"变"的观点，以叙次各代文学的变迁。

沈约知道文学之历史的转变，而不知转变的原因。同时的刘勰，谓转变的原因，由于政治，言"歌谣文理，与世推移，风动于上，而波震于下"（详三篇八章六节）。唐初史学家继之，由是完成一种政治史观。《隋书·经籍志》"集部"序云：

文者所以明言也。古者登高能赋，山川能祭，师旅能誓，丧纪能诔，作器能铭，则可以为大夫；言其因物骋辞，情灵无拥者也。唐歌、虞咏、商颂、周雅，叙事缘物，纷纶相袭。自斯已降，其道弥繁。世有浇淳，时移治乱，文体迁变，邪正或殊。宋玉、屈原激清风于南楚，严、邹、枚、马、陈盛藻于西京，平子艳发于东都，王粲独步于漳滏。爰逮晋氏，见称潘、陆，并黼藻相辉，宫商间起，清辞润乎金石，精义薄乎云天。永嘉已后，玄风既扇，辞多平淡，文寡风力。降及江东，不胜其弊。宋齐之世，下逮梁初，灵运高致之奇，延年错综之美，谢玄晖之藻丽，沈休文之富溢，辉焕斌蔚，辞义可观。梁简文之在东宫，亦好篇什，清辞巧制，止乎衽席之间；雕琢蔓藻，思极闺闱之内。后生好事，递相放习，朝野纷纷，号为"宫体"，流宕不已，讫于丧亡。陈氏因之，未能全变。其中原则兵乱积年，文章道尽。后魏文帝颇效属辞，未能变俗，例皆淳古。齐宅漳滨，辞人间起，高言累句，纷纭络绎；清辞雅致，是所未闻。后周草创，干戈不戢，君臣戮力，专事经营；风流文雅，我则未暇。其后南平汉沔，东定河朔，讫于有隋，四海一统，采荆南之杞梓，收会稽之箭竹，辞人才士，总萃京师。属以高祖少文，炀帝多忌，当路执权，迭相摈压，于是握灵蛇之珠，韫荆山之玉，转死沟壑之内者，不可胜数，草泽怨刺，于是兴焉。

自宋齐的"辉焕斌蔚，辞义可观"，变为梁朝的"宫体"，由于梁简文帝的"清辞巧制，止乎衽席之间；雕琢蔓藻，思极闺闱之内"。后周的文学式微，由于"干戈不戢，君臣戮力，专事经营；风流文雅，我则未暇"。隋代的"草泽怨刺"，由于"高祖少文，炀帝多忌，当路执权，迭相摈压"。总之每次的转变，都与政治有关。

同书《文学传序》云："自汉魏以来，迄乎晋宋，其体屡变，前哲论之详矣。"又谓"南北词人得失之大较"，在"江左宫商发越，贵于清绮；河朔词义贞刚，重乎气质。气质则理胜其词，清绮则文过其意;理深者便于时用,文华者宜于咏歌"(详四节)。又谓梁代文学,因为"简文湘东,启其淫放",由是"词尚轻险,情多哀思"(详三节)。然后接叙周隋云:

周氏吞并梁荆,此风扇于关右,狂简斐然成俗,流宕忘返,无所取裁。[隋]高祖初统万机,每念斫雕为朴,发号施令,咸去浮华。然时俗词藻,犹多淫丽,故宪台执法,屡飞霜简。炀帝初习艺文,有非轻侧之论,暨乎即位,一变其风:其《与越公书》、《建东都诏》、《冬至受朝诗》,及拟《饮马长城窟》,并存雅体,归于典制,虽意在骄淫,而词无浮荡;故当时缀文之士,遂得依而正焉。

其叙"南北词人得失之大较",虽未指明出于君主的提倡,然归之于士大夫的领导;至梁周的浮艳,隋代的斫雕为朴,则皆鲜明的谓由于君主的好尚不同,可见也同于《经籍志》的意见,也是政治史观。

以外若令狐德棻《周书·王褒庾信传论》,李延寿《北史·文苑传序》(此钞《周书》),其对文学之史的叙述,更详于《隋书》,而其历史观也是政治的观念论者,为省篇幅起见,不一一征论了。

七　史与文

在周秦两汉,史与文是营共同生活的,而且是亲爱之极,凝成一体。《论语·雍也》篇云:"质胜文则野,文胜质则史。"《韩非子·难言》篇亦云:"捷敏辨给,繁于文采,则见以为史。"可见文史不分。

汉代以“文学”括示学术，以“文章”括示文学，而《汉书·公孙弘传赞》云“文章则司马迁、相如”。又云“刘向、王褒以文章显”（详二篇二章三节）。史学家司马迁、校雠家刘向，居然与司马相如、王褒同以文章见称，足征史与文仍不分家。这种观念，到魏初犹然，所以刘劭《人物志·流业》篇云：“能属文著述，是谓文章，司马迁、班固是也。”（详三篇一章一节）

到六朝，文日趋于词彩华美，吟咏性情；史因载言记事，不能随文转变。当然这时的史也较以前重辞藻，但究不及这时的文的更重辞藻；至实质之一主记事，一主缘情，更绝不相同。嗜趣既殊，自容易弄得感情破裂，由是不复能继续同居，而宣告离异。宋文帝立四学，除以雷次宗立儒学，何尚之立玄学外，又以何承天立史学，谢玄立文学。由是史与文的离异，有了天子作证。梁昭明撰《文选》，屏史于文外，谓“记事之史，系年之书，所以褒贬是非，纪别同异，方之篇翰，亦已不同”。由是史与文的离异，又得到太子的判词。从此直至唐初，虽两情脉脉，而和好殊难。刘知幾《史通·核才》篇云：

> 昔尼父有言，“文胜质则史”。盖史者，当时之文也。然朴散淳销，时移世异，文之与史，较然异辙。故以张衡之文，而不闲于史；以陈寿之史，而不习于文。其有赋述两都，诗裁八咏，而能编次汉册，勒成宋典，若斯人者，其流几何！是以略观近代，有齿迹文章，而兼修史传，其为式也，罗含谢客，宛为歌颂之文；萧绎、江淹，直成铭赞之序；温子升尤工复语，卢思道雅好丽词；江总猖獗以沈迷，庾信轻薄而流宕：此其大较也。然向之数子，所撰者盖不过偏记杂说小卷短书而已，犹且乖滥踳驳，一至于斯；而况责之以刊勒一家，弥纶一代，使其始末圆

备，表里无咎，盖亦难矣！但自世重文藻，词宗丽淫；于是沮诵失路，灵均当轴，西省虚职，东观伫才，凡所拜授，必推文士。遂使握管怀铅，多无铨综之识；连章累牍，罕逢微婉之言。而举俗共以为能，当时莫之敢侮。假令其间有术同彪、峤，才若班、荀，怀独见之明，负不刊之业，而皆取窘于流俗，见嗤于朋党；遂乃哺糟歠醨，俯同妄作，披褐怀玉，无由自陈：此管仲所谓用君子而以小人参之，害霸之道也。

又极力诋斥徐孝穆的“有志梁史”，说：“以徐公文体，而施诸史传，亦犹灞上儿戏，异乎真将军！”盖史之最主要的作用为记事及载言，文之最主要的作用为载道或缘情。载道则文尚简易，缘情则词贵华密。简易载道，则与史相近，故文史合流。华密缘情，则与史甚远，故文史分家。然文之与史，本相关联，故载道之文，固往往取法于史；而华密之文，亦可使史受影响。不过前者关系甚切，如营共同生活；后者距离较远，似乎反目别居而已。就时代而分，周秦两汉，文史合流，六朝则文史分家，至唐代古文家起，又取法于史，于是又由分而合。前者的转变在魏晋，后者的转变在唐初，所以刘知幾犹反对以文为史，而稍后的古文家则又以史为文了。

八　史传文的批评

史之志趣，本应完全置重于记事载言，无奈据传说，孔子之作《春秋》，是在“寓褒贬，别善恶”的，由是后来的史书，亦泰半于记事载言以外，又加上“寓褒贬，别善恶”的任务；而评史者，亦遂以此

定史书的好坏。但此与文的关系甚浅,兹可从略。至评论史之文者,如班彪论司马迁《史记》云:

采经摭传,分散百家之事,甚多疏略,不如其本,务欲以多闻广载为功,论议浅而不笃。……然善述叙事理,辩而不华,质而不俚,文质相称,盖良史之才也。(《后汉书》卷七十上《班彪传》)

又云:

若迁之著作,采获古今,贯穿经传,至广博也。一人之精,文重思烦,故其书刊落不尽,尚有盈辞,多不齐一。若序司马相如,举郡县,著其字,至萧、曹、陈平之属,及董仲舒,并时之人,不记其字,或县而不郡者,盖不暇也。(同上)

案《汉书》卷六十二《司马迁传赞》云:"自刘向、扬雄,博极群书,皆称迁有良史之材,服其善序事理,辨而不华,质而不俚,其文直,其事核,不虚美,不隐善,故谓之实录。"则班彪对于《史记》的赞美本之刘向、扬雄。至对于《史记》的指摘,《传赞》亦云:"至于采经摭传,分散数家之事,甚多疏略,或有抵牾。亦其涉猎者广博,贯穿经传,驰骋古今,上下数千载间,斯亦勤矣。"假设是出于班固,不是出于班彪,则班固的指摘较班彪更甚,原恕的程度亦更深。

班彪父子对于《史记》虽有挑剔,但究竟推为良史,同时他们的《汉书》,也确是《史记》后的第一部史书。就文章而言,《史记》较简,《汉书》较繁。晋代的张辅论班马优劣,谓班不及马者三点,关于文章的一点，是：

> 迁之著述，辞约而事举，叙三千年事，唯五十万言；班固叙二百年事，乃八十万言，烦省不同，不如迁一也。（《晋书》卷六十《张辅传》）

晋代犹有周汉尚简的余风，所以张辅称赞《史记》的“辞约而事举”。同时干宝也赞美左丘明的能以三十卷之约，囊括二百四十年之事（见《晋纪·左传家》）。至宋代则渐趋繁密，所以作《后汉书》的范晔极力赞美《汉书》的文字详赡云：

> 司马迁、班固父子，其言史官载籍之作，大义粲然著矣。议者咸称二子有良史之才。迁文直而事核，固文赡而事详。若固之序事，不激诡，不抑抗，赡而不秽，详而有体，使读者亹亹而不厌，信哉其能成名也！（《后汉书》卷七十下《班固传论》）

又云：

> 既造后汉，转得统绪。详观古今著述及评论，殆少可意者。班氏最有高名，既任情无例，不可甲乙辨。后赞于理近无所得，惟志可推耳，博赡不可及之，整理未必愧也。（《狱中与诸甥侄书》）

至唐代又返于简约，故对于史传文的见解，亦遂略同于晋，而大殊于宋。史学专家刘知幾就是主张“剪截浮词”的，俟下节详述，兹姑不论。其余诸人，偶言及史，亦率主简易。如萧颖士《为陈正卿进续尚书表》云：

臣闻古者右史记事，左史记言，举其大略，前书之议备矣。孔圣没而微言绝，暴秦兴而挟书罪，虽战国遗策旧章，驳乱于从横；汉臣著纪新体，互纷于表志。其道末者其文杂，其才浅者其意烦，岂圣人存易简之旨，尽芟夷之义也。（《文》三二二）

张守节《上史记正义序》亦云：

《史记》者，汉太史公司马迁作。……比之《春秋》，言辞古质；方之两汉，文省理幽。（《文》三九七）

司马贞《补史记序》也称赞《史记》云：

事广而文局，词质而理畅，斯亦尽美矣！（《文》四〇二）

裴光庭《请修续春秋表》也菲薄《晋书》云：

文词繁冗，穿凿多门。（《文》二九九）

文尚简易的时候，则对于史传文也主简易；文尚繁密的时候，则对于史传文也主繁密；史与文的关系，于此更可以窥见梗概了。

九　刘知幾的意见

刘知幾的《史通》，其论史而及于史之文者，最要的有四点：

（一）繁简——刘知幾前后之一般的评史者，对此问题，亦率有相当的意见发表，至刘知幾的意见，则主张删繁从简。《浮词》篇云：

> 昔夫子断唐虞，以下迄于周，剪截浮词，撮其机要，故帝王之道，坦然明白。

又《点烦》篇，“钞自古史传文，有烦者皆以笔点其烦（一无烦字）上”。谓：“凡字经点者，尽宜去之。”但对于干宝之独美《左传》，谓其能以三十卷之约，括囊二百四十年之事；张辅之崇马卑班，谓迁叙三千年事，五十万言，固叙二百四十年事，八十万言，是班不如马，则认为都是皮相之言。《烦省》篇云：

> 余以为近史芜累，诚则有诸，亦犹古今不同，势使之然也。

又云：

> 古今有殊，浇淳不等：帝尧则天称大，书惟一篇；周武观兵孟津，言成三誓；伏羲止画八卦，文王加以系辞：俱为大圣，行事若一；其丰俭不类，悬隔如斯。必以古方今，持彼喻此，如蚩尤、黄帝，交战阪泉，施于春秋，则城濮、鄢陵之事也；有穷篡

夏，少康中兴，施于两汉，则王莽、光武之事也；夫差既灭，勾践霸世，施于东晋，则桓玄、宋祖之事也；张仪、马错，为秦开蜀，施于三国，则邓艾、锺会之事也。而往之所载，其简如彼；后之所书，其审如此。若使同后来于往世，限一概以成书，将恐学者必诟其疏遗，尤其率略者矣。而议者苟嗤沈、萧之所纪，事倍于孙、习；华、谢之所编，语烦于班、马，不亦谬乎？

由此知他主张删繁从简，但繁简的标准，并不能笼笼统统的以年代与文字为比例。《烦省》篇又云：

要其字有妄载，苦于榛芜，言有阙书，伤于简略，斯则可矣。必量世事之厚薄，限篇第以多少，理则不然。

不妄载，不阙书，都是取材问题；至修辞的繁简，《浮词》篇云：

夫词寡者出一言而已周，才芜者资数句而方浃。案《左传》称绛父论甲子，隐言于赵孟；班书述楚老哭龚生，莫识其名氏。苟举斯一事，则触类可知。至嵇康、皇甫谧撰《高士记》，各为二叟立传，全采左班之录，而其《传论》云："二叟隐德容身，不求名利；避远乱害，安于贱役。"夫探揣古意，而广足新言，此犹子建之咏三良，延年之歌秋妇。至于临穴泪下，闺中长叹，虽语多本传，而事无异说。盖凫胫虽短，续之则悲，史文虽约，增之反累，加减前哲，岂容易哉！

则刘知幾所提倡的简，不是"量世事之厚薄，限篇第之多少"，而是

要去浮词。所以《叙事》篇云:“文约而事丰,此述作之尤美者也。”又列举“文约事丰”的具体方法云:

盖叙事之体,其别有四:有直纪其才行者,有唯书其事迹者,有因言语而可知者,有假赞论而自见者。至如古文《尚书》,称帝尧之德,标以“允恭克让”。《春秋左传》,言子太叔之状,目以“美秀而文”。所称如此,更无他说,所谓直纪其才行者。又如左氏载“申生为骊姬所谮,自缢而亡”。班史称“纪信为项籍所围,代君而死”。此则不言其节操,而忠孝自彰,所谓唯书其事迹者。又如《尚书》称武王之罪纣也,其誓曰:“焚炙忠良,刳剔孕妇。”《左传》纪随会之论楚也,其词曰:“筚辂蓝缕,以启山林。”此则才行事迹,莫不阙如,而言有关涉,事便显露,所谓因言语而可知者。又如《史记·卫青传》后太史公曰:“苏建尝责大将军不荐贤待士。”《汉书·孝文纪》末其赞曰:“吴王诈病不朝,赐以几杖。”此则传之与纪,并所不书,而史臣发言,别出其事,所谓假赞论而自见者。然则才行、事迹、言语、赞论,凡此四者,皆不相须。若兼而毕书,则其费尤广。

右四种是结构方面的简约法;至字句方面的简约法,《叙事》篇云:

又叙事之省,其法有二焉:一曰省句,二曰省字。

省句的例子,如:

《左传》“宋华耦来盟,称其先人得罪于宋,鲁人以为敏”。

> 夫钝者称敏，则明贤达所嗤，此为省句也。

相反的如：

> 《穀梁》（原作《公羊》，依浦注校改）称“郄克眇，季孙行父秃，孙良夫跛；齐使跛者逆跛者，秃者逆秃者，眇者逆眇者”。盖宜除“跛者”以下句，但云“各以其类逆”。必事加再述，则于文殊费，此为烦句也。

省字的例子，如：

> 《春秋》经曰：“陨石于宋五。”夫闻之陨，视之石，数之五，加以一字太详，灭其一字太略，求诸折中，简要合理，此为省字也。

相反的如：

> 《汉书·张苍传》云：“年老口中无齿。”盖此一句之内，去“年”及“口中”可矣。夫此六文成句，而三字妄加，此为烦字也。

此种简约说的提出，固由于修正干宝、张辅一班人的浮浅的简约说，而最大的因素，则在矫正六朝以来的以骈文作史，所以《核才》篇极力反对文人修史，《叙事》篇又力诋班马以降的“史道陵夷”，说：“其为文也，大抵编字不只，捶句皆双；修短取均，奇偶相配。故应以一言蔽之者，辄足为二言；应以三句成文者，必分为四句；弥漫重沓，不知所裁。”在刘知幾看来，固然“史之为务，必藉于文”（《叙事》篇）；“文之将史，其流一焉”（《载文》篇）。故“五经以降，三史而往”，皆“以文叙事”。但“今之作者，……则其立言也，或虚加练饰，轻事雕彩；或体兼赋颂，词类俳优，文非文，史非史”（《叙事》篇）。由是不能不特别提倡简约，胪举简约的方法。

不过以骈文为史，固伤繁芜；以古文为史，亦伤虚伪。《杂说中》云：

> 今俗所行《周史》，是令狐德棻等所撰，其书文而不实，雅而无检，真迹甚寡，客气尤烦。寻宇文初习华风，事由苏绰，至于军国词令，皆准《尚书》。太祖敕朝廷他文，悉准于此。盖史臣所记，皆禀其规；柳虬之徒，从风而靡。案绰文虽去彼淫丽，存兹典实，而陷于矫枉过正之失，乖夫适俗随时之义。苟记言若是，则其谬逾多。

又《杂说下》诋《周史》的“记宇文之言，而动遵经典，多依《史》、《汉》，此何异庄子述“鲋鱼”之对，辩类苏张；贾生叙《鵩鸟》之辞，文同屈宋；施于寓言则可，施诸实录则不可矣”。然则刘知幾的意思，以为史必借于文，但只能“以文叙事”，不能“以事就文”；以事就骈文固然不好，以事就古文也一样不好。

（二）语文——六朝以降的以文为史，不惟有繁芜之弊，且有改语为文之弊。《言语》篇云：

> 夫三传之说，既不习于《尚书》，两汉之词，又多违于《战

策》，足以验甿俗之递改，知岁时之不同。而后来作者，通无远识，记其当时口语，罕能从实而书，方复追效昔人，示其稽古。是以好丘明者，则偏模《左传》；爱子长者，则全学史公。用使周秦言辞，见于魏晋之代；楚汉应对，行乎宋齐之日。而伪修混沌，失彼天然，今古以之不纯，真伪由其相乱。故裴少期讥孙盛录曹公平素之语，而全作夫差亡灭之词，虽似《春秋》，而事殊乖越者矣！

他不惟指出记当时口语用古文之过失，而且指出这种过失的原因是由于时代观念的错误：

盖江芊骂商臣曰："呼！役夫！宜君王废汝而立职！"汉王怒郦生曰："竖儒！几败乃公事！"单固谓杨康曰："老奴！汝死自其分！"乐广叹卫玠曰："谁家生得宁馨儿！"斯并当时侮嫚之词，流俗鄙俚之说，必播以唇吻，传诸讽诵；而后人皆以为上之二言，不失清雅，而下之两句，殊为鲁朴者，何哉？盖楚汉世隔，事已成古；魏晋年近，言犹类今；已古者即谓其文，犹今者乃惊其质。夫天地长久，风俗无恒，后之视今，亦犹今之视昔，而作者皆怯书今语，勇效昔言，不其惑乎！（同上）

不过刘知幾虽能戳破楚汉古文的纸老虎，却震骇于战国以前的古文的纸老虎，谓"寻夫战国已前，其言皆可讽咏，非但笔削所致，良由体质素美。何以核诸？至如'鹑贲''鸜鹆'，童竖之谣也；'山木''辅车'，时俗之谚也；'皤腹弃甲'，城者之讴也；'原田是谋'，舆人之诵也；斯皆刍词鄙句，独能温润若此，况乎束带立朝之士，加以多闻博古之识者哉?”(《言语》篇)实则也是当时的“流俗鄙俚之说”,不过“春秋世隔,事已成古,已古者即谓其文”耳。

(三)模拟——天地间没有不含模拟的创作,特别是史书本来“以述为作”,所以模拟尤不能免。《模拟》篇云:

> 模拟之体,厥途有二:一曰貌同而心异,二曰貌异而心同。……貌异而心同者,模拟之上也;貌同而心异者,模拟之下也。

貌同而心异者,如谯周《古史考》拟《春秋》,书“秦杀其大夫李斯”;干宝《晋纪》拟《春秋》,书“葬我某皇帝”之类。昧于“世异则事异,事异则备异”之义,“编次古文,撰叙今事,巍然自谓五经再生,三史重出,多见其无识者矣”!

至貌异而心同者,“则其所拟者,非如图画之写真,熔铸之象物,以此而似也;其所以为似者,取其道术相会,义理玄同,若斯而已”。如“《左传》叙桓公在齐遇害,而云‘彭生乘公,公薨于车’。如干宝《晋纪》拟之,叙愍帝殁于平阳,而云‘晋人见者多哭,贼惧帝崩’”。又“当时所记或未尽,则先举其始,后详其末,前后相会,隔越取同。若《左氏》成七年‘郑获楚锺仪以献晋’,至九年‘晋归锺仪于楚以求平’,其类是也。至裴子野《宋略》述索虏临江,太子劭使力士排徐湛(浦云二字疑衍)江湛僵仆,于是始与劭有隙,其后三年,有江湛为元凶所杀事。以此而拟《左氏》,亦所谓貌异而心同也。”

(四)虚实与曲直——史文尚直,亘古如斯,刘知幾亦极力提倡直,反对虚。《载文》篇云:

> 汉代词赋，虽云虚矫，自余它文，大抵犹实。至于魏晋已下，则伪谬雷同。榷而论之，其失有五：一曰虚设，二曰厚颜，三曰假手，四曰自戾，五曰一概。……考此五失，以寻文义，虽事皆失形，而言必凭虚。夫镂冰为璧，不可得而用也；画地为饼，不可得而食也。是以行之于世，则上下相蒙；传之于后，则示人不信。

但“语曰：‘直如弦，死道边；曲如钩，反封侯。’……况史之为务，申以劝诫，树之风声，其有贼臣逆子，淫君乱主，直书其事，不掩其瑕，则秽迹彰于一朝，恶名被于千载，言之若是，吁可畏乎”，则贼臣逆子，淫君乱主，安能不威迫利诱，使之不能直书。固然“烈士殉名，壮夫重气，宁为兰摧玉碎，不作瓦砾长存。若南董之仗气直书，不避强御；韦崔之肆情奋笔，无所阿容。虽周身之防，有所不足；而遗芳余烈，人到于今称之”（《直书》篇）。但“如孙盛实录，取嫉权门，王劭直书，见仇贵族。人之情也，不畏乎？”（《全唐文》卷二十四《上萧至忠论史书》）由是“直书”之史极少，“曲笔”（《史通》有《直书》篇，又有《曲笔》篇）之文极多。真的“古之书事也，令贼臣逆子惧；今之书事也，使忠臣义士羞；若使南董有灵，必切齿于九泉之下矣！”（《曲笔》篇）后来所谓“微词”的笔法，大概就是在这种无可奈何的情形之下产生的吧！

第六章　早期的古文论

一　古文的兴起

古文不始于韩柳，而成于韩柳，所以现在称柳以前的古文为“早期的古文”，其文论为“早期的古文论”。

古文的兴起，陈振孙以为始于他的贵华宗子昂（见《直斋书录解题》卷十六），董逌以为始于元结（《广川书跋磨崖碑》），胡应麟以为始于李华、萧颖士（《少室山房笔丛·九流绪论》卷中），赵翼以为始于姚察（《二十二史札记》卷九“古文自姚察始”条），又以为始于独孤及（同书卷二十“古文不始于韩柳”条）。实则还可以上推一百多年，因为苏绰已经在西魏之末（约550年前后），仿《尚书》作《大诰》了，柳虬也在那时作《文质论》，以思糅合今文古文之争了（详三篇十章二节）。刘知幾《史通·杂说中》云：

宇文初习华风，事由苏绰，至于军国词令，皆准《尚书》。太祖敕朝廷他文，悉准于此。盖史臣所记，皆禀其规；柳虬之徒，从风而靡。

观刘知幾说，知魏末周初的仿古为文，已形成一时的风尚；观柳虬谓“时有古今，非文有古今”（引见三篇十章二节），知苏绰及其附和者已打出“古文”的旗帜来了。

后来首先反六朝文学者，是隋朝的李谔及王通；而唐代的有名的古文家，除陈子昂外，又大半是北人；就中的元结、独孤及，不惟是北人，且是胡种；所以古文实兴于北朝，实是以北朝的文学观打倒南朝的文学观的一种文学革命运动。

以常理论，刘勰主“原道”、“征圣”、“宗经”，应当是唐代古文的领导者。然以鄙见所知，称论其书者，只有卢照邻《南阳公集序》和刘知幾《史通自叙》①，真正宗经载道的古文家，则绝少论及。自然我不敢说唐代的古文家都没有读过《文心雕龙》，但漠视似是事实。这也足以证明他们继承的是北朝系统，对南朝只是一味的攻击；所以与他们同调的刘勰，也遭了“池鱼之殃”，不能打动他们的注意与同情。

二　李谔王通的攻击六朝文

任何学术的发生都应了社会的需要，任何学术的过分的发展，又率流于窳败，而失去社会的平衡，形成改革的对象。六朝的繁密

① 卢照邻《南阳公集序》云：“近日刘勰《文心》，锺嵘《诗评》，异议蜂起，高谈不息，人惭西氏，空论拾翠之容，质谢南金，徒辩荆蓬之妙。”（《文》一二八）刘知幾《史通自叙》云：“词人属文，其体非一，譬甘辛殊味，丹素异彩，后来祖述，识昧圆通，家有诋诃，人相掎摭，故刘勰《文心》生焉。”（《史通》本书，又《文》二七四）卢照邻是贬讥，刘知幾是称赞。据《全唐文》，晚唐亦有人言及，匆促未及笺记，兹亦不及覆案矣。

缘情的文学，自然也是这样的产生，这样的滋长，又这样的被人扬弃。在齐梁，如刘勰、裴子野、梁元帝诸人，已对之相当不满；但他们自诊己病，当然多所蒙讳，不能彻底改革。北朝则不同了，繁密缘情的文学，他们似乎始终没有正式的接受。当南朝疯狂的创造繁密缘情的文学的时候，北朝的苏绰已提倡古文了，魏收已提倡有用之文了，杨遵彦与颜之推已反对文人无行，提倡宗经载道之文了（详三篇十章各节）。一旦南北统一，南朝文学和他们发生了直接关系，固然一方面可以如《隋书·文学传序》所云："周氏吞并梁荆，此风（南朝文风）扇于关右，狂简斐然成俗，流宕忘返。"但另一方面此种格格不入的文学的袭入，适足作了他们的试金石，使他们由反对此种文学，更充实他们的古文文学。隋文帝的于"开皇四年，普诏天下公私文翰，并宜实录。其年九月，泗州刺史司马幼之，文表华艳，付有司治罪"（李谔《上书文》）。便是这种情形之下的当然措置；而李谔的《上文帝论文体轻薄书》，也是这种情形之下的当然产品：

> 臣闻古先……上书献赋，制诔镌铭，皆以褒德序贤，明勋证理；苟非惩劝，义不徒然。降及后代，风教渐落。魏之三祖，更尚文词，忽君人之大道，好雕虫之小艺。下之从上，有同影响，竞骋文华，遂成风俗。江左齐梁，其弊弥甚。贵贱贤愚，唯务吟咏。遂复遗理存异，寻虚逐微，竞一韵之奇，争一字之巧，连篇累牍，不出月露之形，积案盈箱，唯是风云之状。世俗以此相高，朝廷据兹擢士。禄利之路既开，爱尚之情愈笃。于是闾里童昏，贵游总丱，未窥六甲，先制五言。至如羲皇舜禹之典，伊傅周孔之说，不复关心，何尝入耳。以傲诞

为清虚,以缘情为勋绩,指儒素为古拙,用词赋为君子。故文笔日繁,其政日乱。——良由弃大圣之轨模,构无用以为用也。捐本逐末,流遍华壤,递相师祖,久而愈扇。(《隋书》卷六十六《李谔传》)

李谔攻击六朝文的"遗理存异,寻虚逐微",稍后的王通(584—618)则又由攻击六朝文,进而攻击六朝文人。他的《文中子·事君》篇云:

子谓:"文士之行可见:谢灵运,小人哉,其文傲,君子则谨;沈休文,小人哉,其文冶,君子则典;鲍昭、江淹,古之狷者也,其文急以怨;吴筠、孔珪,古之狂者也,其文怪以怒;谢庄、王融,古之纤人也,其文碎;徐陵、庾信,古之夸人也,其文诞。"或问[刘]孝绰兄弟,子曰:"鄙人也,其文淫。"或问湘东王兄弟,子曰:"贪人也,其文繁;谢朓,浅人也,其文捷;江总,诡人也,其文虚:皆古之不利人也。"

然独称赞颜延之、王俭、任昉,谓"有君子之心焉,其文约以则"。又称赞曹植,谓"君子哉思王也,其文深以典"。则其攻击六朝文人,实因不满意六朝文人的傲诞贪怨,淫冶繁碎,假使"约以则",或"深以典",则不惟不攻击,而且赞扬。所以房玄龄问文,他答以:"古之文也约以达,今之文也繁以塞。"(以上亦《事君》篇)而内史薛公向他说:"吾文章可谓淫溺矣。"他便离席而拜曰:"敢贺丈人之知过也。"(《述史》篇)

"约以则"或"约以达"是所提倡的"古之文"的形式,至实质则是以理义化民:

子曰："[扬]素与吾言终日，言政而不及化；[苏]夔与吾言终日，言声而不及雅；[李]德林与吾言终日，言文而不及理。……言政而不及化，是天下无礼也；言声而不及雅，是天下无乐也；言文而不及理，是天下无文也；王道从何而兴乎，所以忧也！"(《王道》篇)

子曰："学者博诵云乎哉，必也贯乎道；文者苟作云乎哉，必也济乎义！"(《天地》篇)

又推重陈寿、范宁，谓"陈寿有志于史，依大义而削异端；范宁有志于《春秋》，征圣经而诘众传"(《天地》篇)。房玄龄问史，他告以"古之史也辩道，今之史也耀文"(《事君》篇)。史文本有密切关联，特别是所谓古文，本是宗经学史，则由王通的评史，也可以知其评文了。

不过以理义化民的文论，李谔《上文帝论文体轻薄书》，也已启其端绪。其言云：

臣闻古先哲王之化人也，必变其视听，防其嗜欲，塞其邪放之心，示以淳和之路：五教六行，为训人之本；《诗》、《书》、《礼》、《易》，为道义之门。故能家复孝慈，人知礼让。正俗调风，莫大于此。

但李谔所言，不及王通的更为周密。此盖一由于李谔在先，故所言甚简，王通在后，故所言较详。一由于李谔本不是了不起的人物，其上书似对文帝的希意承旨；王通则是以道统自负的学者，对这方面的言论当然要比较深刻。

三　唐初四杰的反对淫巧文

四杰中，骆宾王（？—684）无论文之言，但既与王勃、杨炯、卢照邻三人为文友，志趣又很相近，则其对文学的意见，当然不甚相远：故兹以四杰并论。

有的人说批评是创作的尾随者，就文学的部门而言，似有点相像（并不全是如此）；就文学的兴革而言，则绝对相反。批评之尾随创作，真是追踪而至；创作之尾随批评，则有时瞠乎落后。这因为批评是一种意见，社会转变，它马上可以随之转变；创作则需要长时间的修养，不能一蹴而至，因亦不能一蹴而变。职此之故，所以李谔的用六朝文体的文学以攻击六朝文体，唐初四杰的一方面创作轻薄淫巧的文学，一方面又攻击轻薄淫巧的文学，都可以得到解释，而不必奇异了。

称为六朝文，是以时代名，如提示内容，则可名之为"淫巧文"。李谔、王通距六朝甚近，盖可以亲见六朝文的坏影响，所以特别提出并攻击六朝的文学与文人。四杰距六朝较远，不能亲见六朝文的坏影响，而只感觉到社会上不需要像六朝那样的轻薄淫巧之文，所以由攻击六朝文，进而攻击一切淫巧文。杨炯《王勃集序》云：

> 大矣哉文之时义也！有天文焉，察时以观其变；有人文焉，立言以重其范。……仲尼既没，游夏光洙泗之风；屈平自沈，唐宋宏汨罗之迹。文儒于焉异术，词赋所以殊源。逮秦氏燔书，斯文天丧；汉皇改运，此道不还。贾马蔚兴，已亏于雅

颂；曹王杰起，更失于风骚。僶俯大猷，未忝前载。洎乎潘陆奋发，孙许相因，继之以颜谢，申之以江鲍，梁魏群材，周隋众制，或苟求虫篆，未尽力于邱坟，或独徇波澜，不寻源于礼乐。会时沿革，循古抑扬，多守律以自全，罕非常而制物。(《文》一九一)

又赞美王勃的“长风一振，众萌自偃，遂使繁综浅术，无藩篱之固，纷绘小才，失金汤之险”。说：“积年绮碎，一朝清廓，翰苑豁如，词林增峻，反诸宏博，君之力焉！”（同上）又称述王勃之对于改革文学的志趣，是：

尝以龙朔初载，文场变体，争构纤微，竞为雕刻，糅之金玉龙凤，乱之朱紫青黄，影带以徇其功，假对以称其美，气骨都尽，刚健不闻，思革其弊，用光志业。(同上)

王勃自己亦云：

夫文章之道，自古称难，圣人以开物成务，君子以立言见志。遗雅背训，孟子不为；劝百讽一，扬雄所耻。苟非可以甄明大义，矫正末流，俗化资以兴衰，国家由其轻重，古人未尝留心也。自微言既绝，斯文不振，屈宋导浇源于前，枚马张淫风于后；谈人主者以宫室苑囿为雄，叙名流者以沈酗骄奢为达，故魏文用之而中国衰，宋武贵之而江东乱。虽沈谢争骛，适足兆齐梁之危；徐庾并驰，不能止周陈之祸。于是识其道者，卷舌而不言；明其弊者，拂衣而径逝。《潜夫》、《昌言》之论，作之

而有逆于时；周公、孔子之教，存之而不行于代。天下之文，靡不坏矣！（《文》一八〇《上吏部裴侍郎启》）

又云：

《易》称“观乎天文，以察时变”。传称“言而无文，行之不远”。故文章经国之大业，不朽之盛事。而君子所役心劳神，宜于大者远者；非缘情体物，雕虫小技而已。是故思王抗言词讼，耻为君子；武皇裁出篇章，仅称往事，不其然乎！（《文》一八二《平台秘略论十首·文艺三》）

他们攻击纤微雕刻，缘情体物的文学；慨叹“周公、孔子之教，存之而不行于代”；力主为文须“甄明大义，矫正末流”，俾“俗化资以兴衰，国家由其轻重”，“蹈前贤之未识，探先圣之不言，经籍为心，得王何于逸契；风云入思，叶张左于神交”（杨炯《王勃集序》）。知他们在希望以文章经国，反对以文章言情。裴行俭说他们“华而不实”（见《文》二二八《张说赠太尉裴公神道碑》），《新唐书·文艺传序》也说：“高祖太宗，大难始夷，沿江左余风，絺句绘章，揣合低卬，故王、杨为之霸。”王勃因作《平台秘略论》见爱重于韩王（见《新唐书》本传），在《平台秘略论》说君子为文，“宜于大者远者，非缘情体物，雕虫小技而已”。在《山亭兴序》更说：“君子文史足用，不读非道之书。”（《文》一八〇）但“时诸王斗鸡，勃戏为文檄英王鸡，高宗怒曰：‘是且交构。’斥出府”，则岂止是“缘情体物，雕虫小技”而已，直然就是助长“末流”的“浇淫”之作了。所以就四杰的为人与文章而言，实不应有上述的言论；而所以有上述的言论者，则泰半是时代意识的表现。王勃《上吏部裴侍郎启》云：

> 国家应千载之期，恢百王之业，天地静默，阴阳顺序，方欲激扬正道，大庇生人，黜非圣之书，除不稽之论。牧童顿颡，思进皇谋；樵夫拭目，愿谈王道。

盖唐初欲稳定社会、收拾人心，由是以文教治民经国，以诗赋粉饰太平；所以文重道德教化的实质，诗重声韵格律的形式。文重道德教化，由是成功简易舒散的古文；诗重声韵格律，由是成功属对精密的律诗（详一、二两章）。但另一方面齐梁陈隋的淫巧之文，已由历史的领导，深深的刻入文人的脑府，造成文学的作风。四杰正当其时，所以一方面作"沿江左余风，絺句绘章，揣合低卬"的文学；另一方面又作反六朝及其他"缘情体物，雕虫小技"的文论。杨炯的《王勃集序》云："薛令公朝右文宗，托末契而推一变；卢照邻人间才杰，览清规而辍九攻。知音与之矣，知己从之矣。"则薛令公、卢照邻似亦抱有同样的改革文学志趣。卢照邻《南阳公集序》云：

> 自获麟绝笔，一千三四百年，游夏之门，时有荀卿、孟子；屈宋之后，直至贾谊、相如。两班叙事，得邱明之风骨；二陆裁诗，含公幹之奇伟。邺中新体，共许音韵天成；江左诸人，咸好瑰姿艳发。精博爽丽，颜延之急病于江鲍之间；疏散风流，谢宣城缓步于向、刘之上。北方重浊，独卢黄门往往高飞；南国轻清，惟庾中丞时时不坠。嗟呼！古今之士，递相毁誉，至有操我戈矛，启其墨守。《三都》既丽，征"夏熟"于上林；《九辩》已高，责"春歌"于下里。踳驳之论，纷然遂多！（《文》一六六）

固然称赞周秦两汉的诗文，但也揄扬魏晋六朝的诗文。他菲薄“古今之士”的“递相毁誉”，说：“至有操我戈矛，启其墨守。”则对于王杨的攻击六朝及其他的“缘情体物，雕虫小技”之文，当然不以为然。杨炯说他是王勃的改革文学的知己，而他自己的言论又似不满意于王杨的改革文学，很显然的是由于时代的矛盾，又铸成个人的矛盾。

我在前边说唐代的古文运动，是以北朝的文学观代替南朝的文学观，在杨炯所作《王勃集序》里又找到证明了。他说王勃“长风一振……后进之士，翕然景慕。……妙异之徒，别为纵诞，专求怪说，争发大言，乾坤日月张其文，山河鬼神走其思，长句以增其滞，客气以广其灵，已逾江南之风，渐成河朔之制”。虽然他说这是“谬相称述，罕识其源”；但唐初文学之逐渐以“北”代“南”，则由杨炯所述，益知是铁一般的历史事实了。

四　陈子昂与卢藏用的提出载道说

本来苏绰等已在魏周之间提倡古文了，但后来因为南北统一，虽有计划的以北朝文学代南朝文学，而南朝文学的势力却亦随之侵入北朝文学的领域，因此古文的完成反倒迟了几十年。李谔、王通都不是文学家，以故尽管反对六朝文，提倡教化文，却不能完成古文。初唐四杰虽反对“缘情体物，雕虫小技”之文，而所作则大半是“缘情体物，雕虫小技”之文，当然更不能完成古文。四杰前后的史学家，也反对淫艳之文，但同时又反对质俚之文（详五章三、四两节），虽然给后来的古文家许多提示，却也没有完成古文。韩愈《荐士》诗云:"国朝盛文章,子昂始高蹈。"但子昂对于诗确是提出了改革计划(详三章一节),对于文只是作品渐趋于古,并没有关于古文的文论。他的朋友卢藏用(龙朔?——开元初)为他作文集序云:

昔孔宣父以天纵之才,自卫反鲁,乃删《诗》《书》,述《易》道,而修《春秋》,数千百年,文章粲然可观也。孔子殁二百余岁而骚人作,于是婉丽浮侈之法行焉。汉兴二百年,贾谊、司马迁为之杰,宪章礼乐,有老成之风。长卿、子云之俦,瑰诡万变,亦奇特之士也;惜其王公大人之言,溺于流辞而不顾。其后班、张、崔、蔡、曹、刘、潘、陆,随波而作,虽大雅不足,其遗风余烈,尚有典型。宋齐之末,盖憔悴矣!逶迤陵颓,流靡忘返。至于徐庾,天之将丧斯文也!后进之士,若上官仪者,继踵而至,于是风雅之道,扫地尽矣!《易》曰:"物不可以终否,故受之以泰。"道丧五百岁而得陈君……崛起江汉,虎视函夏,卓立千古,横制颓波,天下翕然,质文一变。(《文》二三八)

陈子昂之对于文章的志趣可以于此借知梗概。至卢藏用则不惟在此序提倡孔圣之文,反对宋齐之文,在《答毛杰书》又云:

猥辱书札,期我遐意,询于道真。……仆在壮年,常慕其上,先贞后黜,卒罹忧患,负家为孽,置身于此,何颜复讲道德哉?虽然,少好立言,亟闻长者之说;老而弥笃,犹怜薄暮之晷,加我数年,庶无大过。(同上)

毛杰《与卢藏用书》亦云:"杰闻君所贵者道也,所好者才也。"

(《文》二三九)则虽未将学道与为文打成一片,而已一方面要改革不道之文,一方面又讲明道德了。

五　萧颖士李华的宗经尚简说

陈、卢以后的改革文体者有富嘉谟与吴少微。《旧唐书·文苑传》卷中云:

> 富嘉谟,雍州武功人。……与新安吴少微友善同官。先是文士撰碑颂,皆以徐庾为宗,气调渐劣。嘉谟与少微属词皆以经典为本,时人慕之,文体一变,称"富吴体"。

可惜他俩不惟没有文论传后,而且留下来的文章,根本极少。《全唐文》卷二三五载富文四篇,吴文六篇,都不是有价值的文章。惟唐代的古文,本取法经史,他俩既"属词皆以经典为本",则如表彰古文运动的功臣,他俩也是不可埋没的。

陈子昂的文章虽渐趋于古文,而没有关于古文的文论;卢藏用有关于古文的文论,而所作古文又不很多(《全唐文》卷二三八载十三篇);富嘉谟与吴少微"属词皆以经典为本",在古文运动史上似占一重要阶段,但既无文论,流传的文章又很少,可推知他们的成就及力量不很大。他们以后的萧颖士及李华,便真可占一重要阶段了。

萧颖士与李华是同年,都是开元二十三年(735)的进士。他俩是古文运动中的左翼健将,对过去的文学,宁可矫枉过正,不肯降意妥协。他俩的改革文学目标，一是宗经，二是载道，三是尚简。

（一）兹先述宗经。萧颖士自述他的志趣云：

> 仆有识以来，寡于嗜好，经术之外，略不婴心。（《文》三二三《赠韦司业书》）

李华亦云：

> 文章本乎作者，而哀乐系乎时。本乎作者，《六经》之志也；系乎时者，乐文武而哀幽厉也。……夫子之文章，偃商传焉。偃商殁而孔伋、孟轲作，盖《六经》之遗也。屈平、宋玉，哀而伤，靡而不返，《六经》之道遁矣。论及后世，力足者不能知之，知之者力或不足，则文义浸以微矣。（《文》三一五《赠礼部尚书清河孝公崔沔集序》）

韩愈谓"非三代两汉之书不可观"，以故不惟宪章六经，亦取法史汉。萧李则非《六经》不敢观；《六经》以外，兼取思孟，因为是"《六经》之遗"。自战国以下的文章，皆所排斥，至史汉及其他两汉的书文更不用说了。李华反对屈宋以降文。萧颖士自言"仆平生为文，格不近俗，凡所拟议，必希古文；魏晋以来，未尝留意。"似乎不卑弃两汉。但又云：

> 古者左史记事，右史记言；记事者《春秋》经，记言者《尚书》是也。周德既衰，史官失守，孔圣断唐虞以下，删帝王之书，因鲁史记而作《春秋》，托微词以示褒贬，全身远害之道博，

惩恶劝善之功大。韩宣子见之曰:“周礼尽在鲁矣,吾乃今知周公之德与周之所以王也。”有汉之兴,旧章顿革,马迁唱其始,班固扬其风,纪传平分,表志区别,其文复而杂,其体漫而疏,事同举措,言殊卷帙,首末不足以振纲维,支条适足以助繁乱,于是圣明之笔削,褒贬之文废矣。(《赠韦司业书》)

则对两汉的史文,也很卑视,而所宗仰者当然只有经术。固然宗经之说,不始于萧、李,较远者且不必谈,稍前的富嘉谟与吴少微,就是“属词皆以经典为本”的;但像萧、李这样只知宗经,经以外便一律薄弃,富、吴是否如此不可知,以前以后的古文家皆不如此。所以萧、李是古文运动中的左翼分子,其理论也是左翼理论。

(二)次述载道。为什么要宗经,因为经上载有圣人的道术,故宗经为的明道,作文为的载道。萧颖士《为陈正卿进续尚书表》云:

孔圣没而微言绝,暴秦兴而挟书罪。虽有战国策书旧章,驳杂于纵横,汉臣著纪新体,互纷于表志,其道末者其文杂,其才浅者其意烦,岂圣人存易简之旨,尽芟夷之义也。(《文》二二二)

《赠韦司业书》自述抱负云:

丈夫生遇升平时,自为文儒士,纵不公卿坐取,助人主视听,致俗雍熙,遗名竹帛,尚应优游道术,以名教为己任,著一家之言,垂沮劝之益,此其道也。岂直以辞场策试,一第声名,为知己相期之分耶?

又说他的著作，“若不足征道，未相借，请见还此本，谨俟烧焚”。其主文以载道，毫无疑义。

李华呢，于《杨骑曹集序》云：

> 开元天宝之间，海内升平，君子得从容于学，以是词人材硕者众。然将相屡非其人，化流于苟进成俗，故体道者寡矣。夫子门人，德行、言语、政事、文学，四者无人兼之，虽德尊于艺，亦难乎备矣。（《文》三一五）

不惟在这里慨叹开元天宝的词人，“体道者寡矣”，又于《崔沔集序》云：“反魏晋之浮诞，合立言于世教，其于道也至乎哉。”可见也是主文以载道的。他虽然知夫子门人，尚难兼备四科，何况后人，但却希望有“行修言道”（《杨骑曹集序》）之文。可见他在努力将道德和文学，冶为一炉。

不过萧颖士所注重者偏于道术，李华所注重者偏于道德。所以萧颖士“思欲依鲁史编年，著历代通典”，庶几“孟浪之言，一朝见信”（《赠韦司业书》）。虽宗经重道，却有事功家的意味。《赠韦司业书》希望“不以为狂而亮其志”，正可见其近于狂者。李华则主“文顾行，行顾文”（《崔沔集序》）。谓：“宣于志者曰言，饰而成之曰文，有德之文信，无德之文诈”（同上）。又说：“读书务尽其义，为文务申其志；义尽则君子之道宏矣，志申则君子之言信矣。”（《杨骑曹集序》）

（三）复次述尚简。萧颖士慨叹“战国策书旧章”及“汉臣著纪新体”的不合“圣人存简易之旨，尽芟夷之义”，知他理想的文章是“存简易”，“尽芟夷”。李华有《质文论》（《文》三一七），虽不是专

就文章而言,但文章亦当然在内。发端就说:

> 天地之道易简;易则易知,简则易从。

又提出易简的方法是:“始于学习经史;《左传》、《国语》、《尔雅》,荀、孟等家,辅佐《五经》者也。”很显然的在希冀以经史的简易之文,代魏晋以来的繁密之文。

任何学术的改革,例先有消极的破坏,然后才有积极的建设,而最先的建设者,又率偏于极端,不合中道,必待以后的折衷补正,始能与社会相融洽,始能成功一种新的学术。就古文的理论而言,李谔、王通以至四杰,其消极破坏者,已奏敷功;其积极建设者,则实在可怜。陈子昂缺乏理论的文章,富、吴也没有文论传后,故萧、李实是提出积极建设的最初功臣;而其所建设,则真是太极端了,太偏枯了。

六 两个胡人——独孤及元结——的意见

修正萧、李之过于极端,过于偏枯的是独孤及(744—796)和元结(723—772)。独孤及自称“其先刘氏,出于汉世祖光武皇帝之裔”,大概是妄攀高门。又说他的远祖“穆生进伯……迁居独孤山下,生尸利,单于加以谷蠡王之位,号独孤部”。及“罗辰从魏文帝迁都洛阳,遂为司州洛阳人,始以其部为氏”(《文》三九三《唐故朝大夫颍川郡长史赠秘书监河南独孤公灵表》)。可知原是胡人。至元结为拓跋氏之后,更当然是胡人了。古文运动所以肇端于北朝者，最大的原因由于与南朝的地方经济不同；而北朝多胡汉杂种，胡人固厌薄文丽，当亦是原因之一。唐代的古文家不惟多是北人，若独孤及与元结，更直是胡种，此中消息，不难窥知了。

独孤及尝受知于李华，他称赞李华的文章云：

> 公之作，本乎王道。大抵以《五经》为泉源，摅情性以托讽，然后有歌咏；美教化，献箴谏，然后有赋颂；悬权衡以辨天下公是非，然后有论议。至若记序编录铭鼎刻石之作，必采其行事以正褒贬，非夫子之旨不书。故风雅之旨归，刑政之本根，忠孝之大伦，皆见于词。于时文士驰骛，飙扇波委，二十年间，学者稍厌折杨皇荂，而窥咸池之音者什五六。识者谓之文章中兴，公实启之。（《文》二八八《检校尚书吏部员外郎赵郡李公中集序》）

又告诉他的弟子梁肃云："为学在勤，为文在经；勤则能深，经则可行。"又云："文章可以假道，道德可以长保；华而不实，君子所丑。"（《文》五二二《梁肃祭独孤常州文》）知他也是主张宗经载道的。但对萧、李的极端尚简的主张，则似有所补正。他说：

> 志非言不形，言非文不彰，故三者相为用，亦犹涉川者假舟楫而后济。自典谟缺，雅颂寝，世道陵夷，文亦下衰。故作者往往先文字，后比兴，其风流荡而不返。至有饰其词而遗其意者，则润色愈工，其实愈丧。及其大坏也，俪偶章句，使枝对叶比，以四声八病为梏拲，拳拳守之，如奉法令，闻皋繇史克之作，则呷然笑之。天下雷同，风驱云趋，文不足言，言不足志。

亦犹木兰为舟，翠羽为楫，玩之于陆，而无涉川之用。痛乎，流俗之惑人也旧矣！（《李公中集序》）

又云：

足志者言，足言者文。情动于中而形于声，文之微也；粲于歌颂，畅于事业，文之著也。君子修其词，立其诚，生以比兴宏道，殁以述作垂裕，此之谓不朽。（《文》三八八《唐故殿中侍御史赠考功郎中萧府君文章集录序》）

又述说萧府君（立南）的话云："扬马言大而迂，屈宋词侈而怨，沿其流者，或文质交丧，雅郑相夺，盍为之中道乎！"称赞萧府君的文章云："深其致，婉其旨，直而不野，丽而不艳"（同上）。告梁肃云："后世虽有作者，六籍其不可及已。荀孟朴而少文，屈宋华而无根，有以取正，其贾生、史迁、班固云尔。"（《文》五一八梁肃《常州刺史独孤及集后序》）萧李皆崇尚简易，他则虽嫌"屈宋华而无根"，而亦嫌"荀孟朴而少文"，由是取法于萧李所认为复杂漫疏的史汉。足见他虽谓"必先道德，而后文学"（同上），而与萧李相较，便有点注重文辞了。

元结在唐代古文家中，别具一种风格，颇有小品文的味道。他有诗论而无文论，惟于《文编序》，自言他的文章可分为两期。第一期：

天宝十二年，漫叟（即结）以进士获荐名在礼部，会有司考校旧文，作文编纳于有司。当时叟方年少，在显名迹，切耻时人谄邪以取进，奸乱以致身，径欲填陷阱于方正之路，推时人于礼让之庭，不能得之，故优游于林壑，怏恨于当世。是以所为之文，可戒、可劝、可安、可顺。

第二期，自天宝十二年至大历二年，中间共十五年：

更经丧乱，所望全活，岂欲迹参戎旅，苟在冠冕，触践危机，以为荣利。盖辞谢不免，未能逃命。故所为之文，多退让者，多激发者，多嗟恨者，多伤闵者。其意必欲劝之忠孝，诱以仁惠，急于公直，守其节分。如此，非救世劝俗之所须者欤？（《文》三八一）

虽未如萧、李、独孤所言，为文必须宗经载道，但“劝以忠孝，诱以仁惠，急于公直，守其节分”，亦近于宗经载道。元结谓其文为“救世劝俗之所须”，可知古文家的志趣，要在“救世劝俗”；既“救世劝俗”，在那时，便只有提倡宗经载道的文学了。

七　梁肃的提出文气与李观的重视文辞

萧、李主张宗《六经》，尚简易，虽是古文运动的应有的提议与应有的阶段，但他们实与道德家相近。至独孤及元结转返于稍重修辞，始逐渐走上文章之路。独孤及的弟子梁肃（753—793）及李华的儿子李观，虽仍主宗经载道，而对文章的修辞，又较独孤及元结更为重视了。

文气说是早已有的，而古文家的讲究文气，则始于梁肃。他说：

> 文本于道，失道则博（一作传）之以气，气不足则饰之以辞，盖道能兼气，气能兼辞，辞不当则文斯败矣。（《文》五一八《补阙李君前集序》）

又称赞李翰的文章说："其气全，其辞辨，驰骛古今之际，高步天地之间。"又说："议者又谓君之才，若崇山之云，神禹导河，触石而弥六合，随山而注巨壑，盖无物足以遏其气，而阂其行者也。世所谓文章之雄，舍君其谁欤？"（同上）

唐代古文家所谓文气，与古所谓文气不甚同：古所谓文气，如曹丕所谓"气之清浊有体"，指先天的体气才气而言；刘桢所谓气势，指文章的声势气调而言；刘勰所谓养气，在"清和其心，调畅其气"。古文家所谓文气，与他们完全不同，盖指由道以培养的正气而言，所以谓"道能兼气"。就此而言，似与孟子的养气相似。不过孟子的养气，虽结果可影响到他的文章，而其目的本不在此；古文家虽是以道德为根本，然究竟是文章家，自偏于为文而养气。所以说："文本于道，失道则博之以气，气不足则饰之以辞。"——而梁肃之由重视道德，转趋于重视文章，是很明显的了。

梁肃谓"失道则博之以气，气不足则饰之以辞"。至李观则真重视辞了。陆希声《唐太子校书李观集序》云：

> 文以理为本，而辞质在所尚。元宾（观字）尚于辞，故辞胜其理；退之尚于质，故理胜其辞。退之虽穷老不休，终不能为元宾之辞；假使元宾后退之之死，亦不能及退之之质。（《文》八一三）

至其自言，亦在在足以证明比以前的古文家，重视辞藻。《与右司赵员外书》云：

> 羊舌大夫谓鬷明曰："子不言，吾几失之矣。"仲尼又云："言而无文，行之不远。"则知士不得不言，言不得不文。（《文》五三三）

又云：

> 今之人学文一变讹俗，始于宋员外，而下及严秘书皇甫拾遗。世人不以为经，呀呷盛称，可叹乎！然世人之庸，而拟议于数公，其犹人与牛马也。以观视诸公，则皆师延之余音，况能爱世人之蝇蚊乎！夫以观之文言于世人，得非会群聋而鼓五音，曷知其由来哉！

《与膳部陈员外书》亦慨叹"文之难言也久矣！是使为文者纷纶，无人察其否臧焉，雷同相从，随声是非，遂令怨咨之音作，苟且之道开，荆璆无价，珷玞有辉"（《文》五三三）。由是希望陈员外既"事文章之储，文词之师"，当"扶微削讹，可以厚名；殚鉴垂哀，可以辨文"。处处为文而言，不为道而言。固然他《上陆相公书》，不满意于"相国昔以章句知之，今固亦章句待之"（《文》五三三）。然正可证明他的成就是章句之学（指辞章而言，非注释家所谓章句）。《与膳部陈员外书》不满意于有司的"以词赋琐能而轨度之"，而代替"词赋琐能"者，是文章，不是道德。《帖经日上侍郎书》谓"才不由经，文自谬矣"（《文》五三三），知他也主宗经。但他以前的古文家之宗经，固亦出于为文，而亦出于为道；他的宗经，则在“由经之才，文自见矣”。至《报弟兑书》，更谓明经、为文是两件事，言“明经世传，不可堕也；文贵天成，不可强高也。二事并良，苟一立可矣，汝择处焉”（《文》五三三）。与《帖经日上侍郎书》所言合而观之，显然是挹经以为文，不是为文以传经；是取经之文，不是取经之道；宗经是为文的敲门砖，门一敲开则砖可以不要了。

八　古文理论家之柳冕的文论

柳冕（贞元中官御史）传下来的文章只有十四篇（据《全唐文》卷五二七），而以“论文”名者有六篇之多，其余除《青帅乞朝觐表》、《皇太子服纪议》、《请筑别庙居献懿二祖议》、《请定公主母称号状》四篇应酬或事功文字外，亦都实质是“论文”之文。则他虽无赫赫之名，而吾侪亦可称之曰“古文理论家”了。

他的文论，最要者有三点：

（一）情道一元论——我们通常分文学为“缘情”“载道”两大派，这是比较的说法，实则情每需乎道，道亦本于情；不过到了极端的载道与极端的缘情，则似乎各不相容而已。柳冕《答荆南裴尚书论文书》云：

> 猥辱来问，旷然独见，以为齿发渐衰，人情所惜也；亲爱远道，人情不忘也。大哉，君子之言，有以见天地之心。夫天生人，人生情，圣与贤在有情之内久矣。苟忘情于仁义，是殆于学也；忘情于骨肉，是殆于恩也；忘情于朋友，是殆于义也。

此圣人尽知于斯，立教于斯。今之儒者苟持异论，以为圣人无情，误也。故无情者，圣人见天地之心，知性命之本，守穷达之分，故得以忘情。明仁义之道，斯须忘之，斯为过矣；骨肉之恩，斯须忘之，斯为乱矣；朋友之情，斯须忘之，斯为薄矣。此三者，发于情而为礼，由于礼而为教。故夫礼者，教人之情而已。丈人志于道，故来书尽于道，是合于情，尽于礼，至矣。

这是柳冕的一大发现。但这一大发现，实是时人极端崇道卑情，拆散道情的当然反应。盖情虽需于道，而六朝的淫放之情，则已背乎道，物极必反，由是激而为唐代古文家的崇道卑情的情道二元论。然离情之道，必矫揉枯寂而不成其为道，由是又激而产生柳冕的情道一元论。

（二）文教关系论——隋唐的提倡古文，本以于时的以文教民，以文化世为背景，因此自李谔、王通以来的文论，无不时时以领导教化为言；就是所谓宗经载道，亦实是为的教民化世。至柳冕遂特别对此问题提出讨论。《答荆南裴尚书论文书》云：

君子之儒，学而为道，言而为经，行而为教，声而为律，和而为音。……儒之用，文之谓也。言而不能文，君子耻之。及王泽竭而诗不作，骚人起而淫丽兴，文与教分而为二：以扬马之才，则不知教化；以荀陈之道，则不知文章。以孔门之教评之，非君子之儒也。夫君子之儒，必有其道；有其道必有文。道不及文则德胜，文不及道则气衰。文多道寡，斯为艺矣。语曰"文质彬彬，然后君子"，兼之者，斯为美矣。

《与滑州卢大夫论文书》亦云：

> 夫文生于情，情生于哀乐，哀乐生于治乱，故君子感哀乐而为文章，以知治乱之本。屈宋已降，则感哀乐而亡雅正；魏晋以还，则感声色而亡风教；宋齐以下，则感物色而亡兴致。教化兴亡，则君子之风尽，故淫丽形似之文，皆亡国哀思之音也。自夫子至梁陈，三变以至衰弱。嗟乎，《关雎》兴而周道盛，王泽竭而诗不作；作则王道兴矣。天其或者肇往时之乱，为圣唐之治，兴三代之文者乎？（《谢杜相公论房杜二相书》亦有此类言论）

他认为文教应当合一。就历史而言，三代是文教合一的，自屈宋以至梁陈是文教分立的，对于唐代文学，希望"兴三代之文"，就是仍返于文教合一。

他以前的古文家，都企图以文教世，以文变俗，他则谓文因于世，文生于俗。杜相公谓唐初文章承徐、庾之弊，房、杜为相，不能反之于古。柳冕答书云：

> 荀孟贾生，明先王之道，尽天人之际，意不在文，而文自随之，此真君子之文也。然荀孟之学，困于儒墨；贾生之才，废于绛灌。道可以济天下，而莫能行之；文可以变风雅，而不能振之，是天下皆惑，不可以一人正之。今风俗移人久矣，文雅不振甚矣，苟以此罪之，则萧、曹辈皆罪人也，岂独房、杜乎？相公欲变其文，即先变其俗，文章风俗，其弊一也。（《谢杜相公论房杜二相书》）

他认为文章之坏，由于世俗之坏，故“欲变其文，即先变其俗”。准是而言，他似已知道了某种社会，当然要产生某种文学的道理，较以前的倒因为果的以文教世的言论，切实多了。但他虽知道了以文教世的错误，而代替的方法却是以经教世。《谢杜相公论房杜二相书》续云：

> 变之之术，在教其心，使人日用而不自知也。伏维尊经术，卑文士；经术尊则教化美，教化美则文章盛，文章盛则王道兴：此二者在圣君行之而已。

以经教世移俗的权柄，操之人君，而不操之人臣，所以说“在圣君行之而已”。又说：“萧曹虽贤，不能变淫丽之体；二荀虽盛，不能变声色之词；房杜虽明，不能变齐梁之弊。是则风俗为尚，系在时王，不在人臣明矣。”和以文教世的论调，没有多大的区别；不过旁人主宗经为文以变俗，他主尊经变俗以为文而已。

（三）才与气——梁肃已提出文气问题，柳冕对此问题的探讨尤详。他也主张气源于道，“文不及道则气衰”，但与才亦有关系。《答杨中丞论文书》云：

> 来书论文，尽养才之道，增作者之气。推而行之，可以复圣人之教，见天地之心，甚善。嗟乎！天地养才，而万物生焉；圣人养才，而文章生焉；风俗养才，而志气生焉。故才多而养之，可以鼓天下之气；天下之气生，则君子之风盛。……嗟乎！天下之才少久矣，文章之气衰甚矣，风俗之不养才病矣，才少而气衰使然也。故当世君子，学其道，习其弊，不知其病也。

所以其才日尽，其气益衰，其教不兴，故其人日野。如病者之气，从壮得衰，从衰得老，从老得死，沈绵而去，终身不悟。非良医孰能知之。夫君子学文，所以行道。足下兄弟，今之才子，官虽不薄，道则未行，亦有才者之病。君子患不知之，既知之，则病不能无病。故无病则气生，气生则才勇，才勇则文壮，文壮然后可以鼓天下之动，此养才之道也。(同上)

梁肃只重以道养气，柳冕则一方面谓气非才莫办，除上文外，又于《答郑使君论文书》云："噫！文之无穷，而人之才有限。苟力不足者，强而为文则蹶，强而为气则竭，强而成智则拙。"一方面又谓道可养气，所以劝杨中丞兄弟亟亟行道，谓如此则无病，"无病则气生，气生则才勇，才勇则文壮"。《答郑使君论文书》亦云："夫善为文者，发而为声，散而为气。真则气雄，精则生气。"假使说梁肃所谓气是一元论，则柳冕所谓气是二元论。

九　权德舆的二尚二有说

古文的兴起是为的载道，所以各家都重视道，加上萧李倡简，梁柳倡气，到了权德舆(759—818)，便益之以通，完成"尚气尚简，有简有通"的文说。所作《醉说》云：

予既醉，客有问文者，渍笔以应之云：尝闻于师曰，尚气、尚理，有简、有通。能者得之以是，不能者失之亦以是。四者皆得之于全，然则得之矣。失于全，则鼓气者类于怒矣，言理者伤于懦矣，或狺狺而呀口，踸踸以堕水；好简者则琐碎以谲怪，或如谶纬；好通者则宽疏以浩荡，庞乱憔悴；岂无一曲之效，固致远必泥。苟未能朱弦大羹之遗音遗味，则当钟磬在悬，牢醴列位；何遽玩丸索而耽粔饵，况颠命而伤气。《六经》之后，班马得其门。其或悫如中郎，放如漆园，或遒拔而峻深，或坦夷而直温。固当漠然而神，全然而天，混成四时，寒暑位焉。穆如三朝，而文武森然。酌古始而陋凡今，备文质之彬彬。善用常而为雅，善用故而为新。虽数字之不为约，虽弥卷而不为繁。贯通之以经术，弥缝之以渊元。其天机与玄解，若圬鼻而斫轮。岂止文也，以宏诸立身。不如是，则非吾党也，又何足辩云。(《文》四九五)

这种"漠然而神，全然而天"的文论，当然受道家，特别是庄子一派的影响，但其取法的却是自然天象。《唐御史大夫赠司徒赞皇文献公李栖筠文集序》云：

辰象文于天，山川文于地，肖形最灵，经纬教化，鼓天下之动，通万物之宜，而人文作焉，三才备焉。命代大君子所以序九功，正五事，精义入神，英华发外，著之话言，施之宪章，文明之盛，与天地准。(《文》四九三)

《中岳宗元吴尊师集序》亦云：

道之于物，无不由也，无不贯也，而况本之元览，发为至言。言而蕴道，犹三辰之丽天，百卉之丽地，平夷章大，恬淡

温粹，飘飘然轶八弦而溯三古，与造物者为徒。其不至者，遣言则华，涉理则泥，虽辩丽可嘉，采真之士不与也。(《文》四八九)

前文由自然推及文明，后文由文理溯于天地，总之是文法自然；而谓“不至者，遣言则华，涉理则泥”，可知二尚二有的文论是植基于自然了。

十 吕温独孤郁等的天文说及人文说

植基自然的文论，并不始于权德舆，其远源当然可以上溯于《周易》所谓“观乎天文以察时变，观乎人文以化成天下”。而唐人的提出，则始于唐初的史学家。魏徵《隋书·文学传序》云：

《易》曰：“观乎天文以察时变，观乎人文以化成天下。”传曰：“言，身之文也，言而不文，行之不远。”故尧曰则天，表文明之称；周云盛德，著焕乎之文；然则文之为用，其大矣哉！

李百药《北齐书·文苑传序》亦云：

夫玄象著明，以察时变，天文也；圣达之言，化成天下，人文也。达幽显之情，明天人之际，其在文乎！

姚思廉《陈书·文学传序》亦云：

《易》曰："观乎人文，以化成天下。"孔子曰："焕乎其有文也。"

令狐德棻《周书·王褒庾信传论》亦云：

两仪定位，日月扬辉，天文彰矣；八卦以陈，书契有作，人文详矣。

所谓天文不同于后来的天文算术的天文，而是指自然界的文彩；所谓人文不同于西洋的人文主义(Humanism)，而是指社会上的文化。为文而取则天文，自易成功自然主义；为文而取则人文，又易至于崇尚功用。所以史学家一方面主张折中的文学，一方面又视文学为政治的工具(详五章二至四节)。

至古文家的采用此说，则莫早于崔元翰。《与常州独孤使君书》云：

天之文以日月星辰，地之文以百谷草木，生于天地而肖天地，圣贤又得其灵和粹美，故皆含章垂文，用能裁成庶物，化成天下。而治平之主，必以文德致时雍；承辅之臣，亦以文事助王政。

稍后的权德舆、李舟也持相类的论调，权德舆的话已引见前节，李舟《独孤常州集序》云：

传曰："物生而后有象，象而后有滋，滋而后有数，数成而文见矣。"始自天地，终于草木，不能无文也，而况于人乎？且

> 夫日月星辰，天之文也；邱陵川渎，地之文也；羽毛彪炳，鸟兽之文也；华叶彩错，草木之文也。天无文，四时不行矣；地无文，九州不别矣；鸟兽草木无文，则混然而无名，而人不能用之矣。无文则礼无以辨其数，乐无以成其章，有国者无以行其政，立言者无以存其劝诫，文之时用大矣哉！（《文》四四三）

古文家之言文，虽也离不开政治，但其观点与史学家微有不同；大体说来，史学家注重事功，古文家注重道德。因此，古文家虽采取史学家的天文说与人文说，而史学家据以建设折中主义及政治工具的文论，到了古文家手里，则据以建立简易载道说，破坏繁密缘情说。所以崔元翰谓“治平之主，必以文德致时雍；承辅之臣，亦以文事助王政”。李舟谓“无文则礼无以辨其数，乐无以成其章，有国者无以行其政，立言者无以存其劝诫”。权德舆更谓不蕴道之文，“遣言则华，涉理则泥，虽辩丽可嘉，采真之士不与也”（见前节）。又于《徐泗濠节度使赠司徒张公文集序》引《左传》所载单襄公之言云：“忠，文之实也；智，文之舆也；仁，文之爱也；义，文之制也。”（《文》四八九）很显然的是据天文之文，人文之文，以定文章之文的应简易载道，不应繁缛缘情。

顾况（至德进士）作《文论》，结云：

> 日月丽乎天，草木丽乎地，风雅亦丽于人，故不可废。废文则废天，莫可法也；废天则废地，莫可理也；废地则废人，莫可象也。郁郁乎文哉，法天、理地、象人者也。《周易》赞《乾》曰：“大哉乾元，万物资始。”赞《坤》曰：“至哉坤元，万物资生。”唯大者配《乾》，至者配《坤》，幽者赜鬼神，明者赜礼乐，

不失于正，谓之为文。

也是由天文，地文，以证人文。而发端即云：

《周语》之略曰："孝、敬、忠、信、仁、义、智、勇、惠、让，皆文也。"天有六气，地有五行，此十一者，经纬天地，叶和神人，名之为文，其实行也，文顾行，行顾文，文行相顾，谓之君子之文，为龙为光。(《文》五二九)

则所言人文虽不限于文章，而表现于文章者，自应"孝、敬、忠、信、仁、义、智、勇、惠、让"，自应"文顾行，行顾文"。所以呵斥"吟咏风月"的文人，谓"建安、正始，洛下、邺中，吟咏风月，此其所以乱文也！"

吕温（772—811）作《人文化成论》，也是以《易》所谓"观乎人文以化成天下"的观点，扶持教化，反对绮靡雕虫之文：

《易》曰"观乎人文以化成天下"，能讽其言盖有之矣，未有明其义者也。尝试论之，夫一二相生，大钧造物，百化交错，六气节宣；或阴阖而阳开，或天经而地纪，有圣作则，实为人文。若乃夫以刚克，妻以柔立，父慈而教，子孝而箴，此室家之文也。君以仁使臣，臣以义事君，予违汝弼，献可替否，此朝廷之文也。三公论道，六卿分职，九流异趣，百揆同归，此官司之文也。宽则人慢，纠之以猛；猛则人残，施之以宽；宽以济猛，猛以济宽，此刑政之文也。乐胜则流，遏之以礼；礼胜则离，和之以乐；与时消息，因俗变通，此教化之文也。文者，盖言错综庶绩，藻绘人情，如成文焉，以致其理。然则人文化成之义，其在兹乎。而近代谄谀之臣，特以时君不能则象《乾》、《坤》，祖述尧舜，作化成天下之文，乃以旂常冕服，章句翰墨为人文也。遂使君人者，浩然忘本，沛然自得，盛威仪以求至理，坐吟咏而待升平，流荡因循，败而未悟，不其痛欤！必以旂常冕服为人文，则秦汉魏晋，声明文物，礼缛五帝，仪繁三王，可曰焕乎其有文章矣；何衰乱之多也？必以章句翰墨为人文，则陈后主、隋炀帝雍容绮靡，洋溢编简，可曰文思安安矣；何灭亡之速也？核之以名义，研之以情实，既如彼；较之以今古，质之以成败，又如此。传不云乎，“经纬天地曰文”；《礼》不云乎，“文王以文治”，则文之时义大矣哉，焉可以名数末流，雕虫小技，厕杂其间乎！（《文》六二八）

独孤郁作《辩文》，则又以天文为根据，证明文当简易自然，不当彩饰其字：

或曰：“文所以指陈是非，有以多为贵也，其要在乎彩饰其字，而慎其所为体也。”又曰：“文章乃一艺耳。”是皆不知上流之文，而文之所由作也。夫天之文位乎上，地之文位乎下，人之文位乎中，不可得而增损者，自然之文也。故伏羲作八卦以象天地，穷极终始，万化无有差忒，故《易》与天地准，此圣人之文至也，但合其德而三才之道尽。后圣有作，不能使之为五或七而九洎曲折者，是其文之至也。文字既生，治乱既形，仲尼作《春秋》，以绳万世，而褒贬在一字，亦文之至者乎？然则《易》卦之一画，《春秋》之一字，岂所谓崇饰之道，而尚多之意

> 耶？夫文者，考言之具也，可以革，则不足以毕天地矣。故圣人当使将来无得以笔削，果可以包举其义，虽一画一字其可已矣；病不能然，而曰必以彩饰之能，援引之富，为作文之秘诀，是何言之末欤？夫天岂有意于文彩耶？而日月星辰不可逾；地岂有意于文彩耶？而山川邱陵不可加；八卦、《春秋》岂有意于文彩耶？而极与天地侔。其何故得以不可越？自然也。夫自然者，不得不然之谓也。不得不然，又何体之慎耶？（《文》六八三）

而主张书文皆为“教化之至言”，反对“给曰文与艺”的“纤纤而无根”之文。

第七章　韩柳及以后的古文论

一　韩愈的贡献

依上章的叙述，韩柳以前，载道说也有了，文气说也有了，简易说也有了，宗经学史的学说也有了，推崇周秦两汉，卑弃魏晋六朝的学说也有了，那么韩柳之对于古文的理论，不只是前人的应声虫吗？人云他亦云，还有什么价值可言呢？不错，古文运动到了韩柳，已有二百多年的历史，已有无数的有名作家及无名作家的努力，到他俩适际其会，其完成登峰造极的古文及其理论是当然的，虽不能谓其只是前人的应声虫，然确是食前人之赐。但他俩虽是顺着历史的食前人之赐，而却使古文运动划一新时代，最明显的就是前人虽已提出载道说，而道是什么，非常模糊；韩愈则作《原道》，说明道是指仁义之道、儒家之道（详一篇一章十三节）。

韩愈（768—824），字退之，昌黎人（《新唐书》作南阳人）。《旧唐书》卷一六〇、《新唐书》卷一七六有传。韩愈以前，北周的苏绰、北齐的颜之推，都有儒家的倾向，但没有标出儒家之道。王通自言要“绍宣尼之业”（《文中子·天地》篇），但对佛老，并不十分反对，谓：“《诗》、《书》盛而秦世灭，非仲尼之罪也；虚玄长而晋室乱，非老庄之罪也；斋戒修而梁国亡，非释迦之罪也”（前书《周公》篇）。此后提倡载道说最力的为萧颖士和李华，李华是表彰佛的，所以独孤及谓其“诠佛教心要而会其异同，则南泉真禅师、左溪朗禅师碑”（《文》三八八《检校尚书吏部员外郎赵郡李公中集序》）。萧颖士无表章佛老的言论，可也无排斥佛老的言论。此外的古文家之对于佛老，也只有表章，绝无排斥。到韩愈便不同了，他很起劲的排斥佛老，以卫儒道。他谏迎佛骨云：

> 高祖始受隋禅，则议除之。当时群臣材识不远，不能深知先王之道，古今之宜，推阐圣明，以救斯弊，其事遂寝，臣常恨焉。……夫佛本夷狄之人，与中国言语不通，衣服殊制，口不言先王之法言，身不服先王之法服，不知君臣之义，父子之情。（《文》五四八《论佛骨表》）

又作《原道》，提倡自尧、舜、禹、汤、文、武、周公、孔子、孟轲所传下的仁义道德；辟佛老，主张“人其人，火其书，庐其居，明先王之道以道之”。（《文》五五八）《与孟尚书书》谓杨墨交乱，使人几于禽兽，而“释老之害，过于杨墨”（《文》五三三）。

韩愈所谓道的是非当否，姑置不论，他以前的古文家只是模糊的载道，他则抓住一种道，这是千真万确的。这种道如只是积极的建设，而没有破坏的对象，也难得十分起劲，恰巧佛老又作了他的哲学上的“魔的辩护士”（Advocatus diaboli），使他格外的叫得响亮。韩愈以前也有关佛的，如傅弈的“上疏请除释教”（《唐书·傅弈传》），姚崇的“治令谓信佛皆亡国殄家”（《唐书·姚崇传》）。但第一，他们辟佛而不辟老，实则老教在六朝已几与佛教相埒，至唐代又以皇帝奉老子为远祖的缘故,更形发达。第二,他们虽辟佛教,但并未鲜明的卫儒道。韩愈则一面辟佛老,一面卫儒道(他名为圣道),所以他的阵线排布得非常周密。而且他有真诚的信心,在举世信佛有灵应的时代,他敢很负责任的发誓说:“佛如有灵,能作祸祟,凡有殃咎,宜加臣身。上天鉴临,臣不怨悔。”(《论佛骨表》)他因谏迎佛骨,贬为潮州刺史,“有一老僧号大颠者,颇聪明,识道理,远地无可与语者,故自山召至州郭,留十数日”(《与孟尚书书》)。由是有人疑心他“信奉释氏”,他《与孟尚书书》,力陈自己卫道辟佛的愿力,末谓:“孟子不能救之于未亡之前,而韩愈乃欲全之于已坏之后。呜呼!其亦不量其力,且见其身之危,莫之救以死也!虽然,使其道由愈而粗传,虽灭死万万无恨。天地鬼神,临之在上,质之在旁,又安得因一摧折,自毁其道以从于邪也!”其激昂慷慨、百折不挠的气概,千载之后,犹可想见。

古文既不是缘情的,而是载道的,则必有一种旗帜鲜明的道,而后其道始真,其文始信。普通说来,情源于人的感情作用,道源于人的理智作用。但看见人家言情,我为时髦起见,虽无情可言,也要搜情取貌,则不是源于情感,而是源于理智,失掉“文学产于情感”的要素。因此其所言之情,是无病呻吟,是无欢强笑。反之如对一种道理深信不疑,而且认为是自己的责任,头可断,此道不可不行,则已由理智作用,渡于感情作用,虽为载道文学,仍合于“文学产于情感”的要素。韩愈以前的古文家,其所谓道既模糊,其对于道的信念,也比较冷淡。韩愈不惟抓住了鲜明的道(前面已经说过,其是非当否是另一问题),而且有万死殉道的愿力,自然要使古文运动,划一新时代了。

至韩愈所以能抓着儒道以排佛老的原因,属于个人方面者,一由于师友的熏陶与怂恿，一由于家庭的遗传与教育。前者如《旧唐书》卷一六〇本传云："大历、贞元之间，文字多为古学，效扬雄、董仲舒之述作，而独孤及、梁肃最称渊奥，儒林推重。愈从其徒游，锐意钻仰，欲自振于一代。"这是师传的熏陶。张籍两次上韩愈书，力言老释之害，劝愈"嗣孟轲、扬雄之作，辨杨墨老释之说，使圣人之道，复见于唐"（此系宋洪迈所提出，见《容斋四笔》卷三"韩退之张籍书"条）。这是朋友的怂恿。后者如王铚《韩会传》称："会与其叔云卿俱为萧颖士爱奖。其党李纾、柳识、崔祐、皇甫冉、谢良弼、朱巨川并游，会慨然独鄙其文格绮艳，无道德之实，首与梁肃变体为古文章，为《文衡》一篇。……弟愈三岁而孤，养于会，学于会。……观《文衡》之作，益知愈本六经，尊皇极，斥异端，节百家之美而自为时法，立道雄刚，事君孤峭，甚矣其似会也。"（此系李嘉言先生所提出，见《文学》第二卷第六期《韩愈复古运动的新探索》）属于社会方面者，一由于社会问题的益趋严重，一由于佛老的畸形发达。前者是无庸细述的，韩柳的时代正届中唐之末，经济的摇动，政治的腐败，以及其他的破弊情形，尽人皆知其较以前更甚。后者——所谓佛老的畸形发达，也不必远找例证，止看韩愈《原道》说"古之为民者四，今之为民者六"，便知道不耕而食，不织而衣的佛老，已与士农工商平分社会。这样自然应当排斥佛老，而排斥佛老自然要卫护儒道了。

二　道与文的关系

至道与文的关系，韩愈以为就学习而言，要"因文见道"；就创作而言，要"文以载道"。《答李秀才书》云：

然愈之所志于古者，不惟其辞之好，好其道焉尔。(《文》五五二)

《答陈生书》云：

愈之志在古道，又甚好其言辞。(《文》五五二)

《题哀辞后》(欧阳生哀辞)云：

愈之为古文，岂独取其句读不类于今者耶？思古人而不得见，学古道则欲兼通其辞；通其辞者，本志乎道者也。(《文》五六七)

这就是说学习古文的原因，为的"因文见道"。《答刘正夫书》云：

若圣人之道不用文则已，用则必尚其能者；能者非他，能自树立，不因循者是也。(《文》五五三)

《上兵部李侍郎书》云：

谨献旧文一卷，扶树教道。(《文》五五一)

《上宰相书》云：

其业则读书著文，歌颂尧舜之道。(《文》五五一)

《送陈秀才彤序》云：

> 读书以为学，缵言以为文，非所以夸多而斗靡也；盖学所以为道，文所以为理耳。苟行事得其宜，出言适其要，虽不吾面，吾将信其富于文学也。（《文》五五五）

这就是说创作古文的原因为的“以文载道”。所以道是文的实质，文是道的形式。《答李翊书》云：“道德之归也有日矣，况其外之文乎？”则所重者是道的实质，其次才是文的形式。所以《答李翊书》又云：“养其根而俟其实，加其膏而希其光；根之茂者其实遂，膏之沃者其光晔，仁义之人，其言蔼如也。”《答尉迟生书》亦云：“夫所谓文必有诸其中，是故君子慎其实。实之美恶其发也不掩，本深而末茂，形大而声宏，行峻而言厉，心醇而气和，昭晰者无疑，优游者有余，体不备不可以为成人，辞不足不可以为成文”（《文》五五一）。

三　古文方法

韩愈所抓着的儒家之道，其义蕴已为周秦两汉的儒家发挥殆尽，至韩愈已无多可言，故虽有“信道笃”的愿念，也只能作实行的儒家，不能作理论的儒家。苏轼《韩愈论》云：“韩愈之于圣人之道，盖亦知好其名矣，而未能乐其实。何者？以其论甚高，其待孔子、孟轲甚尊，而距杨墨佛老甚严，此其用力亦不可谓不至矣。然其论至于理而不能精，支离荡佚，往往自叛其说而不知”（《东坡七集》

《应诏集》卷十八)。实以儒理已为以前的儒家说尽,故韩愈只能据儒理以排斥佛老,不能对儒理有新的发明。故韩愈虽自言重道轻文,而结果还是文章家,不是哲学家。

从历史的根据而言,隋唐的古文运动,在取法周秦两汉之文,以打倒魏晋六朝之文,所以自李谔、王通以来,几乎没有一位古文家不反对魏晋六朝文的。韩愈也说魏晋以下的文学,“就其善者,其声清以浮,其节数以急,其辞淫以哀,其志驰以肆,其为言也杂乱而无章”(《文》五五五《送孟东野序》)。又云:“齐梁及陈隋,众作等蝉噪。搜春摘花卉,沿袭伤剽盗。”(《诗》五函十册《韩愈》卷二《荐士》)既反对魏晋六朝,故不读魏晋六朝之书,不作近似魏晋六朝之文。而其所取法的,无疑的是周秦两汉了。《答李翊书》自述读书为文的经验云:

> 始者非三代两汉之书不敢观,非圣人之志不敢存,处若忘,行若遗,俨乎其若思,茫乎其若迷。当其取于心而注于手也,惟陈言之务去,戛戛乎其难哉。其观于人,不知其非笑之为非笑也。如是者亦有年,犹不改,然后识古书之正伪,与虽正而不至焉者,昭昭然黑白分矣;而务去之,乃徐有得也。当其取于心而注于手也,汩汩然来矣。其观于人也,笑之则以为喜,誉之则以为忧,以其犹有人之说者存也。如是者亦有年,然后浩乎其沛然矣。吾又惧其杂也,迎而距之,平心而察之,其皆醇也,然后肆焉。虽然,不可以不养也,行之乎仁义之途,游之乎诗书之源。无迷其途,无绝其源,终吾身而已矣。气,水也,言浮物也,水大而物之浮者大小毕浮,气之与言犹是也,气盛则言之长短与声之高下皆宜。虽如是,其敢

> 曰谓几于成乎？（《文》五五二）

《答刘正夫书》亦云：

> 或问："为文宜何师？"必谨对曰："宜师古圣贤。"人曰："古圣贤人所为书具存，辞皆不同，宜何师？"必谨对曰："师其意，不师其辞。"又问曰："文宜易宜难？"必谨对曰："无难易，惟其是尔。"——如是而已，非固开其为此而禁其为彼也。夫百物朝夕所见者，人皆不注视也，及睹其异者，则共观而言之。夫文岂异于是乎？汉朝人莫不能为文，独司马相如、太史公、刘向、扬雄为之最，然则用功深者，其收名也远；若皆与世沉浮，不自树立，虽不为当时所怪，亦必无后世之传也。足下家中百物，皆赖而用也，然其所珍爱者，必非常物。夫君子之于文，岂异于是乎？今后进之为文，能深探而力取之，以古圣贤人为法者，虽未必皆是，要若有司马相如、太史公、刘向、扬雄之徒出，必自于此，不自于寻常之徒也。（《文》五五三）

前者昭示古文方法，在精读三代两汉之书，实行三代两汉之道；后者谓师古圣贤之书，须师其意，不必师其辞。良以古文本来注重载道，所以欲作古文，必先明古道。惟古道不是照钞，而务去陈言，必非常物。要明古道，又务去陈言，固是以复古为革命，而在逻辑上是矛盾的；且古道已为古人说尽，余义无多，所以务去陈言的律条，遂躲避实质之道，趋向形式之文。所以韩愈的古文，自谓"不专一能，怪怪奇奇"（《文》五五七《送穷文》）。又托为太学生的讥笑云："作为文章，其书满家：上规姚姒，浑浑无涯；周诰殷盘，佶屈聱牙；《春秋》谨严，

《左氏》浮夸;《易》奇而法,《诗》正而葩。下逮庄骚,太史所录,子云、相如,同工异曲。先生之于文,可谓闳其中而肆其外矣。"(《进学解》)樊绍述的文章有名的奇涩,韩愈却赞云:"惟古于词必己出,降而不能乃剽贼,后皆指前公相袭,从汉迄今用一律。寥寥久哉莫觉属,神徂圣伏道绝塞。既极乃通发绍述,文从字顺各识职,有欲求之此其躅。"(《南阳樊绍述墓志铭》)孟郊的诗有名的奇涩,韩愈却赞云:"及其为诗,刿目鉥心,刃迎缕解,钩章棘句,掐擢胃肾,神施鬼设,间见层出。"(《贞曜先生墓志铭》)知他很重视文辞的怪奇,所以柳宗元云:"信韩子之怪于文也。"(《文》五八六《读韩愈所著毛颖传后题》)至他的门弟子后学,遂专专的提倡怪奇之文了。

四　"不平则鸣"与"文穷益工"

至文学的产生,韩愈以为由于"不得其平"。《送孟东野序》云:

> 大凡物不得其平则鸣:草木之无声,风挠之鸣;水之无声,风荡之鸣。其跃也或激之,其趋也或梗之,其沸也或炙之。金石之无声,或击之鸣。人之于言也亦然,有不得已者而后言;其歌也有思,其哭也有怀,凡出乎口而为声者,其皆有弗平者乎。乐也者,郁于中而泄于外者也,择其善鸣者而假之鸣。金石丝竹匏土革木八者,物之善鸣者也。……其于人也亦然,人声之精者为言;文辞之于言,又其精也。(《文》五五五)

文学既生于不平之鸣,则愈不平,其文学愈善;而不平的因素虽多,

最直接的是穷困,所以"文穷益工"。《荆谭唱和诗序》云:

> 夫和平之音淡薄,而愁思之声要妙,欢愉之辞难工,而穷苦之言易好也。是故文章之作,恒于羁旅草野;至若王公贵人,气满志得,非性能而好之,则不暇以为。(《文》五五六)

这种"不平则鸣"与"文穷益工"说的产生,其历史的来源,大概可上溯于司马迁的对一切著述,率谓其由于"抒其愤思"(详二篇三章三节)。韩愈颇推崇司马迁,司马迁的学说,当然可给他以极大的影响。然韩愈的特别提别出这种说法,与他的不得志有关。他"年二十时,苦家贫衣食不足,……见有举进士者,人多贵之,……因诣州县求举。有司者好恶出于其心,四举而后有成,亦未即得仕。闻吏部有以博学宏辞选者,人尤谓之才,且得美仕,……因又诣州府求举。凡二试于吏部,一既得之而又黜于中书"(《文》五五二《答崔立之书》)。后来三上宰相书(《文》五五一),遍干当时执政者,虽爬上了仕途,而迭遭贬谪,几至杀戮。由是作《进学解》以解嘲(《文》五五八),作《送穷文》以自谑。《送穷文》列举急欲送出的穷鬼有五个,就是智穷、学穷、文穷、命穷和交穷。的确他不惟仕途失败,文誉也不佳。《答李翊书》说"其观于人也,笑之则以为喜,誉之则以为忧",正反映文誉的穷厄。《与冯宿论文书》更说得明白:"仆为文久,每自测意中以为好,则人必以为恶矣;小称意人亦小怪之,大称意即人必大怪之也。时时应事作俗下文字,下笔令人惭,及示人,则人以为好矣;小惭者亦蒙谓之小好,大惭者即必以为大好矣。不知古文直何用于今世也!"(《文》五五三)这样当然使他穷得不平。不幸他又不是优游肥遁的隐士,而是有绝大抱负的学者，因此益感不得志行道之苦，“学成而道益穷，年老而智益困”（《文》五五一《上兵部李侍郎书》），遂由不平则鸣、文穷益工的事实，作出了不平则鸣、文穷益工的文论。

五　柳宗元的地位及其所言道之二病

唐代古文的有韩柳，犹之先秦儒家的有孟荀；韩愈近似孟子，其成就在于伟大，柳宗元近似荀卿，其成就在于绵密。柳宗元（773—819）字子厚，河东人。《旧唐书》卷一六〇、《新唐书》卷一六八有传。韩愈为了传道而排斥佛老，柳宗元为了传道而排斥“好辞工书”。《报崔黯秀才论为文书》云：

圣人之言，期以明道，学者务求诸道而遗其辞。辞之传于世者，必由于书，道假辞而明，辞假书而传，要之之道而已耳。道之及，及乎物而已耳。——斯取道之内者也。今世因贵辞而矜书，粉泽以为工，遒密以为能，不以外乎？吾子之所言道，匪辞而书，其所望于仆，亦匪辞而书，是不亦去及物之道愈以远乎？仆尝学圣人之道，身虽穷，志求之不已，庶几可以语于古。

又云：

凡人好辞工书者，皆病癖也。吾不幸蚤得二病，学道以来，日思砭针攻熨，卒不能去，缠结心腑牢甚，愿斯须忘之而不克，窃尝自毒。今吾子乃始钦钦思易吾病，不亦惑乎！……均

之二病，书字益下，而子之意又益下，则子之病又益笃。甚矣，子癖于伎也！（《文》五七五）

“辞”“书”二病，虽“书字益下”，但除了崔黯秀才以外，因好辞害道者甚多，因工书害道者甚少。这是因为书与道的关系较远，所以工书者未必以书用于道，明道者亦未必寄道于书；辞与道的关系较密切（道假辞而明），所以好辞者每每喜假道以擒辞，明道者亦喜借辞以传道。实则道固假辞而明，亦因辞而晦。所以柳宗元于他篇不再反对“书”，而只反对“辞”。《答韦中立论师道书》云：

始吾幼且少，为文章以辞为工。及长，乃知文者以明道，是固不苟为炳炳烺烺，务色彩，夸声音，而以为能也。（《文》五七五）

《答吴武陵论非国语书》云：

夫为一书务富文采，不顾事实，而益之以诬怪，张之以阔诞，以炳然诱后生，而终之以僻，是犹用文锦覆陷阱也，不明而出之，则颠者众矣。（《文》五七四）

《与吕道州温论非国语书》云：

尝读《国语》，病其文胜而言尨，好诡以反伦，其道舛逆；而学者以其文也，咸嗜焉，伏膺呻吟者，至比《六经》，则溺其文，必信其实，是圣人之道翳也。（同上）

《非国语后序》云：

> 凡其繁芜蔓衍者甚众，背理去道，以务富其语。……越之下篇尤奇峻，而其事多杂，盖非出于左氏。吾今乃知文之行于远也，以彼庸蔽奇怪之语，而黼黻之，金石之，用震曜后世之耳目，而读者莫之或非，反谓之近经，则知文者，可不慎耶？（《柳河东集》卷四五）

就传下来的韩柳时代的文章而论，固大体是不尚辞的古文。然柳宗元《与杨京兆凭书》云："自古文士之多莫如今。今之后生为文，希屈马者可得数人，希王褒、刘向之徒者又可得十人，至陆机、潘岳之比，累累相望。"（《文》五七三）希屈马王刘的十数人容或不尚辞，累累相望的希陆机、潘岳之比者，其尚辞无疑。所以柳宗元以辞为病道而非之，并非无的放矢，正是对症下药。

六　学文的步骤与作文的态度

柳宗元与韩愈一样，究竟是文学家而不是哲学家。韩愈抓着儒家的仁义道德之道，柳宗元也抓着儒家的中庸之道。《与吕道州温论非国语书》云：

> 近世之言理道者众矣，率由大中而出者咸无焉。其言本儒术，则迂回茫洋，而不知其适；其或切于事，则苛峭刻核，不能从容，卒泥乎大道；甚者好怪而妄言，推天引神，以为灵奇，

恍惚若化，而终不可逐；故道不明于天下，而学者之至少也。吾自得友君子，而后知中庸之门户阶室，渐染砥砺，几乎道真。然而常欲立言垂文，则恐而不敢。今动作悖谬，以为僇于世，身编夷人，名列囚籍，以道之穷也，而施乎世事者无日，故乃挽引，强为小书，以志乎中之所得焉。（《文》五七四）

其自谦为小书者，就是《非国语》六十七篇。《非国语》是就《国语》，而"黜其不臧，究世之谬"。可知他对道的苦于无可发挥，无可插嘴，由是很可怜的删《国语》。删《国语》不能就算了不起的讲中庸之道的哲学书。哲学既不能为役，所以结果仍是由道渡于文。《与杨京兆凭书》云：

今之世言士者先文章，文章士之末也。然立言存乎其中，即末而操其本，可十八九，未易忽也。……天下方理平，今之文士，咸能先理；理不一，断于古书老生；直趋尧舜大道，孔氏之志，明而出之，又古之所难有也。然则文章未必为士之末，独采取何如耳。（《文》五七三）

文章因道而贵，文章家亦因道而尊，所以虽先道后文，而"言而不文则泥，然则文者固不可少耶"（《答吴武陵论非国语书》）。所以仍然要作文章家。既作文章家，则须学文章，作文章。学文章的步骤是：

大都文以行为本，在先诚其中。其外者，当先读《六经》，次《论语》、孟轲书，皆经言；《左氏》、《国语》、庄、周、屈原之辞，稍采取之；穀梁子、太史公甚峻洁，可以出入；余书俟文成异日讨

也。其归在不出孔子。(《文》五七五《报袁君陈秀才避师名书》)

本之《书》以求其质,本之《诗》以求其恒,本之《礼》以求其宜,本之《春秋》以求其断,本之《易》以求其动,此吾所以取道之原也。参之穀梁氏以厉其气,参之孟荀以畅其支,参之庄老以肆其端,参之《国语》以博其趣,参之《离骚》以致其幽,参之太史以著其洁:此吾所以旁推交通,而以为之文也。(《文》五七五《答韦中立论师道书》)

至作文的态度,则是:

每为文章,未尝敢以轻心掉之,惧其剽而不留也;未尝敢以怠心易之,惧其弛而不严也;未尝敢以昏气作之,惧其昧没而杂也;未尝敢以矜气作之,惧其偃蹇而骄也。抑之欲其奥,扬之欲其明,疏之欲其通,廉之欲其节,激而发之欲其清,固而存之欲其重:此吾所以羽翼夫道也。(同上)

韩愈的方法,只是读三代两汉之书,行三代两汉之道,以俟文思的"汩汩然来矣","浩乎其沛然矣"。柳宗元则读文既分别挹取,作文又有种种态度,较韩愈绵密多了。

七　"得之难"及"知之难"

惟其如此,所以韩愈对于作文,始也虽"戛戛乎难也哉",后来便逐渐"汩汩然来矣","浩乎其沛然矣",一点也不觉得难了。柳宗元《与友人论文书》则云：

古今号文章为难，足下知其所以难乎！非为比兴之不足，恢拓之不远，钻砺之不工，颇纇之不除也；得之为难，知之愈难耳！

苟或得其高朗（一作明），探其深赜，虽有芜败，则为日月之蚀也，大圭之瑕也，曷足伤其明，黜其宝哉？且自孔氏以来，兹道大阐，家修人励，刓精竭虑者，数千年矣。其间耗费简札，役用心神者，其可数乎！登文章之箓，波及后代，越不过数十人耳。其余谁不欲争列绮绣，互攀日月，高视于万物之中，雄峙于百代之下乎？率皆纵臾而不克，踯躅而不进，力躄势穷，吞志而没。——故曰"得之为难"。

嗟乎！道之显晦，幸不幸系焉；谈之辩讷，升降系焉；鉴之颇正，好恶系焉；交之广狭，屈伸系焉；则彼卓然自得以奋其间者，合乎否乎，是未可知也。而又荣古虐今者，比肩叠迹，大抵生则不遇，死而垂声者众焉。扬雄没而《法言》大兴，马迁生而《史记》未振，彼之二才，且犹若是，况乎未甚闻者哉？固有文不传于后祀，声遂绝于天下者矣！——故曰"知之愈难"。（《文》五七四）

所以谓"得之难"者，虽可解以深于文，故知作文的甘苦，但深于文的人很多，独他特别的说明"得之难"，大概由于他的作文方法，过于绵密。所以谓"知之愈难"者，据《与友人论文书》是：

而为文之士，亦多渔猎前作，戕贼文史，抉其意，抽其华，置齿牙间，遇事蜂起，金声玉耀，诳聋瞽之人，徼一时之声，虽终沦弃，而其夺朱乱雅，为害已甚：是其所以难也。

自然朱紫淆混，辨析极难，但这不是他说“得之愈难”的主因；他说“得之愈难”的主因是他远谪永、柳，失掉了优越的政治地位。不错，韩愈说得好，“使子厚斥不久，穷不极，虽有出于人，其文学辞章，必不能自力必传于后如今，无疑也”（《文》五六三《柳子厚墓志铭》）。可是“落井下石”者流，不免贬讥他的文章。所以他很慨叹的说：“道之显晦，幸不幸系焉！”所以友人欲观看他的文章，他“退发囊笥，编其芜秽，心悸气动，交于胸中，未知孰胜，故久滞而不往也”。固是自谦，也是警友。《答吴秀才谢示新文书》云：“夫观文章，宜若悬衡然，增之铢两则俯，反是则仰，无可私者。”（《文》五七五）是他的知文不难，然则所谓“知之愈难”者，不是指他的知他人的文章之难，而是指他的文章求他人知之之难。

在这种情形之下，“荣古虐今”的学说，遂在复古道、作古文的柳宗元口里唱出。不惟《与友人论文书》言之，《与杨京兆凭书》亦云：

彼古人亦人耳，夫何远哉！凡人可以言古，不可以言今。桓谭亦云：“亲见扬子云容貌不能动人，安肯传其书？”诚使博如庄周，哀如屈原，奥如孟轲，壮如李斯，峻如马迁，富如相如，明如贾谊，专如扬雄，犹为今人，则世之高者至少矣。由此观之，古人未必不薄于当世，而荣于后世也！

固然由复古运动，可以激起这种反古的言论，但不能出之于复古运动者的本身，尤其柳宗元是复古运动的柱石，更不应如此。而所以如此者，实由于他的身遭贬谪，文亦随之遭了贬谪，遂愤而为此，一方面诋时人之不识文，一方面自勖虽"薄于当世"，而可"荣于后世也"。

八　诗与文

诗与文有共同性，也有各别性，所以虽同是文学的一部门，但诗是美的文学，文则或尚美，或尚用，颇不一致。就文学的历史而言，大约尚美的时代，则文亦尚美，由是与诗走着差不多相同的道路；尚用的时代，则文当然尚用，而诗以不便于说理的缘故，每相当的保持着尚美的态度，由是诗与文分道扬镳。唐代的古文家，希望以古文救世，当然是尚用的，所以主张简易载道。但对于诗则承认它的绮靡缘情。如独孤及谓"文章可以假道，道德可以长保；华而不实，君子所丑"。但对于诗，则大捧沈佺期、宋之问的"裁成六律，彰施五色，使言之而中伦，歌之而成章"。谓"缘情绮靡之功，至是乃备"（详一篇一章八节），到柳宗元益有显明的论调。《大理评事杨君文集后序》云：

> 文有二道：辞令褒贬，本乎著述者也；导扬讽谕，本乎比兴者也。著述者流，盖出于《书》之谟训，《易》之象系，《春秋》之笔削，其要在于高壮广厚，词正而理备，谓宜藏于简册也。比兴者流，盖出于虞夏之咏歌，殷周之风雅，其要在于丽则清越，言畅而意美，谓宜流于谣诵也。兹二者，考其旨义，

乖离不合，故秉笔之士，恒偏胜独得而罕有兼者焉。厥有能而专美，命之曰艺成，虽古文雅之盛世，不能并肩而生。唐兴以来，称是选而不怍者，梓潼陈拾遗。其后燕文贞以著述之余攻比兴而莫能极，张曲江以比兴之隙穷著述而不克备。其余各探一隅，相与背驰于道者，其去弥远。文之难兼，斯益甚矣。（《文》五七七）

著述之文就是文，比兴之文就是诗，源流风格，皆“乖离不合”，因此能文者未必能诗，能诗者未必能文。我常以为唐代的诗文是分化发展，观此益可了然了。

九　刘禹锡的诗文分论

柳宗元谓文有比兴之文和著述之文二道，刘禹锡（772—842）谓文有文人之词和经纶之词两种。《唐故中书侍郎平章事韦公集序》云：

谨按公文，未为近臣以前所著词赋赞论记述铭志，皆文士之词也，以才丽为主；自入为学士，至宰相以往，所执笔皆经纶制置财成润色之词也，以识度为宗。（《文》六〇五）

这虽是就韦公（执谊）文集而言，但对他文当也有类似的分类观念。他所谓文人之词包括柳宗元所谓比兴之文的全部，同时还包括柳宗元所谓著述之文的大半；至经纶之词虽也属于柳宗元所谓著述之文，却偏于典章经济。本来刘禹锡虽与韩柳为古文家，但同时也和元白为诗人；古文家简易载道，诗人绮丽缘情。所以糅合诗文，则谓皆“以才丽为主”；分别诗文，则文宗三代秦汉，诗宗魏晋六朝。《唐故尚书礼部员外郎柳君文集序》云：

> 八音与政通，而文章与时高下。三代之文，至战国而病，涉秦汉复起，汉之文至列国而病，唐兴复起。（同上）

这是就文而言。《董氏武陵集序》云：

> 诗者，其文章之蕴邪！义得而言丧，故微而难能；境生于象外，故精而寡和。千里之缪，不容秋毫，非有的然之姿，可使户晓，必俟知者，然后鼓行于时。自建安距永明以还，词人比肩，唱和相发，有以“朔风”“寒雨”，高视天下；“蝉噪”“鸟鸣”，蔚在史策。国朝因之，灿然复兴。（同上）

这是就诗而言。韩愈不只反对魏晋六朝文，也反对魏晋六朝诗，刘禹锡则弃其文，取其诗，这固然由于他不只是古文家，也是诗人，而由魏晋六朝文学的逐渐抬头，也足征文学界的逐渐注重辞藻了。

十　时人的见解与李翱的批评

古文运动之至于韩柳，已发展到了最高点，同时便已有转移方向的暗示。韩愈对于文主“怪怪奇奇”，则虽自谓不注重形式，而较萧李则实在注重形式了。柳宗元虽反对“好辞工书”，然又曰：“文之用，辞令褒贬，导扬讽谕而已，虽其言鄙野，足以备用，然而阙其文采，固不足以竦动时听，夸示后学，立言而朽，君子不由也。”（《文》五七七《大理评事杨君文集后序》）其作文方法，绵密繁琐，无非在求文章之美。以故韩柳是古文的集大成者，同时也是后来转返于怪丽的开导者。本来一切物不能永久保持同一状态，否定自己而变成他物，是物的内在本质。南北朝以来的繁密缘情的文学否定自己而变成古文，古文发展到了最高点，又否定自己而变成晚唐五代的缘情的四六文。——这是内在的原因。至外在的原因，则古文的目的原在救世，其存在的客观条件在世之答应拯救；或社会虽不答应拯救，而拯救者还野心未死。前者是隋至初盛唐，正努力在复兴社会，所以朝野上下，皆愿承受古文之实质的道之教导与束缚。后者是中唐，社会方面，已由贫富的悬殊过甚，致使权贵与富豪不甘受道的教导与束缚，平民不能受道的教导与束缚。但也正因为贫富双方皆不受道的教导与束缚，益使有心救世者加强道的形质与力量，由是产生韩柳的载道文论与文章。韩柳的载道文论与文章之不容于世，是他俩曾再三明言的。韩愈《答尉迟生书》谓自己“所能言者，皆古之道。古之道不足以取于今”（《文》五五一），《答李翊书》也慨叹“志乎古必遗乎今，吾诚乐而悲之”！他明儒道，辟佛老，由是谏迎佛骨，但“一封朝奏九重天，夕贬潮阳路八千”，这样当然使他相当的灰心。柳宗元是被称为噪进者，然其所以噪进的原因，行道救世，当是重要的原因之一，不幸竟以此贬永、柳十余年。经了这一次的当头棒喝，使他发现了社会政治的威力。韦中立愿奉他为师，他力辞不敢当其名，说是不敢“炫怪于群目，以召闹取怒”。又举了孙昌胤以行古礼见怪的例子云：“抑又闻之，古者重冠礼，将以责成人之道，是圣人所尤用心者也。数百年来，人不复行。近有孙昌胤者，独发愤行之，既成礼，明日造朝，至外廷荐笏言于卿士曰：'某某冠毕。'应之者咸怃然。京兆尹郑叔则怫然曳笏却立曰：'何预我耶？'廷中皆大笑。天下不非郑尹而怪孙子何哉，独为所不为也。”（《文》五七五《答韦中立书》）为世所不为且不可，以道矫世更当然反被所矫。因此他俩对于道不能不稍微放松，而精力所注，只有颛颛于文。因此韩柳虽自谓重道轻文，而其所成就者，实文过于道（道的无可发挥，也是原因之一，已详前）。至韩柳以后，言文章者，虽有的仍主文以载道，如韩愈的门人李汉云：“文者贯道之器也；不深于斯道而至焉者，不也。”（《文》七四四《唐吏部侍郎昌黎先生讳愈文集序》）而大部分的人则率舍道言文，最低也是轻道重文。李翱《答朱载言书》云：

天下之语文章有六说焉：其尚异者，则曰文章辞句奇险而已；其好理者，则曰文章叙意苟通而已；其溺于时者，则曰文章必当对；其病于时者，则曰文章不当对；其爱难者，则曰文章宜深，不当易；其爱易者，则曰文章宜通，不当难。（《文》六三五）

除好理较近载道说外，其余都不管道不道，只论文不文。至李翱的意见，则谓六说者“皆情有所偏，滞而不流，未识文章之所主也”。他说：

义不深，不至于理，言不信，不在于教劝，而词句怪丽者有之矣，《剧秦美新》，王褒《僮约》是也。其理往往有是者，而词章不能工者有之矣，刘氏《人物表》，王氏《中说》，俗传太公

《家教》是也。古之人能极于工而已，不知其词之对与否，易与难也。《诗》曰："忧心悄悄，愠于群小。"此非对也。又曰："遘闵既多，受侮不少。"此非不对也。《书》曰："朕垦谗说殄行，震惊朕师。"《诗》曰："菀彼桑柔，其下侯旬，捋采其刘，瘼此下人。"此非易也。《书》曰："允恭克让，光被四表，格于上下。"《诗》曰："十亩之间兮，桑者闲闲兮，行与子旋兮。"此非难也。学者不知其方，而称说云云如前所陈者，非吾之敢闻也。

他虽谓"学者不知其方，而称说云云如前所陈者非吾之敢闻也"，但他实承认六说都是文之一体。又云：

义虽深，理虽当，词不工者不成文，宜不能传也。文、理、义三者兼并，乃能独立于一时，而不泯灭于后代，能必传也。仲尼曰："言之无文，行之不远。"子贡曰："文犹质也，质犹文也，虎豹之鞟，犹犬羊之鞟。"此之谓也。陆机曰："怵他人之我先。"韩退之曰："唯陈言之务去。"假令述笑哂之状，曰"莞尔"，则《论语》言之矣；曰"哑哑"，则《易》言之矣；曰"粲然"，则穀梁子言之矣；曰"攸尔"，则班固言之矣；曰"䩄然"，则左思言之矣；吾复言之，与前文何以异也？——此造言之大归也。

则他虽自谓，"吾所以不协于时而学古文者，悦古人之行也；悦古人之行者，爱古人之道也"（亦《答朱载言书》），而反对当时为文者，"务于华而忘其实，溺于辞而弃于理"（《文》六三四《百官行状奏》），但他实重文轻道，所以说"义虽深，理虽当，词不工者不成文"。他说文、理、义为文章三要素，而谓：

> 故义深则意远，意远则理辩，理辩则气直，气直则辞盛，辞盛则文工。如山有恒华嵩衡焉，其同者高也，其草木之荣，不必均也；如渎有淮济河江焉，其同者出源到海也，其曲直浅深色黄白，不必均也；如百品之杂焉，其同者饱于腹也，其味咸酸辛苦，不必均也：此因学而知者也，此创意之大归也。

从表面看，似以义为最重，理次之，文又次之；然末谓“此创意之大归也”，实是文章家的为文而创意，不是哲学的为道以垂文。韩愈《与冯宿论文书》，闵叹李翱、张籍的“弃俗尚而从其寂寞之道，以之争名于时也”。盖道虽是李翱所心尚，而以于时反道尚文，为了“争名于时”和其他的原因，遂也有意无意的视文重于道了。《与皇甫湜书》云：

> 仆以为西汉十一帝，高祖起布衣，定天下，豁达大度，东汉所不及，其余惟文宣二帝为优，自惠景以下，亦不皆明于东汉明章二帝，而前汉事迹灼然传在人口者，以司马迁班固叙述高简之工，故学者悦而习焉，其读之也详，足下读范蔚宗《汉书》，陈寿《三国志》，王隐《晋书》，生熟何如左邱明、司马迁、班固书之温习哉？故温习者事迹彰，而罕读者事迹晦，读之疏数，在词之高下，理之必然也。（《文》六三五）

注重文词的意思，尤为明显。文中又云：“仆文采虽不足以希左邱明司马子长，足下视仆叙高愍女、杨烈妇，岂尽出班孟坚、蔡伯喈之下耶？”可见他自己所矜重的也是文词。《寄从弟正辞书》云：

> 汝勿信人号文章为一艺。夫所谓一艺者,乃时世所好之文,或有盛名于近代者是也;其能到古人者,则仁义之辞也,恶得以一艺而名之哉?仲尼、孟子殁千余年矣,吾不及见其人,吾能知其圣且贤者,以吾读其辞而得之者也。后来者不可期,安知其读吾辞也,而不知吾心之所在乎?亦未可诬也。夫性于仁义者,未见其无文也;有文而能到者,吾未见其不力于仁义也。由仁义而后文者性也,由文而后仁义者习也,犹诚明之必相依尔。……仁义与文章生乎内者也,吾知其有也,吾能求而充者也,吾何惧而不为哉?(《文》六三六)

《杂说上》云:

> 是以出言居乎中者,圣人之文也;倚乎中者,希圣人之文也;近乎中者,贤人之文也;背而走者,盖庸人之文也。(《文》六三七)

前者可解为注重仁义之道,后者可解为注重中道,但与韩愈的"师其意,不师其辞"相比,重道重文,便区以别矣。

十一　裴度对李翱重文说的抗议

社会真是复杂的,有的推着时代的轮子向前跑,有的扯着时代的轮子向后拉。自韩柳载道失败,转重文辞以后,韩愈的大弟子李翱便首先说:"义虽深,理虽富,词不工者不成文。"而裴度却极力反对,《寄李翱书》谓周、孔、孟、荀、骚人、相如、子云、贾谊、司马迁、董仲舒、刘向之文,“皆不诡其词而词自丽,不异其理而理自新”。又云:

> 若夫典、谟、训、诰、《文言》、《系辞》、《国风》、《雅》、《颂》,经圣人之笔削者,则又至易也,至直也。虽大弥天地,细入无间,而奇言怪语,未之或有。意随文而可见,事随意而可行,此所谓文可文,非常文也。(《文》五三八)

又云:

> 观弟近日制作,大旨常以时世之文,多偶对俪句,属缀风云,羁束声韵,为文之病甚矣,故以雄词远志,一以矫之,则是以文字为意也。且文者圣人假之以达其心,达则已,理穷则已,非故高之下之详之略之也。愚欲去彼取此,则安步而不可及,平居而不可逾,又何必远关经术,然后骋其材力哉?昔人有见小人之违道者,耻与之同形貌,共衣服,遂思倒置眉目,反易冠带以异也,不知其倒之反之之非也。虽非于小人,亦异于君子矣。故文人之异,在气格之高下,思致之浅深,不在其磔裂章句,隳废声韵也。人之异在风神之清浊,心志之通塞,不在于倒置眉目,反易冠带也。试用高明,少纳庸妄。若以为未,幸不以苦言见革其惑。

不惟不赞成李翱的“以文字为意”,以“奇言怪语”,矫正当世的“偶对俪句,属缀风云,羁束声韵”,对于韩愈的以文为戏,亦不以为然。

《寄李翱书》又云：

> 昌黎韩愈，仆识之旧矣，中心爱之，不觉惊赏。然其人信美材也。近或闻诸侪类云，恃其绝足，往往奔放，不以文立制，而以文为戏，可矣乎？可矣乎？今之作者不及则已，及之者当大为防焉耳。

裴度的意思，大概谓文为达意的工具，能达意就完了，不应于达意之外，故意在文字上，“高之、下之、详之、略之”，因此主张至易至直之文。本来古文的意义，在矫正魏晋六朝以来的繁密缘情之文。但以既名古文，则于道以外，应顾及于文。至韩柳由重道失败而转返重文以后，李翱一班人遂不免舍道为文，舍道论文；而又以不能投降于所反对的“偶对俪句，属缀风云，羁束声韵”之文，自然只有从事于“奇言怪语”，“雄词远志”。裴度诋其“思倒置眉目，反易冠带”，以求异寻常，可以说是正中其失。《全唐文纪事》卷七十六引《学古绪言》载有人写韩《送王含序》云：“世之称韩文以怪怪奇奇，吾尤重其大雅卓然，独不牵于流俗。……而愦愦者乃曰古文之法亡于韩；不知其所谓亡者何等也！此诚儿童之见，所谓‘蚍蜉撼大树’者！”说古文之法亡于韩，自未免误妄。但古文至韩愈而极盛，而韩门的弟子便撞了丧钟，为时无几，便被“偶对俪句，属缀风云，羁束声韵”的文章所战胜，确是无可讳言的事实。

至裴度之所以能燃着简易说的最后的光焰，以反对韩愈、李翱的怪奇说者，固是怪奇说产生后的当然反响；而不出于旁人，独出于裴度，其最大的原因，以他学于刘太真（见《文》五三八裴度所作《刘府君神道碑铭并序》），而刘太真正是主极端简易说的萧颖士的弟子

(见《新唐书》卷二〇三《文艺》本传)。再者,他本是以德化事功为主的达官贵人,虽学于刘太真,而不以文章名家,当然也是原因之一。

十二　皇甫湜孙樵的怪奇主义

简易说的最后的一点光焰,胜不过由历史及社会环境所促成的怪奇说,韩愈及其大弟子李翱不过有怪奇主义的趋势,还没有以全副精神作怪奇的文章与文论。韩门弟子中年岁较晚的皇甫湜,其文章文论便真的置重于"怪奇主义"了。《答李生第一书》云:

> 夫意新则异于常,异于常则怪矣;词高则出于众,出于众则奇矣。虎豹之文不得不炳于犬羊,鸾凤之音不得不锵于乌鹊,金玉之光不得不炫于瓦石,非有意于先之也,乃自然也。(《文》六八五)

古文运动的意义之一,是嫌弃六朝文的绮缛繁密,有伤自然,由是提倡简易自然的古文。今皇甫湜竟以怪奇为自然。怪奇是他所提出的新义,自然是古文原有的通义,欲使新义植基于通义,由是不能不挑着自然的招牌,贩卖怪奇的药品。韩愈所谓古文,较过去所谓古文,已有很大的量的变化,皇甫湜更逐渐由量的变化,形成质的变化。所以湛静澄*云:"或谓皇甫湜,韩门弟子,而其学流于艰涩怪僻,所谓目瞪舌涩,不能分其句读者也。"(引见《全唐文纪事》卷五十八)

* 湛渊澄,疑为《湛渊静语》。——校者注

皇甫湜的文学观，虽已由简易的古文，变为怪奇的古文，而有的当然还留滞于传统的见解，以故这位向他请教的李生，便似乎不以为然。皇甫湜《答李生第二书》云：

夫谓之奇则非正矣，然亦无伤于正也；谓之奇即非常矣，非常者谓不如常也；谓不如常，乃出常也；无伤于正而出于常，虽尚之亦可也。此统论奇之体耳，未以文言之失也。夫文者非他，言之华者也，其用在通理而已，固不务奇，然亦无伤于奇也。使文奇而理正，是尤难也。生意便其易者乎？夫言亦可以通理矣，而以文为贵者非他，文则远，无文即不远也。以非常之文，通至正之理，是所以不朽也，生何嫉之深耶？夫绘事后素，既谓之文，岂苟简而已哉？圣人之文，其难及也，作《春秋》，游夏之徒不能措一辞，吾何敢拟议之哉？秦汉以来至今，文学之盛，莫如屈原、宋玉、李斯、司马迁、相如、扬雄之徒，其文皆奇，其传皆远。（《文》六八五）

又《第三书》云：

生以正抑其奇。……生言非常之物如何得常，故当尔也，所以千年圣而愚比肩也。生言天象形象非常者，皆为妖妄，如天出景星，地出醴泉，盖非常，谓之妖可乎？假如妖星荧惑，天所常悬，牛溲马勃，地所常有，足尚乎？生何窒！生以松柏不艳比文章，此不知类也。凡比必于其伦，松柏可比节操，不可比文章。大人虎变，君子豹变，此文章比也。有以质为贵者，有以文为贵者，引茅屋越席，易黼藻元黄之用，可乎？生云奇与易，作者何别，在所为耳。请考之于实：生为易矣，试为仆作难，作难者视何如相如、扬雄也？恐生乃不能，非不为也。楚词、《史记》太元之不朽也，岂为资笑谑乎哉？如鸟鹊啁啾，声断便已，人如不闻尔，何足贵也？所言诗书之文不奇，举多言之也，易处多，奇处少尔。易文大抵奇也，易处几希矣。（《文》六八五）

由他的答书里，知李生以正抑他之奇，以常抑他之怪，以质直抑他之华艳，以简易抑他之繁难。他是号称古文家的，而他所提倡的，正是过去的古文家所反对的；李生所持以攻击他的，却合乎过去的古文家的见解。可见古文之名虽存，古文之实已异。不错，皇甫湜是古文家，是集古文大成的韩愈弟子，但以时过境迁，所以逐渐否定自己，而要变成他物了。

皇甫湜是韩愈的弟子，而竟打着古文的旗号，逐渐转变古文，以至否定古文。皇甫湜以后的孙樵，自谓："尝得为文真诀于来无择，来无择得之于皇甫持正（湜字），皇甫持正得之于韩吏部退之。"（《文》七九四《与王霖秀才书》，又同上《与友人论文书》。）虽作有《乞巧对》云："彼巧在文，摘奇搴新；辖字束句，稽程合度；磨韵调声，决浊流清；雕枝镂英，花斗窠明。至有破经碎史，稽古倒置，大类于俳，观者启齿。下醨沈谢，上残骚雅，取媚于时，古风不归。"（《文》七九五）然似对诗而言。至对于文，更是极端主怪主奇。《与王霖秀才书》云：

太原君足下，《雷赋》逾六千言。推之大易，参之元象，其旨甚微，其辞甚奇，如视骇涛于重溟，徒知褫魄眙目，莫得畔岸，诚谓足下怪于文，方举降旗，将大夸朋从间，且疑子云复生。无何，足下继以《翼旨》及《杂题》十七篇，则与《雷赋》相阔数百里。足下未到其壶，则非樵所敢与知；既入其域，设不如意，亦宜上下铢两，不当如此悬隔。不知足下以此见尝耶？抑以背时戾众，且欲馎粕啜醨以苟其合耶？何自待则浅，而徇人反深！鸾凤之音必倾听，雷霆之声必骇心，龙章虎皮，是何等物，日月五星，是何等象，储思必深，摛词必高，道人之所不道，到人之所不到，趋怪走奇，中病归正。以之明道则显而微，以之扬名则久而传。前辈作者正如是，譬玉川子《月蚀》诗、杨司城《华山赋》、韩吏部《进学解》、冯常侍《清河壁记》，莫不拔地倚天，句句欲活。读之如赤手捕长蛇，不施控骑生马，急不得暇，莫可捉搦。又似远人入太兴城，茫然自失，讵比十家县，足未及东郭，目已极西郭耶？（《文》七九四）

又《与友人论文书》亦云：

古今所谓文者，辞必高然后为奇，意必深然后为工，焕然如日月之经天也，炳然如虎豹之异犬羊也。是故以之明道则显而微，以之扬名则久而传。（同上）

又《与贾希夷书》也称赞贾希夷文的“立言必奇，摭意必深，抉精剔华，期到圣人”（《文》七九四）。《与高锡望书》更提倡文饰，反对俚言，谓：“今世俚言文章，谓得史法，因牵韩吏部曰如此如此，樵不知韩吏部以此欺后学耶？韩吏部亦未知史法耶？”其重怪奇文饰，毫无疑问。

皇甫湜只提出怪奇，孙樵于怪奇以外，又提出所谓工，说："辞必高然后为奇，意必深然后为工"，工必艰深，也有不平常的意思。古文运动，其意义虽千条万绪，而其约归，不外内容的以道理代性情，形式的以简易代繁密。然唐代的古文家，其所谓道本没有多少可以阐说的，至韩愈言道失败，更不必再事阐说。内容既无可阐说，当然要转而考究形式，由是遂渐放弃简易的旧说。又因古文不主张俪偶，故只有从怪奇着想。但古文运动的两大意义丢掉了，而古文运动也便逐渐坏灭了。

十三　沈亚之的改创主义

韩门提倡怪奇主义，不出韩门却与韩愈宗人静略有来往的沈亚之（元和十年，即815年进士），作《送韩静略序》也反对因循，提倡改创云：

> 或者以文为客语曰：古人有言，"仍旧贯如之何，何必改作？"乃客之所尚也，恢漫乎奇态紬纽，己思以自织剪，违曩者之成辙，岂君子因循之道欤？客应之曰：……有植木堂下，欲其益茂，伐他干以加之枝上，名之树资，过者虽愚，犹知其欺也。且裁经缀史，补之如疣，是文之病烦久矣。闻之韩祭酒之言曰："善艺树者，必壅以美壤，以时沃灌，其柯萌之锋，由是而锐也。"夫经史百家之学于心，灌沃而已。余以为构室于室下，葺之故材，其上下不能逾其覆，拘于所限故也。创之隟空之地，访坚修之良，然后工之于入（泽案，疑有误），何高不可者。

祭酒导其涯于前，而后流蒙波，稍稍自泽。静略于祭酒，其宗也，遵道十年而功就，颇秀出流类。今既别而延蔓，将游乎河江，岂欲益其自广哉？惟其勉，无怠！（《文》七三三）

只许韩愈为“导其涯”，又勉韩静略“益其自广”，弦外之音，似对韩愈相当不满。韩愈主张“戛戛独造”，和他的反对因袭，并无不合。不过韩愈的“戛戛独造”，还要宗经学史，在沈亚之看来，宗经学史便不是真正的“戛戛独造”，所以谓“裁经缀史，补之如疣”，所以主“创之于隟空之地”。“创之于隟空之地”，就是一点也不依傍前人，所以是极端的改创主义。极端改创主义的产品，自然是“恢漫乎奇态细纽”，所以虽不十分赞成韩愈，却与韩门的怪奇主义，殊途同归。

十四　李德裕的自然灵气说

韩门提倡怪奇主义，沈亚之提倡改创主义，李德裕（787—849）则提倡“自然灵气”说。《作文章论》云：

魏文《典论》称“文以气为主，气之清浊有体”，斯言尽之矣。然气不可以不贯，不贯则虽有英辞丽藻，如编珠缀玉，不得为全璞之宝矣。鼓气以势壮为美，势不可以不息，不息则流宕而忘反。亦犹丝竹繁奏，必有希声窈眇，听之者悦闻。如川流迅激，必有洄洑逶迤，观之者不厌。从兄翰常言“文章如千兵万马，风恬雨霁，寂无人声”，盖谓是矣。近世诰命，唯苏廷硕叙事之外，自为文章，才实有余，用之不竭。沈休文独以音韵为切，重轻为难，语虽甚工，旨则未远矣。荆璧不能无瑕，隋珠不能无颣，文旨既妙（一作高妙），岂以音韵为病哉？此可以言规矩之内，不可以言文章外意也。较其师友，则魏文与王陈应刘讨论之矣。江南唯于五言为妙，故休文长于音韵，而谓"灵均以来，此秘未睹"，不亦诬人甚矣！古人辞高者，盖以言妙而工适情，不取于音韵（原注"曹植《七哀诗》有徊泥谐依四韵，王粲诗有攀原安三韵，班固《汉书》赞及当时辞赋多用协韵，犹与元勋包田举信是也"）；意尽而止成篇，不拘于只耦（原注"《文选》诗有五韵七韵十一韵十三韵二十一韵者；今之文字四韵六韵以至百韵，无有只者"）。故篇无定曲，辞寡累句。譬诸音乐，古词如金石琴瑟，尚于至音；今文如丝竹鞞鼓，迫于促节；则知声律之为弊也，甚矣！世有非文章者曰："辞不出于《风》、《雅》，思不越于《离骚》，摸写古人，何足贵也？"余曰："譬诸日月，虽终古常见，而光景常新，此所以为灵物也。"余尝为《文箴》，今载于此曰："文之为物，自然灵气，恍惚而来，不思而至。杼柚得之，淡而无味；琢刻藻绘，珍不足贵。如彼璞玉，磨砻成器。奢者为之，错以金翠，美质既雕，良宝所弃。"此为文之大旨也。

从表面看来，既反对音韵声律，又反对琢雕藻绘，真是典型的古文家的理论。但韩愈"余事作诗人"，"以文为诗"，当然是以古文为主，然后以古文的方法与余力作诗。柳宗元说文之要"在于高壮广厚，词正而理备"，诗之要"在于丽则清越，言畅而意美"，是分别诗文。李德裕的《文章论》论及诗骚，知是糅合诗文。糅合诗文，以文就诗,象征着文学的走向尚美的途路。他反对声律,却提倡气贯势息的节奏,是以自然的音律代人工的音律(参三篇四章)。所以谓“文之为物,自然灵气”。首先提倡此说者是曹丕、刘桢,所以他崇奉“魏文与王陈应刘”的讨论。既崇奉曹刘,当然不同于韩愈的“非三代两汉之书不敢观”,当然是由三代两汉降到魏晋,而反魏晋六朝的古文当然逐渐澌泯了。

中华现代学术名著丛书

中国文学批评史

下册

罗根泽 著

商务印书馆
创于1897 The Commercial Press

2015年·北京

下册目录

第五篇　晚唐五代文学批评史

第六篇　两宋文学批评史

第五篇　晚唐五代文学批评史

第一章　文学论

一　自唐代社会变迁说起

唐代社会的逐渐崩溃，可分三个阶段：一是中宗前后的内而后妃为乱，外而豪族兼并，酿成内地骚动，边境不安。不过这是崩溃的初期，一则不似后来二次的严重，二则经开元年间的励精图治，又造成唐代的中兴。但最根本的贫富悬殊的原因，未能铲锄，所以一旦有隙，旧病复发，由是第二次的大崩溃，这是历史家所谓"安史之乱"。自这一次的大崩溃之后，终唐之世，不能恢复，卒酿成第三次的总崩溃，就是历史家所谓"黄巢之乱"。黄巢乱后，唐天子的统治权便完全丧失，外而胡羌，内而豪族，风起云涌，各据一方，此仆彼继，连续电影般的演了几十年，直到宋太祖削平群雄，"黄袍加身"，才又由分而合，成功统一的局面。

第一次的崩溃，使文章由繁缛缘情，转于简易载道（详四篇六章）。第二次的崩溃，使诗亦由艺术之宫，移植到人间世上（详四篇三、四两章）。第三次的崩溃，则使诗及文章都放弃社会的使命，而转于俪偶格律，绮缛淫靡。这是因为文章主用，诗歌主情，所以第一次的崩溃，就激励了文章的自觉，而诗歌则仍然躲在象牙之塔，不肯与人世接近，到了第二次的崩溃，才使诗人也感觉到社会没落的严重，也放弃艺术的文学，提倡并创作人生的文学。但社会既不能根本改革，则文章家的救世与诗人的刺世，虽不能说丝毫无补，而所补者实在有限得很。对社会言，所补有限；对各人言，则救世刺世都不见容于世。所以第三期的总崩溃之后，文章家与诗人大半都放弃救世与刺世，而反回来救自己；由是自救世刺世的文学，变为自娱娱人的文学。同时又以一方面社会丧乱，一部分的文人流落于江湖，或慷慨愤世，或优游肥遁，一方面都市发达，一部分的文人苟安于都市，或献诗宫庭，或声艺自娱。前者反映为变相的古文及其文论，后者反映为艳丽文学的提倡与“诗格”的讲明。

二　李商隐的反道缘情文学说

关于“诗格”，俟下章论次，兹只述变相的古文论与艳丽文论的种种矛盾与斗争。本来中唐的古文家已因载道救世的失败，转而提倡奇辞怪语；社会诗人也因言志刺世的失败，转而逃于声色文艺。不过古文家不能忘情于道，社会诗人也不能忘情于社会。到了晚唐五代的都市文人，才干脆的反对载道，提倡缘情。打头阵的便是创造四六文的李商隐（813—858）。他的《上崔华州书》云：

> 愚生二十五年矣，五年读经书，七年弄笔砚，始闻长者言学道必求古，为文必有师法，常怏怏（广板作悒悒）不快。退自思曰：夫所谓道岂古所谓周公、孔子者独能邪？盖愚与周孔俱

身之耳。以是有行道不系今古，直挥笔为文，不能攘取经史，讳忌时世，百经万书，异品殊流，又岂能意分其高下哉？(《文》七七六)

这真是毫不躲闪的对古文家的正面攻击。古文家宗经学史，他便说"直挥笔为文，不能攘取经史"。古文家主文载周孔之道，他便说"夫所谓道岂古所谓周公、孔子者独能邪，盖愚与周孔俱身之耳"。又于《容州经略使元结文集后序》云：

论者徒曰次山不师孔氏为非。呜呼！孔氏于道德仁义外有何物，百千万年圣贤相随于涂中耳！次山之书曰："三皇用真而耻圣，五帝用圣而耻明，三王用明而耻察。"嗟嗟！此书可以无乎！孔氏固圣矣，次山安在其必师之邪？(《文》七七九)

他的意思未必是反对古代的周孔，而是反对当时古文家的为文必载周孔之道，所以说："孔氏固圣矣，次山安在其必师之邪?"

既反对古文，由是别创所谓"今体"，就是四六文，自序《樊南甲集》云："生十六，能著才论、圣论，以古文出诸公间。后为郓相国华太守所怜，居门下，时敕定奏记，始通今体。后又两为秘书省房中官，恣展古集，往往咽噱于任范徐庾之间。有请为文，或时得好对切事，声势物景，哀上浮壮，能感动人。"(《文》七七九)古文家所反对的徐庾，又在李商隐手里复活了，又被李商隐借以创造四六文了。四六文骈四俪六，当然要讲究形式的华美。至实质方面，则以情为主，所以极力的反对载道。

文且如此，诗更可知，《献侍郎巨鹿公启》云：

属词之工，言志为最。自鲁毛兆轨，苏李扬声，代有遗音，时无绝响，虽古今异制，而律吕同归。(《文》七七八)

又《献相国京兆公启》云：

人禀五行之秀，备七情之动，必有咏叹，以通性灵。(《文》七七八)

前者就形式言，谓“虽古今异制，而律吕同归”；后者就实质言，谓“必有咏叹，以通性灵”。和元白之以诗“补察时政，泄导人情”者，完全不同了。

至李商隐之所以反对古文，提倡四六文，不以诗咏社会，而以诗咏性灵，除了社会的大原因以外，与他自己的身份有关。他说唐代的诗人，“枕石漱流，则尚于枯槁寂寥之句；攀鳞附翼，则先于骄奢艳佚之篇”(《献侍郎巨鹿公启》)。而他自己先为郓相国华太守所怜，后两为秘书省房中官，正是“攀鳞附翼”者，当然要反对载道的古文与刺时的诗歌，而提倡并创作“骄奢艳佚之篇”了。

三　杜牧的事功文学说

诗原于性灵而需要韵美，四六文也泰半原于性灵而需要韵美，所以诗人而兼四六文作家的李商隐，不管论文论诗，都提倡艳丽。至他所反对的古文，则与诗的旨趣迥殊，所以古文家率提倡载道，反对缘情；诗人则力主缘情，不问载道。诗人的见解，容后详述，兹先叙古文家的见解。当时的古文家可以分为三派：一是事功派，以杜牧为代表；二是隐逸派，以皮日休、陆龟蒙为代表；三是韩愈嫡派，以孙樵为代表。因为孙樵是韩愈嫡派，所以已述于第四篇的韩柳及以后的古文论一章，现在只述事功派与隐逸派。

杜牧（803—852）虽也做过内官，但几次的为团练官，监察使，出守各州县，看到各地的兵匪荒乱，由是注《孙子》，作《战论》（《文》七五四）、《守论》（同上）、《罪言》（同上）、《上李司徒相公论用兵书》（《文》七五一）、《李尉论江贼书》（同上）、《上李太尉论北边书启》（《文》七五二），颇有事功家的味道。所以他对于文章，提倡有功用的变相的古文。《上安州崔相公启》云：

> 某比于流辈，一不及人。至于读书为文，日夜不倦，凡诸所为，亦未有过人。至于会昌三年八月中所献相公长启，铺陈功业，称校短长，措于《史记》、两《汉》之间，读于文人才士之口，与二子并无愧容。（《文》七五二）

韩愈等所提倡的古文要载周公、孔子之道，杜牧所提倡的古文则要“铺陈功业，称校短长”。所以他的文章不似韩愈之亟亟圣道，而要“上猎秦汉魏晋南北二朝，逮贞观至长庆数千百年，兵农刑政，措置当否”的论次（《文》七五九裴延翰《樊川文集后序》）。所以他不提倡“道”，而提倡“意”。《答庄充书》云：

> 凡为文以意为主，以气为辅，以辞彩章句为之兵卫，未有主强盛而辅不飘逸者，兵卫不华赫而庄整者。四者高下圆折步骤，随主所指，如鸟随凤，鱼随龙，师众随汤武，腾天潜泉，横

裂天下，无不如意。苟意不先立，止以文彩辞句，绕前捧后，是言愈多而理愈乱，如入阛阓，纷然莫知其谁，暮散而已。是以意全胜者，辞愈朴而文愈高；意不胜者，辞愈华而文愈鄙。是意能遣辞，辞不能成意：大抵为文之旨如此。（《文》七五一）

道是圣人之道，意则是自己的意见；意见是事功家的说法，不是以道统自负的儒家的说法。所以他虽然以"古作者"为仿效的目标（《答庄充书》），虽然宗仰韩愈（《读杜韩集》），而与韩愈一班人所提倡的古文不尽同。所以我们称之为变相的古文。

不过若从历史源流上说，则杜牧之继承了韩愈的见解，正同李商隐之继承了元白的见解一样。李商隐继承元白的晚年见解，特别是元稹的逃于声色文艺，由是提倡艳丽，反对载道。杜牧继承韩愈一班人的见解，由是提倡"文以意为主"。不只"文以意为主"，诗也以意为主。《献诗启》云：

某苦心为诗，惟求高绝，不务奇丽，不涉习俗，不今不古，处于中间，既无其才，徒有其意。（《文》七五二）

所以反对俗艳。在《唐故平卢军节度巡官陇西李府君墓志铭》引李府君戡云：

诗者，可以歌，可以流于竹，鼓于丝，妇人小儿皆欲讽诵。国俗厚薄，扇之于诗，如风之疾速，尝痛自元和以来，有元白诗者，纤艳不逞，非庄士雅人，多为其所破坏。流于民间，疏于屏壁，子父女母，交口教授，淫言媟语，冬寒夏热，入人肌骨，不可除去。吾无位,不得用法以治之,欲使后代知有发愤者,因集国朝以来类于古诗者,得若干首,编为三卷,目为唐诗,为序以导其志。(《文》七五五)

此虽系标为李戡的话,但杜牧必表同意,所以在墓志里特别提出。且作者是杜牧,所谓"李府君尝曰"者,不过是李戡有此意旨,而造为上述一段文字的,当然是杜牧,范摅《云溪友议》直认为是杜牧的话,虽然失考,却有几分近于真实。

四 皮日休陆龟蒙的隐逸文学说

杜牧是事功派,所以侈谈事功,将原来的古文拉到事功方面。皮陆是隐逸派,所以栖隐林泉,又将原来的古文拉到隐逸方面。

皮日休自己说:"吾于吾唐,汩汩于民间,无能以文取位。"又说皮氏"自有唐以来,或农竟陵,或隐鹿门,皆不拘冠冕,以至皮子"(《文》七九九《皮子世录》)。陆龟蒙有《甫里先生传》,大概是变相的自述。传中称"人谓之江湖散人,先生乃著江湖散人传而歌咏之"。又云:"先生之居,有池数亩,有屋三十楹,有田畸十万步,有牛不减四十蹄,有耕夫百余指。"(《文》八〇一)俨然是有产的隐者。皮日休隐于鹿门,也当然有相当的产业。他俩一方面厌烦世乱,一方面又可以隐退自给,因此对于文章的见解,与杜牧的以事功为出发点者不同。皮日休作《鹿门隐书》六十篇,序云:

醉士隐于鹿门,不醉则游,不游则息。息于道,思其所未

至，息于文，惭其所未周，故复草隐书焉。(《文》七九八)

中有一篇云：

文学之于人也，譬乎药，善服有济，不善服反为害。(同上)

又有一篇云：

不位而尊者曰道，不货而富者曰文。噫！吾将谓得时乎！尊而骄者不为矣，吾将谓失时乎？富而安者吾为矣。(同上)

由"息于道"，"息于文"看来，知他以道与文为隐息的消遣品；由"不位而尊者曰道，不货而富者曰文"看来，知他又以道与文为傲有位有货者的工具。文学如药的意旨不甚了了，或者是谓善用文学者，能以得到游息之乐，不货而富之利；不善用者，不惟得不到游息之乐，反倒受作文之苦，不惟得不到不货而富之利，反倒招能文之忌。这样自然便将古文由救世引到自娱。

固然他曾极力提倡儒道，主张以儒道入文。《请韩文公配飨太学书》云："孟子、荀卿，翼传孔道，以至于文中子。文中子之末，降及贞观开元，其传者醨，其继者浅，或引刑名以为文，或援纵横以为理，或作词赋以为雅，文中之道，旷百世而得室授者，惟昌黎文公焉。"但同文又云："於戏！圣人之道，不过乎求用。用于生前，则一时可知也；用于死后，则百世可知也。"(《文》七九六)又转于不亟亟用世，又露出隐逸者的口吻来了。

陆龟蒙《复友生论文书》自谦："少不攻文章，止读古圣人书，诵其言，思其道，而未得者也。”（《文》八〇〇）可见也主张以圣道入文。因主以圣道入文，所以宗经。《复友生论文书》又云：“自小读《六经》、孟轲、扬雄之书，颇有熟者，求文之旨趣规矩，无出于此。”

杜牧自夸其文，谓“措于《史记》、两《汉》之间，读于文士才子之口，与二子并无愧容”。陆龟蒙则宗经而排斥《史》、《汉》，《复友生论文书》云：“苟以六籍谓之经，习而称之，可也；指司马迁、班固之书谓之史，何不思之甚也！六籍之内，有经有史，何必下及子长、孟坚然后谓之史乎？孔子曰：‘吾犹及史之阙文也。’又曰：‘质胜文则野，文胜质则史。’又曰：‘董狐，古之良史也。’此则笔之曲直，体之是非，圣人悉论而辩之矣，岂须班马而后言史哉？以《诗》、《易》为经，以《书》、《春秋》为史足矣，无待于外也。”此其原因，亦以杜牧是事功家，所以推崇记述事功的《史》、《汉》；陆龟蒙是隐逸者，觉《史》、《汉》不及《六经》之醇，所以宗经而抑史。

古文家的以文载道，本有救世的意义。到韩柳以后，因救世不易，遂逐渐的重文轻道，由是有文辞上的“怪奇主义”（详四篇七章四节及十二节）。皮陆的时代，社会益乱，欲救也无从救起，由是不救社会，只救自己，就是以道与文为自娱的工具。这样自然要注重文的形式了。《复友生论文书》载他的友生说：“某文也，某辞也。”龟蒙答云：

> 《易》之翼曰《系辞》。《系辞》曰：“齐小大者存乎卦，辨吉凶者存乎辞：故卦有小大，辞有险易。”又曰：“观其象辞，则思过半矣。”《易》之辞非文邪？《书》载帝庸作歌，皋陶乃赓载歌，又歌《五子之歌》，皆辞也。《书》辞非文邪？“属辞比事，《春秋》教也。”《春秋》之辞非文邪？《礼》有朝聘之辞，娶夫人

之辞，《乐》有登歌荐之辞。《礼》、《乐》之辞非文邪？《法言》曰："往者杨墨塞路，孟子辞而辟之，廓如也。"孟轲之辞非文邪？《太元》曰："元之辞也，沈以穷乎上，浮以际乎上。"扬雄之辞非文邪？是以文者辞之总，辞者文之用。"天之将丧斯文也，天之未丧斯文也"，不当称辞；"吉人之辞寡，躁人之辞多"，不当称文。文辞一也，但所适者有宜耳，何异涂云云哉。

他的友生又说："声病之辞，非文也。"龟蒙答云：

夫声成文谓之音，五音克谐，然后中律度。故《舜典》曰："诗言志，歌永言，声依永，律和声。"声之不和，病也。去其病则和；和则动天地，感鬼神，反不得谓之文乎？（《文》八〇〇）

这不惟提倡辞藻，亦且提倡声病了。陆龟蒙如此，皮日休何尝不然？序陆龟蒙《松陵集》云：

吾唐开元之世，易其体为律焉，始切于俪偶，拘于声势。《诗》云"觏闵既多，受侮不少"，其对也工矣。《尧典》曰"声依永，律和声"，其为律也甚矣。由汉及唐，诗之道尽矣。（《文》七九六）

于《郢州孟亭记》（孟浩然亭）亦称道"明皇世，章句之风，大得建安体"。又极力推崇孟浩然的诗句，谓可"与古人争胜于厘毫间也"（《文》七九七）。对杜牧的诋毁元白，也特作《论白居易荐徐凝屈张祜》一文，为之辩护：

祜初得名，乃作乐府艳发之词，其不羁之状，往往间见。凝之操履不见于史，然方干学诗于凝，赠之诗曰："吟得新诗草里论"，戏反其词谓"朴里老"也。方干世所谓简古者，且能讥凝，则凝之朴略椎鲁，从可知矣。乐天方以实行求才，荐凝而抑祜，其在当时，理其然也。令狐楚以祜诗三百篇上之，元稹曰，"雕虫小技或奖激之，恐害风教"。祜在元白时，其誉不甚持重。杜牧之刺池州，祜且老矣，诗益高，名益重。然牧之少年所为，亦近于祜，为祜恨白，理亦有之。余尝谓文章之难，在发源之难也。元白之心，本乎立教，乃寓意于乐府雍容宛转之词，谓之讽谕，谓之闲适。既持是得大名，时士翕然从之，师其词，失其旨，凡言之浮靡艳丽者，谓之"元白体"。二子规规攘臂解辩，而习俗既深，牢不可破，非二子之心也，所以发源者非也，可不戒哉？(《文》七九七)

这自然是入情入理，而且也是从"风教"立论，与杜牧的诋毁似乎同一出发点。但是不同，杜牧反对元白的"纤艳"，皮日休则相当的拥护元白的"雍容宛转之词"。《松陵集序》详论诗歌，谓"近代称温飞卿、李义山为之最"。他虽是古文家，却重视诗文的"雍容宛转""俪偶""声势"，推崇反古文的唯美作家温李，这是因为他既视文学为隐逸者的自慰的消遣品、骄人的工具，当然要力求美好了。

五　刘蜕罗隐的文章丧亡论

李杜皮陆以后的文学论，可以分为三派：一是古文家的文章丧亡论,二是诗人的香艳说和清丽说,三是香艳说和清丽说所激起的反对的论调。

伤惮文章丧亡者,当以刘蜕的《梓州兜率寺文冢铭》为最沉痛的表现,他拿他的文章二千七百八十纸,封而为冢云:

> 文冢者,长沙刘蜕复愚为文,不忍去其草,聚而封之也。蜕愚而不锐于用,百工之技天不工蜕也,而独文蜕焉。故饮食不忘于文,晦沈不忘于文,悲感怨愤疾病嬉游群居行役,未尝不以文为怀也。……

然而"获助于天,不获助于人",所以只有理之一法。其铭云:

> 文乎,文乎!有鬼神乎!风水惟贞,将利其子孙乎!(《文》七八九)

又《投知己书》也慨叹"其书空为来世吊已矣乎!"(《文》七八九)咳!这大概就是文章的出路了!

不只刘蜕叹文不见用,罗隐(833—909)也叹文不见用,《投知己书》云:

> 窃念理世之具,在乎文质。质去则文必随之;苟未去,则明天子未有不爱才贤,左右未有不汲善者。……而千百年后,风俗敝敛,居位者以先后礼绝,竞进者以毁誉相高,故吐一气,出一词,必与人为行止。……何昔人心与今人不相符也如是!若某者,正在机窖中,不惟性灵不通转,抑亦进退间多不合时

态，故开卷则悒悒自负，出门则不知所之，斯亦天地间不可入也！（《文》八九四）

但他比较达观，他不葬埋自己的文章，而希冀自己的文章能以立言垂后。《答贺兰友书》云："仆之所学者，不徒以竞科级于今之人，盖将以窥昔贤之行止，望作者之堂奥，期以方寸广圣人之道，可则垂于后代，不可则庶几致身于无愧之地，宁复虞时人之罪仆者与？"（《文》八九四）

六　韩偓欧阳炯的香艳说

香艳说要以韩偓、欧阳炯为代表。韩偓作有《香奁集》，自序云：

遐思宫体，未敢称庾信工文；却诮《玉台》，何必倩徐陵作序？粗得捧心之态，幸无折齿之惭。柳巷青楼，未尝糠秕；金闺绣户，始预风流。咀五色之灵芝，香生九窍；咽三危之瑞露，春动七情。如有责其不经，亦望以功掩过。（本书，又《文》八二九）

欧阳炯《花间集序》云：

镂玉雕琼，拟化工而迥巧；裁花剪叶，夺春艳以争鲜。是以唱云谣则金母词清，挹霞醴则穆王心醉。名高《白雪》，声声而自合鸾歌；响遏青云，字字而偏谐凤律。杨柳大堤之句，乐府相传；芙蓉曲渚之篇，豪家自制。莫不争高门下，三千玳瑁之簪，竞富樽前，数十珊瑚之树。则有绮筵公子，绣幌佳人，递叶叶之花笺，文抽丽锦，举纤纤之玉指，拍案香檀，不无清绝之辞，用助娇娆之态。自南朝之宫体，扇北里之倡风，何止言之不文，所谓秀而不实。有唐已降，率土之滨，家家之香径春风，宁寻越艳？处处之红楼夜月，自锁嫦娥。在明皇则有李太白应制《清平调词》四首，近代温飞卿复有《金筌集》。迩来作者，无愧前人。今卫尉少卿赵崇祚，以拾翠洲边，自得羽毛之异，织绡泉底，独殊机杼之功，广会众宾，时延佳论，因集近代诗客曲子词五百首，分为十卷。以炯粗预知音，辱请命题，仍为序引，命曰《花间集》。将使西园英哲，用涂羽盖之欢；南国婵娟，休唱莲舟之引。(本书，又《文》八九一)。

《香奁集》有原出和凝的传说，《花间集》本来是赵崇祚所编，不能遽谓为韩偓、欧阳炯的意见。但这是不相干的。说《香奁集》原出和凝的是沈括《梦溪笔谈》卷十六云："和鲁公凝有艳词一编，名《香奁集》。凝后贵，乃嫁其名为韩偓，今世传韩偓《香奁集》乃凝所为也。凝生平著述，分为《演纶》、《游艺》、《孝悌》、《疑狱》、《香奁》、《籯金》六集。自为《游艺集序》云："予有《香奁》、《籯金》二集，不行于世。"凝在政府，避议论，讳其名，又欲后人知，故于《游艺集序》实之，此凝之私也。"(《四部丛刊续编》本)然葛立方《韵语阳秋》卷五驳云："今观《香奁集》有《无题诗序》云：'余辛酉年，戏作无题诗十四韵，故奉常王公内翰、吴融舍人、令狐涣，相次属和。是岁十月末，一旦兵起，随驾西狩，文稿咸弃。丙寅岁，在福建，有苏時，以稿见授，得无题诗，因追味旧时，阙忘甚多。'予按《唐书・韩偓传》，偓尝与崔嗣定策诛刘季述，昭宗反正为功臣，与令狐涣同为中书舍人。其后韩全晦等劫帝西幸，偓夜追及鄠见帝，恸哭，至凤翔，迁兵部侍郎。天祐二年，挈其族依王审知而卒。以《纪运图》考之，辛酉乃昭宗天复元年，丙寅乃哀帝天祐二年。其序所云在福建有苏暐授其稿，则正依王审知时也。稽之于传与序，无一不合者，则此集韩偓所作无疑。而笔谈以为和凝嫁名于偓，特未考其详耳。”(《历代诗话》本)至《花间集》的为赵崇祚所编，不足以说明《花间集序》的不是欧阳炯的意见，相反的倒可以知道赵崇祚也持这种意见。《香奁集》是香艳诗，《花间集》是香艳词，总之是香艳文学；创作香艳文学，编辑香艳文学，为香艳文学作序鼓吹，当然是提倡香艳文学了。

七　韦庄韦縠的清丽说

清丽说要以韦庄、韦縠为代表。韦庄尝继姚合的《极元集》，“更采其元者，勒成《又元集》三卷”。自序云：

> 谢元晖文集盈编，止诵“澄江”之句；曹子建诗名冠古，惟吟“清夜”之篇。是知美稼千箱，两岐綦少；繁弦九变，大濩殊稀。入华林而珠树非多，阅众籁而紫箫惟一。所以撷芳林下，拾翠岩边，沙之汰之，始辨辟寒之宝，载雕载琢，方成瑚琏之珍。故知颔下采珠，难求十斛；管中窥豹，但取一斑。自国朝大手名人，以至今之作者，或百篇之内，时纪一章；或全集之中，微征数首。但掇其清词丽句，录在西斋；莫穷其巨派洪澜，任归东海。总共记得者才子一百五十人，诵得者名诗三百首。

（本书，又《文》八八九）

这就是说诗人虽多，作品虽夥，但《又元集》所采取的正是“清词丽句”。此外他还有《乞追赐李贺皇甫松等进士及第奏》云：

> 词人才子，时有遗贤，不沾一命于圣明，没作千年之恨骨。据臣所知，则有李贺、皇甫松、李群玉、陆龟蒙、赵光远、温庭筠、刘德仁、陆逵、傅锡、平曾、贾岛、刘稚珪、罗邺、方干，俱无显遇，皆有奇才，丽句清词，遍在词人之口，衔冤抱恨，竟为冥路之尘。伏望追赐进士及第，各赠补阙拾遗。（《文》八八九）

也是有取于他们的“丽句清词”，知韦庄对于诗的看法重在“清词丽句”。

韦縠编的《才调集》，与韦庄的编《又元集》相类。《又元集》的去取标准以是否“清词丽句”为断；至编辑的目的，则为的“长乐暇日，陋巷穷时，聊憾膝以书绅，匪攒心而就简”。韦縠《才调集自序》云：

> 余少博群言，常取得志，虽秋萤之照不远，而雕虫之见自佳。……暇日因阅李杜集、元白诗，其间天海混茫，风流挺持，遂采拔奥妙，并诸贤达章句，不可备录，各有编次。或闲窗展卷，月榭行吟，韵高而桂魄争光，词丽而春颜动美。但贵自乐所好，岂敢垂诸后昆。（本书，又《文》八九一）

也是以“韵高”“词丽”为去取标准，以“闲窗展卷，月榭行吟”为编辑目的。这是由于一方面社会日趋乱离，一方面他们得苟安于都市，既没有拯救社会的力量，也没有闻问社会的兴趣，由是或逃于色，或逃于艺，前者就反映为香艳说，后者就反映为清丽说。

八　黄滔吴融等的反艳丽说

香丽文学和清艳文学，纯粹在供给文人享乐，虽然有产生的社会条件，却于社会不利，所以激动反响，又产生了反对的论调。最激烈者当推黄滔，《与王雄书》云：

> 夫俪偶之辞，文家之戏也，焉可责其戏于作者乎？是若扬优喙于谏舌，啼妾态参妇德，得不为罪人乎？（《文》八二三）

又《答陈磻隐论诗书》云：

> 咸通乾符之际，斯道隳明，郑卫之声鼎沸，号之曰“今体才调歌诗”。援雅音而听者懵，语正道而对者睡。噫，王道兴衰，幸蜀迁洛，兆于斯矣！（同上）

此外，韦筹《文之章解》亦云：

> 垂日月所以为天也，光盛而形物于地；备礼乐所以成人也，言成而著训于简。非是而光者，烛龙爝火亦光矣；非是而言者，狂童诐子亦言矣。……人视影于地者，仰而见爝火，而不见日月，必曰非天文之章也；视辞章于简者久，而见狂滥，而

不见礼乐,则不曰非人文之章也,浸有不自文而章。《易》曰,“观乎人文以化成天下”,使章不自人文也,天下孰观而孰化?(《文》七八八)

顾云《唐风集序》引小宗伯河东裴公的话亦云:

圣上(唐昭宗)嫌文教之未张,思得如高宗朝拾遗陈公作诗,出没二雅,驰骤建安,削苦涩僻碎,略淫靡浅切,破艳冶之坚阵,擒雕巧之酋帅,皆摧撞折角,崩溃解散,扫荡词场,廓清文祲,然后有戴容州、刘随州、王江宁,率其徒扬鞭按辔,相与呵乐来朝与正道矣。(《文》八一五)

王赞《元英先生诗集序》亦云:

风雅不主于今之诗,而其流涉赋。今之诗盖起于汉魏南齐五代,文愈深,诗愈丽。陈隋之际,其君自好之,而浮靡浛瀎,流于淫乐。故曰音能亡国,信哉!(《文》八六五)

牛希济《文章论》亦云:

今国朝文士之作,有诗赋策论箴判赞颂碑铭书序文檄表记;此十六者,文章之区别也,制作不同,师模各异。然忘于教化之道,以妖艳为胜。

又云:

时俗所省者，唯诗赋两途，即有身不就学，口不知书，而能吟咏之列。是知浮艳之文，焉能臻于理道？今朝廷思尧舜治化之文，莫若退屈宋徐庾之学，以通经之儒，居燮理之任，以杨孟为侍从之臣，使居仁义治乱之道，日习于耳目。所谓"观乎人文，可以化成天下"也。

他们反对艳丽，是站在社会政治的立场，谓艳丽的诗歌有害于社会政治。所以说唐帝的幸蜀迁洛，兆于郑声的鼎沸。所以说"音能亡国"。所以慨叹"忘怀于教化之道，以妖艳为胜"。所以提倡教化文章。最显明的当推吴融。所作《禅月表序》云：

夫诗之作者，善善则咏颂之，恶恶则风刺之，苟不能本此二者，韵虽甚切，犹土木偶不生于气血，何所尚哉？自风雅之道息，为五言七言诗者，皆率拘以句度属对焉，既有所拘，则演情叙事不尽矣。且歌与诗，其道一也，然诗之所拘悉无之，足得于意，取非常语，语非常意，意又尽，则为善矣。国朝为能歌诗者不少。独李太白为称首，盖气骨高举，不失颂咏风刺之道。厥后白乐天为讽谏五十篇，亦一时之奇逸极言。昔张为作诗图五层，以白氏为广大教化主，不错矣。至于李长吉以降，皆以刻削峻拔、飞动文彩为第一流，而下笔不在洞房、蛾眉、神仙、诡怪之间，则掷之不顾。迩来相教学者，靡漫浸淫，困不知变。呜呼！亦风俗使然！君子萌一心，发一言，亦当有益于事，矧极思属词，得不动关于教化！（《文》八二〇）

黄滔《答陈磻隐论诗书》亦云：

先立行，次立言，言行相扶，言为心师，志之而以为诗，斯乃典谟训诰也。且夫诗本于国风王泽，将以刺上化下，苟不如是，曷诗人乎？

黄滔侧重破坏方面，所以激烈的攻击艳丽，然后提出诗的"刺上化下"；吴融侧重建设方面，所谓积极的提倡教化，然后排抵诗的拘于"刻削峻拔，飞动文彩"，"洞房、蛾眉、神仙、诡怪"：总之是反对艳丽，提倡教化。

九　刘昫徐铉的折中说

社会上一切现象的变动，是遵循着正反合的辩证的公式的。晚唐五代的文学论，既有艳丽说与反艳丽说的对抗，自然要有调合的折中说。关于这，当以刘昫及徐铉为代表。韩愈、柳宗元一班人本以古文名家，而刘昫却云：

贞元太和之间，以文学耸动搢绅之士者，宗元、禹锡而已。其巧丽渊博，属辞比事，诚一代之宏才。……韩李二文公，于陵迟之末，遑遑仁义，有志于持世范，欲以人文化成，而道未果也。至若抑杨墨，排释老，虽于道未弘，亦端士之用心也。（《旧唐书》卷一六〇韩愈诸人传论）

不称赞他们的"文以载道"，只称赞他们的"巧丽渊博，属辞比事"，而对"文辞""典丽"的苏味道、李峤、崔融、卢藏用、徐彦伯却又说：

房杜姚宋，俱立大功，咸以二族，谭为美风。苏李之学，一代之雄，有惭辅弼，称之岂同？凡人有言，未必有德。崔与卢徐，皆攻翰墨，文虽堪尚，义无可则。（同上卷九四苏味道诸人传赞）

而所推许的是不古不今，文质并重的元稹、白居易：

国初开文馆，高宗礼茂才，虞许擅价于前，苏李驰声于后，或位升台鼎，学际天人，润色之文，咸布编集。然而向古者伤于太僻，徇华者或至不经，龌龊者局于宫商，放纵者流于郑卫；若品调律度，扬榷古今，贤不肖皆赏其文，未如元白之盛也。（同上卷一六六元稹白居易传论）

序《文苑传》，也反对"是古非今"：

昔仲尼演三代之易，删诸国之诗，非求胜于昔贤，要取名于今代。实以淳朴之时伤质，民俗之语不经，故饰以文言。考之弦诵，然后致远不泥，永代作程。即知是古非今，未为通论。

又称赞沈隐侯的"斟酌二南，剖陈三变，摅渊云之抑郁，振潘陆之风徽，俾律吕和谐，宫商辑洽"，当然是注重丽词了。但又云：

爰及我朝，挺生贤俊。文皇帝解戎衣而开学校，饰贲帛而礼儒生，门罗吐凤之才，人擅握蛇之价，靡不发言为论，下笔成文，足以纬俗经邦，岂止雕章缛句，韵谐金奏，词炳丹青？故贞

观之风，同乎三代。（同上卷一九〇上，《全唐文》卷八五三作《进文苑表》）

又不以丽词为文章之能事，还须要有“纬俗经邦”的功用，纯粹是折中的论调。

刘昫一方面称赞“巧丽渊博”，一方面又不忘“纬俗经邦”，是在调合当时的清丽说与教世说。徐铉则主张诗是缘情的，但所谓情不一定是性爱之情，而是人情物情之情，是在调合当时的艳情的提倡与反对。于《文献太子诗集序》云：

鼓天下之动者在乎风，通天下之情者存乎言；形于风可以言者，其惟诗乎！（《文》八八一）

于《翰林学士江简公集序》云：

通万物之情者，在乎文辞。（同上）

于《萧庶子诗序》云：

人之所以灵者情也，情之所以通者言也。其或情之深，思之远，郁积乎中，不可以言尽者，则发为诗。（同上）

于《成氏诗集序》云：

诗之旨远矣，诗之用大矣，先王所以通政教，察风俗，故有

采诗之官，陈诗之职，物情上达，王泽下流。及斯道之不行也，犹足以吟咏性情，黼藻其身，非苟而已矣。(《文》八八二)

于《曲台奏议集序》云：

三代之文既远，两汉之风不振，怀芬薮者联袂，韵音响者比肩；《子虚》文丽用寡，而末世学者以为称首；《两京》文过其心，后之才士企而望之。嗟夫！为文而造情，污准而粉颡，若夫有斐君子，含章可正，和顺积中，而英华发外，周旋俯仰，金石之度彰，摛简下笔，鸾凤之文奋。必有其质，乃为之文，其积习欤，何其寡也！(《文》八八八)

这样，则既不是呆板的歌咏社会，也不是放荡的歌咏艳情，而又不背于缘情，不碍于世道，相反的学说融合了，矛盾的现象统一了。

第二章　诗格(上)

一　诗格的两个时代

诗格有两个盛兴的时代,一在初盛唐,一在晚唐五代以至宋代的初年。此两时代虽都讲诗格,但第一,前者所言,偏于粗浅的对偶,后者则进于精细的格律与微妙的比兴。第二,前者只讲"诗格",偶尔及于"赋",很少及于"文",后者虽亦以"诗格"为主,但也涉及"赋格""文格"。此其原因,以前者的兴起,其历史的领导者是六朝的声病说,社会的助力则由于初盛唐的以文治天下,以诗饰太平。声病说只是消极的避忌,所以仅能领导到进一步的粗浅的对偶。诗文的用途既异,所以对偶的巨手,不易伸展到文的园地(详四篇一、二章)。后者的兴起,其历史的领导者是初盛唐的对偶说,社会的助力则是由于时代丧乱,逼着朝野上下的文人走到消遣玩味的逃避现实的文艺路上(详本篇一章)。对偶说虽只是一种粗浅的方法,但较声病说已有长足的进步,其领导出来的方法,当然要青胜于蓝,益臻细密。整个的文艺既都走到消遣的玩味的路上,当然不惟诗要格律,赋与文也需要格律。

二　五代试士的注重诗格及赋格

这时的讲究格律,可以取证于考试诗文的标准。《册府元龟》卷六四一载后唐庄宗、明宗的累次下敕考官,挑剔考生的卷子,都是在字句格律上找毛病。如"庄宗同光三年三月敕礼部贡院"云:

> 览符蒙正、成僚等呈试诗赋,果有瑕疵。……况王彻体物可嘉,属辞甚妙,细披制作,最异侪流;但应试以效成,或求对而不切。桑维翰若无纰缪,稍有工夫,止当属对之间,累失求妍之美。……其王彻改为第一,桑维翰第二,符蒙正第三,成僚第四。

至明宗长兴元年六月敕中书门下细览详复新进士所试新文,中书门下所详复者,更极尽琐屑挑剔之能事,可算最有趣味的一段史料,各种文学史与文学批评史,尚少注意,急照录于下,以飨读者:

> 李飞赋内三处犯韵,李毂一处犯韵,兼诗内错书"青"字为"清"字,并以词翰可嘉,望特恕此误。今后举人词赋,属对并须要切,或有犯韵及诸杂违格,不得放及第。仍望付翰林别撰律诗赋各一首,具体式一一,晓示将来。举人合作者,即与及第。其李飞、樊吉、夏侯珙、吴油、王德柔、李毂等六人(此下疑有脱文)。卢价赋内"薄伐"字合平声字,今使侧声字,犯格。孙澄赋内"御"字韵使"宇"字,已落韵;又使"膂"字,是上声。有字韵中押"售"字,是去声,又有"朽"字犯韵。诗内"田"字

犯韵。李象赋内一句"六石庆兮并",合使此"奚"字;"道之以礼",合使此"导"字,及错下事尝字韵内使"方"字。诗中言"十千","十"字处合使平声字,"偏"字犯韵。杨文龟赋内均字韵内使"民"字;以君上为骖騑之士,失奉上之体;兼"善"字是上声,合押"遍"字是去声,如字内使"舆"字。诗中"遍"字犯韵。师均赋内"仁"字犯韵,"晏(疑为宴)如"书"晏如";又"河清海晏","晏"字不合韵,又无理,"晏"字即落韵。杨仁远赋内"赏罚"字书"伐"字,"御勤"字书"针"字。诗内"莲蒲"字合著平声字,兼"黍粱"不律。王谷赋内御字韵押"处"字,上声则落韵,去声则失理;善字韵内使"显"字,犯韵;如字韵押"殊"字,落韵。其卢价等七人望许令将来就试,仍放再取文解。高策赋内于字韵内使"依"字,疑其海外音讹,文意稍可,望特恕此。其郑朴赋内言"肱股",诗中"十千"字犯韵,又言"玉珠"。其郑朴许令将来就试,亦放取解。仍自此宾贡,每年只放一人,仍须事艺精奇。张文宝试士不得精当,望罚一季俸。(此与前条,都是陈东原先生告诉我的)

这样,自然作诗作赋都要讲求格律,自然要有大批的诗格赋格的书了。

三　材料的获得

晚唐五代以至宋初的诗歌是极讲格律的,所以产生了大批的诗格书,然以被正统派的文人所卑视的缘故,致使泰半亡佚,即存者亦无人注意。普通所知者只有齐己的《风骚旨格》。不记何年,我在北平隆福寺一书铺，购得清人顾龙振《诗学指南》一书，共八卷，卷三为魏文帝《诗格》、贾岛《二南密旨》、白居易《文苑诗格》、王昌龄《诗格》和《诗中密旨》、李峤《平诗格》、僧皎然《诗议》和《诗评》，卷四为李洪宣《缘情手鉴诗格》、徐衍《风骚要式》、僧齐己《风骚旨格》、僧文彧《诗格》、僧虚中《流类手鉴》、僧淳《诗评》、王玄《诗中旨格》、王睿《诗格》、王梦简《诗要格律》、徐寅《雅道机要》、白居易《金针诗格》、梅尧臣《续金针诗格》和《诗评》。自《缘情手鉴诗格》至《雅道机要》皆晚唐五代人所作，其余除王昌龄《诗格》、《诗中密旨》、僧皎然《诗议》、《诗评》，皆宋初人伪作。总之皆五代前后产品。

二十四年冬，北平琉璃厂文友堂书铺送售明人胡文焕《诗法统宗》，所收五代前后的诗格，较《诗学指南》更多僧保暹《处囊诀》一种。就相同的各种比较勘读，皆此详彼略，知《诗学指南》有节删，不是照原书校印。

二十六年夏，琉璃厂藜光阁书铺送售明刊本南宋陈应行《吟窗杂录》，所收五代前后诗格，与《诗法统宗》全同，字句亦无大异。知《诗法统宗》出于《吟窗杂录》，《诗学指南》出于《吟窗杂录》或《诗法统宗》不可知，但决不外此二书。

《诗学指南》不是难得之书，上海萃英书局有石印本，我也购得一部。但既有节删，便不能据见古人之全。文友堂的送售人说《诗法统宗》是《格致丛书》的一部分，核之沈乾一《丛书书目》，确是全同于《格致丛书》的评诗类，大概因为《格致丛书》本是陆续编刊，所以评诗类遂题为《诗法统宗》，分印单行。当时印了多少部不可知，可知的，除丛书目录外，很少论著。清祁承㸁《澹生堂书目》诗文评类载《诗法统宗》本《缘情手鉴》，题僧虚中撰，张冠李戴，知恐未见原书。《丛书书目》对于王睿、李洪宣、王玄、文彧、王梦简、徐寅、徐衍、保暹、虚中，都标为明人，知沈乾一及其所依据的他种丛书目录的编者，恐也未见全书。

藜光阁所送售《吟窗杂录》题南宋陈应行编，宋明著录皆谓为北宋蔡传撰，俟后详论，兹不预及。三书所收诗格，特别是五代人所作十一种，《旧唐书·经籍志》全然不载，《新唐书·艺文志》和《崇文总目》只载王睿一种，《宋史·艺文志》亦仅载王睿《神彧》（即《文彧》）二种。《宋秘书省四库阙书目》别集类载王睿《诗格》和僧虚中《诗物象疏类手鉴》二种，文史类载《疏类手镜》、《雅道机要论》和《风骚要试》三种，《疏类手镜》盖即《诗物象疏类手鉴》，所以实只四种，而且每种下都注有“阙”字。《直斋书录解题》云：“《秘书省四库阙书目》，……其阙者注阙字于逐书之下。”可见在宋代已经极少流传。至后人补修的史志，顾櫰三《补五代史艺文志》仅载《雅道机要论》一种，别有郑谷、齐己、黄损三人同撰的《诗格》一种。考黄朝宗《缃素杂记》云，“郑谷与齐己、黄损共定今体《诗格》”，但今已亡佚。卢文弨《宋史艺文志补》，一种不录。专门辑补五代和宋史《艺文志》的尚且如此，其他不问可知。但《直斋书录解题》及《通考·经籍考》著录甚详，知不是后人伪作。

四　王睿《炙毂子诗格》

《全唐诗》谓王睿是“元和（806—820）后诗人”。考《诗格》中引及李郢诗，《全唐诗话》说李郢是“大中进士”，《全唐诗》也说是“大中十年进士”。大中为宣宗年号，其十年当公元856年。《诗格》既引及李郢,当然更在其后,说是“元和后诗人”固不误,但失之宽泛。

《吟窗》、《统宗》作《炙毂子诗格》,《指南》只作《诗格》。考《新唐志》、《宋志》、《崇文总目》皆作《炙毂子诗格》,与《吟窗》、《统宗》同。晚唐五代的诗格书,似以此为最早。惟其如此,所以此书所提出的诗格,大概都比较普通,比较适用,与他书之过于繁密微细者不同。书中首“论章句所起”,就是三、四、五、六、七、八、九言等诗的起源。次论诗的体裁,计分为三韵、连珠、侧声、六言、三五七言(以上《指南》无),一篇血脉条贯、玄律、背律、计调、双关,模写景象含蓄,两句一意(《指南》无此体),句病,句内叠韵,共十四体。十四体中有的是尽人熟知的,如连珠、双关之类,有的是可以因名知义的,如一篇血脉条贯、两句一意之类;比较生疏的只有玄律、背律、计调三体。

玄律体的诗例是上四字全用侧声、上四字全用平声、律全用平、律全用侧四种。背律体的诗例是第五句合用侧声带起,却用平声,及不拘常格二种。计调的诗例是李郢的“青蛇上竹一种色,黄叶隔溪无限情”,说:“种字合用平,而用侧,是计调。”可知三种都是不守格律的格律,近于普通所谓“拗体”。至三种的区别:玄律似是平声或侧声的连用;背律则是应用平者用侧,或应用侧者用平,计调同于背律,不过律指一句的前半句,调指后半句(就《炙毂子诗格》言,似是如此),故背律之拗在一句的“带起”之字,计调之拗则在一句的“计调”之字而已。

五　李洪宣《缘情手鉴诗格》

《缘情手鉴诗格》,《吟窗》、《统宗》题樵人李洪宣撰,《指南》亦题李洪宣撰，惟无“樵人”二字。陈振孙《直斋书录解题》（以下简称《陈录》）云：“题樵人李宏宜撰，未详何人，当在五代前。”洪宏音同，宣宜形近，未知孰是。书中所引诗人，止有方干和杜紫薇，都是晚唐人，无五代以后人，谓“当在五代前”，庶几近之。

他所提出的诗格，属于消极避忌者，如说：“诗有五不得：一曰不得以虚大为高古，二曰不得以缓漫为淡泞，三曰不得以诡怪为新奇，四曰不得以错用为独善，五曰不得以烂熟为隐约。”又说：“诗忌俗字，‘摩挲’‘抖擞’之类，是也。”（以上《指南》无）属于积极提倡者：一，束散法，引诗曰：“山暗云凝树，江春水接天。”说：“云字，水字，是束散法也。”二，审对法，引方干诗：“鹤盘远势投孤屿，蝉曳残声过别枝。”说：“此即深失力也。切宜忌之。”三，自然对格，引杜紫薇诗：“人世难逢开口笑，菊花须插满头归。”说：“人世菊花，是也。”又说：“诗有三格，一曰意，二曰理，三曰景。”（此条《指南》无）也大体都是普通的格律。

六　齐己《风骚旨格》

《炙毂子诗格》及《缘情手鉴诗格》所提出的“诗格”很少，大批的“诗格”的提出，要推齐己的《风骚旨格》，这或者就是《风骚旨格》所以风行的原因。书中首说六诗：

> 一曰大雅，二曰小雅，三曰正风，四曰变风，五曰变大雅，六曰变小雅。

次说诗有六义：

一曰风，二曰赋，三曰比，四曰兴，五曰雅，六曰颂。

次说诗有十体：

一曰高古，二曰清奇，三曰远近，四曰双分，五曰背非，六曰无虚，七曰是非，八曰清洁，九曰覆妆，十曰阖门。

次说诗有十势：

狮子返踯(《津逮秘书》诸本作掷)势，猛虎踞林势，丹凤衔珠势，毒龙顾尾势，孤雁失群势，洪河侧掌势，龙凤交吟势，猛虎投涧势，龙潜巨浸势，鲸吞巨海势。

次说诗有二十式：

一曰出入，二曰高逸，三曰出尘，四曰回避，五曰并行，六曰艰难，七曰达时，八曰度量，九曰失时，十曰静兴，十一曰知时，十二曰暗会，十三曰直拟，十四曰返本，十五曰功勋，十六曰抛掷，十七曰背非，十八曰进退，十九曰礼义，二十曰兀坐。

次说诗有四十门：

一曰皇道，二曰始终，三曰悲喜，四曰隐显，五曰惆怅，六曰道情，七曰得意，八曰背时，九曰正风，十曰反顾，十一曰乱道，十二曰抱直，十三曰世情，十四曰康救，十五曰贞（《津逮秘书》诸本作真）孝，十六曰薄情，十七曰忠正，十八曰相成，十九曰嗟叹，二十曰俟时，二十一曰清苦，二十二曰骚愁，二十三曰眷恋，二十四曰想象，二十五曰志气，二十六曰双拟，二十七曰向时，二十八曰伤心，二十九曰鉴戒，三十曰神仙，三十一曰破除，三十二曰蹇塞，三十三曰鬼怪，三十四曰纰缪，三十五曰世变，三十六曰雅风，三十七曰叹羡，三十八曰是非，三十九曰理义，四十曰清洁。

次说诗有六断：

一曰合题，二曰背题，三曰即事，四曰因起，五曰不尽意，六曰取时。

最后说诗有三格：

一曰上格用意，二曰中格用气，三曰下格用事。

每一种后都没有解释，而举出两句或四句诗为例。如上格用意后举诗曰："那堪怀远路，尤自上高楼。"又诗："九江有浪船难济，三峡无猿客自愁。"

六诗与六义是传统的旧话，其余是齐己的新说。新说中如十体，十势，二十式，六断及三格，是作诗的方法；四十门是作诗的题材。自然这是大体的分别，实则题材与方法，是分不开的，所以选材亦是方法之一,方法亦决定于题材。十体中有背非,四十门中也有背非,所举诗例,同样是“山河终决胜,楚汉且横行”,一方面可见他分门别类的不精确,一方面也可以知道方法与题材的关系密切,所以致使一种跨居两类。

七　虚中《流类手鉴》

虚中是齐己的诗友,齐己诗中有《谢虚中上人寄示题天策阁诗》、《谢虚中寄新诗》等作。《宋秘书省四库阙目》(以下简称《宋阙目》)别集类著僧虚中《诗物象疏类手镜》一卷,文史类又著《疏类手鉴》一卷,叶德辉考证谓系重见。今案“疏”字盖为“流”字形误。《陈录》作《流类手鉴》,《吟窗》、《统宗》、《指南》亦俱作《流类手鉴》。

书中所提示的,大部分是“物象流类”,共有五十五类之多。头一类是“巡狩,明帝王行也”。最末一类是“土,比信与长生也”。随后是“举诗类别”,大概就是“物象流类”的择要举例。如举马戴诗“日落月未上,鸟栖人独行”,说:“以上比小人获安,君子失时也。”

又此书重在讨论比体,所列物象五十五类,都是比某某也。发端有近似序文的一段话云:“夫诗道幽远,理入玄微,凡俗罔知,以为浅近。真诗之人,心合造化,言含万象。且天地日月草木烟云,皆随我用,合我晦明。此则诗人之言,应于物象,岂可易哉?”不过比体固是诗法之一,而无处不用比,无物不作比,甚至以“梧桐比大位”,以“羊犬比小物”,一则比之不以其类,二则也晦暗不明。

八　徐衍《风骚要式》

《宋阙目》文史类著徐衍《风骚要试》一卷，叶德辉考证云："按《陈录》试作式。"《陈录》云："《风骚要式》一卷，徐衍述，亦未详何时人。"考书中每以齐己、郑谷、虚中诸人诗为例，知在诸人之后，或者是五代宋初人。首云：

> 夫诗之要道，是大圣古人之枢机，故可以颂，可以讽，迩之事父，远之事君。今之辞人，往往自讽自刺而不能觉。前代诗人亦曾微露天机，少彰要道。白乐天云："鸳鸯绣了从交看，莫把金针度与人。"禅月亦云："千人万人中，一人两人知。"以是而论，不可妄授。

知此书与《流类手鉴》相似，不重在示人以诗的艺术方法，而重在示人以美刺方法。此种方法共分五门：一，君臣门；二，物象门；三，兴题门；四，创意门；五，琢磨门（《指南》琢磨门为第二，所举诗例亦有倒置）。

君臣门似提示君臣美刺，如举齐己《春日书怀》："一气不言含有象，万灵何处谢无私。"说："此是大雅，美帝王盛德之形容也。"举郑谷《登渭阳楼》诗："后车能见前车覆，今日难忘昔日忧。"说："此乱时已兆，君暗小人竞进也。"

物象门引虚中云："物象者，诗之至要，苟不体而用之，何异登山命舟，行川索马，虽及其时，岂及其用？"足证他颇受虚中的影响。所引当出于《流类手鉴》，今本失载，知已有残缺。

兴题门似就题寓讽刺之意,如谓:“野步野眺,贤人观国之光也;……病中,贤人不得志也。”

创意门原有界说云:“美颂不可情奢,情奢则轻浮见矣;讽刺不可怒张,怒张则筋骨露矣。”

琢磨门亦有界说云:“夫用文字要清浊相半,言虽容易,理必求险,句忌凡俗,意便质厚。”

大概晚唐五代的诗人,虽躲在“象牙之塔”,创作消遣玩味的文艺,而社会丧乱的感发刺激,诗主美刺的传统见解,使他们不能完全忘世。既不能完全忘世,又惩于元白讽刺诗的遭忌受祸,由是想出种种的微妙的讽刺法。《风骚要式》固然如此,《流类手鉴》又何尝不然。从结果言,此种讽刺法幽隐难明,难生实效,从动机言,则已大费苦心了。

九 徐寅《雅道机要》

《宋阙目》载《雅道机要论》一卷,不著作者。《陈录》载《雅道机要》二卷,言“前卷不知何人,后卷称徐寅撰”。今《吟窗》、《统宗》及《指南》皆一卷,亦题徐寅撰,不知《陈录》所谓前卷,是否在内?

《五代诗话》卷六引《涌幢小品》云:“徐寅,莆田人,乾宁中进士。海内多故,依王审知。”《旧唐书》卷一三四亦称他因献赋梁祖,辞伤后唐武皇,庄宗告王审知使者,认为是父母之仇,不可同天,坐是终于秘书正字。然则他是后梁后唐时人。

《雅道机要》中首“明门户差别”,计为隐显、惆怅、相成、乱道、抱直、世情、正敕、嗟叹、俟时、清苦、骚愁、眷恋、志气、双拟、向时、伤时、鉴识、神仙、蹇蹇、动静二十门(《指南》不载,注云:"后列齐己四十门之半。")此二十门大体出齐己《风骚旨格》所说的四十门,惟彼无动静门,又伤时彼作伤心,鉴识彼作鉴戒,蹇蹇彼作蹇塞。次"明联句深浅",共二十种句(《指南》不载,注云:"后列齐己二十式。")略同于《风骚旨格》的二十式;不同者,只有不对句和十字句两种;又《旨格》无悲喜句,但四十门内有悲喜门。次"明势含升降",共八势,洪河侧掌、丹凤衔珠、孤雁失群、猛虎跳(《旨格》作投)涧、龙凤交吟、猛虎踞林六势,全出《风骚旨格》的十势;不同者只有云雾绕山、孤峰直起二势(《指南》不载,注云:"后列齐己十势。")次"明体裁变通",共十体,出于《风骚旨格》的十体(《指南》不载,注云:"后列齐己十体。")陈振孙谓前卷不知何人,或者因为是录齐己之说,未便据为己有,故未标姓名。但前半虽出于钞袭,却与后半脉络联贯,知钞袭者或者就是徐寅,所以《吟窗》、《统宗》及《指南》一概认为是徐寅所作。惜别无证据,不敢遽然断定。

"明体裁变通"以后是"明意包内外"。次有脱误,就其所举例证而言,似在叙明题类。次"叙体格",说:"诗有十一不:一曰不时态,二曰不繁杂,三曰不质朴,四曰不才调,五曰不囚缚,六曰不沉静,七曰不细碎,八曰不怪异,九曰不浮艳,十曰不僻涩,十一曰不文藻。"次"叙句度",说:"或语,或句,或含景语,或一句一景,或句中语,或破题,或领联,或腹中,或断句,皆有势向不同,南宗则二句见意,北宗则一句见意。"(原无见意二字,以意校补。自或语以下,《指南》无)次"叙搜觅意",次"叙磨炼",次"叙血脉",次"叙通变",次"叙分部",最后"叙明断",按名可以知义,故不一一阐叙。

前半虽有钞袭《风骚旨格》之嫌,但全书所说到的方面较多,所提示的方法亦较细,比《风骚旨格》、《流类手鉴》等书,更进步了,同时也更琐屑了。

十　王玄《诗中旨格》

《陈录》无《诗中旨格》,而有《拟皎然十九字》一卷,说是:"称正字王元撰,不知何时人。"今《诗中旨格》亦题正字王玄撰,最后一部分标为"拟皎然十九字体",或陈振孙所见不全,否则是全书亦名"拟皎然十九字"。观其他部分,与《拟皎然十九字体》所引诗人略同,知其他部分亦出王玄之手,不是后人伪作。所引诗人,若贾休、莫休、僧扈、僧可、李昌遇、处伦、陈况、韩喜、西蟾、李鹗、何景山、番复之类,一时别无可考,益知决非伪造,因为伪造者很难找到这多的不甚知名的诗人。至有时代可考者,除王维、孟浩然、戴叔伦、贾岛、姚合外,都是晚唐五代人。惟刘昭见《宋诗纪事补》卷七十六,元昉见《宋诗纪事》卷九十三,但都无年代行历,与此书所引,不知是否一人。《全唐诗》载王玄《听琴》一首,列在"无世次爵里可考者"之下。然则大概是五代时人,宋初或犹生存。

书中发端云:"予平生于二南之道,劳其形,酷其思,粗著于篇,虽无遗格之才,颇见坠骚之志。且诗者,在心为志,发言为诗,时明则咏,时暗则刺之。"知全书重在提示咏时刺时的方法,与《流类手鉴》、《风骚要式》略同。固然他说"今具诗格于后",但并不同其他诗格书的提举许多的格律,只是举了八十多首诗例,而于每一诗例后,加上咏时或刺时的考语。如举杜荀鹤诗云:"年年道我蚕辛苦,底事浑身著苎麻?”说:“此比君子志未就也。”举齐己《莺诗》云:“晓来枝上千般语,似向桃花话旧情。”说:“此得时之意也。”

《拟皎然十九字体》,是就皎然所提出的高、逸、贞、忠、节、志、气、情、思、德、诫、闲、达、悲、冤、意、力、静、远十九字,加以解释,实以诗例。如谓“风韵朗畅曰高”,举廖融《寄天台逸人》“又闻乘桂楫,载月十洲行”,说:“此高字格也。”他类是,不具引。

十一　王梦简《诗要格律》

《陈录》载《诗格要律》一卷,题进士王梦简撰。今《吟窗》、《统宗》及《指南》,亦题进士王梦简撰,惟书名作“诗要格律”,未知孰是。

所引诗人,与《诗中旨格》略相仿,可知者大半是晚唐五代人,不见《全唐诗》者,有康道、郄殷象、李颖、欧阳皓四人,亦不见《宋诗纪事》及《宋诗纪事补》,所以王梦简大概也是五代时人,是否宋初犹存,也不可知。

晚唐五代的诗格书,可以分为两大派:一派注重艺术技巧的方法,如《风骚旨格》与《雅道机要》;一派注重讽咏时政的方法,如《流类手鉴》、《风骚要式》及《诗中旨格》。此书也许是因为较后出的缘故,兼采两派之说,既注重艺术技巧,也注重讽咏时政。所以先言六义,后列二十六门,说:“六义合于诸门,即尽其理也。”

六义就是风、赋、比、兴、雅、颂,不过他的解释比较异样。他说:“风,与讽同义,含皇风,明王业,正人伦,归正宜也。赋,赋其事体,伸冤雪苦,纪功立业,旌著物情,宣王化,以合史籍者也。比,事相于比，不失正道，易明而难辨，切忌比之不当。兴，起意有神勇锐气，不失其正也。雅，消息孤松，白云高僧，大儒雅也。颂，赞咏君臣有道，百执有功于国。”知他所谓六义都离不开政治，而应用六义以作诗者，自然要讽咏政治。所以他的提出六义，是在示人以讽咏政治的方法。

二十六门，与《风骚旨格》的四十门同者，有礼义(《旨格》作理义)、嗟叹、终始(《旨格》作始终)、是非、鬼怪五门，但所举诗例不同。又《旨格》有皇道门，所举诗例为：“明堂坐天子，月朔朝诸侯。”此有君臣门，亦举及此诗。其余二十门为高大、忠孝、富贵、怨刺、歌颂、含蓄、物理、齐物理、性情、映带、造化、进退、象外、今古达观、宇宙达观、高逸、了达、大古意、隐静、恐怖。门类的提出，自然在示人以艺术的技巧方法，但各门都无解题，只举两三个人的诗为例，而于后面注明合六义的某一种。如宇宙达观门举郑谷诗句：“春为沙罗客，家在鹧鸪天。”注明合赋。又举黄损诗句：“水愔武陵门，山忆武陵深。”注明合雅，则艺术的技巧，与六义的讽咏，冶为一炉了。

十二　桂林淳大师《诗评》

《陈录》著录一卷，言“桂林僧□淳撰”。僧下注“原阙”二字，《吟窗》、《统宗》及《指南》直题桂林淳大师，或者因为既不知叫什么淳，遂径题为淳大师。淳大师是何时人不可考。《宋诗纪事》卷九十二《释子》下云：“景淳，元丰初桂林僧。”但与此似乎不是一人。因为《诗评》所引诗，可知者大都是晚唐五代诗，所以作者似是五代宋初人。元丰(1078—1085)是宋神宗的年号,距五代宋初(961)已百数十年,与书内所显示的时代不相应。

此书与《诗要格律》相仿,一方面讲诗的含蓄,一方面讲诗的格律。讲含蓄者如首云:"夫(《统宗》作天,盖误)缘情蓄意,诗之要旨也。"又云:"诗之言为意之壳,如人间果实,厥状未坏(《统宗》作壤,疑误)者,外壳而内肉也;如铅中金、石中玉、水中盐、色中胶,皆不可见,使天下人不知诗者,视至灰劫,但见其言,不知其意,斯为妙也。"后来严羽《沧浪诗话》称赞"盛唐诗人,惟在兴趣,羚羊挂角,无迹可求。故其妙处透彻玲珑,不可凑泊,如空中之音,相中之色,水中之月,镜中之象,言有尽而意无穷",为千古讲诗学者所宗,实则显然受《诗评》的影响;然则《诗评》的价值已于此可见了。

至讲到诗的格律,《诗评》先分为象外句、当句对、当字对、假色对、假数对、十字句、十字对、镂水八格。惟镂水格下有解题云:"著句轻清,好看也。"(《统宗》无"著"字,"好"上有"暂"字)其余皆只举句诗例,并无解题。大概因为义甚明显,所以不用解题。又云:"凡为诗要识体势,或状同山立,或势若河流。"因此又立二势格,一是盘古格,一是腾骧格。二种势格,各举了若干诗例。于盘古格诗例后云:"以上并是形势,但不得动。"于腾骧格诗例后云:"以上并是语势,不定作用者也。"二者比而观之,或者状同山立者曰盘古格。势若河流者曰腾骧格。至此二格与前八格不同者,前八格说"句",此二格说"势"。

句格势格以外,又说:"诗有三体,一曰诗人之体为上,二曰骚人之体为中,三曰事流之体为下。"(《指南》无)又说:"诗有二断,一曰离题断,二曰抱题断。"又说:"诗有四题体,一曰第一句见题,二曰第二句见题,三曰第三句见题,四曰第四句见题。"题体是入题，题断是结题，其义甚明，无庸甲述。至就全篇而言，则别列独体、摘纵二格。独体格举《廖处士游般若寺上方》诗，说："此诗只说寺中意，别无作用，故名独体。"然则独体近于赋比兴的赋体。至摘纵格则近于文章家所谓大开大合，发端离题渐远，最后才急转扣题。

十三　文彧《诗格》

《吟窗》、《统宗》题文彧《诗格》，沙门文彧撰；《指南》只题《诗格》，僧文彧撰。《宋诗纪事》卷九十一云："文彧号文宝大师，有《诗格》。"但《陈录》、《通考》、《宋志》，均作神彧，盖即一人。《宋诗纪事》没有说到他的生卒，《诗格》所引诗，标明作者都是晚唐五代人，知彧是五代宋初人。

书中共分八部分：

一论破题，谓诗有五种破题：一曰就题，"用题目便为首句是也"。二曰直致，"就题中变其事以为首句是也"。三曰离题，"外取其首句，免有伤触是也"。四曰粘题，"破题上下二句，重用其字是也"。五曰入玄，"取其意句绵密，只可以会意，不可以言宣也"。

二论颔联云："一曰句到意不到，二曰意到句不到，三曰意句俱到，四曰意句俱不到。"

三论诗腹云："亦云景联，与颔联相应，不得错用。"

四论诗尾云："亦云断句，亦云落句，须含蓄旨趣。"

二种皆未细分。论诗尾引《春闺》诗："欲寄回纹字，相思织不成。"说："此乃意句俱到也。"知诗腹诗尾亦按意句分为四种，以已详颔联，故未重说。

五论诗病云:“为诗者难得全篇造于玄妙。”知是泛言诗中的毛病,并不同于六朝隋唐的声病说。

六论诗有所得字云:“冥搜意句,全在一字包括大义。”

七论诗势云:“诗有十势:一曰芙蓉映水势,二曰龙潜巨浸势,三曰龙行虎步势,四曰狮掷(疑夺一势字),五曰寒松病枝势,六曰风动势,七曰惊鸿背飞势,八曰离合势,九曰孤鸿出塞势,十曰虎纵出群势。”龙潜巨浸势已见《风骚旨格》,狮掷势或即同于《风骚旨格》的狮子返掷势,孤鸿出塞势或即同于《风骚旨格》的孤雁失群势。大概是因《风骚旨格》而又别增几势。

八论诗道云:“至玄至妙,非言所及,若悟诗道,方知其难。”可谓不道之道了。

十四　保暹《处囊诀》

《宋诗纪事补遗》卷九十六云:“保暹字希白,金华人,普惠院僧。喜为诗,著有《青囊诀》一卷。景德初,直昭文馆。陈充所序《九僧诗》,暹其一也。”《光绪金华县志》卷十一人物传,与此略同,惟《青囊诀》作《处囊诀》(储皖峰先生告知)。《陈录》、《通考》,亦皆作《处囊诀》,今《吟窗》、《统宗》亦皆作《处囊诀》。

其他诗格书率注重艺术技巧或讽刺方法,《处囊诀》则注重诗之用,首云:“夫诗之用,放则月满烟江,收则云空岳渎,而情忘道合,父子相存;明昧已分,君臣在位;感动神鬼,天机不测:是诗之大用也。”又云:“夫诗之用也,生凡育圣,该古括今,恢廓含容,卷舒有据,是诗之妙用也。”又云:“诗有五用,一曰其静莫若定,二曰其动莫若情，三曰其情莫若逸，四曰其音莫若合，五曰其形莫若象。”其所谓用并不同于普通的以诗刺政治，或以诗察民风，而是一种神秘的不可思议的享用之用。这当然与保暹是僧人有关，但晚唐五代本以诗为消遣玩味的艺术，神秘的享用主义不过是消遣玩味的进一步而已。

至讲到格律，他以为“诗有七病：一曰骈经之病，二曰钓锁之病，三曰轻浮之病，四曰剪辞之病，五曰狂辞之病，六曰逸辞之病，七曰背题离目之病。”又云：“诗有四合题目：一曰放意远，二曰得句新，三曰语常用事密，四曰莫与古人用事同。”又云：“诗有眼。”所谓眼，就是诗中的主眼，如举贾生《逢僧》诗：“天上中秋月，人间半世灯。”说：“灯字乃是眼也。”盖又由五代的体势比兴的格律，进于宋代的诗病诗眼的格律了。

第三章　诗格（下）

一　旧题魏文帝《诗格》

除了上章所述的十一种诗格以外，还有伪记的魏文帝《诗格》，贾岛《二南密旨》，白居易《文苑诗格》、《金针诗格》，梅尧臣《续金针诗格》、《诗评》六种，伪托的时代大概也在五代以至北宋。

《吟窗》、《统宗》、《指南》都收有魏文帝《诗格》。《四库提要》卷一九七《诗文评类存目·吟窗杂录》下云："开卷魏文帝《诗格》一卷，乃盛论律诗，所引皆六朝以后之句，尤不足排斥。"考《文镜秘府论》，未引及此书，知伪托的时代，大概在遍照金刚以后。书中的八病条平头下引及梅圣俞，知伪托的时代，直然在伪托的《续金针诗格》之后。但八病条所述即沈约所立八病，见于《秘府论》西卷的《文二十八种病》（详三篇五章一节）。八对条所述为：正名、隔句、双声、叠韵、连绵、异类、回文、双拟八对，见于《秘府论》东卷的《文二十九种对》（详四篇一章三节）。还有六志条，亦与《秘府论》地卷的《六志类》，大致从同。兹校列于下：

（一）直言志（《诗格》无志字，下同）——"直言志者（此句《诗格》无),谓的中物体,指事而言,不借余风,别论其咏(二句《诗格》无)。即拟作(三字《诗格》作如)《屏风》诗曰:'绿叶江中夏,红花雪里春(二句《诗格》无)。去马不移迹(《诗格》作足),来车岂动轮(《诗格》作尘)。'"

(二)比附志——"比附志者(此句《诗格》无),谓论体写状,寄物方形,意托斯间,流言彼处(二句《诗格》无)。即拟作(三字《诗格》作如)《赠别》诗曰:'离情弦上怨,别曲雁边嘶。低(原注别本行)云百种(原注又作千过)郁,垂露几(原注又作千)行啼。'"(二句《诗格》无)

(三)寄怀志——"寄怀志者(此句《诗格》无),谓含情郁抑,语带讥微,事列膏肓,词褒谲诡(二句《诗格》无)。即拟作(三字《诗格》作如)《幽兰》诗曰:'日月虽不照,馨香要自丰(二句《诗格》无);有怨生幽地,无情(《秘府论》作由)逐远风。'"

(四)起赋(《诗格》作赋起)志——"起赋志者(此句《诗格》无),谓行行论古事,指列今情,模《春秋》之旧风,起笔札之新号,或指人为定,就行以题篇;或立事立成规□□□□。由不遣笔,附申名号,论志浮言,例此之徒,皆名起赋,即拟作《赋得鲁司寇词》,诗曰:'隐见通荣辱,行藏备卷舒。避席谈曾子,趋庭诲伯鱼。'"(《诗格》作:"赋起谓就迹题篇,因事遣笔。如《赞鲁司寇》诗'避席谈曾子,趋庭诲伯鱼'。")

(五)贬毁志——"贬毁志者,谓指物实佳,兴文道恶,他言你是,我说官非,文笔见贬,言词致毁,证善为恶,因以名之。即拟作《田家》诗曰:'有意嫌千古,无心羡九卿,且悦邱园好,何论冠盖生。'"(《诗格》作:"贬毁谓指物实佳,兴文要毁其美。如《田家》诗:'且悦邱园死,未甘冠盖荣。'")

（六）赞誉志——“赞誉志者，谓心珍贱物，言贵者不如意重，今人先贤之莫及。词褒笔味，玄欺丰岁之珠，语赞文峰，剧胜肌年之粟。小中出大，短内生长，拔滞升微，方云赞誉。即拟作《善人》诗，诗曰：‘宋猎何须说，虞姬未足谈。颊态花翻愧，眉成月例惭。’”（《诗格》作：“赞誉谓小中出大，短内生长。如古诗：‘妆罢花更愧，眉成月对惭。’”）

由此知伪托的时代虽然很晚，征存的诗说则或者很早。

二　旧题贾岛《二南密旨》

《新唐志》、《崇文总目》，俱载贾岛《诗格》一卷，《宋志》作《诗格密旨》，《陈录》及《通考》俱作《二南密旨》，盖即一书。《陈录》云：“凡十五门，恐亦依托。”今本亦作《二南密旨》，《四库提要》卷一九七《诗文评存目》一据“于陈氏所云十五门外，增立四十七门”，且“辗转推寻，数皆不合”，断为“伪本之重儓”。实则谓不是贾岛作是对的，因为与贾岛时的诗风不相应；谓是“伪本之重儓”，则不见得。王玄的《诗中密旨》，《陈录》只载《拟皎然十九字》一部分，但其余部分，我们知道也不是后人的伪作（详前章十节）。《二南密旨》最末题云：“以上十五门，不可妄传。”陈氏或据此说是“凡十五门”，不知十五门外，还有其他部分。这是因为陈氏对这些诗格虽惠予著录，但非常卑视，由是不细细翻阅，便草草“解题”。因此，如没有别的证据，只据《陈录》断为“伪本之重儓”，是很危险的。

《四库提要》又诋其“以卢纶‘月照何年树，花逢几度春’句为大雅;以钱起‘好风能自至,明月不须期’句为小雅;以《卫风》‘日居月诸,胡迭而微’句为变大雅;以‘绿衣黄裳’句为小雅;以《召南》‘林有朴樕,野有死鹿’句及鲍照‘申黜褒女进,班去赵姬升’句,钱起‘竹怜新雨后,山爱夕阳时’句为南宗;以《卫风》‘我心匪石,不可转也’句,左思‘吾爱段干木,偃息藩魏君’句,卢纶诗‘谁知樵子径,得到葛洪家’句为北宗,皆有如呓语。其论总例物象一门,尤一字不通。”但五代前后的诗格却正是如此。即如尽人皆知的《风骚旨格》即以“一气不言含有象,万灵何处谢无私”为大雅;以“天流皓月色,池散芰荷香”为小雅;以“蝉离楚树鸣犹少,叶到嵩山落更多”为变大雅;以“寒禽黏古树,积雪占苍苔”为变小雅,与此毫无两样。以四库馆臣的眼光看来,也应当是“有如呓语”。近儒多谓,“雅”指语音歌调而言,但过去的学者偏要说“风正四方谓之雅”。以今视之,何尝不是“有如呓语”。不过我们要知道,就对《诗经》上的风雅颂的解释而言,固是穿凿附会;若就倡此说者的见解而言,正是他的一种主张。过去的中国著述界,本来是“以述为作”的,如认为是“述”,那自然有点文不对题;但我们不要忘记,他本来是借以表现自己的见解的。

“南宗”“北宗”之分,也是那时的说法。如《流类手鉴》便说:“诗有二宗,第四句见题是南宗,第八句见题是北宗。”这种说法的来源,未曾深考;《秘府论》南卷《论文意类》云“司马迁为北宗,贾生为南宗”,可见至晚在中唐便已经有了。“论总例物象”,是一种比况的抒写方法,如举天地、日月、夫妇,说是“君臣也,明暗以体判用”。虽然我们也嫌其晦涩难明,但这也是那时流行的诗说,如《流类手鉴》便差不多全是这种方法的提叙。所以作者虽不是贾岛,但大概出于五代前后,决不是“伪本之重儓”。

书中首论六义，次论风之所以，风骚之所由，二雅大小正旨，变大小雅；次论南北二宗例古今正体，《四库提要》都提过了。次论立格渊奥，说诗有三格，一曰情，二曰意，三曰事；就题可以知意，无庸赘叙。次论古人道理一贯，是说“诗教古今之道皆然”的。次论题目所由，说题目“如人之眼目，眼目俱明，则全其人中之相，足可坐窥万象”。次论篇目正理用，是说各种篇目的作用，如说：“梦游仙，刺君臣道阻也；水边，趋进道阻也。”此类末有“以上四十七门略举大纲也”十一字，《四库提要》说“辗转推寻，数皆不合”。今案此类共举二十九门，前边论六义六门，自论风之所以至论变大小雅共四门，论南北二宗及南宗例、北宗例共三门，诗格情、意、事三门，古今道理一贯一门，题目所由一门，恰为四十七门，或即指此。次论物象是诗家之作用，次论引古证用物象，次总论例物象，都是讲以物象比况“君臣之化”的。次论总显大意，次论裁体升降：前者是论诗意的，后者是论诗体的。最后有“以上一十五门，不可妄传”十字，与陈振孙所言相合。但如除去前边的四十七门，实只五门，不知是否“十”字衍文，假使“十”字是衍文，则“一”字当然是后人所加了。

三　旧题白居易《金针诗格》及梅尧臣《续金针诗格》

《金针诗格》和《文苑诗格》的不作于白居易，《续金针诗格》和《诗评》的不作于梅尧臣，是无问题的，问题在伪作的时代。胡仔《苕溪渔隐丛话》前集卷八引《诗眼》云：“世俗所谓乐天《金针集》，殊鄙浅，然其中有可取者，‘炼句不如炼意’，非老于文学者，不能道此。又云'炼字不如炼句',则未安也,好句须有好字。"今《金针诗格》托白居易云:"自此味其诗理,撮其体要,为一格目,曰《金针集》"。可见《诗眼》所谓《金针集》,就是《金针诗格》。所引"炼句不如炼意","炼字不如炼句",在书中的诗有四炼条(《诗学指南》本无,因彼非全本)。《渔隐丛话》未言《诗眼》作者,考《郡斋读书志》、《直斋书录解题》、《通考·经籍考》并著《潜溪诗眼》一卷,或即此书。晁公武云:"范温元实撰。温,祖禹之子,学诗于黄庭坚。"《诗眼》已引及此书,则其年代更在前可知。至《续金针诗格》,实是《金针诗格》的改装。二书的异同如下;

《金针诗格》	《续金针诗格》
诗有内外意。	同。
诗有三体。(以声律为窍,以物象为骨,以意格为髓。)	诗有三本。(声律为窍一,物象为骨二,意格为髓三。)
诗有四格。(十字句格,十四字句格,双字句格,拗背字句格。)	同。
诗有四炼。(炼字,炼句,炼意,炼格。)	同。(缺炼格,盖脱误。)
诗有五忌。(格弱,字俗,才浮,理短,意杂。)	同。(惟格弱作格懦。)
诗有八病。(平头,上尾,蜂腰,鹤膝,大韵,小韵,傍纽,正纽。)	同。
诗有五理。(美,刺,规,箴,诲。)	同。
诗有三体格。(颂,雅,风。)	诗有三体。(同。)
诗有喜,怒,哀,乐四得之辞。	诗有四得。(喜,怒,哀,乐。)
诗有上中下。	同。

诗有四齐梁格。（四平头，余三种缺。）	诗有齐梁格。（四平头格，双侧双平格；两平头格，余一种缺。）
诗有扇对格。	诗有扇对。
诗有三般句。（自然句，容易句，苦求句。）	同。
诗有七义例。（一曰说见不得言见，二曰说闻不得言闻，三曰说远不得言远，四曰说静不得言静，五曰说苦不得言苦，六曰说乐不得言乐，七曰说恨不得言恨。）	诗有七不得。（说见不得言见，说闻不得言闻，说远不得言远，说静不得言静，说苦不得言苦，说乐不得言乐，说恨不得言恨。）
诗有物象比。	同。（解例不同。）

此外《金针诗格》有，而《续金针诗格》无者，惟诗有四不入格（轻重不等，用意太过，指事不实，用意偏枯），诗有魔有癖，诗有数格（葫芦，辘轳，进退），诗有六对（上官仪六对说），破题，落句，诗有二家（诗人，词人），几条而已。所以《续金针诗格》大概是《金针诗格》的改装。

改装的年代不可考。但既托之梅圣俞，当然在梅圣俞之后，南宋初年的晁公武所作《郡斋读书志》已载有此书，当然在晁公武之前，然则虽不知确切的年代，而约略的年代可知了。

大概宋初承晚唐五代之绪，颇讲究格律，所以有许多“诗格”书。至欧阳修等改革诗体以后，才换一个新局面。但新局面来了，也还有人留恋于旧的窠臼，此书便是其中的一例。不过风烛残年，命运极短，所以稍后的《诗眼》，便加以驳斥了。

四　旧题白居易《文苑诗格》

此书也当然是伪品，——是欧阳修等改革诗体以后的留恋于旧窠臼的伪品。《陈录》云："称白氏，尤非也。"

作者似颇重意境。第一条为创结束，而起首却云"为诗须创意解题"。又云"不离创意"。此外若影带宗旨，抒折入境意，招二意境，语穷意远，叙旧意等条，也都是讲意境的。

意境以外，就是属对。如"依带境"条云："为诗实在对属，今学者但知虚实为妙。""菁华章"条云："诗有对属，方知学之浅深。"其次是雕藻文字。其次是精颐以事，就是普通所谓用事。

此书所以名"文苑诗格"者，盖以不只论诗格，且及于文苑。如"精颐以事"条云："若古文用事伤浮艳，不用事又不精华；用古事似今事，为上格也。"益见其伪作时代，在欧阳修等提倡古文以后也。

五　旧题梅尧臣《梅氏诗评》

《陈录》著《诗评》一卷，谓"不知作者"。不知是否即梅氏《诗评》。梅尧臣是宋初的革命诗人，他革除刻镂格律，提倡自由抒写，当然不作"诗格""诗评"书，所以其伪无疑。至其伪作的年代，大概与《文苑诗格》诸书相先后，也是诗体改革以后的留恋于旧窠臼的作品。

首言诗有八势，而只列毒龙势、灵凤合珠势、猛虎出林势、鲸吞巨海势，疑今本或者不全。所举四势，都见《风骚旨格》，不过此另举诗例，不尽袭《旨格》而已。次言诗禀六义，亦各举例诗。次举贾公、周朴、齐已、贾岛、杜寂诸人诗，而于后加一二句的解释。所以名为《诗评》者，或即在此。除沿袭晚唐五代人的意见外，毫无新解。可见即没有欧阳修一班人改革诗体，此种诗体也已自掘坟墓了。

六　惠洪《天厨禁脔》及林越《少陵诗格》

欧阳修等改革诗体以后的留恋于旧窠臼的诗格，还有僧惠洪的《天厨禁脔》和林越的《少陵诗格》，也姑附述于此。我们就采用《四库全书总目提要》的提要吧。《天厨禁脔》二卷，《总目提要》列于《诗文评类存目》，言：

> 是编皆标举《诗格》，而举唐宋旧作为式。然所论多强立名目，旁生支节。如首列杜甫《寒食对月》诗为偷春格，而谓黄庭坚《茶》词叠押四“山”字为用此法，则风马牛不相及。又如苏轼“芳草池塘惠连梦，上林鸿雁子卿归”句，黄庭坚“平生几两屐，身后五车书”句，谓射雁得苏武书无“鸿”字，故改谢灵运“春草池塘”为“芳草”，五车书无“身后”字，故改阮孚“人生几两屐”为“平生”，谓之用事补缀法，亦自生妄见。所谓古诗押韵换韵之类，尤茫然不知古法。严羽《沧浪诗话》称《天厨禁脔》最害事，非虚语也。

《少陵诗格》一卷，亦列诗文评类存目，言：

> 是篇发明杜诗篇法,穿凿殊甚。如《秋兴八首》第一首为接项格,谓“江间波浪兼天涌”,为巫峡之萧森,“塞上风云接地阴”,为巫山之萧森,已牵合无理。第二首为交股格,三首曰开合格,四首曰双蹄格,五首曰续后格,六首曰首尾互换格,七首曰首尾相同格,八首曰单蹄格,随意支配,皆莫知其所自来。后又有咏怀古迹诸将诸诗,亦间及他家,每首皆标之诗名,种种杜撰,此真强作解事者也。

惠洪在徽宗大观中游张商英之门,当北宋末年;林越别有《汉隽》十卷,前有高宗绍兴壬午自序,当南宋初年。这时已经不是诗格的时代,而他们还在大作诗格书,大半是由于过去历史的领导,不是由于当时社会的需要,就著作的动机而言,也只有附述于五代前后的诗格书,为比较恰当。

七　已佚的诗格书

五代前后的诗格书,我们能较世人多见到十一种以上,不能不认为是意外的收获,同时也意外的欢喜。但不要过分的自鸣得意,我们并没有见到五代前后的诗格之全。这是无可如何的,因为已经散亡了。兹将可考见者列下:

(一)王起《大中新行诗格》一卷——见《新唐志》及《通志》。《宋志》载王杞《诗格》一卷,杞下注云“一作起”,疑即一书。

(二)郑谷《国风正诀》一卷——见《宋志》。

(三)僧齐己《玄机分明要览》一卷——见《宋志》。

（四）又《诗格》一卷——见《宋志》，疑即《风骚旨格》。

（五）郑谷、僧齐己、黄损《今体诗格》——《缃素杂记》云："郑谷与僧齐己、黄损等，共定《今体诗格》云：'凡诗用韵有数格：一曰葫芦，一曰辘轳，一曰进退。葫芦韵者，先二后四；辘轳韵者，双出双入；进退韵者，一进一退。失此则缪矣。'余按《倦游录》载唐介为台官，廷疏宰相之失，仁庙怒，谪英州别驾，朝中士大夫以诗送行者颇众，独李师中《待制》一篇，为人传诵。诗曰：'孤忠自许众不与，独立敢言人所难。去国一身轻似叶，高名千古重于山。并游英俊颜何厚，未死奸谀骨已寒。天为吾君扶社稷，肯教夫子不生还。'此正所谓进退韵诗也。按《韵略》难字第二十五，山字第二十七，寒字又在二十五，而还字又在二十七，一进一退，诚合体格，岂率尔而为之哉？近阅《冷斋夜话》载当时唐李对答语言，乃以此诗为落韵诗，盖渠伊不见郑谷所定诗格有进退之说，而妄为云云也。"（引见《诗人玉屑》卷二，《诗林广记》卷四《李师中送唐介诗》后）又《苕溪渔隐丛话》后集卷三十四，苕溪渔隐曰："郑谷等共定《今体诗格》。"惟只载一进一退韵，无葫芦、辘轳二格。《宋阙目》载有《今体诗格》一卷，未著作者，不知与此是否一书。

（六）任藩《文章元（玄）妙》一卷——见《陈录》及《通考》。《陈录》云："言作诗声病对偶之类。"《通志》文史类载任博《文章妙格》一卷，未知是否一书。

（七）任博《新点化秘术》一卷——见《通志》、《宋阙目》。《通志》"新"作"诗"。

（八）齐陆机《分别六义诀》一卷——见《宋阙目》。

（九）徐三极《律诗洪范》一卷——见《宋阙目》、《通志》。

（十）徐蜕《诗律文格》一卷——见《宋阙目》、《通志》。《宋志》载徐锐《诗格》一卷,盖即此书。《崇文总目》载《诗律大格》一卷,未著作者。“大”疑为“文”之误,果尔,亦即此书。

(十一)阎东叟《风雅格》五卷——见《通志》。

(十二)张天觉《律诗格》——《苕溪渔隐丛话》后集卷三十四云:“梅圣俞有《续金针诗格》,张天觉有《律诗格》,洪觉范有《禁脔》。此三书皆论诗也。……天觉《律诗格》辨讽刺云:‘讽刺不可怒张,怒张则筋骨露矣。若“庙堂生莽卓,岩谷死伊周”之类也。未如“花浓春寺静,竹细野池幽”。“花浓”喻媚臣秉政,“春寺”比国家,“竹细野池幽”喻君子在野未见用也。“沙鸟晴飞远,渔人夜唱闲。”“沙鸟晴飞远”喻小人见用,“渔人”比君子夜不明之象,言君子处昏乱朝廷而乐道也。“芳草有情皆碍马,好云无处不遮楼。”“芳草”比小人,“马”喻势力之辈,“云”喻谄佞之臣,“楼”比钧衡之地。若此之类,可谓言近而意深,不失风骚之体也。’其说数十,悉皆类此。”

(十三)李邯郸《诗格》——许彦周《诗话》云:“李邯郸公作《诗格》,自三字至九字十一字,有五句成篇者,尽古今诗之格律,足以资详博,不可不知也。”又《沧浪诗话》“诗体反复”条下云:“举一字而诵皆成句,无不抽韵,反复成文也。李公《诗格》有此二十二字诗。”(《诗人玉屑》引作二十字)又藏头、歇后等体条下注云:“近世有李公《诗格》,泛而不备:惠洪《天厨禁脔》,最为误人。今此卷有旁参二书者,盖其是处不可易也。”李公盖即李邯郸。《沧浪诗话》自云“今此卷有旁参二书者”,知其诗体一卷,很多是本之李公《诗格》的,不过李公《诗格》既佚,无从比勘罢了。

(十四)杜氏《十二律诗格》一卷——见《宋阙目》。《通志》载杜氏《诗律诗格》一卷,盖即一书。

（十五）夏侯籍《诗评》一卷——见《宋阙目》。

观此，可见五代前后讲究诗格之盛了。

八　诗格总集——李淑《诗苑类格》

一种学问的既经发达之后，便有人集合各家之说，加以系统的类述或研究。如先秦诸子发达之后，便有"兼儒墨，合名法"的杂家；两宋诗话发达之后，便有阮阅《诗话总龟》，胡仔《苕溪渔隐丛话》一类的诗话总集。同样，五代前后既有大批的诗格书，当然的要在北宋产生总述诗格之书。就今所知，一为李淑的《诗苑类格》，是诗格总集；一为蔡传的《吟窗杂录》，是诗格丛书。

《诗苑类格》已经散亡。尤袤《遂初堂书目》无卷数，《晁志》、《陈录》皆作三卷。王应麟《玉海》卷五十四作《宝元诗苑类格》，言："（仁宗宝元）二年（1039），翰林学士李淑，承诏编为三卷。上卷首以真宗御制八篇，条解声律为常格，别二篇为变格。又以沈约而下二十二家评诗者次。中卷叙古诗杂体三十门。下卷叙古人体制，别有六十七门。"此说是宝元二年，《晁志》则云："宝元三年，豫王出阁为王子传，因纂成此书上之，述古贤作诗体格。"（钞本。袁本及《通考》有"总九十目"四字。）

略可考见者，如《诗人玉屑》卷五引称："诗有三偷：偷语最是钝贼。如傅长虞'日月光太清'，陈主'日月光天德'，是也。偷意事虽可罔，情不可原。如柳浑'太液微波起，长杨高树秋'，沈约'小池残暑退，高树早凉归'，是也。偷势才巧意精，各无朕迹，盖诗人偷狐白裘手也。如嵇康'目送归鸿，手挥五弦'，王昌龄'手携双鲤鱼，目送千里雁'是也。"提倡偷势,似出五代前后的诗格书。

《诗人玉屑》卷七又引称:"唐上官仪曰,诗有六对,……又曰诗有八对。"(详四篇一章四节)则是初盛唐人的对偶说。本来从历史的源流而论,五代前后的诗格说,实出于初盛唐的对偶说。所以对偶说与诗格说是一贯的。《困学纪闻》卷十八上云:"《诗苑类格》谓回文出于窦滔妻所作。"其说源出何书不可考,约之也是讲体格的。惟《诗人玉屑》卷十六引称:"白乐天讽谕之诗长于激,闲适之诗长于遣,感伤之诗长于切,律诗百言以上长于赡,五字七字百言以下长于情。"其说源出于元稹的《长庆集序》,固然也是讲诗体的,但与五代前后所讲的诗的体格不很一样。盖以李淑作《诗苑类格》时,已在北宋的中叶,格律之说虽仍盛行,而所谓诗体革命的反格律者,已逐渐滋长,故虽以格律为主,而所收实较宽泛了①。

九　诗格丛书——蔡传《吟窗杂录》

我所购藏的明刊本《吟窗杂录》内容如下:

卷一　魏文帝《诗格》

卷二　锺嵘《诗品》

卷三　贾岛《二南密旨》

卷四、五　白乐天《文苑诗格》、王昌龄《诗格》

卷六　王昌龄《诗中密旨》、李峤《评诗格》

卷七　僧皎然《诗议》、《中序》

---

① 王静安《人间词话》卷下云:"李淑《诗苑》伪造沈约之说,以双声叠韵为诗中八病之二。"未悉何本,待考。

卷八、九　僧皎然《诗式》

卷十　李洪宣《缘情手鉴诗格》、徐衍《风骚要式》

卷十一　齐己《风骚旨格》

卷十二　沙门文彧《诗格》

卷十三　金华保暹《处囊诀》、释虚中《流类手鉴》、桂林淳大师《诗评》

卷十四　李商隐《梁词人丽句》、正字王玄《诗中旨格》

卷十五　炙毂子王睿《诗格》、王梦简《诗要格律》

卷十六至十八上　徐寅《雅道机要》

卷十八上至下　白居易《金针诗格》、梅尧臣《续金针诗格》、《诗评》

卷十九至二十九　历代吟谱

卷二十九至三十一　古今才妇

卷三十二　古今诗僧

卷三十三、四上　古今武夫、夷狄、本朝诗人

卷三十四下　古今杂体、联句、谜

卷三十五、六、七　句图、句对、续句图

卷三十八至四十　诗品

卷四十一　杂序、叙录

卷四十二、三、四　续句图

卷四十四、五　续事志

卷四十六　寄僧、神仙

第四十七　高逸、梦、幼悟

第四十八　讥愤、嘲戏、歌曲

第四十九　琴、棋、书、画、香、乐、茶、酒、砚、纸、笔、杂题

卷五十　杂题、杂咏、契真、诗余

收录这么多的诗格，所以可推为诗格丛书。此题陈应行编，《陈录·通考》皆称蔡传撰，毛晋亦称蔡氏著，知原出蔡传，而此本或由陈氏重编。《陈录》云："莆里蔡传撰。君谟之孙也。取诸家诗格诗评之类集成之。又为吟谱，凡魏晋而下，能诗之人，皆略具其本末，总为此书。"毛晋跋《风骚旨格》云："莆里蔡氏著《吟窗杂咏》，载诸家诗格诗评类三十种。大略真赝相半，又脱落不堪读。丙寅春，从云间公予内父遗书中，简得齐己《白莲集》，末载《风骚旨格》一卷，与蔡本迥异，急据之以正诸本之误云。"《通考》亦作《吟窗杂咏》，知当时有"杂咏"一名。《陈录》、《通考》都作三十卷，此本作五十卷，或者"三十"是"五十"之误；否则蔡传原书至《吟谱》而止，《古今才妇》以下，出陈应行《续补》，所以《陈录》未曾提及。此本至《吟谱》二十九，其余一卷当为卷三十五以下之《句图》及卷四十二以下之《续句图》。《陈录》于《杂句图》一卷下注云："自魏文帝《诗格》而下二十七家，已见《吟窗杂录》。"检魏文帝《诗格》而下，《杂句图》而上，所著录者，除无名氏《诗三话》一卷、欧阳修《诗话》一卷、司马光《续诗话》一卷，不是诗格，理应除外，其余为王昌龄《诗格》一卷、《诗中密旨》一卷，李峤《评诗格》一卷，贾岛《二南密旨》一卷，白居易《文苑诗格》一卷，皎然《诗式》五卷、《诗议》一卷，齐己《风骚旨格》一卷，神彧(泽案即《文彧》)《诗格》一卷，保暹《处囊诀》一卷，虚中《流类手鉴》一卷，□淳《诗评》一卷，王元拟《皎然十九字》一卷，王睿《炙毂子诗格》一卷，王梦简《诗格要律》一卷，李宏宜《缘情手鉴诗格》一卷，徐衍《风骚要式》一卷，不著名氏《琉璃堂墨客图》一卷，徐寅《雅道机要》二卷，白居易《金针诗格》一卷，梅尧臣《续金针诗格》一卷，不知名氏《诗评》一卷，宋太宗真宗《御选句图》一卷，张为《诗主客图》一卷，李洞《句图》一卷，任藩《文章元妙》一卷，李淑《诗苑类格》三卷，林和靖《摘句图》一卷（未详作者），黄鉴《杨氏笔苑句图》一卷，惠崇《惠崇句图》一卷，孔道辅《孔中丞句图》一卷，并魏文帝《诗格》及《杂句图》共三十家，较二十七家多出三家。毛晋亦谓“载诸家诗格诗评类三十种”，则似以三十家为是。但与此本多不合，或者也是出于陈应行的增删。

十　赋格及文格

五代前后，不惟有大批的诗格书，还有赋格书和文格书，也姑附述于此。

赋格书，中唐已经有之，如张仲素《赋枢》三卷，范传正《赋诀》一卷，浩虚舟《赋门》一卷，白行简《赋要》一卷，纥干俞《赋格》一卷（详四篇一章二节）。这是因为赋是富丽的唯美文学，不容易跟着文章载道，也不容易跟着诗歌刺时，所以在文以载道、诗以刺时的中唐时代，独自躲在社会的一角，适应科举的以赋取士，讲讲格律，弄弄声调。固然那时也以诗取士，但因为诗人要以诗刺时，——就是以诗“泄导人情”，“补察时政”，所以不能跟着赋讲格律。

五代前后的赋格书，现在可以见到的，只有毛友《左传类对赋》六卷，载于《宋史·艺文志》。我购得清初刻本一部，书中将《左传》事文，制为偶语，以供赋家采用，并没有讲明格律，不能算是真正赋格书。真正赋格书可以考见者，有下列三种：

（一）和凝《赋格》一卷——见《宋志》。

（二）宋祁《赋诀》二卷——见《宋阙目》。

（三）马偁《赋门鱼钥》十五卷——见《宋志》、《宋阙目》、《陈录》、《通考》。《宋阙目》作二卷，疑误。《陈录》云：“集唐蒋防而下，至本朝宋祁，诸家律赋格诀。”

此外《陈录》及《通考》俱著《宾朋宴话》三卷，《陈录》云：“太子中舍致仕贵溪邱昶孟阳撰。南唐进士，归朝宰数邑。著此书十五篇，叙唐以来诗赋源流。天禧辛酉，邓贺为序。”又《新唐书·艺文志》著刘蘧《应求类》二卷（详四篇一章二节），《通志》载李淑《制朴》三卷，大概都是讲科场文学格律的。唐宋试士皆有赋，所以大概也讲到赋格。惟刘蘧虽当然是唐人，但在唐代何时则不可考。

文格书可考见者，有下列四种：

（一）孙郃《文格》二卷——见《新唐志》、《宋志》、《崇文总目》及《通志》。

（二）冯鉴《修文要诀》二卷——见《宋志》、《宋阙目》、《遂初堂书目》、《晁志》、《通考》及《通志》。《通志》无卷数。《晁志》云：“杂论为文体式，评其谬误，以训初学云。”

（三）王瑜《文旨》一卷——见《宋志》、《崇文总目》及《通志》。《宋志》作王瑜卿。

（四）王正范《文志龟鉴》五卷——见《宋志》。倪宥的《文章龟鉴》疑为《诗句图》（详下章七节），此谈诗谈文不可知，姑附于此。

此外若任藩《文章玄妙》一卷，《陈录》云，“论诗而若此，岂复有诗矣”，当然是诗格，故列于已佚的诗格书中。然《通志》分文史、诗话二类，诗格书皆列入诗话类，此独列入文史类，又似为文格书。或者兼论诗文，亦未可知。

十一　反诗格的言论

中唐的社会诗和社会诗论，抵不住社会的压迫，逐渐的或逃于色，或逃于艺。逃于色，便鼓吹色欲的文学理论（详一章六节），逃于艺，便制造诗格及诗句图。到赵宋统一天下，政治又由分而合，社会又由乱而治，所需要的文学，又逐渐的不复是肉感的满足和艺术的欣赏，而是世俗的教导和性情的陶冶，所以有欧阳修等的改革诗体。改革的对象，无疑的就是五代前后的肉感的格律的诗，和这种诗的理论与方法，所以极力的反对诗格。如蔡宽夫《诗话》云：

> 唐末五代流俗以诗自名者，多好妄立格法，取前人诗句为例，议论锋出，甚有狮子跳掷、毒龙顾尾等势。览之每使人拊掌不已。大抵皆宗贾岛辈，谓之"贾岛格"，而于李杜特不少假借。李白"女娲弄黄土，抟作愚下人，散在六合间，蒙蒙若埃尘"，目曰调笑格，以为谈笑之资。杜子美"冉冉谷中寺，娟娟林外峰，栏干更上处，结缔坐来重"，目为病格，以为言语突兀，声势蹇涩。此岂韩退之所谓"蚍蜉撼大木，可笑不自量"者邪？

陈振孙《直斋书录解题》于《文章玄妙》下云：

> 论诗而若此，岂复有诗矣！唐末诗格污下，其一时名人著论传后乃尔，欲求高尚，岂可得哉！

这真是对五代前后的诗格的一种当头棒喝。严羽《沧浪诗话》谓“李公《诗格》,泛而不备,惠洪《天厨禁脔》,最为误人”(详七节),也是反诗格的言论。五代前后的诗学书率名为“诗格”,欧阳修以后的诗学书率名为“诗话”,已显然的说明了“诗话”是对于“诗格”的革命。所以诗话的兴起,就是诗格的衰灭,后世论诗学者,往往混为一谈,最为错误。

第四章　诗句图

一　诗句图的渊源

五代前后有大批的诗格书，同时还有大批的诗句图。诗格的目的在提示作诗方法，诗句图的目的在提示诗句典型，二者是相辅而行的。

诗句图的渊源，大概出于唐人的摘选秀句。在诗格的第一个时代，——就是初盛唐的讲对偶的时代，已有元兢撰《古今诗人秀句》二卷，僧元鉴和吴兢合撰《续古今诗人秀句》二卷（详四篇二章三节）。此后的诗，大半侧重描写社会，讽咏政治，所以没有诗格书，也没有诗人秀句书。至五代前后，因了社会的关系，又逼着诗走到艺术技巧一方面，诗格书及诗人秀句或诗句图，也遂应运而生。在中晚唐之交，姚合作有《诗例》一卷，其书已佚，无从查考。但既以“例”名，似乎重在提示例句，果尔，与秀句及句图的性质也很相近。他又有《极元集》一书，韦庄据而“采其元者，勒成《又元集》三卷”，也是注重“清词丽句”的。《吟窗杂录》载有李商隐《梁词人丽句》一卷，书名已经标明“丽句”。此外黄滔有《泉山秀句集》三十卷，按名思义，当然也是集秀句的书籍。王起有《文场秀句》一卷,《通志·艺文略》列在诗话类,《新唐书·艺文志》则列之总集类,大概是在撰集文场诗赋秀句。可见选集丽句,在五代前后已形成一时的风气,所以产生了专门选集丽句的诗句图。

二　李商隐《梁词人丽句》

李商隐集的《梁词人丽句》,见《吟窗杂录》卷十四,《四库全书提要》斥为依托(《诗文评类存目·吟窗杂录提要》)。然所集蔡延休《游道上观》二句,褚珪《岁暮》二句,岑之元《梦韦琳所赠鬼诗》四句,都不见《全梁诗》;王衡(原作主衡,盖误)《宿郊外晓作》四句,王湜《赠情人》四句,《全梁诗》虽载入,但注明见《梁词人丽句》,惠慕道士《犯虏将逃》八句,亦注明见《梁词人丽句》,又注云"《文苑英华》作颜之推,题云《从周入齐夜渡砥柱》",由是又收入《全北齐诗》颜之推名下①。储皖峰先生校云:

> 峰按此诗,诗记作北齐颜之推诗,题为"从周入齐夜渡砥柱",似可信据,拙编《汉魏六朝诗选》从之,《文镜秘府论》卷三"东""论对""第二十八叠韵侧对"末引"今江东文人作诗,头尾多有不对,如:'侠客倦艰辛,夜出小平津。马色迷关吏,鸡鸣起戍人。露鲜花剑影,月出宝刀新。问我将何去,北海就

① 中央大学图书馆无《八朝全诗》,托由李炳埈先生在迁江津白沙国立编译馆查校。

> 孙宾。'"《秘府论》所谓江东文人，似亦不认为颜作，岂引书记忆之误耶？①

似此书颇有来历。惠慕道士不可考，如为江东人，则与《秘府论》相合；《古诗纪》盖本之《文苑英华》，皆题为颜之推诗，与此完全不同，似此书编集在《文苑英华》之前。李商隐本来是取法齐梁的，《樊南甲集自序》云，"往往咽噱于任范徐庾之间"（引详一章二节），集《梁词人丽句》，并非不可能，所以不一定是伪书。

所集都是梁代词人的丽句。首为《献乐安公启》云：

> 世宗颇好文词，享国仅及二纪，文武之代（原作伐，依储皖峰先生校改），篇什成风。至于裨将清吟，群公让胜；缁衣奋藻，时王嫉能；咸著在缥缃（原作伸湘，依储校改），动盈卷帙。洎隋取宝器，陈受降旗，逸调空在，全篇莫存。

大概用为代序，据知重在裨将缁衣之作，所以没有一个有名的词人，就是他所推崇的任范徐庾，也未曾采录。除了前述蔡延休、褚珪、岑之元、王衡、王湜、惠慕道士以外，还有李孝胜《咏安仁得果》四句，谈士云《咏安人得果》四句，僧正惠偘《咏独杵捣衣》八句，《闻侯方儿来寇》四句，萧欣《还宅作》四句，陈初童谣五言四句，杂言四句。

---

① 本篇各章作于二十四年（1935）秋至二十五（1936）年春，于时尚未购得《吟窗杂录》；《吟窗杂录》之购得在二十六年夏，未及补入，遭"七七"事变，凡引及《杂录》各章节，皆南来后，友人储皖峰先生钞寄据补者也。本节所引储先生云云，亦钞寄时所附校语。谨此志谢。三十年（1941）7月15日，在迁渝中央大学柏溪分校。

三　张为《诗人主客图》

在典型的诗句图未兴起以先，有唐末张为作了一本《诗人主客图》，可以算是性质稍异的诗句图。《四库提要·诗文评类·文选句图》下云："摘句为图，始于张为。"不过张为虽也摘句为图，但重要的用意是在讲诗人的主客派别，自序云：

若主人门下处其客者，以法度一则也。

以白居易为广大教化主：上入室杨乘；入室张祜、羊士谔、元稹；升堂卢仝、顾况、沈亚之；及门费冠卿、皇甫松、殷尧藩、施肩吾、周元范、况元膺、徐凝、朱可名、陈标、童翰卿。

以孟云卿为高古奥逸主：上入室韦应物；入室李贺、杜牧、李馀、刘猛、李涉、胡幽正（《诗图》作贞）；升堂李观、贾驰、李宣古、曹邺、刘驾、孟迟；及门陈润、韦楚老。

以李益为清奇雅正主：上入室苏郁；入室刘畋、僧清塞（即周贺）、卢休、于鹄、杨洵美、张籍、杨巨源、杨敬之、僧无可、姚合；升堂方干、马戴、任蕃、贾岛、厉元、项斯、薛寿；及门僧良乂、潘诚、于武陵、詹雄、卫准、僧志定、喻凫、朱庆馀。

以孟郊为清奇僻苦主：上入室陈陶、周朴；及门刘得仁、李溟。

以鲍溶为博解宏拔主：上入室李群玉；入室司马退之、张为。

以武元衡为瑰奇美丽主：上入室刘禹锡；入室赵嘏、长孙佐辅、曹唐；升堂卢频、陈羽、许浑、张萧远；及门张陵、章孝标、雍陶、周祚、袁不约。（《全唐文》卷八一七，普通本《诗人主

客图》不载）

就渊源而言，盖出于锺嵘的以三品论诗的高下，以派别论诗的源流。清李怀民有《中晚唐诗人主客图》，系仿此而作。

图中所举诗人，有的极不著名，如陈羽、张陵、雍陶……之类。这还不算奇怪，最奇怪的既以白居易为广大教化主，则上入室当然是元稹，今反以不知名之杨乘为上入室，而元稹只算做入室弟子；孟云卿可以为高古奥逸主，而韦应物反算是他的上入室，李贺、杜牧更只算是他的入室弟子；不惟高下倒置，亦且时代倒置。但“宋人诗派之说，实本于此”（《函海》本李调元序。按陈振孙《直斋书录解题》已云“近世诗派之说，殆本于此”，则李说源本于陈）。就历史而言，也不无相当的价值。

每一位诗人之下，都摘列诗句（今本有的诗阙），和诗句图相同，所以《四库提要》认为是摘句为图之始。但诗句图只是摘句为图，此则有时列举全诗，如白居易下便列举了《读史》诗第四首、《秦中吟》第二首、《寓意诗》第一首及第二首。所以姑不论他的用意在讲明派别，只就图诗而言，也不是典型的诗句图。

四　李洞《集贾岛诗句图》

典型的诗句图，似以李洞的《集贾岛诗句图》一卷为最早，《新唐书·艺文志》、《崇文总目》、《通志·艺文略》、《宋史·艺文志》皆著录。惟《唐志》、《通史》无“诗”字，《总目》、《宋志》无“集”字。《直斋书录解题》及《通考·经籍考》俱载《句图》一卷，题唐李洞选，盖即此书。辛文房《唐才子传》卷九云:“(李)洞常集(贾)岛警句五十联,及唐诸人警句五十联,为《诗句图》,自为之序。”似《句图》包括贾岛及唐诸人警句,《集贾岛句图》则只包括贾岛警句,亦未可知。《吟窗杂录》卷三十五,标为句图,中有贾岛句对一种,其十三对:

> 《送朱可文归越》:“吴山侵越众,隋柳入唐疏。”《南台对月》:“僧归湖里寺,鱼听水边经。”《就可公宿》:“僧同雪夜坐,雁向草堂闻。”《寄童武》:“孤雁来半夜,积雪在诸峰。”《送无可上人》:“独行潭底影,数息树边身。”《送天台僧》:“雁过孤峰晚,猿啼一夜霜。”《寄正空二上人》:“老窥明镜小,秋忆故山多。”《哭孟郊》:“家近登山道,诗随过海舡。”《晚晴见终南诸峰》:“半旬藏雨里,此日到窗中。”《山中道士》:“养雏成大鹤,种子作高松。”《题李疑幽居》:“鸟宿池中树,僧敲月下门。”又诗:“过桥分野色,移石动云根。”

颇疑采自《集贾岛诗句图》,果尔,便是《集贾岛句诗图》的残存了。《吟窗杂录》贾岛句对后为群公句对,但皆为徐凝诗,共五对,再后为梁周翰句对一对,黄夷简句对一对,范杲(应依《诗学指南》作范采)句对一对,郑文宝句对六对,恐非唐诸人警句的残存,不一一迻录。

五　宋太宗真宗《御选句图》

《直斋书录解题》著《御选句图》一卷,《通考·经籍考》,亦有著录,惟“选”作“制”。《解题》云:“太宗皇帝所选杨徽之诗十联,真宗所选送刘琮诗八篇。”案太宗皇帝所选杨徽之诗十联，今亦存于《吟窗杂录》卷三十五，言：“太宗皇帝闻杨徽之诗名，尽索所著，得数百篇奏御，上和其所谢诗，选其中十联写故屏。”十联如下：

《江行》：“犬吠竹篱沽酒客，鹤随苔岸洗衣僧。”《寒食》：“天寒酒薄难成醉，地迥楼高易断魂。”《塞上》：“戍楼烟自直，战地雨长腥。”《僧舍》：“偶题岩石云生笔，闲绕庭松露湿衣。”《湘江舟行》：“新霜染枫叶，皓月借梨花。”《哭江》：“废宅寒塘水，荒坟宿草烟。”《嘉阳川》：“青帝已教春不老，素娥何惜月常圆。”《元夜》：“春归万年树，月满九重城。”《宿东林》：“开尽菊花秋色老，落迟桐叶雨声寒。”

真宗所选送刘琮诗八篇，我得之于释文莹《玉壶野史》卷一，言：“枢密直学士刘琮，出镇并门，两制馆阁，皆以诗宠其行，因进呈真宗，深究诗雅。时方竞务西昆体，亲以御笔选其平淡者，只得八联：

晁迥云：‘宿驾都门晓，微凉苑树秋。’杨亿止选断句：‘关榆渐落边鸿过，谁劝刘郎酒十分。’朱巽云：‘塞垣古木含秋色，祖帐行尘起夕阳。’李维云：‘秋声和暮角，膏雨逐行轩。’孙仅云：‘汾水冷光摇画戟，蒙山秋色锁层楼。’钱惟演云：‘置酒军中乐，闻笳塞上情。’都尉王贻永云：‘河朔雪深思爱日，并门春暖咏甘棠。’刘筠云：‘极目关山高倚汉，顺风雕鹗远凌秋。’

上谓琮曰：‘并门在唐世皆将相出镇，凡抵治，遣从事者，以题咏述憾，宠行之句，多写于佛宫道宇，纂集成篇，目《太原事绩》。后不闻其作也。'琮后写《御选句图》，立于晋祠。"（又见《诗话总龟》前集卷四一引《古今诗话》）

六　惠崇《句图》

《直斋书录解题》及《通考·经籍考》皆载惠崇《句图》一卷，《宋四库阙书目》载惠崇《唐律诗句图》一卷，盖即一书。案所图皆惠崇自己的律诗，所以《宋阙目》的"唐"字应为衍文。此书久已亡佚，我得之于吴处厚《青箱杂记》卷九，言：

> 杨文公《谈苑》称楚僧惠崇工诗，于近代释子中为杰出。而欧阳公《少师归田录》亦纪其佳句，则不甚多。余尝见惠崇自撰《句图》，凡一百联，皆平生所得于心而可喜者。今并录之。

则所录犹是惠崇《句图》的全文。再考魏泰《临汉隐居诗话》云："《永叔诗话》载本朝诗僧九人，时号'九僧诗'。其间惠崇尤多佳句，有百句图刊石于长安，甚有可喜。"益知吴氏所录不误。全图一百联，不能全举，举首四联于下：

> 《书杨云卿别墅》云："河分岗势断，春入烧痕青。"《长信词》云："阴井生秋早，明河转曙迟。"《送远上人西游》云："地形吞蜀尽，江势抱蛮回。"《江行晚泊》云："岭暮春猿急，江寒白鸟稀。"……

七　已佚的诗句图

现存的及可以在笔记中寻辑的诗句图，略尽于此；已佚而有书名可考见者，钩列于下：

（一）倪宥《诗图》一卷——见《通志》。按《通志》又载有倪宥《文章龟鉴》一卷，亦见《新唐志》、《宋志》及《崇文总目》。《通志》云："唐倪宥集前人律诗。"既是集前人律诗，理应列总集类，而《新唐志》、《宋志》及《崇文总目》列之文史类，《通志》列之诗话类，知不是纂集全诗，而是选录零句，疑即诗图的异名。《宋阙目》载有倪宥《金体律诗例》一卷，或者亦即此书。叶德辉考证云"按《宋志》作《诗体》"，然则《宋志》所载《诗体》也是此书了。

（二）黄鉴《杨氏笔苑句图》一卷，□□□《续句图》一卷——见《陈录》、《通考》及《通志》。《陈录》及《通考》只题续一卷，无"句图"二字。《通志》作革鉴编，"革"盖"黄"之残文。《陈录》云："黄鉴编，盖杨亿大年之所尝举者，皆时贤佳句。续者不知何人，亦大年所书唐人句也。所录李义山、唐彦谦之句为多，西昆体盖出二家。"

（三）强行父《唐杜荀鹤警句图》三卷——见《宋志》及《宋阙目》。

（四）孔道辅《孔中丞句图》一卷——见《陈录》及《通考》。《陈录》云："中丞者或是孔道辅邪？"

（五）蔡希蘧《古今名贤警句图》一卷——见《宋志》。

（六）僧定雅《寡和图》三卷——见《宋志》、《宋阙目》及《通志》。

（七）僧惟凤《风雅拾翠图》一卷——见《通志》及《宋阙目》。《宋阙目》作二卷，又"拾"作"十"，疑误。

（八）《林逋句图》三卷——见《宋志》及《陈录》。《陈录》作

《林和靖摘句》一卷，注云："林逋诗句。"按作图者系林和靖，抑他人，不可考。

（九）《杂句图》一卷——见《陈录》及《通考》。《陈录》云："不知何人所集。"

（十）《九僧选句图》——见《通志》。

（十一）《诗林句范》五卷——见《通志》及《宋阙目》

（十二）《琉璃堂墨客图》一卷——见《陈录》及《通考》，《通考》"客"作"家"。《陈录》云："不著名氏。"按诗句图，摘选诗句，书悬墙壁，就诗句言为诗句图，就书者言，则为墨客图。《陈录》及《通考》既以此书与诗格诗句图并列，知也是诗句图无疑。

此外《宋志》有许文贵（一作贡）《诗鉴》一卷，《宋阙目》有不著作者的《骚雅式》一卷、《吟体类例》一卷，疑也是诗句图一类之书。

八　蔡传《句图》、《续句图》及陈应行《续句图》

《吟窗杂录》卷三十五及卷三十六前半为《句图》，卷三十六后半、卷三十七、四十二至四十四为《续句图》，可考知录自何书的有《太宗御选句图》及《集贾岛诗句图》，已分别论述于四、五两节，此外，卷三十六有《孔中丞句图》九联，疑录自孔道辅书，不过恐有节删。《直斋书录解题》于《杂句图》下注云："自魏文帝《诗格》而下二十七家，已见《吟窗杂录》"，则《杂句图》当然采入，同时《琉璃堂墨客图》、《杨氏笔苑句图》、《林和靖摘句图》、《惠崇句图》，亦皆疑采入（详三章九节），然惠崇只收有一联（卷三十六），当然非《惠崇句图》之全，不知节删的是蔡传抑陈应行，因今本或已经过陈应行改编。又张为《诗人主客图》，亦疑采入，但只字不见，也不知是否由陈应行删去。

《杂句图》诸书早已亡佚，录入何卷，无法比勘，因亦无法使还原书，只有笼统的系于蔡传名下。《句图》中除了太宗御选十联，集贾岛诗句图十三联外，计有群公句对徐凝诗五联，梁周翰句对一联，黄夷简句对一联，范采（原作呆，依《指南》改）句对一联，郑文宝句对六联（以上卷三十五），王禹偁句对一联，刘道师句对四联，李宗谔句对二联，李建中句对三联，路振句对二联，丁谓句对二联，吕夷简句对二联，焦宗石句对二联，钱昭度句对三联，南郑殿丞句对二联，钱惟演句对二联，刘筠句对三联，惠崇句对一联，希昼（原作画，依《指南》改）句对一联，宝通寺句对一联，简长句对一联，智仁句对二联，休复句对一联，行肇句对二联（以上卷三十六）。《续句图》计有王维一联，司空曙二联，苏味道、李端、于良史（原作吏，依《指南》改）、李约、张循、皎然、崔珪、杨衡各一联，宋之问句对二联，李峤骊山高顶应制三联，韩翊丽句一联，刘禹锡丽句二联，刘长卿丽句五联，孔中丞句图九联，王随（原作三随，依《指南》改）十二联，李遘句图五联，柳开句图四联，陈元老句图四联（以上卷三十六），梅尧臣句图二十七联（以上卷三十七），王随四十一联，梅尧臣二百三十联（以上卷四十二至四十四）。

顾龙振《诗学指南》收有陈应行《续句图》，除完全钞录了《吟窗杂录》的《句图》和《续句图》外，还增加了欧阳修七联，王安石八联，苏轼十三联，黄庭坚八联，范成大十五联，陆游七十七联，杨万里一联，严羽四联。考《宋史·艺文志》史钞类有陈应行《读史明辨》二十四卷、《读史明辨续集》五卷，未注明时代。《续句图》既采及严羽，当然在严羽之后。由《诗学指南》的较《吟窗杂录》多欧阳修等百三十三联，知《吟窗杂录》虽经陈应行改编，但删削颠倒，容或有之，增益则绝对没有的。换言之，仍是蔡传选辑的《诗句图》，不是陈应行选辑的《诗句图》，陈应行选辑的《诗句图》在《诗学指南》，是据蔡选增益欧阳修等百三十三联而成的。

九 高似孙《选诗句图》

陈应行的《续句图》既联带的叙述于此，高似孙（淳熙进士）的《选诗句图》（《四库》本题“文选句图”）也顺便在这里叙述，首有壬午（1222）十一月二十一日高氏自序云：

> 杜公训儿，熟精《选》理；儿岂能熟，公自熟耳。蚤参公法，全律用六朝句。不特公也，宋袭晋，齐沿宋，凡兹诸人，互相宪述，神而明之，人莫知之。惟李善知之，予亦知之。乃为图诂，略表所以宪述者，法精且秘，悟其杜矣。姑畀儿，儿熟否？虽然，莫欺也，力诸！

所选都见于《文选》，也是在一首诗中选录相连的二句。如选颜延年诗“寝兴日已寒，白露生庭芜”，谢灵运诗“潜虬媚幽姿，飞鸿响远音”。惟有进于别家句图者，于所选诗句下每注列其他与此相类的诗句。如选陶潜诗：“昭昭天宇阔，皛皛川上平。”注云：“李颙《离思篇》‘烈烈寒气严，寥寥天宇清’。陆机诗‘岁莫凉风发，昊天肃明明’。谢惠连诗‘皎皎天月明，奕奕河宿烂’。”惠崇《诗句图》皆惠崇自己的诗句，当然不必注列其他诗句，而集他人诗的诗句图又只存太宗真宗《御选句图》一种，其他注列旁人诗句否不可知，因此高似孙的这种办法是自己新创的，抑继承前人的，也未敢轻断。《四库提要·总集类存目》一云："其句下附录之句，盖即锺嵘《诗品》源出某某之意；其句下附录一两首者，则莫喻其体例矣。"这或者是错的。其句下附录之句，有的是前人作品，固可解为"即锺嵘《诗品》源出某某之意"；有的是后人作品，如魏文帝诗"丹霞夹明月，华星出云间"，下附张载诗"朝霞迎白日，丹气临汤谷"，决不能说魏文帝的诗源出晋人张载。依我看，其目的在列相近的句子，以资参阅。这对于欣赏或取法，倒是很有益处。

十　诗句图的评价

就诸家句图观之，知其目的在提示佳句，供人吟咏或效法。蔡宽夫《诗话》云："诗全篇佳者难得，唐人多摘句为图盖以此。"刘攽《中山诗话》云："人多取佳句为句图，特小巧美丽可喜；皆指咏风景，影似百物者尔，不得见雄材远思之人也。"本来五代前后因注重诗的艺术技巧，所以才撰诗句图；加以当时的作品，又偏于"小巧美丽"。所以"皆指咏风景，影似百物者尔，不得见雄材远思之人也"。但如选"雄材远思"的佳句为句图，也未尝不可。有的人说创作是美好的制造者，批评是美好的寻求。创作以美好为目的，而创作出来的作品未必完全美好，所以有待于批评家的拣择去取，这样才可以使读者不费力的得到美好的读物，这样才可以使新进作家不费力的得到美好的典型。果尔，诗句图正是这种书籍，正有这种功能，虽选的都是单联只句，有点近于支离破碎，但也未可一笔抹煞了。

第五章 《诗品》及《本事诗》

一 司空图的救世与避世

晚唐五代的诗说很发达,除“诗格”“诗句图”外,还有讲诗的品格的,如司空图的《诗品》,有讲诗的本事的,如孟棨的《本事诗》及各家的《续本事诗》。就价值而论,当然首推《诗品》。

司空图(837—908)字表圣,河内虞乡人。《旧唐书》入《文苑传》,《新唐书》入《卓行传》。《新唐书》云:“黄巢陷长安,将奔不得前。图弟有奴段章者,陷贼,执图手云:‘我所主张将军,喜下士,可往见之,无虚死沟中。’图不肯。”①又云:“迁洛阳,柳璨希贼臣意,诛天下才望,助丧王室,召图入朝。图阳隳笏,趣意野耄。璨知无意于世,乃听还。图本居中条山王官谷,有先人田,遂隐不出。作亭观素室,悉图唐兴节士文人。名亭曰休休。”又云:“哀帝弑,图不食而卒,年七十有二。”(参《旧唐书》卷一九〇下《文苑》本传)就这几段的记载看来,他是一位忠君爱国的节士,并不愿意隐逸逃避;

---

① 案《新唐书》有段章传,述此事甚详,见《全唐文》卷八一〇,可参阅。

隐逸逃避是出于不得已。《与惠生书》云：

> 某赘于天地之间，三十三年矣。及览古之贤豪事迹，惭企不暇，则又环顾尘蔑，自知不足为天下之赘也。噫！岂非才不足而自强耶？虽然，丈夫志业，引之犹恐自踢，诚不敢以此为惮。故文之外，往往探治乱之本，俟知我者，纵其狂愚，以成万一之效。……当今之治，苟在位者有问于愚，必先存质以究实，镇浮而劝用，使天下知有所竞，而不自窘以罪时焉。（《文》八〇七）

可惜世无知者，不能表现于当代，只有作为文字，借以垂见于后世。《中条王官谷序》云：

> 知非子（即图）雅嗜奇，以为文墨之伎，不足曝其名也；盖欲揣机穷变，角功利于古豪。及遭乱窜伏，又故无有忧天下而访于我者，曷以自见平生之志哉？因捃拾诗笔，残缺无几，乃以中条别业一鸣，以目其前集，庶警子孙耳。（同上）

这或者可以算是逃于诗吧？但不是以诗消磨岁月，而是以诗表现平生的救世之志。所以晚唐的一般文学作家与理论家，都遁于格律俪偶，绮缛淫靡，司空图却要“存质以究实，镇浮而劝用”。这是我们应当首先弄清楚的，否则他的诗及诗论，会被我们误解为只是一种逃避的艺术及其方法，同时在举世侈谈“诗格”及“诗句图”的时代，而他独作《诗品》的原因，也无从理解了。

二 诗境的建立

不过他的“存质以究实，镇浮而劝用”，是温和的陶冶，不是急烈的改造。《与惠生书》说的明白：

> 唐虞之风，三代非不敝也，赖圣人先其极而变之不滞耳。秦汉而下……文质莫辨，法制失中，侮儒必止，沈儒必削，则士大夫虽有自负雅道者，既不足以振之，而又激时之怨耳。汉魏之际，其弊益极。惩马融、胡广之流，故李膺质而峻；诫何晏、桓范之俗，则王衍简而清。矫之而不和，滞之而不顾，始以类聚相扇，终以浮党见嫉，而至家国皆瘁而不痞也，悲夫！

这大概是惩于急进派的失败，所以主张优游浸渍的存雅道、镇浮华。假设表现于政治，当然不是大刀阔斧的革命，而是无为自化的改善。由政治而推移于诗，也当然不是急烈的刺讥时政的腐败，而是温和的转移世人的习性。《与王驾评诗书》云：“元白力勍而气弱，乃都市中豪杰耳。”（《文》八〇七）虽然是就诗的风格而言，但对元白的急烈的“补察时政”的诗及诗论，大概也不甚赞同。所谓“矫之而不和，滞之而不顾，始以类聚相扇，终以浮党见嫉”，虽不能确定所指，但元白诸人，未必不在其内。

一面以救世的志业移于诗，希望以诗转移世人的习性；一面以受不了社会的逼迫，逃到中条山王官谷的休休亭，不得不以诗寄托自己的生命。前者出于救世，后者出于避世，结果都趋于建立诗境。所以《与王驾评诗书》力赞王驾五言诗的“长于思与境偕，乃诗家之所尚者”。王渔洋《香祖笔记》引《诗品》中的“采采流水，蓬蓬远春”二语，说是“形容诗境亦绝妙”，固然是断章取义，但司空图的力谋建立诗境，则是千真万确的事实。

三　《二十四诗品》

诗境是超越人间世的极乐园，同时也是改善人间世的理想国，因此他一方面抱着淑世主义说，“诗贯六义，则讽谕、抑扬、渟蓄、渊雅，皆在其中矣”（《文》八〇七《与李生论诗书》），一方面又作充满逃避意味的《诗品》，建立雄浑、冲淡、纤秾、沉著、高古、典雅、洗炼、劲健、绮丽、自然、含蓄、豪放、精神、缜密、疏野、清奇、委曲、实境、悲慨、形容、超诣、飘逸、旷达、流动二十四种超越的诗的灵境：

（一）雄浑——大用外腓，真体内充，返虚入浑，积健为雄。具备万物，横绝太空，荒荒油云，寥寥长风。超以象外，得其环中，持之匪强，来之无穷。

（二）冲淡——素处以默，妙机其微，饮之太和，独鹤与飞。犹之惠风，荏苒在衣，阅音修篁，美日载归。遇之匪深，即之已稀；脱有形似，握手已违。

（三）纤秾——采采流水，蓬蓬远春，窈窕深谷，时见美人。碧桃满树，风日水滨，柳阴路曲，流莺比邻。乘之愈往，识之愈真，如将不尽，与古为新。

（四）沉著——绿杉野屋，落日气清，脱巾独步，时闻鸟声。鸿雁不来，之子远行，所思不远，若为平生。海风碧云，夜渚月明，如有佳语，大河前横。

（五）高古——畸人乘真，手把芙蓉，泛彼浩劫，窅然空踪。月出东斗，好风相从，太华夜碧，人间清钟。虚伫神素，脱然畦封，黄唐在独，落落元宗。

（六）典雅——玉壶买春，赏雨茆屋，坐中佳士，左右修竹。白云初晴，幽鸟相逐，眠琴绿阴，上有飞瀑。落花无言，人淡如菊，书之岁华，其曰可读。

（七）洗炼——犹矿出金，如铅出银，超心炼冶，绝爱淄磷。空潭泻春，古镜照神，体素储洁，乘月返真。载瞻星气，载歌幽人，流水今日，明月前身。

（八）劲健——行神如空，行气如虹，巫峡千寻，走云连风。饮真茹强，蓄素守中。喻彼行健，是谓存雄。天地与立，神化攸同。期之以实，御之以终。

（九）绮丽——神存富贵，始轻黄金。浓尽必枯，淡者屡深。露余山青，红杏在林。月明华屋，画桥碧阴。金樽酒满，伴客弹琴。取之自足，良殚美襟。

（十）自然——俯拾即是，不取诸邻，俱道适往，著手成春。如逢花开，如瞻岁新，真与不夺，强得易贫。幽人空山，过水采苹，薄言情悟，悠悠天钧。

（十一）含蓄——不着一字，尽得风流。语不涉难，已不堪忧。是有真宰，与之沉浮。如渌满酒，花时返秋。悠悠空尘，忽忽海沤，浅深聚散，万取一收。

（十二）豪放——观花匪禁，吞吐大荒。由道返气，处得以狂。天风浪浪，海山苍苍。真力弥满，万象在旁。前招三辰，后引凤皇；晓策六鳌，濯足扶桑。

（十三）精神——欲返不尽，相期与来。明漪绝底，奇花初胎。青春鹦鹉，杨柳池台。碧山人来，清酒深杯，生气远出，不着死灰。妙造自然，伊谁与裁？

（十四）缜密——是有真迹，如不可知，意象欲生，造化已奇。水流花开，清露未晞，要路愈远，幽行为迟。语不欲犯，思不欲痴，犹春于绿，明月雪时。

（十五）疏野——惟性所宅，真取弗羁。拾物自富，与率为期。筑屋松下，脱帽看诗。但知旦暮，不辨何时。倘然适意，岂必有为。若其天放，如是得之。

（十六）清奇——娟娟群松，下有漪流。晴雪满汀，隔溪渔舟。可人如玉，步屧寻幽，载行载止，空碧悠悠。神出古异，淡不可收。如月之曙，如气之秋。

（十七）委曲——登彼太行，翠绕羊肠。杳霭流玉，悠悠花香。力之于时，声之于羌。似往已回，如幽匪藏。水理漩洑，鹏风翱翔。道不自器，与之圆方。

（十八）实境——取语甚直，计思匪深。忽逢幽人，如见道心。清涧之曲，碧松之阴。一客荷樵，一客听琴。情性所至，妙不自寻。遇之自天，泠然希音。

（十九）悲慨——大风卷水，林木为摧。意苦若死，招憩不来。百岁如流，富贵冷灰。大道日往，若为雄才。壮士拂剑，浩然弥哀。萧萧落叶，漏雨苍苔。

（二十）形容——绝伫灵素，少回清真。如觅水影，如写阳春。风云变态，花草精神，海之波澜，山之嶙峋；俱似大道，妙契同尘。离形得似，庶几斯人。

（二十一）超诣——匪神之灵，匪几之微，如将白云，清风与归。

远引若至,临之已非,少有道契,终与俗违。乱山高木,碧苔芳晖,诵之思之,其声愈稀。

(二十二)飘逸——落落欲往,矫矫不群,缑山之鹤,华顶之云。高人画中,令色絪缊。御风蓬叶,泛波无垠。如不可执,如将有闻。识者已领,期之愈分。

(二十三)旷达——生有百岁,相去几何。欢乐苦短,忧愁实多,何如樽酒,日往烟萝,花覆茆檐,疏雨相过。倒酒既尽,杖藜行过,孰不有古,南山峨峨。

(二十四)流动——若纳水辖,如转丸珠,夫岂可道,假体遗愚。荒荒坤轴,悠悠天枢。载要其端,载同其符。超超神明,返返冥无。来往千载,是之谓乎!(《津逮秘书》本)

这是二十四种诗境,同时也就是诗的二十四种风格。以风格分品诗文,不始于司空图,刘勰已分诗文为典雅、远奥、精约、显附、繁缛、壮丽、新奇、轻靡八体(详三篇三章一节)。但司空图所分与彼不同,用以显示的文字亦异,故不能断定直接的受彼影响;可以断定的,只是司空图以前有人分别诗文品格罢了。

《四库提要》卷一九五《诗文评类》一云:司空图对于二十四诗品,"各以韵语十二句体貌之。所列诸体毕备,不主一格。王士祯但取其'采采流水,蓬蓬远春'二语,又取其'不著一字,尽得风流'二语,以为诗家之极则,其实非图意也"。这是很对的。后来许印林《诗品跋》谓"雄浑""高古"等十二类为诗的品格,"实境""精神"等十二类为诗的功用(见《诗法萃编》卷六),也"非图意也"。至司空图的意思,不过是以比喻的品题方法,对二十四种独立的诗境,提示其意趣,形容其风格而已。苏轼《书黄子思诗集叙》谓司空图"盖自列其诗之有得于文字之表者二十四韵,恨当时不识其妙"(《四部备要》本《东坡七集》后集卷九)。司空图的诗是否具备这二十四种风格虽难遽断,但这二十四种风格,总是司空图所体认的。

四　比喻的品题及其来源

《四库提要》所谓"各以韵语十二句体貌之",译成现在的术语,就是用十二句比喻的韵语,提示二十四种诗品的意境与风趣。本来什么是"雄浑",什么是"冲淡",视之似易,说出实难,所以只好用比喻以体貌之。司空图是惯用这种方法的,《诗品》以外,如《诗赋赞》云:

> 知道非诗,诗未为奇,研昏练爽,戛魄凄肌。神而不知,知而难状,挥之八垠,卷之万象。河浑沇清,放恣纵横,涛怒霆蹴,掀鳌倒鲸。镵空擢壁,琤冰掷戟,鼓煦呵春,霞溶露滴。邻女有嬉,补袖而舞,色丝屡空,续以麻约。鼠革丁丁,掀之则穴;蚁聚汲汲,积而成垤。上有日星,下有风雅,历该(一作诋)自是,非吾心也。(《文》八〇八)

是以比喻的方法,提示诗赋的体性。如《李翰林写真赞》云:

> 水浑而冰,其中莫莹。气澄而幽,万象一镜。跃然翃然,傲睨浮云。仰公之格,称公之文。

是以比喻的方法,提示诗人的风格。也许有人不满意这种比喻的提示法。不错，它没有直凑单微的说明。但我们要知道，假设说明一种道理，则比喻固是讨巧的遁辞；而指点一种境界，则非比喻不可。梁王曾谓惠施云："愿先生言事则直言耳，无譬也！"惠施云："夫说者，固以其所知谕所不知，而使人知之；今王曰无譬，则不可矣。"（引详一篇三章八节）的确，提示各种境界是需要比喻的，尤其是文学上的境界，离了比喻便无法提示，怪不得司空图以此为不二法门了。

但这种方法虽至司空图而其用大著，却不是司空图所创始，魏晋六朝已启其端绪。最早是用以品题人物。如山涛称赞嵇康云："嵇叔夜之为人也，岩岩如孤松之独立，其醉也傀俄如玉山之将崩。"（《世说新语·容止》篇）后来便用以品题文学。如汤惠休云："谢（灵运）诗如芙蓉出水，颜（延之）如错采镂金。"（引见锺嵘《诗品》卷中）颜延之问鲍照，己诗与谢灵运诗优劣，鲍照云："谢五言如初发芙蓉，自然可爱；君诗若铺锦列绣，亦雕缋满眼。"（《南史》卷三十四《颜延之传》）谢朓赞美王筠诗，引语云："好诗圆美流转如弹丸。"（《续世说·文学篇》）此外，袁昂作《古今书评》，也采用比喻的品题。如谓："王右军书，如谢家子弟，纵复不端正者，爽爽有一种风气。王子敬书，如河洛间少年，虽皆充悦，而举体蹉跎，殊不可耐。"（《太平御览》卷七四八、《淳化阁帖》卷五作《评书》，字句亦稍异）虽是书评，不是诗评，而这种品题的方法，据此更可知在六朝已甚风行了。

到唐代，这种品题的方法更盛行。如《旧唐书·文苑上·杨炯传》，载张说云：

杨盈川文思如悬河注水，酌之不竭。……李峤、崔融、薛

> 稷、宋之问之文，如良金美玉，无施不可。富嘉谟之文，如孤峰绝岸，壁立万仞，浓云郁兴，震雷俱发，诚可畏也；若施于廊庙则骇矣。阎朝隐之文，如丽服靓妆，燕歌赵舞，观者忘疲；若类之风骚，则罪人矣。……韩休之文，乃大羹旨酒，有典则而薄于滋味。许景先之文，如丰肌腻理，虽秾华可爱，而微少风骨。张九龄之文，如轻缣素练，实济时用，而微窘边幅。王翰之文，如琼杯玉斝，虽烂然可珍，而多有玷缺。

不过汤惠休与鲍照的品题谢颜是偶然的流露；张说的品题唐初词人，也只是和徐坚的闲谈，都没有著为专文。著为专文的要算中唐皇甫湜的《谕业》。题名“谕业”，文中又有“比文之流，其来尚矣”的话，无疑的是比喻的品题：

> 燕公之文，如楩木楠枝，缔构大厦，上栋下宇，孕育气象，可以燮阴阳而阅寒暑，坐天子而朝群后。许公之文，如应钟鼙鼓，笙簧錞磬，崇牙树羽，考以宫县，可以奉明神，享宗庙。李北海之文，如赤羽白甲，延亘平野，如云如风，有貙有虎，阗然鼓之，吁可畏也。贾常侍之文，如高冠华簪，曳裾鸣玉，立于廊庙，非法不言，可以望为羽仪，资以道义。李员外之文，则如金举玉辇，雕龙彩凤，外虽丹青可掬，内亦体骨不饥。独孤尚书之文，如危峰绝壁，寄倚霄汉，长松怪石，倾倒溪壑；然而略无和畅，雅德者避之。杨崖州之文，如长桥新构，铁骑夜渡，雄震威厉，动心骇耳；然而鼓作多容，君子所慎。权文公之文，如朱门大第，而气势雄敞，廊庑廪厩，户牖悉周；然而不能有新规胜概，令人竦观。韩吏部之文，如长江大（广板作秋）注，千里一

道，冲飚激浪，瀚流不滞，然而施诸灌溉，或爽于用。李襄阳之文，如燕市夜鸿，华亭晓鹤，嘹唳亦足惊听；然而才力偕鲜，悠然高远。故友沈谏议之文，则如隼击鹰扬，灭没空碧，崇兰繁荣，曜英扬蕤；虽迅举秀擢，而能沛艾绝景。其他握珠玑，奋组绣者，不可一二而纪矣。(《文》六八七)

此文之作，当然受张说的影响，所以文中云："当朝之作，则燕公悉以评之；自燕公以下，试为子论之。"后来如杜牧赞美李贺的诗歌云："云烟绵联，不足为其态也；水之迢迢，不足为其情也；春之盎盎，不足为其和也；秋之明洁，不足为其格也；风樯阵马，不足为其勇也；瓦棺篆鼎，不足为其古也；时花美女，不足为其色也；荒园陊殿，梗莽邱陇，不足为其恨怨悲愁也；鲸呿鳌掷，牛鬼蛇神，不足为其虚荒诞幻也。"(《文》七五三《太常寺奉礼郎李贺歌诗集序》)也是比喻的品题，或者又受了皇甫湜的影响。

张说、皇甫湜的品题是以人为单位，而以比喻提示各个文人的文品；司空图的品题则进而以诗为单位，而以比喻提示各种诗的境界。张说、皇甫湜不过是偶然的借此评文，司空图则用此以全力说诗：因此这种方法的能在文学批评史上取得地位，仍是司空图的功绩。

五 文字以外的风格

司空图对于《二十四诗品》，虽如《四库提要》所言，"诸体毕备，不主一格"，但也寓藏他的诗学见解。为了知道他的诗学见解，可先看他的《诗品》以外的诗学论文。《与李生论诗书》云：

文之难，而诗尤难。古今之喻多矣，愚以为辨于味，而后可以言诗也。江岭之南，凡足资于适口者若醯，非不酸也，止于酸而已；若鹾，非不咸也，止于咸而已。中华之人，所以充饥而遽辍者，知其咸酸之外，醇美者有所乏耳。彼江岭之人，习之而不辨也，宜哉。诗贯六义，则讽谕、抑扬、渟蓄、渊雅，皆在其中矣，然直致所得，以格自奇，前辈诸集，亦不专工于此，矧其下者耶？王右丞、韦苏州，澄澹精致，格在其中，岂妨于道学哉？贾阆仙诚有警句，然视其全篇，意思殊馁，大抵附于蹇涩，方可致才，亦为体之不备也，矧其下者哉？噫！近而不浮，远而不尽，然后可以言韵外之致耳。(《文》八〇七)

由此知他谓诗格之高者要有韵味。不过他所谓韵味，超于普通所谓韵味，是“韵外韵，味外味”。所以《与李生论诗书》又云：“足下之诗，时辈固有难色，傥复以全美为上，即有味外之旨矣。”《与王驾评诗书》也特别称赞王右丞、韦苏州的诗，“趣味澄敻，若清风之出岫”。

韵味以外，还提倡景象，但也是“景外景，象外象”，《与极浦书》云：

戴容州云：“诗家之景，如蓝田日暖，良玉生烟，可望而不可置于眉睫之前也。”象外之象，景外之景，岂容易可谈哉？(《文》八〇七)

无论“韵外韵，味外味”，“景外景，象外象”，都是指文字声韵以外的风格。据此返读《诗品》，如雄浑品所谓“超以象外，得其环中”。

冲淡品所谓“遇之匪深,即之已稀,脱有形似,握手已违”。典雅品所谓“落花无言,人淡如菊”。含蓄品所谓“不著一字,尽得风流”。缜密品所谓“意象欲出,造化已奇”。……都有求之语言文字以外的意思,也就都是说的文字声韵以外的风格。

至这学说的来源,其远源可上溯于锺嵘的提倡滋味(详三篇九章四节),其近源则出于戴容州所谓“诗家之景,可望而不可置于眉睫之前”。《四库提要》称“其持论非晚唐所及”,盖晚唐五代群趋于格律的讲明,而司空图则讲明诗的韵味,不惟此点是反时代的,还有晚唐五代的一般诗论家,大概都反道言情,司空图则谓:“王右丞、韦苏州澄澹精致,格在其中,岂妨于道学哉?”力主存雅道,去浮简(详二节),确是别树一帜,与众不同。但既建立诗境,提倡文字以外的风格,则其所谓“道学”是美化了的道学,与古文家的简易载道不同;其所谓“雅道”也是美化了的雅道,与中唐诗人的质直复雅也不同。

六 文人之诗与诗人之文

道学与古文家的简易载道不同,可是究竟有点相近;建立诗境,提倡文字以外的风格,则当然是诗人的情趣;所以他主张糅合诗文,特别欣赏诗人之文与文人之诗。《题柳柳州集后序》云:

> 金之精粗,考其声皆可辨也,岂清于磬而浑于钟哉?然而作者,为文为诗,才格亦可见,岂当善于彼,而不善于此耶?愚观文人为诗,诗人之为文,始皆系其所尚,所尚(《全唐文》所尚

二字不重，兹据《唐诗纪事》校增）既专，则搜研愈至，故能炫其功于不朽。亦犹力巨而斗者，所持之器各异，而皆能济胜以为勍敌也。愚尝览韩吏部歌诗累百首，其驱驾气势，若掀雷抉电，奔腾于天地之间，物状奇变，不得不鼓舞而徇其呼吸也。其次皇甫祠部文集所作，亦为遒逸，非无意于深密，盖或未遑耳。今于华下方得柳诗，咏其探搜之致，亦深远矣。俾其穷而克寿，抗精极思，则固非琐琐者，轻可拟议其优劣。又尝睹杜子美《祭太尉房公文》，李太白《佛寺碑赞》，宏拔清厉，乃其歌诗也；张曲江五言沈郁，亦其文笔也，岂相伤哉？噫！后之学者偏浅，片词只句，不能自辨，已侧目相诋訾矣！痛哉！（《文》八〇七）

司空图欣赏柳宗元的文人之诗，柳宗元则谓诗文的源流、风格，皆"乖离不合"，"故秉笔之士，恒偏胜独得而罕有兼者焉"（详四篇第七章八节）。从创作而言，的确"罕有兼者"，所以柳宗元的话自然不错。但文人如有余勇作诗，诗人如有余勇作文，不好者不必谈，好者一定别有风味，所以司空图的话也不错。从时代而言，中唐诗文分化发展，所以柳宗元谓诗文"乖离不合"；晚唐诗文又逐渐合流，所以司空图糅合诗文。

七　孟棨《本事诗》

《诗品》一方面领导了后来的"文品"、"赋品"、"词品"等等的著作，一方面又领导了后人的"意境"、"空灵"等等诗说，在晚唐五代的诗文评中，自可首屈一指。《本事诗》的价值，不及远甚。但自宋人以后的“诗话”，每偏于诗人及诗本事的探讨，无疑的是受了《本事诗》的影响。“诗话”既蔚为大观，则数典及祖，本事诗的价值，也可以想见了。

《本事诗》的作者，《新唐书·艺文志》题曰孟启，毛晋《津逮秘书》因之。《四库提要》云：“诸家称引并作棨，疑《唐志》误也。”孟棨自序云：

> 诗者情动于中，而形于言，故怨思悲愁，常多感慨。抒怀佳作，讽刺雅言，著于群书，虽盈厨溢阁，其间触事兴咏，尤所钟情。不有发挥，孰明厥义？因采为《本事诗》。凡七题，犹四始也；情感、事感、高逸、怨愤、征异、征咎、嘲戏，各以其类聚之；亦有独掇其要不全篇者，咸为小序以引之，贻诸好事。其有出诸异传怪录，疑非是实者，则略之。拙俗鄙俚，亦所不取。

据知孟棨认为诗是缘情的，与晚唐五代的一般见解略相仿，所不同者，一般的所谓情率指性爱之情，孟棨则谓“触事兴咏，尤所钟情”，所以他特别重视诗本事，所以作《本事诗》。他说各类“咸为小序以引之”，今已亡佚，殊为遗憾。

《本事诗》是“诗话”的前身，其来源则与笔记小说有关。唐代有大批的记录遗事的笔记小说，对诗人的遗事，自然也在记录之列。就中如范摅的《云溪友议》，王保定的《唐摭言》，其所记录，尤其是偏于文人诗人。由这种笔记的转入纯粹的记录诗人遗事，便是《本事诗》。我们知道了“诗话”出于《本事诗》，《本事诗》出于笔记小说，则“诗话”的偏于探求诗本事，毫不奇怪了。

八　《续本事诗》三种

《本事诗》不惟间接的影响了宋人诗话，且直接的领导了几种《续本事诗》。《续本事诗》究竟有多少，现已无从知道，我所知的有处常子、罗隐、聂奉先三种：

处常子的《续本事诗》，今已亡佚。晁公武《郡斋读书志》卷二十“总集类”著录二卷，言：“伪吴处常子撰，未详其人。自有序云：‘比览孟初中《本事诗》，辄搜箧中所有，依前题七章，类而编之。’然皆唐人诗也。”知一依《本事诗》，也是分为情感、事感、高逸、怨愤、征异、征咎、嘲戏七类。

罗隐的《续本事诗》，不见著录，也不见有人论列。惟《诗话总龟》前集卷二十一“僧齐已松诗”条下注明出《续本事诗》，接着就是“白傅柳诗二首”条，注云：“唐宋诗云，罗隐作《续本事诗》。”接着又有“阴铿石诗”、“罗邺水诗”两条，注“并同前”，知罗隐作有《续本事诗》，此四条便是残存的材料。又卷六称罗邺《咏牡丹》诗，《续本事》有全篇云云，又于诗后，注明出《续本事诗》，或亦指罗隐所著。

陈振孙《直斋书录解题》文史类载聂奉先《续广本事诗》五卷，说“虽曰广孟启之旧，其实集诗话耳”。由此知前谓“本事诗”是“诗话”的前身，一点不错，所以聂奉先集诗话的书，命名“续广本事诗”。五卷本的《续广本事诗》，不知何时亡佚，今所见到的《说郛》及《唐宋丛书》（出《说郛》）两种本子，都只有十五条。罗隐的《续本事诗》，是否如处常子的《续本事诗》之一依孟棨旧列，分为七章，无从考索。聂奉先的《续广本事诗》，则当然与孟棨的体裁不同，所以陈振孙说："虽曰广孟启之旧，其实集诗话耳。"但既曰广孟棨之旧，则当然受孟棨的影响。至聂奉先的时代，今已无从查考，《直斋书录解题》未标朝代，或者是宋初人，亦未可知。

第六篇　两宋文学批评史

序

郭绍虞

“不禁感慨系之”，真想不到由我来序罗雨亭（根泽）同志的遗著。雨亭年龄比我小，精力比我强，只由于疾病缠身，竟使他余业未就，赍志以殁，所以写此序时，百感交集，真不免墨沈泪痕，一齐涌上了笔端。当我在无锡疗养的时候，得雨亭信，已说肝病很重，语气间颇有伤感情绪，我除复信慰问外，再带一些勉励意思，要求我们两人都能把病养好，重做工作。但是，到现在，雨亭竟斗不过病魔而逝世了，而由我来序他的遗著了，序他仅仅部分完成还没有全部完成的遗著了。既为私谊恸，更觉得这是学术上的损失。

雨亭少年好学，除入清华国学研究所外，再入燕京的国学研究所。当时他治诸子之学，已有所成就。不久我因事不能再兼清华的文学批评史课，就邀他接我的课。雨亭当时有难色，谦让不肯去。我说治一门学问有成就的，治别一门也决无问题。这话固然说得偏一些，但对雨亭来讲，而且指这两门学问讲，我想还是很合适的。于是，雨亭开始教文学批评史的课。果然，雨亭不但能胜任，而且比了他的诸子之学有更大的成就。

雨亭之书，以材料丰富著称。他不是先有了公式然后去搜集材料的，他更不是摭拾一些人人习知的材料，稍加组织就算成书的。他必须先掌握了全部材料，然后加以整理分析，所以他的结论也是持之有故，而言之成理的。他搜罗材料之勤，真是出人意外，诗词中的片言只语，笔记中的零楮碎札，无不仔细搜罗，甚至佛道二氏之书也加浏览，既如本书中采及智圆的文论，就是我所没有注意到的。当文学批评史这门学问正在草创的时候，这部分工作是万万不可少的。而雨亭用力能这样勤，在荜路蓝缕之中，作披沙拣金之举，这功绩是不能抹煞的。至于观点方法，如果说还有值得商榷之处，则是旧知识分子一般的局限，我们不必在这方面加以苛求。而且，以我所知，他在这本书中，也确是想尽力做到减少错误或没有错误的。

遗著，他的文学批评史的遗著，只能到这一时期为止，不能再看到他搜集的明清部分的材料了，更不能再看到他对明清部分材料的意见了。看到琴尚且想到抚琴的人，何况是序他的遗著呢？何况是序他没有全部完成的遗著呢？何况是序我认为畏友的遗著呢！

真不禁感慨系之！

郭绍虞

一九六一年十一月一日

第一章　宋初的诗文复古革新论

一　唐宋两代文学复古的异同

唐宋两代都进行了文学复古运动，但唐代的复古止限于文，宋代的复古兼及于诗；唐代的复古是复三代两汉之古，宋代的复古是复唐代之古。无论唐代的复三代两汉之古或宋代的复唐代之古，在当时都是一面伟大的旗帜。在这伟大的旗帜下进行的，不止是复古运动，更重要的还有革新运动：唐代的革新运动是在针对着魏晋以迄唐代的骈文，宋代的革新斗争是在针对着晚唐以迄宋初的时文。他们一面复古，一面革新，再加上时代不同，表现的对象不同，所以结果是唐代的文章并不全同于三代两汉而完成了唐代独特的风格，宋代的诗文也不全同于唐代而完成了宋代独特的风格。

唐代的复古运动成于韩愈，韩愈说："非三代两汉之书不敢观。"（详四篇七章三节）则所复之古当然是三代两汉。他反对骈文，倡作古文是人所共知的，但找不到反对律诗的言论；所作虽以"古诗"为多，但"律诗"也有八十首。（《昌黎集》卷十）他推崇李杜，李主张复古（详四篇三章二节），杜兼取古律（同上三节）。和韩愈同时的元稹指出杜诗的特长是："铺陈终始，排比声韵，大或千言，少犹数百，词气豪迈，而风调清深，属对律切，而脱弃凡近。”（详四篇四章一节）正是就律诗而言。韩愈的复古源于独孤及，独孤及对于诗却称道沈佺期、宋之问的：“裁成六律，彰施五色，使言之而中伦，歌之而成声。”说是：“缘情绮靡之功，至是乃备。”（详一篇一章八节）这实质就是赞扬沈宋的完成律诗。可见唐代的复古止是文的以古代骈，诗则并不一定以古代律，相反的还提倡律诗。

宋代的复古运动始于柳开，中间经过王禹偁诸人的努力，到欧阳修总集大成。柳开初名肩愈，字绍先，意思是肩韩愈，绍柳宗元（详二章五节）。王禹偁《赠朱严》云：“谁怜所好还同我，韩柳文章李杜诗。”（《小畜集》卷十）欧阳修《记旧本韩文后》云：“学者当至是而止尔。”（详三章一节）可见他们都是在复韩、柳、李、杜之古，也就是在复唐代之古。自然他们也进而复三代两汉之古，如柳肩愈的更名开，字孟涂，据他自己说，就是因为“既肩既绍”之文，又“大探《六经》之旨，已而有包括杨孟之心”，“意谓将开古圣贤之道于时”，“为必开之为其涂矣”。（《答梁拾遗改名书》，《河东集》五）但复三代两汉之古既是在“既肩既绍”之后，知也是由唐代引导。

韩柳之古是文，李杜之古是诗。欧阳修作《苏氏文集序》云：“子美（舜钦）之齿少于予，而予学古文反在其后。天圣之间，予举进士于有司，见时学者务以言语声偶擿裂，号为时文，以相夸尚。而子美独与其兄才翁及穆参军伯长，作为古歌诗杂文。”（详三章二节）可见他们的复古不止在“古文”，还在“古歌诗”。欧阳修统名苏穆所作为“古歌诗”，《检苏学士（舜钦）文集》，则标为“古诗”者九十六首，标为“律诗”者一百一十六首，这就是因为对古体而言，后者为“律诗”，对“时文”而言，则后者也是“古歌诗”。

南宋刘克庄《竹溪诗集序》云：“本朝三百年间，虽人各有集，集各有诗，诗各有体，或尚理致，或负材力，或逞辨博，少者千篇，多至万首，要皆经义策论之有韵者尔，非诗也。”（《后村大全集》九四）后人论诗者也都指出“唐人以诗为诗，主性情；宋人以文为诗，主议论”，尽管清人叶燮曾在《原诗》卷四有反驳。这一则是由于诗的本身有了转变，二则也由于另外又有了主性情的新文体，就是词。元人刘祁在《归潜志》就说过了：“唐以前诗在诗，至宋则在长短句，今之诗则俗间俚曲也。”既然唐以前的诗在诗，主性情，所以就与文章分道扬镳；既然宋代的诗在词，诗本身转于主议论，所以就与文章合流发展。

二　宋初的文体——时文

唐代的复古是中国文学史上的第一次复古，宋代是第二次，论理第二次应较第一次容易，但是不然。唐以前为南北朝，南朝盛行今文（就是骈文），北朝却大半是古文，所以唐代的复古，不过是以北朝的文学代替南朝的文学（详四篇六章一节），比较不甚困难。宋以前为晚唐五代，晚唐五代的文学纯是“今体”，就是后来所谓“时文”。宋太祖建隆元年（960）称帝，这种时文仍执文坛牛耳，一直到将近百年的仁宗嘉祐二年（1057），欧阳修知贡举，黜“太学体”，（详后三章二节）才逐渐的销声匿迹，从文坛败退。那么复古革新，当然更不容易。

“今体”的名称见李商隐《樊南甲集自序》（详五篇一章二节），“时文”的名称见田况《儒林公议》（详下节）及欧阳修《与荆南乐秀才书》、《苏氏文集序》（详前节及三章二节），意义没有多大差别，所以宋初的时文大都效法李商隐的今体。不过如详细分析，则百年间的时文，前期是沿袭五代余绪，可以称为“五代体”，后期是模仿温（庭筠）李诗文，可以称为“晚唐体”。

《宋史·文苑传序》云：

> 国初杨亿、刘筠，犹袭唐人声律之体，柳开、穆修志欲变古而力弗逮，庐陵欧阳修出，以古文倡，临川王安石、眉山苏轼、南丰曾巩，起而和之，宋文日趋于古矣。

好像柳开、穆修的变古是对杨刘而发，其实大谬，杨亿生于宋太祖开宝七年（974），柳开生于晋出帝开运末年（约为947，据张景所作行状），杨亿后柳开约二十年，知柳开的革新变古不是针对杨刘，而是针对杨刘以前的与古相反的文体，就是“五代体”。

这种五代体的作家，靠着传统余绪，稳据当时文坛，不须别创新的风格，也不须别创新的理论。作品，在当时自然不少，但因为止是沉溺在旧的窠臼，到现在几乎全被淘汰。理论方法方面，止有诗格、文格和诗句图（详五篇二、三、四各章），也纯是五代旧说的因袭与扩展。

古文家骂时文丽靡薄弱（详下节），究竟怎样的丽靡薄弱，我们止能取证史书。《宋史·文苑传》的第一卷（宋史四三九），列叙了十几位文人，言及文章的，止有郭昱“好为古文”，其余都是沿袭五代的声偶丽靡。如宋白“学问宏博，属文敏赡，然辞意放荡，少法度”，“尝类故事千余门，号《建章集》”，朱昂“读陶潜《闲情赋》而慕之，因广其辞”，赵邻幾“少好学，能属文，尝作《禹别九州赋》，凡万余言，人多传诵”，“为文浩博，慕徐、庾及王、杨、卢、骆之体。每构思，必敛衽危坐，成千余言始下笔，属对精切，致意缜密，时辈咸推服之。及掌诰命，颇繁富冗长，不达体要，无称职之誉”，何承裕“有清才，好为歌诗”，郑起“时举子多尚诗赋，惟起有文七轴，歌诗尤清丽”，和𫍯“献所著文赋五十轴”，又“献《观灯赋》”，“虽幼能属文，殊少警策。每草制必精思讨索而后成，拘于引类偶对，颇失典诰之体”。此外还有梁周翰，传云：“五代以来，文体卑弱，周翰与高锡、柳开、范杲，习尚淳古，齐名友善，当时有高、梁、柳、范之称。”但就其“上《五凤楼赋》，人多传诵之”，“以辞学为流辈所许”而言，知仍然偏近五代体，和柳开的“变古”不同，据柳开《答梁拾遗改名书》，周翰“指摘韩氏（愈）之疵”，“以韩氏未足为可贤”（《河东集》五），和柳开的学韩愈古文，也显然异趣。

范仲淹的《尹师鲁河南集序》云：

> 唐正元元和之间，韩退之主盟于文而古道最盛。懿僖以降，浸（原误作寝）及五代，其体薄弱。皇朝柳仲涂（开）起而麾之，髦俊率从焉，仲涂门人能师经探道有文于天下者多矣。洎杨大年（亿）以应用之才，独步当世，学者刻辞镂意，有希髣髴，未暇及古也。其间甚者专事藻饰，破碎大雅，反谓古道不适于用，废而弗学者久之。洛阳尹师鲁，少有高识，不逐时辈，从穆伯长（修）游，力为古文。……欧阳修从而大振之，由是天下之文一变。（《范文正公集》，《四部丛刊》本卷六）

是的，柳开所领导的革新变古的未能成功，原因甚多，而杨亿的“以应用之才，独步当世”，吸引“学者刻辞镂意，有希髣髴”，确是重要关键。《神宗旧史·欧阳修本传》云：

国朝接唐五代末流，文章专以声病对偶为工，剽剥故事，雕刻破碎，甚者若俳优之辞。如杨亿、刘筠辈，其学博矣，然其文亦不能自拔于流俗，反吹波助澜，助其气势，一时慕效，谓其文为昆体。（欧集附录四）

田况《儒林公议》云：

杨亿在两禁变文章之体，刘筠、钱惟演辈皆从而效之，时号杨刘。二公以新诗更相属和，极一时之丽，亿复编叙之，题曰《西昆酬唱集》，当时佻薄者谓之西昆体。其他赋颂章奏虽颇伤于雕摘，然五代以来芜鄙之气，由兹尽矣。（《稗海》本卷上）

前者谓杨刘"不能自拔于流俗"，后者谓杨刘已变五代芜鄙之气，两说相反，但都能说中一面。自同点看来，晚唐五代的文体本来相近，模仿晚唐的杨刘自然是未能自拔"五代末流"，自异点看来，五代矜重"声病对偶"，晚唐矜重"剽剥故事"，模仿晚唐的杨刘自然是已革五代芜鄙之气。杨亿《西昆酬唱集序》云：

余景德中，忝佐修书之任，得接群公之游。时今紫微钱君希圣（惟演），秘阁刘君子仪（筠），并负懿文，尤精雅道，雕章丽句，脍炙人口。

可见他们所矜重的是"雕章丽句"，所以也常以"雕章丽句"赞人，如杨亿作《杨徽之行状》云："凡游赏宴集，良辰美景，为有雕章丽句，传诵人口。”（《武夷新集》，《文津四库》本十一）“雕章丽句”就是“剽剥故事”。严羽《沧浪诗话》，王士祯《居易录》，冯武《西昆酬倡集序》都说西昆体起于李商隐以至温庭筠和段成式。这种错误，清《四库提要》已有辩证，但杨刘的取法温李是尽人皆知的事实，所以就历史言是“晚唐体”。

刘攽《中山诗话》载：“天僖中，杨大年、钱文僖（惟演）、晏元献（殊）、刘子仪（筠）以文章立朝，为诗皆宗李义山，后进多窃义山语句。尝内宴，优人有为义山者，衣服败裂，告人曰：吾为诸馆职挦扯至此！”是模仿义山诗文已成一时文风，欧阳修所黜的“太学体”，疑也是模仿义山不成的末流之弊。欧阳修的儿子欧阳发所记事迹云：

> 嘉祐二年，先公知贡举。时学者为文以新奇相尚，文体大坏。公深革其弊，一时以怪僻知名在高等者，黜落几尽。二苏出于西川，人无知者，一旦拔在高等。牓出，士人纷然惊怒怨谤。其后稍稍信服，而五六年间，文格遂变而复古，公之力也。

“文体大坏”下原注云：

> 僻涩如“狼子豹孙，林林逐逐”之语，怪诞如“周公伻图，禹操畚锸，傅说负版筑，来筑太平之基”之说。（欧集附录五）

这确是“刻辞镂意，有希髣髴”而不成，据知“太学体”也就是“晚唐体”。

三　古文家对时文的攻击

时文猖獗的一方面固然是阻碍了复古革新，但另一方面也更激起了复古革新。首先倡导古文的是柳开，在《上王学士第三书》攻击时文云：

> 代言文章者，华而不实，取其刻削为工，声律为能。刻削伤于朴，声律薄于德，无朴与德，于仁义礼知信也何？其故在于幼之学焉，无其天之性也，自不足于道也。以用而补之，苟悦其耳目之玩，吾子不由矣。（《河东集》，《四部丛刊》本卷五）

柳开所攻击的今文就是时文，从历史上的体裁说，可以名为"五代体"，指出为五代体而施以攻击的要推王禹偁和范仲淹。王禹偁的《东观集序》云：

> 天未厌德，付于有唐。然而三百年间，圣贤相会，事业之大者贞观开元，文章之盛者正元长庆而已；咸通以下，不足征也。（《小畜集》，《四部丛刊》本卷十九）

又在《送孙何序》云：

> 咸通以来，斯文不竞，革弊复古，宜其有闻。国家乘五代之末，接千岁之统，创业守文，垂三十载，圣人之化成矣，君子

之儒兴矣，然而服勤古道，钻仰经旨，造次颠沛，不违仁义，拳拳然以立言为己任，盖亦鲜矣。(集十九)

此外，《五哀诗》中的高锡一首亦云："文自咸通后，流散不复雅，因仍历五代，秉笔多艳冶。"(集四)咸通是唐懿宗的年号，历僖、昭二宗就是五代。《送孙何序》说国家乘五代之末，作文章的很少"拳拳然以立言为己任"。《五哀诗》更明说"因仍历五代，秉笔多艳冶"。显然是攻击当时诗文的仍然陷溺在"五代体"的艳冶流散。

范仲淹的《尹师鲁河南集序》就说："懿僖以降，浸及五代，其体薄弱。"(详前节)在《唐异诗序》又云：

五代以还，斯文大剥，悲哀为主，风流不归。皇朝龙兴，颂声来复，大雅君子，当抗心于三代。然九州之广，庠序未振，四始之奥，讲议盖寡。其或不知而作，影响前辈，因人之尚，忘己之实，吟咏性情而不顾其分，风雅比兴而不观其时；故有非穷途而悲，非乱世而怨，华车有寒苦之述，白社为骄奢之语，学步不至，效颦则多；以至靡靡增华，愔愔相滥，仰不主乎规谏，俯不主乎劝诫，抱郑卫之奏，责夔旷之赏，游西北之流，望江海之宗者有矣。(《范文正公集》，《四部丛刊》本卷六)

这不止是攻击五代文体的悲哀风流，而更是攻击宋初模仿五代文的一则学步效颦，忘己之实，二则变本加厉，增华相滥。大体说来，柳开在着重的揭发华侈伤德，范仲淹在着重的揭发模拟失真。

首先攻击西昆体——即晚唐体的是陈从易，稍后最激烈的是石介。田况《儒林公议》云：

陈从易颇好古，深摈（杨）亿之文章，亿亦陋之。天僖中，从易试别头进策问时文之弊曰："或下里如会稡，或丛脞如急就。"亿党见者深嫉之。近山东石介尝作《怪说》以诋亿，其说尤甚于从易。（《稗海》本卷上）

石介（1005—1045）的《怪说》分上中下三篇，中篇云：

昔杨翰林（亿）欲以文章为宗于天下，忧天下未尽信己之道，于是盲天下人目，聋天下人耳，使天下人目盲不见有周公、孔子、孟轲、杨雄、文中子、吏部之道，使天下人耳聋不闻有周公、孔子、孟轲、杨雄、文中子、吏部之道，俟周公、孔子、孟轲、杨雄、文中子、吏部之道灭，乃发其盲，开其聋，使天下人惟见己之道，惟闻己之道，莫知其他。今天下有杨亿之道四十年矣，今人欲反盲天下人目，聋天下人耳，使天下人目盲不见有杨亿之道，使天下人耳聋不闻有杨亿之道，俟杨亿道灭，乃发其盲，开其聋，使目惟见周公、孔子、孟轲、杨雄、文中子、吏部之道，耳惟闻周公、孔子、孟轲、杨雄、文中子、吏部之道。（《石徂徕集》，康熙刻本卷五）

这真是对西昆体的毫不躲闪的攻击，当时颇有人替他担忧。据《怪说下》，或有人忠告他说："子之《怪说》，上篇言佛老，下篇言杨亿（今为中篇），信怪矣。然今举中国而从佛老，举天下而学杨亿之徒，亦云众矣，虽子之说长，又岂能果胜乎？子不惟不能胜夫万亿千人之众，以万亿千人之众反攻子，予且恐子不得自脱，将走于蛮荒险僻深山中，而不知避也！子亦诚自取祸矣！"石介听了，不惟不

惧而知避,反跃身数尺,瞋目作色云:

吾学圣人之道,有攻我圣人之道者,吾不可不反攻彼也。盗入主人家,奴尚为主人拔戈持予以逐盗,反为盗所击而至于死且不避,其人诚非有利主人也,盖事主之道不得不尔也,亦云忠于主而已矣,不知其他也。吾亦有死而已,虽万亿人之众,又安能惧我也!(集五)

有人对他这种态度担忧,也有人对他这种态度怀疑,欧阳修就觉得有点“特异于人以取高”,他作《答欧阳永叔书》云:

今天下为佛老,其徒嚣嚣乎声,附合响应,仆独挺然自持吾圣人之道;今天下为杨亿,其众哓哓乎口,一唱百和,仆独确然自守吾圣人之经。凡世之佛老杨亿云者,仆不惟不为,且尝力摈之,天下为而独不为,天下不为而独为,兹是仆有异乎众者。然亦非特为取高于人,道适当然也。(集十五)

旁人的担忧与怀疑,都改变不了他的攻击佛老杨亿,这是因为自他看来,佛老坏乱圣人之道,杨亿破碎圣人之道,学圣人之道的人,自然应当不避艰险讥讪的施行攻击。何以说佛老坏乱圣人之道,兹可从略;何以说杨亿破碎圣人之道,《怪说中》云:

今杨亿穷妍极态,缀风月,弄花草,淫巧侈丽,浮华纂组,刻镂圣人之经,破碎圣人之言,离析圣人之意,蠹伤圣人之道,使天下不为《书》之《典》、《谟》、《禹贡》、《洪范》,《诗》

之《雅》、《颂》,《春秋》之《经》,《易》之《繇》、《爻》、《十翼》,而为杨亿之穷妍极态,缀风月,弄花草,淫巧侈丽,浮华纂组,其为怪大矣。(集五)

这种诋毁确是不免太过,可是西昆体的末流之弊,也确是割裂补衲,当时的优人就讥诮他们撦摭义山(详前节),稍后的欧阳修《诗话》也说时人的效法西昆体,致使"先生老辈,患其多用故事,至于语僻难晓"。反映到自命学圣人之经的石介,当然要抉本塞源,使天下人目盲不见杨亿之道,耳聋不闻杨亿之道了。

不过石介的使天下人不闻见杨亿之道,是针对西昆体的末流之弊,不是针对杨亿本人,所以《怪说下》云:

吾以攻乎坏乱破碎我圣人之道者,吾非攻佛老与杨亿也。

攻击的目标既不在杨亿本人,而在西昆体的末流之弊,则集中的没有提到杨亿西昆而止是攻击侈丽文学的言论,事实也都是对末流的西昆体而发。如《上赵先生书》云:

今之为文,其主者不过句读妍巧,对偶的当而已;极美者不过事实繁多,声律调谐而已。雕锼篆刻伤其本,浮华缘饰丧其事,于教化、仁义、礼乐、刑政,则缺然无仿佛者。

又云:

今……独斯文邈乎不可视于唐。居上者点化语言,组织

> 章句。如彼画工,不知绘事后素以为质,但夸其藻火之明,丹漆之多。如彼追(锤)师,不知良玉不琢以为美,但夸其雕刻之工,文理之缛。载毫辇笔,穷山刊木,模刻其文字,布于天下以为后进式。(集十二)

此外,《上蔡副枢书》、《与裴员外书》、《上范中丞书》,也都有类此的言论,这可见石介对末流的西昆体的深恶痛绝。欧阳修怀疑他的态度,可是欧阳修的能以古文革替今文,石介的这种冲锋陷阵,实在不无先驱之功。

四　柳开的古文定义

攻击时文是破坏敌人。止破坏敌人是不够的,还要建设自己。建设自己除了创作以外,就是阐发理论与寻求路线;寻求路线俟下章叙次,兹止述阐发理论。就阐发理论说,首当大书特书的是柳开(生晋开运末)的古文定义,他在《应责》一文云:

> 子之言,何谓为古文?古文者,非在辞涩言苦,使人难诵读之;在于古其理,高其意,随言短长,应变作制,同古人之行事,是谓古文也。子不能味吾书,取吾意,今而观之,今而视之,不以古道观吾心,不以古道观吾意,吾文无过矣。吾若从世之文也,安可垂教于民哉,亦自愧于心矣。欲行古人之道,反类今之文,譬乎游于海者,乘之以骥,可乎哉?(《河东集》,《四部丛刊》本卷一)

“古其理,高其意”,是古文的内容;“随言短长,应变作制”,是古文的形式;“垂教于民”,是古文的目的;定义明确,目的也显豁,对推行古文,无疑的发生很大作用。

古文是对今文而言,和今文的差别,柳开在《答臧丙第二书》云:

> 文取于古,则实而有华;文取于今,则华而无实。实有其华,则曰经纬之文也,政在其中矣;华无其实,则非经纬之文也,政亡其中矣。(集六)

又在《上王学士第四书》云:

> 始于心而为若(原作君,疑误)虚,终于文而成乃实,习乎古者也;始于心而为若实,终于文而成乃虚,习乎今者也。习古所以行今,求虚所以用实,能者知之矣,不能者反是。(集五)

这自然不免偏袒古文,但大体不很错误。首先倡导今体——就是今文——的是李商隐自序《樊南甲集》说:“有请为文,或时得好对切事,声势景物,哀上浮壮,能感动人。”(详五篇一章二节)柳开力主恢复古文,《答臧丙第三书》说:“我本非以文矜伐于今之人也,将以文矜伐于古之道也;矜伐于古之道也,则务将教化于民。……若以文矜伐于今之人也,则不在于古之文也,在于今之所尚者之文也,轻淫侈靡,张皇虚诈,苟从时欲,求顺己利。”(集六)合而比观,益可以知古文的目的在教人,而今文的目的则在动人。教人要“古其理,高其意”;动人则要“好对切事,声势景物,哀上浮壮”。自今文家看来,“好对切事,声势景物,哀上浮壮”,这是文,同时也就是实;自古文家看来,这是辞华,不是实,实是可用以教人的“古其理,高其意”。因此柳开说古文“实有其华”,“则曰经纬之文也,政在其中矣”;今文“华无其实”,“非经纬之文也,政亡其中矣”。古文所阐论的是实,这实泰半是因依古人;今文所描绘的是虚,这虚却泰半是自己创造。因此柳开又说:“始于心而为若虚,终于文而成乃实,习乎古者也;始于心而为若实,终于文而成乃虚,习乎今者也。”“古其理,高其意”的目的在教当世之人,因此又说:“习古所以行今,求虚所以用实。”

基于晚唐五代的历史流风余俗,重辞华的风气,在宋初还占绝对优势;基于宋初社会政治的需求,以古道教民的意识,已急剧发达,由是就有人主张以偶语述古道。如张咏(946—1015)《答友生问文书》云:

> 视文之臧否,见德之高下,若以偶语之作,参古正之辞,辞得异而道不可异也,故谓好古以戾、非文也,好今以荡、非文也。(《乖崖集》,《续古逸丛书》本卷七)

虽没有彰明较著的驳斥柳开,但总是在攻击古文家的反对今文,独倡古文。在张咏看来,今文也可以述古道,在柳开看来,则绝对不可能,述古道非古文莫办。为什么呢?因为古文“随言短长,应变作制”,能委曲纤悉的载述阐论;今文“华而不实,取其刻削为工,声律为能;刻削伤于朴,声律伤于德”(详前节),当然不适于论述古道啦。

五　王禹偁的易道易晓说

张咏的反对标榜古文，并未能阻止古文运动，相反的倒促成古文的改善。的确，古文的毛病是最容易流于"好古以戾"，韩愈以后的唐代古文家的斤斤于提倡怪奇（详四篇七章），便是绝好的例证，也是绝好的鉴戒。因此到了宋代，不惟反对标榜古文的张咏，指出"好古以戾"的非文章正轨，倡导古文的人也知预防艰深；柳开已经说古文不在"辞涩言苦，使人难诵读之"，稍后的王禹偁（954—1001）更剀切详明的提倡易道易晓。《答张扶书》云：

> 夫文传道而明心也，古圣人不得已而为之也。……既不得已而为之，又欲乎句之难道邪？又欲乎义之难晓邪？

由是首引《六经》为例云：

> 请以《六经》明之。《诗》三百篇皆俪其句，谐其音，可以播管弦，荐宗庙，子之所熟也。《书》者，上古之书，二帝三王之世之文也，言古文者无出于此，则曰："惠迪吉，从逆凶。"又曰："德日新，万邦惟怀；志自满，九族乃离。"在《礼·儒行》者，夫子之文也，则曰"衣冠中，动作慎，大让如慢，小让如伪"云云者。在《乐》则曰："鼓无当于五声，五声不得不和；水无当于五色，五色不得不彰。"在《春秋》则全以属辞比事为教，不可备引焉。在《易》则曰："乾道成男，坤道成女，日月运行，一寒一暑。"夫岂句之难道邪？夫岂义之难晓邪？今为文而舍《六

经》，又何法焉？若第取其《书》之所谓“吊由灵”，《易》之所谓“朋合簪”者，模其语而谓之古，亦文之弊也。

又引韩愈的文章为例云：

近世为古文之主者，韩吏部而已。吾观吏部之文，未始句之难道也，未始义之难晓也。其间称樊宗师之文，必出于己，不蹈袭前人一言一句，又称薛逢为文，以不同俗为主。然樊薛之文不行于世，吏部之文与六籍共尽。此盖吏部诲人不倦，进二子以劝学者。故吏部曰：“吾不师今，不师古，不师难，不师易，不师多，不师少，惟师是尔。”（《小畜集》，《四部丛刊》本卷十八）

由是劝张扶“远师《六经》，近师吏部，使句之易道，义之易晓”。张扶答书，也引《六经》和韩文为证，却说文章不一定易道易晓。又引杨雄说文比天地，不当使易度易测。王禹偁于再答中，逐条驳正。驳所引杨雄语云：

子之所谓杨雄以文比天地，不当使人而易度易测者，仆以为雄自大之辞也，而非格言也，不可取而为法也。夫天地易简者也，测天者知刚健不息而行四时，测地者知含弘光大而生万物，天地毕矣，何难测度哉？若较其寻尺广袤而后谓之尽，则天地一器也，安得言其广大乎？且雄之《太玄》准《易》也，《易》之道圣人演之，贤人注之，列于《六经》，悬为学科，其义甚明而可晓也。雄之《太玄》既不用于当时，又不行于后代，谓雄

死已来世无文王、周、孔,则信然矣;谓雄之文过于伏羲,吾不信也。仆谓雄之《太玄》,乃空文尔。(集十八)

驳谓《六经》韩文不易道易晓云:

子又谓《六经》之文,语艰而义奥者十二三,易道而易晓者十七八。其艰奥者,非故为之,语当然矣。今子之文则不然,凡三十篇,语皆迂而艰也,义皆昧而奥也,岂子之文过于六籍邪?若犹未焉,子其择也。子谓韩吏部曰:"仆之为文,意中以为好者,人必以为恶焉,或时应事作俗下文字(此三字原缺,据韩文补),下笔令人惭,及示人,人即以为好者。"此盖唐初之文有六朝淫风,有四子艳格,至贞元元和间,吏部首倡古道,人未之从,故吏部自是而人能是之者百不一二,下笔自惭而人是之者十有八九,故吏部有是叹也。今吏部自是者著之于集矣,自惭者弃之无遗矣。(同前)

实是《六经》在著作时代虽易道易晓,但传至后代,则以语文变迁,确是逐渐的形成语艰义奥。在汉代,扬雄的《法言·问神篇》已经说:"虞夏之《书》浑浑尔,《商书》灏灏尔,《周书》噩噩尔。"到唐代,韩愈在《进学解》更说:"周诰殷盘,佶屈聱牙。"王张的时代距韩愈又后二百年,语文又有变迁,自当时的语文看《六经》,无疑的更语艰义奥。假使真是效法《六经》,恐怕也必然像张扶说的语艰义奥,不会像王禹偁说的易道易晓。王禹偁说韩愈的文章易道易晓,韩愈自己却说怪怪奇奇。这可以证明易道易晓是宋初的古文新义;也可以证明宋初的古文运动,表面上是复古,实质却也在革新。

王禹偁所举的易道易晓的例子是:《诗》三百篇的“俪其句,谐其音”,《春秋》的属辞比事,以及其他各经的俪句,由此知他们虽反对当时的四六文,却不反对俪句。俪句是构成四六文的基础,却不即是四六文;四六文必需全篇四六对偶,俪句则不妨前后都是散文。在他们看来,执执的四六对偶,不易“传道明心”,所以必需改革;执执的决不对偶,也不易“传道明心”,所以也不应提倡。他们所主张的古文,是“随言短长,应变作制”,可长可短,也可散可骈。这样才能委曲详悉的“传道明心”,这样才是易道易晓的“实有其华”。他们宗经学韩,却不效法经文韩文的艰奥怪奇;他们反对晚唐五代的四六文,却采取构成四六文的俪句,这是他们的新贡献,也是宋代古文的特点。

六　赵湘尹洙的文心说

易道易晓是为的“传道明心”,道和心是文章的内容。柳开《上王学士第四书》云:

> 文不可遽为也,由乎心智而出于口。君子之言也度,小人之言也玩。号令于民者,其文矣哉,心正则正矣,心乱则乱矣。发于内而主于外,其心之谓也;形于外而体于内,其文之谓也;心与文一者也。君子用己心以通彼心,合则附之,离则诱之,咸然使至于善矣。故《六经》之用于时若是也。(集五)

他只提出心,没有提出道,但“君子之言也度”,也就是基于君子的

心合于道。柳开以后的赵湘(993 年进士)作《本文》,就很明显的说文源道心:

灵乎物者文也,固乎文者本也,本在道而通乎神明,随发以变,万物之情尽矣。……若伏羲之卦,尧舜之典,大禹之谟,汤之誓命,文武之诰,公旦公奭之诗,孔子之礼乐,丘明之褒贬,垂烛万祀,赫莫能灭,非固其本,则湮乎一息焉。一息之湮,本且摇矣,而况枝叶能为后世之荫乎?而况能尽万物之情乎?……或曰:古之文章所以固本者,皆圣与贤,今非圣贤,若之何能之?对曰:圣与贤不必在古而在今也。彼之状亦人尔,其圣贤者心也;其心仁焉、礼焉、智焉、信焉、孝悌焉,则圣贤矣;以其心之道发为文章,教人于万世,万世不泯,则固本也。今学古之文章,而不求古之仁义之道,反自谓非圣贤不能为之,是果中道而废者,果贼于儒术者,为蠹教之物者。(《南阳集》,《武英殿聚珍版丛书》本卷四)

尹洙(1001—1047)的《志古堂记》也说:

夫古人行事之著者,今而称之曰功名;古人立言之著者,今而称之曰文章。盖其用也,行事泽当时以利后世,世传焉从而为功名。其处也,立言矫当时以法后世,世传焉从而为文章。行事立言不与功名文章期,而卒与俱焉。后之人欲功名之著,忘其所以为功名,欲文章之传,忘其所以为文章,故虽得其欲而捩于道者有焉。如有志于古,当置所谓文章功名,务求古之道可也。古之道奚远哉,得诸心而已。心无苟焉，可以制事；心无弊焉，可以立言。惟无苟，然后能外成败而自信其守也；惟无弊，然后能穷见至隐而极乎理也。信其守者本乎纯，极于理者发乎明，纯与明是乃志古人之所志也。志乎志，文章功名从焉而不有之也。（《河南先生集》，《四部丛刊》本卷四）

柳开说文"由乎心智而出乎口"，赵湘说"以其心之道发为文章"，尹洙说"欲文章之传"，当"求古之道"，"古之道"，"得诸心而已"。是他三人都认为文章的基本源泉是心。柳开《上王学士第四书》载有人问："今之文咸异于子之言，统其事而无不干者，亦何经哉？"柳开说："几于苟矣。于身适其取舍之便，于物略其缓急之宜，非制乎久者也。"问者又说："亦自于心矣，恶不可久乎？"柳开说："裁度以用之，构累以成之，役其心求于外，非由于心以出于内也。"（集五）这就是说他们所谓心，指由衷的良心而言。由衷的良心只有是非观念，没有利害观念。"于身适其取舍之便，于物略其缓急之宜"，"裁度以用之，构累以成之"，是"役其心于外"的利害计较，不是"由于心以出"的是非判断。换言之，是假心，不是良心。古人的文章源于良心，今人的文章源于假心。良心是正的，心正则文正，所以"君子之言也度"；假心是邪的，心邪则文邪，所以"小人之言也玩"。

柳开所说的心，指是非观念的良心，赵湘、尹洙所说的心，也指是非观念的良心。良心所蕴藏表现的就是道，所以不惟赵湘说"以其心之道发为文章"，尹洙说"古之道奚远哉，得诸心而已"，柳开在《上王学士第三书》也说，"运之于心而符于道"（集五）。所以他们都主张"文由心出"，同时也都主张"文为道筌”。最显明的，如柳开在《上王学士第三书》说：“文章为道之筌也，筌可妄作乎？筌之不良，获斯失矣。女恶容之厚于德，不恶德之厚于容也；文恶辞之华于理，不恶理之华于辞也。”（集五）王禹偁说：“文传道而明心也。”也于明心之外，益以传道。不过他们既认为心发为道，道得于心，则心是源泉，道是表现。唐代的古文家只提出传道，他们于传道之外益以明心，而且把心视为道的源泉，当然也就是文的源泉。所以他们虽出于唐代古文家，却也进于唐代古文家。

“易道易晓”是他们的形式革新，“传道明心”是他们的内容发展。这种革新和发展，都隐藏在复古学唐——或者说是宗经学韩——的旗帜之下，容易被人忽略，我们必须分别指出。这是第一点。其次，形式革新的要求在不避“俪句”，内容发展的要求在由“道”至“心”，这结果必然使二者逐渐矛盾，造成文学与道学的分立。唐代的韩愈是文学家，同时也是道学家。宋初的这一群古文运动者，也都有浓厚的道学色彩；但后来却逐渐的分道扬镳，互相诋毁。这自然主要的由于社会基础所决定，但形式的“易道易晓”的实质既是骈散兼收，认为这样才是“实有其华”，自然就正面影响了后来古文家的重文轻道，究心辞章；反面促使重道轻文的人不得不别立门户。内容的“传道”之外，还要益以“明心”，而且认为心是道的源泉，则心重于道，所以直接造成了后来道学家的究极心性，而不重视心情的文学家遂由“传道”转于“述志”。唐代的古文家主张简易载道，到末流就激起了骈俪缘情的今文；宋代的古文家惩于前车之戒，自始就不忽略辞华，可是很快的就引起文学与道学的分家。这种历史事实，我们应当特别指出；这种经验教训，我们应当特别珍视。

七　石介的宗经新说

柳开、赵湘和尹洙都说“文由心出”，石介则说“文由识生”。当时有龚鼎臣者“学为古文，问文之旨”，石介在《送龚鼎臣序》答云：

> 夫与天地生者性也，与性生者诚也，与诚生者识也；性厚则诚明矣，诚明则识粹矣，识粹则文典以正矣；然则文本诸识矣。圣人不思而得，识之至也；贤人思之而至，识之浅也。《诗》、《易》、《书》、《礼》、《春秋》言而为中，动而为法，不思而得也；孟、荀、杨、文中子、吏部勉而为中，制而为法，思之而至也。至者，至于中也，至于法也；至于中，至于法，则至于孔子也；至于孔子而为极矣。（《石徂徕集》，康熙刻本卷十八）

识和心，在本质上没有多大差别，所不同者，心当然指主观的良心，识不免杂有客观的认识。但石介说识源于诚，诚源于性，则他所谓识指主观的意识。意识的来源，石介说间接出于性，柳开、赵湘都没有说过，自他们的观点而言，大概直接源于心，心性本不相远。

石介说“文由识生”，所举的例证是《六经》，柳开等说“文由心出”，所举的例证也是《六经》，所以他们都主张宗经为文。宗经为文是唐人的旧说，但他们却别有新论，柳开《上王学士第三书》云：

> 观乎天，文章可见也；观乎圣人，文章可见也。天之文章有其神，非则变，是则暑；圣人之文章有其神，从则兴，异则

亡。天之文章，日、月、星、辰也；圣人之文章，《诗》、《书》、《礼》、《乐》也。（集五）

王禹偁《送孙何序》云：

天之文日月五星，地之文百谷草木，人之文六籍五常。舍是而称文者，吾未知其可也。（集十九）

石介《上蔡副枢书》云：

夫有天地故有文。天尊地卑，乾坤定矣；卑高以陈，贵贱位矣；动静有常，刚柔断矣；方以类聚，物以群分，吉凶生矣；在天成象，在地成形，变化见矣：文之所由生也。天垂象见吉凶，圣人象之；河出图，洛出书，圣人则之：文之所由见也。观乎天文以察时变，观乎人文以化成天下：文之所由用也。三皇之书，言大道也，谓之《三坟》；五帝之书，言常道也，谓之《五典》：文之所由迹也。四始六义存乎《诗》，典谟诰誓存乎《书》，安上治民存乎《礼》，移风易俗存乎《乐》，穷理尽性存乎《易》，惩恶劝善存乎《春秋》：文之所由著也。（集十三）

柳开、王禹偁的说法好像止是推《六经》以参天地，石介的说法则显然是一种文源说。这种文源说归结于《六经》是"文之所由著也"，那么学文的人当然要宗依《六经》。明白了石介的说法，回头再看柳开、王禹偁的说法，也含有学文当宗依《六经》的意味。

为什么宗依《六经》，他们提出一种新论证，特别是石介尤为明显。他们的新论证，植基于天人合一。照他们的观点看来，天地有一种自然法则，不止是天地规律，也是人生规律。这种法则在天地表现为天文地文，我们现在名之曰“自然之文”，是“文之所由生也”。由生而见，由见而用于人生，我们现在名之曰“人文之文”，是“文之所由迹也”。就“自然之文”和“人文之文”，写为“文章文学之文”，是“文之所由著也”。著之最原始而又最典型的是《六经》，那么《六经》当然是文学源泉，学文的人当然要宗依《六经》了。

这种说法的来源当然托始《易经》《易传》，所以他们引用的话大都见于《易传》。唐代的历史家和古文家也曾据以建立一种天文说和人文说，但柳、王、石介又和他们不同。唐代历史家的目的，在据以建立文学的折中主义及政治工具说（详四篇五章二至四节），唐代古文家在据以建立简易载道的文论（详四篇六章十节），柳、王、石介的目的则在据以建立宗经为文的新论证。唐人也提倡宗经为文，论证止是说《六经》为圣人传道的典籍，宋人更为这传道典籍找出自然根据。

以经为文章本源，和以心以道为文章本源，并不冲突：道是心的表现，经是“传道明心”的典籍，所以心是文章本源，则道与经也便是文章本源。自然详细分析，心为主观挈矩，道为客观准绳，经为典型文章；而从大体言之，心与道与经，正是三位一体。

八　孙复的文教方案

在第三节，我们已经指出柳开的古文定义，除了内容形式，还说到古文的目的是“垂教于民”。其实不止柳开，宋初的古文运动者都抱有这种见解，也都为这种见解努力。王禹偁《送谭尧叟序》云：

古君子之为学也，不在乎禄位，而在乎道义而已，用之则从政而惠（原作害，疑误）民，舍之则修身而垂教，死而后已，弗知其他。科试以来，此道甚替，先文学而后政事故也。然而文学本乎《六经》者，其为政也必仁且义，议理之有体也；文学杂乎百氏者，其为政也非贪则察，涉道之未深也。（集十九）

穆修（979—1032）《答乔适书》，首先慨叹"有志于古文"者甚少，然后说：

夫学乎古者所以为道，学乎今者所以为名。道者仁义之谓也，名者爵禄之谓也。然则行道者有以兼乎名，守（原作中，依孙敏修校改）名者无以兼乎道。何者？行夫道者虽固有穷达云耳，然而达于上也则为贤公卿，穷于下也则为令君子；其在上，则礼成乎君而治加于人；其在下，则顺悦乎亲而勤修乎身；穷也，达也，皆本于善称焉。守夫名者亦固有穷达云耳，而皆反于是也：达于上也，何贤公卿乎？穷于下也，何令君子乎？其在上，则无所成乎君而加乎人；其在下，则无以悦乎亲而修乎身；穷也，达也，皆离于善称焉。（《河南穆公集》，《四部丛刊》本卷二）

王禹偁慨叹科举以来的先文学而后政事，但又说："文学本乎《六经》者，其为政也必仁且义。"在《送丁谓序》也说：当时举进士者，以文相售，岁不下数百人，可惜很少“宗经树教著书立说之士”。(集十九)那么，他当然主张文学要“宗经树教著书立说”了。穆修没有说出“政教”二字，但学古行道者既穷达皆贤，在上成礼，在下修身，也正是政教。

王穆以外，如石介，对政教的鼓吹尤力，集中的《上赵先生书》、《上蔡副枢书》、《上范思远书》、《与士建中秀才书》、《上孔徐州书》、《上孙少傅书》，《答欧阳永叔书》、《与君贶学士书》、《与张秀才书》等篇都有这类言论。我们姑止迻录《上赵先生书》中的一段：

介近得姚铉《唐文粹》及《昌黎集》，观其述作有三代制度，两汉遗风，殊不类今之文。曰诗赋者，曰碑颂者，曰铭赞者，或序记，或书箴，必本于教化仁义，根于礼乐刑政而后为之辞：大者驱引帝王之道，施于国家，敷于人民，以佐神灵，以浸虫鱼；次者正百度，叙百官，和阴阳，平四时，以舒畅元化，缉安四方。(集十二)

随后就叹惜当时为文者，“求教化、仁义、礼乐、刑政，则缺然无所髣髴”。《上蔡副枢书》也指摘当时的文章，是“遗两仪、三纲、五常、九畴而为之也，弃礼乐、孝悌、功业、教化、刑政、号令而为之也”。可以说是大声疾呼的鼓吹为文者应当以政教为主。

不过柳开虽说古文的目的是“垂教于民”，王禹偁虽说为文者应当“宗经树教著书立说”，穆修虽也从政教立论，石介虽也更热烈鼓吹，但都没有拟出具体的方案。到生在石介之前，死在石介之后的孙复(992—1057)，才于《答张洞书》，首先确定文章的宗旨云：

文者道之生也，道者教之本也。

然后依据这个宗旨，拟一具体的方案云：

> 诗书礼乐大易春秋皆文也，总而谓之经者也，以其修于孔子之手，尊而异之尔，斯圣人之文也。后人力薄不克以嗣，但当左右名教，夹辅圣人而已。或则发列圣之微旨，或则鸣诸子之异端，或则发千古之未寤，或则正一时之所失，或则陈仁义之大经，或则斥功利之末术，或则扬贤人之声烈，或则写下民之愤叹，或则陈天人之去就，或则述国家之安危；必皆临事摭实，有感而作，为论为议，为书疏歌诗赞颂箴铭解说之类；虽其道甚多，同归于道，皆谓之文也。（《孙明复小集》，《文津四库》本卷二）

方案详明，推动自然得力，虽然他并没有异于柳王以来的新理论。

九　智圆的仁义五常古文说和善善恶恶古诗说

宋代古文运动的幅度，较唐代广阔的多得多，竟扩展到了佛教徒。大中祥符九年（1016），钱塘沙门智圆自序《闲居编》云："于讲佛教外，好读周、孔、杨、孟书，往往学为古文以宗其道，又爱吟五七言诗以乐其性。"（《闲居编》卷首，《续藏经》二编六套一册）在《广皮日休法言后序》，他言及近世柳仲涂（编十二）；在《读中说》，他言知道王通系得力于孙汉公的"辨文中子"（编二十六），柳仲涂就是柳开，孙汉公名何，是王禹偁的得意弟子，据知他读过柳、王、孙、何的文章，受了柳、王、孙、何的影响。

柳开说古文在古理高意，王禹偁说在传道明心，智圆《评钱塘郡碑文》也说："夫文者明道之具，救时而作也。"（编二十五）不过柳、王没有具体的说出道理是什么，智圆具体的说是仁义五常。《答李秀才书》云：

> 夫论文者多矣，而皆驳其妖蛊，尚其纯粹，俾根柢仁义，指归道德；不尔而但在文之辞，似未尽文之道也。愚尝谓文之道者三，太上言德，其次立功，其次立言。德、文之本也，功、文之用也，言、文之辞也。德者何，所以畜仁而守义，敦礼而播乐，使物化之也。功者何，仁义礼乐之有失，则假威刑以防之，所以除其畜而捍其患也。言者何，述其三者以训世，使履其言，则德与功其可知矣。然则本以正守，用以权既，辞而辟之，皆文也。故曰：仲尼祖述尧舜，宪章文武焉。尧舜非德邪，文武非功邪，故愚尝以仁义之谓文，故能兼于三也，以三者岂越仁义哉？（编二十四）

律师庶几欲从受古圣人之书，学古圣人之为文，智圆作《送庶几序》告云：

> 夫所谓古文者，宗古道而立言，言必明乎古道者也。古道者何，圣师仲尼所行之道也。昔仲尼祖述尧舜，宪章文武，《六经》大备，要其所归，无越仁义五常也。仁义五常谓之古道也。若将有志于斯文也，必也研几乎五常之道，不失于中而达于变，变则通，通则久，久则合道。既得之于心矣，然后吐之为文章，敷之为教化，俾为君者如勋华，为臣者如元恺，天下之民如

尧舜之民，救时之弊，明政之失，不顺非，不多爱，苟与世龃龉，言不见用，亦冀垂空文于百世之下，阐明四代之训。览之者有以知帝王之道可贵，霸战之道可贱，仁义敦，礼乐作，俾淳风之不坠而名扬于青史，盖为文之志也。古文之作，诚尽乎此矣。（编二十九）

他的意思很明显，他认为古文的意义是遵古道立言，古道是孔子传下来的仁义五常，所以有志古文，必研究仁义五常之道。反之如不研究仁义五常之道，即使古其辞，也不能算做古文。《送庶几序》接云：

非止涩其文字，难其句读，然后为古文也。果以涩其文辞，难其句读，然后为古文者，则老、庄、杨、墨异端之书，亦何尝声律偶对邪？以杨、墨、老、庄之书为古文，可乎？不可也。老、庄、杨、墨弃仁义，废礼乐，非吾仲尼祖述尧舜宪章文武之道也。故为文入于老庄者谓之杂，宗于周孔者谓之纯。马迁班固之书，先黄老，后六经，抑忠臣，饰主阙，先儒文之杂也；孟轲杨雄之书，排杨墨，罪霸战，黜浮伪，尚仁义，先儒文之纯也。吾尝试论之，以其古其辞而倍（背）于儒，岂若今其辞而宗于儒也。今其辞而宗于儒，谓之古文可也；古其辞而倍于儒，谓之古文不可也。虽然，辞意俱古，吾有取焉尔。且代人所为声偶之文，未见有根仁柢义模贤范圣之作者，连篇累牍，不出月露风云之状，谄时附势之谈，适足以伤败风俗，何益于教化哉？（编二十九）

反对涩辞难句同于王禹偁的“易道易晓”，归于教化同于柳开的政教说。惟柳、王虽趋向儒家,但没有像智圆样的说“古其辞而倍于儒”,不能算做古文,古文必须根柢儒家的仁义五常。这是很值得注意的,智圆是佛家,却较不是佛家的,更偏向儒家。稍后的佛家契嵩也论古文,也说古文应当根柢仁义五常,但他所谓仁义五常是佛家的五善十戒。(详四章一节)智圆不然,他“于讲佛教外,好读周、孔、杨、孟书,往往学为古文以宗其道”。不止在自序这样的分别交代,在《病夫传》也说:“行五常,正三纲,得人伦之大体,儒有焉;绝圣弃知,守雌保弱,道有焉;自因克果,反妄归真,俾千变万态复乎心性,释有焉。吾心其病乎,三教其药乎。”(编卅四)又如《中庸子传》(编十九)、《谢吴寺丞撰闲居编序书》(编二十二),也有类似的言论,知他不同其他佛家的糅合儒、道、佛,而是分析儒、道、佛;古文必需根柢儒家的仁义五常,老、庄、杨、墨的废仁义弃礼乐不是古文,佛家的复乎心性也不是古文。

柳开致力古文,作诗很少;王禹偁诗文俱工,而且提出了“韩柳文章李杜诗”的口号,可是论文略诗,仅有的如《诏臣僚和御制赏花诗序》、《孟水部诗集序》(集二十),都缺少新的见解。智圆则不惟有宗孔子的仁义五常的古文说,还有宗孔子的善善恶恶的古诗说。《钱唐闻聪师诗集序》云:

> 或问诗之道,曰:善善恶恶。请益,曰:善善颂焉,恶恶刺焉。如斯而已乎?曰:刺焉俾远,颂焉俾迁,乐仁而怵义,黜回而崇见,则王道可复矣。故厚人伦,移风俗者,莫大于诗歌与!於乎,风雅道息,雕篆丛起,变其声,耦其字,逮于今已极矣,而皆写山容水态,述游仙洞房,浸以成风,竞相夸饰。及夫一言涉于教化,一句落于谲谏,则伟呼族噪,攘臂眦睚,且曰:“此诟

病之辞矣，讥我矣，詈我矣，非诗之谓矣。”及问诗之道，则昂其头，翕其目，辗然而对人曰：“人亦有言，可以意冥，难以言状，吾何言哉？”吁！可怪也！

又云：

诗之道出于何邪？出于浮图邪？伯阳邪？仲尼邪？果出于仲尼之道也。吾见仲尼之道也，吾见仲尼之删者，悉善善恶恶颂焉刺焉之辞耳，岂如今之人谓之诗者，盈简累牍，皆华而无根，不可以训者乎？（编廿九）

前节指出诗的使命是善善恶恶，后节指出诗的渊源出于孔子，孔子的删诗以善善恶恶为标准，所以后人的作诗也应以善善恶恶为依归。《远上人湖居诗集序》（编卅三）也有类此论调，从省不赘。

源出孔子的善善恶恶的诗，智圆统称为“古之诗”，《联句照湖诗序》云：

古之为诗，辞句无所羁束，意既尽矣，辞亦终焉，故无邪之理明，丽则之文著。洎齐梁而下，限以偶对声律，逮于李唐，拘忌弥甚，故有辞有余而理不足观，理可观而辞无取，兼美之难，不其然乎？有以见古之诗也易，今之诗也难。（编廿九）

“古文”是对“今文”而言，“古之诗”自也是对“今之诗”而言。但一般人很容易误以为“古之诗”专指不拘平仄的散体诗，“今之诗”专指拘限平仄的律体诗。是的，智圆明明白白在指责齐、梁、李唐的

“偶对声律”。但他那时的“今之诗”，“雕篆丛起，变其声，耦其字”，“而皆写山容水态，述游仙洞房”，事实上是沿袭着晚唐五代的纤艳格律，止以没有新的名字，所以仍称“律诗”，仍以“偶对声律”括示体貌。王禹偁、智圆以至苏舜钦、梅尧臣、欧阳修都不满意这种诗，所以都鼓吹复古。不过他们所恢复的“古之诗”，不止是周汉的“古体诗”，也包括唐代的“古体诗”和“律体诗”。王禹偁的诗分古调诗，古诗，律诗，歌行四类，智圆的诗也有古有律。智圆《读乐天集》云：

> 李杜之为诗，句亦模山水；钱郎之为诗，旨类图神鬼；讽刺义不明，风雅犹不委。於铄白乐天，崛起冠唐贤，下视十九章，上踵三百篇。（编四八）

《松江重祐和李白姑熟十咏诗序》云：

> 夫诗之道本于《三百篇》者也，所以正君臣父子，辨得丧，示邪正而已。洎乎王者之迹息而《诗》亡，《诗》亡然后《春秋》作。后世屈、宋、李、苏、建安诸子、南朝群公，降及李唐，作者不一，而辞彩屡变，骋殊轨辙，得之者虽变其辞而且无背于《三百篇》之道也，失之者但务嘲咏风月，写状山水，拘忌声律，绮靡字句，于《三百篇》之道，无乃荡尽哉！故李百药论诗而文中子不答。唐初李谪仙得之者也，其为诗气高而语淡，志苦而情远。其辞与古弥异，其道与古弥同。（编卅二）

是对李白、白居易显然不卑视，反之还推崇遵依。王禹偁在《赠朱严》云:“韩柳文章李杜诗。”在《自贺诗》云:“敢与乐天为后进,岂期子美是前身。”(《小畜集》九)对杜甫的观点与智圆不同,对李白、白居易的观点与智圆相近,益知复唐是复古的路线,虽然智圆比较的重周轻唐。

十　苏舜钦梅尧臣的诗教说及古淡说

智圆是沙门,和士大夫的交往不多,他的言论足以表现复古的时代意识,但对复古的推动恐怕没有发生多大效力,对复古诗的推动发生伟大效力的,欧阳以前,要算苏舜钦(1008—1048)和梅尧臣(1002—1060)。苏舜钦《石曼卿诗集序》[①]云:

> 诗之作与人生偕者也。人函愉乐悲郁之气,必舒于言,能者财之传于律,故其流行无穷,可以播而交鬼神也。古之有天下者,欲知风教之感,气俗之变,乃设官采掇而监听之,由是弛张其务以足其所思,故能长久,长久弊乱无由而生。厥后官废诗不传,在上者不复知民志之所向,故政化烦悖,治道亡矣。……国家祥符中(1008—1017),民风豫而泰,操笔之士,率以藻丽为胜。惟秘阁石曼卿与穆参军伯长自任以古道,作之文,必经实不放于世,而曼卿之诗,又时震奇发秀,盖取古之所未至,托讽物象之表,警时鼓众,未尝徒役。(《苏学士文集》,《四部丛刊》本卷十三)

① 此序又见石介《徂徕集》卷十八,疑误。

梅尧臣《还吴长文舍人诗卷》云：

> 诗教始二南，皆著圣贤迹；后世竟翦裁，破碎随刀尺。我辈强追仿，画龙成蜥蜴。有唐文最盛，韩伏甫与白；甫白无不包，甄陶咸所索。(《宛陵集》,《四部丛刊》本卷五一)

《答三韩见赠述诗》云：

> 圣人于诗言，曾不专其中，因事有所激，因物兴以通。自下而磨上，是之谓《国风》,《雅》章及《颂》篇，刺美亦道同，不独识草木，而为文字工。屈原作《离骚》，自哀其志穷，愤世嫉邪意，寄在草木虫。迩来道颇丧，有作皆言空：烟云写形象，葩卉咏青红；人事极谀谄，引古称辨雄；经营惟切偶，荣利因被蒙；遂使世上人，只曰一艺充，以巧比戏弈，以声喻鸣桐。嗟嗟一何陋，甘用无言终。(集廿七)

苏从政治一方面言，谓当政者应采诗观风，弛张其务，梅从诗一方面言，谓作诗者应因事因物，刺美见志；殊途同归，都是要诗担负政教的使命，不作艺术的装饰。因此，苏攻击当时诗人的“以藻丽为胜”,梅慨叹当时诗作的沦于“一艺”。

这种言论由苏梅说出，这种意念却是复古者所共有，智圆的善善恶恶，无疑的也是基于这种意念。他如张咏《许昌集序》说诗的体性功能在：“疏通物理，宣导下情，直而婉，微而显，一联一句，感悟人心，使仁者劝，而不仁者惧，彰是救过，抑又何多，可谓擅造化之心目，发典籍之英华者也。”又讥贬：“洎诗人失正，采诗官废，淫词嫚唱，半成谑谈，后世作者虽欲立言存教，直以业成无用。”由是也慨叹“正始之音，翻为处士之一艺”（《乖崖集》八）。更与苏梅如出一辙。

采诗观风是很古的制度，后来特别提倡的是白居易（详四篇四章二节），白居易的重视讽谕是受杜甫影响。（同上一节）王禹偁、智圆都推崇白居易，王禹偁又推崇杜甫，苏与梅也都推崇杜甫，苏与张的言论又都近似白居易，那么他们的复古的取道唐代，没有什么可以怀疑的了！

梅以全副的精神用在诗，苏则诗外还要从事于文，《上孙冲谏议书》云：

> 某尝谓世之急者教也，教之久则困弊而不流，柄天下者必相宜以救之；救失其宜则衰削溃败而莫得收。昔者道之消，德生焉；德之薄，文生焉；文之弊，词生焉；词之削，诡辩生焉。辩之生也害词，词之生也害文，文之生也害道德。夫道也者性也，三皇之治也；德也者复性者也，二帝之迹也；文者表而已矣，三代之采物也；辞者所以熏后，秦汉之训诏也；辩者华言丽口，贼蠹正真，而眩人视听，若卫之音，鲁之缟，所谓晋唐俗儒之赋颂也。……上世非无文词，道德胜而后振故也；后代非无道德，诡辩放淫而复塞之也；故使庞杂不纯，而流风易遁，诚可叹息。夫文与词失之久矣，乌可议于近世邪？况敢言道德者乎！（苏集九）

可见苏舜钦也要文担负政教使命，足证对诗文的意念相同。同时如柳开论文略诗，梅尧臣论诗略文，但都置重政教，也容易理解了。

担负政教使命的诗不需要“藻丽”，需要“古淡”。苏舜钦《赠释秘演》云：

作诗千篇颇振绝，放意吐出吁可惊，不肯低心事镌凿，直欲淡泊趋杳冥。（苏集二）

《诗僧则晖求诗》云：

会将趋古淡，先可去浮嚣。（苏集八）

梅尧臣《读邵不疑诗卷》云：

作诗无古今，唯造平淡难。（梅集四六）

又于《林和靖先生诗集序》云：

诗则平淡邃远，读之令人忘百事也。（梅集六十）

“古淡”是韩愈曾经提倡的，如《醉赠张秘书》云：“张籍学古淡，轩鹤避鸡群。”（《昌黎集》二）然则苏、梅又大都受韩愈影响。总之是以唐人为复古南针。不过，以唐人为复古南针，并不就是完全的恢复唐代风格。例如韩愈，还有怪奇一面，宋人就不学习鼓吹。所以如第一节所指出，他们在复古运动的旗帜下完成了具有独特风格的诗文。

第二章　宋初对李杜韩柳集的甄理与鼓吹

一　五代前后的沈埋

如前一章所叙述，宋人复古是走的唐人路线，特别是"韩柳文章李杜诗"。现在看来，"韩柳文章李杜诗"，真如日中天，有目共睹。但这有目共睹的地位，虽基于韩、柳、李、杜的诗文造诣，可也不能埋没宋初人的甄理与鼓吹。宋人姚宽《西溪丛话》卷上云：

> 殷璠为《河岳英灵集》不载杜甫诗，高仲武为《中兴间气集》不取李白诗，顾陶为《唐诗类选》，如元、白、刘、柳、杜牧、李贺、张祜、赵嘏皆不收，姚合《极元集》亦不收杜甫李白，彼必各有意也。

日人山田钝《文笔眼心抄序》云：

> 大师（遍照金刚）入唐也，在贞元元和之际，而此编所论，

专为四六骈俪，其言不及杜少陵、韩昌黎何也？盖少陵变诗格，昌黎唱古文，久而后行，当时言之者少，故殷璠编《河岳英灵集》，选有唐名家诗，而不收少陵；韦縠著《才调集》，自存阅李杜集，而不录杜诗，时好之所存，亦可知焉。大师入唐，气运未开，故其言不及杜韩耳。（范文澜先生藏传抄本）

可见唐人对于李、杜、韩、柳并不像后人的尊崇。韩愈是尊崇李杜的，据洪迈《容斋四笔》的统计，韩诗六称李杜（卷三“韩公称李杜”条），尊崇最高的如《调张籍》云：“李杜文章在，光芒万丈长。”但是，一则下文接云：“不知群儿愚，那用故谤伤。”知谤伤者大有人在。魏道辅说：“公作此诗为元稹而发，盖元稹作李杜优劣论，先杜后李故耳。”（引见《朱文公校昌黎集》卷六）实则元稹不过先杜后李，勉强可以说谤李，绝不能说谤杜。由唐人选诗不录李杜看来，知谤伤唾弃者很多，不过彼辈身名俱灭，无从考知罢了。二则韩的地位既没有后人想象之尊，到五代又同样走着厄运，因此他的推崇并未发生多大作用。《旧唐书·李杜传》不引韩愈推崇，《新唐书·杜甫传》则引云：“昌黎韩愈于文章重许可，至歌诗独推曰，‘李杜文章在，光焰万丈长’，诚可信云。”知就是因为五代不尊重杜韩，自然不引韩崇杜，宋初尊重杜韩，韩崇杜的言论才值得借重。

《旧唐书》韩柳传各云有集四十卷，《文苑传》言李集二十卷，杜集六十卷，可是《经籍志》都不载。这是最当注意的，《经籍志》就书著录，不载就是没有书；最低刘昫博考中秘及私家弆藏未见四家集子，即有似亦很少流传。樊晃《杜工部小集序》云：

文集六十卷，行于江汉之南。……属时方用武，斯文将坠,故不为东人之所知;江左词人所传诵者,皆公之戏题剧论耳,曾不知君有大雅之作,当今一人而已。今采其遗文,凡二百九十篇,各以事类,分为六卷,且行于江左。君有子宗文宗武,近知所在,漂寓江陵,冀求其正集,续当论次云。

樊晃不知何人,就其知宗文宗武所在,当后杜甫不久,文集六十卷便已无法寻求。仇兆鳌跋云:“樊氏初求遗稿,仅得二百九十篇,经宋人搜辑,渐次集为完编,诸家采录之功,诚不可没也。”(《杜少陵集详注》,附录)

真的,杜集的渐次集录是宋人之功,但元稹说“得杜诗数百首”,白居易说杜诗“可传者千余篇”(详四篇四章一节),都多于樊本,可见唐人也曾集录;出何人不可知,说不定元白本人。元白都推崇杜诗,元稹特着一“得”字,似不是寻常的取阅,而是求索的获得。可惜到五代又复散落,以致刘昫编《经籍志》无从著录,张为《作诗人主客图》也未图及,王叡以迄保暹的大批的诗格也很少征引(参五篇二、三两章)。《蔡宽夫诗话》云:

唐末五代,俗流以诗自名者,……大抵皆宗贾岛辈,谓之“贾岛格”。而于李杜特不少假借,李白“女娲弄黄土,抟作愚下人,散在六合间,蒙蒙若埃尘”,目曰调笑格,以为谈笑之资。杜子美“冉冉谷中寺,娟娟林外峰,栏干更上处,结缔坐来重”,目为病格,以为言语突兀,声势蹇涩。(引见胡仔《苕溪渔隐丛话》前集五十五)

可见五代人对于李杜,不是唾弃,便是嘲笑。唾弃嘲笑的程度大概杜甚于李，所以李集还能躲在一个角落里偷存，杜集则飘落云烟，再不能恢复旧观了！

《旧唐书·经籍志》没有著录韩柳集，列传却有韩柳传。《韩愈传》云：

> 常以为自魏晋以还，为文者多拘偶对，而经诰之指归，迁雄之气格，不复振起矣。故愈所为文，务反近体，抒意立言，自成一家。新语后学之士，取为师法。当时作者甚众，无以过之，故世称韩文焉。然时有恃才肆意，亦有盭孔孟之旨。若南人妄以柳宗元为罗池神，而愈撰碑以实之；李贺父名晋，不应进士，而愈为贺作讳辨，令举进士。又为《毛颖传》，讥戏不近人情，此文章之甚纰谬者。时谓愈有史笔，及撰《顺宗实录》，繁简不当，叙事拙于取舍，颇为当代所非。穆宗文宗尝诏史臣添改，时愈婿李汉蒋系在显位，诸公难之。而韦处厚竟别撰《顺宗实录》三卷。(《旧唐书》一六〇卷)

《柳宗元传》云：

> 江岭间为进士者，不远数千里，皆随宗元师法，凡经其门，必为名士。著述之盛，名动于时。时号柳州云。(《旧唐书》一六〇卷)

是对柳文还相当敬重，对韩文则率多讥贬，卷末标史臣曰："贞元大和之间以文学耸动搢绅之伍者，宗元、禹锡而已；其巧丽渊博属辞比事，诚一代之宏才。"对韩愈和他的弟子李翱止说是："于陵迟之末，遑遑仁义，有志于持世范欲，以人文化成，而道未果也。至若抑杨墨，排释老，虽于道未弘，亦端士之用心也。”并没有称誉他的文章，反之在赞里讥贬云：

> 愈翱挥翰，语切典坟，牺鸡断尾，害马败群。僻涂自噬，刘柳诸君。

这样的肆意诋毁，尤其斥韩愈为“牺鸡断尾，害马败群”，历史上的其他时期，我们是寻找不到的。

在前边我们说刘昫没有见过韩柳集，现在《韩愈传》说到《罗池庙碑》、《讳辨》和《毛颖传》，此外还引到《进学解》和《论佛骨表》。《柳宗元传》的评语也好像取之韩愈的《柳子厚墓志铭》，这不是刘昫已见韩集的证据吗？我想不是的。刘昫若见到韩集，《经籍志》不能不著录。《讳辨》和《论佛骨表》都在政治上惹起了风波，《毛颖传》也招致了裴度的非毁，《进学解》作于在京师为国子博士时期，比较为人注意。《罗池庙碑》和《柳子厚墓志铭》的碑主是柳宗元，可以相依共存。因此这些文章都附事附人而显，刘昫知道这些文章，不足以证明他见过韩集，也不足证明韩集在五代风行。

二　乐史宋敏求等的补缀李集

李集躲在一个角落里渡过了五代的厄运，到宋初便有乐史、宋敏求等的珍爱补缀。乐史《李翰林别集序》云：

李翰林歌诗，李阳冰纂为《草堂集》十卷，史又别收歌诗十卷，与《草堂集》互有得失，因校勘排为二十卷，号曰《李翰林集》。今于三馆中得李白赋序表赞书颂等，亦排为十卷，号曰《李翰林别集》。（《分类补注李太白诗》，《四部丛刊》本卷首）

乐史增辑《李翰林集》的年代不可考，增编《别集》的年代，据序文在宋真宗咸平元年（998）。乐史后有宋敏求者（1019—1079），又继续增辑，所作《李太白文集后序》云：

唐李阳冰序李白《草堂集》十卷，云“当时著述，十丧其九”。咸平中，乐史别得白歌诗十卷，合为《李翰林集》二十卷，凡七百七十六篇。史又纂杂著为别集十卷。治平元年（1064），得王文献公溥家藏白诗集上中二帙，凡广一百四篇，惜遗其下帙。熙宁元年（1068），得唐魏万所纂诗集二卷，凡广四十四篇。因裒唐类诗诸编，洎刻石所传，《别集》所载者，又得七十七篇，无虑千篇，沿旧目而厘正其汇次，使各相从，以别集附于后，凡赋、表、书、序、碑、颂、记、铭、赞、文六十五篇，合为三十卷。（《分类补注李太白诗》卷首）

最后题“夏五月晦”，可惜不知是何年五月。后来曾巩又“考其先后而次第之”，就成功流传至今的《李太白集》。买菜求添，自然不免有误收他人诗歌。苏轼的《东坡志林》就说：“曾子固编《李太白集》后，谓颇获遗亡，而有《赠怀素草书歌》，并《笑矣乎》数首，皆贯休、齐己辞格。”（《稗海》本卷一）可是总可以知道，不仅李阳冰编的李集没有被五代的洪流冲散，而且还留有别本可资增辑，较杜集幸运多了。但增辑的是宋人，不是五代人，知五代人不重视李，重视李的是宋人。

三　刘敞王禹偁等的搜辑杜诗

五代的洪流没有冲散李集，却冲散了杜集；六十卷的杜集在唐代已经汩没，千余篇以上的杜诗又在这时漂零。欧阳修《诗话》云：

> 陈舍人（从易）当时文方盛之际，独以醇儒古学见称，其诗多类白乐天。盖自杨刘唱和，《西昆集》行，后进学者争效之，风雅一变，谓之昆体，由是唐贤诸诗集，几废而不行。陈公时偶得杜集旧本，文多脱误。（《欧阳文忠公全集》卷一二八）

实则唐贤诸诗集的几废不行，不始于昆体盛兴，《旧唐书·经籍志》的别集类，不仅没有李、杜、韩、柳集，也没有刘禹锡、李翱、张籍、孟郊以及元白诸人集。但搜辑校录，确是起始昆体渐衰。《古今诗话》云："杨大年不喜杜子美诗，谓之村夫子。"（引见《诗话总龟》前集卷五，又见《中山诗话》）村夫子的诗当然不必辑录。后来的辑录，正是在威胁西昆，改变诗体。

陈从易偶得的杜集旧本卷数不知，卷数可知的辑杜者，莫早于咸平二年（999）进士孙仅（969—1017）所辑一卷。辑录的年代与乐史的辑李相先后，知是同一潮流，同一观念下的工作。孙仅有《读杜工部诗集序》，今载蔡梦弼《草堂诗笺》，对杜甫推崇备至，可是并未言及卷数。所以知止一卷者,王洙的《杜工部诗集序》云:“搜辑中外书九十九卷”,蔡梦弼注有孙仅一卷。

蔡梦弼注王序九十九卷,除孙仅一卷外,为:古本二十卷,蜀本二十卷,《集略》十五卷,樊晃序《小集》六卷,孙光宪序二十卷,郑文宝序《少陵集》二十卷,别题《小集》二卷,杂编三卷。古本、蜀本、集略、别题小集和杂编,不知出于何人,恐不在孙仅以前。郑文宝和欧阳修同时,欧阳修《诗话》载有与共宴张齐贤家警句,后孙仅约四五十年。惟孙光宪系五代时人,知五代时也还有人编校,但由孙仅的止能辑得一卷,知虽有若无,不为一般人传诵。

孙仅以后的从事搜辑者很多。王琪《杜工部集后记》云:“近世学者,争言杜诗……人人购其亡逸,多或百篇,少数十篇,藏弆矜大。”(仇兆鳌《杜少陵集详注》,附录)不过其人不可考。可考者,刘敞(1019—1068)辑《外集》五卷,所作《寄王二十》云:

> 昔借君家杜甫集,无端卧病不曾编。近从霅上吴员外,复得遗文四百篇。夫子删诗吾岂敢,古人同病意相怜。新书不知传将去,怅望秦城北斗边。

前有序云:

> 先借王《杜甫外集》,会疟未及录。近从吴生借本,增多王所收,因悉抄写,分为五卷,又为作序,故报之。(《公是集》,乾隆刻《三刘文集》本卷一)

另有一诗,题名“编杜子美外集”(集一),知他向王家借来的名杜甫外集，他增编后仍名外集。王家的外集不知多少篇，他据以增多的共四百篇。外集当是对本集得名，可惜刘敞所见的杜甫本集今不知多少卷。

和刘敞时代相先后的苏舜钦也陆续辑有《老杜别集》一册，所作《题杜子美别集记》云：

> 杜甫本传云有集六十卷，今所存者才二十卷，又未经学者编辑，古律错乱，前后不伦；盖不为近世所尚，坠逸过半，吁可痛闵也。天圣（1023—1031）末，昌黎韩综官华下，于民间传得号“杜工部别集”者凡五百篇，予参以旧集，削其同者，余三百篇。景祐（1034—1037）初，侨居长安，于王伟主簿处又获一集，三本相从，复择得八十余首，皆豪迈哀顿，非昔之攻诗者所能依倚，以知亦出于斯人之胸中。念其亡去尚多，意必皆在人间，但不落好事家，未布耳。今以所得，杂录成一册，题曰“老杜别集”，俟寻购仅足，当与旧本重编次之。（苏集十三）

末题景祐三年（1036）十二月五日，去孙仅已三四十年。在这三四十年中，一方面发现了二十卷本，不知是否即蜀本或孙光宪本？一方面刘敞、苏舜钦都有所辑获，说不定别人也有所辑获，可见已成为文学界注意的课题。但由苏舜软增编外集的能多出三四百篇，可见原来本集的贫乏；如即是二十卷本，那么虽名为二十卷，而实质也很有限了。

刘敞没有说出他所见的杜甫本集，苏舜钦止说存集二十卷，究竟多少篇，无从探悉。在苏舜钦增辑后三年，就是宝元二年（1039），王洙据中外书九十九卷，编为二十卷，据序，凡古诗三百九十，近体千有六，赋笔杂著二十九篇。又过了二十一年，就是嘉祐四年(1060)，王淇刻于苏州。蔡梦弼注未言及苏舜钦本，也未言及刘敞本，恐都未收录。还有王安石在王洙编校以后十三年，王淇校刻以前八年，就是皇祐壬辰年(1053)，又得到三百篇，王淇本大概也未收入。王安石《老杜诗后集序》云：

> 予考古之诗尤爱杜甫氏作者。……世所传之多，计尚有遗落，思得其完而观之。……予之令鄞，客有授予古之诗世所不传者二百余篇，观之，予知非人之所能为，而为之实甫者，其文与意之著也。然甫之诗，其完见于今者，自予得之。(《临川文集》，《四部丛刊》本卷八四)

后来蔡梦弼将杜诗编为《草堂集》，作《草堂诗笺》，在序中言及王介甫本，知便已收入，但刘敞、苏舜钦两本的收入与否则不可知。蔡序还言及欧阳修、宋子京、苏子瞻、陈无已、黄鲁直、张原叔、张文潜、蔡君模、晁以道诸本，不知止是文字有异同，还是篇章也有出入。

王安石自以为从他辑录以后，甫诗完全见于今。但李刚在绍兴六年(1136)作《校定杜工部集序》，说黄长睿“又得逸诗数十篇”。(《杜少陵集详注》，附录)绍兴中登第的周紫芝《竹坡诗话》云：“近世士大夫家所藏杜少陵逸诗，本多不同。余所传古律二十八首，其间一首，陈叔易记云，得于管城人家册子叶中；一诗洪炎记云，得于江中石刻；又五诗，谢仁伯记云，得于盛文肃家故书中，犹是吴越钱氏所录。”虽然周紫芝也说，“要之皆得于流传，安得无好事者乱真”，但总可证明王安石以后，杜甫诗并未完全见于世。不过王洙编为二十卷，南宋的蔡梦弼本刊和千家注本也还是编为二十卷，知南宋所获不多，所以辑逸掇亡的采录之功，大体应当归之北宋诸人，对当时及后来的诗坛都起很大的作用，有很大的影响。

四　孙仅孙何等的推崇李杜

李杜诗在五代时散失，象征着五代人的轻视；在宋初辑校，象征着宋初人的尊崇。宋初人的辑校，杜难于李，宋初人的尊崇，也杜重于李。孙仅《读杜工部诗集序》云：

> 中古而下，文道繁富，风若周，骚若楚，文若西汉，咸角然天出，万世之衡轴也。后之学者，瞽实聋正，不守其根，而好其枝叶。由是日诞月艳，荡而莫返，曹、刘、应、杨之徒唱之，沈、谢、徐、庾之徒和之，争柔斗葩，联组擅绣，万钧之重，烁为锱铢，真粹之气，殆将灭矣。洎夫子之为也，剔梁陈，乱齐宋，抉晋魏，潴其淫波，遏其烦声，与周楚西汉相准的。其夐邈高耸，则若凿太虚而嗷万籁；其驰骤怪骇，则若仗天策而骑箕尾；其首截峻整，则若俨钩陈而界云汉；枢机日月，开阖雷电，昂昂然神其谋，挺其勇，握其正，以高视天壤，趋入作者之域：所谓真粹气中人也。

杜甫并不卑弃曹、刘、应、杨和沈、谢、徐、庾（详四篇三章三节），可是孙仅偏要说他“剔梁陈，乱齐宋，抉晋魏”。这一则见他对杜甫的尊视极高，二则见他的崇高杜甫是取其粹正，和石介崇高韩愈的取其“粹然一出于正”（详八节），正是同一意念。

为了取其粹正，所以韩柳文的尊崇，柳不及韩（详八、九节及三章一节）；为了取其粹正，所以李杜诗的尊崇，李不及杜。孙仅的老兄孙何作《读子美集》云：

> 逸气应天与，厚风自我还。锋芒堪定霸，徽墨可绳奸。进退军三令，回旋马六间。楚词休独步，周雅合重删；李白从先达，王维亦厚颜。（《杜少陵集详注》，附录）

后来王安石选李、杜、韩、欧四诗家，首杜末李，也是嫌李“十句九句言妇人酒耳”。（王琦注《李太白集》，附录四）

柳的地位始终没有超过韩，李的地位则有时超过杜。欧阳修曾优李劣杜（详三章五节），苏轼《次韵张安道读杜诗》云“谁知杜陵杰，名与谪仙高”（《东坡集》卷二），杜甫的可尊在“名与谪仙高”，则谪仙尤高可知。但同辈的王安石已先杜后李，后辈的黄庭坚更专门学杜，所领导出来的江西诗派，笼罩了两宋诗坛，李的地位遂无法与杜抗争。后来宋人注李者甚少，注杜者至今还流传着千家注本；称李的诗文不多见，称杜的诗文几乎人人皆有。不过那止是顺适潮流的应时作品，有之不加多，无之不加少，不能和宋初人在举世不知时的搜辑鼓吹相提并论，所以我们也便不一一提叙了。

五　柳开的始得韩柳文

欧阳修只见到了六卷的《昌黎集》，便作《记旧本韩文后》，说发现提倡是他的首功(详三章一节),实则首先发现提倡的是柳开,洪迈《容斋续笔》有详辨(卷九"国初古文"条)。最要的证据是《张景集》中的《柳开行状》云:

> 天水赵生,老儒也,持韩文仅百篇授公曰:"质而不丽,意若难晓,子详之何如?"公一览不能舍,叹曰:"唐有斯文哉?"因为文直以韩为宗尚。时韩之道独行于公,遂名肩愈,字绍先。韩之道大行于今,自公始也。

《张景集》已佚,所作《柳开行状》,今存柳开《河东集》卷十六。"仅百篇"作"数十篇"。柳开自称东郊野夫,作《东郊野夫传》云:"始年十五六,学为章句。越明年,赵先生指以韩文,野夫遂家得而诵读之。"(《河东集》二)《答梁拾遗改名书》亦云:"年十六七时,得赵先生言,指以韩文,遂酷而学之,故慕其古而乃名肩矣。"自注:"其事实在野夫《赵先生传》中"(集五)可惜《赵先生传》已佚,否则一定有更详的记载。

区区数十文的指授,值得这样大书特书,这说明当时一般人不知韩愈,不知有韩愈文章。柳开是宋代的第一个提倡古文的人,十六七岁便读韩文。《东郊野夫传》称赵先生指授韩文的时候,"天下无言古者,野夫复以其幼,而莫有与同者焉,但朝暮不释于手,日渐自解。先大夫见其酷嗜此书,任其所为,亦不责可不可于时矣。迨年几冠,先生以称讳,野夫深得其韩文之要妙,下笔将学其文"。可见他的改革今文,倡导古文,深受韩文影响。

柳开的初名肩愈是肩韩愈,字绍先是绍柳宗元。《答梁拾遗改名书》说:"复以绍先字之,谓将绍其祖而肩其贤也。"自注:"以其韩柳偕名于唐时,欲绍其子厚也。"(其下当脱祖字)他何时得到柳文不可考,但韩文的得到既多亏老儒赵先生的指授,则柳文的得到恐也不似我们的到书店购买即得。柳集出于后来的穆修,穆修说,"常恐柳不全见于世,出人间者才百余篇"(详下节),一直到他的晚节才喜出望外的得到全集。柳开在穆修前数十年,更当然不会俯拾草芥般的容易得之。

柳开是柳宗元的后人,可是对韩柳的尊崇,却先韩后柳。在《东郊野夫传》设为或问退之子厚优劣,野夫说:"文近而道不同。"或人不谕,野夫又说:"吾祖多释氏,于以不迨韩也。"

六　智圆的始见韩柳集

赵先生指授柳开的韩文仅数十篇,依洪迈所引也不过百篇,欧阳修所得到也仅止六卷,都不是韩集之全。韩愈死后,他的弟子李汉,"收拾遗文,无所失坠,得赋四,古诗二百一十,联句十一,律诗一百六十,杂著六十五,书启序九十六,哀词祭文三十九,碑志七十六,笔砚鳄鱼文三,表状五十,总七百,并目录合为四十一卷",编为《昌黎先生集》。(李汉《昌黎先生集序》,见《昌黎集》及《全唐文》卷七四四)是柳欧所见,都不过六七分之一。首先见到全集的是沙门智圆,所作《读韩文》云:

> 文不可终否,天生韩吏部,叱伪俾归真,鞭今使复古,异端维既绝,儒宗缺皆补。高文七百篇,炳若日月悬,力扶姬孔道,手持文章权,来者知尊儒,孰不由兹焉!我生好古风,服读长

洒蒙，何必唐一经，文道方可崇。(《闲居编》卅九)

又作《述韩柳》云：

退之排释氏，子厚多能仁，韩柳道既同，好恶安得伦，一斥一以赞，俱令儒道伸。……后生学韩文，于释长狺狺，未知韩子道，先学韩子嗔，忘本以竞末，今古空劳神。(编卅九)

他所见的柳集全残不可知，韩文七百篇当然是全集，而且恐即李汉原本。

智圆不止见到韩柳文，而且对韩柳文推崇备至，止是不赞成释氏的学韩排佛。作《师韩议》云：

吾门中有为文者，而反斥本教以尊儒术，乃曰师韩愈之为人也，师韩愈之为文也，则于佛不得不斥，于儒不得不尊；理固然也，君谓之不然。斯人也，非韩之徒，乃韩之罪人尔。请为陈之：韩愈冠儒冠，服儒服，口诵六经之文，心味五常之道，乃仲尼之徒也，由是摈黜释老百家之说以尊其教，固其宜矣。释子果能师韩也，则盖演经律以为文，饰戒慧以为行，广慈悲以为政，使能仁之道，巍巍乎有功，则可谓师韩矣。(编廿八)

这自然是基于智圆是佛家，佛家怎么会赞成斥佛？当时有种徵君作《嗣禹说》，谓韩愈排佛可以嗣禹湮洪水，智圆特作《驳嗣禹说》(编廿八)。但竟说韩愈斥佛为理所固然，可见对韩愈尊崇备至，就是骂到自己的宗教信仰，也可以曲说原谅。

七　穆修的搜刻韩柳集

智圆虽在方外寺院见到韩柳集，大夫学者却不能在都鄙人间见到韩柳集，在都鄙人间见到而且刻传的始于穆修（979—1032），所作《唐柳先生集后序》云：

> 予少嗜观二家（韩柳）之文，常病柳不全见于此，出人间者残落才百余篇。韩则虽目（穆集无目字，据朱竹垞抄本增，疑为见字残文）其全，至所缺坠亡（穆集作忘）字失句，独于集家为甚。志欲补其（穆集其上多一得字）正而传之，多从好事访善本，前后累数十，得所长辄加注窜，遇行四方远道，或他书不暇持，独赍韩以自随，幸会人所宝，有就假取正，凡用力于斯，已蹈二纪外，文始几定矣。

明言韩“见其全”，当然是全集，大概也就是李汉原本。穆修曾从种徵君学易，种乃道士，尊韩愈排佛（见前节），说不定他的学古文，师韩愈，也系种徵君的启发，韩集全本也系得之种徵君。至柳集的搜求获得，更晚于韩。后序接云：

> 久（朱本作而）惟柳之道，疑其未克光明于时，何故伏其（穆集作真）文而不大耀也，求索之莫获，则既已矣于怀，不图晚节遂见其书，联为八九大编，夔州前序其首，以卷别者凡四十有五，真配韩之钜文欤（穆集作与）。书字甚朴，不类今迹，盖往昔之藏书也。从考览之，或卒卷莫迎其脱误，有一二废

字，由其陈故劘灭，读无甚害，更资研证就真耳。因按其旧，录为别本，与陇西李之才参读累月，详而后止。（《河南穆公集》，《四部丛刊》本卷二）

案“前序其首”的夔州就是刘禹锡，柳宗元死后，刘禹锡编序柳集，于时正为夔州刺史，所以穆修所见的仍是刘禹锡原本。后来沈晦在徽宗政和四年校刻柳集，据所作《四明新本河东先生集序》，知所依据的有四种本，第一种就是穆修本，并言“云是刘梦得（禹锡）本”。其余元符间京师本，曾承相家本，晏元献家本，都晚于穆修本。沈晦说：“柳文出自穆修，又是刘连州（禹锡）旧物。”（《柳河东集》附录）可见穆修以前，没有人传授柳集。

穆修得到韩柳二集，极为得意，在后序中惊喜若狂的说：“呜呼！天厚予者多矣，始而厌我以韩，既又饫我以柳，谓天不吾厚，岂不诬也哉！”由是设法校刻。《参军遗事》云：

家有唐本韩柳集，乃丐于所亲厚者，得金，募工镌板，印百数集，携入京师相国寺，设帐鬻之，伯长（穆修）坐其旁。有儒生数辈，至其肆辄取阅，伯长夺取怒视，谓曰：“先辈能读一篇，不失一句，当以一部为赠。”自是经年不售。（穆集附录，又见《东轩笔录》，惟止言柳集，未言韩集）

可见宋初的一班儒生文士，不惟没有读过韩柳集，也没有读韩柳集的能力。穆修在这个时候搜求校刻，使人得据以倡导古文，改革今文，对宋初文学的复古革新，有不可磨灭的功绩，对后世的古文也有极大影响。因为韩柳——尤其是韩愈的成为古文家不祧之祖，当然植基于他们的作品，所以湮没后的搜求校刻，不能和普通的刻书等量齐观。欧阳修在穆修后三四十年，穆修已校刻《昌黎全集》，欧阳修还视他所见的六卷本为稀世秘笈，说"时天下未有道韩文者"，虽涉孤陋，但也足以说明宋初文人的不知韩柳文，不读韩柳文，而柳开的倡导，穆修的搜刻，也就更有意义，更值得提叙了。

八　石介的尊韩道

搜刻韩集柳集的作用当然在鼓吹仿效，但同样的鼓吹仿效，程度却有很大的差别。柳开已经说过了，韩柳的"文近而道不同"，柳"多释氏，于以不迨韩也"。本来宋初的古文在"传道明心"，所以"闲圣道，辟佛老"的韩愈，被他们特别尊崇，"多释氏"的柳宗元被他们逐渐冷淡。

尊崇韩愈是他们的共同目标，共同论调，而推奉最高的要算石介和宋祁。石介偏重"道"一方面，尊韩愈为"贤人之至"；宋祁偏重"文"一方面，尊韩文为"完然王法"。

石介尊韩愈为"贤人之至"的文章就以"尊韩"名篇，文云：

> 道始于伏羲而成终于孔子。道已成终矣，不生圣人可也，故自孔子来二千余年矣，不生圣人。若孟轲氏、杨雄氏、王通氏、韩愈氏，祖述孔子而师尊之，其智足以为贤。孔子后道屡废塞，辟于孟子，而大明于吏部，道已大明矣，不生贤人可也，故自吏部来三百余年矣，不生贤人。若柳仲涂、孙汉公、张晦

之、贾公竦，祖述吏部而师尊之，其志实降。噫！伏羲氏、神农氏、黄帝氏、少昊氏、颛顼氏、高辛氏、唐尧氏、虞舜氏、禹、汤、文、武、周公、孔子者，十有四圣人，孔子为圣人之至。噫！孟轲氏、荀况氏、杨雄氏、王通氏、韩愈氏五贤人，吏部为贤人之至（至原作卓，此从正谊堂本）。不知更几千万亿年复有孔子，不知更几千百数年复有吏部。孔子之《易》、《春秋》，自圣人来未有也；吏部之《原道》、《原毁》、《行难》、《禹问》、《佛骨表》、《诤臣论》，自诸子来未有也。呜乎至矣！（集七）

直然和孔子相提并论。韩愈始终是韩愈，二百年前的刘昫斥为"败马害群"，二百年后的石介尊为"贤人之至"，前者的厄运，韩愈当然想不到，后者的幸运恐也非始料所及。别的时候也有人批评韩愈，但决没有像刘昫的诋之逾当，也没有像石介的誉之过实。

石介不止誉韩愈为"贤人之至"，简直是害着"韩愈狂"。他一方面说柳仲涂、孙汉公、张晦之、贾公竦，都不足继韩愈之绪，一方面却又逢人便劝为今之孟、荀、王、韩，尤其是今之韩愈。《上赵先生书》说："传曰，五百年一贤人生。孔子至孟子，孟子至杨子，杨子至文中子，文中子至吏部，吏部至先生，其验欤！……今淫文害雅，世教隳坏，扶颠持危，当在有道，先生岂得不为乎？"（集十二）《与士建中书》也劝他继续孔子的"删《诗》、《书》，定《礼》、《乐》，赞《易象》，修《春秋》"；孟子的"正人心，息邪说，距诐行，放淫辞"；扬雄的"著《太玄》"；文中子的"续《诗》、《书》，正《礼》、《乐》，修《元经》，赞易道"；以及韩愈的"排毁佛老"。说："庶几其道由吾徒而后粗存。"（集十四）《与君贶书》也说："常思得如孟轲、荀、杨、文中子、吏部崇仪者推为宗主，使主盟于上，以恢张斯文，而不知有盟主在目前。"(集十五)《上孙少傅书》更劝效法孔、孟、王、韩传圣学之道,他自己甘愿从学。《上范思远书》也说:"距退杨墨,然后孟子之功胜也;排去佛老,然后吏部之道行也。思远亦尝思之乎?介尝谓他日有功于此者,必在思远与士建中、熙道者。"(集十六)《与裴员外书》也说:"往年在汶上,始得士熙道,今春来南郡,又逢孙明复,韩孟兹遂生矣。"(集十六)其实这些人,除孙明复外,都不是了不得的人物,那及得上柳仲涂、孙汉公,柳、孙还不足继韩愈之绪,这些人更不必谈。假使每个都能继韩愈之绪,那末韩愈又不足贵了。理论上无论如何讲不通,心理上我们却可替他找到解释;就是既然害了"韩愈狂",又无法使韩愈复活,当然止有逢人便请他做今之韩愈了。

九　宋祁的尊韩文

宋祁的尊韩文的"完然王法"见他的《新唐书·文艺传序》:

> 唐有天下三百年,文章无虑三变。高宗、太宗,大难始夷,沿江左余风,絺句绘章,揣合低卬,故王扬为之伯。玄宗好经术,群臣稍厌雕琢,索理致,崇雅黜浮,气益雄浑,则燕许擅其宗。是时唐兴已百年,诸儒争自名家,大历正元间,美才辈出,擩哜道真,涵泳圣涯,于是韩愈倡之,柳宗元、李翱、皇甫湜等和之,排逐百家,法度森严,抵轹晋魏,上轧汉周,唐之文完然为一王法,此其极也。(《新唐书》卷二〇一)

又同书《韩愈传》赞云:

唐兴，承五代剖分，王政不纲，文弊质穷，𫎇俚混并。天下已定，治荒剔蠹，讨究儒术，以兴典宪，熏醲涵浸，殆百余年，其后文章稍稍可述。至贞元元和间，愈遂以《六经》之文为诸儒倡，障隄末流，反刓以朴，刬伪以真。然愈之才，自视司马迁、杨雄，至班固以下不论也。当其所得，粹然一出于正，刊落陈言，横骛别驱，汪洋大肆，要之无抵捂圣人者。其道盖自比孟轲，以荀况、杨雄为未淳，宁不信然？

又云：

昔孟轲拒杨墨，去孔子才二百年，愈排二家，乃去千余岁，拨衰反正，功与齐而力倍之，所以过况雄为不少矣。自愈没，其言大行，学者仰之如泰山北斗云。

“完然王法”和“贤人之至”都是至高无上的称颂。自然我们知道王以上还有皇有帝，贤人以上还有圣人。但在封建专制时代，天子以外不能称皇帝，所以地位的至高无上的称颂便只有“完然王法”；孔子以后，没有人能称圣人，所以才德的至高无上的称颂便只有“贤人之至”。韩愈对于道不过自比孟轲，宋祁却谓“功与齐而力倍之”。韩愈对于文不过自比三代两汉，宋祁却谓“上轧汉周”。他和石介的崇信韩愈，可以说至矣尽矣，蔑以加矣。所不同者，止是石介比较崇信其道，宋祁比较崇信其文而已。

因为崇信韩文，所以好以韩文为事证论准，据赵翼《廿二史札记》所考索，宋祁“于《唐书》列传，凡韩柳文可入史者，必采摭不遗。《张巡传》则用韩愈文，《段秀实传》则用柳宗元书《逸事状》，

《吴元济传》则用韩愈《平淮西碑》文,《张籍传》又载愈答籍一书,《孔戣传》又载愈请勿听致仕一疏,而于《宗元传》载其贻萧俛一书,许孟容一书,贞符一篇,自儆一篇,可见其于韩柳二公有癖嗜也。"(卷十八,"《新书》好用韩柳文"条)但对韩柳二公的癖嗜,柳绝不及韩。本来韩柳并称,宋祁却说"韩愈倡之,柳宗元、李翱、皇甫湜等和之",无形中把柳宗元推到韩愈的弟子行,好像柳宗元的作古文,也和李翱、皇甫湜一样的受了韩愈领导。宋祁作《新唐书》,不会不知韩柳关系,止是衷心的尊崇韩愈,遂不知不觉的使柳宗元委屈。宋代中世以后颂扬韩愈的人更多,止以"韩愈论"名篇者就屡见各家文集。但同中世以后的颂扬杜甫一样,虽足以考见一代风尚,却不能与早期的颂扬同日而语了。

第三章　欧阳修的复古革新意见

一　学韩与辟佛

宋代诗文的复古运动，到欧阳修（1007—1072）总集大成，后此的发展，便逐渐分化。《四朝国史·欧阳修传》云："由三代以降，薄乎秦汉，文章……均有先王之遗烈，涉魏晋而弊，至唐韩愈氏乃复起；唐之文涉五季而弊，至修复起。"（《欧阳文忠公文集》，附录四，《四部丛刊》本）是的，欧阳修步趋韩愈，负起复古革新的重任，自言至韩愈而止；可是韩愈止改革文体，未改革诗体，欧阳修却同时改革；还有韩愈以后的古文不久衰灭，欧阳修以后则源远流长，蔚为文章正宗；所以他在宋代的文学地位，较韩愈的在唐代殆尤过之。《记旧本韩文后》云：

> 予少家汉东，汉东僻陋无学者，吾家又贫无藏书。州南有大姓李氏者，其子彦辅颇好学。予为儿童时多游其家，见有弊筐储故书在壁间，发而视之，得唐《昌黎先生文集》六卷，脱落颠倒无次序，因乞李氏以归，读之，见其言深厚而雄博。然予犹少，未能悉究其义，徒见其浩然无涯若可爱。是时天下学者

杨刘之作，号为时文，能者取科第，擅名声，以夸荣当世，未尝有道韩文者，予亦方举进士，以礼部诗赋为事。年十有七，试于州，为有司所黜，因取所藏韩氏之文复阅之，则喟然叹曰：学者当至于是而止尔。因怪时人之不道，而顾己亦未遑学，徒时时独念于予心，以谓方从进士干禄以养亲，苟得禄矣，当尽力于斯文以偿其素志。后七年举进士及第，官于洛阳，而尹师鲁之徒皆在，遂相与作为古文，因出所藏《昌黎集》而补缀之，求人家所有旧本而校定之。其后天下学者亦渐趋于古，而韩文遂行于世，至于今盖三十余年矣。（《欧阳文忠公文集》，《四部丛刊》本七三）

这好像不及石介尊为“贤人之至”和宋祁尊为“完然王法”的大吹大擂，但谓“学者当至是而止”，实在是规规矩矩的奉为圭臬，步趋学习。韩琦作《欧阳修墓志铭》云：“自汉司马迁没数千年而唐韩愈出，愈之后数百年而公始出。”（欧集附录二）曾巩《上欧阳学士第一书》亦云“执事之文章”，“与孟子、韩吏部之书，相为倡和”。（《元丰类稿》十五）苏轼《居士集叙》亦云：“（韩）愈之后三百有余年而后得欧阳子。”（《东坡集》廿四）这是大家公认的，三人以外的这样论调还很多，兹不一一征引。

石介的崇韩比较偏重道，宋祁的崇韩比较偏重文，欧阳修许是受了二人的影响，同时又惩于二人的各有所偏，他道文同样推重，一方面步趋韩愈的卫儒辟佛，一方面又步趋韩愈的复古非今。

唐代佛老并盛，所以韩愈兼辟佛老；宋代老学较衰，所以欧阳修侧重辟佛。欧阳修卫儒辟佛的文章很多，最重要的是《本论》上下两篇。上篇云：

佛法为中国患千余岁，世之卓然不惑而有力者莫不欲去之。已尝去矣，而复大集，攻之暂破而愈坚，扑之未灭而愈炽，遂至于无可奈何。是果不可去邪，盖亦未知其方也。……佛为夷狄，去中国最远，而有佛固已久矣。尧舜三代之际，王政修明，礼教之义充于天下，于此之时，虽有佛无由而入。及三代衰，王政阙，礼教废，后二百余年而佛至乎中国。由是言之，佛所以为吾患者，乘其阙废之时而来，此其受患之本也。补其阙，修其废，使王政明而礼义充，则虽有佛无所施于吾民矣。（集十七）

由是返复的说礼义为胜佛之本，同时又在下篇说"莫若修其本以胜之"。陈善《扪虱新话》云："退之《原道》辟佛老，欲人其人，火其书，庐其居，于是儒者咸宗其语。及欧阳公作《本论》，谓莫若修其本以胜之，何必人其人，火其书，庐其居也哉？此语一出，而《原道》之语几废。"（卷七，"韩退之辟佛老"条）但这并不足以说明欧异于韩，相反的更足以说明欧出于韩，都卫儒辟佛，只是方法不同罢了。

二　黜时文与复古文

卫儒辟佛是学韩之道，复古非今是学韩之文。《与荆南乐秀才书》云：

仆少孤贫，贪禄仕以养亲，不暇就师穷经以学圣人之遗业，而涉猎书史，姑随世俗作所谓时文者，皆穿蠹经传，移此俪彼，以为浮薄，惟恐不悦于时人，非有卓然自立之言如古人者。然有司过采，屡以先多士。及得第已来，自以前所为不足以称有司之举而当长者之知，始大改其为，庶几有立。然言出而罪至，学成而身辱，为彼则获誉，为此则受祸，此明效也。……天圣中，天子下诏书，敕学者去浮华，其后风俗大变，今时之士大夫所为，彬彬有两汉之风矣。（**集四七**）

字里行间，显然在菲薄时文。就“为彼则获誉，为此则受祸”看来，知时文的势力披靡一世，不可向迩。惟其如此，所以使欧阳修不能不随世俗习作；可也唯其如此，所以更激起欧阳修的努力改革。《四朝国史》本传载：嘉祐二年，欧阳修知贡举，“士子尚为险怪奇涩之文，号‘太学体’，修痛排抑之，凡如是者辄黜。事毕，向之嚣薄者，伺修出，聚噪于马头，街逻不能制。然场屋之习从是遂变。”（集附录四）韩琦所作墓志铭也说，“文格终以复古”，苏辙所作神道碑也说，“文章自是变而复古”。（附录三）这确是巨大的文学改革，无怪韩苏及后来的作史者都大书特书（《宋史》本传亦有记载），虽然他以前已有很多人在作复古革新的运动。

无疑的，欧阳修的所以菲薄时文是恶其“穿蠹经传，移此俪彼”，没有人生价值，也没有文学价值。《与石推官第二书》云：“雕刻文章，薄者之所为。”（集六六）《隋太平寺碑》云：“南北文章至于陈隋其弊极矣，以唐太宗之致治，几乎三代之盛，独于文章不能少变其体。……至于元和，然后芜秽荡平，嘉禾秀草争出，而葩华荑实烂然在目矣。”（集一三八）可见他卑弃一切的雕刻芜秽之文，不止对时文为然，而卑弃时文的原因也观此益可了然。

卑弃时文自然便倡复古文。欧阳修的倡复古文受尹洙（字师

鲁)、苏舜钦(字子美)诸人影响,不惟《记旧本韩文后》言之,《苏氏文集序》亦云:

子美之齿少于予,而予学古文反在其后。天圣之间,予举进士于有司,见时学者务以言语声偶擿裂,号为时文,以相夸尚。而子美独与其兄才翁及穆参军伯长,作为古歌诗杂文,时人颇共非笑之,而子美不顾也。其后天子患时文之弊,下诏书讽勉学者以近古,由是其风渐息,而学者稍趋于古焉。(集四一)

尹苏虽然倡导在前,但必待欧阳修的倡导才使古文得到伟大的新力量,精湛的新旨趣。《与乐秀才第一书》云:

闻古人之于学也,讲之深而信之笃,其充于中者足,而后发乎外者大以光,譬夫金玉之有英华,非由磨饰染濯之所为,而由于其质性坚实而光辉之发自然也。《易》之《大畜》曰:"刚健笃实,辉光日新。"谓夫畜于其内者实,而后发为光辉者日益新而不竭也。故其文曰"君子多识前言往行以畜其德",此之谓也。古人之学者非一家,其为道虽同,言语文章未尝相似,孔子之系《易》,周公之作书,奚斯之作颂,其辞皆不同,而各自以为经;子游、子夏、子张与颜回同一师,其为人皆不同,各由其性而就于道耳。今之学者或不然,不务深讲而笃信之,徒巧其词以为华,张其言以为大。强为则用力艰,用力艰则有限,有限则易竭。又其为辞不规模于前人,则必屈曲变态以随时俗之所好,鲜克自立,此其充于中者不足而莫自知其所守也。(集六九)

然则欧阳修所倡复的古文是充中发外的创作，和时文的奇僻穿蠹固然不同，和一班人所想象的规模前人的古文也不同。是的，古文是仿古为文，但仿古为文是仿效古人为文的深讲笃信，以俟充中发外，不是句摸字拟的规模前人。这是欧阳修的古文新解释，同时也就是他给予古文的新意义。不过这种新意义，从它的渊源说，也来自韩愈。韩愈《答李翊书》告以“根之茂者其实远，膏之沃者其光晔”，就是充中发外的启示。又说“唯陈言之务去，戛戛乎其难哉”，就是不规模前人的启示。

三　“道胜文至”与“事信言文”

“充于中”的是道，“发于外”的是文。《答祖择之书》云：

> 学者当师经，师经必先求其意，意得则心定，心定则道纯，道纯则充于中者实，中充实则发为文者辉光，施于事者果毅。（集六八）

“中充实则发为文者辉光”的实质就是“道胜文至”。《答吴充秀才书》云：

> 夫学者未始不为道，而至者鲜为，非道之于人远也，学者有所溺焉尔。盖文之为言，难工而可喜，易悦而自足，世之学者往往溺之，一有工焉，则曰吾学足矣，甚者至弃百事不关于心，曰吾文士也，职于文而已。此其所以至之鲜也。昔孔子老

而归鲁，《六经》之作，数年之顷尔，然读《易》者如无《春秋》，读《书》者如无《诗》，何其用功少而至于至也！圣人之文虽不可及，然大抵道胜者文不难而自至也。故孟子皇皇不暇著书，荀卿盖亦晚而有作；若子云、仲淹方勉焉以模言语，此道未足而强言者也。后之惑者，徒见前世之文传，以为学者文而已，故用力愈勤而愈不至。此足下所谓终日不出于轩序，不能纵横高下皆如意者，道未足也。若道之充焉，虽行乎天地，入于渊泉，无不之也。（集四七）

《送徐无党南归序》云：

今之学者，莫不慕古圣贤之不朽，而勤一世以尽心于文字之间者，皆可悲也。（集四三）

"道胜者文不难而自至"，"以为学者文而已"，则"用力愈勤而愈不至"，这种见解，大概是推演韩愈《答李翊书》所说的道归则文归和《答刘正夫书》所说的师意不师辞。不过韩愈置重建立道统，在《原道》说：吾所谓道传自尧、舜、禹、汤、文、武、周公、孔、孟。欧阳修也没有轻视道统，但更重视道的事功。《与张秀才第二书》云：

足下之意，岂非闵世病俗，究古明道，欲拔今以复之古，而翦剥齐整凡今之纷殽驳冗者欤？然后益知足下之好学甚有志也。然而述三皇太古之道，舍近取远，务高言而鲜事实，此少过也。君子之于学也务为道，为道必求知古，知古明道而后履之以身，施之于事，而又见于文章，而发之以信后世，其道周公、孔子、孟轲之徒常履而行之者是也，其文章则《六经》所载至今而取信者是也。其道易知而可法，其言易明而可行。（集六六）

是道依于事，那末道胜而自至之文，更当然要依于事了。《代人上王枢密求先集序书》云：

某闻传曰，"言之无文，行而不远"。君子之所学也，言以载事，而文以饰言，事信言文乃能表见于后世。《诗》、《书》、《易》、《春秋》皆善载事而尤文者，故其传尤远。荀卿、孟轲之徒亦善为言，然其道有至有不至，故其书或传或不传，犹系于时之好恶而兴废之。其次楚有大夫者善文其讴谣以传，汉之盛时有贾谊、董仲舒、司马相如、杨雄能文其文辞以传。由此以来，去圣益远，世益薄或衰，下迄周隋，其间亦时时有善文其言以传者，然皆纷杂灭裂不纯信，故百不传一，幸而一传，传亦不显，不能若前数家之焯然暴见而大行也。甚矣言之难行也，事信矣须文，文至矣又系其所恃之大小，以见其行远不远也。《书》载尧舜，《诗》载商周，《易》载九圣，《春秋》载文武之法，荀、孟二家载《诗》、《书》、《易》、《春秋》者，楚之辞载风雅，汉之徒各载其时主声名文物之盛以为辞。后之学者荡然无所载，则其言之不纯信，其传之不久远，势使然也。至唐之兴，若太宗之政，开元之治，宪宗之功，其臣下又争载之以文其词，或播乐歌，或刻金石，故其间钜人硕德闳言高论流铄前后者，恃其所载之在文也。故其言之所载者大且文，则其传也章，言之所载者不文而又小，则其传也不章。（集六七）

“言之无文,行而不远”,“事信矣须文”,这可见他虽重道重事,可也不忽略文,和韩愈《答刘正夫书》所说“圣人之道不用文则已,用则必尚其能者”,正是词异意同。基于这种观念,所以他俩都成为古文家,没有成为道学家。

欧阳修步趋韩愈的地方确是很多,但进于韩愈的地方也不少,最重要的就是“事信言文”。他以“事信”释“道胜”,认为只是“知古明道”还不够,必须“履之以身,施之于事,而又见之于文章”。文章的至不至及传不传,决定于事的信否大小与言的文或不文。言的文不文是韩愈所颇计较的,事的信否大小韩愈并未言及。这是欧阳修的新见解,这种新见解对宋代文学的影响极大,一方面直接领导了议论派的事理文学,一方面间接领导了经卫派的政教文学,另一方面又激起了道学派的力言作文害道,别创道流为文的文说。

四　诗穷益工

韩愈在《荆潭唱和诗序》说:“欢愉之辞难工,而穷苦之辞易好。”又说:“王公贵人,气满志得,非性而好之,则不暇以为。”这种见解,欧阳修也颇为诠发。《梅圣俞诗集序》云:

予闻世谓诗人少达而多穷,夫岂然哉?盖世所传诗者,多出于古穷人之辞也。凡士之蕴其所有而不得施于世者,多喜自放于山巅水涯,外见虫鱼草木风云鸟兽之状,类往往探其奇怪,内有忧思感愤之郁积,其兴于怨刺以道羁臣寡妇之所叹,

而写人情之难言，盖愈穷则愈工，然则非诗之能穷人，殆穷者而后工也。（集四二）

《薛简肃公文集序》云：

君子之学，或施之事业，或见于文章，而常患于难兼也。盖遭时之士，功烈显于朝廷，名誉光于竹帛，故其常视文章为末事，而又有不暇与不能者焉。至于失志之人，穷居隐约，苦心危虑，而极于精思，与其所感激发愤，惟无所施于世者，皆一寓于文辞。故曰，穷者之言易工也。（集四四）

前篇说明穷苦的诗容易工妙，后者说明穷苦的人有时间作为文辞，总之是诗穷益工。前篇推演韩愈所说"穷苦之辞易好"，后篇推演韩愈所说贵人无暇为诗，止是韩愈的话很简单，欧阳修进而有多方面的论证而已。

五　韩柳李杜优劣说

观上所述，足证欧阳修的改革文学，大体遵循韩愈路线，因此尊崇韩文，而对柳文则认为不能与韩文并称。《唐柳宗元般舟和尚碑跋尾》云：

子厚与退之皆以文章知名一时，而后世称为韩柳者，盖流俗之相传也，其为道不同，犹夷夏也。然退之于文章每极称子厚者，岂以其名并显于世，不欲有所贬毁，以避争名之嫌；而其为道不同，虽不言顾后世当自知之欤？不然，退之以力排释老为己任，于子厚不得无言也。（集一四一）

《唐南岳弥陀和尚碑跋尾》云：

自唐以来，言文章者惟韩柳；柳岂韩之徒哉，真韩门之罪人也！盖世俗不知其所学之非，第以当时辈流言之尔。今余又多录其文，惧益后人之惑也，故书以见余意。（集一四一）

韩柳文的优劣不易一言判断，欧阳修崇韩抑柳是基于韩愈辟佛而柳宗元作和尚碑文。这种论调，柳开已启其端绪（详二章五节）。宋祁作《新唐书·文艺传》，以柳宗元和韩门弟子的李翱、皇甫湜并列，现在欧阳修又说，“柳岂韩之徒哉，真韩门之罪人也”。实则柳宗元是韩愈友人，不是韩愈门徒，他们淆混二人关系，就是出于崇韩抑柳的既定观念，而这种既定的观念就笼罩了两宋以至以后的文坛，遂使韩愈巍然独尊，柳宗元瞠乎落后。

欧阳修不止尊崇韩文，而且尊崇韩诗，集中效韩门体的诗歌很多，如《秋怀二首寄圣俞》，一本作“拟孟郊体秋怀”（集三），此外还有《弹琴效贾岛体》（集四），《刑部看竹效孟郊体》（集六），《春寒效李长吉体》（集五三），又《读蟠桃诗寄子美》云：

韩孟于文词，两雄力相当，篇章缀谈笑，雷电击幽荒，众鸟谁敢和，鸣凤呼其皇。孟穷苦累累，韩富浩穰穰，穷者啄其精，

富者烂文章，发生一为宫，揫敛一为商，二律虽不同，合奏乃锵锵。（集二）

又《诗话》云：

退之笔力无施不可，而常以诗为文章末事，故其诗曰，“多情怀酒伴，余事作诗人”也。然其资谈笑，助谐谑，叙人情，状物态，一寓于诗，而曲尽其妙，此在雄文大手固不足论，而予独爱其工于用韵也。盖其得韵宽，则波澜横溢，泛入傍韵，乍还乍离，出入四合，殆不可拘以常格，如《此日足可惜》之类是也。得韵窄，则不复傍出，而因难见巧，愈险愈奇，如《病中赠张十八》之类是也。余尝与圣俞论此，以谓譬如善驭良马者，通衢广陌，纵横驰逐，惟意所之；至于水曲蚁封，疾徐中节，而不少蹉跌，乃天下之至工也。（集一二八）

可是韩愈究竟“以诗为文章末事”，虽然“无施不可”，究竟文章尤高。欧阳修《赠王介甫》云：

翰林风月三千首，吏部文章二百年。（集五七）

陈鹄《耆旧续闻》卷一说欧公自言吏部指谢朓，想是传闻之误，吏部当然指韩愈，欧文宗韩愈，并不宗谢朓。至翰林指李白，尽人无异辞。这可见他文宗韩愈，诗宗李白。苏轼也说：“欧阳子论大道似韩愈，论事似陆贽，记事似司马迁，诗赋似李白。”并且申明说：“此非予言也，天下之言也。”（《居士集叙》，欧集卷首，苏集廿四）欧阳修作《太白戏圣俞》云：

开元无事二十年，五兵不用太白闲，太白之精下人间，李白高歌《蜀道难》。“蜀道之难难于上青天”，李白落笔生云烟，千奇万险不可攀，却视蜀道犹平川。宫娃扶来白已醉，醉里成诗醒不记。忽然乘兴登名山，龙咆虎啸松风寒，山头婆娑弄明月，九城尘土悲人寰。吹笙饮酒紫阳家，紫阳真人驾云车，空山流水空流花，飘然已去凌青霞。下看区区郊与岛，萤飞露温吟青草。（集五）

是自欧阳修看来，韩门的孟郊、贾岛，虽也“篇章缀谈笑，雷电击幽荒”，但比之李白，便有仙凡之别。又《笔说》中有“李白杜甫诗优劣说”一条云：

“落日欲没岘山西，倒著接篱花下迷，襄阳小儿齐拍手，拦街争唱白铜鞮”，此常言也；至于“清风明月不用一钱买，玉山自倒非人推”，然后见其横放。其所以警动千古者，固不在此也。杜甫于白得其一节，而精强过之；至于天才自放，非甫可到也。（集一二九）

明人李崆峒说李全乎天才，杜全乎学力，清人赵翼颇不谓然（《瓯北诗话》二）。实则如李白自己所说，“横经枕籍，制作不倦”（《上安州裴长史书》），何尝没有学力？杜甫自己说，“七龄思即壮，开口咏凤凰”（《壮游》），何尝没有天才？天才学力不是二人的区别，二人的区别在：李白采取积极浪漫主义的方向方法，杜甫采取现实主义的方向方法,作风不同,各极其妙,衡论高下,殊属不易。后人的优劣说,无价值的不谈,有价值的也不在抑扬李杜,而在提示积极浪漫主义的或现实主义的风格。元稹抑李扬杜,说杜诗的长处在:"铺陈终始,排比声韵,风调清新,属对律切。"(详四篇四章一节)正是提示了现实主义的风格。欧阳修抑杜崇李,说李诗的长处在:"天才自放","落笔云烟",千奇万险,不可追攀,正是提示了积极浪漫主义的风格。

六 苏梅评赞

欧阳修的改革文体有尹洙、苏舜钦作前导,改革诗体也有苏舜钦、梅尧臣作先锋。但文一方面必待他的领导始能推倒时文,奠定宋朝一代的文体,诗一方面也必待他的主持始能推倒"昆体",奠定宋朝一代的诗风。

梅尧臣曾经很愤慨的说:"永叔自要作韩退之,强差我作孟郊。"(邵博《闻见后录》卷十八)实则这倒是最恰当的比附,孟郊长于韩愈,他的诗名却有赖韩愈的鼓吹,梅尧臣长于欧阳修,他的诗名也与欧阳修的鼓吹有关。苏、梅的努力创作诚然不可磨灭,可是假使没有欧阳修的揄扬,则声名影响恐怕都要减损。欧阳修与苏、梅——特别是梅的倡和诗,占全诗十分一二,所作《诗话》不过二三十条,称述苏、梅的多至九条,最重要的一条云:

> 圣俞(梅尧臣字)子美(苏舜钦字)齐名于一时,而二家诗体特异:子美笔力豪俊,以超迈横绝为奇;圣俞覃思精微,以深

远闲淡为意，各极其长，虽善论者不能优劣也。余尝于《水谷夜行》诗略道其一二云："子美气尤雄，万窍号一噫，有时肆颠狂，醉墨洒滂霈。譬如千里马，已发不可杀，盈前尽珠玑，一一难拣汰。梅翁事清切，石齿漱寒濑，作诗三十年，视我犹后辈，文辞愈精新，心意虽老大，有如妖韶女，老自有余态。近诗尤古硬，咀嚼苦难嘬，又如食橄榄，真味久愈在。苏豪以气铄，举世徒惊骇；梅穷独我知，古货今难卖。"语虽非工，谓粗得其仿佛，然不能优劣之也。（集一二八）

《水谷夜行赠子美圣俞》见全集卷二，又卷五有《再和圣俞见答》云："嗟哉我岂敢知子，论诗赖子初指迷。子言古淡有真味，太羹岂须调以齏？怜我区区欲强学，跛鳖曾不离污泥。"卷五十三有《答梅圣俞丞见寄》云："文会忝予盟，诗坛推子将。"又有《答苏子美离京见寄》云："是以子美辞，吐出使人惊。其于诗最豪，奔放何纵横！众弦排律吕，金石次第鸣。间以险绝句，非时震雷霆；两耳不及掩，百痾为之醒。"真是揄扬备至。

上面引的这些诗都是寄赠苏梅，这可解为酬应之作，不得不尔，文集卷九有《感二子》一首，是苏梅死后的追感之作，当然发于至诚。诗云：

自从苏梅二子死，天地寂默收雷声；百虫坏户不启蛰，万木逢春不发萌；岂无百鸟解言语，喧啾终日无人听。二子精思极搜抉，天地鬼神无遁情；及其放笔骋豪俊，笔下万物生光荣。

由此诗的发于至诚，知前引寄赠苏、梅诸诗也都发于至诚。苏、梅既死，欧阳修为撰著墓志铭（苏铭载集卅一，梅铭卅三），叙录文集，作《书梅圣俞稿后》，至与汉代的苏李，魏代的曹刘，唐代的陈子昂、李、杜、沈、宋、王维、孟郊、贾岛并称（集七三）。我们不能忘记欧阳修是一代的诗文宗匠，同时又是朝廷名臣，这样的赞许苏、梅，自然可以直接鼓励苏、梅的创作兴趣，间接转移一时的诗坛风格，对诗体改革，关系甚大。

七　杂文琐谈

欧阳修虽反对四六文，可也作了不少的四六文。这是因为一则"少为进士时，不免作之"（《答陕西安抚使范龙图辞辟命书》，集四七）。二则后来"在翰林六年"，"凡朝廷之文，所以指麾号令，训戒约束"，"取便于宣读，常拘于世俗所谓四六之文"（《内制集序》，集四三）。又自言"少习为铭章，因得论次当世贤士大夫功行，自明道景祐以来，名卿巨公，往往见于余文矣"（《江邻幾文集序》，集四四），因也作了不少的碑铭文。又有志修史，和宋祁合作《新唐书》二百二十五卷，自作《新五代史》七十四卷。久在朝廷，策论颇多，今存《奏议》十八卷（集九七至一一四），《河东奏草》二卷（集一一五，一一六），《河北奏草》二卷（集一一七，一一八），《奏事录》一卷（集一一九），《濮议》四卷（集一二〇至一二三）。因此对四六文，碑铭文，史传文和策论文也都曾表示意见。

先述对四六文的意见。《内制集序》说："世俗所谓四六之文……果可谓之文章者欤？"又说自己所作，"拘牵常格，卑弱不振，宜可羞也"。弦外之音，当然是卑视四六文，尤其卑视常格的四六文。试笔中的“苏氏四六”条云：

往时作四六者，多用古人语及广引故事，以衒博学，而不思述事不畅。近时文章变体，如苏氏父子以四六述叙，委曲精尽，不减古人(一作文)。自学者变格为文，迨今三十年，始得斯人，不惟迟久而后获，实恐此后未有能继者尔。自古异人间出，前后参差不相待，余老矣，乃及见之，岂不为幸哉！(集一三〇)

知他认为必不得已而作四六文，也要变体不守常格，而所谓变体是委曲述叙，不“多用古人语及广引故事”，和所倡导的古文正是同一趋向。

次述对碑铭文的意见。《唐元稹修桐柏宫碑跋尾》云：

既牵声韵，有述事不能详者，则自为注以解之。为文自注，非作者之法。且碑者石柱尔，古者刻石为碑，谓之碑铭碑文之类可也；后世伐石刻文，既非因柱石，不宜谓之碑文；然习俗相传，理犹可考；今特题“修桐柏宫碑”者，甚无谓也。此在文章，诚为小瑕病，前人时有忽略，然而后之学者不可不知。自汉以来墓碑，多题云“某人之碑”者，此乃无害；盖目此石为某人之墓柱，非谓自题其文目也。今稹云“修桐柏宫碑”，则于理何稽也？(集一四一)

这是在讨论碑铭文的名称，至作法，则欧阳修似主张简要，《与杜䜣论祁公墓志书》：“有意于传久，则须纪大而略小。”又云：“所纪事皆录实,有稽据,皆大节与人之所难者。其他常人所能者,在他人更无巨美,不可不书,于公为可略者,皆不暇书。"(集六九)《论尹师鲁墓志》也慨叹"世之无识者,不考文之轻重,但责言之多少"(集七三)。

复次述对史传文的意见。碑铭是各人的专传,史传是众人的列传,碑铭主简要,史传更当然主简要。他的《新唐书》的特点,据进新修唐书表,就是"其事则增于前,其文则省于后"(集九一)。《与尹师鲁书》云:

> 前岁所作十国志,盖是进本,务要卷多。今若便为正史,尽宜删削,存其大要;至如细小之事,虽有可纪,非干大体,自可存之小说,不足以累正史。数日检旧本,因尽删去矣,十亦去其三四。师鲁所撰,在京师时不曾细看,路中昨来细读,乃大好。……亦有繁简未中,愿师鲁亦删之,则尽妙也。(集六七)

对删繁就简,更再三致意。

复此述对策论文的意见。《与黄校书论文章书》云:

> 所示杂文十篇,窃尝览之,惊叹不已,其《毁誉》等数短篇,尤为笃论。然观其用意在于策论,此古人之所难工,是以不能无小阙;其救弊之说甚详,而革弊未之能至,见其弊而识其所以革之者,才识兼通,然后其文博辩而深切,中于时病而不为空言。……因若贾生论秦之失而推古养太子之礼,此可谓知其本矣。然近世应科目文辞,求若此者盖寡,必欲其极致,则宜少加意,然后焕乎其不可御矣。(集六七)

前论古文曾说"道胜者文不难自至",此言策论文说"才识兼通,然后其文博辩而深切",总之是"充于中者足,而后发于文者大以光"。

此外对于书牍酬应之文,欧阳修也曾发表意见。有陈员外者,致书欧阳修,"前名后书,且状且牒,如上公府"。欧阳修认为"此乃世之浮道之交,外阳相尊者",复书云:

> 古之书具惟有铅刀竹木,而削札为刺,止于达名姓;寓书于简,止于舒心意为问好。惟官府吏曹,凡公之事,上而下者则曰符曰檄;问讯列对,下而上者则曰状,位等相以往来曰移曰牒;非公之事,长吏或自以意晓其下以戒以饬者则曰教;下吏以私自达于其属长而有所候问请谢者则曰牋记书启。故非有状牒之仪,施于非公之事相参。如今所行者,其原盖出唐世大臣,或贵且尊,或有权于时,缙绅凑其门以传响者,谓旧礼不足为重,务稍增之;然始于刺谒有参候起居,因为之状。及五代,始复以候问请谢加状牒之仪,如公之事;然止施于官之尊贵及吏之长者。其伪谬所从来既远,世不根古,以为当然。居今之世,无不知此,而莫以为易者,盖常俗所为积习已牢而不得以更之也。然士或同师友,缔交游,以道谊相期者,尚有手书勤勤之意,犹为近古。(集六八)

由是致叹于"候问请谢,非公之事,有状牒之仪,以施于尊贵长吏,犹曰非古之宜";况陈员外与己"肩从齿序,跪拜起居如兄弟者乎"。这虽止是说的书牍文的称谓与格式,但书牍文的应有"勤勤之意",不应以浮道阳相尊崇,也流露言外了。

第四章　二程及其他道学派的道文分合说

一　学术文章的分成三派

欧阳以后，学术文章分成三大派。当时的程颢云：

> 今之学者歧而为三，能文者谓之文士，谈经者泥为讲师，惟知道者乃儒也。(《河南程氏遗书》六)

又云：

> 古之学者一，今之学者三，异端不与焉：一曰文章之学，二曰训诂之学，三曰儒者之学。欲趋道，舍儒者之学不可。(同书十八①)

稍后的陈善云：

---

① 原题二先生语，参证前条，当亦出程颢。

唐文章三变，本朝文章亦三变矣；荆公以经术，东坡以议论，程氏以性理，三者要各立门户，不相蹈袭。然其末流，皆不免有弊，虽一时奉行之过，其实亦事势有激而然也。至今学文之家，又皆逐影吠声，未尝有公论，实不见古人用心处，予每为之太息。（《扪虱新话》卷五，"唐宋文章皆三变末流不免有弊"条）

程颢两次所说，一次指人，一次指学，文士的学问是文章之学，也就是陈善所说的以东坡为首的议论一派。讲师的学问是训诂之学，也就是陈善所说的以荆公为首的经术一派。至于儒者是程颢自道，所以也就是陈善所说的以程氏为首的性理一派，《宋史》特立《道学传》，因而也可称道学派。

分派的主要原因由于代表的阶级阶层不同。如大家所熟知的，宋代虽仍是封建社会，但商业手工业却在唐代的基础上更大大地向前发展了。还在五代十国的时候，人们就用羡慕的口吻，称赞"一扬（扬州）二益（成都）"，说明都市的畸形的繁荣，已和农村的普遍雕弊成为鲜明的对比。到宋代统一，一方面农村苏息，恢复并发展了地主经济，一方面国内外贸易展开，工商经济也得到飞跃发展。开封、成都、兴元（南郑）、杭州、明州（鄞县）和广州各大都市，每年的税收都在五十万贯上下；官办的各种手工工厂，使用着成千成万的雇佣工人。这就使宋代的政治和文化，除了反映着封建阶级内部矛盾及与农民的矛盾外，更增加了与工商业者及城市市民的矛盾。换句话说，就是工商业者及城市市民也要在政治上和文化上崭然露头角。各家的通史大都指出了，反对变法的以二程子为首的性理派代表着大地主封建贵族的意识，主张变法的以王安石为首的经术派代表着中小地主的意识，至先则主张改革后又反对变法的以苏轼为首的议论派，我们应当指出是代表着工商业者及城市市民的意识。

《宋史》对苏轼和他的父亲苏洵，都只说是眉州眉山人，没有说是眉山城市或乡下。据苏轼的弟弟苏辙所作《伯父苏涣墓表》，说"葬于眉山永寿乡"，知苏涣是永寿乡人。但文中说"辙生九年，始认公于其乡"（《栾城集》卷二十五）。而自作《颍滨遗老传》，又称"先君（洵）之葬在眉山之东"（《栾城后集》卷十三）。知他们父子兄弟大概居眉山城市。眉山距成都不远，无论经济或意识，恐都与有关联。苏洵作《田制》一文，愤恨的指出"田非耕者之所有，而有田者不耕"。又说："富民之家，地大业广，阡陌连接，募招浮客，分耕其中，鞭笞驱役，视以奴仆，安坐四顾，指麾于其间。而役属之民，夏为之耨，秋为之获，无有一人违其节度以嬉，而田之所入，已得其半，耕者得其半。有田者一人，而耕者十人。是以田主日累其半以至于富强，耕者日食其半以至于穷饿而无告。"（《嘉祐集》卷五）苏轼上书反对王安石新法说："昔汉武帝以财力匮竭，用贾人桑羊之说，买贱卖贵，谓之均输，于时商贾不行，盗贼滋炽。"又说："今坏常平而言青苗之功，亏商税而取均输之利，何以异此？"（《宋史》本传）所以他们父子兄弟及其他同派的人物，大体都是代表着——最低也是反映着当时的工商业者的意识，因而对学术文章，主张比较自由，比较进步的述意达辞，反对二程子一派的性理，也反对王安石一派的经术。

其次和政治当然有关系。宋代虽号称统一天下，实则不要说南渡以后，北宋也就逼促得可怜。辽夏常常内犯，不止国土日蹙，后来竟至按岁纳币。这样一个弱小的国家，偏要大开科第，广招士类。据曾巩《本朝政要策》,“自隋大业中始设进士科,至唐以来尤盛,岁取不过三十人”。可是到宋“太宗即位,兴国二年,以郡县阙官,旬浃之间”,就“拔士几五百”。至“八年,进士万二百六十人,淳化二年万七千三百人”。(“贡举”条,《元丰类稿》四九)有资格做官的人这样多,可以位置官的地方又那样少,自然要如苏辙《上皇帝书》所说:“吏多于上,士多于下,上下相窒,如决水于不流之泽,前者未尽,后者已至,填咽充满,一陷于其中而不能出。故布衣之士,多方以求官,已仕之吏,多方以求进,下慕其上,后慕其前,不愧诈伪,不耻争夺。”(《栾城集》廿一)争夺的最好武器是结党,争夺的自然结果也就是分派。王、苏、二程也许还不至于“不愧诈伪”的争夺,后生小子的依草附木,入主出奴,则显然与争夺政治地位有关。所以郡县阙官的太宗时代不分党派,难官难进的仁宗神宗时代便党派分争。

再其次和学术文章的本身也有关系。本来学术文章就是逐渐发展,可也就逐渐分家的。宋初的以复古为革新的学术文章是遵循的韩愈路线,韩愈的路线是道文并重。到欧阳修以后,从道一方面向前发展的便成为性理家的二程子,认为韩愈未免先文后道,由是反转来先道后文。从文一方面向前发展的是辞章家的三苏,认为韩愈的文章有弊,韩愈的道更未免太拘,由是主张“述意达辞”。从文道两方面向前发展的是经术家的王安石,认为韩愈的文章很好,韩愈的道有点迂阔,由是主张“治教政令”。《程氏遗书》载二程先生语云:

> 韩愈亦近世豪杰之士,如《原道》中言语虽有病,然自孟子而后,能将许大见识寻求者,才见此人。(卷一)

又载程颐语云：

退之晚年为文，所得处甚多。学本是修德，有德然后有言，退之却倒学了，因学文日有所至，遂有所得。（卷十八①）

前者是称赞韩愈之道，后者是指摘韩愈的后道先文。苏轼有《谢南省主文启》五首，其中的《欧阳内翰》一首云：

唐之古文自韩愈始，其后学韩而不至者为皇甫湜，学皇甫湜而不至者为孙樵，自樵以降，无足观矣。（《东坡集》廿六）

又作《韩愈论》云：

韩愈之于圣人之道，盖亦知好其名矣，未能乐其实。（《东坡应诏集》十）

前者是说韩愈的文章末流有弊，后者是说韩愈不能体认道的实质，而他所体认的道的实质是贾陆议论和佛老思想（详六章一节）。王安石《上人书》云：

自孔子之死久，韩子作，望圣人于千百年中，卓然也，独子厚名与韩并。子厚非韩比也，然其文章配韩以传，亦豪杰

① 《优古堂诗话》谓程颢"此意本之吴子经"，引子经《法语》云："古人好道而及文，韩退之学文而及道。"子经名孝宗，欧阳修有诗送吴生，王安石亦曾与论文。

可畏者也。韩子常语人以文矣,曰云云;子厚亦曰云云。疑二子者,徒语人以其辞尔,作文之本意不如是其已也。(《临川集》七七)

又作《韩子》诗云:

纷纷易尽百年身,举世何人识道真?“力去陈言”夸末俗,可怜无补费精神。(集卅四)

前者是说韩愈的文辞已经够了,对作文本意还没有抓着要点,合后者观之,知指识道不真,而王安石所识的真道是“治教政令”。(详五章七节)

此外人事关系,也有一些影响。据《朱子语类》卷一百三十:“老苏之出,当时甚敬重之,惟荆公不以为然,故其父子皆切齿之。”同时王安石面垢身污,不修边幅,苏洵作《辨奸论》说:“囚首丧面而谈《诗》、《书》者,鲜不为大奸忒。”(《宋文鉴》九七,《嘉祐集》不载)由是王苏不睦。再据《续资治通鉴》卷十八:程颐在经筵,多用古礼,轼说不近人情,常加玩侮。司马光死,恰巧明堂降赦,臣僚在称贺以后,拟前往祭奠,程颐坚持不可,说:“子于是日哭则不歌。”有人说:“孔子言哭则不歌,不言歌则不哭。”苏轼说:“此乃死市,叔孙通所制礼也。”众皆大笑,由是程苏不睦。《鹤林玉露》卷十五载:“荆公少年不可一世,独怀刺候濂溪,三及门而三辞焉,荆公恚然曰:吾独不可自求于《六经》乎!乃不复见。”由是王与道学家不睦。各家既不相睦,由是学术也就更互相排斥,各走极端了。

二　邵雍的诗以垂训说

《宋史·道学传》中的人物以邵雍(1011—1077)为最早,他的著作,除了与诗文无关的《皇极经世》以外,就是《伊川击壤集》二十卷,都是诗,因之也只是诗论,没有文论。《伊川击壤集序》首引子夏说:"诗者志之所之也,在心为志,发言为诗,情发于中而形于言,声成文则谓之音。"(出《毛诗序》,非子夏语,详二篇一章三节)好像是因用旧说,也认为诗当缘情。是的,他也认为诗当缘情,不过所缘的情与旧说不同,《击壤集序》云:

> 情有七,其要在二;二谓身也,时也。谓身则一身之休戚也,谓时则一时之否泰也。一身之休戚则不过贫富贵贱而已,一时之否泰则在夫兴废治乱者焉。是以仲尼删诗,十去其九,诸侯千有余国,风取十五,西周十有二王,雅取其六,盖垂训之道,善恶明著者存焉耳。近世诗人穷感则职于怨憝,荣达则专于淫泆。身之休戚发于喜怒,时之否泰出于爱恶,殊不以天下大义而为言者,故其诗大率溺于情好也。(《伊川击壤集》,《四部丛刊》本卷首)

那末他是在提倡歌咏一时否泰,反对歌咏一身休戚。因之,集中的《观诗吟》亦云:

> 爱君难得似当时,曲尽人情莫若诗。无雅岂明王教化,有风方识国兴衰。(集十五)

《诗画吟》亦云：

> 不有风雅颂，何由知功名？不有赋比兴，何由知废兴？观朝廷盛事，壮社稷威灵。有汤武缔构，无幽厉敧倾。知得之艰难，肯失之骄矜？知巨蠹奸邪，进不仕贤能，择阴阳粹美，索天地精英，借江山清润，揭日月光荣。收之为民极，著之为国经，播之于金石，奏之于大庭，感之以人心，告之以神明。（集十八）

这是在赞美《诗经》的歌咏“一时之否泰”，“善恶著明”，可以为“垂训之道”。《读古诗》云：

> 闲读古人诗，因看古人意，古今时虽殊，其意固无异，喜怒与哀乐，贫贱与富贵。惜哉情何极，使人能如是！（卷十四）

这是在叹息古人的诗也往往流于歌咏一身之休戚，无关善恶，不足垂训。垂训是儒家的旧说，但已往的儒家并没有因为要垂训而反对歌咏一身休戚。反对歌咏一身休戚是邵雍的新说。他虽也责斥古人诗歌的也往往流于歌咏一身之休戚，但最疾痛的还是近代诗人的“穷戚则职于怨憝，荣达则专于淫泆”。近代诗人指谁，他没有说明，大概也不便说明。石介拼命的攻击西昆体，止说西昆体的诗文，“穷妍极态”，“淫巧侈丽”（详一章三节），没有说西昆体的作家“怨憝淫泆”。反之，也不提苏轼说杨亿是“忠清鲠亮之士”（详六章三节）。那末邵雍所指斥的近代诗人当不是西昆体作家。朱熹批评欧阳修“以文人自立”，“平日只是以吟诗饮酒戏谑度日”（《朱子语类》一三〇）。又批评苏舜钦梅尧臣“虽是君子党，然轻儇戏谑”，尝“尽招两军女妓作乐烂饮,作为傲歌”(同书一二九)。正是“荣达则专于淫泆”。欧阳修作《苏舜钦墓志铭》,载贬逐后,“时发其愤闷于歌诗”(欧集卅一),正是“穷戚则职于怨憝”。欧阳修又作《书梅圣俞稿后》云:“其体长于本人情,状风物。”(同书七三)又正是“溺于情好”。邵雍喜欢唱酬,与共唱酬的人很多,独没有欧阳、苏、梅,使我们感觉他所指摘的近代诗人恐怕包括欧阳、苏、梅。果尔,可以知道学家的别创宗派另建文论与不满当时的文学家有关了。

垂训是儒家的旧说,也就是儒家的一贯企向,邵雍为了实现这种企向,提出最好“以道观道”,其次“以道观性”的写诗方法。《伊川击壤集序》云:

> 以道观性,以性观心,以心观身,以身观物,治则治矣。然犹未离乎害者也。不若以道观道,以性观性,以心观心,以身观身,则虽欲相伤,其可得乎?若然,则以家观家,以国观国,以天下观天下,亦从可知矣。

何谓“以道观性”、“以道观道”?《击壤集序》又云:

> 性者道之形体也,性伤则道亦从之矣。心者性之郛郭也,心伤则性亦从之矣。身者心之区宇也,身伤则心亦从之矣。物者身之舟车也,物伤则身亦从之矣。

为什么性是道的形体,这是道学家的性理哲学,我们不必深究。我们要深究的,一则是“以道观道”的表现为具体方法则是:“以家观家,以国观国,以天下观天下。”二则据《击壤集序》,他说性伤由于

“溺于情好”,“溺于情好”的人,“身之休戚发于喜怒,时之否泰出于爱恶,殊不以天下大义而言”。换言之,也就是以自己的喜怒爱恶观家国天下,不“以家观家,以国观国,以天下观天下”。所以他所提出的具体的写诗方法是:“以家观家,以国观国,以天下观天下。”换成现在的话,就是站在家国的立场上,从家国的利害出发,不要从自己的利害或喜怒出发。在他看来,这样才能“善恶明著”,这样才合“垂训之道”。

三　周敦颐的文以载道说

邵雍创导诗以垂训,周敦颐(1017—1073)创导文以载道。《周子通书》中特辟《文辞》一章,说:

> 文所以载道也,轮辕饰而人弗从,徒饰也,况虚车乎?文辞艺也,道德实也,笃其实而艺者书之,美则爱,爱则传焉。贤者得以学而至之是为教。故曰,言之无文,行之不远。然不贤者,虽父兄临之,师保勉之,不学也,强之不从也。不知务道德而第以文辞为能者,艺焉而已。噫,弊也久矣!(《周濂溪集》,《正谊堂丛书》本卷六)

又有《陋》一章说:

> 圣人之道,入乎耳,存乎心,蕴之为德行,行之为事业;彼以文辞而已者,陋矣!(同上)

载道是周秦儒家和唐代古文家旧有的意念，虽然他们没有鲜明的标出“载道”二字。李汉序《韩昌黎集》说：“文者贯道之器也。”照字面观察，和载道并没有多大差别。朱熹不赞成贯道，在《语类》说：“文皆是从道流出，岂有文反能贯之理？”但文既是从道中流出，则不能反而贯道，也不能反而载道。朱熹注《通书》说：“文所以载道，犹车所以载物。故为车者必饰其轮辕，为文者必善其词说，皆欲人之爱而用之。然我饰之而人不用，则犹为虚饰而无益于实，况不载物之车不载道之文，虽美其饰，亦何为乎？”（周集六）文之载道既同于车之载物，则文道仍为二事，并不同于他所谓“文从道流”（九章二节），同时也就并不异于李汉所谓“文以贯道”。止是韩愈虽重道，但说“若圣人之道不用文则已，用则必尚其能者。”（详四篇七章二节）由是结果成为文章家；周敦颐说：“不知务道德而第以文辞为能者，艺焉而已”，“陋矣！”由是结果成为道学家而已。

四　二程的道为文心说

周敦颐虽反对徒饰，但说道是实，文是艺，“笃其实而艺者书之”，那末载道的文辞仍然需要修饰。张载便不同了，他的书很少论到文辞，止是在《经学理窟》说：“圣人文章无定体，《诗》、《书》、《易》、《礼》、《春秋》止随义理如此而言。”（《张横渠集》，《丛书集成》本卷五）直然不要修饰文辞。由周张到二程，更干脆反对文辞，认为对道有害。有人问：“作文害道否？”程颐（1033—1107）答云：

害也。凡为文不专意则不工，若专意则志局于此，又安能与天地同其大也？书曰："玩物丧志。"为文亦玩物也。吕与叔有诗云："学如元凯方成癖，文似相如始类俳，独立孔门无一事，只输（一作惟传）颜氏得心斋。"此诗甚好。古之学者惟务养情性，其他则不学。今为文者专务章句，悦人耳目。既务悦人，非俳优而何？（《河南程氏遗书》，《四部备要·二程全书》本卷十八）

作文害道，吟诗更当然害道。或问诗可学否？程颐说：

既学时须是用功方合诗人格，既用功甚妨事。古人诗云，"吟成五个字，用破一生心"。又谓，"可惜一生心，用在五字上"。此言甚当。（同上）

这自然是周张说的更进一步，但周张时的文坛气氛是欧阳修的"道胜文至"，二程时的文坛气氛是三苏的"述意达辞"，因而使道学家更感觉道和文不能两立。

不过道学家虽反对文学，可是他们的道学也不能不借文学表现，所以周敦颐主张文以载道，二程主张道为文心。程颐《答朱长文书》云：

人能为合道之文者知道者也，在知道者所以为文之心。（《二程文集》，《正谊堂丛书》本卷八。原注"或云明道先生文"）

《程氏遗书》第二上也载二先生语云：

学者须学文，知道者进德而已。有德则不习无不利，未有学养子而后嫁，盖先得是道矣。学文之功，学得一事是一事，二事是二事，触类至于百千，至于穷尽，亦只是学，不是德。有德者不如是。故此言可为知道者言，不可为学者言。(《四部备要》本)

道为文心是就文章的成分说，德成为文是就文章的创作说；总之文是道的流露，较邵周都更为深刻。这种深刻的见解，便启示了朱熹的文由道流说，由反对诗文，而替诗文开拓了许多方法与意境(详九章二节)。

五　杨时的诗可兴善说

道学替诗文开拓的方法是“文由道流”，替诗文开拓的意境是兴善气象。《程氏遗书》载二先生语：

夫子言兴于诗，观其言是兴起人善意，汪洋浩大，皆是此意。(第二上)

又《外书》云：

兴于诗者，吟咏性情，涵畅道德之中而歆动之，有吾与点之气象。(第三)

兴善的目的当然是教人为善，所以仍是儒家的垂教旧说，特别是邵雍提出了诗以垂训，更予程子很多的直接鼓励。但程子的目的虽与邵雍不异，手法却不相同。邵雍所用的手法是训示诰戒，程子所用的手法是感发兴起。训示诰戒止能成为文学意识，感发兴起则能成为文学意境。

程氏所提出的这种文学意境，他的弟子杨时颇能增补扩充。《龟山语录》云：

> 狼跋之诗曰："公孙硕肤，赤舄几几。"周公之遇谤，何其安闲而不迫也。学诗者不在语言文字，当想其气味，则诗之意得矣。（《四部丛刊续编》本卷一）

又云：

> 《考槃》之诗言"永矢弗过"，说者曰誓不过君之朝，非也；矢陈也，亦曰永言其不得过耳。……孟子曰："王庶几改之，予日望之。"君子之心盖如此。《考槃》之诗，虽其时君使贤者退而穷处为可罪，夫苟一日有悔过迁善之心，复以用我，我必复立其朝，何终不过之有？

后一条显见是受之程子，前一条程子也有类似言论。《遗书》载"上称介甫之学"。程子云："臣常读《诗》言周公之德云：'公孙硕肤，赤舄几几。'周公盛德，形容如是之盛；如王安石其身犹不能自治，何足以及此？"（二上）也是赞颂《狼跋》诗的气味。不同者，止是程子没有说："学诗者不在语言文字，当想其气味，则诗之意得矣。"

不但杨时秉承了程子的说法，注重诗文气象，他的同门尹焞也于《师说》云：

> 读者要识贤者气象。（《尹和靖集》，《正谊堂丛书》本）

又谓学圣人之学有三要，二曰涵养，自释云：

> 涵泳自得，蕴蓄不挠，存养气质，成就充实，至于刚大，然后为得也。（同上）

虽是就读书学人而言，但读文自然也包括在读书之内。

杨时引《考槃》诗指出说者之误，引《狼跋》诗指出读者之法，都是就鉴赏而言。鉴赏侧重兴善气象，创作也当然侧重兴善气象。《龟山语录》云：

> 为文要有温柔敦厚之气，对人主语言及章疏文字，温柔敦厚尤不可无。如子瞻诗多于讥玩，殊无恻怛之爱君意，荆公在朝论事多不循理，惟是争气而已，何以事君？君子之所养，要令暴慢邪僻之气不设于身体。（卷一）

温柔敦厚的气象就是可以兴善的气象。《礼记·经解》云："温柔敦厚，《诗》之教也。"据知仍是儒家的旧说。不过旧说偏于温柔敦厚的旨趣，此偏于温柔敦厚的气象。虽然气象源于旨趣，但旨趣与气象并不全同。杨时提到苏轼的多讥玩和王安石的争意气，程子也据以指斥王安石，知这种论调是针对王苏而发，而王苏与程之别，也于此益可了然。至诋毁辞章、尊重道德,是道学家的一贯主张,程门弟子自也有论列,以其并无新义,故兹从略不述。

六　司马光的文止通意说

倒是不列在道学派可接近道学派的司马光(1019—1086),对重道德、轻辞章,说出了一点比较言之成理的论证。他在《答孔文仲司户书》云:

> 闻诸师友曰:学者贵于行之而不贵于知之,贵于有用而不贵于无用。故孔子曰:"弟子入则孝,出则悌,谨而信,泛爱众而亲仁,行有余力则以学文。"子夏曰:"事父母能竭其力,事君能致其身,与朋友交言而有信,虽曰未学,吾必谓之学矣。"此德行之所以为四科首者也。孔子又曰:"诵《诗三百》,授之以政不达,使于四方不能专对,虽多亦奚以为?"夫国有诸侯之事,而能端委束带,与宾客言,以排难解纷,徇国家之急,或务农训兵,以扞城其民,是亦学之有益于时者也。故言语政事次之。若夫习其容而未能尽其义,诵其数而未能行其道,虽敏而传,君子所不爱。此文学所以为末者也。然则古之所谓文者,乃所谓礼乐之文,升降进退之容,弦歌雅颂之声,非今之所谓文也。今之所谓文者,古之辞也。孔子曰:"辞达而已矣。"明其足以通意斯止矣,无事于华藻宏辩也。必也以华藻宏辩为贤,则屈、宋、唐、景、庄、列、杨、墨、苏、张、范、蔡,皆不在七十子之后也。颜子不违如愚,仲弓仁而不佞,夫岂尚辞哉?(《温

国文正司马文正公文集》,《四部丛刊》本卷六十）

不过这也不是说绝对的不要文辞,而是说文辞的作用在对德行、言语、政事的“通意斯止”,“通意斯止”的文辞还是需要的。所以在《送胡宏夫序》,称赞胡宏夫的策论:“非特文辞之美也,乃能发明圣人之渊源,叶(协)于古而适于今,信乎其言能中于道者也!”(集六四)

司马光的所以提出这种文说,在当时显然是针对着苏氏父子而发。苏氏父子除了倡导文辞而外,在思想方面,他们祖述贾陆,耽恍佛老(详六章一节),文章近似苏张。司马光在《答孔文仲司户书》,也正除了反对“华藻宏辩”以外,还斥责庄、列、苏、张。另外又在《论风俗札子》说:“近岁公卿大夫好为高奇之论,喜诵老庄之言。”奏请“指挥礼部贡院,豫先晓示进士,将来程式,着有僻经妄说,其言涉老庄者,虽复文辞高妙,亦行黜落”(集四五)。又作《贾生论》,驳斥“世皆以贾生聪明辩博,晓练治体”(集七十)。作《机权论》,说“世之命机权也妄”(集七一)。也都是在反对三苏的学术和言论。

不只反对三苏,他也反对王安石。王安石对科举主张罢诗赋,改试经义。司马光也作《论选举状》(集十七)、《贡院定夺科场不用诗赋状》(集廿八)、《选人试经义劄子》(集卅五)等文。但他的重视试经义,目的在引导着士子走向经明行修,和王安石的目的在从经中吸取治术者,完全不同。他作《乞先行经明行修科劄子》,力斥“举人经义文体”的“有王氏新学”(集五二),又作《论科试官状》,指责有司的“以上文下注为问”(集廿一),也是反王安石等的新法(参五章六节)。所以司马光虽不列《道学传》,但见解确同于道学派。

第五章　王安石及其他经术派的政教文学说

一　范仲淹的崇经术与黜诗赋

经术派和道学派一样的宗经非辞，可是结果却互相水火，这是因为道学派所矜重的是“道”，经术派所矜重的是“术”。道学派既然矜重道，由是对政治要求尊王贱霸，对文学要求载说道理；经术派既然矜重术，由是对政治要求王霸并用，对文学要求阐述政教。

完成经术派的是王安石，创始经术派的应推范仲淹（989—1052）。吕祖谦《治体论》云：“范文正之于庆历，亦犹王安石之于熙宁。”（《范文正公集》，《四部丛刊》本卷末）虽止是就变法而言，但也足以证明他们的主张相近。本来经是儒家的典籍，术是法家的权谋，追溯渊源，经术派原为儒法的混合，所以他们主张宗经，同时也主张变法。不过，这对文学批评没有直接关系，此处不拟详论。

宋代的科举分进士、诸科及制科。制科是特科，诸科包括九经、五经、开元礼、三史、三礼、三传、学究、明经、明法等科。进士试诗赋论策，诸科试帖经墨义。仁宗庆历中，范仲淹为参知政事，答手诏条陈十事，第三事是精选举，他说：

六经传治国治人之道，而国家乃专以辞赋取进士，以墨义取诸科，士皆舍大方而趋小道，虽济济盈庭，求有才有识者十无一二。(集，奏议上)

由是建议“依贾昌朝等起请，进士先策论而后诗赋，诸科墨义之外更通经旨，使人不专辞藻，必明理道”。此外，《上时相议制举书》也摘斥当时“学者不根乎经籍，从政者罕议乎教化，故文章柔靡，风俗巧伪”。又说：“善国者莫先育材(善下疑脱治或为字)，育材之方莫先劝学，劝学之要莫尚宗经；宗经则道大，道大则才大，才大则成功大。”(集九)

他傍经提出的是“道”不是术，好像是道学派不是经术派。但《陈十事》云：“今后进士三人内及等者，一任回日许进于教化经术文字十轴，下两制看详。”是已言及“经术”。《议制举书》强调所举之士的“皆能熟经籍之大义，知王霸之要略”，本旨上是术不是道。《上执政书》先指摘不宗经而尚文的弊端说：“今士林之间，患不稽古，委先王之典，宗权世之文，词多纤秽，士惟偷浅。”又指摘止宗经而不通术的弊端说：“至于明经之士，全暗指归，讲义未尝闻，威仪未尝学，官于明上，贻笑不暇，责其能政，百有一焉。”一方面反文辞纤秽，一方面也反明经迂腐，正是经术派的见解。

二 李觏的治物说

范仲淹对于后学极喜欢李觏(1009—1059)，李觏的《直讲李先生文集》附有年谱，载皇祐元年和二年，范两荐于朝。《朱子语类》

卷百三十九，曾巩携欧阳修书见范，范云："亦欲少款，适闻李先生（觏）来，欲出郊迓之。"另条载朱子云：

> 李泰伯（觏字）文实得之经术，虽浅，然皆大处起议论。……老苏父子自史中《战国策》得之，故皆自小处起议论，欧公喜之。李不软贴，不为所喜。范文正公好处欧不及。

这可见苏近欧，李近范，又可见李近范就是由于"得之经术"。范不赞成专以诗赋取士，李《上范待制（仲淹）书》也愤慨的说：

> 古道不逞，辞科浸长，不由经济，一出声病，源而海之，以至今日。……腐儒小生，去本逐末：父谓其子曰，何必读书，姑诵赋而已矣。兄教其弟曰，何必有名，姑程试而已矣。（《直讲李先生文集》，《四部丛刊》卷廿七）

《上叶学士书》亦云：

> 当今取人，一出于辞赋，曰策若论，姑以备数。（集廿七）

范提倡经术，李《上宋舍人书》亦云：

> 近年以来，新进之士……不求经术，而摭小说以为新，不思理道，而专雕镂以为丽，句千言万，莫辨首尾，览之若游於都市，但见其晨而合，夜而散，纷纷藉藉，不知其何氏也。（集廿七）

《上富舍人书》也自述“生三十余年,所务唯学,所好唯经”(集廿七)。还有他由经引伸出来的术,也同于范的王霸并用。《寄上范参政书》,指斥“儒生之论,但恨不及王道耳,而不知霸也强也,岂易可及哉”(集廿七)。另外在《常语》上也据《春秋》《论语》,反驳孟子称“仲尼之徒,无道桓文之事者”,说“霸者岂易与哉”(集卅二)。《朱子语类》卷百二十九说他“贵王贱霸”。恐怕止是朱子自己的想法。

李觏不止同于范仲淹的崇经术,黜诗赋,王霸并用,还据此建立了文学理论。《上李舍人书》云:

> 贤人之业,莫先乎文。文者岂徒笔札章句而已,诚治物之器焉:其大则核礼之序,宣乐之和,善政典,饰刑书。上之为史,则怙乱者惧;下之为诗,则失德者戒;发而为诏诰,则国体明而官守备;列而为奏议,则阙政修而民隐露;周还委曲,非文曷济?禹、益、稷、皋陶之谟,虺之诰,尹之训,周公之制作咸曰兴国家,靖生民矣。自周道消,孔子无位而死,而秦嬴以烈火劫之,汉由武定,晚知儒术,至今越千载,其间文教,一盛一衰。大抵天下治则文教盛而贤人达,天下乱则文教衰而贤人穷。欲观国者,观文而可矣。(集廿七)

这种治物说的骨子里是政教,是引伸的经之术,不是引伸的经之道。虽然《上叶学士书》也曾说:“为学必欲见根本,为文必欲先义理。”但与此合而观之,知并不同于道学派的义理。

文的旨趣既在治物而不在笔札章句,所以菲薄文士的摹掠孟韩。《答黄著作书》云:

圣贤之言，翕张取与，无有定体，其初殊涂，归则一焉，犹李汉所谓千态万貌卒泽于道德仁义，炳如也，何须开口便随古人，汉杰使我效李习之，胶柱矣。今之学者，谁不为文，大抵摹勒孟子，劫掠昌黎，若为之文道止此而已，则但诵古文十数篇，拆南补北，染旧作新，尽可为名士矣，何工拙之辨哉？（集廿八）

李觏对韩愈颇推崇，对孟子当然更无闲言。如《答李观书》云："退之之文，如大飨祖庙，天下之物，苟可荐者莫不在焉。佐平淮西，解深州围，功德卓荦，在听闻者不一，诚哉其命世也。子厚得韩之奇，于正则劣矣。"（集廿八）可是这里却责斥学者的摹孟劫韩，知不是菲薄孟韩本人，而是针砭当时文士的"不求经术"，"但诵古文"，拆补渲染，便自谓"名士"。前者与道学派异趣，这里又显然是批判议论派。

三　祖无择的礼乐文学说

生在李觏前三年，卒在李觏后二十六年的祖无择（1006—1085），和李觏倡和颇密。李觏有《寄祖无择诗》（李集卅五题《寄祖祕丞诗》，龙集十二题《寄龙学长》篇），长一千六百字。祖无择在袁州兴学，李觏为作《袁州学记》（李集廿三，龙集十二）。李觏自集所作文二百三十五篇，分为十二卷，题曰《退居类稿》，祖无择为作序云：

孔子没千有余祀，斯文衰敝，其中作者孟轲、荀卿、贾谊、董仲舒、杨雄、王通之徒，异代相望，而不能兴衰救敝者，位不得而志不行也。苟得位以行其志，则三代之风，吾知其必复。嗟乎，秦汉以来，礼乐则不为，而任刑以敺其民，将纳于治，适所以乱之也。历史浸久，皆谓天下当如是可以致治，而不治者时耳，故有奋笔舌（原误作古）为章句，卒不及于礼乐者，末哉文也。（祖无择《龙学文集》，南京图书馆藏旧抄本卷八，李集卷首）

又说李觏"夙夜讨论文、武、周公、孔子之遗文旧志，兼明乎当世之务，悉著于篇"。可见二人的志趣吻合，都注重儒经，同时又都注重时务；李觏是经术派，祖无择也当是经术派。祖无择《上安抚张雅（原作杂，疑误）端书》，荐孙复、牛仲容云："二人之才，非今之组绣文士（士疑为辞）以为进士者。"（集八）又于《河南穆公集序》云："积于中者之谓道，发于外者之谓文。"（集八）前者是轻视辞藻，后者是说文发于道。文发于道好像是道学派的见解，但合《退居类稿序》观之，知他所谓道是可以治世，可以为当世之务的礼乐，与道学派所提倡性理之道不同。

四　曾巩的道法事理说

曾巩（1019—1083）见奇于欧阳修（墓志称欧公一见奇其文），也见重于范仲淹。《上范资政书》云："阁下欲收而教焉，而辱召之，巩虽自守，岂敢自固于一邪，故进于门下。"（《元丰类稿》，《四部丛刊》卷十五）《答范资政书》云："阁下犹记其人，而不为年辈爵德之间有以存之。”(集十六)可见曾已进于范仲淹门下。张渊微在《直讲李先生文集书后》,引《盱江旧志》说,曾巩为李觏高第弟子(李集卷末),虽未必可信,但李是盱江人,曾是南丰人,相去不远。王安石《答王景山书》云:“江南士大夫能为文者,而李泰伯曾子固豪士,某与纳焉。”(《临川集》七十九)二人并称,似非绝无来往。

就学问而言,曾巩也确近范李。本集附墓志云:“公于经微言奥旨,多所自得。”《上欧阳舍人书》,力言学者“策之经义当矣”。又云:“经于天地,人事无不备者也。”(集十五)显然是经术派的见解。

“人事无不备”的经义,曾巩归纳为道、法两类,《上欧阳学士第一书》云:

> 夫道之难全也,周公之政不可见,仲尼生于干戈之间,无时无位,存帝王之法于天下,俾学者有所依归。仲尼既没,析辨诡词,骊驾塞路,观圣人之道者宜莫如孟、荀、杨、韩四君子之书也,舍是醨矣。退之既没,骤登其域,广开其辞,使圣人之道复明于世,亦难矣哉!(集十五)

孔子制作删存的是经,经所存的是道,可也是“帝王之法”。道是一成不变的,法则可以随时改换。《战国策目录序》云:

> 夫孔孟之时,去周之初已数百岁,其旧法已亡,旧俗已熄久矣。二子乃独明先王以谓不可改者,岂将强天下之主以后世之不可为哉,亦将因其所遇之时,所遭之变,而为当世之法,

使不失乎先王之意而已。二帝三王之治，其变固殊，其法固异，而其为国家天下之意，本末先后，未尝不同也。二子之道，如是而已。盖法者所以适变也，不必尽同；道者所以立本也，不可不一：此理之不易者也。（集十一）

唯其道不可不一，所以《新序目录序》也说："古之治天下者，一道德，同风俗。盖九州之广，万民之众，千岁之远，其教已明，其习一成之后，所守者一道，所传者一记而已。故《诗》、《书》之文，历世数十，作者非一，而其言未尝不为终始，化之如此其至也。"由是慨叹后人的"不知学之有统，道之有归"。（集十一）唯其法不必同，所以《礼阁新仪目录序》也说："古今之变不同，而俗之便习亦异，则亦屡变其法亦宜之，何必一二以追先王之迹哉？其要在于养民之性，防民之欲者，本末先后能合乎先王之意而已。"（同上）

依据这种道和法的观点作文章，最重要的是事理。《王子直文集序》云：

至平之极，教化既成，道德同而风俗一，言理者虽异人殊世，未尝不同其指。何则？理当无二也。……自三代教养之法废，先王之泽熄，学者人之异见，而诸子各自为家，岂其固相反哉，不当于理，故不能一也。由汉以来，益远于治，故学者虽有魁奇拔出之材，而其文能驰骋上下伟丽可喜者甚众，然是非取舍不当于圣人之意者，亦已多矣，故其说未尝一，而圣人之道未尝明也。士之生于是时，其言能当于理者亦可谓难矣。由是观之，则文章之得失，岂不系于治乱哉？（集十二）

《王容季文集序》云：

叙事莫如《书》，其在《尧典》，述命羲和定土测日，晷星候气，揆民缓急，兼蛮夷鸟兽，其财成辅相，备三才万物之理，以治百官，授万民，兴众功，可谓博矣，然其言不过数十（原误作一）。其于《舜典》，则曰："在璿玑玉衡，以齐七（原误作西）政。"盖尧之时观天以历象，至舜又察之玑衡，圣人之法，后世益备也。（集十二）

前者是说理，理出于道，道不可不一，所以言理者也"当无二"。无二就是一于经，一于圣人，不像诸子的"各自为家"。后者是叙事，事出于法，法随时改变，譬如尧时止是"观天以历象"，到舜便"又察之玑衡"，所以叙事者也便"后世益备"。

刘埙的《隐居通义》云："朱文公评文专以南丰为法者，盖以其于周程之先，首明理学也。"是的，曾巩说到理的不止《王子直文集序》一篇，《张文叔文集序》也说："喜从余问道理，学为文章。"（集十三）《赠黎安二生序》也说：二人之文，"穷尽事理"。（集十三）但那是指源于道法的事理，和道学派所说的性理不同。他在《筠州学记》，叹息汉儒的"言道德者，务高远而遗世用；语政理者，务卑近而非师古"。称赞能以特起千载的少数学者，"论道德之旨而知应务之非近，议从政之体而知法古之非迂"（集十八）。纯是经术派的说法。

既然注重道、法、事、理，当然反对专务辞章。《答李沿书》云：

足下自称有悯时病俗之心。信如是，是足下之有志乎道，

> 而予之所爱且畏者也。末曰其发愤而为词章，则自谓浅俗而不明，不若其始思之锐也，乃欲以是质于予。夫足下之书，始所云者，欲至乎道也，而所质者则辞也，无乃务其浅，忘其深，当急者反徐之欤？夫道之大归非他，欲其得诸心，充诸身，扩而被之国家天下而已，非汲汲乎辞也。其所以不已乎辞者，非得已也。（集十六）

是和辞章派也显然不同。

五　史铭同异说

从这个观点看文章，自然轻视辞章之文，尊重学术之文。《上欧阳学士第一书》，特别提出"孟、荀、杨、韩四君子之书"，说是"可以观圣人之道"。又称赞欧阳修的文章，说是"六经之羽翼，道义之师祖"（集十五）。都是置重学术。学术的文章很多，史文是极重要的一种，曾巩甚为重视。《南齐书目录序》云：

> 将以是非得失兴坏理乱之故而为法戒，则必得其所托而后能传于久，此史之所以作也。然而所托不得其人，则或失其意，或乱其实，或析理之不通，或设辞之不善，故虽殊功韪德非常之迹，将暗而不章，郁而不发，而梼杌嵬琐奸回凶慝之形，可幸而掩也。尝试论之：古之所谓良者，其明必足以周万物之理，其道必足以适天下之用，其智必足以通难知之意，其文必足以发难显之情，然后其任可得而称也。（集十一）

合乎这四个条件的，他认为止有唐虞的史家，大概指《尚书》作者，后来就是司马迁、班固也未全备具。他说这是由于“圣贤之高致，迁、固有不能纯达其情而见之于后者矣”。“不能纯达其情”，就是周理、适用、通意、发情的明智不够。周理适用仍然是道、法、事、理的另一说法。

和史相近的是铭，曾巩对史铭同异有很精密的分析。《寄欧阳舍人书》云：

> 夫铭志之著于世，义近于史，而亦有与史异者。盖史之于善恶无所不书，而铭者，盖古人有功德材行志义之美者，惧后世之不知，则必铭而见之，或纳于庙，或存于墓，一也。苟其人之恶，则于铭乎何有？此其所以与史异也。其辞之所作，使死者无有所憾，生者得致其严。而善人喜于见传，则勇于自立；恶人无有所纪，则以媿而惧；至于通材达识，义烈节士，嘉言善状，皆见于篇，则足以为后世法；警劝之道，非近乎史，其将安近？（集十六）

史铭的同点是都在“警劝”，史铭的异点是史并书善恶，铭有善始书。可也就因为有善始书，所以为子孙者都想为父祖勒铭，由是铭遂不实，也没有意义。欲恢复铭的“警劝”意义，与史文并传不朽，必须作者的畜道德，能文章，拒恶人，辨情伪。《寄欧阳舍人书》续云：

> 及世之衰，人之子孙者，一欲褒扬其亲，而不本乎理，故虽恶人皆务勒铭以夸后世。立言者，既莫之拒而不为；又以其子

孙之所请也，书其恶焉，则人情之所不得，于是乎铭始不实。后之作铭者，常观其人，苟托之非人，则书之非公与是，则不足以行世而传后。故千百年来，公卿大夫至于里巷之士，莫不有铭，而传者盖少。其故非他，托之非人，书之非公与是故也。然则孰为其人而能尽公与是欤？非畜道德而能文章者，无以为也。盖有道德者之于恶人则不受而铭，之于众人则能辨焉。而人之行，有情善而迹非，有意奸而外淑，有善恶相悬而不可以实指，有实大于名，有名侈于实，犹之用人，非畜道德者，恶能辨之不惑，议之不徇？不惑不徇，则公且是矣。而其辞之不工，则世犹不传，于是又在其文章兼胜焉。故曰：非畜道德而能文章者，无以为也。（同上）

这是在讲作铭的道德和文章，却也可与《南齐书目录序》所提出的作史四条件，互相发明。这里所说的拒恶辨情的畜道德，就是《目录序》说的"明足以周万物之理，智足以通难知之意"；这里所说的工辞的能文章，就是《目录序》说的"文足以发难显之情"。这里说惟有畜道德的人始能辨名实情伪，《目录序》也说马、班的不能备具四条件，由于不能纯达圣贤高致。这似乎是很迂阔，但从事文史者确是应当有忠于事实的道德；否则歪曲奸谄，毫无价值。《答李沿书》说不必汲汲于文辞，这里又说须有工辞的文章，二者并不矛盾。《答李沿书》说得明白，"所以不已乎辞者，非得已也"。文章的目的是道、法、事、理，可是"设辞不善"，便不足"发难显之情"，所以虽不同于辞章派的重视工辞，却也不能忽略工辞，这是经术派与道学派的极大差别。

六　王安石的罢诗赋与试经义

王安石(1021—1086)和祖无择、李觏、曾巩都很有关系。纳交李、曾的过程,见前引《答王景山书》(见四节)。他与祖择之(无择)书云,“执事欲收而教之”(《临川集》,《四部丛刊》本卷七十七),直然以晚辈自居。曾巩两次向欧阳修推荐他(《上欧阳舍人书》及《再与欧阳舍人书》,曾集十五),才得列名门墙;又向蔡学士推荐(《上蔡学士书》,曾集十五),未考有无结果。他《寄曾子固诗》云:“吾少莫与合,爱我君为最。”(集十二)大概是实情,不是客气。曾巩《与王介甫(安石)第一书》云:“欧公更欲足下少开廓其文,勿用造语及模拟前人,请相度示及。欧云:孟韩文虽高,不必似之也,取其自然耳。”(曾集十六)纯是老学长教导小学弟的口气,虽然曾巩不过比王安石大两岁而已。

友谊对学术或不无影响。程子云:“王介甫与曾子固(巩)善,役法之变,皆曾参酌之。”(《程氏外书》十二)黄震云:“南丰(曾巩)与荆公(王安石)俱以文学名当世,最相好,且相延誉。其论学皆主考古,其师尊皆主杨雄,其言治皆纤悉于制度,而主《周礼》。荆公更官制,南丰多为拟制诰以发之。岂公与荆公抱负亦略相似,特遇于时者不同耳。”(《黄氏日抄》六三)

王安石在论文方面,也接受了范仲淹、李觏、曾巩诸人的影响。《宋史·范仲淹传》,仁宗采用了他对科举的建议(《宋史》三一四),但仲淹既去,据《选举志》,便又诏“一切如故”(《宋史》一五五),就是仍以诗赋墨义为主试科目。这中间有反对的,就是李觏,可是一直没有能改革;后来实现了改革的是王安石。他很早就对

诗赋墨义不满意,《上仁宗皇帝书》云:

方今取士,强记博诵而略通于文辞谓之茂才异等贤良方正;茂才异等贤良方正者,公卿之选也。记不必强,诵不必博,略通于文辞而又尝学诗赋则谓之进士;进士之高者,亦公卿之选也。夫此二科所得之技能不足以为公卿,不待论而后可知,而世之议者乃以为吾常以此取天下之士,而才之可以为公卿者常出于此,不必法古之取人而后得也,其亦蔽于理矣。

又云:

其次九经、五经、学究、明法之科,朝廷固已尝患其无用于世,而稍责以大义矣;然大义之所得,未有贤于故也。今朝廷又开明经之选,以进经术之士。然明经之所取,亦记诵而通于文辞者则得之矣;彼通先王之意而可以施于天下国家之用者,顾未必得与于此选也。(集卅九)

又在"论议"中的《取材》一篇,痛斥策进士者,"但以章句声病,苟尚文辞",策经学者,"徒以记诵为能,不责大义";致使属文者涉猎谣艳,不关政事,守经者传写诵习,不关义理。(集六九)

他曾任试官,曾详定试卷,作《试院中诗》云:

少年操笔坐中庭,子墨文章颇自轻,圣世选才终用赋,白头来此试诸生。(集十八)

又作《详定试卷》二首，第二首云：

> 童子常夸作赋工，暮年羞悔有杨雄。当时赐帛倡优等，今日论才将相中。细甚客卿因笔墨，卑于《尔雅》注鱼虫。汉家故事真当改，新咏知君胜弱翁。（集十八）

由二诗看来，他所最卑薄的是“诗赋”；由上仁宗书看来，不但卑薄“诗赋”，也卑薄“明经”。卑薄“诗赋”是恶其只是记诵文辞，卑薄“明经”是恶其不能明“经”——就是不能开发经术。《答姚辟书》说得明白：“离章绝句，解名释数”，不是圣人之术，止是“守经而不苟世”而已，并没有什么用处。“圣人之术，修其身，治天下国家，在于安危治乱，不在章句名数焉。”（集七五）

后来神宗嗣位，安石当国，《乞改科条制札子》：“先除去声病对偶之文，使学者得以专意经义。”又云：“所对明经科欲行废罢，并诸科元额内解明经人数添解进，及更俟一次科场，不许新应诸科人投下文字，渐令改习进士。”（集四二）神宗也便据下诏云：“四方执经艺者专于诵数，趋乡举者狃于文辞，与古所谓三物宾兴，九年大成，亦已盭矣。”（《宋史》一五五，《选举志》）由是罢诗赋、帖经、墨义，改试经义。王安石仍以为学官试文，有的文胜而违经旨，由是和他的儿子王雱、门人陆佃等，作《诗》、《书》、《周礼》三经新义。熙宁八年，奏准颁试。无疑的，试《三经新义》的目的，是为的通经致用，就是采用经术。《周礼义序》云：

> 士弊于俗学久矣，圣上闵焉，乃以经术造之。

又云：

惟道之在政事，其贵贱有位，其后先有序，其多寡有数，其迟数有时，制而用之存乎法，推而行之存乎人。其人足以任官，其官足以行法，莫盛乎成周之时。其法可施于后世，其文可见于载籍，莫具乎周官之书。（集八四）

《周礼新义》的作用如此，诗、书《新义》的作用不问可知。

七　治教政令说

这种观点与这种措施下的文学，应当是治教政令。王安石《与祖择之书》云：

治教政令，圣人之所谓文也；书之策，引而被之天下之民，一也。圣人之于道也，盖心得之；作而为治教政令也，则有本末先后权势制义，而一之于极；其书之策也，则道其然而已矣。彼陋者不然，一适焉，一否焉，非流焉则泥，非过焉则不至。甚者置其本，求之末，当后者反先之，无一焉不悖于极。彼其于道也非心得之也，其书之策也独能不悖耶？故书之策而善，引而被之天下之民反不善焉，无矣。二帝三王引而被之天下之民而善者也，孔子孟子书之策而善者也，皆圣人也，易地则皆然。（集七七）

《上人书》亦云：

尝谓文者，礼教治政云尔，其书诸策而传之人，大体归然而已；而曰“言之不文，行之不远”云者，徒谓辞之不可以已也，非圣人作文之本意也。

又云：

且所谓文者，务为有补于世而已矣；所谓辞者犹器之有刻镂绘画也，诚使巧且华，不必适用，诚使适用，亦不必巧且华，要之以适用为本，以刻镂绘画为之容而已。不适用非所以为器也，不为之容其亦若是乎否也？然容亦未可已也，勿先之其可也。(集七七)

礼教治政也就是治教政令，这是文章的主要任务，至文辞是“不可以已”，不是作文的本意。不可以已不是废置，所以和曾巩的意见相同，不像辞章派的揣炼文辞，可也不像道学派的卑弃文辞。

治教政令不是纵横议论，可也不是心性义理。固然他也曾说“文以贯道”，如《上邵学士书》云：

非夫至诚发乎文，文贯乎道，仁思义色，表里相济者，其孰能至于此哉？(集七五)

又如《答吴孝宗书》云：

若子经(孝宗字)欲以文辞高世，则世之名能文辞者已无过矣；若欲以明道，则离圣人之经，皆不足以明也。(集七四)

但王安石所意识的经既是安危治乱的经术，则所谓道仍是治教政令，并不同于道学派的心性义理。

他也曾说“文以述志”，如《上张太傅书》云：

夫文者，言乎志者也。（集七七）

又如《答王景山书》云：

读其文章，庶几乎得其志所存。（集七七）

但志仍是治教政令。《先大夫集序》云：

君子于学，其志未始不欲张而行之，以致君下膏泽于无穷。唯其志之大，故或不位于朝，不位于朝而势不足以自效，则思慕古之人而作为文辞，亦不失其所志也。（集七一）

可以“致君下膏泽于无穷”的还是治教政令，所以也不同于辞章派的自由意志。

治教政令的渊源出于经，斟酌损益则在于己，因此王安石提倡治教政令的文章，同时又强调文章自得。《上人书》云：

自孔子之死久，韩子作，望圣人于百千年中，卓然也。独子厚名与韩并，子厚非韩比也，然其文章卒配韩以传，亦豪杰可畏者也。韩子尝语人以文矣曰云云，子厚亦曰云云，疑二子者徒语人以其辞耳，作文之本意不如是其已也。孟子曰：“君子欲其自得之也。自得之则居之安，居之安则资之深，资之深

则取诸左右逢其源。”孟子之云尔，非直施于文而已，然亦可托以为作文之本意。（集七七）

《送孙正之序》亦云：

时然而然，众人也；己然而然，君子也。（集八四）

这是基于治教政令的必需适时有用，可也基于王安石为人的刚愎自是，无怪苏轼说他“好使人同己”了（详六章三节）。

八 刘弇的“变”说及“气”说

曾巩有两个弟弟，一名布，一名肇，今传肇《曲阜集》四卷（《豫章丛书》本），卷一有《上哲宗皇帝书》，请别立经明行修一科，使“学者知尊经术，笃行谊”，但没有据建文学评论。王安石也有两个弟弟，一名安礼，一名安国，今传安国《王魏公集》八卷（《豫章丛书》本）；继承王安石经学的有龚原、陆佃，今传陆佃《陶山集》十六卷（《武英殿聚珍版丛书》），也都没有重要的文学评论。有较重要的文学评论的倒是曾、王的后学刘弇（1048—1102），在《上陆农师书》，说《六经》自“王荆公始以粹完绝世之学，解剥顽阴，揭之明光”（《龙云集》，《豫章丛书》本卷十五）。又作《祭王荆公文》，更称颂王荆公的经学“睨圣人之阃而直跻”（集卅）。至谈到文章，他对于体裁强调“变”，对于风格重视“气”。《上曾子固先生书》云：

阁下所以能文者，非徒能文，正在能变耳。

又云：

文章之难也，从古则然，虽有博者莫能该也，则处此有一道焉，变是已。

接着列举经、史、诗、骚的无一不变云：

自朴散以来，谁非从事乎文者。其间重见沓出，虽列屋兼两，犹不能既其实。然其大约有四：曰经，曰史，曰诗，曰骚，而诸子盖不预也，则亦不离乎变而已。经之作也，使读《诗》者如无《书》，读《书》者如无《易》，其读《礼》、《春秋》也亦然。岂惟句读而已，其取名布义也亦然。《禹贡》载禹治水，北徂东渐，计往返无虑数万里，足所投者几所，身所尝者几事，而首尾才千余言焉。及丘明之传经也，件为编年而侈数百倍焉；迁之为纪、传、世家、书、表，则又倍焉；其后有班范《晋阳秋》、《魏略》之类，则又倍焉：不害其为史也。诗之约也二言而已，曰“肇禋”；已而三言，曰“卢重镅”；已而至于五言，曰“赠之以芍药”；甚者如“谁知乌之雌雄”，乃有六言；而由汉阅唐，又有七言焉：不害其为诗也。《离骚》之文则固异乎《招魂》矣，《招魂》之文则固异乎《大招》矣，于流而为杨马之丽赋，则亦无适而不异。经也，史也，诗也，骚也，其每变乃如此。昔之人徜徉不根，宜莫如庄周，至其卒收之也乃有《天下》篇焉；贾生之书，如《陈政事》一篇，其劫束世故仅如卑卑之申韩，及读《怀沙》、

《悲鹏》，至欲拔尧之外键而直将以此世与夫未始有极者游也，夫是之谓善变。此殆韩愈所谓"惟陈言之务去"，陆机所谓"怵他人之我先"者欤？唐元和长庆间，文章号有前代气骨，何则，知变而然也。如李翱、皇甫湜尚恨有未尽，下是则虫谨鸟聒，过耳已泯，盖无以议为也。（集十五）

梁朝的萧子显已提倡"新变"（详三篇六章五节），不过刘弇恐怕不是接受的他的意见。刘弇提到陆机、韩愈，知他颇受二人影响。但最直接的影响，恐怕还是曾巩和王安石。曾巩和王安石都力主改变政治，由政治转到文学，当然也需要改变。曾巩和王安石都被人誉为成功的文学家，可是他们并不以文学家自居。他们以文学为政治工具，因此全副的精力用在变政，不用在变文。刘弇出于曾巩、王安石，却不谈政治，止是致力文学。《上蹇司谏书》云："于世事仕宦进取，曾不能过庸；徒以读书为文，粗不在流辈后。"（集十六）《上提刑邹度支书》也说：自《六经》以下，尽读各家书，"以鸣其文"（集十八）。这样，遂将曾巩、王安石的变政观点，移于变文。萧子显止说"新变"，没有说向哪里"新变"；陆"怵他人我先"，韩倡"务去陈言"，也止是不同古人；刘弇例举古简后繁，显然向繁转变。是的，繁是简的进步，止要不是浮文滥调。

体裁应当"变"，风格重视"气"。《上运判王司封书》，先例举六博书画斗士刺客的无一不恃气，然后说最需要恃气的是文章：

其气完者其辞浑以壮（以壮二字据原注引京本增），其气削者其藻局以卑。是故排而跃之非怒张也，缀而留之非惧胁也，道纵捷发非吝而骄也，纡徐不肆非惫而痿也，时出冷汰以示其清，别为庞浑以示其厚，如将不得已以示其平，无适而不在于理以示其专，破觚扫轨以示其数鼓而不竭也，丹臒缋绘以示其朝彻而更新也，有毅然不可犯如汲直之面折者，有时女守柔如回车以避廉颇者，有省语径说如曾子之守约者，有洒落快辨无敢校对如季布之呵曹武阳者。故曰文章以气为主，岂虚言哉？孔子之气，周天地，该万变，故《六经》无余辞焉，而其小者犹足以叱夹谷之强齐。孟子芥视万锺，小晏婴管仲，而其自养则有所谓浩然者，故其书卒贻后世。语赋者莫如相如，相如似不从人间来者，以其慕蔺也。语史者莫如子长，瑰玮豪爽，视古无上者，以其上会稽，探禹穴，窥九疑，浮沅湘以作其气也。唐之文士固无出退之者，其入王庭凑军也，视若轩渠小儿，则足以知其气矣。若夫持正褊中，禹锡浮躁，元稹缘宦人取宠，吕温茹便僻规进，而宗元戚嗟于放废之湘南，皆其气之不完者，故其文章终馁于（原作和，兹依注引京本）理，亦其势然也。（集十八）

这远源虽可溯于孟子、曹丕，近源显然得之苏辙，就中孟子、司马迁两例，与苏辙如出一口（详六章六节）。曾、王与二苏，虽或主经术，或主议论，但互相影响的地方自然很多。刘弇已放弃了政治斗争，专力文学，又在苏辙的故乡峨嵋做过官（集附录墓志），更容易接受苏辙意见。不过苏辙止置重于养气以为文，刘弇更进而指出气影响于文学的风格而已。

第六章　苏轼及其他议论派的述意达辞说

一　贾陆议论与佛老思想

苏轼说欧阳修以文章主盟付某(见李廌《师友谈记》),魏了翁说欧阳修、尹师鲁的变文体赖着苏轼的辞章(详九章八节)。的确,欧阳修道文并重,苏轼所接受而且光大的是文,是古文。古文在唐代已由韩愈完成,可是不久又被四六文革替,直到欧阳修再度完成,才浩荡绵延,形成文章正宗,虽有其他因素,最重要的确是赖着苏轼的辞章,赖着苏轼的以古文兼并骈文的辞章。嘉祐二年(1057),苏轼应礼部试,欧阳修擢置第二,苏轼作谢启,感叹皇甫湜、孙樵的"学韩不至"(引见四章二节),又云:

> 伏维内翰执事,天之所付以收拾先王之遗文,天之所待以觉悟学者,恭承王命,亲执文柄,意其必得天下之奇士,以塞明诏。(《谢南省主文启》五首,欧阳内翰,见《东坡集》,《四部备要·东坡七集》本廿六)

言外正是以"天下奇士"自居,同时又隐言奇士的责任是继承欧阳修的改革文学，不蹈皇甫湜、孙樵的学韩不至的覆辙。

苏轼的改革文学，主要的是由欧阳修的“道胜文至”，改为“述意达辞”。述意是内容的解放，达辞是形式的解放。述意是由儒道扩展到贾陆议论和佛老思想，而又不受儒佛和贾陆的限制；达辞是由古文扩展到骈文的修辞，而又不受古文和骈文的限制。

韩欧都卫道辟佛，很少提到贾陆，苏洵《上欧阳内翰第一书》却云：“李翱之文，其味黯然而长，其光油然而幽，俯仰揖让，有执事之态。陆贽之文，遗言措意，切近的当，有执事之实。”（《嘉祐集》十一）苏轼作《欧阳修居士集叙》亦云：“论事似陆贽。”（《东坡集》廿四）实则不是欧文似陆贽，而是三苏景仰陆贽，又景仰陆贽可以比美的贾谊。苏洵《上韩枢密书》云：

> 洵著书无他长，及言兵事，论古今形势，至自比贾谊。（《嘉祐集》，《四部丛刊》本卷十）

《上田枢密书》亦云：

> 常以为董生得圣人之经，其失也流而为迂；晁错得圣人之权，其失也流而为诈；有二子之才而不流者，其惟贾生（谊）乎，惜乎今之世愚未见其人也！（集十）

苏轼《答虔倅俞括奉议书》云：

> 文人之胜莫如近世，然所敬慕，独陆宣公（贽）一人。（《东坡后集》十四）

《答王庠书》亦云：

儒者之病，多空文而少实用，贾谊、陆贽之学殆不传于世，老病且死，独欲教子弟。（后集十四）

苏辙《亡兄子瞻端明墓志铭》云：

少与辙皆师先君，初好贾谊、陆贽书，论古今治乱，不为空言。（《栾城后集》廿四，《东坡集》卷首作《东坡先生墓志铭》）

《历代论》中的“陆贽”第四十亦云：

昔先君博观古今议论，而以陆贽为贤。吾幼而读其书，其贤比汉贾谊，而详练过之。（后集十一）

父子三人都异口同声的说在绍述贾陆，这和欧阳修的绍述孟韩显然不同。贾陆的长处，苏洵以为既得圣人之经，又得圣人之权。自我们看来，经确是儒家的教义，权则是纵横家的法宝。王安石修《仁宗实录》说：“老苏之书，大抵皆纵横者流。”（《朱子语类》百卅）朱熹《答程允夫》说小苏：“早拾苏（秦）张（仪）之绪余，晚醉佛老之糟粕。”（《朱文公集》四十一）指斥为纯粹的纵横家，自近于诋毁，罗大经的《鹤林玉露》卷九就说朱子的话是“弹文”。但苏轼的弟子秦观作韩愈论，鲜明的倡言论事要如“苏秦张仪之所作”（详七节），不能说毫无苏轼影响。总之，贾陆近似儒家（《汉志》列贾子儒家），可也近似纵横家，苏洵的书分名“几策”“权书”“衡论”，苏轼、苏辙也都以策论史论著称，正是绍述贾陆的纵横议论。

苏洵止是绍述贾陆议论，苏轼、苏辙后来又加上佛老思想；佛是兄弟从同的，老则弟优于兄，兄好祖述老子的庄子。苏辙的《亡兄子瞻端明墓志铭》云：

> 既而读《庄子》，喟然叹曰：昔吾有见于中，口未能言，今见《庄子》，得吾心矣。

苏籀《栾城遗言》云：

> 公（辙）为籀讲《老子》数篇，曰：高于《孟子》二三等矣。（《百川学海》本）

苏轼喜好庄子，所以偏于爽朗自放；苏辙喜好老子，所以偏于深湛自守。朱子引刘大谏对刘草堂说，“子瞻却只是如此，子由可畏。”（《朱子语类》百卅一）虽是诽谤，确能道出二苏区别。

二苏的醉心释氏似乎更在醉心老庄之后，虽然醉心释氏以后仍然醉心老庄。苏洵《彭州圆觉禅院记》云：

> 自唐以来，天下士大夫争以排释老为言，故其徒之欲求知于吾士大夫之间者，往往自叛其师以求容于吾，而吾士大夫亦喜其来而接之以礼，灵师文畅之徒，饮酒食肉以自绝于其教。

这是苏洵以前的情形。记又云：

> 呜呼，归尔父子，复尔室家，而后吾许尔以叛尔师；父子之不归，室家之不复，而师之叛，是不可以一日立于天下。传曰"人臣无外交"，故季布之忠于楚也，虽不及萧曹之先觉，而比于丁公之贰则为愈。(《嘉祐集》十四)

这是苏洵的态度。到二苏便不同了，不止不强僧叛释，相反的自己也要归释。苏辙《亡兄子瞻端明墓志铭》云：

> 后读释氏书，深晤实相，参之孔老，博辩无碍，浩然不见其涯也。

《苏轼文集》有"释教"三卷(正集四十，后集十九，廿)，至和僧道的书简往还诗酒唱酬，更多至一时无从统计。门庭的嘉宾，除了四学士六君子，还有佛印、参寥子。妻王氏卒，请李公麟画释迦文佛及十大弟子(《释迦文佛颂并引》，后集十九)。妾朝云病且死，"诵《金刚经》四偈以绝"(《朝云墓志铭》，续集十二)。自己临死的时候，钱济明问他："端明平生学佛，此日如何？"他说："此语亦不受。"(释德洪《跋李豸吊东坡文》，《石门文字禅》廿七)《答刘贡父》云：

> 禅理气术，比来加进否？此间关身事，特有此耳。(续集六)

直然视释氏为唯一归宿。苏辙也一样。《书楞严经后》云：

> 予自十年来，于佛法渐有所悟。(《栾城后集》廿一)

《书传灯录后》亦云：

> 予久习佛乘，知是出世第一妙理。（三集九）

至转依释氏的年代，大概在熙宁元丰遭贬以后。苏辙《天竺海月法师塔碑》云：

> 余杭天竺有二大士，一曰海月，一曰辩才。……熙宁中，予兄子瞻通守余杭，从二公游，敬之如师友。……后十有六年，子瞻守余杭，复从辩才游。（《栾城后集》廿四）

据王宗稷《东坡年谱》，熙宁四年（1071）以议科举触王安石党，通判余杭，七年移胶西。是苏轼的皈依释氏在熙宁年间。

苏辙《逍遥聪禅师塔碑》云：

> 予元丰中（1078—1085），以罪谪高安，既涉世多难，知佛法之可以归。是时洞山有文，黄蘖有全，圣寿有聪，是三老人皆具正法眼，超然无累于物，予稍从之游，既久而有见也。（后集廿四）

是苏辙的皈依释氏在元丰年间。

老苏止是不强僧叛释，二苏却进而师僧归释。既归释便应舍孔，可是他们偏要顶着孔子衣冠。苏辙说苏轼读佛书后仍“参之孔老”，苏轼也同样称赞苏辙的《老子解》云：

> 使战国有此书，则无商鞅韩非；使汉初有此书，则孔老为

一；晋宋间有此书，则佛老不二。（《跋子由老子解》，《津逮秘书》本《东坡题跋一》）

可见都是在糅合孔老佛氏，和韩愈、欧阳修的卫道辟佛全然牴牾。

苏轼和海月、辩才，苏辙和文、全、聪诸释氏的契合来往，止是人事姻缘；造成转变，还有社会政治的原因。朱熹云：

熙宁更法，亦是势当如此。凡荆公所变更者，东坡亦欲为之；及见荆公做得纷扰狼狈，遂不复言，却去攻他。（《朱子语类》一三〇）

变法练兵，不是"多空文而少实用"的儒学所能奏效，所以王安石尊"经"而特别注重"术"（详五章六节），三苏则崇奉有"经"有"权"的贾陆。后来一则见王安石变得狼狈，二则遭贬畏罪，明哲保身，遂又由有经有权的贾陆，转到"出世妙理"的佛老。佛教、道教，几乎可以说是完全反动的，佛老思想则有一定的解放意义。特别是出于老学的庄学，正是苏轼所最推崇的。总之，三苏的家庭是否原出工商业者虽不可知，但如我们在第四章第一节所分析，他们确是代表着工商业者及市民的意识。他们反对大地主贵族的虚伪保守，空谈心性，也不满意改良者的独断独行，治丝益棼。但因代表的工商业者及市民的阶层还很薄弱幼稚，提不出自己的具体的方案，零碎的提出一些，也得不到有力的支持。因而只有思想的由儒家扩展贾陆佛老和文章的由古文扩展到一切的辞章，然后吸收熔铸，成为自由的思想和辞达的文章。我们应当指出，就是这自由的思想和辞达的文章，对推动文学和文学理论批评的发展，起了很大的作用。

二 苏洵的文章四用说

苏洵既绍述贾陆议论,因而对文章的具体要求是事、词、道、法。《史论上》云:

大凡文之用四:事以实之,词以章之,道以通之,法以检之,此经史所兼而有之者也。虽然,经以道法胜,史以事词胜;经不得史无以证其褒贬,史不得经无以酌其轻重;经非一代之实录,史非万世之常法,体不相沿,而用实相资焉。夫《易》、《礼》、《乐》、《诗》、《书》,言圣人之道与法详矣,然弗验之行事,仲尼惧后世以是为圣人之私言,故因赴告策书以修《春秋》,旌善而惩恶,此经之道也。犹惧后世以为己之臆断,故本《周礼》以为兄(案疑有误),此经之法也。至于事则举其略,词则务其简,吾故曰经以道法胜。史则不然,事既曲详,词亦夸耀,所谓褒贬论赞之外无几,吾故曰史以事词胜。使后人不知史而观经,则所褒莫见其善状,所贬弗闻其恶实,故曰(故上当有吾字)经不得史无以证其褒贬。使后人不通经而专史,则称谓不知所法,惩劝不知所沮(当为祖),吾故曰史不得经无以酌其轻重。经或从伪赴而书,或隐讳而不书,若此者众,皆适于教而已,吾故曰经非一代之实录。史之一纪一世家一传,其间美恶得失,固不可以一二数,则其论赞数十百言之中,安能事为之褒贬,使天下之人动有所法如《春秋》哉?吾故曰史非万世之常法。(《嘉祐集》八)

这虽是在分析经史，但首冠以“文之用四”一句，知也就是在讨论文章。古文家大都奉经为至高无上的文章典型，他却说“经以道法胜，史以事词胜；经不得史无以证其褒贬，史不得经无以酌其轻重”，经已不得独尊。又《史论下》云：“迁固史虽以事词胜，然亦兼道与法而有之。”（集八）那末史又兼经之长，当然更重于经。在古文家中，我们不能不指出这是苏洵的新说，过去是没有的。他所提出的事、词、道、法四用，止有道是古文家的传统见解，事是欧阳修曾经说过，词与法则都是他所新创。重法所以走到策士议论，重词所以走到文人辞章。《上欧阳内翰第一书》云：

> 洵少年不学，生二十五岁，始知读书。……其后困益甚，然后取古人之文而读之，始觉其出言用意，与己大异。时复内顾自思其才，则又似夫不遂止于是而已者。由是尽烧曩时所为文数百篇，取《论语》、《孟子》、《韩子》及其他圣人贤人之文，而兀然端坐，终日以读之者七八年。方其始也，入其中而惶然，博观于其外而骇然以惊。及其久也，读之益精，而其胸中豁然以明若人之言，固当然者。然犹未敢自出其言也。时既久，胸中之言日益多，不能自制，试出而书之，已而再三读之，浑浑乎觉其来之易矣。然犹未敢以为是也。（集十一）

这和韩愈《答李翊书》的自述为文经过似乎相像，但韩愈不惟“非三代两汉之书不敢观”，而且“非圣人之志不敢存”；不惟“游之乎诗书之源”，而且“行之乎仁义之途”；所涵泳的不止是“文”，而且有“道”（详四篇七章三节）。苏洵所涵泳的则止是论孟韩“及其他圣人贤人之文”。《上欧阳内翰第一书》又云：

> 孟子之文，语约而意尽，不为巉刻斩绝之言，而其锋不可犯。韩子之文，如长江大河，浑浩流转，鱼鼋蛟龙，万怪惶惑，而抑遏蔽掩，不使自露，而人望见其渊然之光，苍然之色，亦自畏避，不敢迫视。执事之文，纡余委备，往复百折，而条达疏畅，无所间断，气尽语极，急言竭论，而容与闲易，无艰难劳苦之态：此三者皆断然自为一家之文也。

称道赞许的也止是孟、韩、欧阳之文，不是孟、韩、欧阳之道。《上田枢密书》云：

> 数年来，退居山野，自分永弃，与世俗日疏阔，得以大肆其力于文章，诗人之优柔，骚人之清深，孟韩之温醇，迁固之雄刚，孙吴之简切，投之所向，无不如意。

学习取法的也止是《诗》、《骚》、孟、韩以至孙吴之文，也不是《诗》、《骚》、孟、韩之道。这和韩欧之称赞孟韩、学习孟韩的意旨，迥然不同。然则四用的列道一种，不过是因袭点缀，实在致力的乃是议论文章。

三　苏轼的述意达辞说

苏轼的思想不止扩展到贾陆，还扩展到佛老，更当然不再步趋韩欧的卫道辟佛，也不再步趋韩欧的文以载道。朱子引苏轼云："吾所谓文，必与道俱。"(《朱子语类》一三九）据苏轼所作《祭欧阳文忠公文》，实在是欧阳修语。（《东坡续集》十六，欧集附录二）苏轼《日喻》云：“道可致而不可求。”又云：“百工居肆以成其事，君子学以致其道。”但一则他没有说以道为文。二则那好像是在讽刺王安石的以经术取士，所以文中又云：“昔者以声律取士，士杂学而不至于道；今者以经术取士，士求道而不务学。”（《东坡集》廿三）三则苏轼所谓道的含义非常广泛，如《虔州崇庆禅院新经藏记》云：“论道之大小，虽至于大菩萨，其视如来如天渊然，及其以无所得故而得，则承蜩意钩履豨画墁，未有不与如来同者也。”（《东坡续集》十二）是不惟包括佛老，还包括承蜩意钩屦豨画墁，和韩欧的专指儒道，截然不同。

载道失了重要性，代之而来的是述意。葛立方《韵语阳秋》卷三，洪迈《容斋四笔》卷十一，尤袤《梁溪漫志》卷四，王构《修辞鉴衡》卷二，都载苏轼在儋耳，葛延之问作文方法，苏轼答云：

> 儋州虽数百家之聚，州人之所须，取之市而足，然不可徒得也，必有一物以摄之，然后为己用；所谓一物者，“钱”是也。作文亦然。天下之事，散在经子史中，不可徒得，必有一物以摄之，然后为己用；所谓一物者，“意”是也。不得钱不可以取物，不得意不可以用事，此作文之要也。（据《韵语阳秋》，他书字有出入）

何薳《春渚纪闻》卷六载苏轼告刘景文云：

> 某平生无快意事，惟作文章，意之所到，则笔力曲折，无不尽意，自谓世间乐事无逾此者。（《津逮秘书》本）

前者是教人，后者是自述，都归结于“意”。意是极端自由的，可取之儒佛，也可取之贾陆，可一成不变，也可随时改换。朱子云：

> 东坡议论，大率前后不同，如王介甫当国时是一样议论，及后又是一样议论。（《朱子语类》一三〇）

又云：

> 初年论甚生财，后来见青苗之法行得狼狈，便不言生财；初年论甚用兵，如曰“用臣之言，虽北取契丹可也”，后来见荆公用兵用得狼狈，便不言用兵。他分明有两截底议论。（同上）

虽出敌党后学，确能抓着苏学要点。他不止论生财用兵前后不同，论人论道也一样的前后不同。譬如贾谊是他父子极端崇奉的，但《上神宗皇帝书》却云：

> 贾生固天下之奇才，所言亦一时之良策，然请为属国，欲系单于，则是处士之大言，少年之锐气。昔高祖以三十万众困于平城，当时将相群臣岂无贾生之比，三表五饵，人知其疏，而欲以困中行说，尤不可信。

又云：

> 使贾生常历艰难，亦必自悔其说，用之晚岁，其术必精，不

幸丧亡，非意所及。(《续集》十一)

推断贾谊晚年的必自悔其说，正是苏轼自悔其说的画供。又如佛老是他兄弟所醉心的，但作《居士集叙》却云：

自汉以来，道术不出于孔氏，而乱天下者多矣。晋以老庄亡，梁以佛亡，莫或正之，五百余年而后得韩愈，学者以愈配孟子，盖庶几焉。愈之后三百有余年而后得欧阳子，其学推韩愈孟子以达于孔氏。(《东坡集》廿四)

又极力的赞扬韩欧的肩负儒家道统，辟斥释氏老庄。作《潮州韩文公庙碑》，也赞扬韩愈“文起八代之衰，道济天下之溺”(后集十五)。这好像是在崇奉韩愈，崇奉韩愈的卫道辟佛，但又作《韩愈论》，却云：

韩愈之于圣人之道，盖亦知好其名矣，而未能乐其实。何者，其为论甚高，其待孔子、孟子甚尊，而拒杨、墨、佛、老甚严。(《应诏集》十)

又不赞成韩愈的“拒杨、墨、佛、老甚严”。此外，如对于科举，他是赞成诗赋，反对经义的。《议学校贡举状》云：

自唐至今，以诗赋为名臣者不可胜数，何负于天下，而必欲废之？近世士人纂类经史，缀缉时务，谓之策括，待问条目，搜抉略尽，临时剽窃，窜易首尾，以眩有司，有司莫能辨也。且

其为文也，无规矩准绳，故学之易成；无声病对偶，故考之难精；以易学之士，付难考之吏，其弊有甚于诗赋者矣。（《奏议集》一）

但《谢秋赋试官启》又云：

近世……场屋后进，挟声技以相夸，王公大人，顾雕虫而自笑，旧学无用，古风遂忘，终始之意，曾不相沿，贵贱之间，亦因遂阔。下之士有学古之志，而无学古之功，上之人有用儒之名，而无用儒之实，顾兹媮弊，常窃悯嗟。（集廿六）

由是希望“使天下知文章诚可以制治，知声律不足以入官”，和《议贡举状》的指责不试“声病对偶，故考之难精”，显然违牾，真是“两截底议论”。朱子说：“东坡平时为文论利害，如主意在那一边，利处只管说那利，其间有害处亦都知，只藏匿不肯说。”（《朱子语类》百卅）的确，论生财用兵是意，反生财用兵也是意；绍述贾陆议论是意，反对贾陆议论也是意；赞扬韩欧的卫道辟佛是意，讥贬韩愈的峻拒佛老也是意。意是极端自由的，可以挹取各种学说，但不接受任何限制。《答张文潜书》云：

文字之衰未有如今日者也，其源实出于王氏。王氏之文未必不善也，而患在于好使人同己。自孔子不能使人同，颜渊之仁，子路之勇，不能以相移，而王氏欲以其学同天下。地之美者同于生物，不同于所生，惟荒瘠斥卤之地，弥望皆黄茅白苇，此则王氏之所同也。（《东坡集》卅）

这固然说中了王安石的强人同己，但也说明了苏轼的意志自由。朱子曾反驳说："俱入于是，何不可之有？今却说未尝不善而不合要人同，成何说话？若使弥望皆黍稷，都无稂莠，亦何不可？"(《朱子语类》百卅)自现在看来，这就是苏学与王学朱学的根本差异，王学和朱学都有自己的一成不变的根本观念，苏学则始终是自由思想。

文章的内容是"述意"，文章的形式当然是"辞达"——就是达意的文辞。《与王庠书》云：

> 孔子曰："辞达而已矣。"辞至于达止矣，不可以有加矣。(《后集》十四，又《续集》十一)

《答谢民师书》云：

> 孔子曰："言之不文，行之不远。"又曰："词达而已矣。"夫言止于达意，则疑若不文，是大不然。求物之妙，如系风捕景，能使是物了然于心者，盖千万人而不一遇也，而况能了然于口与手乎？是之谓词达。词至于能达，则文不可胜用矣。(《后集》十四，又《续集》十一作《与谢民师推官书》)

孔子说"辞达而已矣"的意思是重质轻辞，"言之不文，行之不远"，则相反的是注重文辞，不过引见《左传》，恐非真出孔子(详一篇三章三节)。这种矛盾的学说居然在苏轼手里统一，则苏轼所谓"辞达"，虽不能说是重视文辞，可也不能说是轻视文辞，而是"求物之妙，使其了然于口与手"。换言之，就是辞的不多不少的恰好达意。

辞的不能恰好达意，正同孔子说的不易依乎中庸一样，不是“过”就是“不及”。不及便不能辞达，过则违反辞达。不能辞达的毛病是尽人皆知的，违反辞达的毛病首由苏轼举发。他在《谢南省主文启》五首的“欧阳内翰”一首云：

自昔五代之余，文教衰落，风俗靡靡，日以涂地。圣上慨然太息，思有以澄其源，疏其流，明诏天下，晓谕厥旨。于是招来雄俊魁伟敦厚朴直之士，罢去浮巧轻媚丛错采绣之文，将以追两汉之余，而渐复三代之故。士大夫不深明天子之心，用意过当，求深者或至于迂，务奇者怪僻而不可读；余风未殄，新弊复作，大者镂之金石以传久远，小者转相摹写，号称古文。（集廿六，又续集十一作《谢欧阳内翰书》）

这里最令我们注意的是非毁古文，相反的当然就不十分反对骈文。《议学校贡举状》云：

近世士大夫文章华靡者莫如杨亿，使杨亿尚在，则忠清鲠亮之士也，岂得以华靡少之？通经学古者莫如孙复、石介，使孙复、石介尚在，则迂阔矫诞之士也，又可施之于政事之间乎？（《奏议集》一）

杨亿是骈体文作家，苏轼不惟不反对杨亿的华靡，反倒讥刺反杨亿的孙复、石介的学古矫诞，那末他所谓辞达当然有取于骈文了。

有取于骈文，不是全取于骈文，骈文的“浮巧轻媚，丛错采绣”，他也认为违反辞达。不过苏轼的时代已经是古文的时代，骈文的违反辞达，止剩下一点未殄的余风，古文的违反辞达，则已有“求深”“务奇”的两种新弊。苏轼《与鲁直书》云：

凡人文字，务使平和，至足余溢为奇怪，盖出于不得已。（续集四）

也是在贬斥“务奇”。《答谢民师书》云：

扬雄好为艰深之词，以文浅易之说，若正言之，则人人知之矣。此正所谓“雕虫篆刻”者，其《太玄》、《法言》皆是物也，而独悔于赋何哉？终身雕虫，而独变其音节，便谓之经，可乎？（后集十四，又续集十一）

也是在贬斥“求深”。骈文的“丛错采绣”违反辞达，古文的“求深务奇”也违反辞达，那末究竟怎样才能以辞达呢？《答谢民师书》云：

所示书教及诗赋杂文，观之熟矣，大略如行云流水，初无定质，但常行于所当行，常止于不可不止，文理自然，姿态横生。

《文说》云：

吾文如万斛泉源，不择地而出，在平地滔滔汩汩，虽一日千里无难，及其与山石曲折，随物赋形而不可知也；所可知者，常行于所当行，止于不可不止，如是而已矣。其他，虽吾亦不能知也。(《四部丛刊》本《经进东坡文集事略》五十七，又《津逮秘书》本《东坡题跋》作“自评文”)

由此知辞达的具体方法就是“行于所当行，止于不可不止”。这似乎有点不可捉摸，但与反对“丛错采绣”和“求深务奇”，合而观之，知就是恰好达意而止，不要拘于骈文家的“丛错采绣”，也不要拘于古文家的“求深务奇”。所以说立意是内容的解放，辞达是形式的解放。

“文以意为主”是晚唐的杜牧已经说过的(详五篇一章三节)，但苏轼的“立意”说有崭新的意义；“辞达而已矣”是周朝的孔子已经说过的，但是苏轼的“辞达”说也有崭新的意义。这种崭新的意义完成于苏轼，造端的则是苏洵。苏洵以贾陆授苏轼，使他的文章内容不拘于儒道。苏洵作《仲兄字文甫说》云：

风行水上涣，此亦天下之至文也。然而此二物者，岂有求乎文哉？无意乎相求，不期而相遭，而文生焉。是其为文也，非水之文也，非风之文也；二物者，非能为文而不能不为文也，物之相使而文出于其间也。故此天下之至文也。(《嘉祐集》十四)

这是就自然的文采而言。自然的文采生于“不能不为文”，则作文也当以“不能不为文”为鹄的。苏轼《南行前集叙》云：

夫昔之为文者，非能为之为工，乃不能不为之为工也。

山川之有云，草木之有华实，充满勃郁而见于外，夫虽欲无有，其可得耶？自少闻家君之论文，以为古之圣人有所不能自已而作者，故轼与弟辙为文至多，而未尝敢有作文之意。（集廿四）

两文比观，马上可以看出苏轼的接受了苏洵意旨，苏轼也明言，“少闻家君之论文”，“不能不为”的引伸，就是辞达的“行于所当行，止于所不可不止”。

四　诗论及词论

文主辞达，所以诗主自得。《书黄子思诗集叙》云：

予尝论书，以谓锺王之迹，萧散简远，妙在笔画之外，至唐颜柳始集古今笔法而尽发之，极书之变，天下翕然以为宗师，而锺王之法益微。至于诗亦然。苏李之天成，曹刘之自得，陶谢之超然，盖亦至矣，而李太白杜子美以英玮绝世之姿，凌跨百代，古今诗人尽废，然魏晋以来高风绝尘，亦少衰矣。李杜之后，诗人继作，虽间有远韵，而才不逮意，独韦应物柳宗元，发纤秾于简古，寄至味于澹泊，非余子所及也。唐末司空图崎岖兵乱之间，而诗文高雅，犹有承平之遗风。其论诗曰：“梅止于酸，盐止于咸，饮食不可无盐梅，而其美常在咸酸之外。”盖自列其诗之有得于文字之表者二十四韵，恨当时不识其妙。予三复其言而悲之。（后集九）

在苏轼看来，一个诗人有一个诗人的作风，这种作风是“天成”的，“自得”的，“超然”的；混合古今诗人的作风而一之，自然是集大成之作，但独特的作风，却也因之泯灭，所以作诗者应当发展自得的作风，不必追寻他人的方法。止要是自得的作风，都有一种独特的味道。这种味道当然借文字表现，但表现的味道却超出文字之表，所以称赞司空图的味外味的诗说。

独特味道的爱好，人各不同，苏轼所爱好的，如《书黄子思诗集叙》所说，是苏、李、曹、刘、陶、谢、李、杜、韦、柳及司空图，而这些人中间，又特别的爱好陶渊明，所以作《和陶诗》。《与子由书》云：

> 吾于诗人无所甚好，独好渊明之诗。渊明作诗不多，然其诗质而实绮，癯而实腴，自曹、刘、鲍、谢、李、杜诸人，皆莫及也。吾前后和其诗凡一百有九篇，至其得志，自谓不甚愧渊明。（引见续集卷三，又《栾城后集》卷二十一，《子瞻和陶渊明诗集引》）

其次是柳宗元，奉陶柳为二友。《答程全父》云：

> 书籍举无有，惟陶渊明一集，柳子厚诗文数册，常置左右，目为二友。（续集卷七）

《东坡诗话》云：

> 柳子厚诗在渊明下，韦苏州上，退之豪放奇险则过之，而温丽精深不及也。所贵乎枯淡者，谓其外枯而中膏，似淡而实

美，渊明子厚之流是也。若中边皆枯淡，亦何足道？佛云："如人食蜜，中边皆甜。"人食五味，知其甘苦者皆是，能分别其中边者百无一二也。(《两宋诗话辑校》本，又见《东坡题跋》卷二"评韩柳诗"条)

爱好渊明诗，是因为它"质而实绮，癯而实腴"；爱好子厚诗，是因为它"外枯而中膏，似澹而实美"，由此知他所提倡的诗味了。

苏轼"以诗为词"，因此专对于词的言论很少；有之就是说"词为诗裔"。《祭张子野文》云：

微词婉转，盖诗之裔。(集卅五)

《与蔡景繁》云：

颁示新词，此古人长短句诗也，得之惊喜。(续集五)

词为诗裔的意旨，是在将词由歌儿舞女的艺坛，提到文人学士的书斋。《答陈季常》云："又惠新词，句句警拔，诗人之雄，非小词也。"(续集五)可见他不赞成小词，欲将小词变为"诗人之雄"，所以卑薄"依红偎翠"的柳永词。《与鲜于子骏》云："近却颇作小词，虽无柳七郎风味，亦自是一家。"(同上)又尝责秦观云："不意别来，公却学柳七作词。"(《两宋诗话辑校》本，又曾慥《高斋诗话》)既然欲将词变为"诗人之雄"，所以谓"词为诗裔"；由"词为诗裔"，便演为后人的词名"诗余"。《草堂诗余》是南宋人所编，《竹斋诗余》是南宋黄机所作，可见"诗余"之名，在南宋即已成立。从词的渊源而言，“十五国风息而乐府兴，乐府微而歌词作”（成肇麐《七家词选序》），与诗之不必可歌者，判然两途，所以以“诗余名词，盖非朔也”（同上）。词为诗裔，也当然是牵强附会。从词的变迁而言，“以诗为词”，是词的一种革新，“词为诗裔”就是革新的论证。用这种说法考史固然错误，但苏轼的意思，本来是用以创派。后人据此谓词源于诗，或谓苏轼昧于词源，都是痴人前说不得梦也。

五　鉴赏、批评、文学价值

文学是立意的，但表达立意的方法则有直言与曲说之异。特别是诗一部门，更是曲说多于直言，因此读诗者必先了解作诗者的曲说方法，然后才能认识作诗者的深微意志。《既醉备五福论》云：

> 夫诗者，不可以言语求而得，必将深观其意焉。故其讥刺是人也，不言其所为之恶，而言其爵位之尊，车服之美，而民疾之，以见其不堪也；“君子偕老，副笄六珈”，“赫赫师尹，民具尔瞻”，是也。其颂美是人也，不言其所为之善，而言其冠佩之华，容貌之盛，而民安之，以见其无媿也；“缁衣之宜兮，敝予又改为兮”，“服其命服，朱黻斯皇”，是也。（后集十）

这种鉴赏法的渊源或者与孟子的“以意逆志”有关；不过孟子的“以意逆志”是针对修辞的增溢而发，此则针对修辞的曲说而发。

苏轼很看重鉴赏，却卑视批评。《太息一首送秦少章》云：

昔吾举进士，试于礼部，欧阳文忠公见吾文曰，“此我辈人也，吾当避之”。方是时，士以剽裂为文，聚而见讪且讪公者，所在成市。曾未数年，忽焉若潦水之归壑，无复见一人者，此岂复待后世哉？今吾衰老废学，自视缺然，而天下不吾弃，以为可以与于斯文者，犹以文忠公之故也。张文潜、秦少游此两人者，士之超逸绝尘者也，非独吾云尔，二三子亦自以为莫及也；士骇于所未闻，不能无异同，故纷纷之言常及吾与二子。吾策之审矣，士如良金美玉，市有定价，岂可以爱憎口舌贵贱之欤？（后集九）

所谓“士如良金美玉，市有定价”，乃指士的文章而言，所以《答毛滂书》亦云：“文章如金玉，各有定价，先后进相汲引，因其言以信于世，则有之矣；至其品目高下，盖付之众口，决非一夫所能抑扬。轼于黄鲁直、张文潜辈数子，特先识之耳。始诵其文，盖疑信者相半，久乃自定，翕然称之。轼岂能为之轻重哉？”（集三十）彼言讥评于文章无损，此言褒扬于文章无益，总之是“文章如金玉，市有定价”，不能以“爱憎口舌贵贱之”。换言之，就是批评不能提高文学价值，也不能贬低文学价值，文学价值，决定于文学本身，不决于一二人的批评。

六　苏辙的养气说

养气说始于孟子，但并未以之适用于文学（详一篇三章四节）。以气适用于文学者始于曹丕，但谓“气之清浊有体，不可力强而致”，所以并不主张养气（详三篇四章一节）。主张养气的始于刘勰，但刘勰的养气基于“惧为文之伤命，叹用思之困神”，所以是写作的休息，不是养气以为文（详三篇八章五节）。养气以为文，首由苏辙提倡。《上枢密韩太尉书》云：

> 辙生好为文，思之至深，以为文者气之所形。然文不可学而能，气可以养而致。孟子曰，“我善养吾浩然之气”。今观其文章，宽厚宏博，充乎天地间，称其气之小大。太史公行天下，周览四海名山大川，与燕赵间豪俊交游，故其文疏荡颇有奇气。此二子者，岂尝执笔学为如此之文哉？其气充乎其中，而溢乎其貌，动乎其言，而见乎其文，而不自知也。（《栾城集》，《四部丛刊》本卷廿二）

他的长孙苏籀也记他的遗言说：“子瞻诸文皆有奇气。”（《粤雅堂丛书》本《双溪集》附录）又说唐开元燕许“文气不振”。可见他对于文章特别注重气。对于诗亦然。在“诗病五事”，赞杜甫《哀江头》云：

> 予爱其词气如百金战马，注坡蓦涧如履平地，得诗人之遗法。（《栾城三集》卷八）

至养气的方法，他所列举的孟子的“浩然之气”，乃“集义所生者，非义袭而取之也”，是从品德培养；“太史公行天下，周览四海名山大川，与燕赵间豪杰交游”，是从识见培养，他自己似与太史公相近。《上枢密韩太尉书》又云：

> 辙生十有九年矣，其居家所与游者，不过其邻里乡党之人；所见不过数百里之间，无高山大野可登览以自广；百氏之书虽无所不读，然皆古人之陈迹，不足以激发其志气；恐遂汩没，故决然舍去，求天下奇闻壮观，以知天地之广大。过秦汉之故都，恣观终南嵩华之高，比顾黄河之奔流，慨然想见古之豪杰。至京师，仰观天子宫阙之壮，与仓廪府库城池苑囿之富且大也，而后知天下之巨丽。见翰林欧阳公，听其议论之宏辩，观其容貌之秀伟，与其门人贤士大夫游，而后知天下之文章，聚乎此也。太尉以才略冠天下，天下之所恃以无忧，四夷之所惮以不敢发，入则周公召公，出则方叔召虎，而辙也未之见焉。……故愿得观贤人之光耀，闻一言以自壮，然后可以尽天下之大观而无憾者矣！

这也可见他不是近于经生的古文家，而是近于策士的古文家，养气不是为的淑善品德，乃是为的据以为文。曹丕说，“气之清浊有体，不可力强而致”，苏辙却说“文不可学而能，气可以养而致”，这是因为曹丕所言是先天的体气，苏辙所言是后天的气势。体气对于文学的影响是“清浊”，气势对于文学的影响是“节度”，《遗言》说：“余少年苦不达为文之节度，读《上林赋》，如观君子佩玉冠冕，还折揖让，音吐皆中规矩，终日威仪，无不可观。”好的节度，就是“宽厚宏博”，“疏荡颇有奇气”。换一个名词，也就是有波澜，所以《遗言》里好以“波澜”衡量文章。如说：“张十二之文，波澜有余，而出入整理，骨胳不足；秦七波澜不及张，而出入劲健，简捷过之。”又徐蒙献书，他说：“甚佳，但波澜不及李方叔。”

七　秦观的事理说

苏门弟子很多，最有名的为四学士和六君子。四学士是黄庭坚、秦观、晁补之、张耒，六君子是再加上陈师道和李廌。黄陈与苏异趣，别于下章论次。秦观（1049—1100）《通事说》云：

文以说理为上，序事为次，古人皆备而有之。后世知说理者或失于略事，而善序事者或失于悖理，皆过也。盖能说理者始可以通经，善序事者始可以修史。（《淮海集》，《四部丛刊》本后集六）

《会稽唱和诗序》云：

切尝以为激者辞溢，夸者辞淫，事谬则语难，理悖则气索，人之情也。（集卅九）

前者论文，后者论诗，都以事理为重。事指事业是无疑的，可疑者好像秦观这位风流词人，不屑侈谈事业。实则他的《淮海集》有《进策》七卷（十二至十八），《进论》四卷（十九至二十二），据知正和他的老师一样，也是一位对政治事业跃跃欲试的人物，重视事业是不足奇异的。理是什么，就“能说理者始可以通经”看来，好像指儒经的仁义道德，但参照他文，知指列庄的道德性命。所作《韩愈论》云：

夫所谓文者，有论理之文，有论事之文，有叙事之文，有托词之文，有成体之文。探道德之理，述性命之情，发天人之奥，明死生之变，此论理之文，如列御寇、庄周之所作是也。别白黑阴阳，要其归宿，决其嫌疑，此论事之文，如苏秦、张仪之所作是也。考同异，次旧闻，不虚美，不隐恶，人以为实录，此叙事之文，如司马迁、班固之所作是也。原本山川，极命草木，比物属事，骇耳目，变心意，此托词之文，如屈原、宋玉之所作是也。钩列庄之微，挟苏张之辩，据班马之实，猎屈宋之英，本之以《诗》、《书》，折之以孔氏，此成体之文，韩愈之所作是也。（集廿二）

这不惟可以证明他所提倡的理是列庄的道德性命，还可以证明他所提倡的事是苏张的决疑献策。苏轼虽有这种倾向，但还没有彰明较著的标榜列庄之理，也没有彰明较著的标榜苏张之事；他所崇奉的贾谊、陆贽，还是儒家与纵横家的混合人物。说韩愈的文章集各体大成是宋人的公言，说所集各体包括列、庄、苏、张是秦观的己见——也就是秦观的新说。韩愈的《进学解》说到“下逮庄骚”，但那是就形式的文辞而言，不是就内容的道理而言。就道理而言，韩愈所矜重的是孔孟之道，和列庄不同。至于苏张，他根本不谈。秦观说韩文包括列、庄、苏、张，是因为他自己要效法列、庄、苏、张。列庄的性命是本体，苏张的策画是功用。本体重于功用，所以“说理为上，序事为次”。

这种思想当然受之苏氏兄弟。有傅彬老者，致书秦观云：“蜀之锦绮妙绝天下，苏氏蜀人，其于组丽也独得之于天，其文章如锦绮焉。”秦观答云：

苏氏之道，最深于性命自得之际，其次则器足以任重，识足以致远。至于议论文章，乃其与世周旋，至粗者也。阁下论苏氏，而其说止于文章，意欲尊苏氏，适卑之耳。(《答傅彬老简》，集三十)

傅彬老又云："三苏之中，所愿学者登州(轼)为最优于此。"秦观答云：

老苏先生，仆不及识其人，今中书(轼)、补阙(辙)二公则仆尝身事之矣。中书之道，如日月星辰，经纬天地，有生之类，皆知仰其高明。补阙则不然，其道如元气行于混沦之中，万物由之而不知也。故中书尝自谓吾不及子由，仆窃以为知言。(同上)

苏轼偏于器识高明，对事业比较更能任重致远；苏辙偏于元气混含，对性命比较更能体会精微。他作《老子新解》，苏轼叹为"奇特"(见一节)。秦观谓理重于事，当然说轼不及辙；而此种思想的受轼、辙影响，也于此可见了。

不过他虽注重事理，但也并非轻视文辞，他所推尊的韩愈的成体之文，就包括托词在内。就个人的治学说，他曾经"取经、传、子、史之可为文用者，得若干条，题曰《精骑集》"(《精骑集序》，后集六)。就国家的取士言，他的进策中有《论议下》一篇，主张"文词、经术、德行各自为科"。换言之，也就是不废诗赋，和苏轼的主张也正是相同。文中先说文词起于"贤人失志之赋"和"屈原《离骚》之词"。然后再说隋唐以声律取士的害处是："敦朴根柢之学，或以不合而罢去；靡曼剽夺之伎，或以中程而见收。自非豪杰不待文王而兴者，往往溺于其间。”这好像应当废弃了。但是不然，他接着反对以经义代诗赋说：“熙宁中，朝廷深鉴其失，始诏有司削去诗赋，而易以经义，使学者得以尽心于六艺之文，其意信美矣。然士或苟于所习，不能博物洽闻，以称朝廷之意，至于历世治乱兴衰之迹，例以为祭终之刍狗，雨后之土龙，而莫之省焉。此何异斥桑间濮上之曲，而奏以举动劝力之歌，虽华质不同，其非正音一也。”（集十四）所以他的成就虽不及苏轼，可也和苏轼同一道途，都是议论辞章一路。

八　张耒的脉理说及至诚说

秦观注重事理，同时不废辞章，张耒（1054—1114）就进而提倡文章脉理。洪迈《容斋随笔》说他“诲人作文，以理为主”。引他的著论云：

> 自六经以下，至于诸子百氏骚人辩士论述，大抵皆以为寓理之具也。故学文之端，急于明理。欲知文而不务理，求文之工，此未尝有是也。（《五笔》卷一）

此论见所作《答李推官书》，和秦观不同者，秦是先理后辞，张是为文求理。《答李推官书》又云：

> 夫文何为而设也？知理者不能言，世之能言者多矣，而能文者独传。岂独传哉？因其能文也而言益工，因其言工而理

益明，是以圣人贵之。(《柯山集》，《丛书集成》本卷四六)

可见自他看来，知理并不难，难在能言能文，能言能文然后才能使理益明。那末文成了第一位，必须全力钻研；理降为第二位，它的“明”要靠着能言能文。这结果，必然不如他表面所说的文为寓理之具，相反地倒是理为工文之方。因而他所谓理，不但不同于道学家所谓义理之理，也和秦观说的事理之理有差别。他所谓理，主要的是作为文章方法的条理、脉理。所以《答李推官书》又云：

夫决水于江河淮海也，水顺道而行，滔滔汩汩，日夜不止，冲砥柱，绝吕梁，放于江湖而纳之海，其舒为沦涟，鼓为波涛，激之为风飚，怒之为雷霆，蛟龙鱼龟，喷薄出没，是水之奇变也；而水初岂如此哉，是顺道而决之，因其所生而变生焉。沟渎东决而西竭，下满而上虚，日夜激之，欲见其奇，彼其所至者，蛙蛭之玩耳。江河淮海之水，理达之文也，不求奇而奇至矣。激沟渎而求水之奇，此无见于理，而欲以言语句读为奇之文也。《六经》之文，莫奇于《易》，莫简于《春秋》，夫岂以奇与简为务哉，势自然耳。自唐以来至今，文人好奇者不一，甚或以缺句断章，使脉理不属，又取古书训诂希于见闻者，挦撦而牵合之，或得其字，不得其句，或得其句，不得其章，反复咀嚼，卒亦无有，此最文之陋也。

所斤斤顾虑的是脉理的属不属，不是道理的真不真，所以是重文轻理，不同于秦观的先理后文。渊源当出于苏轼的“辞达”，由“辞达”转于“理达”，其势甚顺。

张耒注意文章脉理，对哲学道理却不甚了了。所作《韩愈论》云："韩退之以为文人则有余，以为知道则不足。""以为文人则有余"，是宋人公认的，何以"以为知道不足"？文云：

> 愈之《原道》曰："博爱之谓仁，行而宜之之谓义，由是而之焉之谓道。"果如此，则舍仁与义而非道也。"仁与义为定名，道与德为虚位，道有君子有小人，德有吉有凶。"若如此，道与德特未定，而仁与义皆道也。是愈于道本不知其何物，故其言纷纷异同而无所归。而独不知子思之言乎？"天命之谓性，率性之谓道，修道之谓教。"曰性，曰道，曰教，而天下之能事毕矣。礼乐刑政所谓教也，而出于道；仁义礼乐所谓道也，而出于性；性则原于天。论至于此而足矣，未尝持一偏曰如是谓之道，如是谓之不道，曰定名，曰虚位也。则子思实知之矣；愈者，择焉而不精，语焉而不详，而健于言者欤？（集卅八）

这已够模糊不清了。更有模糊不清的，在这里说韩愈"知道不足"，《上曾子固龙图书》却又云：

> 嗟乎！韩愈之于唐，盖不遇矣。然其犯人主，忤权臣，临义而忘难，刚毅而信实，而其学文又能独出于道德灭裂之后，纂孔孟之余绪，以自立其说，则愈之文章，虽欲不如是，盖不可得也。（集拾遗十二）

这种矛盾自陷，就是由于对道理的认识不清。对道理的认识不清是一种短处，可也是一种长处；长处在不再谈载道明理，而别寻一种文学的内容，就是“诚”。《上曾子固龙图书》又云：

> 某尝以谓君子之文章，不浮于德，则刚柔缓急之气，繁简舒敏之节，一出于其诚，不隐其所已至，不强其所不知。譬之楚人之必为楚声，秦人之必衣秦服也。惟其言不浮乎其心，故因其言而求之，则潜德逸志不可隐伏。盖古人不知言则无以知人，而世之惑者，徒知夫言与德二者不可以相通，或信其言而疑其行。呜呼！其徒知其一，而不知夫君子之文章，固出于其德，与夫无德而有言者异也。

文学是人生的表白，“不浮其德”，“不浮乎其心”，自易条达有序；故作违心之论，便往往虚伪凌乱。张耒以这种理由称赞韩愈，在同一文里，也以这种理由称赞屈原、司马迁和欧阳修，这里不一一征列。

文章要出于诚，诗更要出于诚，《上文潞公献所著诗书》云：

> 夫诗之兴，出于人之情，喜怒哀乐之际，皆一人之私意，而至大之天地，极幽之鬼神，而诗乃能感动之者何也？盖天地虽大，鬼神虽幽，而惟至诚能动之。彼诗者，虽一人之私意，而要之必发于诚而后作。故人之于诗，不感于物，不动于情而作者，盖寡矣。……夫情动于中而无伪诗，其导情而不苟，则其能动天地，感鬼神者，是至诚之悦也。（拾遗十二）

不怕是私意，止要是出于至诚，不是伪诗，就能动天地，感鬼神，这完全是置重于诚不诚，不问是否合于理。就理言，是一种缺陷；就文言，则是一种进步的说法。

九 晁补之的事文无关说

张耒将事理之理变为脉理，晁补之（1053—1110）更将事理之事与文学分家。所作《海陵集序》云：

> 文学古人之余事，不足以发身。春秋时，齐、鲁、秦、晋、宋、郑、吴、楚列国之大夫，显名诸侯，相与聘问交接，陈诗扬礼，见于言辞，人称之至今，想见其为人若不可及者，皆有它事业，尊君芘民，举大而任重，排难而解纷，用之如谷米药石，一日不可无；而言辞者，特以缘饰而行之耳。战国异甚，士一切趋利邀合，朝秦而暮楚不耻，无春秋时诸大夫事业矣，而言辞始专为贤，雄夸虚诞，听者为夺，虽义理皆亡，而文章可喜，以其去三代春秋时犹近也。其用以发身，亦不足言。（《鸡肋集》，《四部丛刊》本卅四）

这就是说文章与事业是两回事，事业是不可无的，文章不过“缘饰而行”罢了。假使没有事业，止有文章，就个人说不足以发身，就国家说更可有可无。文章如此，诗更无用。《海陵集序》续云：

> 至于诗，又文学之余事。始汉苏李流离异域，困穷仳别之辞，魏晋益竞，至唐家好而人能之。然为之而工，不足以取世资，而经生法吏咸以章句刀笔致公相，兵家斗士亦以方略膂力专斧钺，诗如李白杜甫，于唐用人安危成败之际，存可也，亡可也。故世称诗人少达而多穷，由汉而下枚数之，皆孙樵所论相望于穷者也。

这不免是在发牢骚，他能诗能文，没有因此发身，反之倒如《海陵集序》所说，作者"与吾穷类"。但与秦观同处苏门，秦说文章以事理为主，他却说文章与事业无关，或系纠矫秦说，也说不定。本来苏轼和他的门人虽是文学家，但总想建立一番事业，可惜主观及客观的条件都不适合，以致无从建立。秦观从志愿方面说，便是文主事理，晁补之从遭遇方面说，便是事文两歧。既然事文两歧，那末文的可贵不在事，倒在与事无关，所以《海陵集序》又云：

> 士有无意于取世资，或其间千一好焉，惟恐其学之而力不逮，营度雕琢，至忘食寝，会其得意，翛然自喜，不啻若钟鼎锦绣之获顾，他耆好皆无足以易此者，虽数用以取诟而得祸犹不悔，曰吾固有得于此也。以其无益而趋为之，又有患难而好之滋不悔，不反贤乎？

这样才将文学看为是一种嗜好，一种艺术（若钟鼎锦绣）。既认为是一种嗜好，一种艺术，所以注重修养，注重功力，注重夸婉。《题陶渊明诗后》云："诗以一字论工拙。"（集卅三）《书鲁直题高求父扬清亭诗后》云："鲁直于治心养气，能为人所不为，故用于读书为文字，致思高逸，亦似其为人。"（卷同）《景晖洛都序》云："听廉者语，不若听夸者语，夸易好也。听狡者语，不若听婉者语，婉易从也。"（集卅四）这都是秦观①张耒所不琐琐计较的，晁补之却认为非常重要。

---

① 李廌《师友谈记》载秦观论作赋计声律字句，但那是就应试的律赋而言，他已声明与杂文不同。

十　李廌的文章四要说

晁补之说文学与事业无关，李廌又说文辞与事理并重。《答赵士舞德茂宣义论宏词书》云：

> 凡文章之不可无者有四，一曰体，二曰志，三曰气，四曰韵。述之以事，本之以道，考其理之所在，辨其义之所宜，庳高巨细，包括并载而无所遗，左右上下各若其职而不乱者，体也。体立于此，折衷其是非，去取其可否，不狥于流俗，不谬于圣人，抑扬损益以称其事，弥缝贯穿以足其言，行吾学问之力，从吾制作之用者，志也。充其体于立意之始，从其志于造语之际，生之于心，应之于言，心在和平则温厚尔雅，心在安敬则矜庄威重，大焉可使如雷霆之奋，鼓舞万物，小焉可使如脉（原作派，依国学图书馆藏本校改）络之行，出入无间者，气也。如金石之有声，而玉之声清越；如草木之有华，而兰之臭芬薌；如鸡鹜之间而有鹤，清而不群；如犬羊之间而有麟，仁而不猛；如登培塿之丘以观崇山峻岭之秀色，涉潢汙之泽以观寒溪澄泽之清流；如朱絃之有余音，太羹之有遗味者，韵也。（《济南集》，中央图书馆藏旧钞本卷八）

四要中的"体"和"志"是文章的内容，"气"和"韵"是文章的形式。本来普通所谓"体"指文章体裁，但李廌所谓"体"既说明是："述之以事，本之以道，考其理之所在，辨其义之所宜"，则当指文章本体。既然要述事、本道、考理、辨义，当然注重事理无疑。苏轼已经对

"道"冷淡,李廌反倒说要"本之以道",这是因为李廌在苏门中独偏向儒家,憎恶释氏。他作《圣学论》,劝皇帝"发挥孔孟之正道,锄薙百家之邪说"(集六)。作《浮图论》,慨叹:"前世之弊,及其甚也,必有有为之主以拯救之,独千世承袭其弊而安受之者,浮图而已!"(集六)这样,遂使他在不重视儒道的文学集团中,独呼吁文学要和儒道联系。但本道的前面先须述事,仍是贾、陆、苏、张的事功思想。"志"是苏轼所谓"意"的一转手,陈师道业已说"文以述志"(详七章四节)。"气"是苏辙已经提倡的,但苏辙所说的是养气以为文,李廌说的是从志造语的辞气。远在晚唐,司空图的论诗就注重韵味,但李廌是移用于文章。就此看来,李廌的文章四要,内容的"体"与"志"都是旧说,形式的"气"与"韵" 倒有新义,这也足以证明他们已经走到辞章家的道路。

也许就是基于"气""韵"赋有新义,所以特别矜重。不错,对于创作文章,他确是说四者同样不可无,而且把"体"和"志"列在前面,但对于鉴评文章,他便只以"气""韵"为标准。同文又云:

其言迂疏矫厉,不切事情,此山林之文也,其人不必居薮泽,其间不必论岩谷也,其气与韵则然也。其言鄙俚猥近,不离尘垢,此市井之文也,其人不必坐廛肆,其间不必论财利也,其气与韵则然也。其言丰容安豫,不俭不陋,此朝廷卿士之文也,其人不必列官守,其间不必论职业也,其气与韵则然也。其言宽仁忠厚,有任重容天下之风,此庙堂公辅之文也,其人不必位台鼎,其间不必论相业也,其气与韵则然也。正直之人其文敬以则,邪谀之人其言夸以浮,功名之人其言激以毅,苟且之人其言懦而愚,捭阖从衡之人其言辨以私,刻忮残忍之人其言深以尽。则士欲以文章显名后世者，不可不慎其所言之文，不可不慎其所养之德也。

这可见他视气韵重于体法，也就是视形式重于内容。同文又说：“训、典、书、诏、赦、令、文、赋、诗、骚、箴、诫、赞、颂、乐章、玉牒、露布、羽檄、疏、议、表、笺、碑、铭、谥、诔，各缘事类以别其目，各当体要以称其实。”“若乃或混沦而无辨，或散漫而无纪，或错杂而无序，或晦暗而不显，虽曰谓之文，亦不足观矣。”更显然是重视文章形式。不过在苏门中，他总算较近儒家，比张晁较重事理，如此而已。

十一　李之仪的才性说及方法说

此外和苏轼有关系的晚学有李之仪，完全割断文学与事业的关联。吴芾说他晚年“锐于进取，有所附丽”（《姑溪居士文集序》）。但他的文集止有普通诗文，没有进策进论。他从没有说过文学与事业发展有关，无论是正面或反面。他止是就文论文，止是说怎样才可以作出好的文章。他认为这一则需要有接近的才性，二则需要有适当的方法。他的《折渭州文集序》云：

师旷之聪，离娄之明，非得之天，则岂能见之于视听？庖丁之解牛，轮斲之断轮，非得之心，则岂能应之于手？其用虽不同，要之非勉强而至者也。昔之能文之士亦莫不然：司马相如杨雄之于词赋，司马迁刘向之于叙事，李陵苏武之于诗，是以其所长自得，而因其所自得者发之于言耳。

主于离娄之视，不能代师旷之聪，轮扁庖丁不能互易其手。故能叙事者未必工于诗，而善词赋者未必达于叙事，盖各有所专，而其他虽通，终不得而胜也。(《姑溪居士集》，《粤雅堂丛书》本卷卅五)

这种说法是古已有之的，如曹丕已经说，“文非一体，鲜能备善”(详三篇三章一节)。柳宗元更说，“秉笔之士”，对著述比兴，“恒偏胜独得，而罕有兼者焉”(详四篇七章八节)。但曹柳所说都不及李之仪的更为详明。苏轼通擅各体，李之仪却说“各有所专”，知他和苏轼走的道路不同。

李之仪和苏轼的不同，还可取证于他的作文方法说。他《跋吴思道诗》云：

文章要当先凌厉而后收敛，正如坐而后立，立而后走也，岂遂以得坐立间者，便期于行走，自下图高，固余所病。(集四〇)

《跋荆公所书药方后》云：

作字为文，初必谨严，相时造语须有所出，行笔须有所自，往往涉前人辙迹，则为可喜。久之，语以不蹈袭为工，字则纵横皆中程度，故能名家传世，自成标准。(集四一)

《杂题跋》云：

作诗字字要有来处，但将老杜诗细考之，乃见其工。若无

> 来处，即谓之乱道可也。王舒解字云："诗从言从寺，寺者法度之所在也。"可不信哉！（后集十五）

"先凌厉而后收敛"，还勉强可以说略近于苏轼所说的，"少时峥嵘，渐老平淡"；"造语须有所出"，"字字要有来处"，便无论如何，和苏轼所说的"行于所当行，止于不可止"相反。苏轼虽"为辞章之宗"但还不忘情事理志业，到黄庭坚、陈师道的刻镂学诗，晁补之、李之仪的刻镂学文，才真是纯粹的辞章家，和谈道的性理家、谈事的经术家，各不相侔了。

十二　三孔的怨刺说及文难说

清江三孔——文仲、武仲、平仲，父延之，《宋元学案》列周敦颐讲友，武仲有《谢曾学士（巩）举升擢启》（集十），又有《谒苏子瞻因寄诗》（集三），其他涉及曾巩及苏门的诗文甚多，知和周、曾、苏都有关系。《宋史·孔武仲传》，仲"尝论科举之弊，诋王氏学，请复诗赋取士"，和苏轼的意见相同。集中有《张子厚睦州唱和集序》，力言怨伤讥刺的难能可贵云：

> 夫诗之用于世久矣，其言隐约而出入于风谕比兴之间，使人可以喜，可以愠。三代会同燕享必赋诗以见其志，所以察臧否，省祸福，为国者又以此占治乱，知兴亡；至于怨伤讥刺道人情之所难言，而莫以为忌。后世风俗浸衰，士之克己好善者少，于是有因诗之一言而得罪于世者，刘梦得弃置累年，白乐天谤及母

子，凡坐此也。甚者父子相语朋友相戒曰：诗不利于身，不可为也。（《宗伯集》，《豫章丛书·清江三孔集》本卷十三）

虽然他归咎于作者"不善处之"，又赞美张子厚诗"皆喜慕称叹，欲追而从之，又何怨怒之有"，最后推出"诗之不能为害"的结论。但称扬古时的不忌怨伤讥刺，显然在反证后人的因诗得罪，是由于士之不"克己好善"。换言之，怨伤讥刺并非过错，过错在为国者不"以此占治乱，知兴亡"，反倒因此陷害作者。这种意见是很古就有的，特别是白居易在唐代曾强调鼓吹，孔武仲言及白居易，当然受了白居易的影响。不过他把怨伤讥刺视为难能可贵，较白居易的止说"言者无罪，闻者足戒"（详四篇四章二节），更进一步。这种更进一步的说法，很像有感于苏轼的因诗获罪（就是有名的"乌台诗案"）。白居易《与元九书》曾说朋友劝他如"牛僧孺之戒"，又说"乃至骨肉妻孥，皆以我为非"（同前六节）。但真正劝勿作诗的是苏轼的兄弟朋友。苏轼《与程正辅提刑》云："子由及诸相识皆有书痛戒作诗（自注"有说不欲详言"），其言甚切，不可不遵。"另一书亦云："子由近有书深戒作诗，其言切至，当焚砚弃笔，不但作而不出也。"《答程全父推官》亦云："仆焚毁笔砚已五年。"（并《东坡续集》七）孔武仲先列举"刘梦得弃置累年，白乐天谤及母子"，然后说："甚者父子相语朋友相戒，诗不利于身，不可为也。"当然不再是指的白居易，而情形则与苏轼恰合。黄庭坚曾说苏诗的"短处在好骂"（详七章一节），孔武仲却说怨伤讥刺不为过，说不定就是在驳正黄说，崇护苏诗。果尔，他虽和周、曾也有关系，但接近尊崇的是苏轼。他作《南斋集稿序》云："余自少喜为文辞。"也正是苏轼派——就是辞章派的习好。《南斋集稿序》又云：

文章于诗者之事末矣。昔之贤人,有达而在上者,其言甚简,而录于《尚书》,皋陶是也;有穷而在下者,其言甚简,而录于《论语》,颜渊是也。彼其粹美积于中,辉光发于外,一言出,四海传之以为师法,遂以不朽于无穷,岂区区自异于文墨耶?后世著书者莫多于萧梁父子,当其盛时,布于四方,盈衍竹帛,及其寖久,寖以零落,求一语之传不可得,卒与愚者均于没世而无闻;然则文章岂可恃而久长哉?(集十三)

又似轻视文章。这我们应知《南斋集稿》是他的自选集,“文章岂可恃而久长”,是在警惕自己,努力做到可恃久长的地步。可恃久长的地步在“使世后虽有作者无以过之”。《代史大卿谢欧阳永叔书》云:

夫天下之物,美者恒难得,异者恒难见,而莫甚于文章也。盖非为之者难,而工之者难也;非工之者难,而可以传于久远之难也;非传于久远之难,而能使后世虽有作者无以过之之难也。诚使后人有以过之,则前人之作,又将颓谢暧昧而不称于世矣。自秦汉以来,翰墨擅名于当时者不可胜数,而其传于今者无多,以此也。(集十四)

柳宗元《与友人论文书》说文章之难,在得之难与知之难(详四篇七章七节)。盖即孔武仲所本。但孔武仲更提出工难、传难、使后世无以过之之难。同时他又指出后世的作品有以过之,则前世的作品便将颓谢暧昧而不称于世。自现在看来,颇有历史眼光,较柳宗元的归于“幸不幸”,进步多了。

十三　黄裳的性理说

著《演山集》的黄裳[1]不是苏轼门人，却和苏门有来往，文学见解也很接近。田悦《演山集序》云：

> 东坡先生方童稚游乡校，睹徂徕所为《庆历圣德诗》，则知敬爱范文正公。及来京师，竟以不及见为恨。既而得公之文而为之序，且自喜获挂名文字间，以自托于门下士之末。（《演山集》，《四库珍本》卷首）

苏序已佚，田序说他："自托于门下士之末"，似黄裳是苏轼前辈。但苏轼嘉祐二年（1057）举进士，年二十二。后二十五年，就是元丰五年（1082），黄裳始举进士，苏轼已四十七岁。《四库提要》引《福建通志》称政和宣和间三舍法行，裳上书云云。集中《书太原王子命书后》亦题宣和己亥（集卅五），即宣和元年（1119），上距苏轼卒于建中靖国元年（1101）已十八年，不应是苏轼前辈，苏轼亦不应"自托于门下士之末"。黄裳有《次鲁直烹蜜云龙之韵》，有《简无咎学士》（并集一），又有上黄学士书（集廿三），疑亦即鲁直，都是苏轼门人，故不惟不似苏轼前辈，反之倒像苏轼晚辈，至少学术声誉不会前于苏轼。

① 《宋史》卷三九三有《黄裳传》，楼钥《攻媿集》九十九有墓志铭，字文叔，先居江夏，晚徙梓之安泰，孝宗乾道五年进士，与此非一人。

苏轼的后期思想偏近佛老，黄裳也“素喜道家”（《四库提要》），对佛家也喜称颂（集廿九，卅六，两卷皆颂佛），作《顺兴讲庄子序》，力言“老庄之不可废”（集十九），又作《自然子书》，自为书后云：

> 尝谓道家之徒蔽于说气，儒家之徒蔽于说理，释氏之徒蔽于说性。……予之为书，泛观而旁采，有可述者，皆其是非有理，取舍有义，本于自然之道。（《书自然子书后》，集卅五）

不惟糅合儒释道与苏相近，归于自然也正同于苏轼。《上黄学士书》云：

> 道德之失，其弊害法；文章之失，其弊害道。世之为文章者，采摭袭蹈，苟致文华，文章之所自来者，曾不及知之，则其害道也，何可胜言哉！论文章者谓气之所寓，此固是也；而气之所以寓乎文章，未有能言者。尝谓气之高下，自夫学之远近。古人之学，由心而见性，由性而见天，由天而见道，然后其志高明，其气刚大，出乎万物之表，我无物而交之，物无我而引之，故其气之来也本乎性天，发乎德机，而形见乎声色。声色不足寓之也，一写于文辞也。与万物之理相得于无穷，与万事之变相适于无常。有如泉源，自山之幽，决为长江大河，时于平流之中，涌为洪澜惊湍，出人不意，开悟其耳目，然后滔滔其东下，岂非其志高明，其气刚大，世气俗趣，不足以系累其灵台者耶？（集廿三）

对文章的形容与企向,也近于苏轼。所不同者,苏归于才,黄归于学——归于性理之学。《上黄学士书》又云:

> 盖文生于性实,而性实出乎诚心之虚一。故其为文章也,迹方而意圆,迹实而意虚,非才人之文也,有道者之文耳。

又形容有道者之文云:

> 尝谓有道者之气,其犹天元也欤!当夫杳冥而未发也,万物之理含孕乎其中;及其天行也,葩华枝茎发出于草木,好音幽情发出于禽鸟,天理自现,在人之视听,使人欣然爱之,乌知其造之者耶?然而春之华万物也,岂常用意于其间哉,太和之气,其来远矣。性天高明,空空无物,随所感寓,发为辞章者,无以异乎天元之华万物也。岂徒华之哉,华之所以求其实焉。非文其言也,言理而文之耳。

当时的道学家都好言性理,黄裳说却与彼不同,张载《正蒙太和篇》云:"由太虚有天之名,由气化有道之名,合性与知觉有心之名。"是心性源于天道。黄裳谓"由心而见性,由性而见天,由天而见道",则天道源于心性。道学家虽受佛老影响,但反对佛老,黄裳则自言博采儒、佛、老三家,实则偏近佛老两家。秦观《答傅彬老简》云:"苏氏之道,最深于性命自得之际。"也是来自佛老的性命自得。不过黄裳耽研更深,分析更密。他尝自编诗文为《言意文集》,自为序云:

> 道本于心,以性为体,以情为用。志者存于心而行者也,

意者思于心而作者也，言者发于心而应者也。著述之士，虽累千百万言，反本而求之，则贯乎一而已。言意之为书，识性为之根蒂，才性为之文饰，记性为之证据，合是三性而本于心，稟其可否，著为群言，犹之读书万卷，历历可引其文义，胸间洞然，曾无一点实乎其中。善观夫言意，亦如是而已。彼我之心一也，有道则通乎一。愚不肖，不敢以为有道观者考焉。(《言意文集序》，集十九)

又自编元丰己未所为序、记、启、古、律诗若干篇为《书意集》，自为序云：

常回顾性分中，求其所谓养心治气之道，立之以志，作之以情，有感而后动，合养而为意，思一寓之翰墨，则其所书者意耳，不主乎言。(《书意集序》，集廿一)

与《上黄学士书》合而观之，知他所斤斤矜重的是“有道之文”。有道之文源于心性，是意的表现。“意”也是苏轼极力提倡的。

惟其接近苏门，所以对道学派和经术派都有所抨击。《文轩记》云：

余谓学士大夫，或驰骛于名山，入传注，涉猎百家之小说，以博为功，以辨为能，终日牵援以为至乐，然其于德性也略。或悟履迹，傲名数万物之理，危坐默观，有感而后应，谓彼百家之说，不足挂吾齿牙间，静按其文，吾能以理断其真伪，然其于学问也略。

前者是抨击经术派，后者是抨击道学派。《文轩记》又云：

> 日月风云，天之文也，吾以是观其象；山川草木，地之文也，吾以是究其理；君臣父子，人之文也，吾以是明其义。发悟以天，考信以人，不滞于一曲，则其动而有所偶，发而有所应，著于形色名声之间，如春之华，如衣之章，如天之有河汉，如地之有嵩华，伪无与于其间，斯其所以为文欤！（集十六）

博采尚文，也正是苏轼所领导的议论派的见解。

第七章　江西派的诗文方法

一　黄庭坚的反讪谤与重法度

欧苏的改革文学，奠定了文的楷模，诗则成就虽大，规矩苦少，指示后人规矩的要推黄庭坚（1045—1105）。他是苏门学士，却与苏轼异趣：

第一，苏诗时含讥刺，黄则反对讪谤。《答洪驹父书》云：

> 东坡文章妙天下，其短处在好骂，慎勿袭其轨也。（《豫章文集》，《四部丛刊》本卷十九）

《书王知载朐山杂咏后》云：

> 诗者人之情性也，非强谏争于廷，怨忿诟于道，怒邻骂坐之为也。其人忠信笃敬，抱道而居，与时乖逢，遇物悲喜，同床而不察，并世而不闻，情之所不能堪，因发于呻吟调笑之声，胸次释然，而闻者亦有所劝勉，比律吕而可歌，列干羽而可舞，是

诗之美也。其发为讪谤侵陵，引颈以承戈，披襟而受矢，以快一朝之忿者，人皆以为诗之祸，是失诗之旨，非诗之过也。（集廿六）

这一则恐怕是惩于苏轼的因诗获罪，几至丧命。二则苏轼是诗人，也是文人，还勉强可以说也是政治家，有抱负，有见解，所以他对于文学主张"立意"，见到与他的意志相反的措施，自然不免讥刺。黄庭坚则是纯粹的诗人，不惟对政治没有多少兴趣，对议论文章也感觉淡漠。陈师道说他"短于散语"（《后山诗话》卷二）。他《与秦少章书》云："庭坚心醉于诗与楚词，似若有得，然终在古人后。至于议论文字，今日乃得付之少游及晁张。"（集十九）自然会觉得无须讪谤。

第二，苏重天成自得，黄则讲求布置法度，《与王庠周彦书》云："见东坡《书黄子思诗卷后》，论陶谢诗、锺王书，极有理。尝见之否？"（集十九，目录作《与王商彦书》）止是重视他的"论陶谢诗、锺王书"，并不重视他的天成自得的论旨。王直方《诗文发源》（即《直方诗话》）引山谷云：

作诗如作杂剧，初时布置，临了须打一诨了，方是出场。（引见王构《修辞鉴衡》，《指海》本卷一，又见陈善《扪虱新话》卷二）

范温《潜溪诗眼》引山谷云：

文章必谨布置，每见后学，多告以原道命意曲折。后予以概考古人法度，如《赠韦见素》诗云，"纨绔不饿死，儒冠多误身"，此一篇立意也，故使人静听而具陈之耳。自"甫昔少年日"，至"再使风俗淳"，皆儒冠事业也。自"此意竟萧条"，至"蹭蹬无纵鳞"，言误身如此也；则意举而文备，故已有是诗矣。然必言其所以见韦者，于是有"厚愧真知"之句。所以真知者，谓传诵其诗也。然宰相职在荐贤，不当徒爱人而已，士故不能无望，故曰"窃效贡公喜，难甘原宪贫"。果不能荐贤，则去之可也，故曰"焉能心怏怏，只是走踆踆"，又将入海而去秦也。然其去也，必有迟迟不忍之意，故曰"尚怜终南山，回首清渭滨"。则所知不可以不别，故曰"常拟报一饭，况怀辞大臣"。夫如此是可以相忘于江湖之外，虽见素亦不得而见矣，故曰"白鸥没浩荡，万里谁能驯"，终焉。此诗前贤录为压卷，盖布置最得正体，如官府甲第厅堂房屋，各有定处，不可乱也。韩文公《原道》与《书》之《尧典》盖如此，其他皆谓之变体可也。盖变体如行云流水，初无定质，出于精微，夺乎天造，不可以形器求矣。然要之以正体为本，自然法度行乎其间。譬如用兵，奇正相生；初若不知正而径出于奇，则纷然无复纲纪，终于败乱而已矣。（引见胡仔《苕溪渔隐丛话》前集卷十，又见《草堂诗话》卷一，《竹庄诗话》卷五，《诗话总龟》后集卷卅一，《修辞鉴衡》卷二）

他矜重布置法度的正体，以为若不知正体，而径出于"如行云流水，初无定质"的变体，"则纷然无复纪纲，终于败乱而已矣"。和苏轼的"随物赋形而不可知也"，显然违牾，说不定就是对苏而发。《与王观复书》第一首云："往年尝请问东坡先生作文章之法，东坡云：'但熟读《礼记·檀弓》当得之。'既而取《檀弓》二篇读数百过，然后知后世文章不及古人之病如观日月也。"（集十九）好像黄的讲求布置法度系得之于苏。葛延之问作文之法，苏轼告以天下事散在经子史中，可以“意”摄用，黄庭坚分析杜诗，也首拈“一篇立意”。但二者差别很大：苏所重视的是“意”，有意才能摄用经子史中之事；黄所重视的是“法”，有法才能安置一篇之意。《次韵报杨明叔》云：“文章者，道之器也。”（集六）《题王子飞所编文后》云：“鄙文不足传，世既多传者，因欲取所作诗文为内篇，其不合周孔者为外篇。”（集廿六）好像不止重视意，而且重视道——重视周孔之道。但道是针对不道而言，所以韩愈《原道》必要辟佛老，元白作诗必要“泄道人情”，“补察时政”。黄氏既不作议论文字，又反对讪谤侵陵之诗，则其谓文章为道之器，不过是借重旧说，装点门面而已。既不要内容的议论讪谤，当然止有专力于形式的法度布置，由是又使诗由人间世上转于艺术宫里。不过止是转于艺术宫里，并未转于淫丽窠臼，所以与六朝五代不同。自然，这也是政治社会与文学历史的促之使然。本来这时期的文学已走上载道述志，不料王安石一派当国，对元祐党人，狠狠的贬谪流放，虽不及汉末党锢的残酷，可是善感的诗人已经怵目惊心，不敢议论，不敢讪谤，不得不躲到艺术宫里，专门致力于布置谨严、格律精善的技术。

致力技术的为功为罪，我不愿多嘴饶舌，我止愿指出在宋代实始于黄氏。吴坰《五总志》云：

> 山谷老人……始受知于东坡先生，而名达夷夏，遂有苏黄之称；坡虽喜出我门下，然胸中似不能平也。故后之学者，因生分别，师坡者萃于浙右，师谷者萃于江右。以余观之，大是云门盛于吴，林济盛于楚。云门老婆心切，接人易与，人人自得，以为得法，而于众中求脚根点地者，百无二三焉。林济棒

喝分明，勘辩极峻，虽得法者少，往往崭然见头角，如徐师川、余荀龙、洪玉父昆弟、欧阳元老，皆黄门登堂入室者，实自足以名家。（《知不足斋丛书》本）

这是苏黄两派的盛衰主因，一般人大都缺乏创作的天才，也缺乏独辟蹊径的能力，心心念念的希望着有一位大师指示方法，自己好死心塌地的追随模仿。所以苏轼的教人"随物赋形"，虽"老婆心切"，"而于众中求脚根点地者，百无二三"；他死了以后，人亡政息，更很少有人效法。黄庭坚有布置法度，使人容易描绘，可以"崭然见头角"；他死了以后，人亡法在，更形成有力的诗派。

黄庭坚的讲求布置法度，自然基于他的轻视议论讪谤，可也因为出于苏轼，求所以胜于苏轼——最低异于苏轼，不能不有所转变。王若虚《滹南诗话》云：

鲁直欲为东坡之迈往不能，于是高谈句律，旁出样度，务以自立而相抗，然不免居其下也，彼其劳亦甚矣哉！向使无坡压之，其措意未必至是。（《滹南遗老集》，《四部丛刊》本卷卅九）

除了诋毁之词，是很合事实的。

二　陶杜诗的规摹

天成自得发于己，法度布置得于人，所以黄庭坚教人规摹古人，在无数的古人之中尤要规摹陶杜，陶杜二人中尤要规摹杜甫，杜甫诗中尤要规摹到夔州以后所作。《赠高子勉》云：

拾遗句中有眼，彭泽意在无弦；顾我今年六十，付公以二百年。（集十二）

《与王庠周彦书》云：

所寄诗文，反复读之，如对谈笑也。意所主张，甚近古人，但其波澜枝叶不若古人尔。意亦是读建安作者之诗与渊明子美所作，未入神尔。（集十九）

《跋书柳子厚诗》云：

予友生王观复作诗有古人态度，虽气格已超俗，但未能从容中玉珮之音、左准绳、右规矩尔。意者读书未破万卷，观古人之文章未能尽得其规摹，及所总览笼络，但知玩其山龙黼黻成章耶？故手书柳子厚诗数篇遗之，欲知子厚如此学渊明，乃为能近之耳。（集廿六）

这都是在教人规摹古人，尤其要规摹陶杜。《与王观复书》第一首云：

好作奇语，自是文章病，但当以理为主，理得而辞顺，文章自然出群拔萃。观杜子美到夔州后诗，韩退之自潮州还朝后文章，皆不烦绳削而自合矣。（集十九）

第二首亦云：

> 但熟观杜子美到夔州后古律诗，便得句法简易，而大巧出焉。平淡而山高水深；似欲不可企及，文章成就，更无斧凿痕，乃为佳作耳。（同上）

“韩退之自潮州还朝后文章”是陪衬，“杜子美到夔州后诗”是主旨，所以第二首便止说杜诗，不言韩文。黄氏尝请人建大雅堂，刻杜子美在东西川及夔州所作诗，并不刻韩退之自潮州还朝后所作文。《刻杜子美巴蜀诗序》云：

> 自予谪居黔州，欲属一奇士而有力者，尽刻杜子美东西川及夔州诗，使大雅之音，久湮没而复盈三巴之耳。而目前所见，录录不能办事，以故未尝发于口。丹稜杨素翁拏扁舟，蹴犍为，略陵云，下郁鄢，访余于戎州，闻之，欣然请攻坚石，摹善工，约以丹稜之麦，三食新而毕，作堂以宇之，予因名其堂曰“大雅”，而悉书遗之。（集十六）

又作《大雅堂记》云：

> 丹稜杨素翁……闻余欲尽书杜子美两川夔峡诸诗，刻石藏蜀中好文喜事之家，素翁粲然向余请从事焉。又欲作高屋广楹，庥此石，因请名焉。余名之曰“大雅堂”，而告之曰：由杜子美以来四百余年，斯文委地，文章之士，随世所能，杰出时辈，未有升子美之堂者，况室家之好耶？余尝欲随欣然会意

处，笺以数语，终以汩没世俗，初不暇给。虽然，子美诗妙处乃在无意于文。夫无意而意已至，非广之以《国风》《雅》《颂》，深之以《离骚》、《九歌》，安能咀嚼其意味，闯然入其门耶？故使后生辈自求之，则得之深矣。(集十七)

这都是在教人规摹杜诗，尤其要规摹到夔州以后所作。黄庭坚《与徐师川书》第一首云："其未至者探经术未深，读老杜、李白、韩退之诗未熟耳。"(集十九)又《题李白诗草后》亦云："余评李白诗如黄帝张乐于洞庭之野，无首无尾，不主故常，非墨工槧人所可拟议。吾友黄介读《李杜优劣论》曰：'论文政不当如此。'余以为知言。"(集廿六)《潜溪诗眼》引山谷云："学者若不见古人用意处，但得其皮毛，所以去之更远。"所举的例证系李太白诗，并盛称太白妙处。(引见《渔隐丛话前集》卷五，又《竹庄诗话》卷五，《诗林广记》卷一)据知他也教人规摹李白、韩退之，但比观确论，知以陶杜为主，陶杜中又以杜甫为主，杜甫诗中又以夔州以后作为主。陈师道《后山诗话》卷一引黄鲁直云："杜之诗法，韩之文法也。诗文各有体，韩以文为诗，杜以诗为文，故不工尔。"(《后山集》卷廿八)知对于韩诗比较轻视。李白长于杜甫，普通都称李杜，不称杜李。黄庭坚以杜甫置李白之上，正同于王安石选四家诗的首杜末李，意谓杜高于李。称赞黄介的反对优劣李杜，亦见《后山诗话》卷二(《后山集》廿九)，疑彼袭此，非此袭彼。黄以前的优劣李杜的，首为元稹的崇杜卑李，见所作《杜工部墓志铭》(详四篇四章一节)，不名《李杜优劣论》；次为欧阳修的崇李卑杜，见所著《笔说》，正名《李杜优劣说》，疑指此而言。果尔，则是不赞成优李劣杜，正是因为他推崇杜甫，所以不容人抨击。《后山诗话》卷一云："唐人不学杜甫，惟唐彦谦与今黄亚夫庶、谢师厚景初学之。鲁直，黄之子，谢之婿也，其于二父，犹子美之于审言也。”此外，王安石也学杜甫，辑《老杜诗后集》，在序里说：“世之学者至乎甫而后为诗，不能至，要之不知诗焉尔。”（《临川集》八四）黄是王的乡后辈，虽政学异派，但学杜颇疑受其影响。吴聿《观林诗话》引山谷云，“余从半山（王安石）得古诗句法”，那末律诗或也有得于半山。但有理论有方法的规摹杜甫，还是应当首推黄氏。黄氏所领导的江西派也都以杜甫为法，由是杜甫遂逐渐的成为“诗圣”，而李白遂相形见拙了。

黄的规摹杜甫不足奇异，重视格律，主张多读融古，都与杜甫相近（参四篇三章三节）。陶诗简放自然，黄也奉为圭臬，看似奇异，实也有他的渊源与原因。黄是苏门学士，虽与师门异趣，但也不无同好。苏喜爱陶诗，又以柳配陶，奉为二友，黄也以柳为学陶阶梯，可见他的规摹陶潜，大概受于苏轼。黄讲求法度布置，举杜《赠韦见素诗》为正体，可是尤喜到夔州以后诗的“无意于文”，“不烦绳削而自合”，这便与陶诗相近。所以黄的规摹陶杜，是由杜以至于陶；黄的讲求布置法度，是由有法以至于无法。

杜甫多读融古，但对陶潜很少称道，有之如《遣兴五首》云：“陶潜避俗翁，未必能达道，观其著诗集，颇亦恨枯槁，达生岂是足，默识盖不早，有子贤与愚，何其挂怀抱。”（杜集七）虽不是就诗而言，但也可见他对陶并不十分推崇，这也是由于气味的不大相同。黄庭坚也不是不知陶杜异趣，《跋欧阳元老诗》云：“此诗入陶渊明格律，颇雍容，使高子勉追之或未能；然子勉作唐律五言数十韵，用事稳贴，置字有力，元老亦未能也。”（集廿六）《跋高子勉诗》云：“高子勉作诗以杜子美为标准，用一事如军中之令，置一字如关门之键。”（同上）则陶诗的格律是“雍容”，杜诗的格律是“用事稳贴，置字有力”。可是他偏要以陶杜并称，都奉为规摹的范本，这也是由于他的要以有法做到无法，——做到“无意于文”。

“无意于文”是诗的最高境界，登到最高境界的阶梯仍是法度。《名贤诗话》载：

> 黄鲁直自黔南归，诗变前体。且云：“须要唐律中作活计，乃可言诗，以少陵渊蓄云萃，变态百出，虽数十百韵，格律益严，盖操制诗家法度如此。”（引见《修辞鉴衡》卷一）

据《宋史》本传，黄氏自黔南归已在晚年，仍要“操制诗家法度”，并不能“无意于文”。《题意可诗后》云：“渊明则所谓不烦绳削而自合者。”又云：“巧于斧斤者多疑其拙，窘于检括者辄病其放。孔子曰，宁武子其智可及也，其愚不可及也。渊明之拙与放，岂可为不知者道哉？”（集廿六）的确他也止是道得出，并未做得到。

三 点铁成金与夺胎换骨

规摹的范本是陶杜，规摹的方法是“点铁成金”与“夺胎换骨”。《答洪驹父书》第二首云：

> 老杜作诗，退之作文，无一字无来处；盖后人读书少，故谓韩杜自作此语耳。古之为文章者，真能陶冶万物，虽取古人之陈言，入于翰墨，如灵丹一粒，点铁成金也。（集十九）

宋谷祥《野老纪闻》引山谷云：

> 诗意无穷，人之才有限，以有限之才，追无穷之意，虽渊明少陵不能尽也。然不易其意，而造其语，谓之换骨法；规模其意，形容之，谓之夺胎法。（《野客丛书》附录，《稗海》本，又见范晞文《冷斋夜话》）

“点铁成金”还可以勉强说是推陈出新，“夺胎换骨”则直然是偷梁换柱。吴曾《能改斋漫录》云：“山谷作诗所谓一洗凡马万古空，岂肯教人以蹈袭为事乎？”但“点铁成金”见黄氏文，绝无可疑；以“点铁成金”证“夺胎换骨”，似亦可信据。本来古体诗完成于汉魏南北朝，律体诗完成于唐，自宋以后并没有新的体裁，因亦没有新的创造，止有旧的模仿。旧的模仿的绝好方法就是“点铁成金”与“夺胎换骨”，特别是“夺胎换骨”尤为不二法门，自黄庭坚以后的诗人，尤其江西诗派，大都奉为不传之秘。耳目所知，宋代谈诗的书，《野老纪闻》《冷斋夜话》以外，如葛立方《韵语阳秋》（卷二），严有翼《艺苑雌黄》（引见《渔隐丛话》后集卷十九），《诗话总龟》（后集卷一），魏庆之《诗人玉屑》（卷八），胡仔《苕溪渔隐丛话》（后集卷十九），阮阅《诗话总龟》（后集卷二），李颀《古今诗话》（引见《修辞鉴衡》卷一），陈善《扪虱新话》（卷五①），马永卿《嬾真子》（卷二），赵彦卫《云麓漫钞》（卷三），吴坰《五总志》，都对“夺胎换骨”有所讲述，而讲述得最详的当为俞成的《萤雪丛说》卷上云：

---

① 陈氏云：“古人自有夺胎换骨法，所谓灵丹一粒点成金也。”以两法为一，与他书不同。

文章一技，要自有活法；若胶古人之陈迹而不能点化其句语，此乃谓之死法。死法专祖蹈袭，则不能生于吾言之外；活法夺胎换骨，则不能毙于吾言之内。毙吾言者生吾言也，故为活法。伊川先生常说："中庸'鸢飞戾天'，须知天上者更有天；'鱼跃于渊'，须知渊中更有地。会得这个道理，便活泼泼地。"吴处厚尝作《剪刀赋》，第五隔对："去爪为牺，救汤王之旱岁；断须烧药，活唐帝之功臣。"当时屡窜易，唐帝上一字不妥帖，因看游鳞，顿悟"活"字，不觉手舞足蹈。吕居仁尝序江西宗派诗，若言灵均自得之，忽然有入，然后惟意所出，万变不穷，是名活法。杨万里又从而序之，若曰学者属文，当悟活法。所谓活法者，要当优游厌饫。是皆有得于活法也如此。吁！有胸中之活法，蒙于伊川之说得之；有纸上之活法，蒙于处厚、居仁、万里之说得之。（"文章活法"条，《稗海》本）

可见自作《江西诗社宗派图》的吕居仁，至"始学江西诸君子"（《荆溪集序》）的杨万里，都沿用这种方法，宣扬这种方法，并且锡以嘉名，叫做"活法"。直到金时的王若虚始痛加针砭，所作《诗话》三卷，大旨就在崇苏抑黄，斥"夺胎换骨"与"点铁成金"云：

鲁直论诗有"夺胎换骨""点铁成金"之喻，世以为名言，以予观之，特剽窃之黠者耳。（《滹南遗老集》，《四部丛刊》本卷四十）

又常因为"山谷于诗，每与东坡相抗，门人亲党，遂谓过之，而今之作者亦多以为然"，由是"戏作四绝"，后两绝云：

戏论谁知是至公，蜂蝤信美恐生风，夺胎换骨何多样，都在先生一笑中。

文章自得方为贵，衣钵相传岂是真？已觉祖师低一着，纷纷法嗣复何人？（集卷四五）

前者斥黄的"夺胎换骨"，后者斥后人的纷纷法嗣。黄于"夺胎换骨"外，还有"点铁成金"，后人的法嗣则止是"夺胎换骨"，这是因为模仿愈久，愈无新意可出，无从"点铁成金"，止有"偷梁换柱"。

四　陈师道的诗文方法

宋代的诗文意识大体合流发展，方法则并不全同，特别是陈师道（1053—1101）更主张不能互用。《后山诗话》①卷一引黄鲁直云：

诗文各有体，韩以文为诗，杜以诗为文，故不工尔。（《后山集》，《适园丛书》本卷廿八）

因此他可以诗遵黄，文遵苏。《诗话》卷一云：

① 陆游跋谓"妄人窃其名以为此书"。《四库提要》谓"旧稿散佚，南渡后好事以意补之"，但又谓"不妨存备一家"。至以不满苏、黄、秦观为不类陈语，则不然，陈有己见，不能一味阿随也。

苏诗始学刘禹锡,故多怨刺,不可不慎也;晚学太白,至其得意则似之矣,然失于丽,以其得之易也。

《答秦觏书》云:

仆于诗初无师法,然少好之,老而不厌,数以千计;及一见黄豫章,尽焚其稿而学焉。豫章以谓譬之弈焉,弟子高师一著,仅能及之,争先则后矣。仆之诗,豫章之诗(一作诲)也。(集十四)

前者是背苏,后者是学黄。背苏嫌“多怨刺”,正是接受黄的意见,所以学黄是他的诗学路线。不过路线不是目的;目的是学杜。自他看来,后生小子不能直接学杜,学杜之前应当先学黄。《后山诗话》卷一云:

黄诗韩文有意故有工,左杜则无工矣。然学者先黄韩,不由黄韩而为左杜,则失之拙易矣。

治学为文都应当取法乎上,学杜就直接学杜好了,为什么又要先学黄呢?这是因为黄陈所致力的本来都是模仿,黄已发明了“点铁成金”与“夺胎换骨”的模仿方法,颇能予人规矩,所以黄以后的江西诗派,都以学黄为学杜的阶梯,陈师道就是首先发明这条阶梯的人。《次韵答秦少章》云:“学诗如学仙,时至骨自换。”(集八)是他的“换骨法”不全同于黄,但究竟同样重视“换骨”。

其实不止学黄是因为他能以予人规矩,学杜也是因为他能以

予人规矩,《后山诗话》卷一云:

> 学诗当以杜子美为师,有规矩故可学。退之于诗本无解处,以才高而好耳。渊明不为诗,写其胸中之妙尔。学杜不成,不失为工;无韩之才与陶之妙,而学其诗,终为白乐天尔。

杜有规矩,故可学当学,陶韩无规矩,故不可学也不必学,这就是陈师道的模仿论。张表臣《珊瑚钩诗话》卷二载陈师道云:

> 今人爱杜甫诗,一句之内,至窃取数字以髣象之,非善学者;学者之要,在乎立格命意用字而已。

张表臣问"如何等是?"陈师道云:

> 《冬日谒玄元皇帝庙》诗,叙述功德,反复外意,事核而理长;《阆中歌》辞致峭丽,语脉新奇,句清而体好:兹非立格之妙乎?《江汉》诗言乾坤之大,腐儒无所寄其身;《缚鸡行》言鸡虫得失,不如两忘而寓于道:兹非命意之深乎?《赠蔡师鲁》诗云,"身轻一鸟过",力在一"过"字;《徐步》诗云,"蕊粉上蜂须",功在一"上"字:兹非用字之精乎?学者体其格,高其意,炼其字,则自然有合矣;何必规规然髣象之乎?(《历代诗话》本)

这种模仿方法与上述换骨方法,都较黄庭坚更高一筹。陈师道《答秦觏书》云:"谈者谓仆诗过于豫章,足下观之,则仆之所有,从可知矣。"谦抑中隐寓矜满。可惜他止活了四十九岁,不然也许青胜于蓝，较黄庭坚更会模仿杜诗。

上述是诗法，至文法，《后山诗话》卷二云：

> 魏文帝曰："文以意为主，以气为辅，以词为卫。"①魏文不足以及此，其有所传乎？（集廿九）

说魏文不足以及此，正是以此自矜。此外，《送邢居实序》亦云：

> 夫学以明理，文以述志，思以通其学，气以达其文。古之人导其聪明，广其见闻，所以学也。正志完气，所以言也。王氏之学，如脱墼耳，案其形模而出之，不待修饰而成器矣，求为桓璧彝鼎，其可得乎？（集十三）

《答江端礼书》亦云：

> 言以述志，文以成言，约之以义，行之以信。近则致其用，远则致其传，文之质也。大以为小，小以为大，简而不约，盈而不余，文之用也。正心完气，广之以学，斯至矣。（集十四）

都是以意志为主，以词气为辅，正是苏轼的述意达辞说的注解与引申。《送邢居实序》和《答江端礼书》都引到曾子——就是曾巩，似乎是承受的曾巩之说。魏衍《后山陈先生集记》云："初先生学于曾公（巩），誉望甚伟。"（《后山集》卷首）是陈师道不止是

① 按见魏文帝《诗格》，五代宋初伪书，详五篇三章一节。

苏轼的门人，也是曾巩的门人。但曾巩重视道法事理（详五章四节），与陈师道的重理而转于志，旨趣较远。明弘治本的《后山集》①脱落《送邢居实序》后半，因之不见上引一段，而明人遂以“送人序”的题目编入《东坡续集》卷八，自然我们可据何焯校的嘉靖以前旧钞本改正②，但由这种错乱，也可知苏陈师徒在这方面的论调相近了。

还有苏轼不赞成扬雄的“好为艰深之词”（详六章三节），《后山诗》卷二亦云：

> 杨子云之文，好奇而卒不能奇也，故思苦而词艰。善为文者，因事以出奇。江河之行，顺下而已；至其触山赴谷，风搏物激，然后尽天下之变。子云惟好奇，故不能奇也。

这也可以证明他走的是苏轼路线。

五　韩驹的禅悟说

吕本中编《江西诗社宗派图》，共收二十五人，论诗有见解的，陈师道以外，只有韩驹，他指出作法的基本方法是“禅悟”。《赠赵伯鱼》云：

---

① 今行世赵骏烈本同，大概即出于弘治本。

② 《适园丛书》本就是复印的嘉靖以前旧钞本，后附何焯记云：“此卷弘治间刻本，《送邢居实序》脱后半，章善序脱前半，凡二十行。己丑七月，得嘉靖以前旧钞对校，因为补录。”

学诗当如初学禅，未悟且遍参诸方；一朝悟罢正法眼，信手拈出皆成章。(《陵阳诗钞》,《宋诗钞》本)

此外，如《次韵曾通判登拟岘台》云："篇成不敢出，畏子诗眼大，唯当事深禅，诸方参作么。"《送东林珪老游闽》云："诗如雪窦加奇峭，禅似云居更妙明。"也都以禅诗并列。范季随所记《陵阳(韩驹)先生室中语》云：

诗道如佛法，当分大乘小乘邪魔外道，惟知者可以语此。(《说郛》本)

后来严羽作《沧浪诗话》，特标禅悟，又以大乘小乘分列汉唐诗高下(详十一章五节)，成为诗学的著名之论，显见受韩驹影响。和韩驹同时的李之仪《与季去言书》云："说禅作诗本无差别，但打得过者绝少。"(《姑溪前集》廿九)又《赠祥瑛上人》云："得句如得仙，悟笔如悟禅。"(后集一)《宋史》载李之仪从学苏轼(详卷三四四本传)，刘克庄谓韩驹也出于苏轼(《江西诗派小序》)，苏轼好佛，说不定禅悟之说，始由苏轼启迪。

不过吕本中强韩驹入江西诗派，也并不错误。《陵阳室中语》云：

仆尝请益下字之说法当如何？公曰："正如弈棋，三百六十路都有好著，顾临时如何耳。"仆复请益曰："有二字同意而用此字则稳，用彼字则不稳，岂牵于平仄声律乎？"公曰："固有二字一意而声且同，可用此而不可用彼者。选诗云：'亭皋木叶下，云中辨烟树'，还可作'亭皋树叶下，云中辨烟木'否？至此惟可默晓，未易言传耳。”

又云：

> 凡作诗使人读第一句知有第二句，读第二句知有第三句，次第终篇，方为至妙。
>
> 大概作诗要从首至尾，语脉连属，有如理词状。

前者论下字，后者论谋篇，都近于黄，不近于苏。下字的要诀，“唯可默晓，未易言传”，还不是得之禅悟？可惜《室中语》今已大部残佚，否则也许有禅悟与下字谋篇关联的言论。

六　范温的诗眼说

范祖禹子范温，学于黄庭坚，著《诗眼》一卷，今残存于《说郛》、《诗话总龟》、《苕溪渔隐丛话》等书（详附录十节）。何谓诗眼，现在各条没有明确的解说：

> 山谷言学者若不见古人用意处，但得其皮毛，所以去之更远。如“风吹柳叶满店香”，若人复能为此句，亦未是太白。至于“吴姬压酒劝客尝”，“压酒”字他人亦难。及“金陵子弟来相送，欲行不行各尽觞”，益不同。“请君试问东流水，别意与之谁短长”，至此乃太白真妙处，当潜心焉。故学者先以识为主，禅家所谓正法眼，直须具此眼目，方可入道。

就标拈“压酒”二字，似诗眼指句中字眼；就“学者当以识为主”，又似指篇中意眼。书中发挥鼓吹的，确也偏重“字”与“意”：

> 世俗所谓乐天《金针集》，殊鄙浅。然其中有可取者，“炼句不如炼意”，非老于文学不能道此。又云，“炼字不如炼句”，则未安也。好句要须好字，如李太白诗“吴姬压酒唤客尝”，见新酒初熟，江南风物之美，工在“压”字。老杜画马诗“戏拈秃笔扫骅骝”，初无意于画，偶然天成，工在“拈”笔。柳诗“汲井漱寒齿”，工在“汲”字。工部又有所喜用字，如“修竹不受暑”，“野航恰受两三人”，“吹面受和风”，“轻燕受风斜”，“受”字皆入妙。老坡尤爱“轻燕受风斜”，以谓燕迎风低飞，乍前乍却，非“受”字不能形容也。（《渔隐》前集八）

此外如云：“句法之学，自是一家工夫。昔尝问山谷‘耕田欲雨刈欲晴，去得顺风来者怨’。山谷云：‘不如千岩无人万壑静，十步回头五步坐。’此专论句法，不论义理。”（《渔隐》前集四一）他论句法者还很多，兹不具引。论意者，如云：

> 文章贵众中杰出，如同赋一事，工拙尤易见。余行蜀道，过筹笔驿，如石曼卿诗云，“意中流水远，愁外旧山青”，脍炙天下久矣。然有山水处便可用，不必筹笔驿也。殷潜之与小杜诗甚健丽，亦无高意。惟义山诗云，“鱼鸟犹疑畏简书，风云长为护储胥”。简书盖军中法令约束，言号令严明，虽千百年之后，鱼鸟犹畏之也。储胥盖军中藩篱，言忠谊贯神明，风云犹为护其壁垒也。诵此两句，使人凛然复见孔明风烈。至于“管

乐有才真不忝，关张无命欲何如”，属对亲切，又自有议论，他人亦不及也。(《渔隐》前集廿二)

下面接着又举马嵬驿，也比较众作，指出李义山诗的“高情远意”。

这里所谓“意”，出于黄庭坚的“立意”，与苏轼的“述意”不同。述意是先有意然后借文抒述，立意是先有题而后立意制作。黄庭坚《赠高子勉》云“拾遗句中有眼”(详二节)，是句中字眼也出于黄。韩驹云“僧中初无具诗眼者”(《渔隐前集》五六)，大概只是泛指诗学眼光。李季可《拙窗百说》有“诗眼”一条云：“凡诗言之有眼者，盖不滞于题，诗外有所见，大抵谓道也，岂特风花雪月，区区以自蔽惑而已。”(《知不足斋丛书》本)和范温所谓“诗眼”全不相干。

七　吕本中的活法与悟入

编《江西诗社宗派图》的吕本中(绍兴进士)，标举“活法”与“悟入”。所作《夏均父集序》云：

学诗当识活法。所谓活法者，规矩备而能出于规矩之外，变化不测而亦不背于规矩也。是道也，盖有定法而无定法，无定法而有定法，知是者，则可以与语活法矣。谢元晖有言，“好诗转圆，美如弹丸”，此真活法也。近世豫章黄公首变前作之弊，而后学者知所趋向。必精尽知左规右矩，庶几至于变化不测。然余区区浅末之论，皆汉魏以来有意于文者之法，而非无意于文者之法也。子曰："兴于诗。""诗可以兴，可以观，可以群，可以怨，迩之事父，远之事君，多识于鸟兽草木之名。"今之为诗者，读之果可使人兴起其为善之心乎？果可使人兴、观、群、怨乎？果可使人知事父事君而能识鸟兽草木之名之理乎？为之而不能使人如是，则如勿作。（引见刘克庄《后村先生大全集》，《四部丛刊》本卷九五）

俞成说活法就是夺胎换骨（见三节），就此序观之，似比夺胎换骨活泼广阔，可以说是进步的夺胎换骨法。吕本中要"规矩备而能出于规矩之外"，杨万里更止要"优游厌饫"，可以说是进步的活法。俞成述活法先引程子所谓"活泼泼地"，大概"活"字确是来自程子，吕本中也确受程子影响，为诗要"使人兴起其为善之心"，就自程子而来（参四章五节）。这样，便与黄庭坚的专重诗法不同了。

不过"活"字来自程子，"活法"还是源于江西，所作《童蒙训》云：

潘邠老言七言诗第五字要响，如"返照入江翻石壁，归云拥树失山村"。"翻"字"失"字是响字也。五言诗第三字要响，如"园前浮小叶，细麦落轻花"，"浮"字"落"字是响字也。所谓响者，致力处也。予窃以为字字当活，活则字字自响。（引见《渔隐》前集十三）

潘邠老列《江西宗派图》，指出作诗注重响字，吕本中进而指出响字的方法是活字，活的培养是悟入。陈鹄《西塘集耆旧续闻》引吕云：

作文必要悟入处，悟入必自工夫中来，非侥倖可得也。如老苏之于文，鲁直之于诗，盖尽（一作得）此理。（《知不足斋丛书》本卷二）

胡仔《苕溪渔隐丛话》引吕与曾吉甫论诗两帖，第一帖云：

楚辞杜黄，固法度所在，然不若遍考精取，悉为吾用，则姿态横生，不窘一律矣。如东坡太白诗，虽规摹广大，学者难依，读之使人敢道，澡雪滞思，无穷苦艰难之状，亦一助也。要之此事须令有所悟入则自然超越诸子。悟入之理，正在工夫勤惰间耳。如张长史见公孙大娘舞剑，顿悟笔法。如张者，专意此事，未尝少忘胸中，故能遇事有得，遂达神妙。使他人观舞剑，有何干涉，非独作文学书而然也。（《海山仙馆丛书》本前集卷四九，又见何溪汶《竹庄诗话》卷一）

吕本中的“悟入”说，当然受李之仪、韩驹的“禅悟”说的影响，更直接的，范温业已说到“悟入”，《诗眼》云：“识文章者，当如禅家有悟门。夫法门百千差别，要须自一转语悟入。如古人文章，直须先悟得一处，乃可通其他妙处。”（《渔隐》前集十九）至吕本中的贡献，则在指出“悟入必自工夫中来”，“遍考精取，悉为吾用，则姿态横生，不窘一律矣”。

八　杨万里的风味说

杨万里（1127—1206）和陆游（1125—1210）都出于曾几，曾几出于吕本中。但吕本中的活法已转于"兴善"，杨万里的活法更转于"优游厌饫"，就是先津溉于法，然后再摆脱法的拘束。自序诚斋《荆溪集》云：

> 予之诗始学江西诸君子，既又学后山五字律，既又学半山老人七字绝句，晚乃学绝句于唐人。……戊戌三朝时节，赐告少公事，是日即作诗，忽若有寤，于是辞谢唐人及王陈江西诸君子，皆不敢学，而后欣如也。(《诚斋集》，《四部丛刊》本卷八〇)

文中没有提到黄庭坚，实则也是始学终弃。作《宜州新豫章先生祠堂记》，很得意的述张公致书云："子学诗山谷者，微子莫宜记之。"(集七二)但《跋徐恭仲省幹近诗》却云："传派传宗我替羞，作家各自一风流，黄陈篱下休安脚，陶谢行前更出头。"(集廿六)《酌阁皂山碧崖道士甘叔怀》亦云："问侬佳句如何法，无法无盂也没衣。"(集卅八)是不惟不在黄陈篱下安脚，直然摆脱一切衣钵方法。

外形摆脱衣钵，内涵遂注重风味，所作《江西宗派诗序》云：

> 江西宗派诗者，诗江西也，人非皆江西也。人非皆江西，而诗曰江西者何？系之也。系之者何？以味不以形也。东坡云："江瑶柱似荔子。"又云："杜诗似太史公书。"不惟当时闻者呒然阳应曰诺而已，今犹呒然也。非呒然者之罪也，舍风味而论形似，故应呒然也。形焉而已矣，高子勉不似二谢，二谢不似三洪，三洪不似徐师川，师川不似陈后山，而况似山谷乎？味焉而已矣，酸咸异和，山海异珍，而调腼之妙，出乎一手也。似与不似，求之可也，遗之亦可也。(集七九)

《颐庵诗稿序》云：

> 夫诗何为者也？尚其词而已矣，曰：善诗者去词。然则尚其意而已矣，曰：善诗者去意。然则去词去意则诗安在乎？曰：去词去意而诗有在矣。然则诗果焉在？曰：尝食夫饴与荼乎？人孰不饴之嗜也，初而甘，卒而酸。至于荼也，人病其苦也，然苦未既而不胜其甘。诗亦如是而已矣。昔者暴公谮苏公，而苏公刺之，今求其诗无刺之之词，亦不见刺之之意也。乃曰："二人从行，谁为此祸？"使暴公闻之，未尝指我也，然非我其谁哉？外不敢怒，而其中愧死矣。《三百篇》之后，此味绝矣，惟晚唐诸子差近之。《寄边衣》曰："寄到玉关应万里，戍人犹在玉关西。"《吊战场》曰："可怜无定河边骨，犹是春闺梦里人。"《折杨柳》曰："羌笛何须怨杨柳，春风不度玉门关。"《三百篇》之遗味，黯然犹存也。近世惟半山老人得之。（集八三，又《颐庵居士集》，《知不足斋丛书》本卷首）

止就前篇观之，"味"或"风味"好像指作家的异点；合后篇观之，知指作品的同点。所以说形焉不似，味焉则"调胹之妙出乎一手"。那末共同的风味是什么呢？《诚斋诗话》云：

> 太史公曰："《国风》好色而不淫，《小雅》怨诽而不乱。"《左氏传》曰："《春秋》之称，微而显，志而晦，婉而成章，尽而不污。"此《诗》与《春秋》纪事之妙也。近世词人闲情之靡，如伯有所赋，赵武所不得闻者，有过之无不及焉。是得为"好色而不淫"乎？惟晏叔原云："落花人独立，微雨燕双飞。"可谓

"好色而不淫"矣。唐人《长门怨》云:"珊瑚枕上千行泪,不是思君是恨君。"是得为"怨诽而不乱"乎?惟刘长卿云:"月来深殿早,春到后宫迟。"可谓"怨诽而不乱"矣。近世陈光《咏李伯时画宁王进史图》云:"汗简不知天上事,至尊新纳寿王妃。"是得为微、为晦、为婉、为不污秽乎?惟义山云:"侍燕归来宫漏永,薛王沈醉寿王醒。"可谓微婉显晦,尽而不污矣。(集一〇四)

然则他所谓风味,是《三百篇》的"好色不淫,怨诽不乱",是《春秋》的微婉显晦,尽而不污,直然是怨刺。不过不是谩骂的怨刺,而是委婉的怨刺,与苏轼的怨刺不同,与黄庭坚的反讪谤更异。所作《习斋论语讲义序》云:"读书必知味外之味,不知味外之味而曰我能读书者,否也。"(集七七)好像来自司空图,但他所谓味与司空图并不相同(参五篇五章五节)。

他所提倡的这种风味,《三百篇》以下,晚唐最工,他不惟在《颐庵诗稿序》与《诗话》言之,在《周子益训蒙省题诗序》亦云:

唐人未有不能诗者,能之矣亦未有不工者。至李杜极矣,后有作者,蔑以加矣。而晚唐诸子虽乏二子之雄浑,然好色而不淫,怨诽而不乱,犹有《国风》《小雅》之遗音。(集八三)

此外,《黄御史集序》(集七),《唐李推官披沙集序》(集八一),也都说晚唐诗最工。《读笠泽丛书》云:"晚唐异味同谁赏,近日诗人轻晚唐。"(集廿七)以今所知,当时的叶适和四灵正提倡晚唐,反对江西(详八章七,九两节),故轻晚唐当是江西,不是永嘉。杨万里恐也深知,所作《双桂老人诗集后序》云:"近世此道之盛者莫盛于江西。然知有江西者不知有唐人，或者左唐人以右江西，是不惟不知唐人，亦不可谓知江西者。"（集七八）旁人左唐人以右江西，他偏要混同唐人与江西，而且说唐人与江西的好处都在"风味"，那么他所意识的江西与前人迥不同了。

九　作诗三等——兴、赋、赓和

既然重风味，轻形似，所以主张"信己俟人"，反对"舍己徇人"。见《苏仁仲提举书》云：

> 韦苏州之诗，天下之所同美也。客有效韦公之体以见公者，而公不悦；既而以己平生之诗见公，而公悦之。当其效人之诗体以求合于人，自以为巧矣，而其巧适所以为拙，则夫舍己以徇于人，与夫信己以俟于人，其巧拙未易以相过也。（集六四）

既然要"信己俟人"，不要"舍己徇人"，所以重兴，轻赋，卑视赓和。《答建康府大军库监门徐达书》云：

> 大氐诗之作也，兴上也，赋次也，赓和不得已也。我初无意于作是诗，而是物是事适然触乎我，我之意亦适然感乎是物是事，触先焉，感随焉，而是诗出焉，我何与哉，天也。斯之谓兴。或属意一花，或分题一草，指某物课一咏，立某题征一篇，是已非天矣，然犹专乎我也。斯之谓赋。至于赓和，则孰触

之，孰感之，孰题之哉，人而已矣。出乎天犹惧笺（疑为戕）乎天，专乎我犹惧弦（疑为眩）乎我，今牵乎人而已矣，尚冀其有一铢之天，一黍之我乎？盖我未赏觌是物，而逆追彼之觌，我不欲用是韵，而抑从彼之用，虽李杜能之乎，而李杜不为也。是故李杜之集无牵率之句，而元白有和韵之作。诗至和韵而诗始大坏矣，故韩子苍以和诗为诗之大戒也。（集六七）

兴和赋的原始意义当然并不如此，但这没有关系，我们不必追求，我们要追求的不是兴赋的旧名，而是兴赋的新义。照他的解释，兴出乎天，赋专乎我，赓和牵乎人。出乎天的最为可贵，专乎我的也还有价值，牵乎人便毫无可取。他的朋友陈晞颜有《和简斋诗集》，他在序文里虽惊异晞颜的“举前人数百篇之诗而尽赓之”，但又云：

昔韩子苍答士友书，谓诗不可赓也，作诗则可矣，故苏黄赓韵之体不可学也。岂不以作焉者安，赓焉者勉故欤。不惟勉也，而又困焉。意流而韵止，韵所有，意所无也，夫焉得而不困？（《陈晞颜和简斋诗序》，集七九）

仍是卑薄赓和，而且指出赓和的另一缺点是意流韵止，韵有意无。文中也曾称赞陈晞颜的赓和诗，“宽乎其不逼也，畅乎其不塞也”，“是赓和人者也，而非赓和人者也”。但接着又说：“此文人之奇也，亦文人之病也。”又说：“而诗人至于犯风雪，忘饥饿，竭一生之心思，以与古人争险以出奇，则亦可怜矣。然则险愈竞，诗愈奇，病愈痼矣。”弦外之音，更是极端的卑薄。

十　作文五譬

诗要先津溉于法，然后再摆脱法的拘束，文亦然。徐赓问科目文词利病，杨万里答云："文者文也，在《易》为贲，在《礼》为缋。"又设为五喻：第一喻：

譬之为器，工师得，不（不字疑衍）必解之以为朴，削之以为质，丹雘之以为章，三物者具，斯曰器矣。有贱工焉，利其器之速就也，不削，不丹，不雘，解焉而已矣，号于市曰："器莫吾之速也。"速则速矣，于用奚施焉？时世之文，将无类此。

第二喻：

抑又有甚者，作文如宫室，其式有四，曰门，曰无（据下文当为庑），曰堂，曰寝，缺其一，紊其二，崇卑之不伦，广狭之不类，非宫室之式也。今则不然，作室之政，不自梓人出，而杂然听之于众工，堂则隘而庑有容，门则纳千驷而寝不可以置一席，室成而君子弃焉，庶民哂焉。今其言曰，文乌用式，在我而已。是废宫室之式，而求宫室之美也。

第三喻：

抑又有甚者，作文如治兵，择械不如择卒，择卒不如择将。

尔械锻矣，授之羸卒则如无械；尔卒精矣，授之妄校尉则如无卒。千人之军，其裨将二，其大将一；万人之军，其大将一，其裨将十。善用兵者，以一令十，以十令万，是故万人一人也。虽然犹有阵焉。今则不然，乱次以济，阵乎？驱市人而战之，卒乎？十羊九牧，将乎？以此当笔阵之劲敌，不败奚归焉？藉弟令一胜，所谓适有天幸耳。

第四喻：

抑又有甚者，西子之与恶人，耳目容貌均也，而西子与恶人异者，夫固有以异也。顾凯之曰："传神写照，正在阿堵中。"又曰："额上加三毛，殊胜。"得凯之论画之意者，可与论文矣。今则不然，远而望之，巍然九尺之干，迫而视之，神气索如也，恶人而已乎？

第五喻：

抑又有甚者，昔三老董公说高帝曰："仁不以勇，义不以力。"惟文亦然。由前之说，亦未离乎勇力邦域之中也，盍见董公而问之？问而得之，则送君者自崖而返矣。（《答徐赓书》，集六六）

第一喻是说的文辞修饰，第二喻是说的文章法式，第三喻是说的文意主从，第四喻是说的神气，总之是注重文章的谋篇修辞。第五喻不甚了了，大概是说最后还要自谋篇修辞，以至于不谋而自合，不修而自工。徐赓向他问的是“今日科目文词”，就是当时的科场文字。他的答书最后说：“若夫前辈所谓古文者，某亦尝耳剽而手追矣。顾足下方业科目。夫业科目者，固将有以合乎今之律度也。合乎今，未必不违乎古；合乎古，未必售于今。”那末所说的谋篇修辞，当然是指的科目文词。科目文词的谋篇修辞，不全同古文，所以说“合乎今，未必不违乎古”。但这并不是说古文就不重视谋篇修辞，相反的古文也要谋篇修辞，也要有律度格式。与刘子和言古文样辙，答云：

> 文之于道未为尊固也，然譬之琢璞为器，固璞之毁也，若器成而不中度，琢就而不成章，则又毁之毁也，君子不近，庶人不服，亦奚取于斯？（《答刘子和书》，集六五）

仍是答徐赓的第一喻，可见古文同样的注重谋篇修辞，大概最后也同样的希望篇不谋而合，辞不修而工。不过与科目文体裁不同，方法亦异罢了。

十一　陆游的诗外工夫

陆游诗有一首题为《追怀曾文清公，呈赵教授，赵近尝示诗》，诗云：

> 忆在茶山听说诗，亲从夜半得玄机。常忧老死无人付，不料穷荒见此奇。律令合时方帖妥，工夫深处却平夷。人间可

恨知多少，不及同君叩老师。（《剑南诗稿》，《四部备要·陆放翁全集》本卷二）

又《吕居仁集序》云：

晚见曾文清公，文清谓某，君之诗渊源殆自吕紫微，恨不一识面。（《渭南文集》，《四部丛刊》本卷十四）

文清是曾几的谥号，茶山是曾几讲学的寺院，后来便自号茶山，紫微就是吕本中，可见陆游渊源江西诗派，重视律令工夫。《示儿诗》云：

文能换骨余无法，学但穷源自不疑，齿豁头童方悟此，乃翁见事可怜迟。（诗廿五）

《夜吟》云：

六十余年妄学诗，工夫深处独心知，夜来一笑寒灯下，始是金丹抚骨时。（诗五一）

也确与吕本中的“悟入换骨”相近。不过自陆游看来，吕曾的诗学工夫不在诗，而在学问道德。《吕居仁集序》云：

公自少时，既承家学，心体而身履之，几三十年，仕愈踬，学愈进，因以其暇尽交天下名士，其讲习探讨，磨砻浸灌，不极其源不止。故其诗文汪洋宏肆,兼备众体,间出新意,愈奇而愈浑厚,震耀耳目,而不失高古,一时学士宗焉。

《曾文清公墓志铭》云:

道学既为儒者宗,而诗益高,遂擅天下。(文卅二)

《跋曾文清公诗稿》亦云:

早以学术文章擅大名,为一世龙门。(文卅)

实则吕曾虽不像黄庭坚的专力于诗,但他方面的成就不大,陆放翁偏要说他们的诗源于道德学问,是因为陆放翁认为学诗学文须从道德学问下手。《示子遹》云:

汝果欲学诗,工夫在诗外。(诗七八)

诗外的工夫就是道德学问。《何君墓表》云:

诗岂易言哉,一书之不见,一物之不识,一理之不穷,皆有憾焉,同此世也,而盛衰异,同此人也,而壮老殊,一卷之诗有淳漓,一篇之诗有善恶,至于一联一句,而有可玩者,有可疵者,有一读再读至十百读乃见其妙者,有初味可人意,熟味之使人不满者。大抵诗欲工,而工亦非诗之极也。锻炼之久,乃失本指，斫削之甚，反伤正气，虽曰名不可幸得，以名求诗，又非知诗者。纤丽足以移人，夸大足以盖众，故论久而复工，名久而后定，呜呼艰哉！（文卅九）

这是说从学问培植。《方德亨诗集序》云：

诗岂易言哉，才得之天，而气者我之所自养。有才矣，气不足以御之，淫于富贵，移于贫贱，得不偿失，荣不盖愧，诗由此出，而欲追古人之逸驾，讵可得哉？（文十四）

这是说从道德培植。自陆游看来，有了真道德与真学问，自然可作出真的好诗文。《上辛给事书》云：

君子之有文也，如日月之明，金石之声，江海之涛澜，虎豹之炳蔚，必有是实，乃有是文。夫心之所养，发而为言；言之所发，比而成文；人之邪正，至观其文则尽矣，决矣，不可复隐矣。爝火不能为日月之明，瓦釜不能为金石之声，潢汙不能为江海之涛澜，犬羊不能为虎豹之炳蔚，而或谓庸人能以浮文眩世，乌有此理也哉？使诚有之，则所可眩者，亦庸人耳。……贤者之所养，动天地，开金石，其胸中之妙，充实洋溢，而后发见于外，气全力余，中正闳博，是岂可容一毫之伪于其间哉！（文十三）

与道学家朱熹一派的见解很相近，所以朱熹论诗常称赞陆游。

十二　诗文非小技

发于道德学问的诗文，自然不是“小技”。《答陆伯政上舍书》云：

> 古声不作久矣，所谓诗者遂成小技。诗者果可谓之小技乎？学不通天人，行不能无愧于俯仰，果可以言诗乎？仆绍兴末在朝路，偶与同舍二三君至太一宫中，闻中有高士斋，皆名山高逸之士，欣然访之，则皆扃户出矣。裴回老松流水之间，久之，一丫髻童负琴引鹤而来，风致甚高。吾辈相与言曰：“不得见高士，得见此童亦足矣。”及揖而问之，则曰：“今日董御药生日，高士皆相率往献香矣。”吾辈遂一笑而去。今世之以诗自许者，大抵多太一高士之流也，不见笑于人几希矣，而望其有陶渊明杜子美之余风，果可得乎？（文十三）

这里说诗非小技，《上执政书》却说：“夫文章小技耳，特与至道同一关捩，惟天下有道者，乃能尽文章之妙。”（文十三）那是因言遣言，意思是说：世俗以文章为小技，我们也姑说是小技，可是这种小技，“与至道同一关捩”，不是真的以小技看文章，相反的倒是以至道看文章，“惟天下有道者乃能尽文章之妙”，止有技是不成的。

诗文非小技是针对当小技的诗文而发。当时“以诗自许者”，“学不通天人，行不能无愧于俯仰”，遂致沦为小技。这种小技的诗人，陆游说不能“望其有陶渊明杜子美之余风”，知大概是江西派的末流人物。矫正江西的是四灵的模仿晚唐,陆游认为一样的“学不通天人,行不能无愧于俯仰”,一样引导诗到“小技”的深渊。《陈长翁文集序》云:

> 我宋庚靖康祸变之后,高皇帝受命中兴,虽艰难颠沛,文章独不少衰。……久而寖微,或以纤巧摘裂为文,或以卑陋俚俗为诗,后生或为之变,而不自知方。(文十五)

《答邢司户书》云:

> 近时颇有不利场屋者,退而组织古语,剽裂奇字,大书深刻,以眩世俗。……足下谓此等果可言文章乎?尚不可欺仆辈,安能欺足下哉?(文十三)

“变而不知方”,以至“组织古语,剽裂奇字,大书深刻,以眩世俗”的,大概指四灵一派。《示子遹》云:

> 元白才倚门,温李真自郐。(诗七八)

《答宋都曹》云:

> 陵迟至元白,固已可愤疾;及观晚唐作,令人欲焚笔。此风近忽炽,隙穴殆难窒,淫哇解移人,往往丧妙质。苦言告学者,切勿有所怵,航川必至海,为道当择术。(全题作《宋都曹屡寄诗,且督和答,作此示之》,诗七九)

在当时忽炽晚唐风的是四灵，因此卑弃晚唐也就是卑弃四灵。《读近人诗》云："琢雕自是文章病，奇险尤伤气骨多，君看大羹玄酒味，蟹螯蛤柱岂同科。"（诗七八）他反对近人的琢琱，无论是江西或四灵。《和张功父见寄》云："叮咛一语宜深听，信笔题诗勿太工。"他主张不必求工，应求学通天人，行不愧于俯仰。

十三　姜夔的《诗说》

杨万里《寄张功甫姜尧章进退格》云："尤杨范陆四诗翁，此后谁当第一功，新拜南湖为上将，更差白石作先锋。"（《诚斋集》四一）南湖为张功甫，名镃。白石为姜尧章，名夔。张镃撰有《仕学规范》四十卷，卷三十三至三十五论作文，明人胡文焕收入《格致丛书》论文类，命名"文学规范"；卷三十六至四十论作诗，胡文焕收入《格致丛书》评诗类（此类单行名"诗法统宗"），命名"诗学规范"。但都是抄撮成书，不足以考见他自己的见解。姜夔撰有《诗说》一卷，诗集自叙云：

> 近过梁溪见尤延之（袤）先生，问余诗自谁氏，余对以异时泛阅众作，已而病其驳如也，三熏三沐，师黄太史氏（庭坚），居数年，一语噤不敢吐，始大悟学即病，顾不若无所学之为得，虽黄诗亦偃然高阁矣。

又云：

> 余识千岩（萧德藻）于潇湘之上，东来识诚斋、石湖（范成

大),尝试论兹事,而诸公咸谓其与我合也。(《白石诗集》,《四部丛刊》本卷首)

因此论诗也是江西一路。《诗说》云:

学有余而约以用之,善用事者也;意有余而约以尽之,善措辞者也;乍叙事而间以理言,得活法者也。

虽不同于吕本中杨万里的活法,但究竟仍重活法。《诗说》又云:

难说处,一语而尽;易说处,莫便放过;僻事实用,熟事虚用;说理要简切,说事要圆活,说景亦微妙。多看自知,多作自好矣。

"圆活"之活,就是"活法"之活。最早的活法是"夺胎换骨",吕本中的活法是"圆转"、"变化",杨万里的活法是"优游厌饫",姜夔的活法可以说是"轻松圆活"。所以又云:"人所易言,我寡言之;人所难言,我易言之,自不俗。"易者寡言,止是避忌;难者易言,非"轻松圆活"不可。

轻松圆活是方法,也是风格,达到这种风格,须注意气象、体面、血脉、韵度四个方面。《诗说》云:

大凡诗自有气象、体面、血脉、韵度。气象欲其浑厚,其失也俗;体面欲其宏大,其失也狂;血脉欲其贯穿,其失也露;韵度欲其飘逸,其失也轻。

浑厚、宏大、贯穿都是圆活，飘逸是轻松。风格要圆活轻松，意境则要高妙深远。《诗说》云：

意格欲高，句法欲响，只求于句字，亦末矣。故始于意格，成于句字，句意欲高欲远，句调欲清欲古欲和，是为作者。

格与调都是风格，意是意境。《诗说》又云：

诗有四种高妙，一曰理高妙，二曰意高妙，三曰想高妙，四曰自然高妙。碍而实通，曰理高妙；事出意外，曰意高妙；写出幽微，如清潭见底，曰想高妙；非奇非怪，剥落文彩，知其妙而不知其所以妙，曰自然高妙。

也是就意境而言，不过前者说深远，此说高妙。欲深远高妙，固然要注意全篇的理、意、想，尤要注意：

篇终出人意表，或反终篇之意，皆妙。

一篇全在尾句，如截犇马，辞意俱尽；如临水送将归，意尽辞不尽*；若夫辞尽意不尽，剡溪归棹是已；辞意俱不尽，温伯雪子是已。所谓辞意俱尽者，急流中截后语，非谓辞穷理尽者也。所谓意尽辞不尽者，意尽于未当尽处，则辞可以不尽矣，非以长语益之者也。至如辞尽意不尽者，非遗意也，辞中已仿佛可见矣。辞意俱不尽者，不尽之中固已深尽之矣。

---

* 原作“辞尽意不尽”，据后文及《历代诗话》本校改。——校者注

姜夔自言“《诗说》之作，非为能诗者作也，为不能诗者作，而使之能诗”。惟其是“为不能诗者作”，所以切实可用，尤以说尾句，他家虽也曾论及，但就余所知，都不及姜夔的明白简当。

十四　刘克庄的变体法

为陈起收入《江湖群贤小集》的刘克庄（1187—1269）戴复古，也都出于杨陆，源于江西。刘克庄《刻楮集序》云：

> 初余由放翁入，后喜诚斋，又兼取东都南渡江西诸老，上及于唐人。（《后村大全集》，《四部丛刊》本卷九六）

又为《江西诗社宗派图》作总序小序，以吕本中继宗派之后（集九五）。选茶山、诚斋诗，譬山谷为初祖，吕曾为南北二宗，诚斋为临济德山，放翁学于茶山而青于蓝（集九七）。也足证明确出江西杨陆。但江西派至吕本中接受程学，陆游接近朱学，本已逐渐改变，刘克庄又接受莆田诸林（光朝，亦之，希逸）和浙东叶氏（适）之学，由是又与江西杨陆有别。《题戴贡士诗卷》云：

> 百家衣莫劳针指，九转丹能蜕肉身。（集廿）

是也承接了换骨法，但他所特别矜重的是“变”。《王南卿集序》云：

> 盖公之言曰：“□（当为文字）恶蹈袭，其妙在于能变，惟渊

> 源者得之。”岂惟文哉，议论亦然。故公之诸文，变态无穷，不主一体，论事必□古今，据义理，不祖旧说；诗高处逼陵阳（韩驹）茶山，四六□□不减汪綦。（集九四）

梁朝的萧子显已提倡“新变”（详三篇六章五节），但刘克庄所谓“变”与彼不同；萧子显的“变”是全面的，刘克庄的“变”是变体裁，不变情性。用他的话说，就是：风人之诗不变，文人之诗应变。《题何谦诗》云：

> 余尝谓以情性礼义为本，以鸟兽草木为料，风人之诗也。以书为本，以事为料，文人之诗也。世有幽人羁士，饥饿而鸣，语出妙一世；亦有硕师鸿儒，宗主斯文，而于诗无分者，此事之不可勉强欤？……君稍变体，借虚以发实，造新以易腐，因难以出奇。盖乃翁机轴，近于余所谓以书为本以事为料者，君又能以意为匠，书与料将受役于君矣。或曰：子评硕师鸿儒也甚严，取羁人幽士也太宽，可乎哉？余曰：子论人，余论诗，奚为不可？或又曰：古今诗不同，先贤有删后无诗之说。夫自国风骚选玉台胡部，至于唐宋，其变多矣。然变者，诗之体制也；历千年万世而不变者，人之情性也。（集百卅六）

“借虚以发实，造新以易腐，因难以出奇”，是变体的方法；至目的则在使体裁辞格，不同前人。韩愈很推重孟郊，刘克庄在《题满领卫诗》一文中，说是基于“唐诗人自李杜外，万窍互鸣，千人一律”，独“东野（孟郊）诸诗，自出机轴，无一字犯唐人格律”。并结云：“善拟古者，仿其意，不仿其辞。”“不仿其辞”也就其“稍变其体”。

惟其要变体，所以不止自己不肯拘守江西规模，也惋惜永嘉胶挛晚唐。《刘圻父诗集序》云：

> 余尝病世之为唐律者，胶挛浅易，儈局才思，千篇一体；而为派者，则又驰骛广远，荡弃幅尺，一臭味尽。（集九四）

为唐律者指永嘉四灵，为派者指江西诸子。刘克庄诗出江西，也和四灵中的赵紫芝、翁灵舒为社友（见《题二戴诗卷》，集一〇九），《瓜圃集序》云：

> 近岁诗人惟赵章泉五言有陶阮意，赵蹈中能为韦体，如永嘉诗人极力驰骤，才望见贾岛姚合之藩而已。余诗亦然。十年前始自厌之，欲息唐律，专造古体。赵南塘不谓然，其说曰："言意深浅，存人胸怀，不系体格，若气象广大，虽唐律不害为黄钟大吕，否则手操云和，而惊飙骇电，犹隐隐弦拨间也。"余感其言而止。（集九四）

这一则可见他的不满意四灵的沾沾贾姚，二则可见他自己却也徘徊不定。《题李耘子所藏其兄公晦诗评》也说："今举世病晚唐诗"，"然徒病之而无以变之，苛于评而谦于教，独何欤？"（集九九）更鲜明的希望学晚唐的改变。但《林子显诗序》又云："近世理学兴而诗律坏，惟永嘉四灵复为言，苦吟过于郊岛，篇幅少而警策多。"（集九八）又颇表推崇，也是徘徊不定。因此，他虽提倡变体，但并不能指出变体的方向。《宋希仁诗序》云：

近世诗学有二，嗜古者宗《选》，缚律者宗唐。……余谓诗之体格有古律之变，久之，情性无今昔之异，《选》诗有芜拙于唐者，唐诗有佳于《选》者。常欲与同志切磋此事，然众作多而无穷，余论孤而少助。（集九七）

仍是想变于古，可又留恋于唐。《平湖集序》说，宋代“三百余年间，斯文大节目有二，欧阳公谓昆体盛而古道衰，至水心叶公则谓洛学兴而文字坏”（集九八）。据知变的观念，远宗欧阳，近承叶适。可惜未能像欧阳的以古道变昆体，也未能像叶适的以文字变理学，结果止有变的意念，没有变的路途。至分诗为风人文人两种，谓情性不变，开启后来的性灵说；硕师鸿儒，于诗无分，与同时的严羽契合，都极有价值。严羽以禅说诗，刘克庄《题何秀才诗禅方丈》云：“诗家以少陵为祖，其说曰‘语不惊人死不休’；禅家以达摩为祖，其说曰‘不立文字’；诗之不可为禅，犹禅之不可为诗也。何君合二为一，余所不晓。”（集九九）又与严说不同。

十五　序诗论文之难

也许就是因为徘徊不定，所以对于序诗论文都感觉很难。《瓜圃集序》云：

夫作诗难，序诗尤难。《小序》最古，最受攻，至朱文公始尽扫而去之，而诗之义自见，诗之显晦不在乎序之有无也决矣。（集九四）

《杨彦侯集序》云：

古作者皆自其文传，不托人以传也。托人以传者，必其人之文与我相上下，如刘之序柳，苏之序欧，然后无愧。若赵得之序韩，殆似以莛撞钟蠡测海矣。（集九七）

这是说序诗之难。《题郑大年文卷》云：

余尝为作文难，论文尤难。貌似者不若意似：貌似者，《法言》之似《论语》也，《两京》《两都》之似《上林》《子虚》也；意似者，杜诗之似《史记》也，《贞符》之似《王命论》也。（集一〇九）

这是说论文之难。论文之难，难于探意似，序诗之难，也是难于窥知情意。所以《瓜圃集序》指出“子夏孔门之高第，卫宏汉世之名儒”，“而有不能通匹夫匹妇之情性”。然后说：“若余者，其敢自谓知朋友之意乎？”无已，止有诗人评诗，文人评文，词人评词，还可以得其仿佛。《题刘澜诗集》云：

诗必与诗人评之。今世言某人贵名揭日月，直声塞穹壤，是名节人也；某人性理际天渊，源派传濂洛，是学问人也；某人窥姚姒，逮庄骚，摘屈宋，熏班马，是文章人也；某人万里外建侯，某人立谈取卿相，是功名人也。此数项人者，其门挥汗成雨，士群趋焉，诗人亦携诗往焉。然主人不习为诗，于诗家高下浅深，未尝涉其藩墙津涯，虽强评要未抓着痒处。（集一〇九）

《题刘澜乐府》云：

刘君澜尝请方蒙仲序其诗以示余，余曰：诗当与诗人评之，蒙仲文人，非诗人，安能评诗？今又请余评其词，余谢曰：词当叶律，使雪儿春婴辈可歌，不可以气为色，君所作未知叶律否？前辈惟耆卿、美成尤工，君其往问之。（集一〇九）

诗人始能评诗，词人始能评词，推之文，也必文人始能评定。

十六　戴复古的诗家小学须知

戴复古的《石屏集》有楼钥、吴子良、包恢、赵以夫、真德秀、赵蕃诸人序，知接触的人物很多，可是最有关系还是杨陆，特别是陆游。楼序云："登三山陆放翁之门，而诗学大进。"所作《诸诗人会吴门诗》云：

杨陆不再作，何人可受降！（《石屏集》，《台州丛书》本卷三）

《读放翁先生剑南诗草》云：

茶山衣钵放翁诗，南渡百年无此奇。入妙文章本平淡，等闲言语变瑰琦。三春花柳天裁剪，历代兴衰世转移。李杜陈黄题不尽，先生摹写一无遗。（集六）

可见近出杨陆，远希陈黄，仍是江西衣钵。邵武太守王子文，日与李贾严羽共观前辈一两家诗及晚唐诗，作《论诗十绝》。前三首云：

文章随世作低昂，变尽风骚到晚唐，举世纷纷吟李杜，时人不识有陈黄。

古今胸次浩江河，才比诸公十倍过，时把文章供戏谑，不知此体误人多。

曾向吟边问古人，诗家气象贵雄浑，雕镂太过伤于巧，朴拙惟宜怕近村。

还是惓恋江西，贬抑晚唐。第四、五两首云：

意匠如神变化生，笔端有力任纵横，须教自我脑中出，切忌随人脚后行。

陶写性情为我事，留连光景等儿戏，锦囊言语虽奇绝，不是人间有用诗。

重性情，卑留连光景，斤计诗的有用无用，又和早期的江西诗派不同。第七、八两首云：

欲参诗律似参禅，妙趣不由文字传，箇里稍关心有悟，发为言句自超然。

诗本无形在窈冥，网罗天地运吟情，有时忽得惊人句，费尽心机做不成。

同于严羽的以禅说诗,异于刘克庄的分别诗禅。第十首云:

> 草就篇章只等闲,作诗容易改诗难,玉经雕琢方成器,句要丰腴字要安。(**集七**)

又略同于杨万里的论文须修饰。总之,是揉杂南宋末年的各家见解,邵子文评为"无甚高论",并非苛责;戴复古自言"可作诗家小学须知",倒也的当。

第八章　浙东派的事功文学说

一　北宋三派的揉合

浙东派以温州永嘉郡四县——永嘉、瑞安、乐清、平阳为主。据周行己所作《赵彦昭墓志铭》，元丰作新太学，温州同游者有蒋元中、沈彬老、刘元承、刘元礼、许少伊、戴明仲、赵彦昭、张子充。(《浮沚集》七)叶适《题二刘文集后》云："永嘉僻远下州，见闻最晚，而九人者，乃能违志开道，蔚为之前。"(《水心集》廿九)近代孙诒让《跋横塘集》(《横塘集》，《永嘉丛书》本卷末)，仍沿用其说。惟王十朋作《何提刑墓志铭》云："永嘉自元祐以来，士风寖盛。……至建炎绍兴间，异才辈出，往往甲于东南。"(《梅溪文集》，后集廿九)稍有不同。但元丰止有八年，随后就是元祐，疑一样的指元丰诸先生。

九先生以及其稍后的永嘉诸老的学术，渊源于北宋三派。王十朋《送叶秀才序》云：

> 吾乡谊理之学甲于东南，……后学士子群居学校，战艺场屋，笔横渠而口伊洛者，纷如也。(后集廿九)

楼钥《温州进士题名序》云：

河南二先生起千载之绝学以倡学者，此邦之士，渐被为多。（《攻媿集》五三）

周行已《戴明仲墓志铭》，亦特别提出“尝从洛阳程氏问学”（《浮沚集》七），孙诒让《横塘集跋》更考知自蒋赵张三先生外，皆学于程门。是和道学派有渊源。邓广铭先生《浙东学派探源》引《浙江通志》云：

永嘉先辈以经鸣者，渊源皆出于（龚）原。（天津《益世报·读书周刊》第十三期）

又指出周行已《沈子正墓志铭》，载子正永嘉人，父资使从学程颐、吕大临、龚原（《浮沚集》七）。龚原是王安石门人，同时周行己又尝与曾巩倡和，知和经术派也有关系。《四库提要》谓周行己开永嘉学术之源，而导流者则推薛季宣（卷一六〇，《浪语集》提要）。周行己《寄鲁直学士》云：

当今文伯眉阳苏，新词的砾垂明珠；我公江南独继步，名誉藉甚传清都。……婴儿失乳投母哺，当亦饮食琼浆壶。（《浮沚集》，《武英殿聚珍版丛书》本卷八）

薛季宣作《读东坡和靖节诗》（《浪语集》，《永嘉丛书》本卷八），《跋东坡诗案》（集六），又作专咏东坡的诗（集十二），知对议论派也颇崇依爱好。周行己《上祭酒书》云："又二年读书，盖见古人文章，浩浩如涛波，缅缅如春华，于是乎而慕之。又学为古文，上希屈宋，下法韩柳。"全同于欧苏意念。但又说："又二年读书，益见道理，于是始知圣人作书遗后世，在学而行之，非以为文也，乃知文人才士不足尚。"（集五）又转于周程意念。薛季宣作《反古诗说》（集三有序），后易名"诗性情说"（集廿七有书后）。又作《香奁集叙》，称"韩偓为诗有情致，形容能出人意表"（集卅）。作《李长吉集序》，称"他人之诗，不失之粗，则失之俗，要不可谓之诗人之诗。长吉无是病也，其轻飏纤丽，盖能自成一家"（集卅）。更接近辞章了。

二　王十朋的论赞韩柳欧苏

薛季宣生绍兴四年（1134），卒乾道九年（1173），比他大二十二岁的王十朋（1112—1171），乐清人，也是永嘉派的重要人物。曾作《论文说》一篇。指出文章与年共进，老来每悔少作（前集十九），并没有多少见解。有见解的没有标题论文，如《策问》先引刘禹锡序柳宗元文云："文章与时高下。"又引苏轼《记韩文公碑》云："公起布衣，谈咲而麾之，天下靡然归于正。"然后发问云：

> 尝因二子之论而验其时与人，必刘子之言是信耶？则吐辞为经，如孟荀二子，实战国人也，战国之分裂能病天下之文，曷为不能病二子乎？必苏子之言是信耶？则战国二儒贤过韩愈，愈能起八代之衰，而二儒乃不能起战国之病何也？我国朝

四叶文章最盛，议者皆归功于仁祖文德之治，与大宗伯欧阳公救弊之力；沉浸至今，文益粹美，远出乎正元元和之上，而进乎成周之郁郁矣，是果时耶人耶？二者若兼有之，与刘苏二子之说又皆不同，何也？愿与诸君辩之。（《梅溪文集》，《四部丛刊》本前集十四）

言外之意，显然时与人并重，用现在的话说来就是“时人二元论”。时人二元论是在解释文学潮流，至文学利病，他从作者的有无刚气理解。《蔡端明文集序》云：

文以气为主，非天下之刚者莫能之。古今能文之士非不多，而能杰然自名于世者亡几，非文不足也，无刚气以主之也。孟子以浩然充塞天地之气，而发为七篇仁义之书，韩子以忠犯逆鳞勇叱三军之气，而发为日光玉洁表里六经之文，故孟子辟杨墨之功不在禹下，而韩子觝排异端攘斥佛老之功又不在孟子下，皆气使之然也。若二子者，非天下之至刚者欤！（后集廿七）

这受苏辙影响是很明显的，实也受道学家影响。道学家的本体论是理与气，因此也每以理与气论文。不过王十朋改为刚气，便成为他的新说，而这种新说也正是永嘉派所酝酿。北宋三派的经术议论两派都有事功的意味，都有史学的倾向。传至永嘉，以时局及其他关系，事功与史学的意味益浓。时人二元论是史学家的通常见解，刚气是事功家的应具性格，不过王十朋移来论文，便成为他的贡献。

王十朋的另一贡献，是：韩、柳、欧、苏的并提与分辨。绍兴庚午（1150）七月上澣日，读东坡大全集于会趣堂，作《读苏文》云：

> 唐宋文章未可优劣，唐之韩柳，宋之欧苏，使四子并驾而争驰，未知孰后而孰先，必有能辨之者。
>
> 不学文则已，学文而不韩、柳、欧、苏，是观诵读虽博（观字疑当在韩柳字上），著述虽多，未有不陋者也。
>
> 韩欧之文，粹然一出于正，柳与苏好奇而失之驳；至论其文之工，才之美，是宜韩公欲推逊子厚，欧阳子欲避路放子瞻出一头地也。（前集十九）

前两则是并提，后一则是分辨。分辨的还有《杂说》云：

> 唐宋之文可法者四，法古于韩，法奇于柳，法纯粹于欧阳，法汗漫于东坡；余文可以博观，而无事乎取法也。
>
> 贾谊赋过相如，杨子云不知也；柳子厚《平淮西》雅过韩退之，子厚自知之。子厚之文，温雅过班固；退之之文，雄健过司马子长；欧公得退之之纯粹，而乏子厚之奇；东坡驰骋过诸公，简严不及也。（前集十九）

《读苏文》的分辨兼及辞意，《杂说》的分辨专论文辞。自现在看来，这种并提与分辨，止是平庸的常识，并没有新鲜的意义。要知这就是后人承受了这种意见，而王十朋首先在若干作家中，选提出来分析比较，作为楷模，当然应标出特书。至韩柳的"指意不同"，王十朋在《策问》也曾详论（前集十五），兹从省不述。还有对于诗，他不满意“学江西诗者谓苏不及黄，又言韩欧二公诗乃押韵文耳”；特作《读东坡诗》（后集十四），抗辩阐扬，兹亦不述。

三　吕祖谦的看史方法

寿春人吕祖谦（1137—1181），全祖望改编的《宋元学案》自为《东莱学案》，黄宗羲的原本则标为《永嘉学案》之一，引朱熹谓永嘉之学，伯恭（祖谦字）兼君举（陈傅良）同父（陈亮）之长。吕祖谦《与朱侍讲（熹）书》云：“所论永嘉文体一节，乃往年为学官时病痛，数年来深知其缴绕狭衲，深害心术，故每与士子语，未尝不以平正朴实为先。去夏与李仁甫议文体，政是要救此弊。”（《东莱文集》，《金华丛书》本卷三）知确为永嘉派，不过后来又趋向道学。《与陈同父书》云：

> 某窃谓若实有意为学者，自应本末并举；若有体而无用，则所谓体者，必参差卤莽无疑也。

又云：

> 词章古人所不废。（集五）

一面重视本末体用，一面又不废词章，所以要融合道学辞章，而归于史文。吴子良《筼窗集续集序》云：“自元祐后，谈理者祖程，论文者宗苏，而理与文分为二。吕公（祖谦）病其然，思融会之，故吕公之文，早葩而晚实。”（《筼窗集》卷首）一点不错。吕祖谦著《史说》

一卷，第一条言看《通鉴》之法云：

> 昔陈莹中尝谓《通鉴》如药山，随取随得。然虽是药山，又须是会采；若不能采，不过博闻强记而已。壶子问于列子曰："子好游乎？"此可取以为看史之法。大抵看史见治则以为治，见乱则以为乱，见一事则止别一事，何取观史？当如身在其中，见事之利害，时之祸患，必掩卷自思，使我遇此等事，当作如何处之。如此观史，学问亦可以进，知识亦可以高，方为有益。（集十九）

只说到学问知识，没有说到史学文学，但永嘉派的史学文学本来最重学问知识，所以学问知识的方法，也就是史学文学的方法。吕祖谦编《文海》（就是《宋文鉴》），朱熹说"何补于治道于后学？"（《东莱学案》）恐怕正是针对吕祖谦希望有补于治道后学而发。吕祖谦《太学策问》云：

> 今日与诸君共订者，将各发身之所实然者，以求实理之所在，夫岂角词章记诵事无用之文哉？（集二）

"实理所在"的文章就是有补治道的文章，各家文集中自也不乏这种作品，但主要的还是史文，所以特提看史之法。朱熹说他"爱说史学"（《东莱学案》），诚然。

四　陈傅良的批评经生文士

同样归依史文的还有瑞安陈傅良（1137—1203）《答贾端老》云：

闲居须课一书，要当自古文书始，逾年便可到春秋之末，而及《通鉴》可也。

又云：

示谕看过《左氏传》，甚善。疏问数条，只是小小事，自未是穿贯五霸之变。五霸功罪未分，则东迁之不竞，与历年多处未见着落。《春秋》同是圣人经世之用，要其托史见义，以五霸为据案；而左氏合诸国之史，发明经所不书，以表见其所书，因五霸之兴衰，究观王道之缺，则战国之事起，周亡而秦汉出矣。此其大略。若夫精详，非面莫究。《太史公书》又以接《尚书》《春秋》之统绪，而下逮秦汉，其用功略与《左氏》同；而不敢比拟《春秋》，是以变为纪传书表耳。何当合并，共讲其指。（《止斋文集》，《四部丛刊》本卷卅五）

“经世之用，要其托史见义”，是重视史文的原因，同时也是对史文的要求。就史文而论，他更重视正史。《答薛子长》云：

谕方阅南、北二《史》，尽佳，然一代沿革，附见表志者，往往不收，未免遗恨，则诸史要不可废。自荀、袁二《纪》以来，下逮司马《通鉴》，大率欲祖《左氏》。盖《左氏》本依经为传，纵横上下，旁行溢出，无非解剥经谊，而非自为书。今乃合太史公纪世书传，系之编年，则其间事辞缪辖，势必至得此遗彼。由此观之，类不如正史之悉也。（集三十六）

正史就是纪传体的史书。徐得之作《左氏国纪》,就编年改为国别,与纪传体相仿,陈傅良为之作序,称“学者诚得《国纪》伏而读之,因其类居而稽之经,某国事若干,某事书,某事不书,较然明矣”。(集四十)也是重视纪传体的言论。吕祖谦虽说编年纪传二体都不可废(《史说》),但止论读编年体的通鉴之法,弦外之音,自然是编年优于纪传。可见二人虽同重史文,但所重的史文并不同。吕祖谦的看重编年,是喜其“体统源流相承”;陈傅良的看重纪传,是恶编年的“事辞轇轕”,“得此遗彼”:喜恶不同,同是站在事功的观点。

吕陈二人还有一点小小的不同。朱熹说“伯恭于史分外子细,于经却不甚理会”(《东莱学案》)。陈傅良更进而援经入史。徐得之《左氏国纪序》云:

> 古者事言各有史。凡朝廷号令与其君臣相告语为一书,今《书》是已。被之弦歌,谓之乐章,为一书,今《诗》是已。有可臧焉,而官府都鄙邦国习行之,为一书,今仪礼若《周官》之六典是已。自天子至大夫士氏族传序,为一书,若所谓帝系书是也。(集四十)

直然是说“《六经》皆史”,也就是说《六经》都是“圣人经世之用”,而托之以见义的。依据这种观点,自然不满意当时的经生,也不满意当时的文士。《答刘公度》云:

> 经生徇偏,何者为全?文士逐末,其本安在?(集卅八)

《文章策》云:

> 三代无文人,《六经》无文法。非无文人也,不以文论人也;非无文法也,不以文为法也。是故文非古人所急也。古者道德同而风俗一,天下未尝惟文之尚也,学校进士无文教也,乡党选士无文科也,朝廷爵士无文品也。士之有文,皆涵养之素,而谈笑之发,蹈履之熟,而议论之及,非有意也。是故虽其所出,而非其所为;虽其所有,而非其所知。文之在天下,郁郁矣。

又云:

> 道盛则文俱盛,文盛则道始衰矣。射策之晁错,不如木强之申屠;谈经之公孙,不如戆愚之汲黯。自汉以来,甚矣文之日盛,而士之俗日漓,人才之日乏,而国家之日不理也;华藻之厚,而忠信之薄也;词辩之工,而事业之陋也;学问之该,而器识之浅也。吾不意夫文之为天下患如此也!汉之文,杨雄其尤,美新之作,庸人耻之;唐之文,韩愈其尤,谀墓之诮,在当世固不免。呜呼,他何望哉?(集附录)

《答刘公度书》自然是经生文士同样非斥,《文章策》好像止非文士,但举例及于谈经之公孙,则经生亦在非斥之例。南宋的经生大半是道学家,文士当然是辞章家,反对经生文士就是反对道学家和辞章家。

不过他反对道学家,可也接受了道学家的意见。如说:"道盛则文俱盛,文盛则道始衰矣。"所不同者,道学家的道指心性而言,他则重在理国材能与事业器识。他反对辞章家,也接受了辞章家的意见。如《答丁子齐》,劝他"磨砺乎事业,奋发乎文章"。并且说："古之大人，未有不兼通此而后可以应天下之故者。"（集卅六）不同者，辞章家专重文章，他则要植基于"磨砻事业"。

五　陈亮的文章责任说

浙东派的另一主力是永康，永康的领袖人物是陈亮，黄宗羲特撰《永康学案》（全祖望改为《龙川学案》），但朱熹则一样视为永嘉之学。陈亮《送吴允成运幹序》云：

> 往三十年时，亮初有识知，犹记为士者必以文章行义自名，居官者必以政事书判自显，各务其实而极其所至，各有能有不能，卒亦不敢强也。自道德性命之说一兴，……于是天下之士，始丧其所有，而不知适从矣。为士者耻言文章行义，而曰尽心知性；居官者耻言政事书判，而曰学道爱人。相蒙相欺，以尽废天下之实，则亦终于百事不理而已。（《龙川文集》，《四部备要》本卷十五）

这显然是攻击道学，提倡辞章。不过他的提倡辞章，是与行义连举，与政事书判并称，仍是站在事功的立场。

惟其趋近辞章，提倡辞章，所以他的文学意见较周、薛、吕、陈都丰硕。有人认为当时的文章，尤其是科举文，纵弛浮浅，应改变文格。陈亮作《变文法》云：

> 古人重变法，而变文尤非变法所当先也。

这就是说法是不好轻易改变的，而变文更要在变法之后。从理论上言之：

天下之士，岂不欲自为文哉？举天下之文，而皆指其不然，则人各有心，未必以吾言为然也。然不然之言，交发并至，而论者始纷纷矣。纷纷之论既兴，则一人之力，决不能胜众多之口。此古人所以重变法，而尤重于变文也。

可见改变文格，不是一二人的力量所能奏效。从例证上言之：

夫文弊之极，自古岂有逾于五代之际哉？卑陋萎弱，其可厌甚矣。艺祖一兴，而恢廓磊落，不事文墨，以振起天下之士气，而科举之文，一切听其所自为，有司以一时尺度律而取之，未尝变其格也。其后柳仲涂以当世大儒，从事古学，卒不能麾天下以从己。及杨大年、刘子仪因其格而加以瑰奇精巧，则天下靡然从之，谓之崑体。穆修、张景专以古文相高，而不为骈俪之语，则亦不过与苏子美兄弟唱和于寂寞之滨而已。故天圣间，朝廷盖知厌之，而天下之士，亦终未能从也。其后欧阳公与尹师鲁之徒，古学既盛，祖宗之涵养天下，至是盖七八十年矣。故庆历间，天子慨然下诏书，风厉学者以近古，天下之士，亦翕然丕变，以称上意。于是胡翼之、孙复、石介以经术来居太学，而李泰伯、梅尧臣辈又以文墨议论游泳于其中，而士始得师矣。当是时，学校未有课试之法也，士之来者至接屋以居而不倦，太学之盛，盖极于此矣。乘士气方盛之际，虽取三代两汉之文，立为科举取士之格，奚患其不从？此则变文之时矣，艺祖固已遂知其如此矣。然当时诸公，变其体而不变其格，出入乎文史，而不本之以经术，学校课士之法，又往往失之太略，此王文公所以得乘间而行说于熙宁也。

可见必须法变而后文格始变。现在的文格，纵弛浮浅，“议者思所以变之，其意非不美矣，而其事则艺祖之所难，而嘉祐之所不及也。三年课试之文，四方场屋之所系，此岂可一朝而变乎？”那末怎样办呢？陈亮续云：

昔庆历有胡翼之学法，熙宁有王文公学法，元祐有程正叔学法，今当请诸朝廷，参取而用之，不专于月书季考，以作成大学之士，以为四方之表仪，则祖宗之旧可以渐复，岂必遽变其文格以惊动之哉？（集十一）

这是因为陈亮是事功家，很看重政治，也很看重历史，由是对于纵弛浮浅的文章，主张请诸朝廷，积极诱导，不必消极变革；至欲以一二人的力量改变文格，他认为绝对的无济于事。他不附合议者的改变文格，并不是赞成当时的纵弛浮浅的文章，特别是科举的骈俪之文，尤为卑薄。有吴叔异者，以自己所作骈俪之文赠陈亮，陈亮复书云：

亮闻古人之于文也，犹其为仕也，仕将以行其道也，文将以载其道也。道不在我，则虽仕何为？虽有文，当与利口者争长耳。韩退之《原道》，无愧于孟荀，而终不免以文为本，故程氏以为倒学；况其止于驰骋语言者，固君子所不道，虽终日哓哓，欲以陵轹一世，有识者固俯首而笑之耳，岂肯与之辩论是非哉？君子不成人之恶，岂愿其至此？然而彼既不可晓，虽与之辩论，如水投石，而又甚焉。何者？水投石，不入而止尔；人之难晓，必且取辱，是以君子不为也。（集廿一）

喜笑怒骂，一至于此，则对于骈俪文当然是极端非斥。非斥骈俪文，相反的便称赞古文。他就欧阳修的文中选出一百三十篇，题名《欧阳文粹》，作书后云：

公之文根乎仁义，而达之政理，盖所以翼《六经》，而载之万世者也，虽片言半简，犹宜存而弗削，顾犹有所去取于其间，毋乃诵公之文，而不知其旨，敢于犯是不韪而不疑也！初天圣明道之间，……其文犹袭五代之卑陋，中经一二大儒，起而麾之，而学者未知所向，是以斯文独有愧于古。天子慨然下诏书，以古道饬天下之学者，而公之文遂为一代师法。未几而科举禄利之文，非两汉不道，于是本朝之盛极矣。公于是时，独以先王之法度未尽施于今，以为大阙。其策学者之辞，殷懃切至，间以古今繁简浅深之宜，与夫周礼之可行与不可行。而一时习见百年之治，若无所事乎此者，使公之志弗克遂伸。……迄于宣政之末，而五季之文，靡然遂行于世，然其间可胜道哉！二圣相承，又四十余年，天下之治，大略举矣。而科举之文，犹未还嘉祐之盛，盖非独学者不能上承圣意，而科制已非祖宗之旧，而况上论三代？始以公之文，学者虽私诵习之，而未以为急也。故予姑掇其通于时文者，以与朋友共之。由是而不止，则不独尽究公之文，而三代两汉之书，盖将自求之而不可御矣。先王之法度犹将望之，而况于文乎？则其犯是不韪，得罪于世之君子而不辞也。虽然，公之文雍

容典雅，纡余宽平，……读之蔼然，足以得祖宗政治之盛，其关世教，岂不大哉？（集十六）

一则说欧阳修的文章，“根乎仁义而达之政理”。再则说欧阳修的志业，“独以先王之法度，未尽施于今”。三则说读《文粹》，“足以得祖宗政治之盛”。称颂揄扬，都归本于政教事功，可见他是以政教事功的观点评赞欧文，以政教事功的责任托于文章。

以政教事功的责任托于文章，最有厚望的是论，陈亮《书作论法后》云：

大凡论不必作好语言，意与理胜，则文字自然超众。故大手之文，不为诡异之体，而自然宏富；不为险怪之辞，而自然典丽；奇寓于纯粹之中，巧藏于和易之内。不善学文者，不求高于理与意，而务求于文彩词句之间，则亦陋矣。故杜牧之云：“意全胜者，辞愈朴而文愈高；意不胜者，辞愈华而文愈鄙。”昔黄山谷云：“好作奇语，自是文章一病，但当以理为主；理得而辞顺，文章自然出群拔萃。”（集卷十六）

并没有说出作论法的是何人，可能就是陈亮自己。俞成《萤雪丛说》亦引列陈亮论作文之法（《稗海》本卷上），知他对作文作论的方法，颇重视，也有研究。

六　叶适的教事说

比陈亮更攻击道学，更趋向辞章的是叶适（1150—1223），永嘉人，不止是永嘉派的集大成者，也是浙东派的集大成者，特别是关于文学方面。吴明辅问"道学名实真伪"，叶适答书引列《诗》《书》两经，谓"皆以学致道，而不以道致学"。又云：

道学之名，起于近世儒者，其意曰"举天下之学皆不足以致其道，独我能致之"，故云尔。其本稍差，其末大弊矣。（《水心文集》，《四部丛刊》本卷廿七）

这是攻击道学。《罗袁州文集序》云：

夫文如珠玉焉，人之所挟以自贵重也。蔚豹之泽必雾隐，孔鸾之舞必日中，快读而疾愈，争传而纸贵，乌有轻溷瓦石，芒芒不决耶？（集十二）

这是趋重辞章。陈亮已将政教事功的责任托于文章，但鲜明的说文章应以政教事功为职志的是叶适。《赠薛子长》云：

读书不知接统绪，虽多无益也；为文不能关教事，虽工无益也；笃行而不合于大义，虽高无益也；立志不存于忧世，虽仁无益也。（集廿九）

文章以教事为职志，诗也要矩于教。《跋刘克逊诗》云：

自有生人，而能言之类，诗其首矣。古今之体不同，其诗一也。孔子诲人诗无庸自作，必取中于古，畏其志之流，不矩于教也。后人诗必自作，作必奇妙殊众，使忧其材之鄙，不矩于教也。水为沅湘，不专以清，必达于海。玉为珪璋，不专以好，必荐于郊庙。二君（克庄、克逊）知此，则诗虽极工，而教自行，上规父祖，下率诸季，德艺兼成，而家益大矣。（**集廿九**）

“关教事”的诗文要基于理，因此陈亮说作论要理胜，叶适更说文章当以义理为主。《周南仲文集后序》云：

夫文者言之衍也。古人约义理以言，言所未究，稍曲而伸之尔。其后俗益下，用益浅，凡随事逐物，小为科举，大为典册，虽刻秾损华，然往往在义理之外矣，岂所谓文也？君子于此寄焉则不足以训德，学者于此习焉则足以害正，力且尽而言不立，去古人不愈远乎？（**集十二**）

又于《习学记言》赞吕祖谦《文鉴》云：

按上世以道为治，而文出于其中。战国至秦，道统放灭，自无可论。后世可论惟汉唐。然既不知以道为治，当时见于文者，往往讹杂乖戾，各恣私情，极其所到，便为雄长，类次者复不能归一，以为文正当尔，华忘实，巧伤正，荡流不反，于义理愈害而治道愈远矣。此书刊落浩穰，百存一二：苟其义无所考，虽甚文不录；或于事有所该，虽稍质不废；巨家鸿笔，以浮浅受黜；稀名短句，以幽远见收。合而论之，大抵欲约一代治体归之于道，而不以区区虚文为主。（**《敬乡楼丛书》本卷四七**）

表面看来，曰“道”，曰“义理”，好像同于道学家，但道的标准是义有所考，事有所该，所重在“用”，和道学家的所重在“体”，大相迳庭。

七　文肆诗切说

教事是诗文的内容，至形式，叶适主张文肆诗切。《观文殿学士知枢密院事陈公文集序》云：

> 经欲精，史欲博，文欲肆，政欲通。（集十二）

“文欲肆”，所以反对拘限四六。奏议中的《宏词》一篇云：

> 若乃四六对偶，铭檄赞颂，循沿汉末，以及宋齐，此真两汉刀笔吏能之而不作者，而今世谓之奇文绝技，以此取天下士而用之于朝廷，何哉？自词科之兴，其最贵者四六之文，然其文最为陋而无用。士大夫以对偶亲切、用事精的相夸，有以一联之工，而遂擅终身之官爵者。此风炽而不可遏，七八十年矣。前后居卿相显人，祖父子孙相望于要地者，率词科之人也。其人未尝知义也，其学未尝知方也，其才未尝中器也，操纸援笔以为比偶之词，又未尝取成于心，而本其源流于古人也，是何所取而以卿相显人待之，相承而不能革哉？（集三）

依据这种观点，古代的文章最称赞建安，宋代的文章最称赞元祐，当代的文章最称赞陈亮。《题陈寿老文集后》云：

建安中，徐、陈、应、刘，争饰词藻，见称于时，识者谓两京余泽，由七子尚存。自后文体变落，虽工愈下，虽丽愈靡，古道不复庶几，遂数百年。元祐初，黄、秦、晁、张，各擅毫墨，待价而显，许之者以为古人大全，赖数君复见。及夫纷纭于绍述，埋没于播迁，异等不越宏词，高第仅及科举，前代遗文风流泯绝，又百有余年矣。（集二十九）

《龙川集序》云：

同甫（陈亮）既修皇帝王霸之学，上下二千余年，考其合散，发其秘藏，见圣贤之精微，常流行于事物，儒者失其指，故不足以开物成务。其说皆今人所未讲，朱公元晦意有不与，而不能夺也。（集十二）

又作书后，说陈亮的文章："海涵泽聚，天霁风止，无狂浪暴流，而回旋起伏，萦映妙巧，极天下之奇险。"（集廿九）大概陈亮是他的同调学侣，黄、秦、晁、张是他们所从出。陈亮《三国纪年论建安七子》云："汉兴，文章浑厚典雅，最为近古，武昭以后衰矣。……至若建安七子之风概似矣。"（陈集十二）和叶适的论调正是肸蚃相通。

"文欲肆"，不可"以对偶亲切相夸"；诗欲精，不可"污漫广莫"。《徐斯远文集序》云：

庆历嘉祐以来，天下以杜甫为师，始黜唐人之学，而江西宗派章焉。然而格有高下，技有工拙，趣有浅深，材有大小，以夫污漫广莫，徒枵然从之，而不足以充其所求，曾不如脰鸣吻

决，出豪芒之奇，可以运转而无极也。故近岁学者已复稍趋于唐，而有获焉。（**集十二**）

这是反对污漫广莫。《徐道晖墓志铭》云：

盖魏晋名家多发兴高远之言，少验物切近之实。及沈约、谢朓永明体出，士争効之，初犹甚艰，或仅得一偶句，便已名世矣。夫束字十余，五色彰施，而律吕相命，岂易工哉？故善为是者，取成于心，寄妍于物，融会一法，涵受万象，豨苓桔梗，时而为帝（帝字原毁，据《永嘉丛书》本补），无不按节赴之，君尊臣卑，宾顺主穆，如丸投区，矢破的，此唐人之精也。然厌之者，谓其纤碎而害道，淫肆而乱雅，至于廷设九奏，广袖大舞，而反以浮响凝宫商，布缕缪组绣，则失其所以为诗矣。然则发今人未悟之机，四百年已废之学，使后复言唐诗者自君始，不亦词人墨卿之一快也！（**集十七**）

《题刘潜夫南岳诗稿》云：

往岁徐道晖诸人，摆落近世诗律，敛情约性，因狭出奇，合于唐人，夸所未有，皆自号"四灵"云。于时刘潜夫年甚少，刻琢精丽，语特惊俗，不甘为雁行比也。今四灵丧其三矣，冢巨沦没（冢原作家。据《永嘉丛书》本校改），纷唱迭吟，无复第叙。而潜夫思益新，句愈工，涉历老练，布置阔远，建大将旗鼓，非子孰当？昔谢显道谓陶冶尘思，模写物态，曾不如颜谢徐庾留连光景之诗。此论既行，而诗因以废矣。悲夫！潜夫

以谢公所薄者自鉴，而进于古人，不已参《雅》《颂》，轶《风》《骚》可也，何必四灵哉？（集廿九）

前者赞奖四灵，后者又说“何必四灵”，抑扬不同，同是提倡精切。有刘子至者，致书叶适，鼓吹“天机自动，天籁自鸣，不待琱琢”，而至“浑脱圆成”地位。叶适答书云：“子至得从来下功深之力，方有今日，第其间尚有短乏未坚等，滓垢未明净者，以下功犹未深也。若便要放下，随语成章，则必有退落，反不逮琱刻把持者矣，切须审详。”（集廿七）也是反对污漫，提倡精切。

八　楼钥的和平正直说

永嘉永康以外的鄞人楼钥（1137—1213），《宋元学案》列晦翁私淑，但引袁清容《延祐四明志》，永嘉王和叔枬亦尝以经世之学授之。又冯云濠引《行状》，官永嘉时，闻薛季宣深于兵略，屡请问焉。（《宋元学案》七十九，《邱刘诸儒学案》）据知不止籍隶浙东，学问的渊源也出于浙东一派，虽然也私淑朱熹。他的《攻媿集》有《答朱晦庵书》，自称“尚庶几在弟子之列”（集六十六）。但《祭薛寺正（季宣）》也说：“尝登公之门。”《祭吕太史（祖谦）》也说：“登公之门，尝闻余论之一二。”（并集八十三）是对朱熹止是私淑，对薛季宣、吕祖谦才是亲炙，祭薛文特别标出“施之政事，著之文章”，也正是浙东派的意念。《答綦君（更生）论文》云：

来书谓长江东流不见其怪，瞿唐滟滪之所迫束而后有动心骇目之观，诚是也；然岂水之性也哉？水之性本平，彼遇风而纹，遇壑而奔，浙江之涛，蜀川之险，皆非有意于奇变，所谓湛然而平者固自若也。滟滪之立中流，或谓其乃所以为平，此言尤有深致。故乐之未亡也，与天地同和，可以感发人之良心；而其既亡也，史纪其精者，谓能使人叹息凄怆至泣下沾襟者，然后可以为声之妙，曾不知哀以思者乃亡国之音，所谓安以乐者何在耶？清庙之瑟，一唱而三叹，其亦异于后世之乐矣。妄意论文者，当以是求之，不必惑于奇，而先求其平。

以水喻文似本于苏洵的《仲兄字文甫说》（详六章三节），历险求平似本于张耒的《答李推官书》（详六章八节），这更可知他和"护苏氏尤力"的吕祖谦关系尤深，所以宗仰相同。不过张耒的企响是"不求奇而奇至"，楼钥的企响是"不必惑于奇而先求其平"，意念并不一致。苏轼与鲁直云："凡人文字，务使平和，至足余溢为奇怪，盖出于不得已。"（《东坡续集》卷四）楼钥的意见似与相近，但也不全同。一则苏轼视奇怪为"至足余溢"，楼钥视奇怪为诗文之病。二则苏轼求之文字，楼钥索之心平气和。《答綦君论文书》又云：

唐三百年，文章三变而后定，以其归于平也。而柳子厚之称韩文公乃曰文益奇，文公亦自谓怪怪奇奇，二公岂不知此，盖在流俗中以为奇，而其实则文之正体也。宋景文公知之矣，谓其粹然一出于正。至其所自为文，往往奇涩难读，岂平者难为工，奇者易以动，文人习气终未免耶？典谟训诰无一语之奇，无一字之异，何其浑然天成如此！文人欲高一世，或挟战国策士之气以作新之，诚可以倾骇观听，要必有太过处。呜呼，如伊川先生之《易传》，范太史之《唐鉴》，心平气和，理正词直，然后为文之正体，可以追配古作，而遽读之者未必深喜，波平水静，过者以为无奇，必见高崖悬瀑而后快。韩文公之文非无奇处，正如长江数千里，奇险时一间见，皆有触而后发；使所在而然，则为物之害多矣。故古文之感人如清庙之瑟。若孟郊贾岛之时穷而益工者，悲忧憔悴之言，虽能感切，不近于哀以思乎！（《攻媿集》，《四部丛刊》本卷六六）

《北海先生文集序》亦云：

夫唐文三变，宋之文亦几变矣，止论骈俪之体，亦复屡变。作者争名，恐无以大相过，则又习为长句，全引古语，以为奇倔，反累正气；况本以文从字顺，便于宣读，而一联或至数十言者，识者不以为善也。（集五一）

这又像是本于王禹偁的反难尚易，但也不尽同；王禹偁是在提倡易道易晓（详一章五节），楼钥是在提倡“心平气和，理正词直”。易道易晓纯是修辞问题，“心平气和，理正词直”则与持身立言有关。《答杜仲高（旃）书》云：

杜之诗，韩之文，如王右军之书，皆古今一人而已。近世士大夫水墨积习之工类不甚至，唐人多能书，欧虞褚薛是其尤颖异者，疲精竭神，各自名家，终不足以望右军阃域，若诗与文可以力取而强进之耶？诋之为村夫子者，固自难言。然王荆公以为与元气侔，盖极言诗之高致，若曰“所以拜公象，再拜涕泗流”，正为《茅屋为秋风所破》，叹一诗用意之大。东坡谓“自是稷契等辈口中语”，正谓其语似稷契辈尔。唐史赞之：“诗人以来未有如子美者。”皆极口称其诗。工部之诗真有参造化之妙，别是一种肺肝，兼备众体，间见层出，不可端倪，忠义感慨，忧世愤激，一饭不忘君，此其所以为诗人冠冕。后人著意形似，亦有可杂之诗中而不可辨者，至其奔逸绝尘，虽诸名公，恐未免瞠乎若后。此难与不知者道也。（集六六）

也是在就杜诗的能成为“古今一人”，说明不在“著意形似”，而在有“忠义感慨，忧世愤激”的“一种肺肝”。换言之，也是在修身立言。“著意形似”的模杜诗的是江西诗派，此言可能是针对江西诗派而发，浙东派本来是反对江西诗派的。至归重修身立言，无疑的与私淑朱熹亲炙薛吕有关。吕祖谦曾注《唐鉴》，并就原本十二卷扩编为二十四卷，当然推许爱好。《朱子语类》卷百三十九载一日说作文云：“不必著意学如此文章，但须明理，理精后文字自典实。伊川晚年文字如《易传》，直是盛得水住。”可见他的称赞《易传》《唐鉴》，也大概是接受的朱、吕的意见。

九　四灵的论诗碎唾

叶适赞许的四灵——徐照、翁卷、徐玑、赵师秀。徐照字道晖，一字灵晖，翁卷字续古，一字灵舒，徐玑字致中，号灵渊，赵师秀字紫芝，号灵秀，皆永嘉人。他们刻镂诗律，却没有著为诗论，零咳碎唾，一见于叶适《徐玑墓志铭》，引徐玑与徐照、翁卷、赵师秀议曰：

> 昔人以浮声切响，单字只句计工拙，盖风骚之至精也。近世乃连篇累牍，汙漫而无禁，岂能明家哉？（《水心文集》廿一）

二见于刘克庄《野谷集序》，引赵紫芝论五言律体曰：

> 一篇幸止四十字，更增一字，吾末如之何矣！（《后村大全集》九四）

三见于韦居安《梅磵诗话》，引杜小山问句法于赵紫芝，赵答云：

> 能饱吃梅花数斗，胸次玲珑，自能作诗。

片片断断，见不出具体的意见，但重锤炼，反汙漫，总可借窥一二。

十　陈耆卿吴子良的文学三要

车若水《脚气集》引王象祖云："水心持作者之权，一时门人孰为升堂，孰为入室，晚得陈篔窗而授之柄。"是叶适的文学传于陈篔窗，名耆卿，临海人。《上楼内翰书》云："窃以文于天地间，为物最巨。"（《篔窗集》，《四库珍本》本卷五）但自序《篔窗集》却云："今而后当涵浸乎义理之学；词章之习，不惟不敢，亦不暇。"（集首）徬徨却顾，没有铸成坚定的意见。铸成坚定的意见的倒是门人吴子良。吴子良亦临海人，十六从学陈耆卿，廿四又从学叶适(《筼窗集续集序》)。《跋陈耆卿筼窗集》云：

为文大要有三，主之以理，张之以气，束之以法。筼窗先生探周程之旨趣，贯欧曾之脉络，非徒工于文者也。(《筼窗集》末)

序《筼窗集续集》云：

文有统绪，有气脉。统绪植于正，而绵延枝派旁出者无与也；气脉培之厚，而盛大华藻外饰者无与也。……宋南渡之文，以吕、叶倡，接之者，寿老(耆卿)其徒也。……不幸吕公不及见，而叶公晚见之，惊诧起立，为序其所著《论孟纪蒙》若干卷，《筼窗初集》若干卷，以为学游谢而文晁张也。(《筼窗集》卷首)

三要之说，又见于所作《林下偶谈》卷二，知是他的坚定的意见。理是周、程、游、谢的义理，法是欧、曾、晁、张的脉络，气是宋人的常谈，所以这种意见正是得之陈耆卿，而陈耆卿又得之吕祖谦、叶适(参三节，六节)。《林下偶谈》引叶、陈的言论最多，也可为旁证。

基于三要的意见，自然不会赞成刻镂精奇。《偶谈》卷二云：

文虽奇，不可损正气；文虽工，不可掩素质。(《宝颜堂秘笈》本)

因此颇菲薄四灵,《偶谈》卷四云:

水心之门,赵师秀紫芝、徐照道晖、玑致中、翁卷灵舒,工为唐律,专以贾岛、姚合、刘得仁为法,其徒尊为四灵,翕然效之,有八俊之目。水心广纳后辈,颇加称奖,其详见徐道晖墓志,而末乃云:"尚以年不及乎开元元和之盛,而君既死。"盖虽不没其所长,而亦终不满也。

又引叶适《王木叔诗序》云:

木叔不喜唐诗,闻者皆以为疑。夫争妍斗巧,极外物之意态,唐人所长也;及要其终,不足以定其志之所守,唐人所短也。木叔之评,其可忽诸。

又引《跋刘潜夫诗卷》(见七节),并据加案语云:

此跋既出,为唐律者颇怨,而后人不知,反以为水心崇尚晚唐者,误也。水心称当时诗人可以独步者,李季章、赵蹈中耳。近时学者歆艳四灵,剽窃模仿,愈陋愈下,可叹也哉!

作为叶说诠释,可以说是非参半:叶适的主要思想是不赞成江西末流的污漫广莫,希望矫以精切,而四灵的规模晚唐,恰与相合,所以"颇加称奖"。但叶适还要诗"矩于教",四灵则止是流连光景,所以又告诉作诗者,"参《雅》《颂》,轶《风》《骚》","何必四灵"?这可见叶适有褒有贬,而吴子良则释为全然讥斥;这是吴子良的意旨，不是叶适的意旨。《偶谈》卷三云："《大序》云，亡国之音哀以思。退之论魏晋以降以文鸣者，其声清以浮，其节数以急，其辞淫以哀，其志弛以肆。近世诗人争效唐律，就其工者论之，即退之所谓魏晋以降者也，而况其不能工者乎？"也是在讥斥诗人的争效唐律，那末首效唐律的四灵当在讥贬之列。

第九章 理学派的诗文道流说

一 朱熹的家学——朱松的诗文轨道说

道学派到南宋分为理心两派，对于诗文，理学派主张从道流出，心学派主张从心发出。

理学派的领袖是朱熹(1130—1200)。朱熹的走向道学，与他的家学有关。他的父亲名松，著《韦斋集》十二卷，中有《上赵丞相札子(原脱子字)》云：

> 某自儿童知喜文艺。年及冠，去场屋，未尝一日而舍笔砚也。……行年二十七八，闻河南二程先生之余论，皆圣贤未发之奥，始捐旧习，祓除其心，以从事于致知诚意之学，虽未能窥其藩篱，然自是所为文，视十年之前，无十之三四。(《韦斋集》，《四部丛刊》本卷七)

这可见朱松本来致力文艺，到后来得闻二程子余论，觉得文艺去道很远，"始捐弃旧习"，由是对于诗文，企望能与道接近。《上赵漕》云：

盖尝以为学诗者，必探赜《六经》以浚其源，历观古今以益其波，玩物化之无极以穷其变，窥古今之步骤以律其度。虽知其然，而病未能也。窃尝叹夫自诗人以来，莫盛于唐，读其诗者皆粲然可喜，而考其平生，鲜有轨于大道而厌足人意者；其甚者曾与闾阎儿童之见无以异。此风也，至唐之季年而尤剧，使人鄙厌其文，惟恐持去之不速。夫诗自《二南》以降，三百余篇，先儒以为《二南》周公所述，用之乡人邦国，以风动一世；其余出于一时公卿大夫，与夫闾巷匹夫匹妇之所作，其辞抑扬反复，蹈厉顿挫，极道其忧思佚乐之致，而卒归之于正，圣人以是为先王之余泽，犹可见其髣髴，足以耸动天下后世，故删而存之，至今列于《六经》，焯乎如日月。

又云：

唐李杜出而古今诗人皆废，自是而后，贱儒小生，膏吻鼓舌，决章裂句，青黄相配，组绣错出，穷年没齿，求以名家，惴惴然恐天下之有轧己以取名者。其甚者恃才以犯上，骂坐以贻谴，摈斥颠沛，足迹相及，此何为者邪？尝闻夫子曰："《诗三百》，一言以蔽之，曰：思无邪。"嗟夫！圣人之意，其可思而知也。（集九）

诋毁唐代诗人"鲜有轨于大道"，称述《诗三百》的"思无邪"，希望诗与道接近是明显的。诗尚如此，文不言可知。松有弟名槔，著《玉澜集》一卷，附刻《韦斋集》后，尤袤跋云："韦斋之子南康使君（熹），今又以道学倡，其诗源远而流长矣。"是朱熹受家学影响，尤袤早已说过了。

二　朱熹的贡献——道文一贯说

程子站在道的立场反对诗文，说诗文是害道的（详四章四节）；朱熹也站在道的立场，但不反对诗文，而包举诗文，说道文是一贯的。有汪尚书者，致书朱熹，“语及苏学，以为世人读之，止取文章之妙，初不于此求道”。朱熹答云：

> 夫学者之求道固不于苏氏之文矣。然既取其文，则文所述有邪有正，有是有非，是亦皆有道焉，固求道之所不可不讲也；讲去其非，以存其是，则道固于此乎在矣，而何不可之有？若曰惟其文之取，而不复议其理之是非，则是道自道，文自文也。道外有物，固不足以为道；且文而无理，又安足以为文乎？盖道无适而不存者也，故即文以讲道，则文与道两得而一以贯之，否则亦将两失之矣。（《与汪尚书》，《朱文公文集》，《四部丛刊》本卷卅）

《答吕伯恭》亦云：

> 夫文与道果同耶异耶？若道外有物，则为文者可以肆意妄言而无害于道。惟夫道外无物，则言而一有不合于道者，则于道为有害，但其害有缓急浅深耳。（集卅三）

这都是在说明道文一贯，不可分开。因此他不赞成李汉的贯道说，也不赞成欧阳修的俱道说。他的弟子陈才卿问韩文李汉序的“文者贯道之器"一句甚好，他说：

这文皆是从道中流出，岂有文反能贯道之理？文是文，道是道，文只如吃饭时下饭耳；若以文贯道，却是把本为末，以末为本，可乎？（《朱子语类》一三九）

又驳俱道说云：

道者文之根本，文者道之枝叶，惟其根本于道，所以发之于文者皆道也。三代圣贤皆从此心写出，文便是道。今东坡之言曰，"吾所谓文必与道俱"，则是文自文，道自道，待作文时旋去讨个道来放入里面，此是他大病处。（前书卷同）

所引东坡语，实出欧阳修（详六章三节）。由反对李汉、欧阳修的话看来，可以知他的道文一贯的理论是：从性质上说，"道者文之根本，文者道之枝叶"，部分不同，但同为一体；从表现上说，"文是从道中流出"，当然与道为一贯。总之，道与文是统一的，不是分立的。这和古文家的韩欧自然不同，和道学家的周程也更不同。我们必先分析清楚，然后才能理解他的旨趣，认识他的贡献——在文学理论上的贡献。

朱熹和韩欧不同的止是量的分寸问题。在朱熹看来，视文为"贯道之器"，便是临作文时才以文贯道；视"文与道俱"，便是临作文时才讨道放入：都是文自文，道自道，道文没有统一。和周程的不同倒是质的差别问题，尽管他宗仰周程，称述周程。最有趣的有力证据就在朱熹的注《周子通书·文辞》章云：

或疑有德者必有言，则不待艺而后其文可传矣，周子此章似犹别以文辞为一事而用力焉何也？曰：人之才德偏有长短，其或意中了了，而言不足以发之，则亦不能传于远矣。故孔子曰“辞达而已矣”。程子亦言，“西铭吾得其意，但无子厚笔力不能作耳”。（《周濂溪集》，《正谊堂丛书》本卷六）

周书归结于“不知务道德而第以文辞为能者，艺焉而已”，当然是重道德，轻文辞（详四章四节）；朱注说“或意中了了，而言不足以发之，则亦不能传远矣”，显然是不忽视文辞。不错，朱熹曾说古文时文，都“如浮声美色，不敢一识其趣”（《答徐载叔》，集五六）。又说：“近世诸公作诗费工夫要何用？元祐时有无限事合理会，诸公却尽日唱和而已。今言诗不必作，且道恐分了为学工夫，然到极处当自知作诗果无益。”（《语类》一四〇）但作《楚辞集注》，作《韩文考异》，集中有诗词十卷，《语类》中有论文两卷，书牍、序跋有很多的研讨诗文的文章，在在表示并不轻视。这就是因为周程视道与文为对立的，一个人对诗文的用力愈多，对道的体认便愈疏，既站在道的立场，当然就反对作文吟诗；朱熹视道与文为统一的（他的名词叫一贯），道流为文，文亦含道，所以就求学而言，应当“即文以讲道”，就作文而言，应当“从道中流出”。

三　说出的诗文与做出的诗文

“道是根本，文是枝叶”，枝叶枯茂，全看根本浅深，所以作文但须明理，不必研钻华采。《语类》云：

今人学文者，何曾作得一篇，枉费许多气力；大意主乎学问以明理，则自然发为好文章。诗亦然。（卷一三九）

一日说作文曰：不必著意学如此文章，但须明理，理精然后文自典实。（卷同）

贯穿百氏及经史，乃所以辨验是非，明白义理，岂特欲使文词不陋而已。义理既明，又能力行不倦，则其存诸中者，必也光明四达，何施不可？发而为言，以宣其心志，当自发越不凡，可爱可传矣。今执笔以习研钻华采之文，务悦人者，外而已，可耻也矣。（卷同）

反之，文章的不能典实明白，就是由于见理不精。《语类》云：

今人作文，皆不足为文，大抵专务节字，更易新好生面辞语，至说义理处，又不肯分晓。前辈欧苏诸公作文，何尝如此？圣人之言，坦易明白，因言以明道，正欲使天下后世由此求之；使圣人立言要教人难晓，圣人之经，定不作矣。若其义理精奥处，人所未晓，自是其所见未到耳，学者须玩味深思，久之自可见。何尝如今人欲说又不敢分晓说，不知是甚所见，毕竟是其自家所见不明，所以不敢深言，且鹘突说在里。（卷同）

重道重行，仍是北宋道学家的衣钵，以理释道，以文的明白典实由于理精，鹘突由于见理不明，则是朱熹的新说。《与陆子静书》云："凡有形有象者即器也，所以为是器之理者则道也。"（集卅六）本来他已由道学家进为理学家，当然以理释道，而作为文学所从出的道也当然是理。

由明理而流出来的文章，是说出的，不是做出的。《语类》载有人“问《离骚》、《卜居》篇内字”，朱熹云：

> 字义从来晓不得，但以意看可见。如“突梯滑稽”，只是软熟逢迎，随人倒，随人起底意思。如这般文字，更无些小窒碍，想只是信口恁地说，皆自成文。林艾轩尝云：“班固、杨雄以下皆是做文字，已前如司马迁、司马相如等只恁地说出。”今看来是如此。古人有取于“登高能赋”，也须是敏，须是会说得通畅。如古者或以言扬说得也是一件事，后世只是纸上做。如就纸上做，则班杨便已不如已前文字。当时如苏秦、张仪都是会说，《史记》所载，想皆是当时说出。（卷一三九）

另一条也说：

> 古人文章，大率只是平说，而意自长；后人文章，务意多而酸涩。如《离骚》初无奇字，只恁说将去，自是好。后来如黄鲁直，恁地著力做，却自是不好。（卷同）

说出来的文章之所以“无些小窒碍”，因为是“从此心写出”，“从道中流出”；做出来的文章之所以“酸涩”，因为既不是“从此心写出”，又不是“从道中流出”，只是“恁地著力做”，结果反倒不好。

四　反对摹拟与提倡摹拟

说出来的文章只是靠实说，明理就说得头头是道，不明理便无从说起，学习摹拟，都无用处。朱熹《答曾景建》云：

文字之设，要所以达吾之意而已；政便极其高妙，而于理无得焉，则亦何益于吾身，而何用于斯世？乡来前辈盖其天资超异，偶自得之，未必专以是为务也。故公家舍人公谓王荆公曰："文字不必造语及摹拟前人，孟韩文虽高，不必似之也。"况又圣贤道统正传见于经传者，初无一言及此乎？（集六一）

做出来的文章则靠"恁地著力做"，必需学习，必需摹拟。《语类》云：

古人作文作诗，多是摹仿前人而作之。盖学之既久，自然纯熟。（卷一三九）

又云：

人做文章，若是仔细看得一般文字熟，少间做出文字，意思语脉，自是相似，读得韩文熟便做出韩文底文字，读得苏文熟便做出苏文底文字；若不仔细看，少间却不得用。向来初见拟古诗，将谓只是学古人之诗，原来却是如古人说"灼灼园中花"，自家也做一句如此；"迟迟涧畔松"，自家也做一句如此；"磊磊涧中石"，自家也做一句如此；"人生天地间"，自家也做一句如此；意思语脉皆要似他底，只换却字。其后来依如此做得二三十首诗，便觉得长进，盖意思句语血脉势向，皆效它底。（卷同）

此外，如说："前辈作文者，古人有名文字，皆模拟作一篇，故后有所用时，左右逢原。"（卷同）如说："某后生见人做得诗好，锐意要学，遂将渊明诗平侧用字，一一依他做，到一月后便解自做，不要他本子，方得作诗之法。"（卷一四〇）都是提倡摹拟，都是说摹拟是作文作诗的唯一好方法。因此就是他奉为作诗本经的李杜，也认为"李太白终始学《选》诗，所以好；杜子美诗好者亦多是效《选》诗，渐放手，夔州诸诗则不然也"（卷同）。这和《答曾景建》的反对摹拟好像矛盾，实则并不矛盾；因为诗文既有做来的与说出的差别，方法自然也就有摹拟与反摹拟的不同。

五　遵守旧格与反对新格

说出的文章可以"信口恁地说"，做出的文章必需遵守旧格，不可自出规模。朱熹说杜甫的夔州诸诗不好，据《语类》是因为：

> 夔州以后，自出规模，不可学。（卷一四〇）

又云：

> 人多说杜子美夔州诗好，此不可晓；夔州诗却说得郑重烦絮，不如他中前有一节诗好。（卷同）

说杜甫夔州以后诗好的是黄庭坚，他的作诗方法也是摹拟，特别提倡摹拟杜甫夔州以后诗（详七章二节），朱熹的作诗方法同样是摹拟，却特别薄弃杜甫夔州以后诗。这是因为黄庭坚从规律渐至自然，从有法渐至无法（同上），朱熹则始终遵守旧格，反对新格。《语类》云：

> 前辈做文字只依定格，依本分做，所以做得甚好；后来却厌其常格，则变一般新格做，本是要好，然未好时先差（去声）异了。（卷一三九）

有病翁先生作《闻筝诗》，“规模意态全是学《文选》乐府诸篇，不杂近世俗体”，极得朱熹称赞，作《跋病翁先生诗》云：

> 余尝以为天下万事皆有一定之法，学之者须循序而渐进。如学诗则且当以此等为法，庶几不失古人本分体制。向后若能成就变化，固未易量。然变亦大是难事，果变而不失其正，则纵横妙用何所不可；不幸一失其正，却反不若守古本旧法以终其身之为稳也。（集八四）

尊重旧格是爱其拙谨，反对新格是恶其新巧。《语类》中鼓吹拙谨，驳斥新巧的话很多。最详悉的如说：

> 国初文章皆严重老成，尝观嘉祐以前诰词言语有甚拙者，而其人才皆是当时有名之士。盖其文虽拙，而其辞谨重，有欲工而不能之意，所以风俗淳厚。至欧阳公文字好底便十分好，然犹有甚拙底，未散得他和气。到东坡文字便驰骋忒巧了。及宣政间，则穷极华丽，都散了和气。所以圣人取先进于礼

乐,意思自是如此。(卷一三九)

别条也说“到东坡便伤于巧”。又说“自三苏文出,学者始日趋于巧,如李泰伯文尚平正明白,然而已自有些巧了”(卷同)。又说江西文章,“至黄鲁直一向求巧,反累正气”(卷同)。文集中的《答陈肤仲》也慨叹当时科举文字,“玩得鬼怪百出,都无诚实正当意思,一味穿穴,旁支曲径,以为新奇,最是永嘉流伪纤巧,不美尤甚”(卷四九)。随时都驳斥新格,同时也就随时都鼓吹拙谨。

新巧的毛病,朱熹指出最易弄得不明不白。譬如苏轼的文章,自朱熹看来,就常常“如搏谜子,更不可晓”。在《语类》批评云:

所以贵乎文之足以传远,以其议论明白,血脉指意晓然可知耳。文之最难晓者无如柳子厚,然细观之,亦莫不自有指意可见,何尝如此不说破?其所以不说破者,只是吝惜,欲我独会而他人不能,其病在此。大概是不肯蹈袭前人议论,而务为新奇;惟其好为新奇,而又恐人皆知之也,所以吝惜。(卷一三九)

又泛论当时作文者的好务新奇云:

今人作文皆不足为文,大抵专务节字,更易新好生面辞语,至说义理处又不肯分晓。(卷同)

这也是因为朱熹提倡道文统一,所求于文的是坦易明白,当然反对晦暗的新巧。所以对做出的诗文,力主遵守旧格,反对自创新格。

六　天生腔子与稳当底字

说出的诗文之所以不可摹拟，是要还它本来样子；做出的诗文之所以必守旧格，也是要还它本来样子。本来样子的组织部分是天生腔子，修辞部分是稳当底字。《语类》云：

> 前辈云：文字自有稳当底字，只是始者思之不精。又曰：文字自有一个天生成腔子，古人文字自贴这天生成腔子。（卷一三九）

“古人文字自贴这天生成腔子”，当然不用摹拟；后人作文要追求这个天生成腔子，便非摹拟不可。所以《语类》又云：

> 陆教授谓伯恭有个文字腔子，作文字时便将来入个腔子做，文字气脉不长。先生曰：他便是眼高看得破。（卷同）

“入个腔子做”，就是摹拟个“天生成腔子”，也就是求个组织部分的本来样子。

至修辞部分的本来样子之稳当底字，也一样的是说出的诗文不用摹拟，“只恁地说出”，做出的诗文必需摹拟追求。《语类》云“始者思之不精”，就是说还没有追求到。此外如云：

> 苏子由有一段论人做文章自有合用底字，只是下不著。

又如郑齐叔云:“做文字自有稳底字,只是人思量不著。”横渠云:“发明道理,惟命字难。”要之做文字下字实是难,不知圣人说出来底也只是这几个字,如何铺排得恁地安稳!(卷同)

又如《因改谢表》云:

作文自有稳字,古之能文者才用便用着这样字,如今不免去搜索修改。(卷同)

也是在指出“圣人说出来底”文章,对于字“铺排得恁地安稳”;后人做出底文章要追求“铺排得恁地安稳”的字,便不能不去“搜索修正”。

七　文三世与诗三等

不过朱熹虽研求做诗文的方法,而且也作诗作文,但究竟认为作诗文是有害的。《语类》云:

才要作文章,便是枝叶害着学问,反两失之也。

诗笔杂文不须理会,科举是无可奈何。(并一三九)

罗大经《鹤林玉露》卷六也载:“胡澹庵上章荐诗人十人,朱文公(熹)与焉,文公不乐,誓不复作诗,迄不能不作也。尝同张宣公游南岳,唱酬至百余篇,瞿然曰:吾二人得无荒于诗乎?”(涵芬楼本)

这是因为在朱熹看来，做出来的诗文，既不必是“从此心写出”，又不是“从道中流出”，自然往往有害。所以就是对于他所推崇的韩柳，也说：

> 大率文章盛则国家却衰，如唐贞观开元都无文章，及韩昌黎、柳河东以文显，而唐之治已不如前矣。(《语类》一三九)

至有益无害的文章，止有圣人说出来的《六经》，所以称《六经》为治世之文，余则斥为衰世之文或乱世之文。《语类》云：

> 有治世之文，有衰世之文，有乱世之文。《六经》，治世之文也。如《国语》委靡繁絮，真衰世之文耳，是时语言议理如此，宜乎周之不能振起也。至于乱世之文则《战国》是也，然有英伟气，非衰世《国语》之文之比也。(卷一三九)

这自然也是就文章的气象而言，所以注里举饶录曰：“《国语》文字极困苦，振作不起。《战国》文字豪杰，便见事情非你杀我，则我杀你。”又举黄云：“观一时气象如此，如何遏捺得住，所以启汉家之治也。”然特称《六经》为治世之文，当然也是认为《六经》是圣人“从此心写出”，“从道中流出”的含有治世之道的文章。

文分三世，诗也分为三等。《答巩仲至》云：

> 顷年学道未能专一之时，亦尝间考诗之原委，因知古今之诗，凡有三变：盖自书传所记，虞夏以来，下及魏晋，自为一等。自晋宋间颜谢以后，下及唐初，自为一等。自沈宋以后，定著

律诗，下及今日，又为一等。然自唐初以前，其为诗者，固有高下，而法犹未变。至律诗出，而后诗之与法皆大变，以至今日，益巧密而无复古人之风矣。故尝妄欲抄取经史诸书所载韵语，下及《文选》汉魏古词，以尽乎郭景纯、陶渊明之所作，自为一编，而附于《三百篇》《楚辞》之后，以为诗之根本准则。又于其下二等之中，择其近于古者，各为一编，以为诗之羽翼舆卫。其不合者，则悉去之，不使其接于吾之耳目，而入于吾之胸次，要使方寸之中，无一字世俗言语意思，则其为诗不期于高远而自高远矣。然顾为学之务，有急于此者，亦复自知材力短弱，决不能追古人而与之并，遂悉弃去不能复为。（集六四）

罗大经《鹤林玉露》卷十六誉为“本末兼该”。现在看来，他最尊崇《诗》三百篇和《楚辞》，都是说出来的诗歌。其次“书传所记”“下及魏晋”的一等，可以“附于《三百篇》《楚辞》之后”，因为最近于《三百篇》《楚辞》，也就是最近于说出来的诗歌。其次“自晋宋间颜谢以后，下及唐初”的一等，“其为诗固有高下，其法犹未变”，就是犹有《三百篇》《楚辞》的余法，犹有说出来的诗歌的余风。最卑弃的是“自沈宋以后，定著律诗，下及今日”的一等，“法皆大变”“无复古人之风”，就是毫无说出来的诗歌的风味，纯是做出来的诗歌。

八　张栻魏了翁的学文合一说

朱熹主张道文一贯，文由道流，而何以明道明理，则“主乎学问”，那么文的直接本源是道，间接本源是学。讲友张栻（1133—

1180）就鼓吹学者之诗，私淑弟子魏了翁（1178—1237）更倡言学文合一。盛如梓《庶斋老学丛谈》载：

有以诗集呈南轩先生（栻号），先生曰："诗人之诗也，可惜不禁咀嚼。"或问其故，曰："非学者之诗，学者诗如读著似质，却有无限滋味，涵泳愈永，愈觉深长。"又曰："诗者纪一时之实，只要据眼前实说。古诗皆是道当时实事，今人做诗多爱装造语言，只要斗好，却不思一语不实便是欺。这上面欺，将何往不欺？"

魏了翁私淑朱熹，也私淑张栻。张栻家广汉，魏了翁家邛州蒲江，同为蜀人，又受学于张栻弟子范荪，虽然《答朱择善书》，说看朱子书后始由词章转经学（集卅五），但疑受张栻影响尤深。学文合一，正是学者诗的自然演绎。所作《攻媿楼宣献公文集序》云：

今之文古所谓辞也。古者即辞以知心，故即其或惭、或枝、或游、或屈，而知其疑叛，知其诬善与失守也；即其或诐、或淫、或邪、或遁，而知其蔽陷，知其离且穷也。盖辞根于气，气命于志，志立于学，气之薄厚，志之小大，学之粹驳，则辞之险易正邪从之，如声音之通政，如蓍蔡之受命，积中而形外，断断乎不可掩也。（《鹤山大全集》，《四部丛刊》本卷五六）

《朝议大夫知叙州魏公墓志铭》云：

今之为学敻与古异，今之文古所谓辞，今之政古所谓事，今之才则古所谓佞人任人也。夫使学而本诸真知,著于实践,则发为辞,辞泽而理,施之政,政裕而密,非今之所谓文与才也。(集八一)

《跋胡复半埜诗稿》云:

古之为文,皆以德盛仁熟流于既溢之余,故虽肆笔脱口而动中音节;非特歌诗为然也,《礼》辞《易象》亦莫不然。自《离骚》作,而文辞之士与世之以声律为文者,傅会牵合,始与事不相俪,文人才士习焉而不之察也。(集六二)

今之文是古所谓辞,古之文基于学,"学之粹驳,则辞之险易正邪从之"。《大邑县学振文堂记》历叙天地人伦以至孝弟谨信勤学好问之文,然后说:"圣人所谓斯文,亦曰能道云耳,而非文人之所以玩物肆情,进士之所以哗众取宠者也。"(集四十)也是在说明古人所谓文基于学行,不似今人的"玩物肆情","哗众取宠"之文。

不过魏了翁少时"喜记诵词章"(《答朱择善书》),他并不根本反对文辞,而是反对不本于学的文辞。《杨少逸不欺集序》云:

人之言曰:尚辞章者乏风骨,尚气节者窘辞令。某谓不然。辞虽末伎,然根于性,命于气,发于情,止于道,非无本者能之。且孔明之忠忱,元亮之静退,不以文辞自命也,若表若辞,肆笔脱口,无复雕缋之工,人谓可配训诰雅颂,此可强而能哉?唐之辞章称韩柳元白,而柳不如韩,元不如白,则皆于大节焉观之。苏文忠论近世辞章之浮靡,无如杨大年,而大年以文名，则以其忠清鲠亮大节可考，不以末伎为文也。眉山自长苏公以辞章自成一家，欧尹诸公赖之以变文体，后来作者相望，人知苏氏为辞章之宗也，孰知其忠清鲠亮临死生利害而不易其守，此苏氏之所以为文也。(集五五)

可见他不反对文辞。《坐忘居士房公文集序》云：

古之学者，自孝弟谨信泛爱亲仁，先立乎其本，迨其有余力也，从事于学文。文云者，亦非若后世哗然后(疑误)众取宠之文也；游于艺以趣博其趣，多识前言往行以蓄其得，本末兼该，内外交养，故言根于有德，而辞所以立诚，先儒所谓笃其实而艺者书之，盖非有意于为文也。后之人稍涉文艺，则沾沾自喜，玩心于华藻，以为天下之美尽在于是，而本之则无，终于小技而已矣。(集五一)

可见他反对的是不根于实的文辞，也就是不“根于气，命于志，立于学”的文辞。

学文合一还有一种绝大的好处，就是不受老少穷达的影响。

江淹才尽的故事是大家熟知的，魏了翁作《浦城梦笔山房记》释云：

每惟由周而上，圣贤之生鲜不百年，盖历年弥久，则德盛仁熟，故从心所欲，罔有择言，皆足以信今贻后。《诗三百》圣贤忧愤之所为者十六七，六艺之作，七篇之书，亦出于历聘不遇，凡皆坦明敷畅，日星拱而江河流也。圣人之心，如天之运，纯亦不已，如川之逝，不舍昼夜，虽血气盛衰所不能免，而才壮志坚，纯修弗贰，曷尝以老少为锐惰，穷达为荣悴者哉？灵均以来，文词之士兴，已有虚骄恃气之习；魏晋而后，则直以纤文丽藻为学问之极致。方其年盛气强位亨志得，往往时以所能哗世眩俗；岁慆月迈，血气随之，则不惟形诸文词衰飒不振，虽建功立事，蓄缩顾畏，亦非复盛年之比。此无他，非有志以基之，有学以成之，徒以天资之美，口耳之知，才驱气驾而为之耳。（集四九）

这是魏了翁的新说，他所服膺的朱熹就不这样主张。《朱子语类》卷百卅九云："人老气衰文亦衰。欧阳公作古文，力变旧习，老来照管不到，为某诗序，又四六对偶，依旧是五代文习。东坡晚年文虽健不衰，然亦疏鲁，如《南安军学记》，海外归作，而有弟子扬觯序点者三之语，序点是人姓名，其疏如此。"同卷又云："人晚年做文章如秃笔写字，全无锋锐可观。"又或曰："人之晚年，知识却会长进。"朱熹答云："也是后生时都定，便长进也不会多；然而能用心于学问底，便会长进，若不学问，只纵其客气底，亦如何会长进，日见昏了。有人后生气盛时说尽万千道理，晚年只恁地阘靸地。"或引程先生曰："人不学便老而衰。"朱熹答云："只这一句说尽了。"是朱熹的观点虽谓年老文衰，但"用心于学问底便会长进"，魏了翁从此点演绎，遂鲜明的分别文不根学的文章才尽文弱，学文合一的文章至老不衰。他的弟子吴泳在给他的书里说："异时选人逐客，踬于忧患，伤于感慨，耗于血气，既衰困而无精采，而侍郎（魏了翁）养熟道凝，动全志壹，作为文章，天力自到。"并且特别指出"《梦笔山记》捻起老去才尽一段"。（《与魏鹤山书》，《鹤林集》卷廿八）知此不仅是他的新说，也是他的体验得力处。后来刘克庄作《刘圻父诗序》云："世谓鲍照江淹晚节才尽，予独以气为有惰，而才无尽。"（刘集九四）远不及魏说切实。

九　真德秀的理用并重说

魏了翁说和他"生同志死当同传"的是真德秀（1178—1235），问学于朱熹弟子詹体仁，因也和朱熹的意见很接近。编《文章正宗》，分为：辞命、议论、叙事、诗歌四类，纲目诗歌类下引朱熹《答巩仲至》论诗分三等，依准选列。但编王十朋《梅溪续集》（《题梅溪续集》，集卅四），又作《跋著作正字二刘公墓志铭》云："永嘉叶公（适）之文，于近世为最。"（集卅五）知也受永嘉派影响。《文章正宗纲目》云：

> 夫士之于学，所以穷理而致用也，文虽学之一事，要亦不外乎此。故今所辑，以明理义切世用者为主，其体本乎古，其指近乎经者，然后取焉；否则辞虽工亦不录。（同治甲子刊本）

明理义是朱熹的意见，切世用是叶适的意见。《周敬甫晋评序》云：

> 儒者之学有二，曰性命道德之学，曰古今世变之学，其致一也，近世顾析而为二焉。尚评世变者指经术为迂，喜谈性命者诋史学为陋，于是分朋立党之患兴，而小人乘之借以为并中庸者之术，甚可畏也。（《真文忠公集》，《四部丛刊》本卷廿八）

性命道德是朱熹之学，古今世变是叶适之学，真德秀说"其致一也"，知在揉合两派；以揉合两派的观点选文，也以揉合两派的观点评文。《沈简斋四益集序》云："文辞末也，事业本也。……惟其以实学见实用，以实志起实功，卓然有益于世，而又闻之以君子之文，于是为可贵尔。"（集廿八）是以叶适的"用"的观点赞扬沈简斋。《跋欧阳四门集》云："自世之学者离道而为文，于是以文自命者，知黼黻其言，而不知金玉其行，工骚者有登墙之丑，能赋者有涤器之污，而世之寡识者，反矜诧而慕望焉。曰：夫所谓学者文而已矣，华藻患不缛，何以修敕为？笔力患不雄，何以细谨为？呜呼！倘若是，则所谓文者，特饰教之具尔，岂曰贯道之器哉！"（集卅四）是以朱熹的观点摘贬文士。

明理义切世用的文章，真德秀以为上者出于元气，次则决于气质学力。《日湖文集序》云：

> 盖圣人之文元气也，聚为日星之光耀，发为风尘之奇变，皆自然而然，非用力可至也。自是以降，则眡其资之薄厚与所蓄之浅深，不得而遁焉。故祥顺之人其言婉，峭直之人其言劲，嫚肆者无庄语，轻躁者无确词，此气之所发者然也。家刑名者不能折孟氏之仁义，祖权谲者不能畅子思之中庸，沈涵六艺，咀其菁华，则其形著亦不可掩，此学之所本者然也。是故致饰语言不若养其气，求工笔札不若励于学，气完而学粹，则虽崇德广业亦自此进，况其外之文乎？此人之所可用力而至也。（集廿八）

励学的意见与魏了翁相近，求气则是将道学家的"变化气质"引用于文。

十　吴泳的理文难好华词易工说

魏了翁的弟子很多，论文有见解的止有吴泳。吴泳强调的说理文难好，华词易工。《答唐伯玉书》云：

> 文以理为主，体次之，学而无统则悖，言而无法则支。而古今文人学士见诸纪载者不知其几，而文公独取古灵先生《天台孔子庙记》，曾南丰宜州及筠州二《学记》，盖华藻之辨易工，而义理之文难好也。（《鹤林集》，《四库珍本》本卷卅一）

《答刘成道书》云：

> 某近来看诗，觉得须是以三百五篇为标本，以汉苏、李、枚生、建安诸子、晋宋陶谢等诗为风骨，然后能长一格。盖词之华者易工，趣之淡者难诣。故退之每爱张文昌，只称其"学古淡"，每喜僧无本，但谓其"往往造平淡"，则词语抑扬之间，是犹未纯乎澹也。（集卅二）

前书言文，后书说诗，都指出华词易工，也就是说止有华词不够，文当以义理为主，诗当以平淡为极。如书中所举，韩愈就提倡古淡；就我们所知，苏舜钦、梅尧臣也提倡古淡（详一章十节）。但吴泳所提倡的古淡，和韩愈、苏、梅不同，韩愈、苏、梅纯就风格言，吴泳则兼就意识言。吴泳所奉为"标本"的诗，就是朱熹所奉为"准则"的一等诗。罗大经《鹤林玉露》卷十六，引列朱熹的诗三等说，释谓旨在“借物以明道”。吴泳《陈侍郎文集序》云：

> 离，文明之象也，而曰“黄离元吉”；贲，文柔之卦也，而曰“白贲无咎”。矜词章以为富，负言语以为奇，皆文人之病也。古之人抱道含章，闷鸿音于窈窕，宿至味于淡泊，未尝务为炳炳烺烺，求以眩俗惊世。如邵虁诅楚，吕相绝秦，子产对晋，臧孙辰告齐，乐毅报燕，皆沛然如肝肺中流出一片议论。当其放言援笔时，曷尝有意于祈当世之知，卜后世之传哉？亦不过曰辞达而已矣。今人之为文者，略无古人舒暇之态，一字之不工，一言之不文，则日煅月砺，不妍不止，非惟提数寸之管，敷盈尺之纸，书其所为文，献之王公大人，而名未成，盖棺之事未定，往往编蒲锓梓，已遍满于书坊经肆矣。君子为己之学，果如是耶？（集卅六）

“宿至味于淡泊”，基于“抱道含章”，则所提倡的古淡，也是在“借物以明道”。《朱子语类》卷百四十云：“合义理谓之道。”然则吴泳所谓“趣淡难诣”和“理文难好”正是肹蠁相通，指理趣古淡，和韩愈、苏、梅的风趣古淡，并不全同。

理趣古淡是理学派的应有之义，也是江西、永嘉两派的当然反响。《朱子语类》卷百四十云：

> 今江西学者，……不知穷年穷月做得那诗要何用？江西之诗，自山谷一变，至杨廷秀（万里）又再变，遂至于此。

吴泳《沈宏甫斋瑟录序》，先言宏甫“放于古而豪于诗”，“而叙者乃谓祖之以黄陈”。然后叹云：

> 夫三百五篇，诗之祖也，《离骚》十九章，诗之宗也；《文选》所载，自补亡而下，诗旁支别派也。今舍上世谱牒不论，而认幼子童孙为之祖，几何不堕于倒学哉？（集卅六）

都是攻击江西派。朱熹《答陈肤仲》云：

> 科举文字固不可废，然近年翻弄得鬼怪百出，都无诚实正当意思，一味穿穴旁支曲径以为新奇，最是永嘉浮伪纤巧，不美尤甚；而后生多宗师之，此是今日最大之弊。（朱集四九）

吴泳《张仁溥诗稿跋》云：

> 风气日降，边幅窘窄，竞趋晚唐以为鲜好，抑又下矣。（集卅八）

都是攻击永嘉派。

十一　王柏的正气说

朱熹的三传弟子王柏（1197—1274），受学于黄千弟子何基。论文论诗都注重正气，《发遣三昧序》云：

> 文章有正义，所以载道而纪事也。古人为学，本以躬行讲论义理融会贯通，文章从胸中流出，自然典实光明，是之谓正气。后世专务辞章，雕刻纂组，元气漓矣。间有微见义理，因得以映带点缀于言语之中，是之谓倒学。（《鲁斋集》，《金华丛书》本卷四）

《跋邵絜矩诗》云：

> 自《诗》之六义不明而后世始伤于太巧，诗益巧而正气益漓，不复有宽厚温柔之教矣。近世论作诗者须有夙根，有记魄，有吟骨，有远心，然后陶咏讽诵，即声成文，脱然颖悟。吁，美则美矣，是非所以言古人之诗也。《三百篇》之作，虽有出于闾巷小夫幽闺女子之口，而亦自有以得吟咏情性之正者，岂必刻苦用心于琢句炼字之工哉！（集五）

文章的正气是载道纪事，诗的正气是吟咏情性之正；载道纪事与吟咏情性之正都是道学家的共同主张，不是王柏的新说。“倒学”是程子指出的（详四章一节），“文章从胸中流出”是朱子提倡的（详三节），都不是王柏的新说。王柏的新说止是命名“正气”。虽然同时的刘克庄作《退庵集序》亦云：“杂博伤正气，绨绘损自然。”（刘集九四）但那是偶然流露，不似王柏的郑重提出。正气止是名称，却有囊括或革替文学家的文气说的功能。王柏《题碧霞山人王公文集后》云：

> 文以气为主，古有是言也；文以理为主，近世儒者尝言之。李汉曰“文者贯道之器”，以一句蔽三百年唐文之宗，而体用倒

置不知也。必如周子曰"文者所以载道也"，而后精确不可易。夫道者形而上者也，气者形而下者也，形而上者不可见，必有形而下者为之体焉，故气亦道也。如是之文，始有正气也。气虽正也，体各不同；体虽多端，而不害其为正气足矣。盖气不正不足以传远。学者要当以知道为先，养气为助。道苟明矣，而气不充，不过失之弱耳；苟道不明，气虽壮，亦邪气而已，虚气而已，否则客气而已，不可谓载道之文也。（集五）

朱熹已经称赞载道反对贯道，可是我们看不出本质的差别（详九章二节），王柏又称赞载道反对贯道，我们仍然看不出本质的差别。大概因为贯道说倡于古文家韩愈的弟子，载道说倡于道学家大师的周子，他们认为韩愈是"倒学"，是"体用倒置"，由是遂据载道说以非贯道说，借以说明，"古人为学，本以躬行讲论义理融会贯通，文章从胸中流出，自然典实光明"。就字义言是没有多大区别的，因此也没有多少新义。有新义的是"气亦道也"。依据这种新义，文章便不应当依照古人——就是文学家的说法，"以气为主"；而应当依照近世儒者——就是道学家的说法，"以理为主"。这样，气便包括在道理之内，"苟道不明，气虽壮，亦邪气而已，虚气而已，否则客气而已，不可谓载道之文"。文学家的文气说便被革替了。

王柏所反对的近世作诗论出于吴泳，吴泳的《东皋唱和集序》云：

学诗者须是有夙根，有记魄，有吟骨，有远心，然后陶咏讽诵，即声成文，脱然颖异于众；咸无焉，则虽穷日诵五千卷，援笔书数百言，殆如跛羊上山，盲龟入谷，终不能望其至也。（《鹤林集》卅六）

吴泳此说虽在诠发诗心，也在矫正雕饰。《答罗嗣贤书》云："昔之圣贤，所以修身立命，体受归全，自有可尊可贵者在，而直不以文字语言为业。就文字中言之，则又当如清水出芙蓉，天然去雕饰，而后为之也。"(《鹤林集》卅二)《度郎中乡会诗跋》亦云："牵丽偶以为律，剽声病以为工，诗之下也。"(同书卅八)可是自王柏看来，仍不免"用心于琢句炼字之工"，不得"吟咏情性之正"。吴王同源于朱熹，但吴学于魏了翁，王学于何基，魏吴的文学气味较浓，何王的理学气味更重，因此吴泳所持为反雕饰的诗说，又被王柏视为雕饰。

第十章　心学派的诗文心发说

一　陆九渊的前驱——胡铨的诗文心发说

心学派的领袖是陆九渊（1139—1192），可是稍前的胡铨（1102—1180）已说诗文心发。胡铨是庐陵人，陆九渊是金谿人，相去不远，陆九渊《赠俞文学》云："观其所得澹庵诗，则盖有识之者。"（陆集二十）胡铨恰字澹庵，疑即指胡铨。果尔，陆九渊确知胡铨其人，那么他的建立心学，建立文从心发的理论，当受胡铨影响。只以胡铨抗疏非和，统兵却金，他的学问遂为事业所掩；陆九渊谓六经注我，非我注六经，他的远绍程颐，幸未淹没，近宗胡铨，则人鲜究知了。

陈允忠集《论语》中语为《洙泗文集》，胡铨序云：

> 学者能如伊川先生真积力久，味其言以契圣人之心，则道可几也，独文乎哉，独文乎哉？（《洙泗文集序》，《胡忠简公集》十五）

秦希甫作《灞陵文集》，胡铨序力言"凡文皆生于不得已"，"非有心为文”。并历举咎陶、禹以至韩、柳、李、杜，假使不是“不得已”，“书皆不作矣”。设问：“然则其何以传道而永后世哉？”序云：

书所以卫道，而非所以传道也，书者道之文也。韩愈《原道》曰，“其文则《诗》《书》《易》《春秋》”，是《诗》《书》《易》《春秋》道之文也，而不可以谓之道，况诸子百家之书而谓之道，可乎？道之传以人而不以书也。《易》曰，“神而明之，存乎其人”。尧传之舜，舜传之禹，禹传之汤，汤传之文、武、周公、孔子，孔子传之孟轲，轲之死，不得其传焉，是传道者以人不以书也。孔子于《诗》蔽之一言曰，“思无邪”，孟子于《书》之《武成》止取二三策，是圣贤盖以心传道，而非专取于《诗》、《书》之文辞而后已也。道苟得于心，书虽不作可也，文何有哉？（《灞陵文集序》，集十五）

传道以心，则不得已而作书作文，当然要发于心。《策问四》云：

诵其诗，读其书，不知其人可乎？知其人者非他，知其心与道也。心与道岂不同条而共贯哉？（集五）

又《答谭思顺》云：

《诗》、《书》、《礼》、《乐》、《易》、《春秋》，盖尧、舜、禹、汤、文、武、周公、孔子数圣之心法在焉。（集九）

是读书贵在知心，作书贵在传心。此外，如《僧祖信诗集序》，先说：

"自得于心,不假少铄,则德全神王,虽复却万方陈乎前,不得入其舍,圣人之道,贤人之于学。"皆成于此。然后说诗至杜甫而极,也是基于"耽作诗,不事他业"。"工学甫者,善否必烛,无爽秋毫,机应于心,失得交关于前,茫乎若迷,于是乎一断于诗,而后甫可希也"。又说:"信师桑门氏,解天弢,脱世梏,是其方寸澹乎若深渊之靓,其在大块泛乎若不维之舟,况与淡值,寂无所著,无聊不平,一吐胸奇,句句如洗出,无一尘染,岂非得于心者本无垢乎,其视甫也奚恧?"(集十五)也是在说明诗的发于心,得于心。观其对杜甫、信师的形容,似颇受庄子影响。朱熹说陆九渊杂二氏之学,胡铨也正不非二氏,文集卷二十,都是阐发二氏的文章。据此知胡铨是陆九渊的前驱。北宋的柳开、赵湘、尹洙已言及文与道与心的关系(详一章六节),程颐更鲜明的说:"人能为合道之文者,知道者也,在知道者所以为文之心。"(详四章四节)陆九渊受程颐影响是人所共知的,观胡铨《洙泗文集序》,无疑的也受程颐影响。

韩愈《答李翊书》论文,曾以水为喻云:"气水也,言浮物也,水大而物之浮者大小毕浮,气之与言犹是也。"胡铨《答江宾庭》和《答谭思顺》,都娓娓引述。但前书是与江宾庭论不敢当"孟氏之道",后书更明白冠以"自古论圣人之道,以江海为喻者多矣"。(并集九)知都不是论文。

二　陆九渊的理会本心说

胡铨说诗文发于心,陆九渊也说诗文发于心。《语录》载问李伯敏"作文如何",李答以"茫然无入处"。陆云:

孔门惟颜曾传道，他未有闻。盖颜曾从里面出来，他人外面入去。今所传者，乃子夏、子张之徒外入之学，曾子所传至孟子不复传矣。吾友却不理会根本，只理会文字。实大声宏，若根本壮，怕不会做文字？今吾友文字自文字，学问自学问，若此不已，岂止两段，将百碎。(《象山全集》,《四部丛刊》本卷卅五)

“从里面出来”就是从心里出来，“理会根本”就是理会本心。李问：“如何是尽心？性才心情如何分别？”陆云：“若理会得自家实处，他日自明；若必欲说出，则在天者为性，在人者为心。”可见“实”也就是心。陆问李：“近日日用常行觉得精健否？胸中快活否？”李云：“近日不管别事，只理会我，亦有适意时。”陆云：“此便是学问根源也。”可见学问也就是理会本心。

文从心里发出，作文须理会本心，此意胡铨已经有之，不过没有象陆九渊的明白说出。胡说传道以心不以书，尧舜以迄周孔之道，至孟子而绝，陆也说孔门从里面出来之道，至孟子不传，今所传都是子夏、子张之徒的外入之学，这样的若合符节，似不是全出偶然。但二人也有不同，胡重视心的专一，陆重视心的理会。陆《与吴仲诗》云：

五哥心志精神尽好，但不要被场屋富贵之念羁绊，直截将他天下事如吾家事相似，就实论量，却随他地步，自有可观。他人文字议论，但谩作公案事实，我却自出精神与他批判(批原作披，依《四部备要》本校改)不要与他牵绊，我却会斡旋运用得他，方始是自己胸襟。途间除看文字外，不妨以天下事逐一自题评研核，庶几观他人之文，自有所发。所看之文，所论之事，不在必用，若能晓得血脉，则为可佳。若胸襟如此，纵不得已用人之说，亦自与只要用人之说者不同。若看文字时有合意志或紧要事节，不妨熟读，读得文字熟底，虽少，亦胜卤莽而多者。（集六）

《语录》载李伯敏问“作文法”，陆答云：

读汉、史、韩、柳、欧、苏、尹师鲁、李淇水文不误，后生惟读书一路。所谓读书须当明物理，揣事情，论事势。且如读史，须看他所以成，所以败，所以是，所以非处，优游涵泳，久自得力。若如此读得三五卷，胜看三万卷。（集卅五）

是理会本心有两条路，一是论事，一是读书。论事要“自题评研核”，“看他所以成，所以败，所以是，所以非处”。读书要“谩作公案事实，我却自出精神与他批判，不要与他牵绊，我却会斡旋运用得他”。自陆九渊看来，这样便能“晓得血脉”，“怕不会做文字”。

陆《与曾敬之》云：“读书本不为作文。”（集四）同样论事也不为作文，可是作文却须要有论事读书的准备。准备时务必理会本心，作文时仍须理会本心。陆《与饶寿翁》云：“文理未通，散文字句害碍极多。”由于“大体不振，精神昏弱，故观书下笔皆不得力”。（集十二）《与蔡公辨》云：“老夫平时最检点后生言辞书尺文字，要令入规矩。”又云：“来书辞语病痛极多，读之甚不满人意，用助字不得律令，尤为缺典。”又云：“安详沈静，心神自应自灵，轻浮驰骛，则自难省觉。心灵则事事有长进，不自省觉即所为动皆乖缪，适取以贻羞取诮而已。”（集十四）都是在说作文时仍须理会本心。

三　江西诗赞

朱熹卑薄江西诗,陆九渊则称赞江西诗,《与程帅》云:

伏蒙宠贶江西诗派一部二十家,异时所欲寻绎而不能致者,一旦充室盈几,应接不暇,名章杰句,焜耀心目,执事之赐伟哉!诗亦尚矣:原于赓歌,委于《风》、《雅》。《风》、《雅》之变,壅而溢焉者也。湘累之骚,又其流也。《子虚》、《长杨》之赋作,而骚几亡矣。黄初而降,日以澌薄。唯彭泽一源,来自天稷,与众殊趣;而淡泊平夷,玩嗜者少。隋唐之间,否亦极矣。杜陵之出,爱君悼时,追蹑《骚》、《雅》,而才力宏厚,伟然足以镇浮靡,诗家为之中兴。自此以来,作者相望,至豫章(黄庭坚)而益大肆其力,包含欲无外,搜抉欲无秘,体制通古今,思致极幽眇,贯穿驰骋,工力精到。一时如陈、徐、韩、吕、三洪、二谢之流,翕然宗之,由是江西遂以诗社名天下,虽未极古之源委,而其植立不凡,亦宇宙之奇诡也。(集七)

《与沈宰》云:

某乡有复程帅惠江西诗派书,曾见之否?其间颇述诗之源流,非一时之说,愚见大概如此。《国风》、《雅》、《颂》固已本于道,风之变也亦皆发于情,止乎礼义,此所以与后世异。若乃后世之诗,则亦有当代之英,气禀识趣,不同凡流,故其模

> 写物态，陶冶情性，或清或壮，或婉或严，品类不一，而皆条然各成一家，不可与众作浑乱，字句音节之间，皆有律吕，皆诗家所自异者。曾子固文章如此，而见谓不能诗，其人品高者，又借义理自胜，此不能不与古异。今若但以古诗为师，一意于道，则后之作者，又当左次矣。何时合并，以究此理？（集十七）

这固然由于陆是江西人，不免为江西捧场，《与程帅》结云，"某亦江西人也，敢不重拜光宠"，已经情见乎词。但黄庭坚的包含搜抉，思致幽眇，贯穿驰骋，工力精到，确也与陆九渊的重视理会检点，旨趣相近。《与沈宰》说得明白：就"后世之诗"而言，凡"条然各成一家"者，皆难能可贵；"若但以古诗为师，一意于道"，则此"又当左次矣"。

四　袁燮包恢家铉翁的言志新说

由陆九渊的理会本心的专用于诗，引导出他的门人后学的"言志"新说，袁燮（1144—1224）《题魏丞相诗》云：

> 古人之作诗，犹天籁之自鸣尔，志之所至，诗亦至焉，直已而发，不知其所以然，又何暇求夫语言之工哉？故圣人断之曰："思无邪。"心无邪思，一言一句，自然精粹，此所以垂百世之典刑也。魏晋诸贤之作，虽不逮古，犹有春容恬畅之风，而陶靖节为最，不烦雕琢，理趣深长，非余子所及。故东坡苏公言："渊明不为诗，写其胸中之妙尔。"唐人最工于诗，苦心疲神以索之，句愈新

巧,去古愈邈。独杜少陵雄杰宏放,兼有众美,可谓难能矣。然“为人性僻耽佳句,语不惊人死不休”,子美所自道也。诗本言志,而以惊人为能,与古异矣。后生承风,熏染积习,甚者推敲二字,毫厘必计,或其母忧之,谓“是儿欲呕出心乃已”。镌磨锻炼,至是而极。孰知夫古人之诗,吟咏情性,浑然天成者乎?(《絜斋集》,《武英殿聚珍版丛书》本卷八)

包恢《答曾子华论诗》云:

在心为志,发言为诗,今人只容易看过,多不经思。诗自志出者也,不反求于志,而徒外求于诗,犹表邪而求其影之正也,奚可得哉?志之所至,诗亦至焉,岂苟作者哉?后世诗之高者,若陶若李杜者难矣。陶之冲澹闲静,自谓是羲皇上人,此其志也。“种豆南山”之诗,其用志深矣。“羲皇去我久”一篇,又直叹孔子之学不传,而窃有志焉。惟其志如此,故其诗亦如此。今人读其诗,不知如何而读之哉?如李如杜,同此其选也。李之“晏坐寂不动,湛然冥真心”,杜之“愿闻第一义,回向心地初”,虽未免杂于异端,其志亦高于人几等矣,宜其诗至于能泣鬼神,驱疟疠,非他人所敢望也。今之言诗者,不知其果何如哉?近世名公尝有言曰:“人心惟危,天命不易。”学者于日用之间,如排浮萍,画流水,随止合,则见于纸上,山小水浅,无足疑者,此可以言诗与志矣。(《敝帚稿略》,宋人丙编本卷二)

家铉翁《志堂说》云:

昔日读诗，深有味于《诗序》"在心为志"之旨，以为在心之志，乃喜怒哀乐欲发而未发之端，事虽未形，几则已动，圣贤学问每致谨乎此，故曰"在心为志"。若夫动而见于言，行而见于事，则志之发见于外者，非所谓"在心之志"也。是以夫子他日语门弟子曰："《诗三百》，一言以蔽之，曰：思无邪。"无邪之思，在心之志，皆端本于未发之际，存诚于几微之间，迨夫情动而言形，为雅，为颂，为风，为赋，为比，为兴，皆思之所发，志之所存，心之精神，实在于是，非外袭而取之也。序《诗》者即心而言志，志其诗之源乎？本志而言情，情其诗之派乎？自心而志，由情而诗，有本有末，不汩不迁，盖门人高第，亲得之圣师，而述之于序，非后儒所能到也。（《则堂集》，《四库珍本》本卷三）

三人都就《诗序》的"诗言志"立论，都较《诗序》的意义深邃。"诗言志"是周秦的通常意念，并没有什么隐晦难明的深思奥义，如字面所示，不过指明诗是心志的表现而已。《诗序》取以入文，加解释说"在心为志，出言为诗"，意思更为显豁，更表示没有深思奥义，包恢说"今人只容易看过，多不经思"，就是他要在习见的旧说中注入深奥的新义。家铉翁云："在心之志，乃喜怒哀乐欲发而未发之端。"包恢《答傅当可论诗》亦云：

某素不能诗，何能知诗？但尝得于所闻，大概以为诗家者流，以汪洋澹泊为高，其体有似造化之未发者，有似造化之已发者，而皆归于自然，不知所以然而然也。所谓造化之未发者，则冲漠有际，冥会无迹，空中之音，相中之色，欲有执著，曾不可得，而自有尸居而龙见，渊默而雷声者焉。所谓造化之已发者，真景见前，生意呈露，混然天成，无补天之缝罅，物各付物，无刻楮之痕迹，盖自有纯真而非影，全是而非似者焉。故观之虽若天下之至质，而实天下之至华，虽若天下之至枯，而实天下之至腴，如彭泽一派来自天稷者，尚庶几焉，而亦岂能全合哉？然此惟天才生知，不假作为，可以与此，其余皆须以学而入。学则须习，恐未易径造也，所以前辈尝有"学诗浑似学参禅"之语。彼参禅固有顿悟，亦须有渐修始得。顿悟如初生孩子，一日而肢体已成；渐修如长养成人，岁久而志气方立。此虽是异端语，亦有理，可施之于诗也。半山云："看似寻常最奇崛，成如容易却艰辛。"某谓寻常容易须从奇崛艰辛而入，又妄意以为损"先艰而后易"，益"长裕而不设不外"，是诗法。况造物气象，须自大化混浩中沙汰陶镕出来，方见精彩也。唐称韦柳有晋宋高风，而柳实学陶者。山谷尝写柳诗与学者云："能如此学陶，乃能近似耳。"此语有味。(《稿略》二)

《中庸》说："喜怒哀乐之未发谓之中，发而皆中节谓之和。"包恢、家铉翁以未发已发论诗，当然系自《中庸》移殖。朱陆都尊奉《中庸》，家铉翁以"存诚"与"未发"并举，与陆更近。袁燮《象山先生文集序》云："此心此理贯通融会，美在其中，不劳外索，揭诸当世曰：学问之要，得其本心而已。"（陆集卷首，袁集卷八）是陆九渊说心即理即善。《语录》云："《三百篇》之诗，《周南》为首；《周南》之诗，《关雎》为首；《关雎》之诗，好善而已。"（集卅五）是陆九渊说诗是善的。袁燮、家铉翁都引孔子说"思无邪"，也是在证明诗是善的；诗善源于心志，也正合陆九渊谓心即理即善之说。程子云："夫子言兴于诗，观其言是兴起人善意。”（详四章五节）是陆九渊的好善说，出于程子的兴善说；袁燮、家铉翁的无邪说，又出于陆九渊的好善说。包恢述近世名公有言曰：“人心惟危，天命不易。”陆九渊《语录》云：“人心惟危，道心惟微，解者多指人心为人欲，道心为天理；此说非是，心一也，人安有二心？”（集卅五）则包恢所谓名公恐即指陆，决非指朱，朱就是分人欲天理为二的。

袁燮是陆九渊门人，持论相近无可疑。《宋史·包恢传》：“自其父扬，世父约，叔父逊，从朱熹、陆九渊学。”则可以近陆，也可以近朱。考集中《答项司户书》云：“朱文公所谓神明不测者”，“与夫子（孔子）四言似差不同。”（《稿略》二）《陆象山先生赞》云：“若先生者，真可进乎夫子皜皜莫尚之明。”（《稿略》五）是虽同样从学，但尊陆疑朱，所以论文也远朱近陆。至家铉翁虽是苏轼里人，张栻乡人，然其学问渊源实出于陆，《四库提要》已就集中的《心斋说》、《主静箴》诸篇，疏通证明，成为定谳，论文近陆，自无足奇异。

五　包恢的自然新说

陆九渊矜重理会检点，可也矜重冲淡自然。《语录》云：“资禀好底人，自然与道相近”；“资禀不好底人，自然与道相远，却去锻炼。”又云：“某自来非由乎学，自然与一种（《备要》本作称）人气相忤，才见一造作营求底人便不喜，有一种冲然淡然底人便使人喜。”（并集卅五）这是在论人论道，由论人论道转至论文也不会岐异，所以一方面称赞黄庭坚领导的江西诗“包含欲无外，搜抉欲无秘，体制通古今，思致极幽眇，贯穿驰骋，工力精到”。一方面也称赞“淡泊平夷”的“彭泽一源”，誉为“来自天稷”。

这种识解传至包恢便产生一种奇崛艰辛的自然新说。包恢《答傅当可论诗》也誉“彭泽一派来自天稷”，可是又引王半山云：“看似寻常最奇崛，成如容易却艰辛。”《答曾子华论诗》亦云：

> 盖古人于诗不苟作，不多作，而或一诗之出，必极天下之至精；状理则理趣浑然，状事则事情昭然，状物则物态宛然，有穷智极力之所不能到者，犹造化自然之声也。盖天机自动，天籁自鸣，鼓以雷霆，豫顺以动，发自中节，声自成文，此诗之至也。孰发挥是，帝出乎震，非虞之歌，周之正《风》、《雅》、《颂》，作乐殷荐上帝之盛，其孰能与于此哉？其次则所谓未尝为诗，而不能不为诗，亦顾其所遇何如耳。或遇感触，或遇扣击，而后诗出焉，如诗之变风变雅，与后世诗之高者是矣。此盖如草木本无声，因有所触而后鸣，金石本无声，因有所击而后鸣，无非自鸣也。如草木无所触而自发声，则为草木之妖矣，金石无所击而自发声，则为金石之妖矣，闻者或疑其为鬼物，而掩耳奔避之不暇矣。世之为诗者，鲜不类此。盖本无情而牵强以起其情，本无意而妄想以立其意，初非彼有所触而此乘之，彼有所击而此应之者。故言愈多而愈浮，词愈工而愈拙，无以异于草木金石之妖声矣。（《稿略》二）

是他分诗为三等，上者是自然之声，次者是触击之声，下者是无触击之声，就是妖声，也就是普通所谓“无病呻吟”。自然与触击、无触击对举，当指本体的“造化自然”，非指方法的“自然而然”。不过，表现“造化自然”的诗文，最好还是用“自然而然”的方法。包恢《自识》云：

> 文忠欧公有曰："文欲开广，勿用造语，及毋模拟前人，孟韩虽高，不必似之，取其自然尔。"至哉言乎，真文法也。（《稿略》八）

追求"勿造语及毋模拟前人"的自然，并不容易。像"虞之歌，周之正《风》、《雅》、《颂》"，"天机自动，天籁自鸣"，"有穷智极力之所不能到者"。自余都要从奇崛艰辛入手。此意，包恢不止在《答傅当可论诗》言之，在《书徐致远无弦稿后》亦云：

> 王半山有谓："看似寻常最奇崛，成如容易却艰辛。"今泛观远斋诗，或者见其若出之易而语之平也，抑不知其阅之多，考之详，炼之熟，琢之工，所以磨砻圭角，而剥落皮肤，求造真实者，几年于兹矣。故其字字句句，有依据，有法度，欲会众体众格，而无一字妄用，一语苟作者。切无谓其寻常容易，乃奇崛之最，实自其艰辛而得也。（《稿略》五）

这正是陆九渊的矜重检点的移用于诗，同时也与江西诗派的由"布置法度"以至"不烦绳削而自合"的企响契合。当时反对江西诗派最力的是永嘉派，他们标榜晚唐。包恢《书侯体仁存拙稿后》云：

> 尝闻之曰：江左齐梁，竞争一韵一字之奇巧，不出月露风云之形状。至唐末则益多小巧，甚至于近鄙俚，迄于今则弊尤极矣。体仁之存拙，岂非欲矫时弊乎？（《稿略》五）

《答傅当可论诗》也称赞傅当可的“始终皆追晋宋之风,而绝不效晚唐之体”,说“此其过于人远矣”。卑薄晚唐就是反崇江西。包出于陆,陆论诗尊奉江西,所以包也尊奉江西。不过江西诗社的人物是纯粹诗人,陆包是心学派的道学家,诗人止讲求作诗方法,道学家则阐发诗学本体。这样,江西派的作诗方法,遂由陆包——特别是包的手里,寻求到本体的根据。

第十一章　诗话、词话、文话、诗文评点

一　何谓诗话

“诗话”是公名，欧阳修径以名其书。稍后的司马光作《续诗话》，《自序》云：“《诗话》尚有遗者，欧阳公文章名声虽不可及，然记事一也。”所说的《诗话》，明指欧阳修书，足证欧阳修所作是最早一部，司马光所作是第二部。至渊源所自，言人人殊，追溯最远的要算明代的何文焕，他在《历代诗话序》说昉于三代；最后的要算清代的章学诚，他在《文史通义·诗话》篇说源于锺嵘《诗品》。三代的说法坠于玄渺，《诗品》确是勒成专书的论诗初祖，但不即是宋人诗话本源。欧阳修《诗话自序》云：“居士退居汝阴，而集以资闲谈也。”与司马光的话合而观之，知早期的诗话止是在记事以资闲谈，和《诗品》的“第作者甲乙而溯厥师承”（《四库提要》语），并不相同。记事以资闲谈的著作在唐代已很发达，就是所谓笔记；所不同者，笔记的记事漫无限制，诗话的记事止于诗人诗作。《四库提要》说诗话“体兼说部”（卷一九五，诗文评类），最为有识。至名称的“话”字或来自“说话”“话本”，可也没有确证。

诗话没有兴起以前，除了锺嵘《诗品》和司空图《诗品》，还有三

种论诗的书，就是诗格、诗句图和本事诗。本事诗是诗话的前身（详五篇五章七节），诗格及诗句图则与诗话的性质旨趣都不同，诗话兴起以后，也还续有撰著，以其为晚唐五代余绪，故已于晚唐五代篇提前叙次（五篇二、三、四章）。

最早的诗话止是记事以资闲谈，后来便逐渐扩展。建炎戊申（1126），许彦周自序所作诗话云：

> 诗话者，辨句法，备古今，记盛德，录异事，正讹误也。若夫含讥讽，著过恶，诮纰缪，皆所不取。（《彦周诗话》，《津逮秘书》本）

绍兴末（约为1150年以后），黄彻作《䂬溪诗话》，又提出辅名教和论当否两种。辅名教见黄氏自序云：

> 平居无事，得以文章为娱，时阅古今诗集以自遣适。故凡心声所底，有诚于君亲，厚于兄弟朋友，嗟念于黎元休戚，及近讽谏而辅名教者，与予平日旧游所经历者，辄妄意铺凿，疏之窗壁间。未几，钞录成书，而以"䂬溪诗话"名之。至于嘲风雪，弄草木，而无与于比兴者，皆略之。（《䂬溪诗话》卷一，《历代诗话续编》本）

论当否见于陈俊卿序引黄彻云：

> 时取古人诗卷，聊以自娱，因笔论其当否，且疏用事之隐晦者，以备遗忘。（同上）

纪盛德和录异事仍然是记事,特别是录异事仍然是在以资闲谈。后来颇有人反对,如乾道己丑(1169),黄永思《跋碧溪诗话》云:“诗话杂说行于世者多矣,往往徒资笑谈之乐,鲜有益于后学。”可是记事始终占着诗话的最大成分,批评赏鉴的意味很淡。辨句法是诗学方法,备古今是诗学源流,正讹误和论当否是诗学利病,辅名教是诗学观念,便都是颇重要的文学批评了。

二　两宋诗话年代存佚残辑表

诗话起于宋,也盛于宋,存佚残辑,甚为繁杂,二十五年,我曾制表载《师大月刊》(第三十期),兹增删迻录于下:

诗话出于笔记小说,许多名为诗话的书,目录家列入小说类,同时许多笔记,又事实就是诗话。这里对名为诗话者一概收入,至笔记小说之实为诗话者,则以曾经目录家列入“文史”“诗话”或“诗文评”类者为限。

版本一栏,就普通易得者列举,但坊刻和铅石印本,错误太多,故从阙。《说郛》大都是节录,故止有《说郛》本的就是残书,兼有他种本的就往往不举《说郛》。

为了省字起见,对各种版本及依据书籍,每只简列二字。版本方面,百川指《百川学海》,津逮指《津逮秘书》,历代指《历代诗话》,续历指《历代诗话续编》,萤雪指《萤雪轩丛书》,学海指《学海类编》,辑校指《两宋诗话辑校》,读画指《读画斋丛书》,古今指《古今说部丛书》,湖北指《湖北先正遗书》,知不指《知不足斋丛书》,龙威指《龙威秘书》,七子指《七子诗话》,四部指《四部丛刊》,四备指《四部备要》,

守山指《守山阁丛书》,聚珍指《武英殿聚珍版丛书》,诒经指《诒经堂丛书》,宝颜指《宝颜堂秘笈》,琳琅指《琳琅秘室丛书》,常州指《常州先正遗书》,艺圃指《艺圃搜奇》,续金指《续金华丛书》,珠丛指《谈艺珠丛》,武林指《武林往哲遗著》。备注方面,宋志指《宋史·艺文志》,晁志指晁公武《郡斋读书志》,陈录指陈振孙《直斋书录解题》,通考指《通考·经籍考》,通志指《通志·艺文略》,遂初指《遂初堂书目》,四库指《四库全书总目》,渔隐指《苕溪渔隐丛话》,总龟指《诗话总龟》,竹庄指《竹庄诗话》,玉屑指《诗人玉屑》,诗林指《诗林广记》,鉴衡指《修辞鉴衡》。

书名	作者及年代	存佚残辑	版本	备注
诗话一卷	欧阳修撰 熙宁四年 (1071) 致仕以后作	存	全集、百川、津逮、历代、萤雪等	后人或称"六一诗话","六一居士诗话","欧阳诗话","欧阳文忠公诗话"。
六一诗话附录一卷	日人近藤元粹辑	辑	萤雪	就《欧公试笔》及《归田录》二书,抄出其似诗话者。
续诗话一卷	司马光撰 (1019—1086)	存	全集、百川、津逮、历代、萤雪等	后人或称"司马温公诗话","司马太师诗话","迂叟诗话"。《总龟》引"闲居诗话",与此多同,或亦即此书。
玉壶诗话一卷	释文莹撰 玉壶野史自序成书于元丰戊午(1078)八月十日 佚名辑	辑	学海	就《玉壶野史》(即《玉壶清话》)中,辑其论诗之语。

续表

书名	作者及年代	存佚残辑	版本	备注
王禹玉诗话一卷	王珪撰（1019—1085）	佚		见《通志》
中山诗话一卷	刘攽撰（1023—1088）	存	全集、百川、津逮、历代、萤雪等	或称“刘贡父诗话”，“刘攽诗话”。
诗话补遗一卷	潘兴嗣撰 熙宁（1068—1077）初，为筠州判官	佚		见《宋诗纪事》卷二十三，无卷数，《江西通志·艺文略·诗文评类》作诗话一卷。
东坡诗话一卷	苏轼撰（1036—1101）宋人佚名辑	残	说郛、萤雪	《宋志》一卷，《通志》作“苏子瞻诗话”，亦一卷。《晁志》二卷，称好事者，据苏轼杂书有及诗者集成。
同上一卷	罗根泽辑	辑	辑校	据《说郛》，益以总龟及诗林等书所引。
东坡诗话补遗一卷	日人近藤元粹辑	辑	萤雪	就《东坡志林》中抄出其系诗话者。
东坡诗谈录三卷	元人陈秀明辑	辑	学海	
纪诗一卷	苏轼撰 罗根泽重辑	辑	辑校	据《总龟》辑
乌台诗案十三卷	朋九万撰	存	说郛、学海、旧抄本	《说郛》、《学海》题“东坡乌台诗案”，仅一卷。《陈录》作“乌台诗话”。

续表

书名	作者及年代	存佚残辑	版本	备注
眉山诗案广证六卷	清张鉴撰	存	刊本	
诗病五事一卷	苏辙撰（1039—1112）	存	说郛、萤雪、栾城集	
侯鲭诗话一卷	赵令畤撰 日人近藤元粹辑	辑	萤雪	就《侯鲭录》中抄出其涉及诗者。
刘咸临诗话	刘叔和撰 刘恕子	佚		《王直方诗话》载刘咸临醉中作诗话数十篇，未知成书否。
王直方诗话六卷	王立之撰 作于元祐（1086—1094）中 罗根泽辑	辑	辑校	或作“归叟诗话”，“诗文发源”。据《渔隐》，《总龟》及《鉴衡》等书辑。
西清诗话一卷	蔡絛撰 作于元祐（1086—1094）稍后	残	说郛	《宋志》、《陈录》及《通考》俱作三卷。
同上三卷	罗根泽辑	辑	辑校	《说郛》外，益以《渔隐》、《总龟》、《玉屑》、《诗林》等书所引。
金玉诗话一卷	蔡絛撰	存	说郛、萤雪	《说郛》题蔡絛撰，并注“西清无为子”五字，《萤雪》题宋阙名，今案即《西清诗话》。
吕氏诗事录一卷	吕某撰 书中详于苏黄元祐诸人	辑	辑校	据《竹庄》及《能改斋漫录》辑，《竹庄》作“诗事”，《漫录》作“吕氏诗事录”。

续表

书名	作者及年代	存佚残辑	版本	备注
李希声诗话一卷	李錞撰 与徐师川、潘邠老同时 罗根泽辑	辑	辑校	《宋志》作《李錞诗话》。据《玉屑》、《诗林》、《鉴衡》等书辑。
后山诗话一卷	陈师道撰 （1053—1110）	存	百川、稗海、历代、津逮、后山集等	陆游断为伪书，《四库提要》谓宋南渡后佚补。
陈辅之诗话一卷	陈辅撰 少从王安石游	残	说郛	
同上一卷	罗根泽辑	辑	辑校	《说郛》外，益以《渔隐》及《诗林》等书所引。
优古堂诗话一卷	吴开撰 绍圣丁丑 （1097）中宏词科	存	读画、续历等	
洪驹父诗话一卷	洪刍撰 绍圣元年（1094）进士 罗根泽辑	辑	辑校	据《渔隐》及《玉屑》等书辑。
潘子真诗话一卷	潘惇撰 与洪刍同时	残	说郛	宋人书或引作“诗话补阙”。
同上一卷	罗根泽辑	辑	辑校	《说郛》外，益以《渔隐》及《师余录》等书所引。
潜溪诗眼一卷	范温撰 学于黄庭坚	残	说郛	
同上一卷	罗根泽辑	辑	辑校	《说郛》外，益以《渔隐》、《总龟》及《野客丛书》等书所引。

续表

书名	作者及年代	存佚残辑	版本	备注
历代吟谱五卷	蔡传撰 蔡襄之孙	存	吟窗杂录、诗学指南	《宋志》二十卷，谓不知作者。《陈录》及《通考》俱著蔡传《吟窗杂录》三十卷，谓中有吟谱，据知《宋志》作二十卷，盖并《杂录》而言，二或为三之误。《四库存目》五卷，蔡传撰。《指南》题浩然子陈应行编，盖误。
蔡宽夫诗话二卷	蔡启撰 崇宁（1102—1105）初为检点试卷官 罗根泽辑	辑	辑校	据《渔隐》、《玉屑》、《诗林》等书辑。
临汉隐居诗话一卷	魏泰撰 崇宁大观时（1102—1110）章惇欲官之不就，此书为其晚年所作。	存	古今、知不、历代、学海、湖北、龙威、七子等	
冷斋夜话十卷	释惠洪撰 大观中（1107—1110）游张商英门	存	稗海、说郛、萤雪等	《诗林》后集卷三，“王荆公南浦诗”条，引作《冷斋诗话》。
蔡宽夫诗史二卷	蔡居厚撰 大观初拜正言 罗根泽辑	辑	辑校	据《总龟》、《玉屑》、《竹庄》等书辑。

续表

书名	作者及年代	存佚残辑	版本	备注
唐子西文录一卷	唐庚口述 口述起宣和己亥(1119),讫明年正月。强行父记录追记于绍兴八年(1138)三月癸巳	存	古今、历代、萤雪等	或作“唐子西语录”、“唐庚诗话”、“唐子西诗话”。述记年月据强行父所作《唐子西文录》记。
诗话总龟前集四十八卷后集五十卷	阮阅撰 元丰八年(1085)进士	存	明刊本、四部本	前集原名“诗总”,《渔隐》谓阮阅编于宣和癸卯(1123)。
石林诗话三卷	叶梦得撰作于靖康(1126—1127)前	存	古今、历代、百川、津逮、观古堂刻《石林遗书》等	以观古堂本为最佳,因附入他书所引也。
石林诗话拾遗附录一卷	清叶德辉辑	辑	观古堂刻石林遗书	
诸家老杜诗评五卷续一卷	方深道撰 宣和六年(1124)进士	存	北平图书馆藏旧抄本	《陈录》及《通考》俱著五卷,续一卷,方深道集。《宋志》著方醇道集诸家老杜诗评五卷。《福建通志》诗文评类同于《陈录》、《通考》,而《良吏传》又以续一卷属醇道,二人为兄弟,合撰分著,抑一人所作,皆不可考。

续表

书名	作者及年代	存佚残辑	版本	备注
续老杜诗评五卷	方绖撰	未详		见《宋志》,是否即《陈录》、《通考》所谓续一卷,不可考。
藏海诗话一卷	吴可撰 当在宣和(1120—1125)末年	存	知足、函海、续历、萤雪、昌平丛书等	
古今诗话六卷附录一卷	李颀撰 作于建炎(1127—1130)前 罗根泽辑	辑	辑校	据《渔隐》、《总龟》、《玉屑》、《诗林》、《竹庄》、《鉴衡》等书辑。《宋志》著李颀《古今诗话录》七十卷,与此疑为一书。
许彦周诗话一卷	周颉撰 自序于建炎戊申(1128)六月初吉日。	存	百川、稗海、历代、津逮、萤雪等	
漫叟诗话一卷	阙名撰 作于建炎中	残	说郛	
同上一卷	罗根泽辑	辑	辑校	《说郛》外,益以《渔隐》、《诗林》、《竹庄》等书所引。
艺苑雌黄一卷	严有翼撰 南渡(1127)前后时人	残	说郛	《宋志》、《陈录》、《通考》俱作二十卷。
同上十卷		未详		《四库》据江苏巡抚采进本存目,断为伪书。

续表

书名	作者及年代	存佚残辑	版本	备注
艺苑雌黄四卷	罗根泽辑	辑	辑校	《说郛》外，益以《渔隐》、《总龟》、《诗林》、《草堂》等书所引。
唐诗纪事八十一卷	计有功撰 南渡时人	存	刊本、四部本	
观林诗话一卷	吴聿撰 南宋初人	存	学海、湖北、守山、续历、墨海金壶等	《通考》作张律撰
诗说隽永一卷	佚名撰 建炎时人 罗根泽辑	辑	辑校	据《渔隐》、《诗林》等书辑。《遂初》著《诗话隽永》，疑即此书。
瑶溪集一卷	郭思撰 作于吴曾（1153 年为丞奉郎）之前 罗根泽辑	辑	辑校	或称“郭思诗话”。又《宋史》著文史类，《通志》著诗话类，故知确为诗话。原十卷。兹据《渔隐》、《竹庄》及《能改斋漫录》等书辑。
汉皋诗话一卷	张某撰 作于吴曾之前	残	说郛	原题阙名撰，据《能改斋漫录》及周辉《清波杂志》，知撰者姓张。

续表

书名	作者及年代	存佚残辑	版本	备注
汉皋诗话一卷	罗根泽辑	辑	辑校	《说郛》外，益以《渔隐》、《诗林》、《能改斋漫录》等书所引。
垂虹诗话一卷	周知和撰 周辉从叔	佚		《宋志》谓不知作者，考周辉《清波杂志》卷八云：“从叔知和，尝尉吴江，作《垂虹诗话》。”
青琐诗话一卷	刘斧撰 至迟作于绍兴（1131—1162）初年 佚名辑	残	说郛	原题元刘斧，误。《宋志》、晁《志》俱载所作《青琐高议》，此即从中采辑者。晁《志》成于绍兴二十年，此在前无疑。
碧溪诗话十卷	黄彻撰 绍兴十五年（1145）进士	存	聚珍、知不、学海、续历、七子、萤雪等	《遂初》载《黄微诗话》，当即此书，微彻形近而误。
环溪诗话一卷	吴沆后人撰 沆于绍兴六年（1136）诣行在献书。	残	说郛、学海	原题吴沆撰，《四库》考知为沆后人追记沆论诗语，及他人品评吴沆诗语。《学海》出于《说郛》，《说郛》率皆节录，故疑残缺。
紫薇诗话一卷	吕本中撰 绍兴中进士	存	百川、历代、津逮、萤雪等	

续表

书名	作者及年代	存佚残辑	版本	备注
竹坡老人诗话一卷	周紫芝撰 绍兴中登第	存	百川、古今、历代、津逮、萤雪等	或题“竹坡诗话”。
诗谳一卷	周紫芝撰	存	学海	
珊瑚钩诗话三卷	张表臣撰 绍兴终司农丞	存	百川、历代、萤雪等	
岁寒堂诗话上下卷	张戒撰 绍兴间人	存	学海、聚珍、续历、萤雪等	
风月堂诗话二卷	朱弁撰 自序称庚申闰月，庚申为绍兴十年(1140)	存	诒经、宝颜	
桐江诗话一卷	不知撰者 作于绍兴十年(1140)前后	残	说郛	
同上一卷	罗根泽辑	辑	辑校	《说郛》外，益以《渔隐》、《玉屑》、《竹庄》、《诗林》等书所引。
艇斋诗话一卷	曾季貍撰 作于绍兴二十年(1150)前后	存	琳琅、续历等	
苕溪渔隐丛话前集六十卷后集四十卷	胡仔撰 前集自序于戊辰(1148)三月上巳，后集自序于丁亥(1167)中秋日	存	海山仙馆丛书、四部备要等	

续表

书名	作者及年代	存佚残辑	版本	备注
韵语阳秋二十卷	葛立方撰 书成于隆兴元年(1163)。	存	历代、学海、常州、艺圃等	
高斋诗话一卷	曾慥撰 作于孝宗前 罗根泽辑	辑	辑校	据《渔隐》、《总龟》、《玉屑》、《诗林》等书辑。
庚溪诗话三卷	陈岩肖撰 作于淳熙中(1174—1189)	存	百川、学海、续金、续历、艺圃、萤雪等	
诗话一卷	陈日华撰 孝宗时(1163—1189)人	未详		《四库》集部诗文评类存目
容斋诗话六卷	洪迈撰(1123—1202) 佚名辑	辑	学海	就《容齐五笔》，辑其论诗语。
二老堂诗话二卷	周必大撰(1126—1206)	存	历代、津逮、萤雪、全集等	
晦庵诗说一卷	朱熹撰(1130—1200) 陈文蔚等录	辑录	珠丛	
全唐诗话六卷	旧题尤袤撰 自序称书成于甲午(1234)，而序文则作于咸淳辛未(1271)。	存	历代、津逮、清孙涛校刻本	《四库提要》谓贾似道假手于廖莹中，莹中又窃《唐诗纪事》以成此书。按周密《志雅堂杂抄》卷下："贾师宪……又开《全唐诗话》三帙，盖即唐《本事诗》中事也。"知提要之言是也。

续表

书名	作者及年代	存佚残辑	版本	备注
老学庵诗话一卷	陆游撰(1125—1210) 日人黑崎 朴斋饭村岳麓原辑 日人近藤元粹补辑	辑	萤雪	黑崎、饭村二子从《老学庵笔记》中,抄出其涉及诗者为《放翁诗话》。近藤以有遗漏,补辑为此书。
陆游山阴诗话一卷	李兼撰 开禧三年(1207) 以朝请郎知台州	佚		见《宋志》、《陈录》及《通考》。《宋志》止题"陆游山阴诗话",未言李兼撰,似以为陆游撰,盖误。
诚斋诗话一卷	杨万里撰 (1127—1206)	存	续历、 萤雪、 全集等	生卒依储皖峰先生杨万里生卒年月考。
诗学规范一卷	张镃撰 胡文焕辑	存	诗法 统宗	录自《仕学规范》卷三十六至四十,《诗法统宗》为《格致丛书》之一部分。
白石道人诗说一卷	姜夔撰	存	历代、 学海、 读画、 珠丛、 萤雪、 诗触、 全集等	或作"白石诗说"、"姜氏诗说"。
后村诗话前集二卷后集二卷续集四卷新集六卷	刘克庄撰 (1187—1269) 前后集六十至七十岁所作,续集近八十岁所作,新集八十二岁所作。	存	适园 丛书、 全集等	

续表

书名	作者及年代	存佚残辑	版本	备注
江西诗派小序一卷	刘克庄撰	存	续历、全集等	
草堂诗话二卷	蔡梦弼撰 《草堂诗笺》自跋于嘉泰三年(1203)	存	续历、草堂诗笺等	《四库提要》称始末未详,按当与《草堂诗笺》相先后。
履斋诗话一卷	孙奕撰 《履斋示儿编》自序于开禧元年(1205) 日人近藤元粹辑	辑	萤雪	即《履斋示儿编》卷九卷十中之诗说。
娱书堂诗话二卷	赵与虤撰 宁宗(1195—1224)以后人	存	续历、读触等	《玉屑》引作“赵威伯诗余话”,《文澜阁书目》作“赵威伯诗话”。
玉林中兴诗话补遗一卷	黄升撰 作于《诗人玉屑》以前 罗根泽辑	辑	辑校	据《玉屑》、《诗林》二书辑。
休斋诗话一卷	佚名撰 疑魏庆之友 罗根泽辑	辑	辑校	据《玉屑》、《诗林》二书辑。
诗人玉屑二十卷	魏庆之撰 黄升序于淳祐甲辰(1244)	存	诗法统宗、四备、刊本	
沧浪诗话一卷	严羽撰 理宗时(1225—1264)人	存	百川、历代、津逮、宝颜、珠丛、萤雪、全集等	内分诗辩、诗体、诗法、诗评、考证五种,末附《答吴景仙书》。周栎园《重订宋严沧浪先生全集》本最佳,中有序文数编,考订颇详。

续表

书名	作者及年代	存佚残辑	版本	备注
严氏纠谬一卷	清冯班撰	存	钝吟杂录本	
沧浪诗话注四卷	清胡鉴撰	存	光绪辛巳刊本	
沧浪诗话笺注一册	今人胡才甫撰	存	中华书局印本	
荆溪林下偶谈四卷	吴子良撰 宝庆二年(1226)进士	存	古今、宝颜等	各本皆题宋吴氏撰，《四库提要》考知为吴子良。
吴氏诗话二卷	佚名辑	辑	学海	就《荆溪林下偶谈》摘其论诗语。
对床夜话	范晞文撰 景定三年(1262)，晞文以此书授冯去非。	存	学海、武林、知不、续历、萤雪等	
竹庄诗话二十四卷	何溪汶撰 《四库》置《浩然斋杂谈》前	存	四库珍本初集	《宋志》二十七卷，今本二十四卷，散佚抑合并不可考。
诗话抄	陈本斋撰	佚		周密《志雅堂杂钞》卷下书史类，称姚子敬有陈本斋《诗话抄》。
诗家纠谬	雪林撰	佚		同前称姚子敬有雪林《诗家纠谬》
诗话□家乘	韦居撰	佚		同上称姚子敬有韦居《诗话□家乘》
浩然斋雅谈三卷	周密撰(1232—1308) 清四库馆辑	存	聚珍、忏花庵本等	据《永乐大典》辑，上卷考证经史，评论文章，中卷诗话，下卷词话。按周氏《志雅堂杂钞》卷下称乙丑八月，作五诗话，不知是否即此书。

续表

书名	作者及年代	存佚残辑	版本	备注
弁阳诗话一卷	日人梁川星岩、菅老山原辑 日人近藤元粹重辑	辑	萤雪	即《浩然斋杂谈》卷中之诗话，原辑名《浩然斋诗话》，近藤改此名。
竹窗诗文辨正丛说四卷	嚣嚣子撰 南宋人	未详		《四库》诗文评类存目
深雪偶谈一卷	方岳撰 南宋末年人	存	学海、锦囊小史、宋人百家小说等	
诗林广记前集十卷后集十卷	蔡正孙撰 自序于己丑，距宋亡十年	存	元刊本、明汪亮刊本、明仿宋本、明四卷本	
诗论一卷	释普闻撰	残	说郛	
王明之诗话		佚		见《遂初》
南宫诗话一卷	叶凯撰	佚		见《宋志》
古今诗源	周锡撰	佚		见《四川通志》
玄散诗话一卷	阙名撰	残	说郛	
兰庄诗话一卷	阙名撰	残	说郛	
玉斋诗话一卷	阙名撰	佚		见《说郛》，原注“阙”，知已佚。

续表

书名	作者及年代	存佚残辑	版本	备注
续诗话一卷	无名氏撰	佚		见《陈录》及《通考》
诗三话一卷	无名氏撰	佚		见《陈录》及《通考》
唐宋名贤诗话二十卷	不知作者	佚		见《宋志》。《遂初》载"名贤诗话",不知是否即此书。
新集诗话十五卷	不知作者	佚		见《宋志》
元祐诗话一卷	不知作者	佚		见《宋志》
大隐居士诗话一卷	不知作者	佚		见《宋志》
诗谈十五卷	不知作者	佚		见《宋志》及《遂初》,《遂初》无卷数。《说郛》有题宋阙名《诗谈》一卷,但述及李东阳、何景明,当作于明人,与此恐非一书。
诗话二十卷	未题作者	佚		见《通志》
诗话集类	未题作者	佚		见《遂初》
静熙诗话	未题作者	佚		见《遂初》
叙事诗话	未题作者	佚		见《遂初》

此外,《总龟》后集卷五再引胡氏诗评,《玉屑》卷三和卷七再引藜藿《野人诗话》,《竹庄》卷一引蔡百衲诗评,卷十一三引师氏诗说,卷二十引《抒情诗话》,《诗林》前集卷四再引臞翁诗评,后集卷三再引《诗引》,卷四引《艺苑谈丛》,《野客丛书》卷七和卷二十三再引《松江诗话》,《西溪丛话》卷上引李君翁诗话,《能改斋漫录》卷五引《芥室诗话》,零珪断璧,不知已否成为专书,从省不载。

三 许彦周诗话

上列近百种的诗话,记事闲谈占着极大多数,名家所作,如欧阳修诗话,陈师道《后山诗话》,杨万里《诚斋诗话》,刘克庄《后村诗话》,虽是闲谈,可也颇有珍贵意见,已分别系本人论次;小家随声附合,诚然如黄永思所说:"徒资谈笑之乐,鲜有益于后学。"黄彻提出辅名教,论当否,但所作《碧溪诗话》仍偏于记事闲谈。至辨句法,备古今,正讹误,辅名教而有见解之作,止有范温《诗眼》,《许彦周诗话》,张戒《岁寒堂诗话》,姜夔《白石道人诗说》,严羽《沧浪诗话》,吴子良《林下偶谈》六种;范姜属于江西派,吴隶于浙东派,已分别系派论次;现在只述许、张、严三家。

许彦周虽提出辨句法,备古今,正讹误的诗话路向,但他所提示的实在有限,较重要的不过描写与用事两种。说描写的如云:

诗人写人物态度,并不可移易。元微之《李娃行》云:"髻鬟峩峩高一尺,门前立地看春风。"此是娼妇。退之《华山女》诗云:"洗妆拭面著冠帔,白咽红颊长眉青。"此定是女道士。

东坡作《芙蓉城》诗亦用长眉青三字云："中有一人长眉青，炯如微云淡疏星。"便有神仙风度。(《津逮秘书》本)

这就是说描写人物重在恰如其分，但如全幅的精神都放置在刻画人物，又易流于迂弱；最好能恰如其分，而又造语壮丽。所以又云：

写生之句，取其形似，故辞多迂弱，赵昌画黄蜀葵，东坡作诗云："檀心紫成晕，翠叶森有芒。"揣摸刻骨，造语壮丽，后世莫及。

至用事，许彦周认为最忌直填：

凡作诗若正尔填实，谓之点鬼簿，亦谓之堆垛死尸，能如《猩猩毛笔》诗曰："平生几辆屐，身后五车书。"又如"管城子无食肉相，孔方兄有绝交书。"精妙明密，不可加矣，当以此语反三隅也。

又云：

淮阴胜而不骄，乃能师李左车，最奇特事，荆公诗云："将军北面师降虏，此事人间久寂寥。"李广诛霸陵尉，薄于德矣，东坡诗云："今年定起故将军，未肯说诛霸陵尉。"用事当如此向背。

"点鬼簿"的掌故出于唐代张鷟的《朝野佥载》，说杨炯为文，"好以古人姓名连用,号为点鬼簿”。许彦周当然受彼影响,不过据此提出向背以及其他“精妙明密”的方法,就算他的贡献了。此外如谈锻炼,谈熟读,都无新义。

四　张戒《岁寒堂诗话》

张戒《岁寒堂诗话》,标举言志咏物,责斥用事押韵:

> 建安陶阮以前诗专以言志,潘陆以后诗专以咏物,兼而有之者李杜也。言志乃诗人之本意,咏物特诗人之余事。古诗、苏、李、曹、刘、陶、阮,本不期于咏物,而咏物之工卓然天成,不可复及,其情真,其味长,其气胜,视《三百篇》几于无愧,凡以得诗人之本意也。潘陆以后,专意咏物,雕镌刻镂之工日以增,而诗人之本旨扫地尽矣。(《武英殿聚珍版丛书》本卷上)

诗人的本意是言志,诗人的余事是咏物,张戒认为二者当兼而有之。兼而有之的方法是以言志为主,万不可专意咏物。以言志为主的诗可以兼有“咏物之工”,专意咏物则诗人之本旨——就是言志的本意——扫地尽矣。至用事押韵,那就更下一等:

> 诗以用事为博,始于颜光禄,而极于杜子美;以押韵为工,始于韩退之,而极于苏黄。然诗者志之所之也,情动于中而形于言,岂专意于咏物哉?子建“明月照高楼,流光正徘

徊”，本以言妇人清夜独居愁思之切，非以咏月也，而后人咏月之句，虽极其工巧，终莫能及；渊明“狗吠深巷中，鸡鸣桑树颠”，本以言郊居闲适之趣，非以咏田园，而后人咏田园之句，虽极其工巧，终莫能及。故曰“言之不足故长言之，长言之不足故咏叹之，咏叹之不足故不知手之舞之，足之蹈之”。后人所谓“含不尽之意”者，此也；用事押韵何足道哉？苏黄用事押韵之工，至矣尽矣，然究其实乃诗人中一害，使后生只知用事押韵之为诗，而不知咏物之为工，言志之为本也，风雅自此扫地矣！（卷上）

陶阮以前专以言志，潘陆以后专以咏物，颜杜用事，韩愈至苏黄押韵，并古代风骚，可以分为五等：

国朝诸人诗为一等，唐人诗为一等，六朝诗为一等，陶阮建安七子两汉为一等，《风》、《骚》为一等，学者须以次参究，盈科而后进可也。黄鲁直自言学杜子美，子瞻自言学陶渊明，二人好恶已自不同，鲁直学子美，但得其格律耳，子瞻则又专称渊明，且曰：“曹、刘、鲍、谢、李、杜诸子皆不及也。”夫鲍谢不及则有之，若子建、李、杜之诗，亦何愧于渊明？即渊明之诗妙在有味耳，而子建诗微婉之情，洒落之韵，抑扬顿挫之气，固不可以优劣论也。古今诗人推陈王及古诗第一，此乃不易之论。至于李杜，尤不可轻议。

《国风》、《离骚》固不论，自汉魏以来，诗妙于子建，成于李杜，而坏于苏黄，余之此论，固未易为俗人言也。子瞻以议论作诗，鲁直又专以补缀奇字，学者未得其所长，而先得其所短，诗人之意扫地矣。段师教康昆仑琵琶，且遣不近乐器十余年，忘其故态。学诗亦然：苏黄习气净尽，始可以论唐人诗，唐人声律习气净尽，始可以论六朝诗，镌刻之习气净尽，始可以论曹、刘、李、杜诗。（并卷上）

《风》、《骚》一等就是"《国风》、《离骚》固不必论"的一等，其余当然以陶、阮、建安、两汉一等为最高，国朝一等为最低。因为陶阮以前专以言志，可是兼有咏物之工；国朝诸诗人以苏黄为宗，苏以议论作诗，黄又专以补缀奇字，失掉言志咏物的诗意，堕入用事押韵的深渊。所以必须"苏黄习气净尽，始可以论唐人诗；唐人声律习气净尽，始可以论六朝诗，镌刻之习气净尽，始可以论曹、刘、李、杜诗"。这种论调与朱熹颇相近，不知曾否互相影响。

《国风》的所以推为"固不必论"，因为不但"专以意志"，而且经孔子削删，存传的都"思无邪"：

孔子曰："《诗》三百，一言以蔽之，曰：思无邪。"世儒解释终不了，余尝观古今诗人，然后知斯言良有以也。《诗序》有云："诗者志之所之也，在心为志，发言为诗，情动于中而形于言。"其正少，其邪多，孔子删诗，取其思无邪者而已。自建安七子六朝有唐及近世诗人，思无邪者惟陶渊明、杜子美耳，余皆不免落邪思也。六朝颜、鲍、徐、庾，唐李义山，国朝黄鲁直，乃邪思之尤者，鲁直诗虽不多说妇人，然其韵度矜持，冶容太甚，足以荡人心魄，此正所以为邪思也。鲁直专学子美，然子美诗读之使人凛然兴起，肃然生敬，《诗序》所谓"经夫妇，成孝敬，厚人伦，美教化，移风俗"者也，岂可与鲁直诗同年而语耶？

"言志"是旧话,但张戒说言志可以兼咏物之工,专意咏物则流于雕镌刻镂,寖假而至于用事押韵,补缀奇字,沦为诗人中一害,遂成为新说。"思无邪"也是旧话,但张戒说韵度矜持,冶容太甚也是邪思,进而据以分别杜黄,遂成为新解。

> 往在桐庐见吕舍人居仁,余問鲁直得子美之髓乎?居仁曰:"然。""其佳处焉在?"居仁曰:"禅家所谓死蛇弄得活。"余曰:"活则活矣。如子美'不在旻公三十年,封书寄与泪潺湲,旧来好事今能否,老去新诗谁与传',此等句,鲁直少日能之。'方丈涉海费时节,元圃寻河知有无,桃源人家易制度,橘州田土仍膏腴',此等句,鲁直晚年能之。至于子美'客从南溟来,朝行青泥上',《壮游》,《北征》,鲁直能之乎?如'莫自使眼枯,收汝泪从横,眼枯却见骨,天地终无情',此等句,鲁直能到乎?"居仁沈吟久之曰:"子美诗有可学者,有不可学者。"余曰:"然则未可谓之得髓矣。"

这种指摘很正确,本来黄的学杜止在格律法度,杜的悲天悯人,黄并未指意(参七章一至三节)。

五　严羽《沧浪诗话》

无疑的,从诗学的观点衡量宋代诗话,当以严羽《沧浪诗话》为巨擘。后人的承用及批评,恐怕没有人能一一缕述,单说写成专书的就有清人冯班《纠谬》一卷,胡鉴注四卷,今人胡才甫笺注一册,可见影响之大。全书分诗辩、诗体、诗法、诗评、诗证五门，提供的新义有下列四说：

（一）禅悟说——诗辩云：

> 大抵禅道惟在妙悟，诗道亦在妙悟。且孟襄阳学力下韩退之远甚，而其诗独出退之之上者，一味妙悟而已。惟妙悟乃为当行，乃为本色。

严羽以前的韩驹、吕本中已倡言妙悟，严羽当然受其影响（参七章五、六两节）；不过虽受其影响，而旨趣则相反不同。严羽《答吴景仙书》云：

> 仆之诗辩，乃断千百年公案，诚惊世绝俗之谈，至当归一之论。其间说江西诗病，真取心肝刽子手，以禅喻诗，莫此亲切。是自家实证实悟者，是自家闭门凿破此片田地，却非傍人篱壁，拾人涕唾得来者。李杜复生，不易吾言矣。（《诗话》附录）

可见他最自矜重的是诗辩，诗辩中最自矜重的是禅悟，禅悟就在“说江西诗病”。诗辩云：

> 然则近代之诗无可取乎？曰：有之，吾取其合于古人者而已。国初之诗，尚沿袭唐人。……至东坡山谷始自出己意以为诗，唐人之风变矣。山谷用工尤为深刻，其后法席盛行，海内称江西宗派。

虽不见得真能剑取心肝,但确是在尽力讥贬。依我们所知,他的妙悟说出于韩、吕,可是他却说"是自家闭门凿破此片田地",虽然狂妄夸大,但也真是较韩、吕有进步。诗辩云:

悟有深浅,有分限;有透彻之悟,有但得一知半解之悟。汉魏尚矣,不假悟也;谢灵运至盛唐诸公,透彻之悟也;他虽有妙者,皆非第一义也。

非第一义之悟,即但得一知半解之悟,大概就是指韩、吕及其他江西诗人而言。

(二)四唐说——自元人杨士宏撰《唐音》,明人高棅撰《唐诗品汇》,论唐诗的每分为初、盛、中、晚四期,穷源索本,实始严羽。诗辩云:

禅家者流,乘有小大,宗有南北,道有邪正,学者须从最上乘,具正法眼,悟第一义,若小乘禅,声闻辟支果,皆非正也。论诗如论禅,汉魏晋与盛唐之诗,则第一义也;大历以还之诗,则小乘禅也,已落第二义矣;晚唐之诗,则声闻辟支果也。学汉魏盛唐诗,临济下也;学大历以还之诗者,曹洞下也。

诗评也再四标评盛唐大历以及晚唐诗的优劣,虽没有提出初唐中唐二名,但盛唐之前应有初唐(诗体也正于"盛唐体"前列"唐初体"),盛晚中间的大历以还即为中唐。

悟有深浅是在反江西,唐分盛晚是在反四灵。诗辩云:

近世赵紫芝、翁灵舒辈，独喜贾岛、姚合之诗，稍稍复就清苦之风，江湖诗人多效其体，一时自谓之唐宗，不知止声闻辟支之果，岂盛唐诸公大乘法眼者哉？

（三）上学说——始创江西派的黄庭坚本来学杜，可是年事稍晚的陈师道就以学黄为学杜阶梯，宋末的江西余裔更以稍前的江西诸子为学黄陈阶梯，四灵矫正江西，也止能溯至晚唐，都是下学法。严羽卑江西四灵，由是改创上学说。诗辩云：

夫学诗当以识为主，入门须正，立志须高，以汉魏晋盛唐为师，不作开元天宝以下人物；若退屈即有下劣诗魔入其肝腑之间，由立志之不高也。行有未至，可加工力，路失一差，愈骛愈远，由入门之不正也。故曰：学其上，仅得其中；学其中，斯为下矣。又曰：见过于师，仅堪传授；见与师齐，减师半德也。工夫须从上做下，不可从下做上。先须熟读《楚辞》，朝夕风咏以为之本；及读古诗十九首、乐府四篇、李陵苏武汉魏五言，皆须熟读；即以李杜二集，枕藉观之，如今人之治经；然后取盛唐名家，酝酿胸中，久之自然悟入。虽学之不至，亦不失正路。此乃是从顶䫌上做来，谓之向上一路，谓之直截根源，谓之顿门，谓之单刀直入也。

稍前的朱熹、张戒虽也有学上之意，但没有像严羽这样的彰明较著的提出。宋代的诗学本来是模仿，江西派从脚下做，虽目标在头，往往做不到头，严羽从头上做来，确是"直截本源"。这是严羽的重要诗说，也是重要贡献，可惜后人往往忽略。

（四）兴趣说——严羽虽“从顶𩕳上做来”，但据诗辩，实在是“推原汉魏以来，而截然谓当以盛唐为法”。自注云：“后舍汉魏而独言盛唐者，谓古律之体备也。”关于盛唐诗的妙处，诗辩云：

诗者，吟咏情性也。盛唐诸人，惟在兴趣，羚羊挂角，无迹可求，故其妙处透彻玲珑，不可凑泊，如空中之音，相中之色，水中之月，镜中之象，言有尽而意无穷。

这一望而知其源出司空图，不过司空图归于韵味，严羽归于兴趣；韵味是风格问题（参五篇五章五节），兴趣则属于情性。情性是先天的，可也与后天陶冶有关。诗辩云：

夫诗有别材，非关书也；诗有别趣，非关理也。然非多读书，多穷理，则不能极其致。所谓不涉理路，不落言筌者，上也。

是陶冶的方法在读书穷理。要读书明理而又力戒直接入诗，也是在针砭江西及其他当时诗人而发。所以诗辩云：

近代诸公，乃作奇特解会，遂以文字为诗，以才学为诗，以议论为诗；夫岂不工，终非古人之诗也，盖于一唱三叹之音，有所歉焉。

六　词论

词话兴起以前已有词论，就我们所知，苏轼曾力倡“词为诗裔”

（详六章四节）。可是不要说旁人，他的弟子，就止有张耒与之同调，余则秦观不肯遵守（详六章四节），晁无咎、陈师道更持论相反。张耒的《贺方回乐府序》云：

文章之于人，有满心而发，肆口而成，不待思虑而工，不待雕琢而丽者，皆天理之自然，而性情之道也。……贺方回博学业文，而乐府之词，高绝一世，携一编示予，大抵倚声而为之词，皆可歌也。或者讥方回好学能文，而惟是为工何哉？余应之曰：是所谓满心而发，肆口而成，虽欲已焉而不得者。若其粉泽之工，则其才之所至，亦不自知也。夫其盛丽如游金张之堂，而妖冶如揽嫱施之袪，幽洁如屈宋，悲壮如苏李，览者自知之，盖有不可胜言者矣。（《柯山集》，《聚珍版丛书》本卷四十）

吴曾《能改斋漫录》卷十六引晁无咎《评宋朝乐章》云：

世言柳耆卿曲俗，非也，如〔八声甘州〕云："渐霜风凄紧，关河冷落，残照当楼"，此唐人语，不减高处矣。欧阳永叔〔浣溪沙〕云："堤上游人逐画船，拍堤春水四垂天，绿杨楼外出秋千"，要皆妙绝，然只一出字，自是后人道不到处。苏东坡词，人谓多不谐音律，然居士辞横放杰出，自是曲子中缚不住者。黄鲁直闲作小词，固高妙，然不是当行家语，自是著腔子唱好诗，晏元献不蹈袭人语，而风调闲雅，如"舞低杨柳楼心月，歌尽桃花扇底风"，知此人不住三家村也。张子野与柳耆卿齐名，而时以子野不及耆卿，然子野韵高，是耆卿所乏处。近世以来，作者皆不及秦少游，如“斜阳外，寒鸦数点，流水绕孤村”，虽不识字，亦知是天生好言语。（又见《诗人玉屑》卷二十一）

陈师道《后山诗话》卷二云：

退之以文为诗，子瞻以诗为词，如教坊雷大使之舞，虽极天下之工，要非本色。今代词手，惟秦七黄九尔，唐诸人不迨也。（《后山集》廿九）

词是文学，也是音乐，从文学的观点看来，词不殊于诗，所以苏轼说“词为诗裔”。张耒虽称赞贺方回的词“皆可歌”，但先泛言文章，最后又以屈、宋、苏、李比况，那末也是以文学的观点评词，也是说诗词相同。陈师道说苏轼“以诗为词”，“要非本色”，大概就是指其“不谐音律”。“不谐音律”的苏词，晁无咎解云，“曲子中缚不住者”，那末曲子中缚住者自然是应谐音律。所以晁陈的见解相近，都是占在音乐的观点，说诗词应当异路。后来论词的虽各有所见，但大体仍是这两种观点，如苏辙的孙子苏籀，《书三学士长短句新集后》云：

黄太史（庭坚）纤秾精稳，体趣天出，简切流美，能中之能，投弃锜斧，有佩玉之雍容。秦校理（观）落尽畦畛，天心月胁，逸格超绝，妙中之妙，议者谓前无伦，而后无继。晁南宫（无咎）平处言近文缓，高处新规胜致，朱弦三叹，斐丽音旨，自成一种姿致。（《双溪集》，《粤雅堂丛书》本卷十一）

南宋初年的郑刚中，作《乌有编序》云：

长短句亦诗也。诗有节奏，昔人或长短其句而歌之，被酒不平，讴吟慷慨，亦足以发胸中之微隐。(《北山集》，《金华丛书》本卷十三)

南宋末年的林景熙，作《胡汲古乐府序》云：

唐人《花间集》，不过香奁组织之辞，词家争慕效之，粉泽相高，不知其靡，谓乐府体固然也。一见铁心石肠之士，哗然非笑，以为是不足涉吾地。其习而为者，亦必毁刚毁直，然后宛转合宫商，妩媚中绳尺，乐府反为性情害矣。乐府，诗之变也，诗发乎情，止乎礼，美化厚俗，胥此焉寄，岂一变为乐府，乃遽与诗异哉？(《霁山集》，《知不足斋丛书》本卷五)

都偏于以文学的观点立论。李之仪《跋吴思道小词》云：

长短句于遣词中最为难工，自有一种风格，稍不如格，便觉龃龉。唐人但以诗句而用和声抑扬以就之，若今之歌《阳关曲》是也。至唐末遂因其声之长短句而以意填之，始一变以成音律。大抵以《花间集》中所载为宗，然多小阕。至柳耆卿始铺叙展衍，备足无余，形容盛明，千载如逢当日，较之花间所集，韵终不胜：由是知其为难能也。张子野独矫拂而振起之，虽刻意追逐，要是才不足而情有余，良可佳者。晏元宪、欧阳文忠、宋景文，则以其余力游戏，而风流闲雅，超出意表，又非其类也。谛味研究，字字皆有据，而其妙见于卒章，语尽而意不尽，岂平平可得髣髴哉？（**《姑溪居士集》，《粤雅堂丛书》本卷四十**）

女词人李易安云：

乐府声诗并著，最盛于唐开元天宝间。……自后郑卫之声日炽，流靡之变日烦，已有〔菩萨蛮〕、〔春光好〕、〔莎鸡子〕、〔更漏子〕、〔浣溪沙〕、〔梦江南〕、〔渔父〕等词，不可遍举。五代干戈，四海瓜分豆剖，斯文道熄，独江南李氏君臣尚文雅，故有"小楼吹彻玉笙寒"，"吹皱一池春水"之词，语虽奇甚，所谓"亡国之音哀以思"也。逮至本朝礼乐文武大备，又涵养百余年，始有柳屯田永者，变旧声作新声，出《乐章集》，大得声称于世，虽协音律，而词语尘下。又有张子野、宋子京兄弟、沈唐、元绛、晁次膺辈继出，虽时时有妙语，而破碎何足名家。至晏元献、欧阳永叔、苏子瞻学际天人，作为小歌词，直如酌蠡水于大海，然皆句读不葺之诗尔，又往往不协音律者，何邪？盖诗文分平侧，而歌词分五音，又分五声，又分六律，又分清浊轻重。且如近世所谓〔声声慢〕、〔雨中花〕、〔喜迁莺〕，既押平声韵，又押入声韵，〔玉楼春〕本押平声韵，又押上去声，又押入声，本押仄声韵，如押上声则协，如押入声则不可歌矣。王介甫、曾子固文章似西汉，若作一小歌词，则人必绝倒不可读也。乃知别是一家，知之者少。后晏叔原、贺方回、秦少游、黄鲁直出，始能知之。又晏苦无铺叙，贺苦少典重，秦即专主情致而少故实，譬如贫家美女，虽极妍丽丰逸，而终乏富贵态。黄即

尚故实而多疵病，譬如良玉有瑕，价自减半矣。（胡仔《苕溪渔隐丛话》后集卷卅三）

都是偏于以音乐的观点立论，虽然也不忽略文学。

七　词话

唐圭璋先生的《词话丛编》收宋人词话七种：

《碧鸡漫志》五卷，王灼撰。
《能改斋漫录》二卷，吴曾撰。
《苕溪渔隐词话》二卷，胡仔撰。
《魏庆之词话》一卷，魏庆之撰。
《浩然斋雅谈》一卷，周密撰。
《词源》二卷，张炎撰。
《乐府指迷》一卷，沈义父撰。

赵万里先生据辑宋金元人词辑宋人词话三种：

《时贤本事曲子集》一卷，杨绘撰。
《古今词话》一卷，杨偍撰。
《复雅歌词》一卷，鲖阳居士撰。

但《能改斋漫录》原为笔记，此摘录十六十七论乐府二卷。《苕溪渔隐丛话》原为诗话，此摘录前集五十九、后集三十九论乐府二卷。《魏庆之词话》亦原为诗话，此摘录卷二十的附论诗余。《浩然斋雅谈》亦原为笔记，此摘录清四库馆臣所辑下卷的论乐府，都不是词话专著。梁任公先生《记时贤本事曲子集》，谓是“最古之宋词总集”“亦可称为最古词话”（《饮冰室合集》，文集第十六册）。今案张侃《拙轩集》卷五有跋拣词，共十六则，除最后一则论李商隐《锦瑟》诗外，都是论词的。自志云：

> 予监金台之次年，榷酒之暇，取向所录前人词，别写一通，及数年来议论之涉于词者附焉。传不云乎：“不有博弈者乎，为之犹贤乎已。”若夫泥纸上之空言，极舞裙之逸乐，非惟违道，适以伐性，予则不敢。（《四库珍本》本）

还不也是词话？杨绘卒于元祐（《宋史》三二二本传），张侃自志署绍圣四年（1094），相去不远。杨偏于隶事，体同于《本事诗》；张偏于议论，批评的意味较浓，不过也没有提出新的意见。宋代词话有新意见的止有王灼、张炎、沈义父三家：

（一）王灼《碧鸡漫志》——如《四库提要》所言：“是编详述曲调源流。”但卷二却批评五代北宋词，特别崇尊苏轼，睥睨柳永，说苏轼指出向上一路，柳永是野狐涎：

> 东坡先生以文章余事作诗，溢而作词曲，高处出神入天，平处尚临镜笑春，不顾侪辈。或曰“长短句中诗也”，为此论者乃是遭柳永野狐涎之毒。诗与乐府同出，岂当分异？若从柳氏家法，正自不分异耳。

柳耆卿（永）《乐章集》，世多爱赏该洽，序事闲暇，有首有尾，亦间出佳语，又能择声律谐美者用之。惟是浅近卑俗，自成一体，不知书者尤好之，予尝以比都下富儿，虽脱村野，而声态可憎。

长短句虽至本朝盛，而前人自立与真情衰矣。东坡先生非心醉于音律者，偶然作歌，指出向上一路，新天下耳目，弄笔者始知自振。今少年妄谓东坡移诗律作长短句，十有八九不学柳耆卿，则学曹元宠。虽可笑亦毋用笑也。

尊苏卑柳，基于偏重文学观点。"诗乐同出"，较"词为诗裔"更进一步。从历史言，"词为诗裔"，则词的起源止能溯于晚唐五代；"诗乐同出"，则可溯于远古唐虞。《碧鸡漫志》发端设或问歌曲所起，王灼答云："天地始分而人生焉，人莫不有此心，此歌曲所以起也。"从性质言，"词为诗裔"则词已不限于"倚红偎翠"，而应当接受诗的言志抒情；"诗乐同出"，则词更不惟应当接受诗的言志抒情，还应当接受古乐的崇雅正，黜俗艳。反柳就是恶其俗，反曹就是恶其艳：《漫志》卷二云：

元祐间王齐叟彦龄，政和间曹组元宠，皆能文，每出长短句，脍炙人口。彦龄以滑稽语噪河朔，组潦倒无成，作红窗迥及杂曲数百解，闻者绝倒，滑稽无赖之魁也。

今之士大夫学曹组诸人鄙秽歌词，则为艳丽如陈之女学士狎客，为"纤艳不逞淫言媟语"如元白，为侧艳曲如温飞卿，皆不敢也。

他攻击侧艳的地方还很多，最甚者如说李易安"作长短句，能曲折尽人意，轻巧尖新，姿态百出，闾巷荒淫之语，肆意落笔，自古搢绅之家，能文妇女，未见如此无顾籍者也”。

（二）张炎《词源》——阮元《四库未收书目提要》云：“上卷详论五音十二律，律吕相生，以及宫调管色诸事。……下卷历论音谱、拍眼、制曲、句法、字面、虚字、清空、意趣、用事、咏物、节序、赋情、离情、令曲、杂论、五要十六篇。”自制曲以下，是在说作词的方法与意态。作词五要原作于杨守斋：

> 第一要择腔，腔不韵则勿作。
> 第二要择律，律不应腔则不美。
> 第三要填词按谱。
> 第四要随律押韵。
> 第五要立新意。

杂论云：“（杨）守斋持律甚严，一字不苟作，遂有作词五要，观此知词欲协音，未易言也。”张炎作《词源》，正是在言“词欲协音”，故首论五音十二律。但《杂论》又云：

> 词之作必须合律，然律非易学，得之指授方可。若词人方始作词，必欲合律，恐无是理，所谓千里之程，起于足下，当渐而进可也。……音律所当参究，词章先宜精思，俟语句妥溜，然后正之音谱，二者得兼，则可造极元之域。

所以他也从词章方面说提示作法，如《制曲》云：

> 作慢词看是甚题目，先择曲名，然后命意，命意既了，思量

头如何起，尾如何结，方始选韵，而后述曲，最是过片，不要断了曲意，须要承上接下。……词既成，试思前后之意不相应，或有重迭句意，又恐字面粗疏，即为修改，改毕，净写一本，展之几案间，或贴之壁，少顷再观，必有未稳处，又须修改，至来日再观，恐又有未尽善者，如此改之又改，方成无瑕之玉。倘急于脱稿，倦事修择，岂能无病，不惟不能全美，抑且未协音律。作诗者且犹旬锻月炼，况于词乎？

此外句法、字面、虚字、用事、咏物、节序，也都是就修辞说作法。“清空”一条云：“词要清空，不要质实；清空则古雅峭拔，质实则凝涩晦昧。”《杂论》云：“词欲雅而正，志之所之，一为情所役，则失其雅正之音。耆卿伯可不必论，虽美成亦有所不免。……所谓淳厚日变成浇风也。”是张炎也是推崇雅正的。

（三）沈义父《乐府指迷》——沈是主张诗词不同的，绪言曾有征引（参一篇一章八节），又全书发端首云：

余自幼好吟诗，壬寅秋，始识静翁于泽滨，癸卯识梦窗，暇日相与倡酬，率多填词，因讲论作词之法，然后知词之作难于诗。盖音律欲其协，不协则成长短之诗；下字欲其雅，不雅则近乎缠令之体，用字不可太露，露则直突而无深长之味；发意不可太高，高则狂怪而失柔宛之意：思此则知所以为难。

事实上，词到了南宋，已逐渐由教坊俗唱变为文人雅歌，所以尽管沈义父力唱诗词不同，也要一方面强调词不能成为长短之诗，一方面又强调不近乎缠令之体，《指迷》又云：

> 前辈好词甚多,往往不协律腔,所以无人唱,如秦楼楚馆所歌之词,多是教坊乐工及市井做赚人所作,只缘音律不差,故多唱之,求其下语用字,全不可读。甚至咏月却说雨,咏春却说秋,如《花心动》一词,人目之为一年景。又一词之中,颠倒重复,如《曲游春》云"脸薄难藏泪",过云"哭得浑无气力",结又云"满袖啼红"。如此甚多,乃大病也。

赚人所作是赚词,与缠令相仿。正当的路途,沈义父说"当以清真(周邦彦)为主,盖清真最知音,且无一点市井气"。知音便可以协律,无市井气便不致近于缠令。至谓炼句下语,不可说破,如咏桃不说桃,只用红雨刘郎等字,《四库提要》已指出,欲避鄙俗,"转成涂饰"。

八　文话

诗话中偶亦谈文,以"文"名书的,始强行父所记《唐子西文录》,但仍以诗为主。《东坡文谈录》(载《学海类编》,一卷),是专门谈文的,但辑者乃元人陈秀明。《直斋书录解题》文史类著《文说》一卷,注"南城包显道录朱侍讲论文之语"。久已亡佚。《宋志》及《宋阙目》著王瑜卿《文旨》一卷,亦亡。明人胡文焕《格致丛书》论文类有张镃《文学规范》一书,但那是录自张氏《仕学规范》,一则不是专书,二则都是采辑的他人言论。今存宋人谈文专书,当以陈骙《文则》为最早,次之就是李耆卿《文章精义》。

(一)陈骙《文则》——书分上下两卷,自序于乾道庚申(1170),

所论大都属于文法修辞。卷上云：

事以简为上，言以简为当。言以载事，文以著言。则文贵其简也。文简而理周，斯得其简也；读之疑若有阙焉，非简也，疏也。（《台州丛书》本）

这是他的繁简论。此外最重要的为论助辞：

文有助辞，犹礼之有傧，乐之有相也；礼无傧则不行，乐无相则不谐，文无助则不顺。

论倒言：

倒言而不失其言者，言之妙也；倒文而不失其文者，文之妙也。

论辞有病疑缓急轻重：

病辞者，读其辞则病，究其意则安。……疑辞者，读其辞则疑，究其意则断。

辞有缓有急，有轻有重，皆生乎意也。

论十喻：

一曰直喻，或言犹，或言若，或言如，或言似，灼然可见。

二曰隐喻，其文虽晦，义则可寻。

三曰类喻，取其一类以次喻之。

四曰诘喻，虽为喻文，似成诘难。

五曰对喻，先比后证，上下相符。

六曰博喻，取以为喻，不一而足。

七曰简喻，其文虽略，其文甚明。

八曰详喻，须假多辞，然后义显。

九曰引喻，援取前言，以证其事。

十曰虚喻，既不指物，亦不指事。

论二援：

援引诗书，莫不有法，推而论之，盖有二端，一以断行事，二以证立言。

论接踵体：

文有上下相接，若继踵然。其体有三，其一曰叙积小至大，……其二曰叙由精及粗，……其三曰叙自流极源。

论交错体：

文有交错之体，若缠纠然，主在析理，理尽后已。（并卷上）

此外分论经传以及韩文的文法，不一一征引。

（二）李耆卿《文章精义》——《四库提要》云，“不著时代”。又据焦竑《经籍志》有李涂《文章精义》二卷，谓“耆卿或涂之字”。今案彼为二卷，此为一卷，不知是否亡佚或合并。书中引及《文章正宗》，当在真德秀之后。真德秀出朱熹，此亦时引朱熹说，赞谓“《三百篇》之后，一人而已”。又云：

> 晦庵诗意即从韦柳中来，而理趣过之，所以不可及。苏门文字到底脱不得纵横习气，程门文字到底脱不得训诂家风。（《文学津梁》本）

《四库提要》誉为“持平之论，破除洛蜀之门户，尤南宋人所不肯言”。实则朱熹已有揉合洛蜀的倾向，不过没有像李耆卿这样的彰明论列而已（详九章二节）。书中最新颖的见解是反对立意：

> 做文字人须放胸襟如太虚始得。太虚何心哉？清轻之气，旋转乎外，而山川之流峙，草木之荣华，禽兽昆虫之飞跃，游乎重浊渣滓之中，而莫觉其所以然之故。人放得此心，廓然与太虚相似，则一旦把笔为文，凡世之治乱，人之善恶，事之是非，某字当如何书，某句当如何下，某段当先，某段当后，殆如妍媸之在鉴；如低昂之在衡，决不知（疑当作至）颠倒错乱，虽进而至圣经之文可也。今人时文，动辄先立意，如诗赋策论，不知私意偏见，不足以包尽天下之道，以及主意有所不通，则又勉强迁就，求以自伸。其若是者，时文之陋态也，可不戒哉？

所见甚为精阙，的确先立意，便不免勉强迁就，不能包尽天下之道。

晋代的陆机（三篇一章二节）和唐代的杜牧（五篇一章三节）都曾说到“意”，但“立意”应当说是倡于苏轼，故此可能是针对苏轼的流弊而发。可是另一条说“行乎其所不得行，止乎其所不得止，真作文之大法也”，则又采用了苏轼的见解。

九　四六话

最早的《四六话》是王铚所作上下两卷。据宣和四年（1122）自序，其父“从滕元发、郑毅夫论作赋与四六，其学皆极先民之渊蕴。铚每侍教诲，常语以为文为诗赋之法”。由是类次而益以“所闻于交游间四六话事实，私自记焉”。序又云：“世所谓笺题表启，号为四六者，皆诗赋之苗裔也。”此所谓诗赋指场屋所试而言。大概唐宋的古文运动，并没有打进科场和官场，科场所试的始终是律赋，官场所用的始终是四六文，律赋四六文都是骈体，所以王铚说四六是诗赋的苗裔。论赋格的书，唐朝以迄五代前后很有几家，可惜都已亡佚（详五篇三章十节）。范仲淹《赋林衡鉴序》云：“少游文场，尝禀词律，惜其未获，窃以成名。近因余闲，载加研玩，颇见规格，敢告友朋。其于句读声病，有今礼部之式焉；别析二十门以分其体势。”大概是讲体势的赋总集，今也亡佚。《宋志》及宋阙目载吴处厚《赋评》一卷，今也亡佚。李廌《师友谈记》载秦观论科场律赋十余则，中有一则云：“国朝前辈多循唐格，文冗事迂，独宋、范、滕、郑数公得名于世。”滕、郑当即王铚父从论赋与四六的滕元发、郑毅夫，益可证明四六文的与赋相通。王应麟著《词学指南》四卷，首言编题、作文法、诵书、编文，末言试卷式、题名，中列制诰以迄颂序范文，专为便利词科，也与四六有关。

各家文集笔记以至诗话中常论及四六，洪迈《容斋随笔》所谈，且有人辑为一卷，命名“容斋四六丛谈”，刻入《学海类编》。但零零碎碎，很少明晰的见解，专书除四六话外，还有《四六谈麈》和《云庄四六余话》两书。费衮《梁溪漫志》卷五云：“古今人作诗话多矣，近世谢景思（伋）作《四六谈麈》，王性之（铚）作《四六话》，甚新而奇，前未尝有此。”《四库提要》责王铚“但较胜负于一联一字之间”，称谢伋“以命意遣词分工拙，视王铚《四六话》所见较深”。实则彼胜于此则有之，大不了的差别是没有的。本来四六止是官场应用文，评论者除了就字句较胜负，也不会有再好的方法，因也不易有再好的见解。《四六话》卷上云：

> 四六有伐山语，有伐材语。伐材语者，如已成之柱桷，略加绳削而已；伐山语者，则搜山开荒，自我取之。伐材谓熟事也，伐山谓生事也。生事必对熟事，熟事必对生事。若两联皆生事，则伤于奥涩；若两联皆熟事，则无工，盖生事必用熟事对出也。（《学津讨原》本）

《四六谈麈》云：

> 四六施于制诰表奏文檄，本以便于宣读，多以四字六字为句，宣和间多用全文长句为对，习尚之久，至今未能全变，前辈无此体也。
>
> 四六之工在于裁剪，若全句对全句，亦何以见工？（《学津讨原》本）

前书提出伐山取材，后书提出工在裁剪，就算很难得了。前书必以生熟相对，未免太拘，确是不及后书。

《云庄四六余话》载《说郛》，旁注“二卷”，但不足十则，知删落甚多。题宋相国道，注云“字深中”。考《宋志》小说类著杨囦道《四六余话》二卷，《直斋书录解题》文史类著一卷，解云，“杨渊撰，未详何人，视前二家为泛杂”。囦古渊字，作者或名杨渊道，字深中，《说郛》脱“渊”字，《直斋》脱“道”字，“相”字为“杨”字残毁，后人以“相”非姓，遂增“国”字，而作者遂似姓宋名道，实则宋乃朝代名，《说郛》例先举朝代也。《直斋》谓“视前二家为泛杂”，当指王谢二书，就今存数则观之，也诚然是泛杂而缺乏明确的意见。

十　诗文评点

评是很早的，点起何时，可从字训索答。《尔雅》“灭谓之点”。郭璞注，“以笔灭字为点”。唐写本《切韵》，五代王仁昫《切韵》，以及宋代重修的《广韵》，都云“点，点画”。《洪武正韵》则云，“点、注也”。是汉晋所谓点指以笔灭字，唐宋所谓点指以笔点画，元明以后所谓点指以笔点注。点画是长抹，点注是圆滴。

《后汉书·文苑下·祢衡传》，“文不加点”。《晋纪》“刘琨作《劝晋表》，无所点窜”（引见《文选》卅八《劝晋表注》）。《世说新语·文学》篇，阮籍为文，“无所点定”。都指以笔灭字。韩愈《秋怀》诗云：“不如觑文字，丹铅事点勘。”（《昌黎集》一）魏了翁《跋修全赵公所作蒙箴》云：“予生虽后，尚及见大父行，于经子百氏书，皆复纸细字，丹铅点勘。”（《鹤山集》六五）宋人所谓标注笺校，大抵以已见评骘，故点疑指以笔抹画。自然唐代也还有用指点灭的。如刘知幾《史通·点烦》篇云："钞自古史传文，有烦者皆以笔点其烦，凡字经点者，尽宜去之。"又李商隐《韩碑》云："点窜《尧典》、《舜典》字，涂改《清庙》《生民》诗。"（《义山诗集》，《四部丛刊》卷二）但唐写本《切韵》既释为点画，不释为点灭，知用指点灭是徇古，知用点画才是从今；宋以后所谓点勘率指点画，则韩愈所谓点勘也大概指点画。至元明以后的点注，至今用之，尽人皆知，无庸举例了。

韩愈的点勘今不可见，可见的有宋人苏洵的《苏评孟子》二卷。《四库提要》云：

> 宋人读书，于切要处率以笔抹，故《朱子语类》论读书法云："先以某笔抹出，再以某笔抹出。"吕祖谦《古文关键》，楼昉《迂斋评注古文》，亦皆用抹，其明例也。谢枋得《文章规范》，方回《瀛奎律髓》，罗椅《放翁诗选》，始稍稍具圈点，是盛于南宋矣。此本有大圈，有小圈，有连圈，有重圈，有三角圈，已断非北宋人笔。其评语全以时文之法行之，词意庸浅，不但非洵之语，亦断非宋人之语也。

然则此是伪书。不过抹乃抹画，疑即点画，朱子所谓"先以某色笔抹出，再以某色笔抹出"，正是韩愈所谓"丹铅事点勘"。大概最早的抹画止施于文章的关键之处，后来也施于警策之句，施于关键之处的是长画，施于警策之句的是短画，短画逐渐变为点，由点又扩充为圈。元刊本东坡诗及明刊本杜工部诗的点都是长画，其形为——，元刊本李长吉歌诗，王荆文公诗，则或为长画，其形与杜苏诗同；或为撇画，其形为丿；或为捺画，其形为㇏；或为逗画，其形为、。(四书皆原中央图书馆藏)元刊本《王右丞集》没有撇画,余三种杂用,捺画下垂,其形为亅。(据《四部丛刊》影印本)他书亦往往如此。这些书都点于刘辰翁,而形样纷然不同,究竟原出刘辰翁或改于后人不可知,但撇画、捺画显然是长画的蜕变,而逗画则当是缩抹。明刊本罗椅和刘辰翁两家《放翁诗选》的点大半为长画,而一句之旁,便有时为撇画、捺画或逗画(据《四部丛刊》影印本),益可证撇捺点是抹的无意或有意的蜕化,意义与作用完全相同。明刊本方逢辰点的《止斋奥论》用圆点,其形为·(原中央图书馆藏本),想又是缩抹的圆描。后来的点止用缩抹圆描两种,所以《洪武正韵》释为"注也",由是点的义意与"画"不同,而点抹遂歧为两种。

《四库》谓吕、楼两家皆止用抹,今案《金华丛书》本《古文关键》前附凡例云:"此编家藏两宋刻,刻有先后。""前本不施圈点,偶点其一二用字着力处,圈则竟无之;后本稍用圈点,或一二字,或一二段之下,间有着圈者,点则连行连句有之。"明嘉靖本迂斋先生标注《崇古文诀》,则有抹也有圈点。(历史语言研究所藏本)宋刊《古文关键》前本有点无圈,知圈出于点,点在圈前。

抹点一律在字的右旁,圈则变化较多,除了《四库》所举伪《苏评孟子》曾使用的各种以外,《崇古文诀》还有领圈围圈两种。如卷二《陈政事书》"假使陛下居齐桓之处","假使陛下如曩时","假使"二字右旁有圈,大概意在指出领起下文,后来多移于右上角,或改用三角圈。这也可见《苏评孟子》确是晚出书。《崇古文诀》卷二十八《法原》,"法者何也","未尝无法而久者也","法"字皆以圈围之,其式为㊟;围圈之意,大概在标举题眼。

韩魏所谓点勘之勘,并不同于今人所谓校勘,而是指以己意“批评”。清末的吴汝纶有《群书点勘》，实在就是群书评点。黄庭坚尝欲就杜诗的“欣然会意处，笺以数语”（详七章二节）。楼昉的《崇古文诀》冠有“标注”二字，吕祖谦有《标注三国志详节》（中央图书馆藏有南宋建安刊本），谢枋得有《唐诗绝句注》（有卢前补注本，会文堂出版），所谓“笺”或“注”实在都是“批评”。这种批评，大抵偏重诗文关键，如《崇古文诀》卷一《答燕惠王书》，“臣恐侍御者不察先王之所以畜幸臣之理，又不白臣所以事先王之心”。旁注云“书中多说此二句”。所以评的起源虽很早，而这种指陈关键利病的随文批评，实出于点勘标注，是唐宋人的新法。

不过韩愈的点勘既亡，《苏评孟子》又是伪书，则现在可见到的，当以吕祖谦《古文关键》为最早，次之为楼昉《崇古文诀》、谢枋得《文章规范》、真德秀《文章正宗》等书。失姓氏《古文关键旧跋》云：

> 《古文关键》一册，乃前贤所集古今文字之可为人法者，东莱先生批注详明。

又张云章序云：

> 有宋一代文章之事盛矣，而集录古今之作，传于今者仅三四家，夫亦得其当者鲜哉。真西山（德秀）宗谢迭山（枋得）规范，其传最显，格制法律，或详其体，或举其要，可为学者准则。而迂斋楼氏之标注，其源流亦轨于正。……以余考之，是三书皆东莱先生开其宗者。

此等批评有两种方式，一是循行摘墨，一是眉批总评。如《古文关键》卷一《获麟解首》云："麟之为灵昭昭也。"旁批云"起得好"。是寻行摘墨。如《文章规范》卷一《上张仆射》云："若此者非愈之所能也。"眉批云"一句说破"。又篇后云："先叙情之不堪，中间发一段大道理，后出所宜处者，一正一反，须看他运旋得排荡喷薄演漾处。"是眉批总评。《四库》责《苏评孟子》评语"全以时文之法行之"，吕谢诸家的评语，也是"以时文之法行之"。评点的作用，当时本来是"取便科举"（详一篇一章二节），《古文关键》附总论看文学法，论作文法，论文字病。《文章规范》分为放胆文，小心文两种，说："凡学文，初要胆大，终要小心。"周弼《三体唐诗》分七言绝句为实接、虚接、用事、前对、后对、拗体、侧体七格，分七言律诗为四实、四虚、前虚后实、*结句、咏物六格，分五言律诗为四实、四虚、前虚后实、前实后虚、一意、起句、结句七格，也都是"取便科举"。直到宋末元初的方逢辰，《批点止斋先生奥论》，前六卷为论，实在多是《四书》文，后二卷为奏及序记书状，也是"取便科举"。但同是宋末元初的刘辰翁，以全副精神，从事评点，则逐渐摆脱科举，专以文学论工拙。明人汇刻所评各书为《刘须溪批评九种》，内包括《班马异同评》三十五卷，《老子庄子列子》上下卷，《世说新语》三卷，《李长吉歌诗》四卷，《王摩诘诗》四卷，《杜工部诗集》二十卷，《苏东坡诗》二十五卷。另外今可见者，还有《放翁诗选集》八卷，《别集》一卷（《四部丛刊》影明初本），《王荆文公诗》五十卷（原中央图书馆藏元大德五年刊本）。《放翁诗选》的所以名为后集，因为以前的罗椅已有《评选放翁诗集》十卷（《四部丛刊》影明初本），可见摆

* 此处疑脱"前实后虚"一格。——校者注

脱科举，专以文学观点评诗文者，刘辰翁以前已有人在。

《四库提要》说刘辰翁的批点，“大率破碎纤仄”（《须溪集》下）。评班马，对“笔削微意，罕所发明”（《班马异同》下）。“论诗以幽隽为宗，逗后来竟陵弊体。”“评杜诗，每舍其大而求其细。”“惟评（李）贺诗，其宗派见解，乃颇相近，故所得较多。”（《笺注评点李长吉歌诗》下）实则也不尽然。如批《史记·樊郦滕灌列传赞》云：

> 有樊郦滕灌，并涉萧曹二家之业。“鼓吹屠狗”樊也，“卖缯”灌也，概言“兴也如此”，所谓疏荡颇存奇气，不足律以后世人笔法，亦且不堪为言。“高祖功臣之兴时若此”，语别有恨。（《班马异同》卷十一）

就文章言，确有所见，司马迁的赞文确是愤愤不平。评杜率多崇褒，评李则有褒有贬，如于《雁门太守行》后批云：

> 起语奇，赋雁门著“紫土”本嫩，后三语无甚生气，设为死敌之意，偏欲如此，颇似败后之作。（《李长吉歌诗》卷一）

是刘辰翁的见解，不一定近于李贺，远于杜甫。又对于苏王诗也有褒有贬。如批苏诗《赠王子直秀才》云：“笙歌、鼓吹、奴婢各异，数目复多。”批《松风亭下梅花盛开》的再用前韵云：“非再用韵，得意前诗，草创而已。”批《花落复前韵》云：“此篇亦牵强。”（《王状元集诸家分类东坡诗》，中央图书馆藏，元卢陵坊刻本卷十四）批王诗《白鹤吟示觉海元公》云：“无味。”（《王荆文公诗》卷三）都颇有见地。

附录　两宋诗话辑校叙录

诗话起于宋，亦盛于宋，惜存者虽多，而佚者亦夥。暇与曼漪撮录《苕溪渔隐丛话》、《诗话总龟》、《诗人玉屑》、《诗林广记》、《草堂诗话》以及元板《修辞鉴衡》等书所胪举，益以笔记野史所援引，参伍校核，删汰复重，辑出已佚诗话二十一种，题曰《两宋诗话辑校》。各书之采辑依据，作者略历，诗学见解，分为叙录详之。造端于二十四年秋，写讫于二十五年夏。祁寒盛暑，不辍把笔，如能予读者津逮，则我辈为不徒劳矣。廿五年七月廿五日，根泽记。

叙录初稿，刊布于《文哲月刊》一期十卷，末注云："《竹庄诗话》中，对各家诗话亦有征引，容后补录。"今补录，并益以累年读书偶得，据以雠校旧辑，润改旧叙。《四库》有曾慥《类说》六十卷，提要谓"取自汉以来百家小说"，恐亦取及诗话，《存目》著方深道集《诸家老杜诗评》五卷，北平图书馆藏有钞本，今皆无从稽览，惟有俟异日之再事补录云尔。卅二年十二月廿七日，又记。

一　东坡诗话

《宋志》子部小说类载苏轼《东坡诗话》一卷，《郡斋读书志》小说类作二卷，言："皇朝苏轼，号东坡居士，杂书有及诗者，好事者因集之成二卷。"今《说郛》本共三十二条，日人近藤元粹据刻入《萤雪轩丛书》，谓："案其体例，非东坡自著，盖后人编辑其关系于诗者也。"考《诗话总龟》前集引八条，与《说郛》重者一条，实余七条。《诗林广记》引三条，《草堂诗话》引一条，《耆旧续闻》引一条，皆《说郛》所无。并据补入，得四十四条。又《爱日楼丛钞》卷三"陆务观诗"条云："功名在子，何异我躬，《东坡诗话》亦有此语。"遍检四十四条无此语，则原本不止此可知。《诗话总龟》所引"吾诗曰日日出东门"，"仆尝梦有客携诗文过者"二条，皆见《东坡志林》，知的为好事者所集，非东坡自著也。

二　纪诗

《诗话总龟》前集引《纪诗》九条，据辑为一卷。《诗话总目》不著作者。中有云："'昵昵儿女语，恩怨相尔汝，划然变轩昂，勇士赴敌场。'此退之《听颖琴》诗。欧阳文忠尝问仆琴诗何者最佳，余以此答之。公言此诗最奇丽，然自是听琵琶诗，非琴诗。余退而作《听杭僧惟贤琴》诗云：'大弦春温和且平，小弦廉折亮以清。平生不识宫与角，但听牛鸣盎中雉登木。门前剥琢谁叩门，山僧未闲君勿嗔。归家且觅千斛水，净洗从前筝笛耳。'诗成欲寄公而薨，至今以为恨。"《听惟贤琴》诗乃苏轼所作（《分类东坡诗》卷十二作《听贤师琴》），知此亦为苏轼所作，否亦后人辑苏轼诗语也。书中多记述苏轼自己之诗，斯所以名《纪诗》之故欤？

三　蔡宽夫诗话

《蔡宽夫诗话》不见著录，惟清朱绪曾《开有益斋读书志》卷六云："余于吴山书肆得宋蔡宽夫《诗话》三卷，旧钞本，前无序。《宋诗纪事》云：'蔡居厚，字宽夫，熙宁御史延熙子。第进士。大观初，拜右正言，累官徽猷阁待制。有诗话。'余考《苕溪渔隐丛话》前集卷九引《王直方诗话》，载蔡宽夫启，为太学博士，和人治字韵诗，有'先王万古有何用，博士三年冗不治。'《诗话》自言崇宁初为检点试卷官。《景定建康志》引《南窗纪谈》，蔡宽夫侍郎治第于金陵青溪之南，今贡院基是。据此似宽夫名启，官太学博士侍郎，与樊榭所言俱未合。"今案《梅磵诗话》卷上引《直方诗话》止作蔡宽夫，盖字而不名。《诗人玉屑》卷七引《直方诗话》作蔡宽夫天启，天字盖涉夫字而衍。宋有蔡天启，名肇，乃字而非名，知非此人，而此人当如朱氏所考，名启字宽夫，与作《诗史》之蔡居厚字宽夫者非一人。至吴东岩所辑《渊明诗话》以《蔡宽夫诗话》为蔡绦所作，则又涉蔡绦有《西清诗话》而误也。

朱氏所得钞本尚在人间否不可知，朱氏引劳季言称："《宽夫诗话》俱在《渔隐丛话》，似当日全部收入。"谓"此本勘验悉合"。则钞本不出《渔隐丛话》所引。兹从《丛话》前集辑出六十六条，后集辑出十九条，总八十五条。《诗话总龟》后集引十一条，《诗人玉屑》引十五条，《诗林广记》引廿一条，《竹庄诗话》引十五条，《野客丛书》引二条，《云谷杂记》引一条，除《玉屑》所引"老杜之仁心优于乐天"一条，余皆在八十五条之内，益征劳氏所言不甚误，所以各书所引，概见《丛话》之内也。《能改斋漫录》卷八云："蔡宽夫记天圣中，孙冕载詹光茂妻《寄远诗》云：'锦江江上探春回，消尽寒冰落尽梅，争得儿夫似春色，一年一度一归来。'"不见八十六条，盖出于名居厚之蔡宽夫《诗史》，非此《蔡宽夫诗话》也。兹分八十六条为二卷。

宽夫反对诗格，谓览之使人拊掌不已（"唐末五代俗流以诗自名"条）；慎于用事，谓诗家使事难，称子美不为事使（"安禄山之乱"条）。又言："诗语大忌用功太过，盖句腾则意必不足，语工而意不足，则格力必弱。"又言"天下事有意为之辄不能尽妙，而文章尤然，文章间诗尤然。"盖惩于晚唐五代以来之究心诗格诗法而力主自然者也。所以又谓："前史称王筠善押强韵，固是诗家要处，然人贪于捉对用事者，往往多有趁韵之失。"所言极是，而其诗不传，除《王直方诗话》所引二句外，竟无所闻，岂亦所谓"诗有别材，非关书理"邪？

四　西清诗话

《宋志》、《直斋书录解题》、《通考·经籍考》，俱载《西清诗话》三卷。《宋志》谓蔡绦作，《直斋》曰："题无为子撰。或曰蔡绦使其客为之也。"案曾敏行《独醒杂志》卷二云："蔡绦约之，好学知趋向。为徽猷阁待制时，作《西清诗话》一编，多载元祐诸公诗词。未几，臣僚论列，以为绦所撰私文，专以苏轼、黄庭坚为本，有误天下学术，遂落职勒停。"今《说郛》本才十一条，去原书远甚。《季沧苇书目》有抄本，无卷数。《述古堂书目》亦有抄本，三卷。《艺风堂藏书记》亦有旧钞本，二卷。《藏书记》云："孙氏手跋曰：'陈直斋

《书目解题》曰,《西清诗话》题无为子。或曰蔡绦使其客为之也。遂假且且斋本写于华亭集贤泗北村居且吃茶处。时洪武五年,岁在壬子四月七日甲申,映雪老人谨志。年七十有六。'"三种抄本皆未见,观其卷数参差,疑非据原本传抄,或系各依《渔隐丛话》辑录。兹亦据《渔隐丛话》前集辑出八十一条,又从《诗话总龟》后集辑出二十二条,《诗人玉屑》二十三条,《诗林广记》二十七条(一条误作《西村诗话》),《优古堂诗话》一条,《庚溪诗话》一条,《草堂诗话》一条,《余师录》一条,《能改斋漫录》十一条,《野客丛书》六条,《墨庄漫录》一条,《缃素杂记》一条,《爱日楼丛钞》一条,《修辞鉴衡》一条,《履斋示儿编》一条,《竹庄诗话》十八条。以校除重复,余一百零七条。虽不能复原书之旧,然相差想已无几。谨依《宋志》陈《录》,仍编为三卷。

编中固以苏轼、黄庭坚为本,然对王安石亦未厚非。如举王文公见东坡《醉白堂记》云:"此乃是韩白优劣论。"东坡闻之曰:"不若介甫《虔州学校记》,乃学校策耳。"据谓"二公相诮或如此,然胜处未尝不相倾慕。"至对于诗之主张,似与苏相似,主变化自得。言变化者,如云:"薛许昌《答书生赠诗》云:'百首如一首,卷初如卷终。'讥其不能变态也。大抵屑屑较量,属句平匀,不免气骨寒局。殊不知诗家要当有情致,抑扬高下,使气宏拔,快字凌纸。又用事皆破觚为圜,刓刚成柔,始为有功者,昔人所谓缚虎手也。"言自得者,如云:"作诗者陶冶物情,体会光景,必贵乎自得。盖格有高下,才有分限,不可强力至也。"至引杜少陵云:"作诗用事要如禅家语,水中着盐,饮水乃知盐味。"谓"此说诗家秘密藏也"。以余所知,倡此说者,五代有桂林淳大师《诗评》,宋有严羽《沧浪诗话》。此谓语出少陵,不知何所本也。

五　陈辅之诗话

《说郛》本《陈辅之诗话》十一条。考《渔隐丛话》前集引有六条，皆《说郛》本所无。又《诗话总龟》后集引一条，已见《说郛》本。《诗林广记》、《诗人玉屑》、《竹庄诗话》、《能改斋漫录》，皆引王建《宫词》一条，已见《渔隐丛话》。《诗学规范》引论杜一条，亦见《渔隐丛话》。故校除复重，实得十七条。《梁溪漫志》卷七曰："陈辅之云：'林和靖疏影横斜水清浅，暗香浮动月黄昏，殆似野蔷薇。'是未为知诗者。予尝蹋月水边，见梅影在地，疏瘦清绝，熟味此诗，真能与梅传神也。野蔷薇丛生，初无疏影，花阴散漫，乌得横斜也哉？"

辅之盖好与人立异。《王直方诗话》谓名辅，丹阳人。《东坡志林》卷一云："九江陈辅之，有於陵仲子之操，不娶无子。今为丹阳南郭人。"(《稗海》本)《竹庄诗话》卷十八引诗事云"自号南郭子，以诗名世，能尽其妙。少为荆公所知。"《五总志》云："自号南郭先生，少从介甫游，介甫授以经旨，辅之曰：'天生相公，辅亦读书，天不生相公，辅亦读书，愿自见也。'一日，谒公于定林，不值。留诗壁间曰：'北山松粉未飘花，白下风高麦脚斜，正是旧时王谢燕，一年一度到君家。'介甫见之，笑谓龚深之曰：'此郎复以我为寻常百姓矣。'后与丹阳郡守作诗争衡，为守捃摭挞之，废弃终身，悲夫！"(《渔隐丛话》前集卷五四，《能改斋漫录》卷十引《王直方诗话》略同，又略见张邦基《墨庄漫录》卷四)林和靖《咏梅》诗，宋人自司马光(见《续诗话》)以下皆称之，而辅之独谓其殆似野蔷薇，亦基于好立异耳。

六　王直方诗话

《郡斋读书志》小说类、《通考·经籍考》文史类，俱载《归叟诗话》六卷。《遂初堂书目》文史类亦载之，然无卷数。《郡斋读书志》云："皇朝王直方立之撰。直方自号归叟。元祐中，苏子瞻及其门下士，以盛名居北门东观。直方世居浚仪，有别墅在城南，殊好事，以故诸公亟会其家，由是得闻绪言余论，因辑成此书。然其间多以己意有所抑扬，颇失是非之实。宣和末，京师书肆刻印鬻之。群从中以其多记从父詹事公话言，得之以呈。公览之不怿曰：'皆非我语也。'"《渔隐丛话》前集卷三十一亦引其赞(梅)圣俞在礼部考校时《和欧公春雪诗》，"韵恶而能用事"。驳云："余阅《宛陵集》，圣俞此雪诗，即非和欧公韵，乃是唱首。此诗圣俞自注云：'闻永叔谓子华曰：明日圣俞若无诗，修输一杯酒。'欧公集中亦有《和圣俞春雪诗》，皆在礼部时唱和，以此可见矣。王直方不切细审，遂有韵恶而能用事之语。盖其诗话中似此者甚众，吾故辨证之。"然则所述多失实可知。

原书久佚，《渔隐丛话》等书征引颇多，然率称"王直方诗话"，间亦称"王立之诗话"，不以归叟名也。兹汇而辑之，计《渔隐丛话》前集百零九条，《诗话总龟》前集百九十条，后集十三条，《诗人玉屑》四十六条，《竹庄诗话》二十四条，《考古质疑》一条，《诗林广记》三十一条，《优古堂诗话》一条，《滹南诗话》二条，《野客丛书》二条，《能改斋漫录》七条，《爱日斋丛钞》一条，《猗觉寮杂记》一条，《墨庄漫录》一条，《云谷杂记》一条，《清波杂志》一条，《侍儿小名录拾遗》一条,共四百三十二条。又《修辞鉴衡》引诗文发源十七条,与《渔隐》、《总龟》所引《直方诗话》重者四条,知亦即《直方诗话》。并四百三十二条,共四百四十五条。以校除重复,余二百八十二条,编为六卷。

诗话有两种作用,一为记事,一为评诗。记事贵实事求是,评诗贵阐发诗理;前者为客观之记述,后者乃主观之意见。二者固有相互关系,然记事之疏,无妨于意见之是也。宋人诗话偏于记事,然就文学批评而言,则评诗尤为重要。此书记述既多失实,则尚论古人者,当然不可轻信。至评诗者,如云:"谢朓尝语沈约曰:'好诗圆美流转如弹丸。'故东坡《答王巩》云:'新诗如弹丸。'又《送欧阳季弼》云:'中有清圆句,铜丸飞柘弹。'盖诗贵于圆熟也。余以谓圆熟多失之平易,老硬多失之枯干;能不失于二者之间,则可与古之作者并驱耳。"又云:"陈君节字明信,言:'炼句不如炼韵。'余以为若只觅好韵,则失于首尾不能贯穿。"皆不无识见。故与其过而弃之,无宁过而存之。

七　洪驹父诗话

《洪驹父诗话》,《遂初堂书目》文史类有著录,无卷数,久无传本,兹从《渔隐丛话》前集辑出十九条,后集一条,《诗人玉屑》八条,《诗林广记》三条,《诗话总龟》后集一条,《冷斋夜话》一条,《优古堂诗话》一条,《履斋示儿编》一条,《竹庄诗话》三条,《能改斋漫录》四条,《野客丛书》一条,《猗觉寮杂记》二条,共四十五条。以校除重复,实二十六条,编为一卷。

《宋诗纪事》卷三十三云："洪刍字驹父。绍圣元年进士，崇宁中入党籍，靖康中为谏议大夫。汴京失守，为金人括财，流沙门岛卒。有《老圃集》。"考《书录解题》于洪炎《西渡集》下云："洪氏兄弟四人，其母黄鲁直之姊。驹父与伯兄明龟父，叔弟炎玉父，皆图入江西宗派，称三洪，又并季弟羽鸿父称四洪。"诗话二十六条，关于杜甫者七条，关于黄庭坚者四条，诚以庭坚不惟为驹父舅氏，而且为江西诗派盟主，而杜甫则江西诗派所奉为不祧之祖，故乐为揄扬也。

八　潘子真诗话

《潘子真诗话》，《艺苑雌黄》称为《诗话补阙》（引见《渔隐丛话》后集卷六）。今惟有《说郛》本，仅四条。兹从《渔隐丛话》前集辑出二十八条，后集一条，《诗人玉屑》九条，《竹庄诗话》三条，《诗林广记》二条，《能改斋漫录》六条，《野客丛书》二条，《余师录》二条，《颍川语小》一条，《履斋示儿编》一条，并《说郛》四条，共为五十九条。以校除重复二十四条，余三十五条，编为一卷。

子真，名淳，大父清逸老人，名兴嗣，颇能诗，著有《诗话》一卷，故子真所作，亦称"诗话补阙"。子真虽未列入《江西诗宗派图》，然与江西宗派颇接近。诗话中称潘邠老"与洪驹父、徐师川洎予友善。山谷尝称邠老，天下奇才也"。又称"山谷尝谓余言，杜老虽在流落颠沛，未尝一日不在本朝，故喜陈时事，句律精深，超古作者，忠义之气，感发而然"。潘氏重视句律，如谓"古人造语，俯仰纡余各有态"，及讲明双声迭韵诗，皆是也。

九　李希声诗话

《宋志》载《李錞诗话》一卷,《直斋书录解题》及《通考·经籍考》作《李希声诗话》。陈振孙云:"秘书丞李錞希声撰。与徐师川潘邠老同时。"《东坡志林》卷六云:"吾故人黎錞字希声,治《春秋》,有家法,欧阳文忠公喜之。"称"亦能文守道不苟随者也"。与此恐非一人。李錞列《江西宗派图》,其《诗话》一卷久佚。《诗学规范》引二条,《渔隐丛话》前集引一条,《诗人玉屑》引一条,《诗林广记》引二条,《修辞鉴衡》引一条,校除重复,余四条,编为一卷。《王直方诗话》及《艺苑雌黄》时引李希声言,盖皆《诗话》中语也。《四库提要》诗文评类存目,著南宋人嚣嚣子编《竹窗诗文辨正丛说》四卷,称其"摘钞前人诗话语录而成,词皆习见,惟《李希声诗话》,《蒲氏漫斋录》,《世韵语》三书为稍僻尔"。不知已否亡佚,想征引甚多也。

十　潜溪诗眼

《郡斋读书志》小说类著《诗眼》一卷,称:"皇朝范温元实撰。温,范祖禹之子,学于黄庭坚。"《直斋书录解题》文史类、《通考·经籍考》文史类,俱作《潜溪诗眼》。传世有《说郛》本,仅三条。兹从《渔隐丛话》前集辑出二十三条,《诗话总龟》后集三条,《诗人玉屑》九条,《竹庄诗话》十四条,《诗林广记》九条,《草堂诗话》四条,《野客丛书》二条,《余师录》二条,《修辞鉴衡》四条(中有三条系转引《古今诗话》,三条之中,一条并转引《诗宪》),共七十三条,校除复重,余二十七条,仍编为一卷。

元实论诗重识而矜视句法,第七章有专节诠次,故兹删略。

十一　古今诗话

《古今诗话》不见著录,《宋志》文史类载李颀《古今诗话录》七十卷,不知是否一书。苏轼有《答李颀秀才以画山见寄诗》(《东坡集》五),不知是否一人。兹从《渔隐丛话》前集辑出六条,后集二条,《诗话总龟》前集三百六十一条,后集五条,《诗人玉屑》二十一条,《竹庄诗话》五条,《诗林广记》十一条,《竹坡诗话》一条,《优古堂诗话》一条,《韵语阳秋》一条,《能改斋漫录》二条,《侍儿小名录拾遗》一条,《修辞鉴衡》十五条,共四百三十二条。以校除重复,实三百九十四条。编为六卷。《修辞鉴衡》尚有引《古今总类诗话》八条,《诗学规范》亦引十四条,是否一书,不可知,姑为附录一卷。

《优古堂诗话》既引及此书,则其成书当先于《优古堂诗话》。《优古堂诗话》作者吴开,绍圣丁丑中宏词科,靖康中官翰林承旨、建炎后安置永州。则此书最晚应作于建炎之前。书中言元丰初,王仲效王建作《宫词》,则最早应在元丰之后。所以成书盖在哲徽二宗时也。作者如即李颀,亦必为哲徽二宗时人也。

宋人诗话率一二卷,十数卷者已稀,若《韵语阳秋》之二十卷,实为仅见,而《古今诗话录》至有七十卷之多,颇疑为诗话总集,如《渔隐丛话》、《诗话总龟》之类,所以不名"古今诗话",而名"古今诗话录"也。惜原书已佚,末由复案。篇中亦以记事为主,言及诗学者极少;有之若曰:"凡诗以意义为主,文词次之。"又曰:"自古工诗未尝无兴也，睹物有感焉则有兴。今之作诗者，以兴近乎讪也，故不敢作，而诗之一义废矣。”又述优人揶揄西昆诸人之窃取义山诗句，称李白之复古道，菲薄声律。盖亦附和元祐诗人，轻视西昆诗体者也。

十二　高斋诗话

《高斋诗话》不见著录，惟《福建通志·艺文志》卷七十五集部诗文评类一载一卷，称：“晋江曾慥著。《亦园脞牍》云：‘未见全书，曾采《渔隐丛话》及他书所引者，裒为一卷。’”兹亦据《渔隐丛话》前集辑出二十二条，后集一条，共二十三条。《诗话总龟》后集引三条，《诗人玉屑》引九条，《诗林广记》引六条，《竹庄诗话》引二条，《野客丛书》、《韵语阳秋》、《云谷杂记》、《诗儿小名录拾遗》各引一条，无出《丛话》外者，知《丛话》所引，几尽全书矣。

《丛话》、《总龟》、《玉屑》、《广记》皆未标作者，《云谷杂记》卷四及《阳秋》卷十六皆称曾端伯《高斋诗话》，知福建《艺文志》称曾慥著，不误也。伯端字慥，自号至游居士。孝宗乾道初右丞相怀从弟。然此书之作，则必前于孝宗，因《丛话》前集序于高宗绍兴戊辰，而此书不能晚于《丛话》也。书中率偏于考订名物故实，对诗人诗句，虽亦时加品题，而诗学见解，则苦于无可紬绎也。

十三　蔡宽夫诗史

《宋志》文史类著《蔡宽夫诗史》二卷，其书久佚。兹据《诗话总龟》前集辑出百一十二条，仍分为二卷。《诗人玉屑》引有六条，

《竹庄诗话》引有五条，与《总龟》全重，知《总龟》所引虽未尽原书，亦所余无几。所以知未尽原书者，《总龟》前集卷二十八引《古今诗话》述刘子仪事，称“蔡居厚《诗史》不言刘子仪，而谓刘贡父”云云，知有删略也。

宋代盖有两蔡宽夫，一名启，作有《诗话》，一名居厚，作有《诗史》。居厚，《宋史》卷三百五十六有传。略言第进士，累官吏部员外郎。大观初，拜正言。《宋诗纪事》卷三十七称居厚有《诗话》，盖误以启为居厚也。至所以知《诗史》为居厚所作者，以《总龟》明称蔡居厚《诗史》也。

书中称：“聂夷中河南人，有诗曰：‘二月卖新丝，五月粜新谷，医得眼前疮，剜却心头肉。’孙光宪谓有《三百篇》之旨，此亦为诗史。”所以以“诗史”名者，意或在此。然核读全书，与诗话固无异也。菲薄晚唐，谓“晚唐人诗多小巧，无《风》、《骚》气味。”又谓：“晚唐诗句尚切对，然气韵甚卑。”顾称赞西昆，引杨文公云：“钱惟演、刘筠首变诗格，学者慕之，得其格者蔚为佳咏。”然则盖尚切对，且重气韵者耶？

十四　艺苑雌黄

《宋志》文史类著严有翼《艺苑雌黄》二十卷，《直斋书录解题》及《通考·经籍考》入子部杂家类，称其书大抵辨正讹谬，其目子史、传经、诗词、时序、名数、声画、器用、地理、动植、神怪、杂事，卷为二十，条凡四百。砚冈居士唐稷序之。是涉及者颇多，并不限于诗文。然《宋志》既著于文史类，则盖以诗文为主。原书久佚，今可考见者，皆叙述诗文之语，故不妨以诗话目之。

流传有《说郛》节录本，止八条。《四库全书存目》有江苏巡抚采进十卷本，《提要》云："今考此本止有十卷，而无序及标目，与宋人所言俱不合。又宋时说部诸家，如胡仔《苕溪渔隐丛话》，蔡梦弼《草堂诗话》，魏庆之《诗人玉屑》之类，多有征引《艺苑雌黄》之文。今以此本参互检勘，前三卷内虽大概符合，而如《渔隐丛话》所录卢橘、朝云、鞦韆、琼花等十余条，《草堂诗话》所录"古人用韵重复"一条，此本皆不载。又如"中兴"条末东坡诗云云，"牵牛织女"条末《文选》注云云，俱胡仔驳辨之语，而亦概行阑入，舛错特甚。至其第四卷以后，则全录葛立方《韵语阳秋》，而颠倒其次序。其中如"东坡在儋耳"一条，立方原文有三从兄讳延之云云，此本改作葛延之以隐其迹，而其所称先文康公者，乃立方父胜仲之谥，则又沿用其文，不知刊削。盖有翼原书已亡，好事者摭拾《渔隐丛话》所引，以伪托旧本，而不能取足卷数，则别据《韵语阳秋》以附益之，又故变乱篇第以欺一时之耳目，颇足疑误后学。今特为纠正，以祛后来之惑焉。"则此十卷本者，实依伪不足据者也。

兹从《渔隐丛话》后集辑出七十三条，《诗话总龟》后集九条，《诗人玉屑》十条，《草堂诗话》一条，《竹庄诗话》一条，《诗林广记》十六条，《修辞鉴衡》一条，并《说郛》八条，都百一十九条。校除复重，余七十八条，视原书约五分之一，诗词一目，当略尽矣。然《容斋续笔》卷十四，"玉川子月蚀诗"条，首载东坡谓董秦"非无功食禄者"，次言"近世有严有翼者，著《艺苑雌黄》，谓坡之言非也"。又四笔卷十六有"严有翼诋东坡"一条，称所著《艺苑雌黄》，"颇务讥诋东坡公。予尝因论玉川子月蚀诗，诮其轻发矣。又有八端，皆近于蚍蜉撼大树，招后人攻击。"所言八端，出正误、卢橘两篇者，已见七十八条；出四凶、昌阳、苦荼、如皋、荔枝等篇者，以及辩董秦功罪，则七十八条皆不见，知尚有散佚。但或出于名数、杂事等目，亦未可知。《履斋示儿编》引十二条，不载于诗说类，而载于字说类，盖亦出名数、杂事等目。惟“桤”字一条亦见《渔隐丛话》，始字条论杜诗“皂雕寒始急”，白诗“千呼万唤始出来”，亦有关诗词，故一并附入。再除重复，得八十一条，析为四卷。

陈振孙称建安严有翼，《四库提要》称尝为泉荆二郡教官。书中“僧惠洪《冷斋夜话》”条云：“予作荆南教官，与江朝宗汇同僚。”“宋玉《九辩》”条云：“予顷校士于上饶。”其可考者仅此而已。《宋诗纪事小传补正》卷四有江朝宗，名汉，此名汇，想非一人。所引及于张文潜《明道杂志》，僧惠洪《冷斋夜话》，陈无已《诗话》，蔡绦《西清诗话》。惠洪与东坡、鲁直友善，张文潜、陈无已皆苏门弟子，蔡绦为宣和时人，然则严有翼盖南渡前后人也。

十五　漫叟诗话

《说郛》本《漫叟诗话》十二条，题阙名撰。《渔隐丛话》引四十九条，与《说郛》重者一条，《诗林广记》引七条，与《说郛》《丛话》重者六条，故实六十一条。此外《诗话总龟》后集引六条，《诗人玉屑》引十八条，《竹庄诗话》引二条，《草堂诗话》引二条，皆在六十一条之内。书中云：“元符中在临川作法掾。”又云：“予崇宁间，住兴国军。”又云：“建中靖国中，与谢民师同寓兴国寺。”知为哲徽时人。既言及崇宁，则著作更在其后。《郡斋读书志》小说类著《漫叟见闻录》一卷，称“不知何人者，建炎中所撰也。”建炎去崇宁才二十年，或即一书，亦未可知。《洛阳旧闻》亦称“洛阳诗话”，《玉堂闲话》亦称“玉堂诗话”，宋代不乏此例。如元祐中为法掾时年三十岁，则至建炎时约六十岁，正可以称叟时也。

书中似特重用事，如称：“东坡最善用事，既显而易读，又切当。”此外对于用事之考订尚多，虽于诗不无小补，然亦碎矣。

十六　诗说隽永

《遂初堂书目》文史类著《诗话隽永》一书，久佚。《说郛》中有一卷，乃元人俞正已所撰，非此之谓也。《渔隐丛话》后集引《诗说隽永》二十条，《诗话总龟》后集亦引有七条，《诗林广记》引有一条。以校除重复，实二十二条，编为一卷，疑即《诗话隽永》也。篇中称“政和末，先公为御史”。又记李易安建炎初从秘阁守建康作诗，而首言“今代妇人能诗者”云云，似作者亦建炎时人。

十七　瑶溪集

《宋志》文史类及《通志》诗话类俱载《瑶溪集》十卷，知亦诗话书。《通志》不著作者，《宋志》题郭思撰。书久佚。《渔隐丛话》前集引二条，中一条亦引见《诗林广记》。又《能改斋漫录》卷二引《郭思诗话》云云，盖亦《瑶溪集》语，知宋时亦有以“诗话”称者。《竹庄诗话》卷一引《瑶溪集》一条，又卷十四《丽人行》下，亦引《瑶溪集》云：“诗之景不一而足，今随诗出之，观作者之梗概云。”并加案语曰:"《瑶溪集》多立体式,品题诸诗,强为分别,初无确论,今并不取。独所论诗之景者,为说虽泛,然其间类编,多前辈所称美,而后人所脍炙,故颇加删录,得五十九篇;若他有评论,已见别卷者,兹不复载。"自《丽人行》至卷十五《雨过苏端》,适五十九篇,每篇皆标举诗景,如《丽人行》云"一首说帝都游春之盛",《雨过苏端》云"一首见朋友相聚之乐"。卷十五第一篇为《陇头吟》,标云"一首状边情",注云"以下并《瑶溪集》云"。然则五十九篇皆原载《瑶溪集》,标语亦原出《瑶溪集》。今并《丛话》二条,《能改斋》一条,录为一卷。

郭思不知何时人,既引于《能改斋漫录》,当在吴曾之前。其书"多立体式,品题诸诗",似受五代诗格影响,年代亦不当甚晚。胪引全诗,加以品题,与《竹庄诗话》、《诗林广记》体例略同,非如他家诗话之但拈一句一联,或止称某人某篇,此所以以"集"名书欤?

十八　汉皋诗话

《说郛》本《汉皋诗话》十一条,撰者阙名。兹据《渔隐丛话》后集、《诗林广记》、《野客丛书》补一条,又据《能改斋漫录》补一条,共十三条。虽所补无几,然"能改斋"一条称"汉皋张君诗话",知作者姓张,周煇《清波杂志》卷五云:"顷得诗话一编,目曰汉皋。王季羔端朝尝偕去亲为是正,亦言不知人作。"又言:"一小说云,汉皋姓张,不得其名。"亦作者张姓之一证也。书中所话,率偏于字句之校勘或评正。《渔隐》等书所引一条云:"字有颠倒可用者,如罗绮绮罗,图画画图,毛羽羽毛,白黑黑白之类,方可纵横。"知其颇沾沾于字句间也。

十九　桐江诗话

《说郛》中有《桐江诗话》，止五条，作者缺载。《渔隐丛话》前集引十九条，后集引一条，《诗人玉屑》引五条，《竹庄诗话》引一条，《诗林广记》引四条，《诗话总龟》后集引一条。以校除重复，余二十二条，编为一卷。书中言“少汲，宣和间在河朔作漕”。又言“程进道，绍兴初帅闽中，殄灭诸寇”。知成书不能前于绍兴。《丛话》前集序于绍兴戊辰，此书当稍在前。比而推之，其绍兴十年前后之作乎？书中品题，颇重字句，如谓：“许浑集中佳句甚多，然多用水字，故国初士人云，‘许浑千首湿’，是也。”又云：“逢原句中，佳句颇多。”此外摘句品藻者，尤不胜枚举也。

二十　休斋诗话

《休斋诗话》不见著录，《诗人玉屑》引八条，《诗林广记》亦引二条，但皆同于《玉屑》，兹录下辑为一卷。休斋不详。书中颇称述自己诗句，他日或可考知其人也。除零碎品题外，有“诗要有野意”一条，颇新颖。其言曰：“人之为诗，要有野意，盖诗非文不腴，非质不枯，能始腴而终枯，无中边之殊，意味自长。风人以来，得野意者惟渊明耳。如太白之豪放，乐天之浅陋，至于郊寒岛瘦，去之益远。予尝欲作野意亭以居，一日题山石云：‘山花有空相，江月多清晖，野意写不尽，微吟浩忘归。’人多与之，吾终恐其不似也。”颇有隐逸诗人之风，倘菊庄之友乎？

二十一　玉林中兴诗话补遗

是书不见著录,《诗人玉屑》引有三十三条,"曾荣山"条标"玉林中兴诗话补遗",余止标"玉林",盖从省也。《诗林广记》引"黄玉林"五条,盖亦是书语,据辑为一卷。

黄玉林,名昇,字叔旸,玉林其号也,与《诗人玉屑》作者魏庆之交甚善,《玉屑》有黄氏淳熙甲辰序。《宋诗纪事》卷六十九引胡季直云:"玉林早弃科举,雅意读书,间从吟咏自适。游受斋,尝称其诗为晴空冰柱。楼秋房闻其与魏菊庄友善,并以泉石清士目之。"《宋诗纪事小传补正》卷四云:"黄昇,闽人,著有《散花庵词》一卷,又辑《花庵词选》十卷行世。"独不及此书,知亡佚久矣。至其著作年代,盖稍前于《诗人玉屑》也。

就《玉屑》及《诗林广记》所引,除即人品述外,颇讨论蹈袭。"赵天乐"条云:"天乐《送真玉堂诗》云:'每于言事际,便作去朝心。'用唐人林宽语也。(林宽《送惠补阙》云:"长因抗疏日,便作去朝心。")《寄赵昌父诗》云:'忆就江楼别,雪晴江月圆。'用无可语也。(无可《同刘升宿》云:"忆就西池宿,月圆松竹深。")《赠孔道士诗》云:'生来还姓孔,何不戴儒冠?'用姚合语也。(姚合《赠傅山人》云:"悲君还姓傅,独不梦高宗。")《宝寇寺诗》云:'流来桥下水,半是洞中云。'用于武陵语也。(武陵《赠王隐人》云:"飞来南埔水,半是华山云。")《瓜庐诗》云:'野水多于地,春山半是云。'亦用姚合语也。(姚合《送宋慎言》云:"驿路多连水,州城半在云。")此类甚多,姑举一二。盖读唐诗既多,下笔自然相似,非蹈袭也。其间又有青于蓝者，识者自能辨之。”“王荆公《勘会贺兰山主》诗”条亦云：“前辈作诗有蹈袭而不以为嫌者。”此言极是。蹈袭前人，陈陈相因，固然不可；取法前人，推陈出新，则不为病。若读诗既多，下笔偶与前人相似，就词句而言，似是蹈袭，实质纯出创作，不过巧合古人而已。

二十二　余记

此外零珪断璧不成卷帙者，与非诗话而偶为人引作诗话者，尚甚多，分别叙述，以为余记。

《名贤诗话》一条，引见《艺苑雌黄》及《诗学规范》。考《宋志》载不知作者之《唐宋名贤诗话》二十卷，或其仅存者欤？

《松江诗话》一条，引见《野客丛书》卷二十三。

《李君翁诗话》一条，引见《西溪诗话》卷上。

《松江诗话》二条，一引见《野客丛书》卷七，一引见同书卷二十三。

《抒情诗话》一条，引见《竹庄诗话》卷二十。

《胡氏评诗》二条，引见《诗话总龟》后集卷五。

《臞翁诗评》一条，引见《诗林广记》前集卷四。

《蔡百衲诗评》一条，引见《竹庄诗话》卷一。

《师氏诗说》三条，引见《竹庄诗话》卷十一。

《徐柏山诗庄》二条，一引见《诗林广记》前集卷四，一引见同书前集卷六。

《诗体》二条，引见《诗林广记》前集卷八。

《诗引》二条，引见《诗林广记》后集卷三。

《艺苑丛谈》一条，引见《诗林广记》后集卷四。

《芥室诗话》一条，引见《能改斋漫录》卷五。

《吕氏诗事录》一条，引见《能改斋漫录》卷八。

《藜藿野人诗话》二条，引见《诗人玉屑》卷三与卷七。

《诗宪》三条，引见《修辞鉴衡》。

上述十七种，七种以诗话名，余十种虽不名诗话，而审其性质，亦诗话者类耳。

《洛阳诗话》一条，引见《诗话总龟》前集卷五。但卷四、卷三十六俱引作《洛阳旧闻》。《洛阳旧闻》，司马光撰。

《朱定国诗话》一条，引见《诗话总龟》前集卷三十九。但卷一、卷二、卷十七俱引作《续归田录》，卷三十六引作《朱定国续归田录》（原作录曰续归，误），卷四十二引作《朱定国归田录》。又前列集百家诗话总目，有朱定国《续归田录》，无诗话，知原名《续归田录》。

《玉堂诗话》七条，引见《诗话总龟》前集卷十二。但卷十八引作《玉堂闲话》，《总目》有《玉堂闲话》，无诗话，知原名“闲话”。

《桂堂诗话》一条，引见《诗话总龟》前集卷三。但总目有《桂堂闲话》，知原名“闲话”。

《漫斋诗话》一条，引见《竹庄诗话》卷十一。但他卷皆引作《漫斋语录》，知原名“语录”。

《西溪诗话》一条，引见《竹庄》卷十八。但他卷皆引作《西溪丛话》，知原名“丛话”。

《西斋诗话》一条，引见《野客丛书》卷九。考《苕溪渔隐丛话》前集卷四十引《西斋话纪》一条，疑出一书。或原名“话纪”，《野客丛书》引作“诗话”欤？

又《诗话总龟》前集引《闲居诗话》十一条，与司马光《续诗话》重者五条，与《中山诗话》重者二条。与《中山诗话》重者二条中，一条亦见于《续诗话》。考《诗话总龟》前集未引《续诗话》后集，引一条，作“迂叟诗话”，然则《闲居诗话》或亦《续诗话》之别名欤？

罗根泽先生学术年表*

1900 年(清光绪二十六年)

生于河北省深县。

1915 年

始研习《管子》。①

1918 年

到武锡珏②家“北圃学舍”学习,前后凡两年。③

1921 年

任县城高级小学国文老师。

1922 年

到天津南开大学暑期学校,听梁启超讲“国文教学法”、胡适讲“国语文法”和“国语文学史”。

1925 年

考入河北大学国文学系。

---

* 本年表由王波撰写。

① 见《管子探源》书末志语,中华书局 1931 年版。

② “武锡珏,字合之,深州人,河北大学教授,师事张裕钊、吴汝纶、贺涛,受古文法,为入室弟子,淳朴好学,文特醇雅,于文字致力尤深。”(刘声木:《桐城文学渊源撰述考》,黄山书社 1989 年版,第 199 页。)

③ 年表中罗先生读书求学、教书生涯等事迹见《我的读书生活》,载《中央周刊》第 8 卷第 8 期。

冬，撰成《庄子学案》。

1926 年

秋，撰成《荀子学案》。

1927 年

春，到清华园晋谒梁启超。

夏，撰成《孟子学案》。

秋，考入清华学校研究院国学门，主修“诸子科”，由梁启超指导[①]。

1928 年

3 月 28 日，撰成《孟子评传》。

秋，入读燕京大学国学研究所[②]，主修“中国哲学”，由冯友兰与黄子通指导。

10 月，《子莫魏牟非一考》刊《国学论丛》第 1 卷第 4 期。

1929 年

1 月，《宋子及其学说》刊《仁声》第 5 期。

3 月，《顾实〈汉书·艺文志〉讲疏评议》刊《益世报》副刊第 3 卷第 22、24 期。《别录阐微》刊《图书馆学季刊》第 3 卷第 3 期。《庄子哲学》刊北平尚志学会《哲学评论》第 3 卷第 2 期。

4 月，《〈燕丹子〉真伪年代考》刊《国立中山大学语言历史研究所周刊》第 7 卷第 78 期。

5 月，《图书馆中文书编目之我见》刊《图书馆报》第 7 卷第 3 期。

---

① 次年六月，梁启超因病情恶化辞去国学研究院教授职务，导师遂改为陈寅恪先生。

② 该国学研究所由哈佛燕京学社资助，设立奖学金以供文史研究生攻读学位和继续研究工作。见陈观胜著《哈佛燕京学社与燕京大学之关系》，熊大绛译，《私立燕京大学》，台北：南京出版社 1982 年版，第 53—57 页。

6月,毕业于清华大学国学研究院和燕京大学国学研究所。《〈庄子〉篇章真伪旧闻评录》刊《全民报》副刊第140、144期。

秋,至开封,任河南大学教授,讲授中国文学史等课程。

9月,《战国策作者考》刊《河南中山大学周刊》第12、14期。

12月,《慎懋赏本〈慎子〉辨伪》刊《燕京学报》第6期。

1930年

1月,《五言诗起源说评录》刊《河南大学文学院季刊》第1期。

3月,《〈新序〉〈说苑〉〈列女传〉不作始于刘向考》刊《图书馆学季刊》第4卷第1期。《从〈史记〉本书考〈史记〉本源》刊《国立北平图书馆馆刊》第4卷第2期。

秋,至河北保定,执教母校河北大学中国文学系。

9月,《孟荀论性新释》刊《哲学评论》第3卷第4期。

11月,《〈胡笳十八拍〉作于刘商考》刊《朝华》第2卷第1、2期。

12月,《〈木兰诗〉作于韦元甫考》刊《朝华》第2卷第3期。

1931年

1月,《乐府文学史》由北平文化学社出版。《战国策作始蒯通考》刊《学文》第1卷第4期。

春,因结婚移居北平①,开始在北平师范大学、中国大学执教②。

4月,《管子探源》由中华书局出版,书末附录有《战国前无私

---

① 夫人是张曼漪女士,对罗先生的材料搜集工作有很大帮助,罗先生多次提及,如:“至材料的搜集,则颇藉助于内子曼漪,及我的助手牛子椿先生。”(见《自序》,《中国文学批评史》,北平人文书店1934年版。)“与内子曼漪,从《苕溪渔隐丛话》、《诗话总龟》、《诗林广记》及诸家笔记中,辑出数十种,题曰两宋诗话辑校。”(见《自序》,《周秦两汉文学批评史》,重庆商务印书馆1944年版。)

② 在二校授课编成讲义《中国诗歌史》,但未见公开出版。不过其《中国文学批评史》(北平人文书店1934年版。)曾引述该书,第7、295页。

家著作说》、《古代经济学中之本农末商学说》、《古代政治学中之“皇”“帝”“王”“霸”》三文。《荀子论礼通释》刊女师大《学术季刊》第2卷第2期。《〈邓析子〉之真伪及年代考》刊河北大学《文学丛刊》第5期。

秋，在燕京大学教授“乐府及乐府史”①。

9月，《〈管子探源〉叙目》刊《学文》第4期。《郭茂倩〈乐府诗集〉跋尾》刊中国大学《国学丛编》第1卷第3期。

11月，《慎懋赏本“慎子传”疏证》刊《国学丛编》第1卷第4期。

1932年

春，代郭绍虞在清华大学教授中国文学批评史。

5月，《墨子引经考》刊《北平图书馆月刊》第3期。《中国诗歌之起源》刊《学文》第5期。

11月，《孟子评传》由商务印书馆出版。

是年，讲义《诸子概论》铅印。

1933年

1月，《七言诗之起源及其成熟》刊《师大月刊》第2期。

3月，编著《诸子丛考》，顾颉刚将其列为《古史辨》第4册，由北平朴社出版，收录其自序一篇、论文十三篇，其中大多是补充、修改旧稿而成，未见刊出的有《老子及〈老子〉书的问题》、《〈战国策〉作始蒯通考补证》。

8月，《初中国文选本》（一至六册）由北平立达书局出版，题署罗根泽、高远公编，黎锦熙校订。

12月，《高中师范教科书高中语文》（一至三册）由北平文化社

① 见《何为乐府及乐府的起源》篇首作者识语，《安徽大学月刊》第2卷第1期。

出版，编著者罗根泽、高远公。

是年，校点明人徐增《文体明辨》，由北平文化学社出版。

1934 年

1 月，《校刊〈文体明辨〉序》刊《民大中国文学系丛刊》第 1 卷第 1 期。

5 月，《关于诸子学》刊《文化与教育》第 20 期。

6 月，《郑宾于著〈中国文学流变史〉》刊《图书评论》第 2 卷第 10 期。

8 月，《中国文学批评史》（一）由北平人文书店出版。

秋，因在北平收入低，赴安庆任教安徽大学。①

是年，《水调歌小考》刊《太白》第 2 卷第 1 期。

1935 年

1 月，《〈商君书〉探源》刊《国立北平图书馆馆刊》第 9 卷第 1 期。《"文笔式"甄微》刊《中山大学文史学研究所月刊》第 3 卷第 3 期；

7 月，《研究中国文学史的计划》刊安徽大学《文史丛刊》第 1 卷第 1 期。

秋，被师大聘为教授，复返北平。②

秋，始辑校两宋诗话，并于次年夏作成《两宋诗话辑校叙录》，后刊《文哲月刊》第 1 卷第 10 期。③

---

① 钱玄同日记 1934 年 8 月 29 记载："罗雨亭来，言北平所入太少（止师大及中大两处，仅有 120 元），拟往安徽大学。"见《钱玄同日记》（下），北京大学出版社 2014 年版，第 1035 页。

② 钱玄同日记 1935 年 7 月 31 日记载："得师大送来雨亭聘书，知教授已得，薪 280 元。"见《钱玄同日记》（下），第 1116 页。

③ 见《两宋诗话辑校叙录》篇首记语，载《文哲月刊》第 1 卷第 10 期。

10 月,《中国文学起源新探》刊《文哲月刊》第 1 卷第 1 期。

12 月,《晚周诸子反古考》刊《师大月刊》第 22 期。

是年,《唐代文学批评研究初稿》分章刊安徽省立图书馆馆刊《学风》,第一章、第二章、《唐史学家的文论及史传文的批评——唐代文学批评研究初稿第三章》《唐代早期古文文论——唐代文学批评研究第四章》《佛经翻译论——唐代文学批评研究第六章》①先后刊第 5 卷第 2、3、4、8、10 期。

是年,《何谓乐府及乐府的起源》刊《安徽大学月刊》第 2 卷第 1 期。《庄子》刊《青年界》第 8 卷第 1 期。《晚唐五代的文学论》刊《文哲月刊》第 1 卷第 2、3 期。

1936 年

春,编成《中国戏曲史纲》,油印。

1 月,《五代前后诗格书叙录》刊《文哲月刊》第 1 卷第 4 期。

4 月,《笔记文评杂录》、《笔记文评新录》先后刊《北平晨报 · 学园》第 927、940 期。《阮阅〈诗总〉考辨》刊《师大月刊》第 26 期。

6 月,《庄子外杂篇探源》刊《燕京学报》第 19 期。《凉州曲小考》刊《北平晨报 · 学园》第 971 期。《陆贾"新语"考证》刊《学文》第 1 期。《庄子天下篇的辩者学说》刊《北平晨报 · 思辨》第 41 期。《诗句图》刊《新苗》第 4 卷。

7 月,《〈尹文子〉探源》刊《文史月刊》第 1 卷第 8 期。

10 月,《墨子交利主义》刊《人生评论》第 1 期。《韩愈及其门

① 在 20 世纪 40 年代由重庆商务印书馆出版的《中国文学批评史》四分册中,《佛经翻译论》没有放入第三分册《隋唐文学批评史》,而是放入了第二分册《魏晋六朝文学批评史》。

弟子的文学论》刊《文艺月刊》第9卷第4期。《由老子籍贯考老子年代》、《由老子子孙考老子年代》先后刊《北平晨报·思辨》第56、58期。《两宋诗话年代存佚残辑表》刊《师大月刊》第30期。

11月,《由尚贤政治考老子年代》刊《北平晨报·学园》第1035期。

12月,《由礼教观念考老子年代》刊《北平晨报·学园》第1052期。《由诸书引老考老子年代》刊《人生评论》第1卷第3期。

是年,《〈战国策〉作者之讨论》刊《厦门图书馆馆声》第4卷第1至3期合刊。《职业与娱乐》、《闲里偷忙》先后刊《青年界》第9卷第1期、第10卷第1期。

1937年

1月,《两宋诗话辑校叙录》刊《文哲月刊》第1卷第10期。

2月,《跋陈眉公集〈古今诗话〉》刊《益世报·人文周刊》第7期。《儒家所谓学与学问》刊《经世》第1卷第3期。

4月,《成都存古书局声调谱汇刻跋尾》刊《益世报·人文周刊》第21期。

7月,卢沟桥事变后,开始颠沛流离,先在河南大学借教一月,后随北平师范大学到西安,接着迁到汉中,再迁到城固。

12月,《纪念师大与中国教育》刊《国立北平师范大学纪念专刊》。

是年,《参观日记》刊《青年界》第12卷第1期。

1938年

是年,编著《诸子续考》,列为《古史辨》第6册,由上海开明书店出版,收录其自序一篇、论文九篇,大多是修改旧作而成,未见刊发的有《跋金德建先生战国策作者之推测》。

1939 年

9 月,《欧阳修的改革文学意见》刊《经世战时特刊》第 47、48 期合刊。

1940 年

1 月,由陕入川,居于重庆北碚柏溪,任教中央大学师范学院国文系①,主讲中国文学史及中国文学批评史。

2 月,《荀子的人生哲学及政治哲学》刊《时代精神》第 2 卷第 1 期。

8 月,《荀子的政治态度》刊《时代精神》第 3 卷第 1 期。

10 月,《学艺史的叙解方法(上)》②刊《读书通讯》第 12 期。

12 月,《建国期中的文化建设》刊《学生月刊》第 1 卷第 12 期。

是年,《读诸子佛书——答张鹤林》刊《读书通讯》第 14 期。

1941 年

1 月,《中国发现“人”的历史》刊《清华学报》第 9 卷第 1 期。

3 月,《三十一位中学国文教员的改革中学国文意见》刊《中等教育季刊》第 1 卷第 1 期。《两汉辞赋论》刊《经世》季刊第 1 卷第 2、3 期。

8 月,《人,中国人,现代中国人》刊《民意周刊》第 15 卷第 186 期。

12 月,《古诗十九首之作者及年代》刊《读书通讯》第 31 期。

是年,《宋初的文学革命论》(上、下)于 10 月、12 月先后刊《时代精神》第 5 卷第 1、3 期。《李邕墓志铭跋尾》刊《图书月刊》第 2 卷第 6 期。

---

① 1943 年冬,师范学院国文系并入文学院中文系。见《朱东润自传》第十一章《中央大学前四年》。

② 上下两篇经删改分别编入《中国文学批评史》(重庆商务印书馆,1944 年)第一章《绪言》“十二选叙的标准”、“十三解释的方法”两部分。

1942 年

2 月,《王昌龄诗格考证》刊《文史杂志》第 2 卷第 2 期。《学艺史的叙解方法(下)》刊《读书通讯》第 36 期。

10 月 10 日,作《中国文学批评史自序》,后刊于《读书通讯》第 68 期。

12 月,《王充的哲学及教育学》刊《大学》第 1 卷第 12 期。

1943 年

1 月,《墨子探源》刊《国立中央大学文史哲季刊》第 1 卷第 1 期。

6 月,《仁义与利欲——孟子七讲之一》刊《文化先锋》第 2 卷第 5 期。

12 月,《老子故事的演变与辩证》刊《文化先锋》第 3 卷第 1 期。

是年,《抢救国文》刊《国文杂志》第 2 卷第 1 期。《魏晋六朝文学批评史》、《隋唐文学批评史》先后于 8 月、11 月作为“中央大学文学丛书”之一由重庆商务印书馆出版。

1944 年

1 月,《周秦两汉文学批评史》由重庆商务印书馆出版。

2 月,《关于名墨之讨论》刊《读书通讯》第 84 期。

4 月,《中国文学起源的新探索》刊《真理杂志》第 1 卷第 2 期。《我怎样研究中国文学史》刊《读书通讯》第 87 期。

6 月,《我怎样研究中国文学批评史》①刊《说文月刊》第四卷合刊本。

12 月,《绝句三源》刊《读书通讯》第 100 期。

是年,《老子故事的演变与辩证(续)》刊《文化先锋》第 3 卷第

① 此是《中国文学批评史》的绪言部分。

2 期。《南朝乐府的故事与作者》刊《文化先锋》第 4 卷第 4、5 期。

1945 年

3 月，编著《墨子》，由重庆胜利出版社出版。

7 月，《晚唐五代文学批评史》由重庆商务印书馆出版。

是年，《叶适及其它永嘉学派的文学批评》刊《文艺先锋》第 6 卷第 3 期。

1946 年

1 月，《黄庭坚的诗学方法》刊《中苏文化》第 17 卷第 1 期。

3 月，《王安石的政教文学论》刊《文艺先锋》第 8 卷第 3 期。

6 月，随中央大学迁往南京。

7 月，《杨万里的诗学渊源及共享》刊《东南日报》。《两宋诗话存佚残辑年代表》重刊于《读书通讯》第 113 期。

8 月，《朱熹对于文学的批评》刊《中国学术》第 1 期。

9 月，《宋初古文新论》刊《文化先锋》第 6 卷第 3、4 期。

10 月 29 日，《李杜地位的完成》刊《中央日报》。

11 月 23 日，作《读〈东坡七集〉》。

是年，《我的读书生活》刊《中央周刊》第 8 卷第 8 期。《苏轼的文学方法》刊《西北文化月刊》第 2 期。

1947 年

1 月 4 日，《朱熹的道文统一说》刊《和平日报》。

2 月，《苏门弟子的事理文学说》刊《中国杂志》创刊号。

3 月，《荀卿年代补考》刊《东方杂志》第 43 卷第 5 期。

6 月，《宋学三派》刊《中央日报》。

9 月，《论三苏的思想——宋议论派的立意达辞文学说第一节》刊《学识》第 10 期。

11月,《文学与文学史》[1]刊《文艺先锋》第11卷第5期。

12月22、29日,《宋文学家黄裳的性理文学说(上、下)》刊《中央日报》。

是年,《欧阳修的改革文学意见(上、中)》先后刊《现实与理想》第1卷第3、4期。《陈师道的诗文方法》刊《中央周刊》第9卷第12期。

1948年

2月16日,《宋浙东派楼钥的文学意见》刊《中央日报》。

3月11日,《王柏的正气说》刊《中央日报》。

3月22日,《魏了翁的学文合一说》刊《中央日报》。

4月,《陆九渊派的文心说》刊《学原》第1卷第1期。

是年,《欧阳修的改革文学意见(下)》刊《现实与理想》第1卷第5、6、7期合刊。

1951年

2月18日,《李白爱祖国爱人民的一面》刊《文汇报》。

4月,《实验主义批判》刊《新中华》半月刊第14卷第7期。

1952年

《中国文学发展史纲》以南京大学中文系讲义形式刊印。

1954年

4月26日,《木兰诗产生的时代和地点》刊《光明日报》。

7月18日,《木兰诗产生的时代和地点的讨论》刊《光明日报》。

8月,《陶渊明诗的人民性和艺术性》刊《人民文学》第11期。

---

① 此是在中央文化运动委员会举办的暑期文艺讲演会上的讲稿,由吴常义记录。

12月26日,《批判胡适的文学观点和治学方法》刊《光明日报》,翌年收入《胡适思想批判》第1辑,生活·读书·新知三联书店出版。

1955年

1月,《古奴隶社会的奴隶谣谚》刊《南京大学学报·人文》第1期。

4月,《先秦散文发展概况》刊《文学遗产》增刊第1辑。

9月25日,《略谈鲍照》刊《光明日报》。

10月,《中国古典文学论文集》①由五十年代出版社出版。

是年,校勘整理《西京杂记》。

1957年

1月,《试谈〈庄子〉的思想性》刊《文学研究》第1期。

2月,《潘辰先生〈试论战国策的作者问题〉商榷》刊《光明日报》。

3月10日,《读〈诗品〉》刊《光明日报》。

8月,《先秦散文选注》由北京作家出版社出版。

9月,《魏晋南北朝文学史》作为内部交流材料由南京大学出版社印刷。

10月,《中国文学批评史》(一、二)②由上海古典文学出版社出版。

是年,《党领导着中国古典文学研究走了正确的道路》刊《文艺研究》第36期。

---

① 收录之前刊出的六篇文章,分别是《古奴隶社会的奴隶谣谚》、《绝句三源》、《陶渊明诗的人民性和艺术性》、《李白爱祖国爱人民的一面》、《〈古诗十九首〉之作者及年代》、《木兰诗产生的时代和地点》,书尾有9月30日撰写的《后记》。

② 将《周秦两汉文学批评史》、《魏晋南北朝文学批评史》合为第一册,《隋唐文学批评史》、《晚唐五代文学批评史》合为第二册,并把10月28日写的《新版序》附于前。

1958 年

1 月,《曹雪芹的世界观和〈红楼梦〉的现实主义精神及社会背景》刊《人文杂志》第 1 期。

2 月,《诸子考索》[①]由人民出版社出版。《陶渊明的生平、思想及其作品的现实主义与艺术价值》刊《江海学刊》第 2 期。

10 月,《"中国文学批评史"的自我批判——重印序》刊南京大学中文系系刊《火箭》创刊号。

是年,《中国文学批评史》(一、二)重印,并把 8 月 17 日写成的《重印序》附于前。

1959 年

1 月,《中国古典文学理论中关于现实主义与浪漫主义相结合的理论》(与杨增华合著)刊南京大学中文系《火箭》第 1 期。

3 月 15 日,《三论陶渊明》刊《光明日报》。

4 月 12—14 日,在北京参加《文学评论》编委会议。《现实主义在中国古典文学及理论批评中的发生和发展》刊《文学评论》第 4 期。

1960 年

1 月 31 日,《〈洛阳伽蓝记〉试论》刊《光明日报》。

3 月 30 日,因病去世,享年 61 岁。

附:1961 年,罗根泽先生遗著《中国文学批评史》(三)(第六篇两宋文学批评史)由中华书局出版,郭绍虞作序。1984 年,《罗根

① 收录之前刊出的对先秦及汉代诸子的考证文章,共 34 篇,书前有 2 月 28 日撰写的《序言》。

泽古典文学论文集》出版，收录之前未见刊发的文章《杜甫之思想及其对诗之见解》、《散文源流》、《韩欧辟佛的反响》、《读〈东坡七集〉》、《苏轼的文学思想》。

（本年表参阅了聂世美《罗根泽先生著作年表》，《古典文献研究》，南京大学出版社 1989 年版；马强才《罗根泽先生年谱简编》，《罗根泽文存》附录一，江西人民出版社 2012 年版，在此致以谢意。）

罗根泽《中国文学批评史》的方法、体例与文学观念

张海明　王波

对于罗根泽的学术成就，其晚年弟子周勋初分为三大领域：诸子学、中国文学批评史、中国文学史①。不过，罗根泽在陈述自家学术志向时，目标是"以毕生的精力，写一部忠实而详赡的中国文学史和一部中国学术思想史"②，并把中国学术思想自上古至现在分为四个时期，而仅仅整理诸子就分为人的研究、书的研究、学说的研究、佚书的研究、历代人研究诸子的总成绩五种。如此宏阔的中国学术思想史研究计划注定很难付之于行，故他不得不根据自身喜爱把精力集中在诸子学上。至于中国文学史，他计划编著"中国文学史类编"，分为八个类别：歌谣、乐府、词、戏曲、小说、诗、赋、骈散文③。而中国文学批评史并不在其研究计划中。1932 年，罗根泽代郭绍虞在清华大学教授中国文学批评史，开始把文学批评史纳入研究视野，并调整了文学史类编计划。他在 1935 年的《研究中国文学史的计划》中陈述：

---

① 参见周勋初《罗根泽在三大学术领域的开拓》，陈平原主编《中国文学研究现代化进程》，北京大学出版社 1998 年版，第 150—176 页。

② 罗根泽：《自序》，《古史辨》(四)，北平朴社 1933 年版，第 2 页。

③ 参见罗根泽《自序》，《乐府文学史》，北平文化学社 1931 年版，第 2 页。

> 原先分为歌谣、乐府、词、戏曲、诗、小说、骈文、散文八类(见拙撰《乐府文学史》的序)。歌谣、乐府、词及诗四类已大致写讫,后来感觉到歌谣是诗词乐府的生母,而本身变化则极少。又以文学批评虽不一定也算创作,但确是创作的导师,在文学史上的地位极高。由是将歌谣散入诗词及乐府,而添入批评,仍是八类。①

但是,文学批评史还没有成为一门独立科目,而是属于文学史之一类别。当时,罗根泽也以治"诸子学"和"文学史"而闻名。只不过,"千古文章未尽才",作为终极目标的中国文学通史没有编著,至于中国文学史类编除了留下几本并未尽完善的讲义草稿与多篇论文②外,也仅仅公开出版过《乐府文学史》,且"悔其少作"③。而文学批评史虽也属"未竟之业",但已编著周秦、两汉、魏晋六朝、隋唐、晚唐五代、两宋六篇,并且在学术史上有不可替代的地位。因此,在评价者眼里,罗根泽的文学批评史与诸子学、文学史三个领域,前二者难分伯仲④,甚或文学批评史竟拔得头筹⑤。

① 罗根泽:《研究中国文学史的计划》,安徽大学《文史丛刊》第1卷第1期,1935年。

② 讲义草稿有《中国诗歌史》、《魏晋南北朝文学史》等,论文大多收入《罗根泽古典文学论文集》(上海古籍出版社1984年版)。

③ 罗根泽:《自序》,《周秦两汉文学批评史》,重庆商务印书馆1944年版,第1页。

④ 参见周勋初《罗根泽在三大学术领域的开拓》,《中国文学研究现代化进程》,第166页。

⑤ 郭绍虞:《中国文学批评史序》:"果然,雨亭不但能胜任,而且比了他的诸子之学有了更大的成就。"见罗根泽《中国文学史》(三),中华书局1961年版,第1页。见本书第647页。

从材料到著作

在罗根泽讲授文学批评史之前，已有陈钟凡的著作出版，郭绍虞的讲义也在坊间流传。按理说，罗根泽有本可依。然而，他要另起炉灶。因为他“生平有一种怪脾气，不好吃不劳而获的‘现成饭’，很迷信古文大家曾国藩的话：‘凡菜蔬手植而手撷者，其味弥甘也。’”①此种学术思路受其师梁启超影响。梁启超曾多次陈述：

> 吃现成饭，是最没有意思的事，是最没有出息的人才喜欢的。②
>
> 吃现成饭吃惯了的人，后来要做很辛苦的工作便做不来了。“谁知盘中餐，粒粒皆辛苦。”一粒米、一颗饭都经过自己的汗血造出来，入口便更觉异常甘美。我们因为资料未经整理，自己要做筚路蓝缕、积铢累寸的工作，实是给我们以磨练学问能力之绝好机会。③

只不过，老师没有指明出处，作为学生的罗根泽追溯到了源头。既然不愿“不劳而获”，那就得“筚路蓝缕、积铢累寸”地从材料入手。

---

① 罗根泽：《自序》，《乐府文学史》，第1页。

② 梁启超：《国学入门书要目及其读法》（民国十二年）附录二《治国学杂话》，《饮冰室合集·专集》，上海中华书局1936年版。

③ 梁启超：《中国历史研究法补编》，《中国历史研究法》，上海古籍出版社1998年版，第162页。

当然,从材料入手的治学路径并不完全是因曾国藩的一句话而引起的,除了现代文史研究日益科学化之外,也与他学术之路上的师辈学人影响有关。罗根泽早年跟从吴汝伦的弟子武锡珏在北圃学舍"学文",1922 年到天津南开大学暑期学校听梁启超讲"国文教学法"、胡适讲"国语文法"和"国语文学史",对其由"学文"到"治学"的趣味转变有重要影响[①]。梁启超《中国历史研究法》陈述材料对于作史之重要性:"史料为史之组织细胞,史料不具或不确,则无复史之可言。"[②]倡导"拿证据来"的胡适在《中国哲学史大纲自序》中定义述学就是"用正确的手段,科学的方法,精密的心思,从所有的史料里面,求出各位哲学家的一生行事、思想源流沿革和学说的真面目"[③]。对罗根泽十分赏识的"古史辨"派领袖顾颉刚在《古史辨自序》中也提到:"学问必须在繁乱中求得的简单才是真实的纲领;若没有许多繁乱的材料作基本,所定的简单的纲领便终是靠不住的东西。"[④]自繁杂的材料中求得历史之渊源流变是这些前辈学者给罗根泽的重要启示,而且符合他的自我性情。他曾深刻地思考过自我性情与学术研究之关系:

> 一个朋友问我:你时而弄弄文学,时而弄弄哲学,又时而弄弄考据学,到底做什么学问?……自己没有己见,因之缺乏创造力,不能创造哲学,亦不能创造文学。但亦惟其没有己见,因亦没有偏见,最适合于做忠实的,客观的整

① 参见罗根泽《我的读书生活》,《中央周刊》第 8 卷第 8 期,1946 年。
② 梁启超:《中国历史研究法》,第 40 页。
③ 胡适:《自序》,《中国哲学史大纲》,河北教育出版社 2001 年版,第 13 页。
④ 顾颉刚:《自序》,《古史辨》(四),第 29 页。

理的工作。利用自己因爱好哲学而得到的组织力与分析力，因爱好文学而得到的文学技术与欣赏能力，因爱好考据而得到的多方求证与小心立说的习惯，来做整理中国文学和哲学的事业。①

既然前辈学者据此取得了可观的学术成就，又能使自我扬长避短，故罗根泽就深信不疑地扎根于材料。况且，在文学批评史这片尚未被充分开垦的学术领域，他可以大展拳脚。

罗根泽仔细搜罗的材料包括群经子史、文集笔记、诗话文论以及佛道二书等。只要对比一下他的著作与同时期的几本著作即知，书中材料可以说到了巨细无遗的地步。比如，郭绍虞《中国文学批评史》有单节“沈约与音律说”，朱东润《中国文学批评史大纲》也有“沈约”专节，不过二者只是主讲“四声八病”。而罗根泽魏晋六朝篇有《音律说》专章，从《音律说》的前驱文气说、四声的讨论、八病说以及各种病犯说都有详细的讨论，这些材料大多是从《文镜秘府论》中点滴抽绎出来的。

罗根泽在陈述自家学术志向时，喜欢引用前辈学者顾亭林的一句话：“开山采铜，利用废铜。”所谓“开山采铜”就是“披荆棘，斩草莱的到原材料里找材料”，所谓“利用废铜”就是“东钞西钞的割裂各种组织书里的材料”②。毫无疑问，罗著里的“开山采铜”比比皆是。比如把“佛经翻译论”放入文学批评史，同期著作没有，后来者也没有。在魏晋六朝篇中，他设专章讨论了支谦、鸠摩罗什、玄

① 罗根泽：《自序》，《古史辨》（四），第1、2页。

② 罗根泽：《自序》，《乐府文学史》，第10页。

奘、赞宁等人的翻译理论，大致勾勒出了自汉魏经隋唐至宋代的翻译理论的基本轮廓。他之所以把“佛经翻译论”纳入批评史，是因为他认为佛经翻译文学属于文学史的一部分①。纵观当时数量众多的文学史著作，较早把佛经翻译文学写入文学史且影响较大的是胡适的《白话文学史》。按照胡著当时在学界之反响，作为专心研治文史的罗根泽不可能没有读过，更何况作者还是他比较钦佩的学者。而对罗氏影响更大的恐怕是其清华国学院的导师梁启超与陈寅恪。被他称为“中国佛教界第一建设者”的梁启超不仅著文论佛理，而且直接讨论翻译文学的就有《翻译文学与佛典》（1920年）、《佛典之翻译》（1920年）等。另一导师陈寅恪精通梵文，对佛经翻译、校点、解释等方面均有研究，而且在国学院开设“梵文”课程，指导学生范围包括“佛教经典各种文字译本之比较研究”一项②，罗根泽当是受其影响。

在隋唐、晚唐五代两篇中，诗的对偶及作法、诗格、诗句图及诗品本事诗等占了大量篇幅。郭绍虞因“关于文学批评的著作如诗话之类，其性质本与文学批评不尽相同，而且一一罗举，加以考订，也与史的体例不合”③，上册只稍微论及诗话，下册就完全删去。而罗根泽却不避繁琐，花大量笔墨于此，自然也与他勤于搜集材料有

① 罗根泽说道：“至佛典的翻译文学，因为占据的时期很短，所以在《中国文学史类编》里分述于骈散文和戏曲，没有特辟一类；而那时的讨论翻译的文章，在文学批评史上，占有重要位置，在这里也应当采入。”（《周秦两汉文学批评史》，重庆商务印书馆1944年版，第2—3页。见本书第8页。）

② 参见孙敦恒《清华国学研究院史话》，清华大学出版社2002年版，第52页。

③ 郭绍虞：《自序》，《中国文学批评史》（上），上海商务印书馆1934年版，第3页。

关。隋唐篇中的《诗的对偶及作法》主要得益于他所收藏的《文镜秘府论》,而且还不时向对此书深有研究的清华同窗储皖峰请教。晚唐五代篇的第二、三、四三章主要得益于作者所收藏的四五百种诗话中最珍贵的宋人蔡传《吟窗杂录》与明人胡文焕《诗法统宗》。有如此稀有秘本,自然十分得意与珍爱,所得材料不忍割舍,于是编入文学批评史,也在情理之中,同时可以看出他搜集之勤。对于两宋诗话,他也下过一番功夫。自 1935 年始,他便与妻子张曼漪撮录已佚诗话,辑二十一种,题曰《两宋诗话辑校》。但没有公开发表,仅把略述作者经历、诗学见解的《两宋诗话辑校叙录》刊出,并撰有《两宋诗话存佚残辑年代表》一文①。

除此之外,如《刘峣的先德后艺说与尚衡的文章三等说》、《吕温独孤郁等的天文说及人文说》、《黄滔吴融等的反艳丽说》、《宋初对李杜韩柳集的甄理与鼓吹》、《智圆的仁义五常古文说和善善恶恶古诗说》、《李之议的才性说及方法说》等章节也都是其他各家没有或很少叙述到的。因此,尽管对于 1934 年的初版本,有评论者指责其组织庞杂、滥凑篇章等种种不足,但不得不承认它搜罗宏富,并不惜赞扬之言:"罗先生之于本书,在材料上之供给,可谓博矣大矣详尽而至于无以复加,学者执此一书,则可必观魏晋以前各家论文之概况,实材料之宝藏,文评之秘府。"②另一位文学批评史的同行学者郭绍虞也由衷地评价:"雨亭之书,以材料丰富著称。他不是先有了公式然后去搜集材料的,他更不是摭拾一些人人习知的材料,稍

① 《两宋诗话辑校叙录》刊《文哲月刊》第 1 卷第 10 期,1937 年;《两宋诗话存佚残辑年代表》刊《读书通讯》第 113 期,1946 年。

② 林分:《评罗根泽的〈中国文学批评史〉》,《众志月刊》第 2 卷第 3 期,1934 年。

加组织就算成书的。他必须先掌握了全部材料，然后加以整理分析，所以他的结论也是持之有故，而言之成理的。”[①]作为浸淫文学批评史多年的学者，自知搜集材料之甘苦，故其评价更觉公允。

兼编年体、纪事本末体、纪传体的综合体

材料搜集之后，就面临着著作体例的问题。罗根泽编著中国文学史类编的学术志向与他的文学史观有关。文学史主要叙述各种文学变迁及变迁原因，对于后者，罗根泽认为，“我相信一种文学的变迁的原因，和并时的其他文学的影响，终不及和前代的同类文学的影响大。”[②]这种对于文学史的历史观察也体现在1934年版的《中国文学批评史》“绪言”中：“中国文学之史的发展，除开最近的文学革命，差不多都是分化的发展，而不是混合的发展。”[③]并且，他举例唐代“诗”“文”来论证，“文”由骈趋散，“诗”则相反，由散趋骈。同时，又以韩愈的私淑老师独孤及为例，说明即使同一个人也会因文体发展趋势不同而观点相异。这样，通过对中国文学史的整体观察，他确立了分化发展的文学史观，并决定把它贯穿于文学史编写中：

> 我们知道了这种分化发展史的事实，那么“中国文学史”的编纂，便不应当混合各种文体的文学而纯依时代叙述，便应

① 郭绍虞：《序》，罗根泽《中国文学批评史》（三），中华书局1961年版，第1页。见本书第647—648页。

② 罗根泽：《自序》，《乐府文学史》，第2页。

③ 罗根泽：《中国文学批评史》（Ⅰ），北平文化学社1934年版，第1页。

当依据历史上的客观的情形而分类叙述。①

文学批评史属于文学史之一类别,也自然符合这一理论逻辑。不过,他分类叙述的学理基础与实际操作有时会发生龃龉,我们从下面一段话就可以看出:

> 论理我现在讲"中国文学批评史",应当依照我的"中国文学史类编"的七类,分别讲述。但时间太短促,分类太多了,事实上容易多占时间,恐怕弄得课未完而时已毕。纯依时代叙述吧,又与历史的事情显然违背。那么怎么办呢?我想只好寓分类于分时之中。②

这种矛盾看起来似乎是因讲义照顾教学的缘故,其实是因其文学史观本身所存在的罅隙。一种文学的发展纵然得因于同类文学的影响,但莫不与时代各因素有关。因此,即使有关分类叙述的宏观逻辑在前,他编写时仍不得不叙述一时代"何谓文学及文学的价值"问题,也不得不把刘勰、锺嵘列为专章。

等到 1944 年修改本《周秦两汉文学批评史》出版时,他删去了 1934 年版的"绪言",重写了长达十四节的新"绪言"。虽然有评论者认为它"稍显繁琐"③,但这恰恰是这版罗著的特点,对于文学及

---

① 罗根泽:《中国文学批评史》(Ⅰ),第 4—5 页。

② 罗根泽:《中国文学批评史》(Ⅰ),第 5 页。

③ 朱自清:《诗文评的发展》,《朱自清古典文学论文集》,上海古籍出版社 1981 年版,第 545 页。

文学批评界说、文学批评史观、作史之四步骤等都有详细论说，充分体现了他的“组织力与分析力”。他已不再执着于之前的分化发展的史观，而是提出了文学批评“可随空间时间而异，也可随文学批评家而异，也可随文学体类而异”①。文学体类在文学历史发展中不再占有决定性地位，而是让位于“时间空间”，也即“历史的时代意识”，而其形成由于“社会、经济、政治、学艺及其所背负的历史”。这种史观的唯物论色彩自然不是无源之水。20 世纪 30 年代，他就开始思考社会经济与学术思想之间的关系②，并认为中国社会史问题的解决与否影响着中国文学史写出的合理与否，并且阅读了普列汉诺夫《唯物史观概说》等著作③。对于文学批评家，他根据小泉八云的说法，分为一般的批评与专家的批评。一般的批评，因是“时代的应声虫”，可以归述于时代共同观念，而专家的批评差别较大，因“积极的演进”或“消极的改造”，故需单独叙述。文学批评随文体而异，自然属于旧说。显然，这种史观决定了编年体、纪传体、纪事本末体各有所短，不能做到章学诚所说的“尽其天而不益以人”，从而需要创立一种“综合体”：

> 先依编年体的方法，分全部中国文学批评史为若干时期。……再依纪事本末体的方法，就各期中之文学批评，照事实的随文体而异及随文学上的各种问题而异，分为若干

---

① 罗根泽：《周秦两汉文学批评史》，第 17 页。见本书第 21 页。

② 罗根泽：《〈战国前无私家著作说〉跋》，《诸子考索》，人民出版社 1958 年版，第 62 页。

③ 罗根泽：《研究中国文学史的计划》，安徽大学《文史丛刊》第 1 卷第 1 期，1935 年。

章。……然后再依纪传体的方法,将各期中之随人而异的伟大批评家的批评,各设专章叙述。……遇有特殊的情形,则这种综合体的体例,也不必拘泥。[①]

如此灵活的著述体例,编著起来自然就得心应手。

罗根泽把宋以前的中国文学批评分为周秦、两汉、魏晋南北朝、隋唐、晚唐、两宋六期。各种时期不同的文学观念都可以追溯到时代意识。比如,分析到魏晋南北朝时期文学观念的转变与净化时,他就从社会的转捩、政治的倡导、经学的衰微、佛经的东渐等四个方面加以论述。唐代社会的三次崩溃造成文学观念的三次转变:中宗前后的后妃之乱使文章由繁缛缘情转向简易载道;"安史之乱"使诗由艺术殿堂移植到人间世上;黄巢之乱使诗及文章放弃社会使命转向俪偶格律、绮缛淫靡。这些都是精辟之言。随文体而异,比如周秦篇,分为《诗说》、《"文"与"与文学"》两章;隋唐篇,分《诗论》为两章、《史学家的文论及史传文的批评》为一章、《古文论》为两章。随文学上的各种问题而异,比如魏晋六朝篇,《文笔之辨》为一章,《音律说》为两章,《创作论》、《鉴赏论》及《佛经翻译论》各为一章。这样很好地说明了某一时期一些文体的发展轨迹及一些理论问题的来龙去脉。纵观六篇,列为专章的批评家有王充、刘勰、锺嵘、元白、韩柳、欧阳修等,对这些在批评史上贡献独特的批评家都有完整的叙述。当然,体例是死的,编著却是活的,随着历史事实而异,可以"不必拘泥"。比如,虽然魏晋六朝与隋唐是两个时期,社会随之变异,文学批评也随之不同,然而就声病说这

① 罗根泽:《周秦两汉文学批评史》,第38页。见本书第40页。

一问题，昌盛于六朝，而在隋唐亦有残存，名二实一，于是放在一起叙述。《佛经翻译论》同之，起于六朝，大成于隋唐，下迄北宋，虽纵横几个时期，但前后息息相通，因此归于一章叙述。当然，即便是如何严丝合缝、灵活多变的著述体例也难免有不足之处。根据随文体而异、随文学上的各种问题而异安排章节，就会使一些批评家被割裂于各处，不能见其完整的面目，比如葛洪、曹丕、陆机等。

载道与缘情

在1944年版《绪言》中，罗根泽开篇就界定"文学"的含义。因为"文学界说"决定着"文学批评界说"。相对于章太炎的广义文学观念与当时通行的诗、小说、戏剧及美文四分类的狭义文学观念，他选择了折中义的文学观念，包括诗、小说、戏剧及传记、书札、游记、史论等散文。对于文学批评，他把广义的文学批评分为文学裁判、批评理论及文学理论三个过程，并认为"文学批评"既不概括又不雅驯，"文学评论"之名才更符历史之真，但因"约定俗成"，无从"正名"，只能一如既往。我们可以看到，的确如朱自清所说，他"做到了靠了文学批评这把明镜，照清楚了诗文评的面目。诗文评里有一部分与文学批评无干，得清算出去；这是将文学批评还给文学批评，是第一步。还得将中国还给中国，一时代还给一时代"①。虽然罗著中诗格、诗话一类占有一定分量，但他并没有玉石俱收，"论诗及事"的那一部分就不予涉及，这是"将文学批评还给文学批

① 朱自清：《诗文评的发展》，《朱自清古典文学论文集》，第545页。

评”。而“一时代还于一时代”要归结于他对于各个时期文学观念的辨析。

虽然罗根泽并没有像郭绍虞那样根据进化史观与纯文学观念建立一个严密的历史叙述框架，不过仔细阅读，我们不难发现，他基本上是以“载道”与“缘情”来概括中国古代各时期的根本文学观念：

> 譬如编著中国文学史或文学批评史者，如沾沾于载道的观念，则对于六朝、五代、晚明、“五四”的文学或文学批评，无法认识，无法理解。如沾沾于缘情的观念，则对于周、秦、汉、唐、宋、元、明、清的文学或文学批评，无法认识，无法理解。①

作者在此表露出对于各个时代文学观念的看法——周、秦、汉、唐、宋、元、明、清属于载道的观念，六朝、五代、晚明、“五四”属于缘情的观念。在具体论述中，也可以看出相关意见。如对于周秦，“周秦诸子的诗说是染有浓厚的功用主义的色彩的”；对于两汉到魏晋六朝的转变，“两汉的载道文学观便借了这架桥梁，过渡到魏晋六朝的缘情文学观”；“初唐的诗论，侧重对偶格律的提示；中唐的诗论，侧重社会政治的作用。以现在的术语说来，前者是艺术文学的方法，后者是人生文学的理论，绝对的相反不同”；“第三次的崩溃（晚唐‘黄巢之乱’——引者注），则使诗及文章都放弃社会的使命，而转于俪偶格律，绮缛淫靡”。因为罗著只叙述到两宋，无法看到他对于元明清时期的观点。不过，好在他在安徽大学的学生熊鹏标1935年撰文引述了他的课程讲义：

① 罗根泽：《周秦两汉文学批评史》，第27页。见本书第30页。

大体说来,我的分期如下:

1. 周秦——实用主义的分立期

2. 两汉——实用主义的混合期或集成期

3. 魏晋六朝——缘情的唯美期

4. 隋唐——贯道期

5. 晚唐五代——缘情第二期

6. 两宋——载道期

7. 元明——缘情第三期

8. 清代——载道第二期

9. “五四”前后——缘情的资产阶级的罗曼期

10. 民二十前后——载道的社会主义的写实期①

大体而言,与批评史中的论断是相同的,元明只是由前期的属于缘情转换到了后期的属于载道。虽然前后时期所用的概念不同,但大体不差,功用、实用、人生文学、贯道与载道,艺术文学与缘情,基本上没有差别。

最早用“载道”与“缘情”的二元对立来论述中国古代文学观念变迁的是周作人。1932 年,他在辅仁大学作“中国新文学的源流”的演讲时,就以“载道”与“言志”的交替来概括中国文学史的发展规律。按照他的划分,晚周、魏晋六朝、五代、元及明末是言志的时代,而两汉、唐、两宋、明、清是载道的时代。罗根泽只不过把“言志”替换成了“缘情”而已。这种论述看似来源于传统,但却仍有西

① 熊鹏标:《关于中国文学批评史的分期问题》,安徽大学文史学会《文史丛刊》第 1 卷第 1 期,1935 年。

方文学观念影响的痕迹。当时钱锺书作书评就指出,“周先生把文学分为‘载道’和‘言志’。这个分法……相当于德昆西所谓 the literature of knowledge 和 the literature of power”①。就连郭绍虞用的“纯文学”、“杂文学”二分法,朱自清也指出受德昆西的影响:“‘纯文学’、‘杂文学’是日本的名词,大约从 De Quincey 的‘力的文学’与‘知的文学’而来,前者的作用在‘感’,后者的作用在‘教’。”②罗根泽之所以选择“载道”与“缘情”,而不是“纯文学”与“杂文学”来叙述中国古代文学观念的嬗变,自然与他对于借鉴西方的学术标准的态度有关:“与别国的学说互相析辩,不惟不当妄事糅合,而且不当以别国的学说为裁判官,以中国的学说为阶下囚。糅合势必流于附会,只足以混乱学术,不足以清理学术。”③

正是因为对于西方学术有所警惕,罗根泽虽然也和当时一些著作者那样志在撰写一部像西方文学批评一样有系统的著作,但是他没用庞大的理论框架凌驾于具体论述之上,没有把具体问题简单化。比如,谈到李白的提倡古风,认为是“以复古为革新”,并有所议论:“所以李白提倡复古,却力主自由抒写;韩愈提倡复古,却力主‘戛戛独造’(详七章三节)。我们如只看到‘古’字的表面意义,便说他们是开倒车,是文学逆流,那他们真要在地下叫冤了。”④这段议论似乎是针对郭绍虞而发。因为郭绍虞以进化论裁定李白处于复

---

① 钱锺书:《中国新文学的源流》,《人生边上的边上》,生活·读书·新知三联书店 2002 年版,第 248 页。

② 朱自清:《评郭绍虞〈中国文学批评史〉》,《朱自清古典文学论文集》,第 541 页。

③ 罗根泽:《周秦两汉文学批评史》,第 35、36 页。见本书第 38 页。

④ 罗根泽:《隋唐文学批评史》,重庆商务印书馆 1943 年版,第 46 页。见本书第 403 页。

古运动的高潮时期，故不得不得出这样的结论："只可惜他因古诗之自然而高倡复古则未免有昧于文学进化之意义，试看他谓：'兴寄深微，无言不如四言，七言又其糜也。'(《本事诗》引)则可知不免为复古一念所误了。"[①]但是，理论框架与具体论述之间存在的漏隙仍是不可避免的。比如，罗根泽认为，有唐一代，诗与文分道扬镳，简易载道之文与绮靡缘情之诗并举。不过叙述文学观念变迁规律时，为何以文判断唐代属于载道，而舍弃诗之标准？似乎难以解释。有时也会出现为了理出清晰的发展线索而片面对待历史事实的情况。周勋初就曾指出，为了符合晚唐五代从"尚用"向"尚文"转变的轨迹，罗根泽就着重强调皮日休和陆龟蒙重隐逸和重形式之处，而对于他们批判现实的抗争之音和用世理论不予叙述[②]。

述要、述创与释义、释因果

根据编著者的不同，罗根泽把学艺专史分为史学家编著的和学艺家编著的两种。虽然有无功利及功利目的不同，但求历史事实之真是其共同的要求。然而，"事实的历史"常常隐藏不见，原因或是"原始的隐藏"，或是"意识的隐藏"。前者由于史料的缺陷，后者由于编著者的成见。故选叙和解释材料变得尤为关键。罗根泽作有《学艺史的叙解方法》一文，分上、下两篇先后刊于《读书通讯》第12、36期，后来又删减放入1944年版《周秦两汉文学批评

① 郭绍虞：《中国文学批评史》(上)，上海商务印书馆1934年版，第196页。
② 参见周勋初《序》，《中国文学批评史》，上海书店出版社2003年版，第6页。

史》"绪言"中,可见他对于这一套叙解历史的方法特为自信。

叙史需要对材料有所选择,否则有庞杂繁冗之嫌。在罗根泽看来,选择叙述的标准有二:述要与述创。他根据黄宗羲论讲学"宗旨"与曾国藩论作文"端绪",认为述要就是述批评家的根本观念。如刘勰之"道",锺嵘之"自然",白居易之"上以补察时政,下以泄导人情",苏轼之"超然"、"自得",等等。有了根本观念,批评家对于作家作品的具体批评就是有因之果。因此,前者必须阐述,后者不必一一胪列。只不过,对于批评观念,批评家有的直接说出,有的隐藏起来,白居易、苏轼属于前者,刘勰、锺嵘属于后者。因此,罗根泽有时由根本观念推知批评,有时由批评归纳根本观念。这两种方法与他的治学自始至终。他曾采用严复的翻译,总结自己的学问方法:"我以'内籀法'(归纳——引者注)研读一位学者的学术文艺,以'外籀法'(演绎——引者注)研读一种学问的源流利弊。"①除了述要,叙史还需述创,否则会成为无所不包的万花筒。罗根泽把创造分为四种:纯粹的创造、综合的创造、演绎的创造、因革的创造。历史上没有无本之木,一种学说的产生必有前人之功。因此,纯粹的创造是不存在的。罗著中大多论述的是后三者,如刘勰的批评论属于综合的创造,苏洵的自然文说属于演绎的创造,荀子的以道释志属于因革的创造,等等。只不过,没有无因袭的理论,也鲜有完全陈陈相因的学说。剽古与趋新是常常黏合在一起的,只是比重不同而已。即使在同一位批评家身上,这两种因素也是彼此纠缠的。

材料选择之后,接下来就是如何解释。罗根泽认为,解释的方

① 罗根泽:《我的读书生活》,《中央周刊》第8卷第8期,1946年。

法有两种：释义和释因果。释义，即意义的解释又分为三种：明训、析疑与辩似。明训即“解释学艺词语”。朱自清在评论罗著时就提到，“文学批评的许多术语沿用日久，像滚雪球似的，意义越来越多。沿用的人有时取这个意义，有时取那个意义，或依照一般习惯，或依照行文方便，极其错综复杂。要明白这种词语的确切的意义，必须加以精密的分析才成”①。但对于理论术语的意义分析，罗著不如郭著，郭著对于“文学”、“神”、“气”、“文笔”、“道”、“贯道”、“载道”、“神韵”、“格调”等术语以及它们在各时期或各学说里的关系都有仔细辨析。罗著对“文学”、“文笔”等术语也有相关分析，但不如郭著涉及面广，析理也不如后者缜密。如两宋篇，贯道和载道无大差别的论断显然不符合历史之真。析疑主要是分析批评家言论和他们的根本观念不融洽的问题。比如，曹植以辞赋名家，反而诋辞赋为“小道”；唐初一面创作轻薄淫巧的文学，一面又攻击轻薄淫巧的文学；韩愈要明古道，又务去陈言，等等。罗根泽对于这些批评史上看似逻辑矛盾的现象都有令人信服的论说。辨似是辨析与众不同的异点和与众不殊的同点。如辨析王充之“实诚”与“五四”时期之“真诚”异同；元白同是社会诗论家，一重诗的社会使命、一重诗的声韵之美，故一求通俗、一求次韵，晚年一转于闲适、一转于言情；北宋经术派和道学派同是宗经非辞，然而一重“道”、一重“术”，故对政治一尊王贱霸、一王霸并用，对文学一载说道理、一阐述政教，等等。罗根泽不仅提倡在本国学说内互相辨析，而且还有志于与别国学说互相辨析。只不过，他西学根基甚浅，故除在“绪言”中引用森次巴力、小泉八云、法朗士等人言论建

① 朱自清：《诗文评的发展》，《朱自清古典文学论文集》，第551页。

构自己的学理基础外，具体论述并没有太多与别国学说比较之处。

释因是解释为什么。罗根泽根据他的批评史观把原因概括为物、人、学三方面，物即时代意识，人当然是批评家，学则是文学体类。对于一种文学现象的发生，他往往同时顾及三个因素。如唐代律诗的产生，既与当时社会经济稳定繁荣、以诗赋取士有关，又与南朝的绮靡缘情与北朝的质直言志由对立走向融合有关；元白社会诗论的发生，“物”的因素是时代中兴之梦断、天下攘攘岌岌，“学”的因素是陈子昂、杜甫揭开序幕；韩愈之所以以儒排佛老，社会方面是矛盾日益严重、佛老畸形发达，个人方面是师友的熏陶与家庭的教育。释果就是解释学艺的影响，可分三种：作家影响、社会影响、学艺影响。不过，就批评史而言，前两种影响无关紧要，学艺影响则当重点书写，如孔孟文学观、道家思想对后世文学批评之影响等都是批评史上的大课题。只不过，以前的学艺影响就是后来的学艺原因，为避免重复，二者只能择其一，罗氏选择了详因略果。因此，对于解释影响，罗著大都蜻蜓点水，不如郭著鞭辟入里，常常有专门条目叙述，如“孔门文学观之影响”、“道家思想及于文学批评之影响”等。

大体而言，罗根泽这套叙史方法书写的是一种整体的、系统化的、突出因果关系的大历史。那么，对于以只言片语为主的古代文学批评来说，此种方法是否会遮蔽其固有的丰富性呢？其实罗氏的前辈学者对此不无警觉，陈寅恪有言：“其言论愈有条理统系，则去古人学说之真相愈远。”①就连不懈提倡“科学方法”的胡适也表

① 陈寅恪：《冯友兰中国哲学史上册审查报告》，《金明馆丛稿二编》，上海古籍出版社1980年版，第247页。

示:“凡治史学,一切太整齐的系统,都是形迹可疑的,因为人事从来不会如此容易被装进一个太整齐的系统里。”①并非专治史学的罗根泽之所以对史学方法情有独钟,或许是受了梁启超的影响。1927 至 1928 学年,梁在清华国学院开设“历史研究法”一课,而其著作《中国历史研究法》早在 1922 年已出版,当时梁启超对因果律便心存疑惑、左右支绌:“若欲以因果律绝对的适用于历史,或竟为不可能的而且有害的,亦未可知。……然则吾侪竟不谈因果可乎?曰:端端不可!”②好在罗根泽没有拿这一理论方法生搬硬套,叙述时圆通客观,并没有削足适履之嫌。

一部未完成的文学批评史

早在 1934 年版《自序》中,罗根泽就信心满满地公布接下来的出版计划:“全书拟分四册,这一本仅叙到六朝,算做第一分册。第二分册是唐宋,预备暑假出版。第三分册是元明,第四分册是清至现代,统拟于明年付印。”③然而,愿望落了空。直至 20 世纪 40 年代,才相继出版《隋唐五代文学批评史》(1943)、《晚唐五代文学批评史》(1945),而第六篇《两宋文学批评史》(1961)以遗著形式出版,元明清篇终成梦幻泡影。这既因时代风云变幻,也与现代学术教育体制有关,由此可知一代学人心路之曲折。

---

① 罗尔纲:《师门辱教记》,桂林建设书店 1944 年版,第 49 页。

② 梁启超:《中国历史研究法》,第 119 页。

③ 罗根泽:《自序》,《中国文学批评史》(Ⅰ),第 3 页。

现代学术著作的兴起与西学思潮影响下的教育制度密不可分。许多声名显赫的著作都是当初的课堂讲义，比如黄侃的《文心雕龙札记》、刘师培的《中国中古文学史讲义》、鲁迅的《中国小说史略》等。而批评史著作也不例外，郭绍虞自 1927 年始在燕京大学讲授文学批评史，随之开始撰写相关论文，并逐步丰富课程讲义；朱东润受闻一多之命于 1931 年在武汉大学讲授文学批评史，著作出版时甚至打算以讲义为名①。因此，可以说，没有文学批评史课程就没有这些文学批评史著作。具体到罗根泽而言，他以治诸子学走上学术之路，1929 年秋执教河南大学，在讲授诸子概论之余，也不得不开设中国文学史课程，编著《乐府文学史》等教材。1932 年，在清华始讲文学批评史，讲授两次，修改两次，于 1934 年付印。两年即完成周秦、两汉、魏晋六朝三篇，按理说进展不慢，不出意外完成上述计划没有问题。不料，该年不再被清华续聘，于是不得不南下执教安徽大学。这一学年，他据省立图书馆查阅资料，收获也算丰富。《隋唐文学批评初稿》于 1935 年先后在安徽省立图书馆馆刊《学风》上刊出②，1943 年出版的《隋唐文学批评史》主体框架内容即根源于此。此后晚唐篇的部分内容也陆续刊出③。由于审慎的学术态度，他所得材料日益增多，所撰内容也随之丰厚。而且撰写批评史之际，又同时着力于诸子学与文学史，时间和

① 参见《朱东润自传》，《中国当代社会科学家》第 1 辑，书目文献出版社 1982 年版，第 50 页。

② 第一章、第二章、《唐史学家的文论及史传文的批评——唐代文学批评研究初稿第三章》、《唐代早期古文文论——唐代文学批评研究第四章》、《佛经翻译论——唐代文学批评研究第六章》先后刊第五卷第二、三、四、八、十期。

③ 《晚唐五代的文学论》刊《文哲月刊》第一卷第二、三期，1935 年；《五代前后诗格书叙录》刊《文哲月刊》第一卷第四期，1936 年。

精力不得不分之。因此，接下来的两三年，他没能按照原先计划完成批评史大计，只完成隋唐、晚唐五代两篇初稿。

卢沟桥事变后，他颠沛流离，跟随北平师范大学迁到陕西城固，生活也算安稳，可惜无书可读。而本身从事的恰恰是需求多种书“钩稽融贯”的“治学”，学术研究也就无从谈起。因此，1937 年下半年及 1938、1939 年，罗根泽几乎没有文章发表。听说中央大学由南京搬到重庆，载书丰富，罗根泽于 1940 年 1 月转教中央大学。不过，据他的子女后来回忆，当时重庆资源有限，他生活艰难，可以说是勉强度日[①]。在中大的五六年，除零星地写点诸子学和文学史的文章外，也只能整理修改旧著，相继出版周秦至五代四册批评史。抗战胜利后，他才得以继续前业，搜集两宋材料，完成初稿。然而，令人没有想到的是，他的文学批评史事业也几近到了终点。

新中国成立之初，全国高校课程改革随之进行。1950 年 6 月，首届全国高等教育会议举行，在课程改革小组讨论的基础上，教育部制定了《高等学校课程草案》。其中内容之一就是精简课程，突出“写作实习”和“中国文学史”[②]，“中国文学批评史”则成了牺牲品。限于教学任务，此时罗根泽不得不放弃研治诸子学和文学批评史[③]，专攻文学史。这几年，他先后完成了讲义《中国文学发展史纲》（1952）、《魏晋南北朝文学史》（1954），并撰写了多篇文学史论

① 参见罗蒨、罗兰、罗芃《路漫漫其修远兮——怀念父亲》，《罗根泽古典文学论文集》附录，上海古籍出版社 2009 年版，第 617、618 页。

② 参见戴燕《文学史的权力》，北京大学出版社 2002 年版，第 86 页。

③ 这段话可以透视其中原委：“解放后，由于个人教学任务的不再包括诸子，因而没有再写这方面的文章。虽然也曾写过一篇先秦散文选序，又写过一篇论庄子的思想性，但都是从文学的角度出发，不是考证，也不是探索学术思想，因而这里没有收入。”见罗根泽《序言》，《诸子考索》，第 1 页。

文，如《李白爱祖国爱人民的一面》(1951)、《陶渊明诗的人民性和艺术性》(1954)、《略谈鲍照》(1955)等。直到20世纪50年代后期，高校重开中国文学批评史，罗根泽才重拾该课程教鞭，其批评史著作也得以重新出版。遗憾的是，此时他的健康开始恶化①。后来，便不能坚持上课，批评史课程遂由其弟子周勋初接替，后者的讲义即是后来出版的《中国文学批评小史》②。该书一直以短小精悍、条理明晰、深入浅出著称，也算是弥补了其师在分册出版的中国文学批评史的基础上写一本简明中国文学批评史纲要的学术心愿。

据罗根泽的子女回忆，他们不仅没有找到元明清时期的草稿，甚至也没有发现其父搜集的任何相关资料③。看来生前罗根泽似乎并没有开始着手元明清批评史撰写的准备。不过，在1958年版的《重印序》中他曾经有过规划："现在拟先写论第三、四两册，然后再回过头来修改第一、二两册。"④但这规划到底未能付诸实施，如果说此时病痛是他批评史事业上的拦路虎，他可以依靠心志来抗争，那么另一道栅栏他则难以逾越。

早在1951年，罗根泽似乎已嗅得时代气息，写了《实验主义批

① 参见《魏晋南北朝文学史》编者按语："此稿付印时，我适在住院医疗，未能亲自校对，以致错字很多，希读者鉴谅。"该著由南京大学出版科于1957年印刷。

② 周勋初说："我自1959年在南京大学任助教以来，任务多变，教过不少新课，也写过不同内容的一些著作。批评史课程原由罗根泽先生担任，后因健康原因而中辍，改由我接替，前后讲过四遍，这已算是我教学记录中时间最长的一门功课了。其时我除写了《梁代文论三派述要》等若干论文外，还写了这本《中国文学批评小史》。"见《自序》，《中国文学批评小史》，辽宁古籍出版社1996年版，第1页。

③ 参见罗蒨、罗兰、罗芃《路漫漫其修远兮——怀念父亲》，《罗根泽古典文学论文集》附录，第616页。

④ 罗根泽：《重印序》，《中国文学批评史》，古典文学出版社1958年版，第7页。

判》一文。批判实验主义的同时，也累及了当初他钦佩的学者胡适[1]。在全国极力声讨胡适的1954年，他也写了一篇《批判胡适的文学观点和治学方法——兼评俞平伯先生的“红楼梦研究”》。在分析胡适的文学观点是“形式主义、自然主义、趣味主义”后，他更把胡适最值得称道的学术方法“大胆的假设，小心的求证”定性为“极端主观主义的武断主义”，并认为演绎法是其罪证[2]。他似乎忘记了自己早年“因爱好考据而得到的多方求证与小心立说的习惯”，而归纳与演绎是他研读诸子和研讨文学源流的主要方法。批判之前一直信仰的学术方法，意味着他放弃从材料入手的治学路径，而改为理论先行。我们可以设想，即使上天垂幸，让罗先生假以时日，他续写的批评史或许也逃不出这种“以论代史”的僵化模式，则罗著批评史终非完璧，幸乎？不幸乎？实在难以断言。

本次整理出版，前五篇（周秦篇、两汉篇、魏晋六朝篇、隋唐篇、晚唐五代篇）以20世纪40年代重庆商务印书馆版为底本[3]，两宋篇以1961年中华书局版为底本，特此说明。

---

① 参见罗根泽《实验主义批判》，《新中华》半月刊第14卷第7期，1951年。

② 参见罗根泽《批判胡适的文学观点和治学方法——兼评俞平伯先生的“红楼梦研究”》，原刊《光明日报》1954年12月26日，后收入《胡适思想批判》第一辑，生活·读书·新知三联书店1955年版，第203—212页。

③ 周秦、两汉两篇合为一册《周秦两汉文学批评史》于1944年刊印，《魏晋六朝文学批评史》、《隋唐文学批评史》二册印于1943年，《晚唐五代文学批评史》印于1945年。